漢字字形對比字典

主編｜田小琳

編者｜趙志峰　李黃萍　劉　鍵

中華書局

□ 責任編輯　鍾昕恩　梁潔瑩
□ 封面設計　明日設計事務所
□ 版式設計　鄧佩儀
□ 排版　　　陳美連
□ 印務　　　劉漢舉

漢字字形對比字典

□

編著

主編　田小琳

編者　趙志峰　李黃萍　劉　鍵

□

出版

中華教育

中華書局（香港）有限公司

香港北角英皇道 499 號北角工業大廈一樓 B 室
電話：(852) 2137 2338　傳真：(852) 2713 8202
電子郵件：info@chunghwabook.com.hk
網址：http://www.chunghwabook.com.hk

□

發行

香港聯合書刊物流有限公司

香港新界荃灣德士古道 220−248 號
荃灣工業中心十六樓
電話：(852) 2150 2100　傳真：(852) 2407 3062
電子郵件：info@suplogistics.com.hk

□

印刷

美雅印刷製本有限公司

香港觀塘榮業街 6 號海濱工業大廈四樓 A 室

□

版次

2022 年 4 月第 1 版第 1 次印刷
© 2022 中華教育　中華書局（香港）有限公司

□

規格

16 開（240 mm × 170 mm）

□

ISBN：978-988-8760-47-3

目錄

前言

本字典在 2022 年春天出版，是我們呈獻給新年的禮物。

眾所周知，中國使用規範漢字，已經列入《中華人民共和國國家通用語言文字法》。中國大陸（內地）①使用的規範漢字，除了傳承字，還包括已經使用了半個世紀的簡化字，而與這些簡化字對應的繁體字只在規定的範圍內使用。中國的香港地區、台灣地區使用的漢字，則沒有包括簡化字在內。就繁體字字形來看，中國不同地區都有各自習慣的寫法。

字形的差異首先給漢字教學帶來問題。在香港地區，教師和家長指導學生寫字時，常常遇到疑問。例如，一個「化」字，倒數第二筆是一「撇」，還是一「橫」？和最後一筆「豎彎鈎」是相接，還是相交？一個「户」字，首筆是一「點」，還是一「撇」？一個「及」字，筆畫數到底是四畫還是三畫？相信，在國際漢語教學中，同樣遇到這些問題。不同工具書中，同一個漢字有時寫法不同，讓讀者無所適從。

這引起我們關注漢字字形的差異問題。中國的大陸地區以及香港地區、台灣地區的漢字，到底有多少字形是相同的，多少字形是有差異的，值得比較一下。其實，這些差異的存在，是因為歷史的原因形成。漢字是我們漢民族創制的記錄漢語的書寫符號系統，至少有三千年以上的歷史，一直保持有相對穩定的系統，但是它也在發展變化中。現代漢字在上述地區使用時，有些字形可能發生分化、類化現象，在筆畫關係、筆形、筆順以至部件、偏旁部首、結構上，出現差異。這些差異有些不明顯，有些明顯。這也是漢字在發展中不可避免的事情。

我們通過逐字對比上述地區的漢字字形，把個中差異明明白白描述出來之後，可以分析這些差異的來源、規律，整體歸納出地區間的字形同異現狀，做到心中有數，從而掌握漢字今後發展可能出現的趨勢。如果經過深入研究，可以在字形存同的基礎上，制定相應政策，進一步縮小地區間的字形差異，這對於現代漢字的趨同發展，對於世界各地的漢字教學與交流，無疑能產生積極的推動作用，而且更有利於加強中華民族的凝聚力。

---

① 在中國不同地區之間，「香港」與「內地」為對應概念，「台灣」與「大陸」為對應概念。本字典三者並稱，為表述簡練，統一使用「大陸」。

2013 年國務院公佈了《通用規範漢字表》。「規範漢字」是經過系統整理、通行於大陸地區現代社會一般應用領域的標準漢字。《通用規範漢字表》收字 8105 個，按漢字的通行度，分有三級字表。一級字表共收 3500 字，是使用頻度最高的常用字集；二級字表共收 3000 字，使用頻度次於一級字；三級字表共收 1605 字，是在特定領域中較為通用的字。表中 8105 個漢字，基本上反映出了現代社會漢字的面貌。我們考慮，要比較中國的大陸地區以及香港地區、台灣地區漢字字形的同異，必須以《通用規範漢字表》為依據。

現時電腦字體種類繁多，所顯示的漢字字形皆有不同之處。因此，當我們要進行漢字字形對比時，字體選用是重要的考慮。基於《通用規範漢字表》使用宋體，而這亦是現代社會通行的漢字印刷體，因此我們經過調研後，採用了四種各自合乎中國的大陸地區以及香港地區、台灣地區社會用字的宋體字體。這些字體所顯示的字形，均能反映各地的書寫習慣。在此前提下，我們才能進行有意義、有價值的字形對比，供讀者教學參考及學術研究。

在《通用規範漢字表》的基礎上，我們根據所選定的電腦字體進行字形對比。由於本字典在香港地區出版，因此把香港地區字形排在前面，接着台灣地區字形與大陸地區字形；每個漢字的屬性基本按香港地區的標準描述。

目前，本字典共收字頭 8229 個，較《通用規範漢字表》8105 字多，這是因為大陸地區的字形有「一簡對多繁」的緣故，而本字典對此做了妥善的處理。這裏需要先解釋一個問題，不少人以為漢字系統裏每一個字都有繁簡體的差異，我們來看看實際的情況。1964 年公佈的《簡化字總表》共分三表：第一表所收的是 352 個不做偏旁用的簡化字；第二表所收的是 132 個可作偏旁用的簡化字和 14 個簡化偏旁；第三表所收的是應用第二表的簡化字和簡化偏旁得出來的簡化字。1986 年，國家語言文字工作委員會經國務院批准重新發佈了《簡化字總表》，調整後的《簡化字總表》，實收簡化字 2235 個。2013 年公佈的《通用規範漢字表》，基本涵蓋《簡化字總表》裏的字，僅有 31 個字未收入，這包括個別的方言字、異體字、文言用字及專業領域用字，這 31 個字已經沒有甚麼實用價值了。此外，還增收了一部分在社會語言生活中廣泛使用的簡化字。現時，簡化字在《通用規範漢字表》裏約佔三成。在本字典裏，大陸地區的繁簡體字形均有列出，為了方便比較，先列繁體字，再列簡化字。香港地區、台灣地區的字形和大陸地區的繁體字字形可以作比較，和簡化字字形就不比較了。

此外，《通用規範漢字表》中有 40 個字，因本字典所選電腦字體出現缺字情況，以致無法比較其字形，存此暫缺。包括：二級字表的「哢、㤘、扨、鸋」，三級字表的「佁、嚩、垐、堉、墋、塄、岫、岈、恴、豁、琋、瓊、硝、碍、砋、磲、礅、胋、芃、蕮、鎹、郊、邟、酆、鉗、鈹、錖、銈、鐓、鐯、鏢、院、弦、鲃、鰤、鎿」。

　　根據凡例列出的分區原則，我們對《通用規範漢字表》裏的漢字進行了字形比較，按不同地區字形同異情況分別歸類。經過全面對比後，我們可以對用字現狀有一個比較具體的了解：在本字典收錄的 8229 字中，三者字形相同的漢字共4378 個，佔五成以上；字形不同的漢字共 3851 個，約佔四成半。雖因技術原因未能窮盡《通用規範漢字表》所收單字，但三者的字形同異面貌已經得到總體展現，能夠極大地便利讀者查檢、掌握漢字字形。

　　關於字形差異的比較和描述，我們關注的是核心差異，在「字形差異描述」一欄做出了較為細緻的分析。這包括：（一）筆畫交接關係不同。筆畫是漢字構形書寫的最小單位，是組成漢字各種形狀的點和線。筆畫之間相接、相交、相離的差異通常看作是核心差異，如：「丑」、「丑」，香港、台灣第三筆「橫」與首筆「橫折」相交，大陸第三筆「橫」與首筆「橫折」相接。（二）筆形不同，筆畫稱謂有別。這類字一般作為部件構字時，在書寫上亦具同樣的規律性變化，如：「今」、「今」，香港、台灣第三筆是「短橫」，大陸第三筆是「點」。（三）構字部件不同，構字理據或其他有區別。這類字常涉及取用不同的形旁或聲旁，如：「雞」、「鷄」，形旁不同；「線」、「綫」，聲旁不同。（四）漢字結構不同，屬性不一樣。如：「感」、「感」，分屬半包圍結構和上下結構，其構字的筆畫亦呈現出長短變化。

　　對於以上核心差異導致字樣內部發生質的差異的情形，本字典擇要點予以描述，可以清楚看到漢字體系從筆畫到部件再到結構的分別，從而為科學識字、準確寫字奠定基礎。如果字形僅在結構疏密度、筆形傾斜度、飾筆處理等方面有細微出入的，我們不視為字形有質的差異，不做描述。

　　本字典在「字形差異描述」欄目下設有四個專欄：注意、辨析、小知識、書寫提示。設立專欄的目的，是幫助讀者了解漢字的知識和書寫規律，使讀者深入了解漢字字形特點，形成正確的書寫習慣，更好地掌握和運用漢字。從這個角度看，這部字典也是一部學習字典。讀者在查找字形的同時，可以學習有關知識，利用這些知識來舉一反三，歸納推理，開闊思路。

　　總的來看，本字典通過對比中國的大陸地區以及香港地區、台灣地區的漢字字形，系統地進行歸納並分區排列，使三者字形的同異狀況一目了然，可供各地語言文字教學與研究者查考。一部字典要經過多次的打磨才能不斷完善，我們誠摯希望讀者提出寶貴意見和建議，以備修訂。

田小琳

2022 年春

於香港

凡例

一、 本字典旨在對比中國的香港地區、台灣地區、大陸地區漢字字形的同異，系統地將差異情況歸納並分區排列，且對字形有不同處的，作差異描述。

二、 本字典以 2013 年中國教育部、國家語言文字工作委員會組織制定的《通用規範漢字表》（8105 字，依使用頻度分為一至三級）為依據，設立共 8229 個字頭。

三、 本字典字頭的字形採用現代社會通行的漢字印刷體——宋體。經過調研後，選用以下四種合乎相應地區標準的電腦字體：

（一）香港地區用字採用「華康香港新標準宋體」[1]，字體依據香港特區政府與中文界面諮詢委員會聯合制定的《香港電腦漢字宋體（印刷體）字形參考指引》製作。

（二）台灣地區用字採用「全字庫正宋體」[2]，字體以台灣教育事務主管部門發佈的標準字體表為製作基準。

（三）大陸地區用字採用兩款字體：規範字採用「方正規範書宋」[3]，字體依據《通用規範漢字表》製作；繁體字採用「方正書宋」[4]，字體符合國家用字規範和印刷標準。

四、 本字典關注不同地區漢字字形的核心差異及差異理據，對於字形差異情況進行具體描述，主要包括筆畫交接關係不同、筆形不同、部件不同、結構不同等質的差異。

五、 不同電腦字體各具設計風格，部分字在字形上不存在質的差異，僅在結構疏密度、筆形傾斜度、飾筆處理等方面有細微出入；前述情形，本字典歸入字形相同區，不作描述。

六、 本字典字條以表格形式排列：橫向按地區劃分，以香港—台灣—大陸為序；豎向依《通用規範漢字表》分三級先後排列，其下每級根據字形同異情況劃分為七區，其下每區按部首排序。

---

① 華康字型，華康科技（香港）有限公司。
② CNS11643 中文標準交換碼全字庫。
③ 方正字庫，北京北大方正電子有限公司。
④ 方正字庫，北京北大方正電子有限公司。

七、本字典根據不同地區字形同異情況分區排列，劃分標準如下：

分區	說明	示例
一區	香港、台灣、大陸字形相同。（大陸字形為傳承字，沒有繁簡區別。）	大 / 大 / 大 朝 / 朝 / 朝
二區	香港、台灣、大陸繁體字字形相同。（大陸字形有繁簡區別，香港、台灣字形不與大陸簡化字字形比較。）	捨 / 捨 / 捨 ∣ 舍 剛 / 剛 / 剛 ∣ 刚
三區	香港、台灣字形相同，與大陸（規範字 / 繁體字）不同。	丑 / 丑 / 丑 廁 / 廁 / 廁 ∣ 厕
四區	香港、大陸（規範字 / 繁體字）字形相同，與台灣不同。	侍 / 侍 / 侍 騙 / 騙 / 騙 ∣ 骗
五區	香港與台灣、大陸（規範字 / 繁體字）字形不同。台灣與大陸（規範字 / 繁體字）字形相同。	告 / 告 / 告 肅 / 肅 / 肅 ∣ 肃
六區	香港、台灣、大陸（規範字 / 繁體字）三者字形各不相同。	化 / 化 / 化 鞏 / 鞏 / 鞏 ∣ 巩
七區	香港、台灣、大陸用字有別。	佔 / 佔 / 占 兇 / 凶 / 凶

八、本字典字頭注音為普通話標準音。

九、本字典在字形差異描述欄下設有四個專欄，包括：

💡 注意：揭示部件、結構上的規律，介紹用法區別等。

🔍 辨析：重在區別字形特徵。

📄 小知識：介紹造字理據及其他。

✎ 書寫提示：提示書寫漢字過程中注意的地方，適當提示書寫規律。

同一部首的字，其部首一般具有相同的字形特點和書寫規律。凡涉及部首類的專欄內容，本字典一律列在每區該部首的首字條中，以「某部的字」總體提示讀者注意，下不贅列。

部首檢字表

【説明】

1. 《部首檢字表》包括《部首目錄》和《檢字表》兩部分。
2. 部首次序按筆畫數由少至多排列。
3. 同一部首的字按部首外筆畫數由少至多排列；相同筆畫數的字，依筆形「橫（一）」、「豎（丨）」、「撇（丿）」、「點（丶）」、「折（乛）」的順序排列。
4. 《部首目錄》中，部首右邊的數字是《檢字表》中的頁碼；《檢字表》中，每字右邊的數字是字典正文中的頁碼。

（一）部首目錄

部首檢字表

（二）檢字表

部首檢字表

一部

一	2
[一畫]	
丁	2
七	200
[二畫]	
三	2
下	2
丈	2
万	2
上	2
[三畫]	
丐	2
丏	290
不	2
丑	97
[四畫]	
世	2
丙	2
丕	290
且	2
丘	2
[五畫以上]	
丟	97
丞	359
並	280

丨部

丫	2
中	2
丰	97
串	2

丶部

九	98
丹	2
主	2
乓	2

丿部

乂	290
乃	2
久	3
之	3
乍	3
乏	3
乎	3
乒	3
乖	98
乘	98

乙部

乙	3
九	3
乜	359
乞	3
也	98
氹	359
乩	290
丟	290
乳	3
乾	67
亂	67

亅部

了	3
予	3
事	3

二部

二	3
丁	534
于	3
井	3
亓	290
云	3
五	3
互	3
亙	359
亞	67
些	200
亟	359

亠部

亡	98
亢	3
亦	229
交	3
亥	4
亨	290
京	4
享	4
亭	4
亮	98
亳	290
亶	290
亹	572

人部

人	4
[二畫]	
仄	290
仁	4
什	4
仃	290
仆	4
仇	4
仍	4
仉	290
仂	290
介	4
今	98
[三畫]	
以	98
仨	290
仕	290
付	4

仗	4
代	4
仙	4
仟	290
仡	290
仫	290
仔	4
他	98
仞	360
仝	534
令	99
[四畫]	
任	99
伕	280
休	4
伍	4
伎	290
伏	4
伢	290
伐	4
仳	572
仲	4
件	4
仵	291
份	5
仰	5
伋	622
伉	291
仿	5
伙	5
仳	534
伊	5
企	5
[五畫]	
佞	360
估	5
何	5
佤	360
佐	5
伾	534

佑	5
佈	280
佔	280
似	99
但	5
伸	5
佃	5
佚	291
作	5
伯	5
伶	99
佣	229
低	99
你	5
佝	291
佟	291
住	5
位	5
佉	534
伴	5
佇	360
佗	291
佖	534
伺	5
伲	622
佛	5
伽	291
佁	534
余	5
佘	458
[六畫]	
來	67
佳	6
侍	200
佶	291
佬	458
侭	534
供	6
使	6
佰	291

部首檢字表

部首檢字表

部首檢字表

部首檢字表

部首檢字表

部首檢字表

部首檢字表

尢	129	枋	308	柖	544	[七畫]		植	41
[二畫]		枕	39	柏	232	梆	129	森	130
朽	39	杻	378	柬	40	械	40	棽	582
朴	39	杷	308	柒	211	梽	544	棼	310
机	543	杼	308	染	211	梵	379	棟	75
朾	543	東	75	架	211	梓	544	棫	544
朱	39	果	39	枲	624	梗	40	椅	41
朵	211	杲	465	柔	211	梧	40	棶	561
[三畫]		[五畫]		[六畫]		梜	561	椓	582
杆	39	某	211	栽	40	梢	212	樓	130
杜	39	柰	504	框	40	桿	284	棧	75
材	39	柲	544	栻	544	桯	582	椒	41
村	39	柑	39	桂	40	梘	341	棹	310
杖	39	枯	39	桔	40	梠	582	棵	41
杕	543	柜	129	栲	309	梣	582	棍	130
杌	308	柯	309	栳	465	桍	485	棡	561
杙	544	柄	40	桓	309	梃	379	椔	582
杏	129	柘	309	桎	309	梅	40	椎	41
杅	544	柩	309	桃	544	梔	379	棉	41
杉	39	枰	309	桐	40	桫	544	椑	544
杓	308	查	129	株	40	桴	310	棚	41
杝	581	柙	309	栝	309	桷	379	椆	635
杞	308	枵	309	栘	544	梓	310	椋	310
李	129	柚	309	柏	309	梳	212	棓	545
杈	308	枳	309	桁	309	梲	465	棬	545
束	39	柷	544	栓	129	梯	40	椪	310
[四畫]		柺	284	桃	40	桫	485	棪	545
枉	39	柵	129	桅	309	桹	544	棕	212
枅	544	柞	309	栒	544	桶	41	棺	41
林	39	柏	40	格	40	梭	253	椀	545
枝	39	柝	379	校	40	梨	212	棣	379
杯	39	柃	582	核	40	條	130	椐	310
枇	378	柢	379	栟	310	梟	465	棘	41
杪	484	枸	309	桉	379	梁	253	棗	130
杳	378	柳	40	根	40	[八畫]		棠	212
枘	582	柊	544	栩	310	棻	379	棐	646
杵	308	柉	544	栗	211	棒	41	棄	253
枚	39	柱	40	柴	212	根	341	棨	625
析	39	柿	40	桌	212	楮	310	[九畫]	
板	211	样	309	桀	465	棱	253	楔	504
枌	544	柁	309	桊	544	椏	561	椿	41
松	39	柀	544	案	253	棋	41	椹	582
杭	39	枷	309	桑	212	楷	544	椰	130

部首檢字表

木部（續）

字	頁	字	頁	字	頁	字	頁	字	頁
楪	625	榦	311	樾	311	檳	341	欺	42
楠	310	槐	131	橄	131	檫	625	欹	545
楂	379	槌	380	樹	75	檸	75	欽	75
楚	41	槍	131	橫	253	**[十五畫]**		欻	545
極	130	榴	41	穗	545	櫝	485	**[九畫]**	
棟	310	榱	311	橛	311	櫚	381	歆	381
楷	130	槁	311	橑	545	櫟	545	歃	584
楨	341	榜	41	樸	131	櫪	466	歐	254
楊	75	槎	380	橇	381	櫍	561	歈	311
楫	310	榨	131	橋	75	櫓	485	**[十畫以上]**	
榲	625	榕	41	橚	583	櫧	341	歌	42
榠	545	榷	311	樵	311	櫥	132	歎	42
楞	545	榍	625	橡	131	櫞	341	歐	254
椶	380	槃	646	橦	545	櫫	646	歐	132
楸	310	槊	465	樽	381	**[十六畫]**		歙	311
椴	310	槀	545	橞	311	櫪	381	歟	505
梗	545	**[十一畫]**		橙	41	櫨	381	歡	132
楯	310	椿	75	橘	132	櫬	583		
榆	213	模	131	橢	213	櫳	466	**止部**	
楓	130	槿	311	機	132	櫸	505	止	42
椸	583	槤	380	橐	466	**[十七畫]**		正	42
楦	310	槽	233	**[十三畫]**		欂	583	此	214
椰	41	樞	131	檠	505	櫻	132	步	42
楗	545	標	213	檉	381	欄	75	武	42
概	41	橋	583	檔	341	**[十八畫以上]**		歧	42
楣	310	槭	311	檜	561	權	132	歪	42
楹	310	樗	583	檟	583	欋	341	歲	75
楙	545	樘	380	檔	75	欒	466	歷	133
椽	310	樓	311	檞	341	欐	561	歸	133
業	213	樅	253	檄	311	欖	132		
[十畫]		槲	341	檢	75	欞	381	**歹部**	
穀	310	槨	380	檜	485	**欠部**		歹	42
榛	310	樏	380	橋	381	欠	42	死	214
構	75	樟	41	檞	583	**[二畫]**		歿	382
榪	561	樣	75	檀	41	次	213	殂	311
榾	130	樑	284	檁	505	**[四畫]**		殃	133
楮	625	槧	465	檗	466	欣	42	殄	311
榑	583	樂	213	**[十四畫]**		**[七畫]**		殆	311
榧	380	樊	381	檬	132	欲	42	殊	42
榻	504	槳	213	檮	561	欸	311	殉	42
榿	341	**[十二畫]**		櫃	75	**[八畫]**		殍	311
樺	311	橈	341	檻	132	款	213	殖	42
樹	380	樺	131	檛	583			殘	76

殛	382	飳	466	**水部**		汨	467	洶	546
殞	341	毪	562			沖	134	泖	313
殣	545	氅	312	水	43	汭	584	泡	44
殤	341	氇	312	[一畫]		汽	43	注	44
殪	311	氊	76	永	43	沃	43	泣	44
殫	341	氌	485	[二畫]		沂	313	泫	313
殮	341	氎	312	汁	43	沒	584	泮	313
殯	342			汀	312	汾	313	沱	313
殲	76	**氏部**		氿	545	汲	467	泌	44
		氏	43	汈	545	汴	313	泳	44
殳部		氐	382	氾	284	汶	313	泥	214
		民	43		546	沆	313	泯	313
殳	545	氓	133	汆	312	沈	43	沸	44
段	42			求	43	沉	214	泓	313
殷	42	**气部**		[三畫]		沁	44	沼	44
殺	133			汗	43	決	134	泇	546
殻	76	[一畫]		污	214	沒	134	波	44
毁	76	气	545	江	43	沆	546	治	44
殿	42	[二畫]		汕	312	杳	485	泐	313
毆	133	氕	312	汔	312	[五畫]		泵	44
毅	42	氘	312	汐	312	泰	45	泉	44
		[三畫]		沟	546	沫	44		
毋部		氙	312	汛	43	法	44	[六畫]	
		氚	312	汜	312	泔	313	洭	546
毋	545	[四畫]		池	134	泄	44	洚	546
毌	312	氛	133	汝	134	沽	44	洱	313
母	42	[五畫]		汊	312	沭	382	洪	45
每	42	氡	382	汞	43	河	44	洹	313
毒	635	氟	312	[四畫]		泙	546	洓	546
毑	635	[六畫]		汪	43	沾	44	洧	467
毐	214	氣	312	汧	546	沮	44	洿	546
毓	466	氦	312	汫	546	油	44	減	546
		氧	43	沅	312	沺	546	洌	314
比部		氣	76	沐	43	決	382	泚	625
		氨	133	沛	43	況	134	洸	546
比	133	[七畫]		沔	313	洄	546	洞	45
毖	382	氪	312	汰	43	泅	313	洇	314
毗	382	氫	76	沌	313	泗	313	洄	314
		[八畫以上]		沘	584	泊	44	洙	314
毛部		氰	466	沏	313	泛	44	洗	45
		氬	342	沚	313	泠	382	活	45
毛	43	氮	43	沙	233	泜	584	洑	546
毪	312	氯	134	汩	313	沿	134	洎	314
毫	43	氲	466					洢	546

洫	314	潋	547	淫	135	渺	233	潒	547
派	45	涂	45	淨	135	測	76	溥	383
洽	45	浠	314	溯	547	湯	76	渦	547
洮	314	浴	45	淝	383	溫	215	溧	468
洍	546	浮	45	淘	46	渴	254	溽	384
洶	314	涪	584	淴	547	渭	467	滅	76
洵	134	浣	547	涼	135	渦	136	源	46
浲	546	浲	547	淳	46	湋	562	滉	548
洺	546	流	214	液	46	湍	315	潟	505
洛	45	涕	45	淬	315	湃	46	滑	254
洨	546	浣	314	涪	315	淵	233	湏	562
流	625	浪	45	淤	233	湫	315	溷	315
洋	45	浸	134	消	626	湟	315	潡	585
洴	547	涌	45	溢	547	渝	215	準	76
洣	626	涘	584	淡	46	湷	547	溴	384
洲	45	浚	505	淙	467	湲	315	潲	562
津	45	**[八畫]**		淀	46	溢	547	潋	548
洳	505	清	214	涫	315	渙	136	滏	315
[七畫]		添	233	涴	547	渢	383	滔	47
浙	45	渚	314	濱	254	湿	585	溪	136
浡	584	淇	314	深	135	湻	547	滄	136
浡	547	淋	45	涮	46	渡	46	瀚	315
浦	45	淅	314	涵	46	游	46	溜	47
浭	547	淞	314	淥	383	湉	467	潋	548
涷	314	涯	46	淄	315	渼	585	溏	315
浯	314	淹	215	淼	626	湔	467	滂	315
洓	342	淶	342	**[九畫]**		為	383	溇	585
涇	342	涿	383	湊	135	渲	46	溢	47
涉	45	淒	135	湛	383	渾	76	溯	47
消	214	淺	76	港	46	溉	46	溶	47
涅	314	淑	46	渫	467	渥	315	滓	315
涓	562	淖	314	湖	254	湑	547	滇	316
浬	547	淌	46	湘	46	湄	315	溶	585
浧	547	淏	547	渣	135	滑	626	溺	47
洃	314	混	135	渤	46	湧	284	漣	626
涓	467	淠	314	渠	254	**[十畫]**		潒	585
涸	314	淟	547	湮	383	溱	315	滁	316
涾	382	涸	315	減	135	溝	76	滎	342
浩	233	涎	383	湎	315	溶	585	滕	316
浰	547	淮	46	湝	584	滋	46	**[十一畫]**	
浅	547	淦	315	湞	562	溘	315	潰	342
海	45	淪	76	溲	505	溍	585	潒	548
浜	314	淯	215	湜	315	滇	46	潒	384

犨	343	狼	50	獿	343	玫	50	翔	551

瑟 141	璁 469	瓛 591	甩 51	番 142
瑛 390	璃 141	**瓜部**	甪 628	畫 79
瑚 507	璋 321	瓜 51	甫 51	[八畫]
瑓 551	璇 321	瓞 552	甬 321	替 635
瑅 551	璆 590	瓟 321	甭 486	當 79
瑒 562	[十二畫]	瓢 217	甯 628	畸 52
瑕 320	璜 508	瓣 141	**田部**	畹 321
瑠 320	璞 390	瓤 51	甲 51	[十畫以上]
瑝 551	璟 321	**瓦部**	申 51	幾 321
瑋 343	璔 590	瓦 141	田 51	疁 591
瑞 51	璠 390	瓴 391	由 51	疃 321
瑖 551	璘 390	瓷 256	[二畫]	疇 79
瑝 551	璕 590	瓶 142	町 321	疆 52
璖 551	璒 552	瓻 591	男 51	疊 142
瑪 589	璣 390	瓿 391	甸 51	**疋部**
瑜 469	璺 562	甄 391	[三畫]	疋 552
瑗 321	[十三畫]	甍 391	畀 321	疏 217
瑄 321	璱 590	甌 391	甾 321	疐 552
瑝 343	璬 590	甃 391	[四畫]	疑 142
瑂 551	璨 470	甏 508	畎 321	**疒部**
璩 551	璩 390	甕 392	畏 51	[二畫]
瑙 51	璫 343	甓 591	畋 321	疔 322
[十畫]	璐 321	甌 591	畈 470	[三畫]
瑧 551	璪 470	**甘部**	界 51	疝 322
瑪 78	環 78	甘 51	[五畫]	疙 52
瑨 589	璈 552	甚 142	畖 552	疚 52
瑱 552	璦 628	285	畛 321	[四畫]
瑣 78	璮 552	甜 217	畔 52	疣 322
瑰 141	璲 590	甞 552	留 52	疥 322
瑶 589	璩 508	**生部**	畝 79	疫 52
瑤 508	[十四畫]	生 51	畜 52	疢 552
瑭 321	璼 590	甥 552	畚 321	疤 52
瑳 590	璽 470	產 142	[六畫]	[五畫]
瑢 552	璺 390	甦 285	畢 257	症 52
瑩 78	[十五畫以上]	552	畦 321	疳 322
鎣 628	瓅 628	甥 51	時 628	病 52
[十一畫]	瓊 141	**用部**	異 142	疸 322
璈 390	瓏 470	用 51	略 52	疽 322
瑾 321	瓔 391		[七畫]	疾 142
璊 590	瓖 552		畯 647	痄 552
璉 390	瓘 391		畬 470	疹 52
瑿 590	瓚 343		畲 629	
璀 321				

部首檢字表

部首檢字表

部首檢字表

部首檢字表

部首檢字表

部首檢字表

部首檢字表

言部

言	62
[二畫]	
訇	332
訄	557
計	85
訂	85
訃	347
[三畫]	
訐	347
訏	564
訌	347
討	85
訊	85
訕	347
託	286
訖	347
訓	85
記	85
訒	609
[四畫]	
訝	85
訥	431
許	85
訛	269
訢	565
訩	565
訟	85
設	85
訪	85
訣	176
[五畫]	
詈	332
詁	347
詎	431
詞	347
評	85
詛	347
詗	565
詐	85
訴	176
診	85

詆	431
註	286
詝	565
詠	177
詞	85
詘	565
詔	347
詖	565
詒	347
[六畫]	
訾	476
詹	431
誆	347
試	85
詿	347
詩	225
詰	347
誇	85
詼	347
誠	85
詣	431
詷	565
誅	348
誄	431
詵	348
話	85
詬	348
詮	432
詭	85
詢	86
該	86
詳	86
詫	348
詪	565
詡	348
[七畫]	
誓	62
誠	86
誌	287
誣	86
語	86
誚	476
誤	177

誥	489
誘	177
誨	86
誑	348
説	225
認	177
誦	86
[八畫]	
誾	348
請	225
諸	86
諏	432
諑	432
諓	565
課	86
誹	177
諉	432
誕	177
諫	348
誰	86
論	86
諗	432
諍	432
調	236
諂	348
諒	86
諄	86
誶	348
談	86
誼	86
[九畫]	
諾	177
謀	225
諶	432
諜	225
諲	609
諫	348
諴	565
諧	177
謔	432
謏	653
諟	565
謁	519

謂	225
諤	348
諱	86
諭	476
諼	348
諷	177
諮	287
諳	348
諺	178
諦	348
諢	348
諞	476
諝	631
[十畫]	
謄	225
講	86
謊	269
謖	519
謝	178
謠	269
謐	348
謗	86
謎	178
謚	476
謙	86
謑	348
謇	332
[十一畫]	
謨	432
謹	86
謳	433
謾	433
謫	348
謬	178
[十二畫]	
譁	287
譓	565
譚	86
譖	489
譙	348
識	87
譜	87
證	87

譎	433
譏	178
[十三畫]	
警	178
譯	87
譲	565
譫	433
議	87
譽	269
譬	63
[十四畫]	
護	178
譴	178
[十五畫]	
讀	236
讂	653
[十六畫]	
讎	348
變	87
讋	631
[十七畫]	
讕	348
讖	349
讒	433
讓	87
[十九畫以上]	
讚	287
讜	433
讞	349

谷部

谷	63
谼	557
谿	558
豁	269

豆部

豆	63
豇	332
豈	87
豉	332
豎	178
豌	63

部首檢字表

部首檢字表

部首檢字表

部首檢字表

部首檢字表

部首檢字表

鸛	620
鸚	97
鸛	455
鸝	530
鸞	359

鹵部

鹵	97
鹹	97
鹺	620
鹽	97
鹼	199

鹿部

鹿	199
麂	530
麈	657
麋	455
麈	455
麇	530
麓	455
麗	278
麒	337
麑	620
麖	620
麝	455
麟	456

麥部

麥	278
麩	531
麪	278

麴	279
	657

麻部

麻	229
麼	279
	531
麾	531

黃部

黃	279
黇	657
黌	657

黍部

黍	337
黎	66
黏	337

黑部

黑	66
默	199
黔	199
點	199
黜	456
黝	456
黛	337
黠	456
黟	456
黢	531
黨	97
黥	456

黧	337
黯	199
黪	456
黴	199
黶	657
黷	531

黹部

黹	634
黻	531
黼	481

黽部

黽	456
黿	456
鼃	456
鼇	279
鼉	457

鼎部

鼎	66
鼐	338
鼏	559

鼓部

鼓	67
鼗	97
鼙	560
鼛	481

鼠部

鼠	199

鼢	457
鼩	620
鼬	457
鼩	620
鼯	457
鼱	657
鼴	457
鼷	620

鼻部

鼻	67
鼽	560
鼾	338
齁	338
齈	621
齇	338

齊部

齊	238
齋	279
齏	531
齏	532

齒部

齒	200
[二畫]	
齔	532
[三畫]	
齕	621
[四畫]	
齗	621
齘	621

[五畫]	
齟	457
齡	200
齣	200
齙	457
齠	621
[六畫]	
齧	532
齜	532
齦	457
[七畫]	
齬	457
齦	458
[八畫]	
齮	621
齯	621
[九畫以上]	
齰	458
齲	458
齷	458
齲	621

龍部

龍	229
龑	634
龕	482
龔	482

龠部

龠	338
龢	560

龜部

龜	280

字	頁	字	頁	字	頁	字	頁	字	頁
版	256	襃	62	被	62	[bèng]		閉	92
鈑	478	鮑	457	琲	589	泵	44	庳	540
闆	93	[báo]		棓	545	蚌	174	敝	307
[bàn]		雹	192	備	201	迸	437	婢	497
半	11	薄	171	焙	317	髲	391	萆	602
扮	31	[bǎo]		碚	325	繃	152	啚	552
伴	5	保	201	蓓	419	蹦	64	詖	565
拌	32	堡	108	鞁	559	鏰	353	愎	503
样	309	葆	515	褙	518	[bī]		弼	302
湴	547	飽	195	輩	181	逼	184	鉍	351
絆	81	褓	475	鋇	352	鯿	570	痺	142
靽	559	鴇	481	憊	208	[bí]		裨	332
辦	90	寶	71	糒	630	荸	413	辟	64
瓣	141	[bào]		韛	480	鼻	67	碧	55
[bāng]		刨	9	鐾	336	[bǐ]		蓖	419
邦	187	抱	32	[bei]		匕	202	嗶	493
浜	314	趵	333	唄	339	比	133	飶	637
梆	129	豹	63	臂	224	吡	362	箅	327
幫	72	報	70	[bēn]		沘	584	弊	116
[bǎng]		暴	38	奔	21	妣	494	幣	115
綁	151	鮑	96	栟	310	芘	599	蓽	515
榜	41	瀑	47	賁	349	彼	27	蔽	170
膀	160	曝	38	犇	549	秕	396	潷	342
[bàng]		爆	49	錛	352	俾	292	觱	608
玤	589	[bēi]		[běn]		舭	598	篳	397
蚌	174	杯	39	本	38	筆	80	壁	20
棒	41	卑	11	苯	410	鄙	272	嬖	368
傍	7	背	261	畚	321	[bì]		薜	423
塝	538	椑	544	[bèn]		必	28	篦	510
搒	542	悲	118	坋	298	坒	574	斃	252
蒡	420	碑	55	奔	21	佖	534	濞	316
磅	55	鵯	571	倴	534	庇	115	臂	224
謗	86	[běi]		笨	57	畀	321	避	187
鎊	92	北	240	[bēng]		咇	536	蹕	519
[bāo]		[bèi]		祊	554	泌	44	髀	526
包	11	孛	300	崩	24	邲	558	璧	51
孢	300	貝	87	嘣	297	珌	550	襞	332
苞	164	邶	520	繃	152	苾	600	贔	565
枹	544	背	261	[béng]		毖	382	[biān]	
胞	157	倍	7	甭	486	祕	146	砭	325
炮	48	狽	78	[běng]		狴	588	萹	651
剝	102	悖	29	琫	320	陛	446	煸	468
煲	317	淠	562	繃	152	畢	257	蝙	224

漢語拼音檢字表

漢語拼音檢字表

[cán]		[cén]		妊	494	躔	609	[chǎng]	
殘	76	岑	368	杈	308	讒	433	昶	307
慚	73	涔	382	岔	24	鑱	445	惝	304
蠶	236	[cēng]		侘	534	饞	197	場	70
[cǎn]		噌	483	衩	332	[chǎn]		敞	35
慘	73	[céng]		刹	102	刬	542	廠	72
穇	563	曾	232	差	114	產	142	氅	312
黲	456	嶒	644	詫	348	剗	281	鋹	567
[càn]		層	231	[chāi]		滻	586	[chàng]	
粲	472	[cèng]		拆	121	嘽	560	倡	229
璨	470	蹭	237	差	114	諂	348	鬯	656
燦	216	[chā]		釵	351	蕆	605	唱	230
[cāng]		叉	12	[chái]		燀	562	悵	340
倉	100	杈	308	柴	212	鏟	190	暢	75
傖	361	差	114	豺	63	闡	93	[chāo]	
滄	136	插	123	儕	482	驏	356	抄	232
蒼	169	喳	106	[chǎi]		囅	560	吵	230
艙	162	碴	394	茝	601	[chàn]		怊	540
鶬	619	嚓	461	[chài]		剗	560	弨	540
[cáng]		鍤	444	瘥	591	懺	340	超	63
藏	172	餷	450	蠆	427	羼	473	鈔	238
[cāo]		[chá]		[chān]		韂	615	焯	317
操	210	叉	12	辿	610	顫	95	綽	82
糙	260	垞	537	梴	582	[chāng]		[cháo]	
[cáo]		查	129	覘	347	昌	232	晁	307
曹	232	茬	165	摻	74	倀	338	巢	24
嘈	483	茶	165	襜	608	猖	234	朝	38
漕	485	樝	370	攙	126	娼	497	嘲	18
槽	233	猹	388	[chán]		菖	514	潮	47
螬	635	搽	376	單	69	閶	490	[chǎo]	
蠐	489	槎	380	孱	300	鯧	491	吵	230
艚	650	碴	394	廛	372	[cháng]		炒	233
[cǎo]		察	205	潺	316	長	92	[chào]	
草	165	檫	487	嬋	499	常	25	耖	512
[cè]		擦	625	澶	316	徜	302	[chē]	
冊	101	[chǎ]		禪	80	萇	415	車	89
側	67	叉	12	蟬	84	場	70	硨	344
策	58	衩	332	瀍	587	腸	159	[chě]	
廁	115	蹅	609	蟾	427	嘗	107	尺	23
惻	340	鑔	479	儳	573	嫦	499	扯	31
測	76	[chà]		巉	372	嚐	281	[chè]	
[cēn]		叉	12	鐔	354	償	68	坼	366
參	69	汊	312	纏	152	鱨	619	掣	305

漢語拼音檢字表

鎝 613

[dá]
打 31
沓 485
怛 303
妲 495
炟 549
笪 326
答 58
達 184
澾 585
靼 336
瘩 143
薘 605
鐽 614
韃 448

[dǎ]
打 31

[dà]
大 21

[da]
瘩 143
墶 634
躂 435

[dāi]
呆 203
呔 294
待 206

[dǎi]
歹 42
傣 292
逮 184

[dài]
大 21
代 4
垈 537
岱 301
玳 320
殆 311
待 206
怠 29
迨 437
軑 565

埭 366
帶 115
袋 62
紿 563
貸 88
逮 184
駘 356
戴 30
黛 337
襶 615

[dān]
丹 2
眈 323
耽 155
聃 403
單 69
鄲 350
儋 361
擔 126
殫 341
瘅 562
簞 344

[dǎn]
疸 322
紞 563
亶 290
撢 340
賧 349
膽 161

[dàn]
石 55
旦 36
但 5
疍 552
啖 296
淡 46
蛋 60
萏 416
氮 43
僤 560
誕 177
憚 340
彈 72

擔 126
儋 580
澹 385
膻 407
癉 562

[dāng]
當 79
噹 70
璫 343
襠 347
簹 563
鐺 92

[dǎng]
党 8
崾 539
擋 74
黨 97
欓 561
讜 349

[dàng]
氹 359
宕 300
菪 417
當 79
碭 344
壋 339
擋 74
蕩 170
檔 75
璗 562
盪 285

[dāo]
刀 9
叨 13
忉 540
氘 312
舠 598
魛 569

[dáo]
叨 13
捯 305

[dǎo]
倒 6

島 72
搗 74
導 113
蹈 64
禱 80

[dào]
到 10
倒 6
悼 29
盜 144
道 185
稻 57
幬 561
纛 511

[dē]
嗯 297

[dé]
得 231
德 28
鍀 490

[de]
地 108
的 53
得 231

[děi]
嗯 297

[děi]
得 231

[dèn]
扽 541

[dēng]
登 53
噔 298
璒 552
燈 78
蹬 64

[děng]
等 219
戥 463

[dèng]
凳 9
嶝 371
澄 47

鄧 90
磴 325
瞪 54
鐙 354

[dī]
氐 382
低 99
的 53
羝 595
堤 20
提 34
滴 47
磾 562
鞮 559
鏑 354

[dí]
狄 319
的 53
迪 182
荻 415
笛 57
髢 617
頔 568
嘀 18
滌 136
嫡 499
翟 402
敵 74
蹢 558
覿 636
糴 510

[dǐ]
氐 382
抵 122
坻 366
邸 439
底 115
芪 600
柢 379
牴 285
砥 394
詆 431
骶 525

漢語拼音檢字表

漢語拼音檢字表

緋	399	棼	310	諷	177	氟	312	頫	568
霏	448	焚	48	**[fèng]**		俘	6	簠	594
騑	617	墳	71	奉	21	洑	546	黼	481
鯡	453	濆	562	俸	291	祓	395	**[fù]**	
[féi]		豳	457	鳳	96	茯	413	父	49
肥	157	獖	565	賵	565	垺	538	付	4
淝	383	**[fěn]**		縫	152	蚨	329	没	584
腓	406	粉	58	**[fó]**		郛	335	咐	15
[fěi]		**[fèn]**		佛	5	浮	45	阜	336
朏	543	分	9	**[fǒu]**		琈	551	服	38
匪	103	份	5	缶	328	莩	415	附	65
悱	374	坋	537	否	14	桴	310	赴	63
菲	167	忿	28	**[fū]**		符	57	負	87
棐	646	僨	338	夫	21	匐	293	訃	347
斐	377	憤	73	伕	280	涪	315	副	10
榧	380	奮	71	呋	294	袱	62	婦	246
蜚	426	糞	150	玞	550	紱	399	傅	100
翡	402	漢	587	砆	553	紼	563	復	249
誹	177	鱝	481	趺	333	菔	416	富	23
篚	594	**[fēng]**		跗	333	幅	25	腹	262
[fèi]		丰	97	稃	326	蜉	330	複	268
吠	14	封	23	鈇	566	鳬	454	駙	356
芾	409	風	195	孵	22	福	56	賦	88
狒	319	峯	248	郛	559	榑	583	蝮	517
肺	157	烽	317	麩	531	皸	615	鮒	357
沸	44	對	539	敷	127	蝠	61	縛	152
刜	574	渢	383	膚	262	幞	372	賻	434
費	88	葑	417	**[fú]**		輻	90	覆	269
痱	392	楓	130	弗	27	黻	531	馥	524
廢	72	蜂	61	伏	4	**[fǔ]**		**G**	
鐨	568	碸	394	扶	31	甫	51	**[gā]**	
[fēn]		瘋	143	孚	300	呒	536	旮	307
分	9	鋒	91	芙	162	拊	305	夾	71
吩	14	豐	87	茀	409	斧	36	伽	291
蚡	320	酆	335	苻	599	府	26	咖	15
芬	163	灃	342	拂	32	俯	6	戛	304
氛	133	**[féng]**		彿	283	釜	335	嘎	297
翂	556	浲	547	服	38	脯	158	**[gá]**	
紛	81	逢	184	怫	303	腑	406	尜	484
酚	440	馮	95	宓	301	滏	315	釓	566
棻	379	縫	152	苻	411	輔	89	嘠	297
[fén]		**[fěng]**		莩	412	腐	59	噶	493
汾	313	唪	536	罘	328	撫	125		

[gǎ]		稈	147	篙	327	膈	406	緪	345
孖	301	感	118	糕	58	骼	526	頸	94
嘎	297	趕	89	**[gǎo]**		擱	126	鯁	357
[gà]		澉	384	杲	465	鎘	353	**[gèng]**	
尬	23	擀	306	搞	35	**[gě]**		更	38
[gāi]		橄	131	槁	311	合	14	啯	543
垓	299	鱤	619	稿	57	個	67	**[gōng]**	
陔	336	**[gàn]**		縞	346	哿	536	工	24
荄	600	旰	307	藁	516	舸	408	弓	26
晐	543	淦	315	鎬	92	葛	265	公	8
賅	349	紺	345	**[gào]**		蓋	169	功	10
該	86	幹	72	告	230	**[gè]**		攻	35
[gǎi]		詌	552	郜	490	各	14	供	6
改	35	贛	89	筶	636	圪	329	肱	404
[gài]		**[gāng]**		誥	489	個	67	邛	558
丐	2	江	535	膏	223	硌	325	恭	231
芥	163	扛	31	鋯	490	鉻	352	蚣	60
鈣	90	肛	156	**[gē]**		**[gěi]**		躬	181
溉	46	矼	553	戈	30	給	82	宮	112
概	41	岡	71	仡	290	**[gēn]**		觥	431
蚧	623	缸	152	圪	298	根	40	龔	482
隑	568	罡	328	疙	52	跟	64	**[gǒng]**	
蓋	169	剛	68	咯	295	**[gén]**		汞	43
[gān]		崗	72	哥	16	哏	295	拱	33
干	26	棡	561	胳	158	**[gěn]**		珙	320
甘	51	堽	538	袼	557	艮	329	砼	553
玕	319	綱	82	割	240	**[gèn]**		鞏	275
杆	39	鋼	91	歌	42	亙	359	**[gòng]**	
肝	156	**[gǎng]**		餎	450	艮	329	共	8
坩	299	崗	72	擱	126	茛	601	供	6
矸	324	港	46	鴿	96	**[gēng]**		貢	87
泔	313	**[gàng]**		**[gé]**		更	38	**[gōu]**	
苷	410	筻	555	革	66	庚	26	勾	11
柑	39	槓	130	格	40	耕	154	句	13
豜	556	鋼	91	鬲	337	浭	547	佝	291
竿	57	戇	340	骼	158	賡	349	枸	309
酐	440	**[gāo]**		蛤	60	鶊	571	鉤	227
疳	322	皋	323	塥	538	羹	154	溝	76
乾	67	高	66	葛	265	**[gěng]**		緱	399
尷	113	羔	59	嗝	297	埂	19	篝	327
[gǎn]		槔	311	滒	547	耿	155	韝	337
桿	284	睪	324	隔	66	哽	295	**[gǒu]**	
敢	127	膏	223	閣	190	梗	40	岣	369

漢語拼音檢字表

漢語拼音檢字表

字	頁
狗	50
苟	164
耇	556
枸	309
笱	555
[gòu]	
勾	11
垢	19
姤	640
夠	109
觳	302
雊	559
詬	348
媾	498
遘	610
構	75
覯	347
購	88
[gū]	
估	5
咕	15
呱	294
沽	44
孤	21
姑	243
骨	276
蛄	330
菰	417
菇	264
辜	64
軲	349
酤	441
觚	430
菇	651
箍	327
鴣	358
[gǔ]	
古	13
谷	63
汩	467
股	157
牯	318
骨	276
罟	328
羖	555
蛄	330
詁	347
鼓	67
賈	88
鈷	351
穀	310
鶻	536
榖	80
縠	350
臌	407
瞽	324
鵠	491
餶	655
濲	548
鶻	530
蠱	347
[gù]	
估	5
固	19
故	35
堌	538
梏	485
崮	301
牿	635
痼	322
僱	239
錮	353
鯝	357
顧	228
[guā]	
瓜	51
呱	294
刮	10
胍	404
栝	309
颳	195
鴰	358
[guǎ]	
剐	362
寡	23
[guà]	
卦	12
咼	537
掛	122
詿	347
褂	62
[guāi]	
乖	98
摑	340
[guǎi]	
拐	121
枴	284
[guài]	
夬	367
怪	28
[guān]	
官	22
冠	8
倌	292
棺	41
蔻	603
綸	345
關	93
鰥	453
觀	176
[guǎn]	
莞	415
琯	320
筦	555
管	58
館	196
[guàn]	
毌	545
冠	8
涫	315
貫	87
裸	554
摜	340
慣	73
盥	487
灌	138
瓘	391
爟	588
罐	153
觀	176
鸛	455
[guāng]	
光	7
垙	537
咣	295
洸	546
珖	550
桄	544
胱	405
輄	566
[guǎng]	
廣	249
獷	507
[guàng]	
桄	544
逛	184
[guī]	
圭	298
邽	558
皈	471
珪	550
規	84
硅	55
嬀	498
瑰	141
閨	93
鮭	357
歸	133
龜	280
鼃	569
[guǐ]	
宄	539
庋	302
軌	89
姽	640
癸	53
鬼	198
匭	338
晷	378
詭	85
簋	398
[guì]	
炅	317
桂	40
貴	88
筀	555
跪	63
劇	338
劊	483
檜	485
櫃	75
鱥	357
[gǔn]	
袞	518
滾	255
緄	399
輥	436
磙	509
鯀	453
[gùn]	
棍	130
[guō]	
咼	574
嘓	577
郭	64
堝	366
聒	403
渦	136
過	185
蝸	346
鍋	190
[guó]	
國	70
幗	339
漍	562
虢	425
膕	597
馘	559
[guǒ]	
果	39
蜾	557
裹	62
粿	328
椁	380
餜	450

[guò]
過　185

H

[hā]
哈　16
鉿　352

[há]
蛤　60

[hǎ]
哈　16

[hà]
哈　16

[hāi]
咍　536
咳　16
嗨　297

[hái]
孩　22
骸　526
還　186

[hǎi]
胲　597
海　45
醢　442

[hài]
亥　4
氦　312
害　247
嗐　492
駭　95

[hān]
犴　549
蚶　330
頇　355
酣　188
憨　120
鼾　338

[hán]
邗　334
汗　43
含　105
邯　334

函　9
衔　556
浛　584
珨　589
晗　378
崡　578
焓　386
涵　46
峸　539
寒　23
韓　94

[hǎn]
罕　153
喊　17
蔊　605

[hàn]
扞　541
汗　43
旱　37
捍　33
垾　538
悍　29
焊　48
菡　417
漢　136
撼　581
蔊　605
暵　581
撖　125
翰　59
頷　448
憾　120
瀚　316

[hāng]
夯　21

[háng]
行　61
吭　14
杭　39
航　161
絎　345
頏　355

[hàng]
沆　313
巷　25

[hāo]
蒿　419
薅　516
嚆　365

[háo]
毫　43
號　173
嘷　297
貉　333
豪　63
壕　300
嚎　18
濠　316
蠔　428

[hǎo]
好　242
郝　490

[hào]
好　242
昊　307
耗　155
浩　233
淏　547
皓　234
號　173
鄗　558
皞　553
顥　356
灝　342

[hē]
呵　15
喝　241
訶　347
嗬　363

[hé]
禾　56
合　14
何　5
和　15
劾　293

河　44
曷　504
郃　558
紇　344
盍　323
核　40
盉　393
荷　166
盒　53
涸　315
菏　416
貉　333
閤　190
闔　354
餄　450
頜　355
翮　329
鞨　523
齕　621
闔　355
鶡　656
龢　560

[hè]
和　15
垎　537
翟　559
荷　166
喝　241
賀　88
赫　237
熇　549
褐　268
翯　595
壑　300
嚇　230
鶴　97

[hēi]
黑　66
嘿　18

[hén]
痕　52

[hěn]
很　27

狠　50
詪　565

[hèn]
恨　29

[hēng]
亨　290
哼　16

[héng]
行　61
恆　118
姮　495
珩　320
桁　309
橫　253
衡　61
鴴　358
蘅　424

[hèng]
堼　538
橫　253

[hng]
哼　16

[hōng]
吽　294
哄　16
訇　332
烘　48
薨　516
轟　90

[hóng]
弘　27
玒　550
宏　22
泓　313
虹　60
竑　326
洪　45
紅　81
翃　556
紘　563
閎　354
荭　603
谼　557

漢語拼音檢字表

鍧	566	惚	304	笏	326	歡	132	[huáng]	
鍧	567	淴	547	瓠	321	[huán]		皇	53
蕻	423	軤	565	扈	464	峘	577	凰	9
鴻	97	滹	384	鄠	611	郇	335	黃	279
鱟	657	糊	259	滬	215	洹	313	喤	536
[hǒng]		[hú]		嫭	643	萓	600	徨	302
哄	16	囫	298	糊	259	桓	309	惶	30
嗊	560	和	15	護	178	萑	416	湟	315
[hòng]		狐	50	鸌	620	貆	558	媓	642
訌	347	弧	27	鱯	619	綄	563	隍	336
閧	288	胡	261	[huā]		圜	298	瑝	551
[hōu]		核	40	花	264	澴	548	遑	438
齁	338	斛	377	砉	592	寰	301	煌	48
[hóu]		壺	71	嘩	107	環	78	蝗	61
侯	99	猢	507	[huá]		還	186	篁	327
喉	106	湖	254	划	9	鍰	567	艎	599
猴	140	瑚	507	華	166	缳	346	潢	506
瘊	392	葫	264	猾	256	鐶	568	璜	508
篌	397	煳	506	滑	254	鬟	337	鍠	567
餱	616	槲	380	劃	68	瓛	591	璜	647
骺	526	蝴	267	嘩	107	[huǎn]		蟥	518
鍭	613	糊	259	譁	287	晏	543	簧	259
[hǒu]		觳	328	鏵	445	緩	82	鐄	654
吼	14	醐	521	驊	452	[huàn]		鰉	357
[hòu]		觳	431	[huà]		幻	26	[huǎng]	
后	14	鵠	491	化	240	奐	367	恍	29
厚	12	鬍	277	華	166	宦	22	晃	37
侯	99	鶘	529	畫	79	浣	314	幌	25
垕	537	鶻	530	觟	608	患	29	謊	269
邱	558	[hǔ]		話	85	換	124	[huàng]	
後	207	虎	173	劃	68	喚	106	晃	37
候	100	唬	105	嬅	644	渙	136	皝	552
逅	437	琥	389	樺	131	逭	610	滉	548
堠	575	滸	342	[huái]		豢	333	[huī]	
鮜	570	[hù]		徊	27	煥	139	灰	47
鱟	358	互	3	淮	46	瘓	143	咴	295
[hū]		户	208	槐	131	漶	316	恢	29
乎	3	冱	535	踝	334	擐	542	撝	580
吻	542	护	624	懷	73	鲩	357	揮	73
呼	15	岵	576	[huài]		[huāng]		暉	561
忽	28	怙	303	壞	71	肓	512	詼	347
烀	317	戽	463	[huān]		荒	264	禈	564
唿	296	祜	326	獾	388	慌	250	輝	89

麾	531	繪	235	獲	140	積	80	蹐	631
翬	402			濩	587	錤	567	藉	171
徽	28	[hūn]		豁	269	激	47	籍	150
隳	522	昏	37	嚯	365	禩	564	鶺	634
[huí]		惛	541	穫	147	擊	74	[jǐ]	
回	18	婚	245	蠖	424	磯	395	己	25
洄	314	菫	168	蠖	428	隮	637	紀	81
茴	412	碠	554	爠	588	雞	191	脊	222
迴	182	闇	355	钁	445	譏	178	掎	541
烠	627	[hún]		[huo]		饑	197	戟	304
蛔	330	渾	76	和	15	躋	490	給	82
[huǐ]		琿	343			賷	531	幾	115
虺	329	魂	198	**J**		齏	532	麂	530
悔	29	餛	450			羈	346	魝	569
毀	76	[hùn]		[jī]		[jí]		擠	232
[huì]		混	135	几	9	及	202	濟	233
卉	11	溷	315	乩	290	吉	13	蟣	427
恚	303	諢	348	肌	156	伋	622	[jì]	
彗	373	[huō]		坅	204	岌	462	伎	290
硊	553	秴	402	芰	514	汲	467	技	31
晦	37	劐	574	枅	544	即	12	忌	28
惠	29	鍃	567	奇	21	佶	291	妓	242
喙	296	嚄	365	剞	293	亟	359	芰	599
匯	69	豁	269	唧	17	急	118	季	111
賄	226	驛	617	笄	326	姞	640	坖	537
會	232	攉	377	飢	195	笈	472	計	85
彚	72	[huó]		屐	301	疾	142	洎	314
誨	86	和	15	姬	496	聖	538	既	36
慧	119	佸	534	基	20	級	220	紀	81
潰	77	活	45	期	38	棘	41	記	85
蕙	421	[huǒ]		犄	318	集	228	偈	491
槵	545	火	47	嵇	301	湒	585	徛	540
噦	339	伙	5	幾	115	極	130	祭	219
諱	86	鈥	566	畸	52	楫	310	悸	374
澮	486	夥	71	箕	58	殛	382	寄	23
薈	516	漷	539	鉖	566	戢	375	寂	23
檜	485	漷	548	嘰	107	嶯	502	惎	541
燴	486	[huò]		稽	147	嫉	247	勣	560
蟪	331	或	30	犄	608	蒺	419	跡	270
穢	80	和	15	緝	82	耤	595	跽	558
翽	564	貨	270	幾	321	瘠	471	漈	626
鐬	614	惑	29	璣	390	輯	90	暨	308
譓	565	禍	146	機	132	戵	423	際	228
		霍	193	墼	300				

稷	510	恝	623	緘	345	監	144	勥	540
髻	337	郟	350	縑	346	僭	482	強	116
冀	239	莢	414	覝	84	漸	76	將	206
穄	629	戞	304	鞬	337	賤	88	絳	345
劑	240	蛺	346	殲	76	踐	89	犟	388
薊	423	鋏	352	鰜	571	箭	219	漿	215
覬	347	頰	94	鶼	572	劍	68	糨	398
闚	328	**[jiǎ]**		籛	563	諓	565	醬	273
濟	233	甲	51	鰹	357	澗	77	**[jiāo]**	
績	83	岬	369	驖	448	踺	334	艽	409
薺	516	胛	404	**[jiǎn]**		餞	450	交	3
鯽	96	假	7	柬	40	諫	348	峧	577
繫	83	斝	542	梘	341	薦	171	郊	64
瀱	548	賈	88	趼	558	鍵	91	姣	495
驥	570	鉀	90	剪	202	檻	132	茭	413
繼	83	瘕	552	揀	73	瀳	77	教	127
霽	522	檟	561	減	135	艦	162	椒	41
鰶	633	**[jià]**		暕	543	鑒	273	蛟	330
鱭	491	架	211	筧	344	**[jiāng]**		焦	48
驥	525	假	7	戩	375	江	43	跤	64
[jiā]		嫁	247	儉	68	姜	110	僬	535
加	10	稼	57	鬋	630	茳	600	膠	160
夾	71	價	68	撿	74	豇	332	澆	76
伽	291	駕	95	檢	75	將	206	嬌	247
佳	6	**[jia]**		蹇	334	僵	7	蕉	170
泇	546	家	22	謇	332	漿	215	燋	549
珈	320	**[jiān]**		襇	347	薑	171	礁	56
茄	164	尖	231	瞼	343	礓	325	鮫	357
枷	309	奸	242	簡	80	疆	52	鷑	571
迦	437	戔	561	繭	260	韁	194	驕	96
痂	322	肩	222	鐧	354	鱂	633	鵁	359
浹	342	姦	282	讓	653	**[jiǎng]**		**[jiáo]**	
家	22	兼	8	鹼	199	蔣	265	矯	79
梜	561	堅	70	**[jiàn]**		膙	407	嚼	18
笳	327	菅	417	件	4	槳	213	**[jiǎo]**	
袈	332	間	93	見	84	獎	256	角	176
跏	333	湔	467	牮	318	耩	403	佼	291
傢	67	搛	306	建	26	講	86	狡	50
葭	418	犍	318	健	7	**[jiàng]**		恔	540
嘉	18	煎	216	間	93	匠	11	皎	323
鎵	353	蒹	420	楗	545	虹	60	湫	315
[jiá]		監	144	犍	312	洚	546	絞	82
夾	71	箋	344	腱	406	降	65	敫	307

脚	159	**[jié]**		誡	86	墐	538	警	178
剿	10	孑	300	褯	557	盡	79	**[jìng]**	
僥	68	劫	10	藉	171	殣	545	勁	69
鉸	352	刦	539		172	璭	590	倞	534
餃	196	刧	293	**[jie]**		噤	493	徑	72
璬	552	絜	640	價	68	縉	400	逕	610
矯	79	拮	305	**[jīn]**		濜	342	脛	405
皦	553	桔	40	巾	25	藎	424	竟	57
繳	83	桀	465	斤	36	覲	347	淨	135
攪	74	訐	347	今	98	燼	343	婧	496
[jiào]		捷	34	金	65	贐	565	痙	343
叫	13	婕	497	津	45	**[jīng]**		敬	127
校	40	絜	630	衿	429	京	4	靖	228
教	127	傑	239	矜	394	荊	165	婙	594
窖	258	結	81	珒	551	涇	342	經	82
較	89	睫	54	筋	149	莖	166	境	20
滘	585	蜐	557	釿	566	猄	550	獍	550
斠	542	節	80	禁	257	旌	307	靚	479
酵	188	詰	347	襟	268	菁	514	靜	275
漖	585	截	30	**[jǐn]**		晶	37	鏡	92
噍	297	碣	509	巹	579	腈	513	競	80
嶠	371	竭	258	菫	299	睛	218	**[jiōng]**	
徼	302	頡	355	僅	67	粳	328	坰	537
藠	424	羯	511	緊	82	經	82	扃	463
轎	90	潔	215	廑	540	兢	8	駉	569
醮	442	鮚	570	瑾	321	精	220	**[jiǒng]**	
嚼	18	**[jiě]**		槿	311	鶄	634	冏	573
覺	85	姐	243	儘	68	鯨	96	炅	317
釂	553	解	176	錦	91	鶊	620	泂	546
[jiē]		檞	583	謹	86	鼱	657	迥	437
皆	143	**[jiè]**		饉	451	驚	198	炯	317
接	123	介	4	**[jìn]**		**[jǐng]**		絅	563
秸	56	戒	30	妗	494	井	3	窘	148
揭	251	玠	319	近	182	汫	546	潁	386
喈	363	芥	163	劤	69	阱	336	**[jiū]**	
街	61	届	113	晉	128	肼	329	究	147
湝	584	界	51	浸	134	剄	338	糾	81
階	191	疥	322	祲	593	景	37	赳	333
結	81	蚧	329	進	184	儆	361	揪	34
楷	130	借	6	靳	336	憬	304	啾	296
嗟	363	誡	540	禁	257	璟	321	鳩	358
節	80	解	176	溍	585	頸	94	鬏	337
癤	343	骱	655	璶	589	璥	590	鬮	528

[jiǔ]		駒	95	劇	102	玦	389	龜	280
九	3	鋦	352	踞	334	砄	592	鮶	570
久	3	鮈	570	據	125	倔	7	[jùn]	
氿	545	鞠	66	鋸	91	掘	34	俊	239
玖	50	鞫	337	濾	587	桷	379	捃	305
灸	47	[jú]		窭	648	崛	114	峻	248
韭	66	局	23	遽	439	觖	608	浚	505
酒	187	侷	281	颶	449	訣	176	郡	335
[jiù]		焗	317	屦	501	厥	294	珺	551
臼	60	菊	167	醵	612	催	535	晙	646
咎	363	鋦	352	懼	73	絕	151	焌	646
疚	52	橘	132	[juān]		駃	617	菌	167
柩	309	鶪	571	捐	209	剧	535	畯	647
柏	309	[jǔ]		涓	467	獗	319	朘	597
救	35	弆	540	娟	245	瀎	548	竣	258
就	23	咀	294	圈	107	蕨	421	蔮	651
廄	372	沮	44	鹃	627	橛	311	駿	276
舅	60	柜	129	鹃	229	爵	49		
僦	535	枸	309	鐫	445	蹶	334	**K**	
崽	540	矩	145	鐲	331	譎	433	[kā]	
舊	161	莒	414	[juǎn]		矍	324	咔	294
鷲	481	筥	594	卷	12	嚼	18	咖	15
[jū]		蒟	420	捲	73	鐝	354	喀	296
車	89	踽	434	錈	353	鐍	614	[kǎ]	
拘	32	舉	263	[juàn]		覺	85	卡	12
岨	577	欅	505	卷	12	爝	318	咔	294
狙	319	齟	457	倦	7	攫	306	咯	295
泃	546	[jù]		狷	469	玃	550	胩	596
居	24	巨	114	桊	544	[juě]		[kāi]	
苴	411	句	13	圈	107	蹶	334	揩	123
砠	553	拒	121	眷	54	[juè]		開	93
俱	6	具	8	鄄	440	倔	7	鐦	568
疽	322	岠	577	雋	447	[jūn]		[kǎi]	
掬	305	苣	411	絹	220	均	108	剀	338
据	34	炬	138	[juē]		君	15	凱	68
崌	578	秬	593	撅	306	軍	89	慨	30
嫩	641	俱	6	噘	297	菌	601	暟	603
琚	320	倨	292	[jué]		菌	167	塏	560
趄	333	距	180	孑	300	鈞	189	楷	130
椐	310	愳	318	抉	375	筠	397	愷	340
腒	597	詎	431	角	176	皲	343	鍇	444
雎	336	鉅	613	決	134	麇	455	闓	355
裾	332	聚	155	玨	389			鎧	353

[kài]
炌 548
愾 340

[kān]
刊 9
看 54
勘 102
堪 108
嵁 578
戡 375
龕 482

[kǎn]
坎 19
侃 459
砍 55
莰 601
檻 132

[kàn]
看 54
衎 557
崁 539
墈 575
磡 592
瞰 394
闞 446

[kāng]
康 115
墚 576
慷 119
糠 150
鱇 618

[káng]
扛 31

[kàng]
亢 3
伉 291
抗 31
炕 48
閌 568
鈧 566

[kāo]
尻 301

[kǎo]
考 59
拷 33
洘 546
栲 309
烤 48

[kào]
犒 318
銬 91
靠 275
爒 486

[kē]
坷 19
匼 574
珂 320
苛 163
柯 309
科 56
牁 318
棵 41
軻 349
嗑 296
稞 326
痾 392
窠 396
磕 55
瞌 324
蝌 61
頦 355
顆 94
髁 526

[ké]
咳 16
殼 76
頦 355

[kě]
可 13
坷 19
岢 301
炣 549
渴 254

[kè]
可 13

克 7
刻 10
剋 68
恪 303
客 22
氪 312
嗑 296
溘 315
課 86
緙 345
錁 353
騍 356

[kēi]
剋 293

[kěn]
肯 221
啃 203
墾 71
懇 120

[kèn]
裉 332

[kēng]
坑 19
吭 14
硜 562
鏗 353

[kōng]
空 148
崆 575
崆 370
箜 397

[kǒng]
孔 21
恐 249
倥 360

[kòng]
空 148
控 123
硿 592

[kōu]
芤 600
摳 124
彄 580

膒 393

[kǒu]
口 12

[kòu]
叩 13
扣 31
寇 22
筘 555
蔻 421

[kū]
矻 553
刳 292
枯 39
哭 16
圐 537
窟 148
骷 525

[kǔ]
苦 163

[kù]
庫 72
綺 345
酷 273
褲 84
嚳 484

[kuā]
夸 21
姱 640
誇 85

[kuǎ]
侉 291
垮 19

[kuà]
挎 33
胯 405
跨 63

[kuǎi]
蒯 419
擓 340

[kuài]
快 117
塊 109
筷 149

會 232
儈 482
噲 483
鄶 636
獪 486
膾 513
鱠 638

[kuān]
寬 112
髖 528

[kuǎn]
款 213

[kuāng]
匡 293
哐 295
洭 546
筐 58
誆 347

[kuáng]
狂 49
誑 348
鵟 571

[kuǎng]
夼 300

[kuàng]
況 134
框 40
眶 54
貺 349
壙 493
鄺 520
曠 252
礦 257
纊 648

[kuī]
悝 303
盔 144
窺 149
虧 174
巋 372

[kuí]
奎 300
馗 337

漢語拼音檢字表

漢語拼音檢字表

累	59	蘺	425	痢	52	褳	430	悢	541
涙	254	籬	150	慄	283	聯	156	涼	135
酹	441	驪	525	溧	468	鎌	331	量	65
擂	125	鸝	530	茘	420	簾	80	晾	37
類	95	鱺	529	厲	104	鐮	92	踉	333
[lei]		**[lǐ]**		歷	133	鰱	453	靚	479
嘞	297	李	129	曆	128	**[liǎn]**		輛	181
[lēng]		里	65	篥	472	璉	390	諒	86
棱	253	俚	291	隸	274	斂	74	**[liāo]**	
[léng]		浬	547	勵	103	臉	161	撩	35
崚	501	娌	496	癘	393	襝	564	蹽	334
塄	299	理	51	櫟	628	蘞	607	**[liáo]**	
楞	545	裏	224	壢	576	**[liàn]**		聊	155
稜	286	鋰	352	櫟	466	潕	547	僚	7
[lěng]		澧	316	麗	278	璉	551	澇	586
冷	101	禮	80	噽	365	楝	310	寥	112
[lèng]		鯉	96	瀝	137	煉	77	撩	35
堎	639	醴	442	藶	424	練	82	嘹	18
愣	30	蠡	428	櫪	381	殮	341	獠	319
[lī]		邐	520	礪	395	鏈	190	潦	316
哩	16	鱧	358	礫	218	鰊	570	寮	301
[lí]		**[lì]**		蠣	428	瀲	342	嫽	643
厘	12	力	10	儷	492	戀	73	橑	545
狸	50	立	57	瀝	393	**[liáng]**		遼	272
梨	212	朸	543	糲	398	良	60	燎	318
犁	49	吏	13	轢	632	俍	534	療	79
喱	296	利	9	酈	521	莨	415	簝	555
蜊	330	例	6	躒	477	涼	135	繚	83
嫠	368	戾	463	靂	193	梁	253	鷯	656
漓	137	俐	6	**[li]**		椋	310	鷯	359
璃	141	㻋	551	哩	16	量	65	**[liǎo]**	
黎	66	荔	165	**[liǎ]**		梁	259	了	3
罹	328	鬲	337	倆	100	樑	639	釕	350
縭	400	栗	211	**[lián]**		綜	564	蓼	421
釐	288	猁	319	帘	114	椋	284	憭	541
醨	612	浰	547	連	183	輬	566	燎	318
藜	424	莉	166	廉	26	糧	81	瞭	79
檪	545	唳	460	奩	367	**[liǎng]**		**[liào]**	
麗	278	笠	327	漣	384	兩	101	尥	301
離	192	粒	58	倆	100	倆	100	釕	350
鸝	337	詈	332	蓮	169	魎	452	料	36
蠡	428	傈	459	槤	380	**[liàng]**		撂	306
灘	138	溧	622	憐	119	亮	98	廖	372
				濂	316				

漢語拼音檢字表

漢語拼音檢字表

滷	76
魯	238
擄	504
澛	562
櫓	485
艪	173
鐪	637

[lù]

甪	628
鹿	199
淥	383
陸	190
璓	589
菉	602
祿	146
逯	438
輅	350
碌	145
賂	88
路	64
稑	593
僇	573
勠	574
漉	384
綠	151
戮	375
錄	189
潞	316
璐	321
蕗	605
簏	594
騄	617
轆	436
麓	455
露	193
簬	398
鷺	359

[lu]

| 氌 | 485 |

[lú]

閭	446
臚	650
櫚	381
驢	198

[lǚ]

呂	105
侶	99
挦	305
旅	36
梠	582
僂	491
膂	474
屢	247
鋁	189
履	248
褸	518
縷	260
穭	648

[lǜ]

垏	537
律	27
率	50
氯	134
葎	603
綠	151
慮	119
濾	137

[luán]

孌	72
攣	339
變	368
欒	466
孿	341
臠	346
灤	468
鑾	354
鸞	359

[luǎn]

| 卵 | 12 |

[luàn]

| 亂 | 67 |

[lüè]

掠	647
掠	34
略	52
圙	537
鋝	567

[lūn]

| 掄 | 73 |

[lún]

侖	67
倫	67
崙	282
圇	365
淪	76
綸	345
輪	89
論	86
錀	567

[lǔn]

| 埨 | 560 |

[lùn]

| 論 | 86 |

[luō]

| 捋 | 305 |
| 囉 | 70 |

[luó]

腡	597
螺	61
羅	83
騾	96
囉	70
玀	343
蘿	173
欏	341
邏	187
籮	81
鑼	92

[luǒ]

倮	534
裸	62
蓏	604
瘰	322
臝	653

[luò]

咯	295
洛	45
珞	320
烙	48
絡	82
落	168
摞	306
雒	336
犖	343
濼	316
駱	95
濼	468

[luo]

| 囉 | 70 |

M

[ḿ]

| 呒 | 295 |
| 嘸 | 364 |

[m̀]

| 呒 | 295 |

[mā]

抹	32
媽	246
摩	251

[má]

麻	229
嘛	69
蟆	174

[mǎ]

馬	95
嗎	69
獁	343
瑪	78
碼	79
螞	84

[mà]

榪	561
禡	563
罵	153
螞	84

[ma]

嗎	69
嘛	204
麼	279
	531

[mái]

| 埋 | 19 |
| 霾 | 448 |

[mǎi]

| 買 | 88 |
| 蕒 | 422 |

[mài]

脈	158
麥	278
嘜	492
勱	362
賣	88
邁	186

[mān]

| 嫚 | 499 |
| 顢 | 449 |

[mán]

埋	19
蔓	169
鞔	559
瞞	145
饅	197
鬘	617
鰻	454
蠻	84

[mǎn]

| 滿 | 136 |
| 蟎 | 427 |

[màn]

曼	128
墁	366
幔	372
慢	119
漫	136
嫚	499
蔄	604
蔓	169
縵	400
謾	433
鏝	444

[māng]

| 牤 | 387 |

漢語拼音檢字表

第一欄

[máng]	
邙	439
忙	117
芒	162
杧	581
尨	576
盲	144
氓	133
庬	574
茫	165
牻	588
硭	394

[mǎng]	
莽	166
漭	384
蟒	427

[māo]	
貓	179

[máo]	
毛	43
矛	54
茆	412
茅	165
旄	307
髦	337
氂	388
蝥	331
錨	190
蟊	331

[mǎo]	
卯	12
峁	301
泖	313
昴	307
铆	351

[mào]	
芼	410
茂	164
眊	323
冒	8
耄	474
袤	332
帽	25

第二欄

貿	88
瑁	320
楙	545
鄚	611
貌	63
瞀	324
懋	374

[méi]	
沒	134
玫	50
枚	39
眉	54
莓	414
梅	40
嵋	370
湄	315
郿	335
媒	246
瑂	551
楣	310
煤	216
酶	441
霉	288
鎇	567
縻	473
鶥	358
黴	199

[měi]	
每	42
美	153
浼	547
渼	585
媄	643
鎂	444

[mèi]	
妹	243
昧	37
袂	429
寐	301
媚	246
魅	198

[mēn]	
悶	73

第三欄

[mén]	
門	92
們	67
捫	340
璊	590
鍆	567

[mèn]	
杗	536
悶	73
燜	342
懑	374

[men]	
們	67

[mēng]	
蒙	169
矇	145

[méng]	
虻	426
萌	167
盟	53
甍	391
瞢	393
鄳	611
嶸	579
懞	579
懜	120
濛	137
檬	132
朦	129
礞	592
曚	145
艨	408
鸏	619

[měng]	
勐	293
猛	50
蒙	169
蜢	331
艋	408
錳	91
獴	388
懵	375
蠓	428

第四欄

[mèng]	
孟	21
夢	109

[mī]	
咪	203
瞇	286

[mí]	
迷	183
眯	218
醚	442
謎	178
麋	473
縻	511
糜	530
彌	72
禰	344
靡	275
獼	343
瀰	77
蘪	652
釄	654

[mǐ]	
米	219
芈	595
咪	203
洣	626
弭	302
眯	513
敉	542
靡	275

[mì]	
汨	313
泌	44
宓	301
祕	554
覓	84
密	23
幎	604
嘧	297
蜜	61
冪	362
謐	348

第五欄

[mián]	
眠	54
棉	41
綿	82

[miǎn]	
丏	290
免	7
沔	313
勉	10
娩	496
勔	535
冕	292
偭	534
愐	541
湎	315
腼	488
緬	82
澠	385
鮸	570

[miàn]	
面	66
眄	323
麵	278

[miāo]	
喵	363

[miáo]	
苗	164
描	123
瞄	144
鶓	455

[miǎo]	
杪	484
眇	487
秒	234
淼	626
渺	233
緲	488
藐	172
邈	439

[miào]	
妙	243
廟	72
繆	400

[né]		[nì]		蔋	602	鈕	189	儺	338
哪	17	泥	214	陧	615			[nuò]	
[nè]		逆	183	嶭	644	拗	32	喏	363
訥	431	匿	103	聶	156	[nóng]		搦	306
[ne]		眤	324	闑	568	農	181	諾	177
呢	203	溺	47	鎳	478	儂	361	鍩	613
[něi]		暱	378	孽	111	噥	364	懦	120
餒	196	膩	160	闃	532	濃	137	糯	151
[nèi]		[niān]		蘗	517	膿	161		
內	101	拈	305	囁	365	穠	396	**O**	
[nèn]		蔫	420	蘗	648	醲	613	[ō]	
恁	373	[nián]		躡	435	[nòng]		噢	493
嫩	247	年	26	鑷	446	弄	26	[ó]	
[néng]		粘	58	顳	523	[nòu]		哦	16
能	262	鮎	357	[nín]		耨	403	[ò]	
[ńg]		黏	337	您	207	[nú]		哦	16
嗯	297	[niǎn]		[níng]		奴	242	[ōu]	
[ňg]		捻	123	寧	71	孥	501	區	103
嗯	297	輦	436	凝	101	笯	648	堀	575
[ǹg]		碾	56	擰	74	駑	524	歐	132
嗯	297	撵	126	嚀	339	[nǔ]		毆	133
[nī]		[niàn]		獰	78	努	240	甌	391
妮	243	廿	302	薴	606	弩	502	謳	433
[ní]		念	117	檸	75	砮	647	鷗	199
尼	206	埝	366	矃	596	胬	513	[ǒu]	
伲	622	唸	281	[nǐng]		[nù]		凸	535
坭	461	[niáng]		擰	74	怒	249	偶	100
呢	203	娘	245	[nìng]		傉	638	嘔	107
怩	463	[niàng]		佞	360	[nǚ]		耦	403
泥	214	釀	189	甯	628	女	110	熰	386
倪	292	[niǎo]		寧	71	釹	443	藕	172
猊	550	鳥	96	擰	74	[nù]		[òu]	
鈮	478	裊	429	濘	77	恧	540	慪	374
輗	566	蔦	421	[niū]		衄	428	漚	384
霓	448	[niào]		妞	494	[nuǎn]			
鯢	357	尿	23	[niú]		暖	38	**P**	
麑	620	脲	488	牛	49	[nüè]		[pā]	
齯	621	[niē]		[niǔ]		虐	173	趴	63
[nǐ]		捏	33	扭	121	瘧	143	妑	598
你	5	[niè]		狃	588	[nuó]		啪	17
旎	464	乜	359	忸	373	挪	33	葩	418
擬	126	臬	474	杻	378	娜	245	[pá]	
薿	606	涅	314	紐	151	莌	601	扒	31

漢語拼音檢字表

漢語拼音檢字表

飄	275	[píng]		[pōu]		瀑	47	琦	320
[piáo]		平	26	剖	10	曝	38	萁	415
朴	39	坪	19	[póu]				萁	601
嫖	499	泙	546	抔	304	**Q**		棋	41
瓢	217	枰	550	掊	305			祺	326
藻	652	枰	309	裒	429	[qī]		頎	355
[piǎo]		帡	540	[pǒu]		七	200	愭	645
殍	311	洴	547	掊	305	沏	313	綦	328
漂	215	屏	24	[pū]		妻	110	蜞	330
瞟	471	萍	600	仆	4	柒	211	齊	238
[piào]		蚲	556	撲	125	戚	30	旗	36
票	219	瓶	142	噗	364	郪	611	錡	352
嘌	461	萍	168	鋪	91	悽	283	騏	356
漂	215	評	85	潽	548	淒	135	騎	95
薸	651	鮃	357	[pú]		萋	416	薺	516
驃	480	憑	73	匍	293	期	38	臍	263
[piē]		蘋	172	莆	413	欺	42	鯕	570
氕	545	[pō]		脯	158	棲	130	麒	337
撇	35	坡	19	菩	167	敧	545	蘄	424
瞥	324	泊	44	葡	168	榿	341	蟛	489
[piě]		釙	350	蒲	604	緘	297	鰭	228
苤	411	頗	94	蒲	169	漆	47	[qǐ]	
撇	35	潑	77	醭	612	緝	82	乞	3
[pīn]		醗	612	僕	101	蹊	434	屺	368
拼	33	鏺	354	墣	576	[qí]		企	5
姘	495	[pó]		璞	390	亓	290	玘	550
[pín]		婆	111	穙	593	圻	298	芑	409
牝	389	鄱	335	濮	385	岐	368	杞	308
貧	87	繁	152	鏷	614	祁	325	起	180
頻	94	皤	393	[pǔ]		芪	410	豈	87
嬪	500	[pǒ]		埔	299	其	8	啟	252
蘋	607	叵	294	圃	19	奇	21	綺	641
顰	356	笸	326	浦	45	歧	42	榮	625
[pǐn]		鉕	632	普	38	祈	56	綺	345
品	16	[pò]		溥	383	衹	325	[qì]	
[pìn]		朴	39	樸	131	俟	360	汔	312
牝	469	珀	320	穙	312	耆	473	迄	182
聘	155	迫	182	蹼	435	埼	538	汽	43
[pīng]		破	55	譜	87	軝	565	泣	44
乒	3	粕	328	鐠	568	畦	321	契	241
俜	534	魄	198	[pù]		跂	558	亟	359
涄	547	[po]		堡	108	崎	114	砌	55
娉	496	桲	544	鋪	91	淇	314	湅	546
						琪	320		

氣	76	簽	80	搶	124	樵	311	嶔	561
迄	347	鵮	358	嗆	106	礄	562	親	176
棄	253	騫	356	瑲	589	瞧	54	駸	452
葺	418	籤	81	槍	131	翹	83	[qín]	
磶	647	韆	194	蜣	426	譙	348	芹	163
槭	311	[qián]		戧	375	轎	355	芩	410
憩	463	前	202	錆	633	[qiǎo]		秦	56
磧	344	虔	425	鏹	444	巧	24	榛	582
磩	629	掮	464	鏘	478	悄	207	琴	141
器	107	乾	3	[qiáng]		雀	238	覃	332
[qiā]		軡	559	強	116	愀	304	勤	11
掐	34	鈐	443	薔	605	[qiào]		嗪	296
袷	332	犍	318	嬙	500	俏	200	禽	146
葜	650	鉗	90	蔷	423	峭	248	溱	315
[qiá]		堥	539	檣	341	殼	76	懃	541
扴	305	潛	255	牆	140	誚	476	擒	126
[qiǎ]		蕁	422	[qiǎng]		撬	125	噙	365
卡	12	黔	199	強	116	鞘	479	檎	381
[qià]		錢	91	搶	124	翹	83	[qǐn]	
恰	29	[qiǎn]		羥	346	竅	149	寢	112
洽	45	肷	596	襁	430	[qiē]		鋟	613
髂	527	淺	76	[qiàng]		切	9	[qìn]	
[qiān]		遣	185	嗆	106	[qié]		吣	294
千	11	繾	400	戧	375	伽	291	沁	44
仟	290	譴	178	熗	386	茄	164	撳	340
扦	304	[qiàn]		蹌	434	[qiě]		[qīng]	
圩	537	欠	42	[qiāo]		且	2	青	228
阡	336	芡	410	悄	207	[qiè]		卿	12
芊	409	倩	560	雀	238	切	9	圊	461
杄	544	茜	412	劁	293	妾	367	氫	76
岍	576	倩	459	敲	36	怯	28	清	214
汘	546	嵌	24	橇	381	郄	335	傾	68
釬	350	慊	304	磽	395	挈	464	輕	89
牵	78	蒨	651	鍬	91	趄	333	蜻	224
慳	304	塹	339	蹺	89	愜	484	鯖	633
鉛	189	歉	42	繰	473	慊	304	[qíng]	
僉	338	綪	630	[qiáo]		篋	487	勍	535
慳	340	槧	465	喬	69	鍥	521	情	207
搴	306	縴	83	僑	68	竊	258	晴	210
遷	186	[qiāng]		嶠	371	[qīn]		氰	466
磏	554	羌	401	憔	30	侵	99	綮	505
褰	430	戕	304	蕎	422	衾	429	擎	126
謙	86	腔	159	橋	75	欽	75	鯨	456

漢語拼音檢字表

Column 1

[qǐng]
苘 411
頃 94
顈 561
請 225

[qìng]
碃 629
箐 472
綮 473
慶 208
磬 325
親 176
罄 328

[qióng]
邛 334
穹 396
蛩 517
筇 327
煢 468
銎 654
窮 149
瓊 141
藭 606

[qiū]
丘 2
邱 335
秋 56
蚯 60
湫 315
萩 603
楸 310
鞦 94
鰌 448
龜 280
鶖 571
鰍 357

[qiú]
仇 4
囚 18
犰 318
求 43
虯 426
泅 313

Column 2

俅 291
訄 557
酋 440
球 50
逑 437
裘 429
遒 438
赇 462
璆 349
蝤 590
銶 607
鮂 567
560

[qiǔ]
糗 398

[qū]
曲 38
坥 537
岨 577
屈 24
祛 544
胠 596
祛 325
袪 557
區 103
蛆 330
焌 646
菿 602
蛐 330
詘 565
堀 575
嶇 114
趨 89
軀 181
麴 279
麯 657
黢 531
驅 197

[qú]
劬 293
朐 405
渠 254
蕖 515

Column 3

鴝 358
璩 390
磲 509
瞿 324
鼩 620
蘧 425
濯 548
氍 312
癯 323
衢 331
蠷 557

[qǔ]
曲 38
取 104
苣 411
朐 555
娶 111
齬 458

[qù]
去 12
趣 180
闃 355
覷 430

[qu]
戌 30

[quān]
悛 503
圈 107
棬 545

[quán]
全 101
佺 572
泉 44
荃 413
拳 33
痊 142
惓 641
筌 397
璚 551
輇 609
詮 432
蜷 331
銓 443

Column 4

醛 442
鬈 337
線 570
權 132
顴 449

[quǎn]
犬 49
畎 321
綣 345

[quàn]
券 10
勸 103

[quē]
炔 386
缺 152
闕 355

[qué]
瘸 53

[què]
卻 104
埆 575
雀 238
碏 553
愨 374
榷 311
確 79
闋 446
闕 355
礐 562
鵲 97

[qūn]
囷 537
逡 520

[qún]
裙 62
羣 236
麇 455

R

[rán]
蚺 556
然 255
髥 337

Column 5

燃 256

[rǎn]
冉 8
苒 411
染 211
䄻 556

[rāng]
嚷 18

[ráng]
儴 535
瀼 548
襄 607
禳 326
穰 326
瓤 51

[rǎng]
壤 20
攘 306
嚷 18

[ràng]
瀼 548
讓 87

[ráo]
嬈 499
蕘 605
橈 341
饒 197

[rǎo]
擾 210

[rào]
繞 83

[rě]
惹 118

[rè]
熱 216

[rén]
人 4
壬 109
仁 4
任 99

[rěn]
忍 117
荏 413

稔	396	糅	472	芮	410	[sān]		穇	344
[rèn]		鞣	632	枘	582	三	2	[sēn]	
刃	101	蹂	226	蚋	426	叁	202	森	130
仞	360	鞥	480	瑞	51	毵	562	[sēng]	
任	99	[ròu]		睿	324	[sǎn]		僧	229
妊	494	肉	59	銳	227	散	210	[shā]	
衽	428	[rú]		[rùn]		傘	67	杉	39
紉	151	如	242	閏	92	糁	344	沙	233
軔	436	茹	514	潤	76	馓	524	砂	234
訒	609	鉫	521	[ruò]		[sàn]		紗	235
紝	399	儒	101	若	164	散	210	莎	514
靭	194	嚅	365	弱	27	[sāng]		殺	133
餁	449	濡	385	偌	360	桑	212	痧	487
葚	417	孺	368	都	611	喪	69	煞	138
認	177	嬬	644	婼	642	[sǎng]		裟	489
[rēng]		薷	423	翡	604	搡	464	鯊	238
扔	31	襦	430	箬	397	嗓	204	鎩	444
[réng]		蠕	175	爇	646	磉	629	[shá]	
仍	4	顬	616			額	356	啥	17
[rì]		[rǔ]		**S**		[sàng]		[shǎ]	
日	36	汝	134	[sā]		喪	69	傻	239
馹	569	乳	3	仨	290	[sāo]		[shà]	
[róng]		辱	181	挲	484	搔	124	沙	233
戎	30	[rù]		撒	209	溞	585	嗄	363
狨	319	入	8	[sǎ]		臊	263	歃	381
茸	165	洳	505	靸	479	缫	346	嗄	460
容	22	溽	384	撒	209	騷	197	煞	138
絨	81	蓐	419	潵	626	[sǎo]		廈	249
溶	47	褥	175	灑	255	掃	123	霎	193
瑢	552	縟	400	[sà]		嫂	246	[shāi]	
蓉	169	[ruán]		卅	293	[sào]		篩	80
榕	41	堧	575	脎	649	埽	366	[shǎi]	
榮	213	[ruǎn]		颯	449	掃	123	色	60
熔	49	阮	336	薩	172	瘙	392	[shài]	
融	61	軟	89	[sāi]		臊	263	曬	252
嶸	502	媆	642	腮	159	[sè]		[shān]	
鎔	568	瓀	590	塞	20	色	60	山	24
蠑	475	[ruí]		噻	298	瑟	141	杉	39
[rǒng]		蕤	421	鰓	357	嗇	339	删	102
冗	8	[ruǐ]		[sài]		塞	20	芟	410
[róu]		蕊	170	塞	20	鈒	352	衫	62
柔	211	[ruì]		賽	89	璱	590	姍	495
揉	209	汭	584			澀	137	珊	141

苫	411	熵	387	[shē]		參	69	[shěng]	
柵	129	觴	431	奢	21	紳	81	省	234
舢	408	[shǎng]		猞	319	棽	582	眚	553
埏	575	上	2	畬	470	詵	348	[shèng]	
釤	566	垧	299	賒	566	駪	569	盛	53
跚	434	晌	37	賒	476	椮	627	剩	102
蜒	587	賞	88	[shé]		糝	344	勝	69
搧	284	[shàng]		舌	224	鯵	571	聖	155
煽	216	上	2	折	31	[shén]		嵊	370
潸	506	尚	23	佘	458	甚	285	[shī]	
羶	532	緔	345	蛇	60	神	56	尸	23
[shǎn]		[shang]		闍	354	鉮	566	失	21
閃	92	裳	62	[shě]		[shěn]		邿	632
陝	190	[shāo]		捨	73	沈	43	施	127
睒	543	捎	209	[shè]		哂	295	屍	282
[shàn]		梢	212	社	56	矧	553	師	72
汕	312	稍	219	舍	60	諗	432	獅	78
疝	322	蛸	475	拾	33	審	112	詩	225
苫	411	筲	472	厙	339	瞫	553	澌	562
訕	347	艄	513	射	113	瀋	137	蓍	515
剡	293	鞘	479	涉	45	嬸	247	鳲	571
扇	208	燒	78	赦	237	[shèn]		鳾	571
釤	566	[sháo]		設	85	甚	142	噓	364
單	69	勺	11	歙	311	胂	404	蝨	426
善	106	芍	409	攝	126	腎	223	濕	77
墠	560	玿	550	麝	455	葚	417	鯴	618
墡	576	苕	412	懾	375	椹	582	鰤	571
鄯	440	招	544	灄	587	蜃	426	釃	654
擅	35	韶	337	[shéi]		慎	30	[shí]	
嶦	579	[shǎo]		誰	86	滲	76	十	11
膳	407	少	231	[shēn]		瘆	343	什	4
禪	80	[shào]		申	51	[shēng]		石	55
嬗	500	少	231	屾	576	升	11	拾	33
蟮	427	召	13	伸	5	生	51	食	195
繕	400	劭	293	身	181	昇	542	炻	317
騸	480	邵	335	呻	15	牲	49	祏	554
贍	180	捎	209	侁	534	陞	559	時	210
鱔	454	哨	203	珅	550	笙	57	湜	315
[shāng]		紹	81	砷	324	甥	51	塒	462
商	106	睄	471	甡	552	聲	84	蒔	515
傷	68	稍	219	娠	496	[shéng]		蝕	174
墒	367	潲	468	莘	415	繩	152	實	71
殤	341			深	135			鼭	620

識	87	誓	62	舒	60
鰣	481	奭	300	鄃	632
[shǐ]		適	186	疏	217
史	13	噬	298	毹	466
矢	55	諟	565	樞	131
豕	332	螫	517	蔬	266
使	6	諡	476	輸	226
始	244	釋	90	攄	377
屎	206	襫	557	**[shú]**	
駛	95	**[shi]**		秫	396
[shì]		匙	202	孰	300
士	20	殖	42	嫩	641
氏	43	**[shōu]**		塾	300
示	218	收	35	熟	49
世	2	**[shóu]**		贖	237
仕	290	熟	49	**[shǔ]**	
市	25	**[shǒu]**		暑	37
式	26	手	31	黍	337
似	99	守	22	署	59
事	3	首	66	蜀	61
侍	200	艏	599	鼠	199
拭	33	**[shòu]**		數	252
柿	40	受	12	薯	171
是	37	狩	319	曙	38
峙	501	授	34	屬	71
胨	649	售	17	**[shù]**	
恃	207	壽	71	戍	304
室	22	瘦	257	束	39
舐	475	綬	345	沭	382
栻	544	獸	78	述	182
逝	183	**[shū]**		恕	249
視	85	殳	545	術	175
貰	349	抒	32	庶	26
媞	642	叔	12	陶	633
勢	202	姝	495	鉥	613
軾	350	陎	559	腧	513
嗜	203	殊	42	墅	20
筮	327	書	232	漱	47
鈰	351	紓	345	豎	178
弑	373	梳	212	數	252
飾	195	倏	361	澍	316
試	85	淑	46	樹	75
蒔	515	菽	416		

[shuā]		**[shǔn]**		**[sī]**	
刷	10	吮	15	司	13
唰	296	楯	310	私	56
[shuǎ]		**[shùn]**		峒	577
耍	154	順	94	思	28
[shuà]		舜	329	偲	607
刷	10	瞬	54	斯	36
[shuāi]		**[shuō]**		絲	82
衰	62	説	225	楒	545
摔	35	**[shuò]**		澌	535
[shuǎi]		灼	494	撕	35
甩	51	朔	308	嘶	18
[shuài]		搠	306	噝	339
帥	72	蒴	420	廝	372
率	50	碩	79	凘	316
蟀	61	槊	465	緦	345
[shuān]		數	252	螄	346
拴	122	爍	216	鍶	353
閂	354	鑠	479	颸	616
栓	129			鷥	481
[shuàn]				**[sǐ]**	
涮	46			死	214
腨	597			**[sì]**	
[shuāng]				巳	25
淙	626				
霜	193				
雙	93				
瀧	468				
孀	500				
礵	593				
驦	617				
鸘	620				
[shuǎng]					
爽	49				
[shuí]					
誰	86				
[shuǐ]					
水	43				
[shuì]					
帨	623				
稅	219				
睡	145				
説	225				

漢語拼音檢字表

四	18	蒐	604
寺	205	螋	517
汜	312	艘	263
似	99	鎪	654
伺	5	餿	524
祀	56	颼	523
兕	292	**[sǒu]**	
泗	313	叟	492
姒	495	瞍	647
俟	360	嗾	364
涘	584	擻	504
耜	402	藪	516
笥	327	**[sòu]**	
肆	59	嗽	18
嗣	297	擻	504
飼	195	**[sū]**	
駟	356	甦	285
[sōng]			552
忪	303	酥	188
松	39	窣	396
娀	640	穌	344
凇	292	蘇	173
崧	539	嗉	107
淞	314	**[sú]**	
菘	415	俗	6
嵩	301	**[sù]**	
鬆	96	夙	300
[sǒng]		素	58
悚	303	涑	314
竦	326	速	183
慫	340	宿	23
聳	84	粟	220
[sòng]		傃	535
宋	22	訴	176
送	183	嗉	296
訟	85	愫	304
頌	94	塑	20
誦	86	溯	47
[sōu]		僳	459
搜	251	觫	431
嗖	492	肅	236
廋	645	蔌	604
溲	505	餗	616

簌	327	**[sūn]**	
謖	519	孫	111
縮	83	飧	449
蹜	558	猻	388
驌	637	蓀	420
鱐	638	**[sǔn]**	
[suān]		隼	336
狻	647	筍	149
痠	285	損	74
酸	273	榫	311
[suàn]		**[suō]**	
蒜	265	唆	241
算	58	娑	496
[suī]		莎	514
尿	23	杪	485
荽	415	梭	253
眭	323	挲	484
睢	324	睃	509
濉	316	嗦	17
雖	93	嗍	297
[suí]		羧	511
隋	227	蓑	419
遂	185	縮	83
綏	399	**[suǒ]**	
隨	274	所	30
[suǐ]		索	58
髓	277	葰	651
[suì]		嗩	339
崇	218	溹	547
碎	55	瑣	78
歲	75	鎖	92
遂	185		
誶	348	**T**	
隧	191	**[tā]**	
璲	590	他	98
穗	57	它	22
檖	387	她	242
襚	593	牠	285
邃	439	趿	477
旞	608	塌	241
籆	581	鉈	351
鐩	615	潒	505
		邋	520

踏	237		
褟	518		
[tǎ]			
塔	109		
獺	388		
鰨	529		
[tà]			
拓	32		
查	485		
榻	504		
踏	237		
撻	376		
蹋	270		
闒	655		
鞳	615		
闥	446		
[tāi]			
台	13		
苔	164		
胎	157		
[tái]			
台	13		
	230		
抬	32		
邰	335		
苔	164		
柏	232		
炱	317		
跆	333		
颱	195		
駘	356		
鮐	357		
薹	423		
[tài]			
太	21		
汰	43		
肽	329		
泰	45		
酞	440		
鈦	351		
態	250		
[tān]			
坍	298		

漢語拼音檢字表

漢語拼音檢字表

[tíng]		詷	565	腯	597	噋	308	蘀	606
廷	116	僮	292	塗	204	**[tún]**		籜	563
亭	4	銅	91	酴	612	屯	24		
庭	115	潼	316	圖	108	坉	537	**W**	
莛	414	橦	545	駼	569	囤	18		
停	7	曈	543	**[tǔ]**		忳	540	**[wā]**	
渟	547	瞳	54	土	19	豚	179	屲	537
婷	497	穜	555	吐	13	飩	449	挖	122
葶	418	鮦	570	釷	350	魨	357	哇	15
蜓	174	翀	556	**[tù]**		臀	223	呱	552
霆	447	**[tǒng]**		吐	13	**[tùn]**		窊	594
蟶	608	捅	33	兔	7	褪	175	蛙	60
[tǐng]		㛚	641	堍	299	**[tuō]**		媧	497
町	537	桶	41	莵	416	托	31	窪	148
侹	572	筒	58	**[tuān]**		乇	537	**[wá]**	
挺	122	統	220	猯	550	拖	121	娃	244
珽	589	**[tòng]**		湍	315	侂	534	**[wǎ]**	
梃	379	同	13	端	549	託	286	瓦	141
娗	587	通	184	**[tuán]**		脱	262	佤	360
艇	162	痛	52	摶	340	**[tuó]**		**[wà]**	
鋌	443	慟	340	團	70	佗	291	瓦	141
頲	568	**[tōu]**		糰	81	坨	299	腽	649
[tìng]		偷	201	**[tuǎn]**		沱	313	襪	175
梃	379	**[tóu]**		疃	321	陀	336	**[wa]**	
[tōng]		投	31	**[tuàn]**		柁	309	哇	15
通	184	骰	525	彖	540	砣	325	**[wāi]**	
嗵	364	頭	94	**[tuī]**		酡	441	歪	42
[tóng]		**[tòu]**		忒	303	跎	333	**[wǎi]**	
仝	534	透	184	推	34	駝	95	崴	370
同	13	**[tū]**		**[tuí]**		鉈	351	**[wài]**	
佟	291	凸	9	隤	568	駞	95	外	20
彤	206	禿	146	頹	194	橐	466	**[wān]**	
峂	577	突	148	魋	618	鴕	96	剜	483
垌	299	葖	603	**[tuǐ]**		鮀	570	婠	642
哃	536	瑑	590	腿	160	鼉	457	蜿	331
峒	369	**[tú]**		**[tuì]**		**[tuǒ]**		豌	63
洞	45	徒	27	退	183	妥	110	彎	72
茼	412	涂	45	蛻	224	庹	302	灣	339
桐	40	荼	414	煺	386	橢	213	灣	77
砼	325	梌	544	褪	175	**[tuò]**		**[wán]**	
烔	549	途	271			拓	32	丸	98
童	57	屠	24	**[tūn]**		柝	379	芄	409
酮	441	稌	554	吞	14	唾	106	完	22
				暾	549			玩	50

紈	398	望	129	萎	167	榅	625	踒	434
烷	317	[wēi]		猥	319	瘟	217	蝸	174
頑	94	危	12	瑋	343	薀	651	撾	376
[wǎn]		威	110	葦	168	輼	631	[wǒ]	
宛	22	偎	7	蔿	603	鰛	633	我	30
挽	33	逶	438	暐	561	[wén]		[wò]	
莞	415	隈	336	骫	598	文	36	肟	404
晚	37	葳	417	魃	580	玟	550	沃	43
脘	406	微	117	痿	392	芠	600	卧	224
惋	29	煨	317	煒	342	炆	548	偓	535
婉	245	溦	585	隗	447	蚊	60	握	34
琬	320	薇	171	頠	637	紋	81	硪	553
菀	417	鰃	570	諉	432	雯	447	幄	302
椀	545	巍	248	緯	82	馼	569	渥	315
皖	53	[wéi]		鮪	480	聞	83	斡	307
碗	55	圩	298	薳	606	閿	568	齷	458
畹	321	韋	355	韙	355	[wěn]		[wū]	
輓	287	峗	577	亹	572	刎	292	圬	298
綰	345	為	138	[wèi]		吻	14	污	214
[wàn]		洈	546	未	38	紊	59	巫	24
腕	159	桅	309	位	5	穩	147	洿	546
萬	168	唯	17	味	15	[wèn]		屋	24
蔓	169	帷	25	畏	51	汶	313	烏	77
澷	586	惟	29	胃	222	問	69	鳴	69
[wāng]		琟	551	為	138	璺	390	鄔	350
尢	539	幃	339	尉	205	[wēng]		誣	86
尪	539	圍	70	喂	17	翁	59	鎢	353
汪	43	湋	562	渭	467	嗡	18	[wú]	
[wáng]		溈	383	煟	627	滃	315	毋	312
亡	98	違	185	碨	554	鎓	568	吾	14
王	50	嵬	370	蔚	265	鶲	571	吳	105
[wǎng]		維	82	磑	562	[wěng]		郚	558
枉	39	潿	342	蝟	267	蓊	419	唔	295
罔	401	闈	355	慰	208	[wèng]		峿	577
往	27	鮠	570	衛	236	蕹	605	浯	314
惘	374	濰	342	謂	225	甕	392	珸	551
網	151	[wěi]		餵	288	[wō]		梧	40
輞	436	尾	23	蝛	630	倭	360	無	138
魍	453	委	110	魏	278	喔	296	蜈	174
[wàng]		洧	467	霨	522	渦	136	鋙	352
妄	110	娓	496	[wēn]		萵	418	蕪	170
忘	117	偉	67	温	215	窩	148	鵐	571
旺	37	偽	100					鼯	457

漢語拼音檢字表

[wǔ]		**X**		餏	616	蒽	418	黫	456
五	3			熄	48	銑	352	[xià]	
午	11	[xī]		嘻	18	屣	301	下	2
伍	4	夕	20	嶲	622	莲	604	夏	205
仵	291	兮	292	膝	160	憙	541	廈	249
忤	303	西	62	嬉	499	禧	326	嚇	230
武	42	汐	312	熹	318	璽	470	罅	401
昈	542	吸	203	樨	311	鱚	571	[xiān]	
迕	436	希	25	暿	543	[xì]		仙	4
侮	6	昔	37	螅	331	系	151	先	7
捂	33	析	39	錫	91	咥	536	氙	312
牾	318	肸	596	羲	328	係	99	忺	540
珷	551	穸	593	熺	549	郤	335	祆	325
舞	161	俙	534	窸	397	屃	561	籼	328
廡	373	恓	303	蹊	434	細	81	掀	34
憮	374	茜	412	蟋	175	舄	329	酰	441
潕	586	唏	295	谿	558	褉	510	暹	378
嫵	499	息	29	釐	613	隙	274	鍁	353
鵡	97	郗	335	醯	521	綌	563	薟	605
[wù]		奚	367	曦	308	潟	316	鮮	96
兀	292	浠	314	巇	579	戲	120	孅	644
勿	11	硒	325	犧	78	閲	357	鶱	572
戊	30	晞	308	爔	549	餼	451	躚	435
吼	576	悉	118	鄔	611	繫	83	纖	83
杌	308	惜	29	䲺	620	[xiā]		[xián]	
芴	600	烯	317	艗	608	呷	294	伭	534
物	49	淅	314	[xí]		瞎	257	弦	27
悟	29	菥	601	席	25	蝦	84	咸	15
晤	308	晰	37	習	154	[xiá]		舷	408
焐	317	睎	553	媳	246	匣	11	涎	383
務	102	稀	57	蓆	286	狎	319	閒	274
惡	73	傒	573	覡	347	柙	309	嫌	247
靰	336	舾	598	嶍	578	叚	535	衒	90
痦	322	翕	329	橢	311	俠	67	撏	376
婺	367	粞	328	隰	336	峽	113	賢	88
塢	339	犀	49	騱	617	狹	78	嫻	499
誤	177	皙	323	鰼	618	翈	556	誠	565
寤	301	溪	136	襲	225	硤	344	癇	487
鋈	335	褉	557	[xǐ]		瑕	320	鹹	97
霧	193	熙	234	洗	45	遐	438	鷳	491
鶩	356	豨	333	枲	624	暇	38	[xiǎn]	
騖	358	蜥	330	徙	28	轄	270	冼	292
		僖	292	喜	17	霞	193	洗	45

筅	555	纕	564	鴞	358	絜	630	昕	307
跣	333	鑲	92	魈	528	劼	539	欣	42
蜆	346	驤	356	蕭	266	頡	355	炘	317
襳	554	**[xiáng]**		簫	235	鞋	66	莘	415
爈	543	庠	302	囂	70	勰	293	訢	565
嶮	579	降	65	瀟	255	諧	177	新	127
獫	343	祥	56	驍	356	擷	341	歆	311
險	93	翔	59	蠨	653	攜	126	鋅	91
鮮	96	詳	86	**[xiáo]**		纈	346	廞	561
獮	562	**[xiǎng]**		洨	546	**[xiě]**		薪	171
燹	318	享	4	崤	501	血	61	馨	276
蘚	425	想	30	淆	215	寫	71	鑫	490
顯	95	餉	450	**[xiǎo]**		**[xiè]**		**[xǐn]**	
[xiàn]		饗	453	小	23	卸	104	伈	534
見	84	響	451	筱	327	泄	44	**[xìn]**	
限	65	蠁	94	皛	553	屑	206	囟	298
峴	369	**[xiàng]**		曉	75	械	40	芯	163
現	78	向	14	謏	653	偰	638	信	6
莧	414	巷	25	**[xiào]**		絏	345	釁	189
晛	561	相	54	孝	111	渫	467	**[xīng]**	
陷	66	珦	550	肖	221	解	176	星	37
睍	562	項	94	校	40	榭	380	猩	50
腺	159	象	179	哮	105	楣	625	惺	304
羨	153	像	101	笑	57	獬	388	瑆	551
線	151	橡	131	效	35	廨	373	腥	159
	564	嚮	70	洨	584	懈	120	煋	549
縣	260	**[xiāo]**		潇	548	澥	385	興	84
餡	196	肖	221	嘯	230	薤	423	騂	569
憲	250	枵	309	斅	561	薢	605	**[xíng]**	
霰	522	削	201	**[xiē]**		邂	439	刑	9
獻	140	虓	607	些	200	謝	178	行	61
[xiāng]		消	214	揳	504	燮	318	形	27
相	54	宵	205	楔	504	褻	476	邢	334
香	276	逍	519	歇	254	瀉	77	型	19
廂	115	梟	465	蠍	268	齛	621	婞	640
湘	46	猇	588	**[xié]**		蟹	175	陘	355
鄉	90	硝	218	叶	202	瀣	317	硎	325
葙	602	蛸	475	邪	64	躞	334	鈃	566
箱	58	翛	595	協	69	**[xīn]**		鉶	566
緗	345	綃	473	挾	73	心	28	榮	342
薌	423	霄	274	脅	223	辛	64	餳	451
襄	332	嘵	339	偕	361	忻	303	**[xǐng]**	
瓖	552	銷	227	斜	36	芯	163	省	234

漢語拼音檢字表

Y

[yā]
丫 2
呀 14
押 32
垭 339
啞 69
椏 561
鴉 96
鴨 96
壓 241

[yá]
牙 49
伢 290
岈 368
玡 319
芽 163
蚜 329
琊 551
堐 538
崖 24
涯 46
睚 323
衙 61

[yǎ]
啞 69
雅 66

[yà]
亞 67
軋 89
迓 436
砑 553
訝 85
婭 497
揠 376
氬 342
猰 647
壓 241

[ya]
呀 14

[yān]
咽 16
殷 42
胭 405
焉 48
崦 501
淹 215
湮 383
煙 139
瑪 538
鄢 335
馮 548
嫣 498
醃 532
燕 139
闇 522
關 522
懨 503

[yán]
言 62
妍 494
芫 409
延 116
炎 48
沿 134
研 55
閆 568
鉛 189
蜒 174
筵 397
綖 595
麑 607
閻 93
顏 194
簷 150
嚴 107
巖 231
鹽 97

[yǎn]
沇 546
奄 462
衍 61
弇 540
兗 362
掩 209
眼 54
偃 361
琰 320
棪 545
郾 440
渰 547
扊 624
罨 473
演 47
蝘 607
戭 541
縯 564
魘 638
鷗 619
黶 634
甗 591
齴 457
儼 362
巘 579
魘 529
黶 657

[yàn]
彥 373
昡 564
晏 377
唁 16
宴 112
捵 542
堰 108
硯 79
雁 66
焰 48
焱 386
厭 240
燕 139
諺 178
贋 476
嚥 281
嬿 644
驗 96
豔 524
釅 443
讞 433
豓 178
灩 386

[yāng]
央 205
映 574
泱 382
殃 133
秧 147
鞅 448
鴦 228

[yáng]
羊 59
佯 291
垟 537
徉 302
洋 45
烊 317
揚 73
蛘 330
陽 93
瑒 562
楊 75
暘 341
煬 342
瘍 343
錫 567
颺 616

[yǎng]
仰 5
氧 43
養 196
癢 143

[yàng]
怏 373
恙 303
烊 317
羕 555
鞅 448
漾 47
樣 75

[yāo]
幺 302
夭 21
吆 14
妖 243
要 176
約 81
喓 575
腰 159
邀 186

[yáo]
爻 318
垚 537
姚 244
珧 320
堯 70
軺 566
搖 251
徭 503
猺 647
媱 643
瑤 508
僥 68
銚 352
遙 272
嶢 371
窯 149
餚 276
繇 511
謠 269
鰩 529

[yǎo]
杳 378
咬 16
舀 60
窅 594
窈 396

[yào]
要 176
崾 578
勒 336
瘧 143
曜 378
藥 266
耀 154
鷂 530

漢語拼音檢字表

鑰 92

[yē]

耶 403
掖 305
倻 573
椰 130
噎 297

[yé]

耶 403
揶 375
爺 140
鋣 567

[yě]

也 98
冶 8
野 65

[yè]

曳 308
夜 21
頁 94
咽 16
掖 305
液 46
腋 158
葉 264
業 213
鄴 350
曄 581
謁 519
燁 387
饁 616
靨 523

[yī]

一 2
伊 5
衣 61
依 6
咿 295
洢 546
猗 319
揖 305
壹 20
椅 41
禕 344
銥 352
漪 316
噫 298
繄 595
醫 189
黟 456

[yí]

匜 362
圯 298
夷 21
沂 313
怡 28
宜 22
咦 295
迤 437
姨 244
荑 412
眙 323
胰 157
宧 539
㢊 623
移 57
痍 322
貽 87
詒 347
椸 583
飴 450
疑 142
儀 68
頤 355
遺 186
嶷 371
簃 555
彝 502

[yǐ]

乙 3
已 25
以 98
佁 534
尾 23
矣 145
苡 411
迤 437
釔 350
酏 612
倚 6
扆 624
椅 41
旖 307
踦 558
蟻 84
顗 569
艤 599
齮 621

[yì]

乂 290
弋 302
刈 292
艾 162
屹 113
亦 229
抑 31
杙 544
邑 64
佚 291
役 27
枍 544
易 37
佾 459
㑊 634
奕 494
弈 502
疫 52
羿 401
挹 305
悒 304
益 53
浥 314
埸 299
異 142
釴 566
翊 329
翌 401
軼 349
逸 184
肄 404
嗌 297
詣 431
裛 557
裔 429
意 30
義 83
溢 47
勩 560
蜴 330
廙 540
潩 548
嫕 643
億 68
誼 86
瘞 562
毅 42
熠 387
殪 311
螠 331
嶧 371
劓 293
懌 340
憶 73
燚 549
縊 346
薏 423
翳 402
臆 407
翼 154
鎰 353
癔 323
藝 266
繹 83
繶 564
譯 87
議 87
鷁 571
鐿 568
鷊 572
懿 503
囈 493
驛 356
虉 607

[yīn]

因 18
音 66
洇 314
姻 244
茵 165
氤 312
殷 42
陰 191
堙 366
喑 296
愔 304
絪 563
歅 584
溵 548
禋 593
銦 352
窨 396
蔭 170
駰 569
諲 609
闉 615

[yín]

吟 105
垠 299
珢 551
狺 319
硍 553
崟 539
淫 135
寅 23
鄞 335
銀 91
夤 300
誾 348
蟫 557
嚚 536
霪 448
齗 621
齦 457

[yǐn]

尹 301

引	27	營	139	[yǒng]		蝤	607	盂	323
吲	294	藻	627	永	43	魷	357	臾	329
蚓	60	鎣	353	甬	321	蕕	422	於	284
飲	195	瀅	342	泳	44	輶	609	□	634
隱	191	蠅	175	栐	544	鮋	569	禺	395
癮	143	瀛	506	俑	291	[yǒu]		竽	326
[yìn]		瀠	562	勇	102	友	12	异	556
印	104	贏	270	埇	538	有	210	俞	459
胤	474	[yǐng]		恿	304	酉	187	狳	319
茚	413	郢	440	詠	177	卣	293	娛	245
飲	195	穎	384	湧	284	羑	328	雩	447
蔭	170	影	27	蛹	330	莠	414	魚	96
憖	580	潁	147	踊	237	銪	632	萸	416
鼪	618	瘿	393	鯒	570	槱	583	揄	464
[yīng]		[yìng]		[yòng]		牖	507	喁	363
英	164	映	128	用	51	黝	456	嵎	370
媖	642	硬	55	佣	229	[yòu]		崳	462
瑛	390	媵	368	牏	549	又	12	畬	629
嵤	564	應	73	[yōu]		右	13	腴	406
嬰	111	[yō]		攸	306	幼	26	愉	208
鍈	613	唷	460	呦	295	佑	5	渝	215
膺	474	哟	69	幽	26	侑	458	隅	191
應	73	[yo]		悠	118	柚	309	瑜	469
攖	377	哟	69	麀	657	囿	461	榆	213
罌	346	[yōng]		憂	208	宥	462	虞	425
嚶	365	邕	334	優	201	祐	554	愚	119
瓔	391	庸	206	耰	649	蚴	330	艅	598
櫻	132	傭	201	[yóu]		釉	443	逾	271
鶯	97	雍	336	尤	23	誘	177	漁	76
纓	400	墉	462	由	51	鼬	457	窬	648
鷹	97	鄘	632	油	44	[yū]		褕	631
鸚	97	慵	463	柚	309	吁	13	蝓	475
[yíng]		擁	74	疣	322	迂	181	餘	196
迎	182	壅	300	浟	547	於	634	諛	348
盈	53	灉	548	莜	414	紆	344	覦	476
楹	310	臃	407	蚰	330	淤	233	璵	508
塋	339	鏞	478	郵	187	瘀	635	輿	90
荧	342	鱅	481	猶	140	[yú]		歟	505
熒	78	饔	451	游	46	于	3	髃	656
瑩	78	癰	343	铀	351	予	3	[yǔ]	
贏	500	[yóng]		遊	288	邘	558	予	3
螢	84	喁	363	猷	388	余	5	宇	22
縈	346	顒	449	蝣	331	妤	495	羽	59

漢語拼音檢字表

漢語拼音檢字表

漢語拼音檢字表

漢語拼音檢字表

擢	376
濯	385
鐲	354
鷟	634

[zī]

孜	539
吱	14
孖	300
咨	203
姿	244
茲	166
淄	315
粢	630
孳	300
趑	477
鄑	611
貲	631
觜	653
嵫	483
嵫	370
資	226
滋	46
緇	345
輜	350
髭	480
鼒	559
錙	353
諮	287
鎡	636
鯔	357
齜	532

[zǐ]

子	21
仔	4
姊	243
秄	556
籽	595
秕	58
茈	650
秭	326
梓	310
笫	555
紫	220
訾	476
滓	315

[zì]

自	60
字	21
恣	503
眥	508
漬	342

[zōng]

宗	205
倧	622
棕	212
腙	649
綜	220
樅	341
鬃	480
蹤	180
鬷	656

[zǒng]

傯	491
總	220

[zòng]

粽	472
瘲	343
縱	83

[zōu]

陬	446
鄒	350
諏	432
鄹	653
鯫	618
騶	569

[zǒu]

走	63

[zòu]

奏	21
揍	34

[zū]

租	56
葅	417

[zú]

足	63
卒	11
崒	539
族	127
鏃	444

[zǔ]

阻	65
俎	550
岨	291
祖	56
組	81
詛	347

[zuān]

躦	349
鑽	92

[zuǎn]

纂	328
纘	346

[zuàn]

攥	306
鑽	92

[zuǐ]

咀	294
嘴	241

[zuì]

最	128
罪	153
醉	188
蕞	422
檇	583

[zūn]

尊	113
嶟	579
樽	381
遵	186
鐏	614
鱒	454

[zǔn]

僔	573
撙	376
噂	574

[zuō]

作	5
嘬	364

[zuó]

昨	37
捽	305
筰	327
琢	141

[zuǒ]

左	24
佐	5
撮	125

[zuò]

作	5
坐	19
岞	577
怍	303
阼	559
柞	309
胙	404
祚	326
唑	295
座	26
做	7
酢	441

一級字表

香港、台灣、大陸字形相同。（大陸字形為傳承字，沒有繁簡區別。）

香港	台灣	大陸		香港	台灣	大陸
一部 1畫 獨體 yī	一	一	一	一部 5畫 獨體 bǐng	丙	丙	丙
一部 2畫 獨體 dīng	丁	丁	丁	一部 5畫 獨體 qiě	且	且	且
一部 3畫 獨體 sān	三	三	三	一部 5畫 獨體 qiū	丘	丘	丘
一部 3畫 獨體 xià	下	下	下	丨部 3畫 獨體 yā	丫	丫	丫
一部 3畫 獨體 zhàng	丈	丈	丈	丨部 4畫 獨體 zhōng zhòng	中	中	中
一部 3畫 獨體 mò	万	万	万	丨部 7畫 獨體 chuàn	串	串	串
一部 3畫 獨體 shǎng shàng	上	上	上	丶部 4畫 獨體 dān	丹	丹	丹
一部 4畫 獨體 gài	丐	丐	丐	丶部 5畫 獨體 zhǔ	主	主	主
一部 4畫 獨體 bù	不	不	不	丶部 6畫 上下 pāng	乓	乓	乓
一部 5畫 獨體 shì	世	世	世	丿部 2畫 獨體 nǎi	乃	乃	乃

一級字表

香港	台灣	大陸		香港	台灣	大陸
丿部 3畫 獨體 jiǔ	久	久	久	丿部 2畫 獨體 le liǎo	了	了	了
丿部 4畫 獨體 zhī	之	之	之	丿部 4畫 獨體 yú yǔ	予	予	予
丿部 5畫 獨體 zhà	乍	乍	乍	丿部 8畫 獨體 shì	事	事	事
丿部 5畫 上下 fá	乏	乏	乏	二部 2畫 獨體 èr	二	二	二
丿部 5畫 獨體 hū	乎	乎	乎	二部 3畫 獨體 yú	于	于	于
丿部 6畫 上下 pīng	乒	乒	乒	二部 4畫 獨體 jǐng	井	井	井
乙部 1畫 獨體 yǐ	乙	乙	乙	二部 4畫 獨體 yún	云	云	云
乙部 2畫 獨體 jiǔ	九	九	九	二部 4畫 獨體 wǔ	五	五	五
乙部 3畫 上下 qǐ	乞	乞	乞	二部 4畫 獨體 hù	互	互	互
乙部 8畫 左右 rǔ	乳	乳	乳	亠部 4畫 上下 kàng	亢	亢	亢
乙部 11畫 左右 qián	乾	乾	乾	亠部 6畫 上下 jiāo	交	交	交

一級字表

一級字表

香港	台灣	大陸	香港	台灣	大陸
亠部 6畫 獨體 hài　亥	亥	亥	人部 5畫 左右 fù　付	付	付
亠部 8畫 上中下 jīng　京	京	京	人部 5畫 左右 zhàng　仗	仗	仗
亠部 8畫 上中下 xiǎng　享	享	享	人部 5畫 左右 dài　代	代	代
亠部 9畫 上中下 tíng　亭	亭	亭	人部 5畫 左右 xiān　仙	仙	仙
人部 2畫 獨體 rén　人	人	人	人部 5畫 左右 zǎi zǐ　仔	仔	仔
人部 4畫 左右 rén　仁	仁	仁	人部 6畫 左右 xiū　休	休	休
人部 4畫 左右 shí　什	什	什	人部 6畫 左右 wǔ　伍	伍	伍
人部 4畫 左右 pū　仆	仆	仆	人部 6畫 左右 fú　伏	伏	伏
人部 4畫 左右 chóu qiú　仇	仇	仇	人部 6畫 左右 fá　伐	伐	伐
人部 4畫 左右 réng　仍	仍	仍	人部 6畫 左右 zhòng　仲	仲	仲
人部 4畫 上下 jiè　介	介	介	人部 6畫 左右 jiàn　件	件	件

香港	台灣	大陸
人部 6畫 左右 fèn 份	份	份
人部 6畫 左右 yǎng 仰	仰	仰
人部 6畫 左右 fǎng 仿	仿	仿
人部 6畫 左右 huǒ 伙	伙	伙
人部 6畫 左右 yī 伊	伊	伊
人部 6畫 上下 qǐ 企	企	企
人部 7畫 左右 gū gù 估	估	估
人部 7畫 左右 hé 何	何	何
人部 7畫 左右 zuǒ 佐	佐	佐
人部 7畫 左右 yòu 佑	佑	佑
人部 7畫 左右 dàn 但	但	但

香港	台灣	大陸
人部 7畫 左右 shēn 伸	伸	伸
人部 7畫 左右 diàn 佃	佃	佃
人部 7畫 左右 zuō zuò 作	作	作
人部 7畫 左右 bǎi bó 伯	伯	伯
人部 7畫 左右 nǐ 你	你	你
人部 7畫 左右 zhù 住	住	住
人部 7畫 左右 wèi 位	位	位
人部 7畫 左右 bàn 伴	伴	伴
人部 7畫 左右 cì sì 伺	伺	伺
人部 7畫 左右 fó 佛	佛	佛
人部 7畫 上下 yú 余	余	余

一級字表

香港	台灣	大陸
人部 8畫 左右 jiā　佳	佳	佳
人部 8畫 左右 gōng gòng　供	供	供
人部 8畫 左右 shǐ　使	使	使
人部 8畫 左右 lì　例	例	例
人部 8畫 左右 pèi　佩	佩	佩
人部 8畫 左右 chǐ　侈	侈	侈
人部 8畫 左右 yī　依	依	依
人部 9畫 左右 biàn pián　便	便	便
人部 9畫 左右 cù　促	促	促
人部 9畫 左右 é　俄	俄	俄
人部 9畫 左右 lì　俐	俐	俐

香港	台灣	大陸
人部 9畫 左右 wǔ　侮	侮	侮
人部 9畫 左右 sú　俗	俗	俗
人部 9畫 左右 fú　俘	俘	俘
人部 9畫 左右 xìn　信	信	信
人部 10畫 左右 jiè　借	借	借
人部 10畫 左右 zhí　值	值	值
人部 10畫 左右 yǐ　倚	倚	倚
人部 10畫 左右 dǎo dào　倒	倒	倒
人部 10畫 左右 tǎng　倘	倘	倘
人部 10畫 左右 jū jù　俱	俱	俱
人部 10畫 左右 fǔ　俯	俯	俯

香港	台灣	大陸	香港	台灣	大陸
人部 10畫 左右 bèi　倍	倍	倍	人部 15畫 左右 jiāng　僵	僵	僵
人部 10畫 左右 juàn　倦	倦	倦	人部 15畫 左右 pì　僻	僻	僻
人部 10畫 左右 jué juè　倔	倔	倔	儿部 4畫 上下 yuán　元	元	元
人部 11畫 左右 zuò　做	做	做	儿部 4畫 上下 yǔn　允	允	允
人部 11畫 左右 jiǎ jià　假	假	假	儿部 5畫 上下 xiōng　兄	兄	兄
人部 11畫 左右 wěi　偎	偎	偎	儿部 6畫 上下 guāng　光	光	光
人部 11畫 左右 tíng　停	停	停	儿部 6畫 上下 xiān　先	先	先
人部 11畫 左右 jiàn　健	健	健	儿部 6畫 左右 zhào　兆	兆	兆
人部 12畫 左右 bàng　傍	傍	傍	儿部 7畫 上下 kè　克	克	克
人部 13畫 左右 cuī　催	催	催	儿部 7畫 上下 miǎn　免	免	免
人部 14畫 左右 liáo　僚	僚	僚	儿部 8畫 上下 tù　兔	兔	兔

一級字表

香港	台灣	大陸	香港	台灣	大陸
儿部 10畫 上下 dǎng 党	党	党	八部 10畫 獨體 jiān 兼	兼	兼
儿部 14畫 左右 jīng 兢	兢	兢	冂部 5畫 獨體 rǎn 冉	冉	冉
入部 2畫 獨體 rù 入	入	入	冂部 6畫 獨體 zài 再	再	再
八部 2畫 獨體 bā 八	八	八	冂部 9畫 上下 mào 冒	冒	冒
八部 4畫 上下 gōng 公	公	公	冖部 4畫 上下 rǒng 冗	冗	冗
八部 4畫 獨體 liù 六	六	六	冖部 9畫 上下 guān guàn 冠	冠	冠
八部 6畫 上下 gòng 共	共	共	冖部 10畫 上中下 míng 冥	冥	冥
八部 7畫 上下 bīng 兵	兵	兵	冖部 10畫 上下 yuān 冤	冤	冤
八部 8畫 上下 qí 其	其	其	冫部 5畫 上下 dōng 冬	冬	冬
八部 8畫 上下 jù 具	具	具	冫部 6畫 左右 bīng 冰	冰	冰
八部 8畫 上下 diǎn 典	典	典	冫部 7畫 左右 yě 冶	冶	冶

香港	台灣	大陸
冫部 10畫 左右 zhǔn	准	准	准
几部 2畫 獨體 jī	几	几	几
几部 3畫 獨體 fán	凡	凡	凡
几部 11畫 半包圍 huáng	凰	凰	凰
几部 14畫 上下 dèng	凳	凳	凳
凵部 4畫 半包圍 xiōng	凶	凶	凶
凵部 5畫 獨體 tū	凸	凸	凸
凵部 5畫 獨體 chū	出	出	出
凵部 5畫 獨體 āo	凹	凹	凹
凵部 8畫 半包圍 hán	函	函	函
刀部 2畫 獨體 diāo	刁	刁	刁

香港	台灣	大陸
刀部 2畫 獨體 dāo	刀	刀	刀
刀部 4畫 左右 qiē qiè	切	切	切
刀部 4畫 上下 fēn fèn	分	分	分
刀部 5畫 左右 kān	刊	刊	刊
刀部 6畫 左右 xíng	刑	刑	刑
刀部 6畫 左右 liè	列	列	列
刀部 6畫 左右 huá	划	划	划
刀部 7畫 左右 lì	利	利	利
刀部 7畫 左右 bào páo	刨	刨	刨
刀部 7畫 左右 pàn	判	判	判
刀部 7畫 左右 chū	初	初	初

一級字表

	香港	台灣	大陸		香港	台灣	大陸
刀部 8畫 左右 cī cì	刺	刺	刺	刀部 11畫 左右 fù	副	副	副
刀部 8畫 左右 dào	到	到	到	刀部 13畫 左右 jiǎo	剿	剿	剿
刀部 8畫 左右 zhì	制	制	制	刀部 15畫 上下 pī pǐ	劈	劈	劈
刀部 8畫 左右 guā	刮	刮	刮	力部 2畫 獨體 lì	力	力	力
刀部 8畫 左右 kè	刻	刻	刻	力部 5畫 左右 gōng	功	功	功
刀部 8畫 上下 quàn xuàn	券	券	券	力部 5畫 左右 jiā	加	加	加
刀部 8畫 左右 shuā shuà	刷	刷	刷	力部 7畫 左右 jié	劫	劫	劫
刀部 9畫 左右 tì	剃	剃	剃	力部 7畫 左右 zhù	助	助	助
刀部 10畫 左右 tī	剔	剔	剔	力部 9畫 左右 bó	勃	勃	勃
刀部 10畫 左右 pōu	剖	剖	剖	力部 9畫 半包圍 miǎn	勉	勉	勉

香港	台灣	大陸
力部 11畫 左右 lè lēi　勒	勒	勒
力部 13畫 左右 qín　勤	勤	勤
勹部 3畫 半包圍 sháo　勺	勺	勺
勹部 4畫 獨體 wù　勿	勿	勿
勹部 4畫 半包圍 gōu gòu　勾	勾	勾
勹部 5畫 獨體 cōng　匆	匆	匆
勹部 5畫 半包圍 bāo　包	包	包
勹部 6畫 半包圍 xiōng　匈	匈	匈
匚部 6畫 半包圍 jiàng　匠	匠	匠
匚部 7畫 半包圍 xiá　匣	匣	匣

香港	台灣	大陸
十部 2畫 獨體 shí　十	十	十
十部 3畫 獨體 qiān　千	千	千
十部 4畫 獨體 wǔ　午	午	午
十部 4畫 獨體 shēng　升	升	升
十部 5畫 上下 huì　卉	卉	卉
十部 5畫 獨體 bàn　半	半	半
十部 8畫 上中下 zhuó　卓	卓	卓
十部 8畫 上下 bēi　卑	卑	卑
十部 8畫 上中下 cù zú　卒	卒	卒
十部 9畫 上下 nā nán　南	南	南

一級字表

	香港	台灣	大陸		香港	台灣	大陸
卜部 2畫 獨體 bǔ	卜	卜	卜	厂部 9畫 半包圍 lí	厘	厘	厘
卜部 5畫 獨體 kǎ qiǎ	卡	卡	卡	厂部 9畫 半包圍 hòu	厚	厚	厚
卜部 5畫 上下 zhān	占	占	占	厂部 10畫 半包圍 yuán	原	原	原
卜部 8畫 左右 guà	卦	卦	卦	厶部 5畫 上下 qù	去	去	去
卩部 5畫 左右 mǎo	卯	卯	卯	又部 2畫 獨體 yòu	又	又	又
卩部 6畫 半包圍 wēi	危	危	危	又部 3畫 獨體 chā chá chǎ chà	叉	叉	叉
卩部 7畫 左右 luǎn	卵	卵	卵	又部 4畫 半包圍 yǒu	友	友	友
卩部 7畫 左右 jí	即	即	即	又部 8畫 左右 shū	叔	叔	叔
卩部 8畫 上下 juǎn juàn	卷	卷	卷	又部 8畫 上中下 shòu	受	受	受
卩部 10畫 左右 qīng	卿	卿	卿	口部 3畫 獨體 kǒu	口	口	口

香港	台灣	大陸	香港	台灣	大陸
口部 5畫 上下 gǔ **古**	**古**	**古**	口部 5畫 上下 lìng **另**	**另**	**另**
口部 5畫 半包圍 kě kè **可**	**可**	**可**	口部 5畫 半包圍 gōu jù **句**	**句**	**句**
口部 5畫 半包圍 yòu **右**	**右**	**右**	口部 5畫 半包圍 sī **司**	**司**	**司**
口部 5畫 左右 dīng **叮**	**叮**	**叮**	口部 5畫 上下 shào zhào **召**	**召**	**召**
口部 5畫 左右 bā **叭**	**叭**	**叭**	口部 5畫 上下 tāi tái **台**	**台**	**台**
口部 5畫 獨體 shǐ **史**	**史**	**史**	口部 6畫 上下 jí **吉**	**吉**	**吉**
口部 5畫 左右 diāo **叼**	**叼**	**叼**	口部 6畫 獨體 lì **吏**	**吏**	**吏**
口部 5畫 左右 jiào **叫**	**叫**	**叫**	口部 6畫 左右 xū yū **吁**	**吁**	**吁**
口部 5畫 左右 kòu **叩**	**叩**	**叩**	口部 6畫 左右 tǔ tù **吐**	**吐**	**吐**
口部 5畫 左右 dāo dáo tāo **叨**	**叨**	**叨**	口部 6畫 半包圍 tóng tòng **同**	**同**	**同**

一級字表

	香港	台灣	大陸		香港	台灣	大陸
口部 6畫 上下 diào	吊	吊	吊	口部 7畫 上下 fǒu pǐ	否	否	否
口部 6畫 左右 chī	吃	吃	吃	口部 7畫 左右 zhī zī	吱	吱	吱
口部 6畫 左右 yāo	吆	吆	吆	口部 7畫 左右 fèi	吠	吠	吠
口部 6畫 半包圍 xiàng	向	向	向	口部 7畫 左右 yā ya	呀	呀	呀
口部 6畫 半包圍 hòu	后	后	后	口部 7畫 左右 fēn	吩	吩	吩
口部 6畫 上下 gě hé	合	合	合	口部 7畫 左右 wěn	吻	吻	吻
口部 6畫 上下 míng	名	名	名	口部 7畫 左右 chuī	吹	吹	吹
口部 6畫 上下 gè	各	各	各	口部 7畫 左右 háng kēng	吭	吭	吭
口部 7畫 上下 tūn	吞	吞	吞	口部 7畫 左右 bā ba	吧	吧	吧
口部 7畫 上下 wú	吾	吾	吾	口部 7畫 左右 hǒu	吼	吼	吼

香港	台灣	大陸
口部 7畫 左右 shǔn 吮	吮	吮
口部 7畫 上下 lìn 吝	吝	吝
口部 7畫 半包圍 jūn 君	君	君
口部 8畫 左右 wèi 味	味	味
口部 8畫 左右 gū 咕	咕	咕
口部 8畫 左右 hē 呵	呵	呵
口部 8畫 左右 shēn 呻	呻	呻
口部 8畫 上下 zhòu 咒	咒	咒
口部 8畫 左右 duō 哆	哆	哆

香港	台灣	大陸
口部 8畫 左右 zǎ zé zhā 咋	咋	咋
口部 8畫 左右 fù 咐	咐	咐
口部 8畫 左右 hū 呼	呼	呼
口部 8畫 左右 gā kā 咖	咖	咖
口部 8畫 左右 hé hè hú huó huò huo 和	和	和
口部 8畫 上下 mìng 命	命	命
口部 9畫 半包圍 zāi 哉	哉	哉
口部 9畫 半包圍 xián 咸	咸	咸
口部 9畫 左右 wā wa 哇	哇	哇

一級字表

香港	台灣	大陸	香港	台灣	大陸
口部 9畫 左右 hōng hǒng 哄	哄	哄	口部 9畫 上中下 āi 哀	哀	哀
口部 9畫 左右 liē liě 咧	咧	咧	口部 10畫 上下 zhé 哲	哲	哲
口部 9畫 上下 pǐn 品	品	品	口部 10畫 上下 gē 哥	哥	哥
口部 9畫 左右 yān yè 咽	咽	咽	口部 10畫 左右 bǔ 哺	哺	哺
口部 9畫 左右 zán 咱	咱	咱	口部 10畫 左右 lī li 哩	哩	哩
口部 9畫 左右 hǎ hǎ hà 哈	哈	哈	口部 10畫 上下 kū 哭	哭	哭
口部 9畫 左右 duō 哆	哆	哆	口部 10畫 左右 é ó ò 哦	哦	哦
口部 9畫 左右 yǎo 咬	咬	咬	口部 10畫 左右 yàn 唁	唁	唁
口部 9畫 左右 hāi ké 咳	咳	咳	口部 10畫 左右 hēng hng 哼	哼	哼

香港	台灣	大陸	香港	台灣	大陸
口部 10 畫 左右 nǎ né 哪	哪	哪	口部 11 畫 上下 shòu 售	售	售
口部 10 畫 左右 jī 唧	唧	唧	口部 12 畫 上中下 xǐ 喜	喜	喜
口部 10 畫 半包圍 táng 唐	唐	唐	口部 12 畫 左右 lǎ 喇	喇	喇
口部 11 畫 左右 pā 啪	啪	啪	口部 12 畫 左右 hǎn 喊	喊	喊
口部 11 畫 左右 lā la 啦	啦	啦	口部 12 畫 左右 wèi 喂	喂	喂
口部 11 畫 左右 wéi 唯	唯	唯	口部 12 畫 左右 chuǎn 喘	喘	喘
口部 11 畫 左右 pí 啤	啤	啤	口部 12 畫 左右 tí 啼	啼	啼
口部 11 畫 左右 shá 啥	啥	啥	口部 12 畫 左右 xuān 喧	喧	喧
口部 11 畫 左右 ā á ǎ à a 啊	啊	啊	口部 13 畫 左右 suō 嗦	嗦	嗦

一級字表

香港	台灣	大陸	香港	台灣	大陸
口部 13畫 左右 wēng　嗡	嗡	嗡	口部 17畫 左右 háo　嚎	嚎	嚎
口部 14畫 上中下 jiā　嘉	嘉	嘉	口部 20畫 左右 jiáo jiào jué　嚼	嚼	嚼
口部 14畫 左右 sòu　嗽	嗽	嗽	口部 20畫 左右 rǎng rǎng　嚷	嚷	嚷
口部 14畫 左右 dí　嫡	嫡	嫡	口部 22畫 上中下 nāng náng　囊	囊	囊
口部 15畫 左右 xī　嘻	嘻	嘻	口部 5畫 全包圍 qiú　囚	囚	囚
口部 15畫 左右 sī　嘶	嘶	嘶	口部 5畫 獨體 sì　四	四	四
口部 15畫 左右 cháo　嘲	嘲	嘲	口部 6畫 全包圍 yīn　因	因	因
口部 15畫 左右 liáo　嘹	嘹	嘹	口部 6畫 全包圍 huí　回	回	回
口部 15畫 左右 hēi　嘿	嘿	嘿	口部 7畫 全包圍 kùn　困	困	困
口部 16畫 鑲嵌 è　噩	噩	噩	口部 7畫 全包圍 dùn tún　囤	囤	囤

一級字表

香港	台灣	大陸
口部 8畫 全包圍 gù	固	固	固
口部 10畫 全包圍 pǔ	圃	圃	圃
土部 3畫 獨體 tǔ	土	土	土
土部 7畫 左右 zhǐ	址	址	址
土部 7畫 左右 kǎn	坎	坎	坎
土部 7畫 左右 kēng	坑	坑	坑
土部 7畫 左右 fāng fáng	坊	坊	坊
土部 7畫 鑲嵌 zuò	坐	坐	坐
土部 8畫 左右 kē kě	坷	坷	坷
土部 8畫 左右 pī	坯	坯	坯
土部 8畫 左右 píng	坪	坪	坪

香港	台灣	大陸
土部 8畫 左右 tǎn	坦	坦	坦
土部 8畫 左右 kūn	坤	坤	坤
土部 8畫 左右 lā	垃	垃	垃
土部 8畫 左右 pō	坡	坡	坡
土部 9畫 上下 xíng	型	型	型
土部 9畫 左右 kuǎ	垮	垮	垮
土部 9畫 左右 chéng	城	城	城
土部 9畫 左右 gòu	垢	垢	垢
土部 10畫 左右 gěng	埂	埂	埂
土部 10畫 左右 mái mán	埋	埋	埋
土部 11畫 左右 dǔ	堵	堵	堵

一級字表

香港	台灣	大陸	香港	台灣	大陸
土部 11畫 左右 yù 域	域	域	土部 14畫 左右 jìng 境	境	境
土部 11畫 左右 duī 堆	堆	堆	土部 14畫 上下 shù 墅	墅	墅
土部 11畫 左右 bù 埠	埠	埠	土部 15畫 左右 dūn 墩	墩	墩
土部 11畫 左右 péi 培	培	培	土部 15畫 上下 mò 墨	墨	墨
土部 11畫 上下 jī 基	基	基	土部 16畫 上下 bì 壁	壁	壁
土部 11畫 上下 táng 堂	堂	堂	土部 20畫 左右 rǎng 壤	壤	壤
土部 12畫 左右 dī 堤	堤	堤	士部 3畫 獨體 shì 士	士	士
土部 13畫 左右 tián 填	填	填	士部 12畫 上中下 yī 壹	壹	壹
土部 13畫 左右 táng 塘	塘	塘	夕部 3畫 獨體 xī 夕	夕	夕
土部 13畫 上下 sù 塑	塑	塑	夕部 5畫 左右 wài 外	外	外
土部 13畫 上下 sāi sài sè 塞	塞	塞	夕部 6畫 上下 duō 多	多	多

香港	台灣	大陸		香港	台灣	大陸
夕部 8畫 上下 yè　夜	夜	夜		大部 8畫 上下 bēn bèn　奔	奔	奔
大部 3畫 獨體 dà dài　大	大	大		大部 8畫 上下 jī qí　奇	奇	奇
大部 4畫 獨體 tiān　天	天	天		大部 9畫 上下 zòu　奏	奏	奏
大部 4畫 獨體 fū　夫	夫	夫		大部 10畫 上下 tào　套	套	套
大部 4畫 獨體 tài　太	太	太		大部 11畫 上下 shē　奢	奢	奢
大部 4畫 獨體 yāo　夭	夭	夭		子部 3畫 獨體 zǐ　子	子	子
大部 5畫 上下 hāng　夯	夯	夯		子部 4畫 左右 kǒng　孔	孔	孔
大部 5畫 獨體 shī　失	失	失		子部 5畫 上下 yùn　孕	孕	孕
大部 6畫 上下 kuā　夸	夸	夸		子部 6畫 上下 zì　字	字	字
大部 6畫 獨體 yí　夷	夷	夷		子部 8畫 上下 mèng　孟	孟	孟
大部 8畫 上下 fèng　奉	奉	奉		子部 8畫 左右 gū　孤	孤	孤

一級字表

香港	台灣	大陸
子部 9畫 左右 hái	孩	孩	孩
子部 14畫 左右 fū	孵	孵	孵
宀部 5畫 上下 tā	它	它	它
宀部 6畫 上下 yǔ	宇	宇	宇
宀部 6畫 上下 shǒu	守	守	守
宀部 6畫 上下 zhái	宅	宅	宅
宀部 7畫 上下 wán	完	完	完
宀部 7畫 上下 sòng	宋	宋	宋
宀部 7畫 上下 hóng	宏	宏	宏
宀部 8畫 上下 dìng	定	定	定
宀部 8畫 上下 yí	宜	宜	宜

香港	台灣	大陸
宀部 8畫 上下 zhòu	宙	宙	宙
宀部 8畫 上下 guān	官	官	官
宀部 8畫 上下 wǎn	宛	宛	宛
宀部 9畫 上下 xuān	宣	宣	宣
宀部 9畫 上下 huàn	宦	宦	宦
宀部 9畫 上下 shì	室	室	室
宀部 9畫 上下 kè	客	客	客
宀部 10畫 上下 jiā jia	家	家	家
宀部 10畫 上下 róng	容	容	容
宀部 10畫 上下 zǎi	宰	宰	宰
宀部 11畫 上下 kòu	寇	寇	寇

香港	台灣	大陸
宀部 11畫 上下 yín 寅	寅	寅
宀部 11畫 上下 jì 寄	寄	寄
宀部 11畫 上下 jì 寂	寂	寂
宀部 11畫 上下 sù xiǔ xiù 宿	宿	宿
宀部 11畫 上中下 mì 密	密	密
宀部 12畫 上下 hán 寒	寒	寒
宀部 12畫 上下 fù 富	富	富
宀部 14畫 上中下 guǎ 寡	寡	寡
寸部 3畫 獨體 cùn 寸	寸	寸
寸部 9畫 左右 fēng 封	封	封

香港	台灣	大陸
小部 3畫 獨體 xiǎo 小	小	小
小部 8畫 上下 shàng 尚	尚	尚
尤部 4畫 獨體 yóu 尤	尤	尤
尤部 7畫 半包圍 gà 尬	尬	尬
尤部 12畫 左右 jiù 就	就	就
尸部 3畫 獨體 shī 尸	尸	尸
尸部 4畫 獨體 chě chǐ 尺	尺	尺
尸部 7畫 半包圍 niào suī 尿	尿	尿
尸部 7畫 半包圍 wěi yǐ 尾	尾	尾
尸部 7畫 半包圍 jú 局	局	局

香港	台灣	大陸	香港	台灣	大陸
尸部 8畫 半包圍 jū　居	居	居	山部 11畫 上下 yá　崖	崖	崖
尸部 8畫 半包圍 qū　屈	屈	屈	山部 11畫 上下 cuī　崔	崔	崔
尸部 9畫 半包圍 wū　屋	屋	屋	山部 11畫 上下 bēng　崩	崩	崩
尸部 9畫 半包圍 bǐng píng　屏	屏	屏	山部 12畫 上下 qiàn　嵌	嵌	嵌
尸部 10畫 半包圍 zhǎn　展	展	展	巛部 3畫 獨體 chuān　川	川	川
尸部 11畫 半包圍 tú　屠	屠	屠	巛部 6畫 獨體 zhōu　州	州	州
屮部 4畫 獨體 tún　屯	屯	屯	巛部 11畫 上下 cháo　巢	巢	巢
山部 3畫 獨體 shān　山	山	山	工部 3畫 獨體 gōng　工	工	工
山部 7畫 上下 chà　岔	岔	岔	工部 5畫 左右 qiǎo　巧	巧	巧
山部 8畫 上下 àn　岸	岸	岸	工部 5畫 半包圍 zuǒ　左	左	左
山部 8畫 上下 yuè　岳	岳	岳	工部 7畫 鑲嵌 wū　巫	巫	巫

香港	台灣	大陸
己部 3畫 獨體 jǐ	己	己	己
己部 3畫 獨體 yǐ	已	已	已
己部 3畫 獨體 sì	巳	巳	巳
己部 4畫 獨體 bā	巴	巴	巴
己部 9畫 上下 hàng xiàng	巷	巷	巷
巾部 3畫 獨體 jīn	巾	巾	巾
巾部 5畫 半包圍 bù	布	布	布
巾部 5畫 上下 shì	市	市	市
巾部 6畫 左右 fān	帆	帆	帆
巾部 7畫 上下 xī	希	希	希

香港	台灣	大陸
巾部 8畫 左右 tiē tiě tiè	帖	帖	帖
巾部 8畫 左右 pà	帕	帕	帕
巾部 9畫 上下 dì	帝	帝	帝
巾部 10畫 半包圍 xí	席	席	席
巾部 11畫 上下 cháng	常	常	常
巾部 11畫 左右 wéi	帷	帷	帷
巾部 12畫 左右 fú	幅	幅	幅
巾部 12畫 左右 mào	帽	帽	帽
巾部 13畫 左右 huǎng	幌	幌	幌
巾部 15畫 左右 chuáng zhuàng	幢	幢	幢

一級字表

香港	台灣	大陸
干部 3畫 獨體 gān　干	干	干
干部 5畫 獨體 píng　平	平	平
干部 6畫 獨體 nián　年	年	年
干部 6畫 上下 bīng　并	并	并
干部 8畫 上下 xìng　幸	幸	幸
幺部 4畫 左右 huàn　幻	幻	幻
幺部 5畫 左右 yòu　幼	幼	幼
幺部 9畫 半包圍 yōu　幽	幽	幽
广部 7畫 半包圍 xù　序	序	序
广部 8畫 半包圍 diàn　店	店	店
广部 8畫 半包圍 fǔ　府	府	府

香港	台灣	大陸
广部 8畫 半包圍 gēng　庚	庚	庚
广部 9畫 半包圍 dù duó　度	度	度
广部 10畫 半包圍 zuò　座	座	座
广部 11畫 半包圍 shù　庶	庶	庶
广部 12畫 半包圍 láng　廊	廊	廊
广部 13畫 半包圍 lián　廉	廉	廉
广部 14畫 半包圍 kuò　廓	廓	廓
廴部 9畫 半包圍 jiàn　建	建	建
廾部 7畫 上下 lòng nòng　弄	弄	弄
弋部 6畫 半包圍 shì　式	式	式
弓部 3畫 獨體 gōng　弓	弓	弓

一級字表

香港	台灣	大陸
弓部 4畫 左右 yǐn　引	引	引
弓部 5畫 獨體 fú　弗	弗	弗
弓部 5畫 左右 hóng　弘	弘	弘
弓部 7畫 獨體 dì　弟	弟	弟
弓部 8畫 左右 hú　弧	弧	弧
弓部 8畫 左右 xián　弦	弦	弦
弓部 10畫 左右 ruò　弱	弱	弱
彡部 7畫 左右 xíng　形	形	形
彡部 11畫 左右 bīn　彬	彬	彬
彡部 11畫 左右 cǎi　彩	彩	彩
彡部 12畫 左右 péng　彭	彭	彭

香港	台灣	大陸
彡部 14畫 左右 zhāng　彰	彰	彰
彡部 15畫 左右 yǐng　影	影	影
彳部 7畫 左右 yì　役	役	役
彳部 8畫 左右 zhēng　征	征	征
彳部 8畫 左右 wǎng　往	往	往
彳部 8畫 左右 bǐ　彼	彼	彼
彳部 9畫 左右 huái　徊	徊	徊
彳部 9畫 左右 lǜ　律	律	律
彳部 9畫 左右 hěn　很	很	很
彳部 10畫 左右 tú　徒	徒	徒
彳部 10畫 左右 xú　徐	徐	徐

一級字表

香港		台灣	大陸		香港		台灣	大陸
彳部 11畫 左右 xǐ	徙	徙	徙		心部 8畫 上下 hū	忽	忽	忽
彳部 12畫 左右 xún	循	循	循		心部 8畫 左右 zhèng	怔	怔	怔
彳部 15畫 左右 dé	德	德	德		心部 8畫 左右 qiè	怯	怯	怯
彳部 17畫 左中右 huī	徽	徽	徽		心部 8畫 左右 bù	怖	怖	怖
心部 4畫 獨體 xīn	心	心	心		心部 8畫 左右 xìng	性	性	性
心部 5畫 獨體 bì	必	必	必		心部 8畫 左右 pà	怕	怕	怕
心部 7畫 上下 zhì	志	志	志		心部 8畫 左右 guài	怪	怪	怪
心部 7畫 上下 jì	忌	忌	忌		心部 8畫 左右 yí	怡	怡	怡
心部 7畫 左右 chén	忱	忱	忱		心部 9畫 上下 sī	思	思	思
心部 8畫 上下 zhōng	忠	忠	忠		心部 9畫 上下 zěn	怎	怎	怎
心部 8畫 上下 fèn	忿	忿	忿		心部 9畫 上下 yuàn	怨	怨	怨

一級字表

香港	台灣	大陸	香港	台灣	大陸
心部 9畫 上下 dài 怠	怠	怠	心部 10畫 左右 huǐ 悔	悔	悔
心部 9畫 左右 huī 恢	恢	恢	心部 11畫 上下 huàn 患	患	患
心部 9畫 左右 huǎng 恍	恍	恍	心部 11畫 左右 xī 惜	惜	惜
心部 9畫 左右 xù 恤	恤	恤	心部 11畫 左右 dào 悼	悼	悼
心部 9畫 左右 qià 恰	恰	恰	心部 11畫 左右 tì 惕	惕	惕
心部 9畫 左右 hèn 恨	恨	恨	心部 11畫 左右 wéi 惟	惟	惟
心部 10畫 上下 ēn 恩	恩	恩	心部 11畫 左右 diàn 惦	惦	惦
心部 10畫 上下 xī 息	息	息	心部 11畫 左右 cuì 悴	悴	悴
心部 10畫 左右 bèi 悖	悖	悖	心部 11畫 左右 wǎn 惋	惋	惋
心部 10畫 左右 wù 悟	悟	悟	心部 12畫 上下 huì 惠	惠	惠
心部 10畫 左右 hàn 悍	悍	悍	心部 12畫 上下 huò 惑	惑	惑

一級字表

香港	台灣	大陸	香港	台灣	大陸
心部 12畫 左右 è 愕	愕	愕	戈部 6畫 半包圍 róng 戎	戎	戎
心部 12畫 左右 lèng 愣	愣	愣	戈部 6畫 半包圍 qu xū 戍	戍	戍
心部 12畫 左右 huáng 惶	惶	惶	戈部 6畫 半包圍 chéng 成	成	成
心部 12畫 左右 kǎi 慨	慨	慨	戈部 7畫 半包圍 jiè 戒	戒	戒
心部 13畫 上下 xiǎng 想	想	想	戈部 7畫 獨體 wǒ 我	我	我
心部 13畫 上下 yì 意	意	意	戈部 8畫 半包圍 huò 或	或	或
心部 13畫 左右 shèn 慎	慎	慎	戈部 11畫 半包圍 qī 戚	戚	戚
心部 14畫 上下 cí 慈	慈	慈	戈部 14畫 半包圍 jié 截	截	截
心部 15畫 左右 qiáo 憔	憔	憔	戈部 17畫 半包圍 dài 戴	戴	戴
戈部 4畫 獨體 gē 戈	戈	戈	户部 8畫 左右 suǒ 所	所	所
戈部 5畫 獨體 wù 戊	戊	戊	手部 3畫 獨體 cái 才	才	才

一級字表

	香港	台灣	大陸		香港	台灣	大陸
手部 4畫 獨體 shǒu	手	手	手	手部 7畫 左右 è	扼	扼	扼
手部 4畫 左右 zhā zhá	扎	扎	扎	手部 7畫 左右 zhǎo	找	找	找
手部 5畫 左右 dá dǎ	打	打	打	手部 7畫 左右 chě	扯	扯	扯
手部 5畫 左右 bā pá	扒	扒	扒	手部 7畫 左右 shé zhē zhé	折	折	折
手部 5畫 左右 rēng	扔	扔	扔	手部 7畫 左右 zhuā	抓	抓	抓
手部 6畫 左右 gāng káng	扛	扛	扛	手部 7畫 左右 bàn	扮	扮	扮
手部 6畫 左右 kòu	扣	扣	扣	手部 7畫 左右 yì	抑	抑	抑
手部 6畫 左右 tuō	托	托	托	手部 7畫 左右 tóu	投	投	投
手部 7畫 左右 fú	扶	扶	扶	手部 7畫 左右 kàng	抗	抗	抗
手部 7畫 左右 jì	技	技	技	手部 7畫 左右 dǒu	抖	抖	抖

一級字表

香港	台灣	大陸		香港	台灣	大陸
手部 7畫 左右 bǎ bà　把	把	把		手部 8畫 左右 lā lá　拉	拉	拉
手部 7畫 左右 shū　抒	抒	抒		手部 8畫 左右 bàn　拌	拌	拌
手部 8畫 左右 mā mǒ mò　抹	抹	抹		手部 8畫 左右 fú　拂	拂	拂
手部 8畫 左右 tà tuò　拓	拓	拓		手部 8畫 左右 zhuō　拙	拙	拙
手部 8畫 左右 yā　押	押	押		手部 8畫 左右 zhāo　招	招	招
手部 8畫 左右 chōu　抽	抽	抽		手部 8畫 左右 pī　披	披	披
手部 8畫 左右 pāi　拍	拍	拍		手部 8畫 左右 tái　抬	抬	抬
手部 8畫 左右 jū　拘	拘	拘		手部 8畫 左右 mǔ　拇	拇	拇
手部 8畫 左右 bào　抱	抱	抱		手部 8畫 左右 ào niù　拗	拗	拗
手部 8畫 左右 zhǔ　拄	拄	拄		手部 9畫 左右 bái bài　拜	拜	拜

香港		台灣	大陸
手部 9畫 左右 shì	拭	拭	拭
手部 9畫 左右 kǎo	拷	拷	拷
手部 9畫 左右 gǒng	拱	拱	拱
手部 9畫 左右 kuà	挎	挎	挎
手部 9畫 左右 zhuài	拽	拽	拽
手部 9畫 左右 kuò	括	括	括
手部 9畫 左右 shè shí	捨	捨	捨
手部 9畫 左右 tiāo tiǎo	挑	挑	挑
手部 9畫 左右 pīn	拼	拼	拼
手部 9畫 左右 zhěng	拯	拯	拯
手部 10畫 上下 ná	拿	拿	拿

香港		台灣	大陸
手部 10畫 上下 quán	拳	拳	拳
手部 10畫 左右 bǔ	捕	捕	捕
手部 10畫 左右 wǔ	捂	捂	捂
手部 10畫 左右 hàn	捍	捍	捍
手部 10畫 左右 niē	捏	捏	捏
手部 10畫 左右 zhuō	捉	捉	捉
手部 10畫 左右 kǔn	捆	捆	捆
手部 10畫 左右 cuò	挫	挫	挫
手部 10畫 左右 wǎn	挽	挽	挽
手部 10畫 左右 nuó	挪	挪	挪
手部 10畫 左右 tǒng	捅	捅	捅

一級字表

香港	台灣	大陸
手部 11畫 左右 pěng　捧	捧	捧
手部 11畫 左右 cuò　措	措	措
手部 11畫 左右 jié　捷	捷	捷
手部 11畫 左右 diào　掉	掉	掉
手部 11畫 左右 tuī　推	推	推
手部 11畫 左右 xiān　掀	掀	掀
手部 11畫 左右 shòu　授	授	授
手部 11畫 左右 tāo　掏	掏	掏
手部 11畫 左右 qiā　掐	掐	掐
手部 11畫 左右 lüè　掠	掠	掠

香港	台灣	大陸
手部 11畫 左右 diān　掂	掂	掂
手部 11畫 左右 jū　据	据	据
手部 11畫 左右 jué　掘	掘	掘
手部 12畫 上下 zhǎng　掌	掌	掌
手部 12畫 左右 zòu　揍	揍	揍
手部 12畫 左右 dī tí　提	提	提
手部 12畫 左右 chuāi chuǎi chuài　揣	揣	揣
手部 12畫 左右 jiū　揪	揪	揪
手部 12畫 左右 yuán　援	援	援
手部 12畫 左右 wò　握	握	握

香港		台灣	大陸
手部 13畫 左右 gǎo	搞	搞	搞
手部 14畫 左右 cuī	摧	摧	摧
手部 14畫 左右 zhāi	摘	摘	摘
手部 14畫 左右 shuāi	摔	摔	摔
手部 14畫 左右 piē piě	撇	撇	撇
手部 15畫 左右 sī	撕	撕	撕
手部 15畫 左右 liāo liáo	撩	撩	撩
手部 15畫 左右 zhuàng	撞	撞	撞
手部 16畫 左右 shàn	擅	擅	擅
手部 19畫 上下 pān	攀	攀	攀
支部 4畫 上下 zhī	支	支	支

香港		台灣	大陸
攴部 6畫 左右 shōu	收	收	收
攴部 7畫 左右 gōng	攻	攻	攻
攴部 7畫 左右 gǎi	改	改	改
攴部 8畫 左右 fàng	放	放	放
攴部 9畫 左右 zhèng	政	政	政
攴部 9畫 左右 gù	故	故	故
攴部 10畫 左右 xiào	效	效	效
攴部 11畫 左右 jiù	救	救	救
攴部 11畫 左右 mǐn	敏	敏	敏
攴部 12畫 左右 chǎng	敞	敞	敞
攴部 12畫 左右 dūn	敦	敦	敦

一級字表

香港	台灣	大陸
攴部 14畫 左右 qiāo　敲	敲	敲
攴部 16畫 上下 zhěng　整	整	整
文部 4畫 獨體 wén　文	文	文
文部 12畫 左中右 bān　斑	斑	斑
文部 12畫 左右 bīn　斌	斌	斌
斗部 4畫 獨體 dǒu　斗	斗	斗
斗部 10畫 左右 liào　料	料	料
斗部 11畫 左右 xié　斜	斜	斜
斤部 4畫 獨體 jīn　斤	斤	斤
斤部 8畫 上下 fǔ　斧	斧	斧
斤部 12畫 左右 sī　斯	斯	斯

香港	台灣	大陸
方部 4畫 獨體 fāng　方	方	方
方部 10畫 上下 páng　旁	旁	旁
方部 10畫 左右 lǚ　旅	旅	旅
方部 11畫 左右 xuán xuàn　旋	旋	旋
方部 14畫 左右 qí　旗	旗	旗
无部 9畫 左右 jì　既	既	既
日部 4畫 獨體 rì　日	日	日
日部 5畫 上下 dàn　旦	旦	旦
日部 6畫 上下 zǎo　早	早	早
日部 6畫 半包圍 xún　旬	旬	旬
日部 6畫 半包圍 xù　旭	旭	旭

一級字表

香港	台灣	大陸
日部 7畫 上下 hàn	旱	旱	旱
日部 8畫 上下 xī	昔	昔	昔
日部 8畫 左右 wàng	旺	旺	旺
日部 8畫 左右 míng	明	明	明
日部 8畫 上下 yì	易	易	易
日部 8畫 上下 áng	昂	昂	昂
日部 8畫 上下 hūn	昏	昏	昏
日部 9畫 上下 chūn	春	春	春
日部 9畫 左右 mèi	昧	昧	昧
日部 9畫 上下 shì	是	是	是
日部 9畫 上下 xīng	星	星	星

香港	台灣	大陸
日部 9畫 左右 zuó	昨	昨	昨
日部 9畫 左右 zhāo	昭	昭	昭
日部 10畫 上下 huǎng huàng	晃	晃	晃
日部 10畫 左右 shǎng	晌	晌	晌
日部 11畫 左右 huì	晦	晦	晦
日部 11畫 左右 wǎn	晚	晚	晚
日部 12畫 上下 shǔ	暑	暑	暑
日部 12畫 左右 xī	晰	晰	晰
日部 12畫 上下 jīng	晶	晶	晶
日部 12畫 左右 liàng	晾	晾	晾
日部 12畫 上下 jǐng	景	景	景

一級字表

香港	台灣	大陸	香港	台灣	大陸
日部 12畫 上下 zhì 智	智	智	月部 4畫 獨體 yuè 月	月	月
日部 12畫 上下 pǔ 普	普	普	月部 8畫 左右 péng 朋	朋	朋
日部 13畫 左右 xiá 暇	暇	暇	月部 8畫 左右 fú fù 服	服	服
日部 13畫 左右 nuǎn 暖	暖	暖	月部 10畫 左右 lǎng 朗	朗	朗
日部 13畫 左右 àn 暗	暗	暗	月部 12畫 左右 jī qī 期	期	期
日部 15畫 上中下 bào 暴	暴	暴	月部 12畫 左右 cháo zhāo 朝	朝	朝
日部 17畫 左右 shǔ 曙	曙	曙	木部 4畫 獨體 mù 木	木	木
日部 19畫 左右 bào pù 曝	曝	曝	木部 5畫 獨體 wèi 未	未	未
日部 6畫 獨體 qū qǔ 曲	曲	曲	木部 5畫 獨體 mò 末	末	末
日部 7畫 獨體 gēng gèng 更	更	更	木部 5畫 獨體 běn 本	本	本

香港	台灣	大陸
木部 6畫 左右 xiǔ 朽	朽	朽
木部 6畫 左右 piáo pò 朴	朴	朴
木部 6畫 獨體 zhū 朱	朱	朱
木部 7畫 左右 gān 杆	杆	杆
木部 7畫 左右 dù 杜	杜	杜
木部 7畫 左右 cái 材	材	材
木部 7畫 左右 cūn 村	村	村
木部 7畫 左右 zhàng 杖	杖	杖
木部 7畫 左右 shā shān 杉	杉	杉
木部 7畫 獨體 shù 束	束	束
木部 8畫 左右 wǎng 柾	柾	柾

香港	台灣	大陸
木部 8畫 左右 lín 林	林	林
木部 8畫 左右 zhī 枝	枝	枝
木部 8畫 左右 bēi 杯	杯	杯
木部 8畫 左右 méi 枚	枚	枚
木部 8畫 左右 xī 析	析	析
木部 8畫 左右 sōng 松	松	松
木部 8畫 左右 háng 杭	杭	杭
木部 8畫 左右 zhěn 枕	枕	枕
木部 8畫 獨體 guǒ 果	果	果
木部 9畫 左右 gān 柑	柑	柑
木部 9畫 左右 kū 枯	枯	枯

一級字表

香港		台灣	大陸
木部 9畫 左右 bǐng	柄	柄	柄
木部 9畫 左右 bǎi bó	柏	柏	柏
木部 9畫 左右 liǔ	柳	柳	柳
木部 9畫 左右 zhù	柱	柱	柱
木部 9畫 左右 shì	柿	柿	柿
木部 9畫 獨體 jiǎn	柬	柬	柬
木部 10畫 半包圍 zāi	栽	栽	栽
木部 10畫 左右 kuàng	框	框	框
木部 10畫 左右 guì	桂	桂	桂
木部 10畫 左右 jié	桔	桔	桔
木部 10畫 左右 tóng	桐	桐	桐

香港		台灣	大陸
木部 10畫 左右 zhū	株	株	株
木部 10畫 左右 táo	桃	桃	桃
木部 10畫 左右 gé	格	格	格
木部 10畫 左右 jiào xiào	校	校	校
木部 10畫 左右 hé hú	核	核	核
木部 10畫 左右 gēn	根	根	根
木部 11畫 左右 xiè	械	械	械
木部 11畫 左右 gěng	梗	梗	梗
木部 11畫 左右 wú	梧	梧	梧
木部 11畫 左右 méi	梅	梅	梅
木部 11畫 左右 tī	梯	梯	梯

香港	台灣	大陸
木部 11畫 左右 tǒng	桶	桶	桶
木部 12畫 左右 bàng	棒	棒	棒
木部 12畫 左右 qí	棋	棋	棋
木部 12畫 左右 zhí	植	植	植
木部 12畫 左右 yī yǐ	椅	椅	椅
木部 12畫 左右 jiāo	椒	椒	椒
木部 12畫 左右 kē	棵	棵	棵
木部 12畫 左右 zhuī	椎	椎	椎
木部 12畫 左右 mián	棉	棉	棉
木部 12畫 左右 péng	棚	棚	棚
木部 12畫 左右 guān	棺	棺	棺

香港	台灣	大陸
木部 12畫 左右 jí	棘	棘	棘
木部 13畫 左右 chūn	椿	椿	椿
木部 13畫 上下 chǔ	楚	楚	楚
木部 13畫 左右 láng	榔	榔	榔
木部 13畫 左右 gài	概	概	概
木部 14畫 左右 liú	榴	榴	榴
木部 14畫 左右 bǎng	榜	榜	榜
木部 14畫 左右 róng	榕	榕	榕
木部 15畫 左右 zhāng	樟	樟	樟
木部 16畫 左右 chéng	橙	橙	橙
木部 17畫 左右 tán	檀	檀	檀

一級字表

一級字表

香港	台灣	大陸		香港	台灣	大陸
欠部 4畫 上下 qiàn	欠	欠	欠	止部 9畫 上下 wāi	歪	歪	歪
欠部 8畫 左右 xīn	欣	欣	欣	歹部 4畫 獨體 dǎi	歹	歹	歹
欠部 11畫 左右 yù	欲	欲	欲	歹部 10畫 左右 shū	殊	殊	殊
欠部 12畫 左右 qī	欺	欺	欺	歹部 10畫 左右 xùn	殉	殉	殉
欠部 14畫 左右 gē	歌	歌	歌	歹部 12畫 左右 shi zhí	殖	殖	殖
欠部 14畫 左右 qiàn	歎	歎	歎	殳部 9畫 左右 duàn	段	段	段
止部 4畫 獨體 zhǐ	止	止	止	殳部 10畫 左右 yān yīn	殷	殷	殷
止部 5畫 獨體 zhēng zhèng	正	正	正	殳部 13畫 左右 diàn	殿	殿	殿
止部 7畫 上下 bù	步	步	步	殳部 15畫 左右 yì	毅	毅	毅
止部 8畫 半包圍 wǔ	武	武	武	毋部 5畫 獨體 mǔ	母	母	母
止部 8畫 左右 qí	歧	歧	歧	毋部 7畫 上下 měi	每	每	每

香港	台灣	大陸
毛部 4畫 獨體 máo　毛	毛	毛
毛部 11畫 上中下 háo　毫	毫	毫
毛部 12畫 半包圍 tǎn　毯	毯	毯
氏部 4畫 獨體 shì zhī　氏	氏	氏
氏部 5畫 獨體 mín　民	民	民
气部 10畫 半包圍 yǎng　氧	氧	氧
气部 12畫 半包圍 dàn　氮	氮	氮
水部 4畫 獨體 shuǐ　水	水	水
水部 5畫 獨體 yǒng　永	永	永
水部 5畫 左右 zhī　汁	汁	汁
水部 7畫 獨體 qiú　求	求	求

香港	台灣	大陸
水部 6畫 左右 hán hàn　汗	汗	汗
水部 6畫 左右 jiāng　江	江	江
水部 6畫 左右 xùn　汛	汛	汛
水部 7畫 上下 gǒng　汞	汞	汞
水部 7畫 左右 wāng　汪	汪	汪
水部 7畫 左右 mù　沐	沐	沐
水部 7畫 左右 pèi　沛	沛	沛
水部 7畫 左右 tài　汰	汰	汰
水部 7畫 左右 qì　汽	汽	汽
水部 7畫 左右 wò　沃	沃	沃
水部 7畫 左右 shěn　沈	沈	沈

一級字表

香港	台灣	大陸		香港	台灣	大陸
水部 7畫 左右 qìn	沁	沁	沁	水部 8畫 左右 pāo pào	泡	泡	泡
水部 8畫 左右 mò	沫	沫	沫	水部 8畫 左右 zhù	注	注	注
水部 8畫 左右 fǎ	法	法	法	水部 8畫 左右 qì	泣	泣	泣
水部 8畫 左右 xiè	泄	泄	泄	水部 8畫 左右 bì mì	泌	泌	泌
水部 8畫 左右 gū	沽	沽	沽	水部 8畫 左右 yǒng	泳	泳	泳
水部 8畫 左右 hé	河	河	河	水部 8畫 左右 fèi	沸	沸	沸
水部 8畫 左右 zhān	沾	沾	沾	水部 8畫 左右 zhǎo	沼	沼	沼
水部 8畫 左右 jǔ	沮	沮	沮	水部 8畫 左右 bō	波	波	波
水部 8畫 左右 yóu	油	油	油	水部 8畫 左右 zhì	治	治	治
水部 8畫 左右 bó pō	泊	泊	泊	水部 9畫 上下 bèng	泵	泵	泵
水部 8畫 左右 fàn	泛	泛	泛	水部 9畫 上下 quán	泉	泉	泉

	香港	台灣	大陸
水部 10畫 上下 tài	泰	泰	泰
水部 9畫 左右 hóng	洪	洪	洪
水部 9畫 左右 dòng tóng	洞	洞	洞
水部 9畫 左右 xǐ xiǎn	洗	洗	洗
水部 9畫 左右 huó	活	活	活
水部 9畫 左右 pài	派	派	派
水部 9畫 左右 qià	洽	洽	洽
水部 9畫 左右 luò	洛	洛	洛
水部 9畫 左右 yáng	洋	洋	洋
水部 9畫 左右 zhōu	洲	洲	洲
水部 9畫 左右 jīn	津	津	津

	香港	台灣	大陸
水部 10畫 左右 zhè	浙	浙	浙
水部 10畫 左右 pǔ	浦	浦	浦
水部 10畫 左右 shè	涉	涉	涉
水部 10畫 左右 hǎi	海	海	海
水部 10畫 左右 tú	涂	涂	涂
水部 10畫 左右 yù	浴	浴	浴
水部 10畫 左右 fú	浮	浮	浮
水部 10畫 左右 tì	涕	涕	涕
水部 10畫 左右 làng	浪	浪	浪
水部 10畫 左右 chōng	涌	涌	涌
水部 11畫 左右 lín lìn	淋	淋	淋

一級字表

	香港	台灣	大陸		香港	台灣	大陸
水部 11畫 左右 yá	涯	涯	涯	水部 12畫 左右 gǎng	港	港	港
水部 11畫 左右 shū	淑	淑	淑	水部 12畫 左右 xiāng	湘	湘	湘
水部 11畫 左右 tǎng	淌	淌	淌	水部 12畫 左右 bó	渤	渤	渤
水部 11畫 左右 huái	淮	淮	淮	水部 12畫 左右 pài	湃	湃	湃
水部 11畫 左右 táo	淘	淘	淘	水部 12畫 左右 dù	渡	渡	渡
水部 11畫 左右 chún	淳	淳	淳	水部 12畫 左中右 yóu	游	游	游
水部 11畫 左右 yè	液	液	液	水部 12畫 左右 xuàn	渲	渲	渲
水部 11畫 左右 dàn	淡	淡	淡	水部 12畫 左右 gài	溉	溉	溉
水部 11畫 左右 diàn	淀	淀	淀	水部 13畫 左右 zī	滋	滋	滋
水部 11畫 左右 shuàn	涮	涮	涮	水部 13畫 左右 diān	滇	滇	滇
水部 11畫 左右 hán	涵	涵	涵	水部 13畫 左右 yuán	源	源	源

香港		台灣	大陸
水部 13畫 左右 tāo	滔	滔	滔
水部 13畫 左右 liū liù	溜	溜	溜
水部 13畫 左右 yì	溢	溢	溢
水部 13畫 左右 sù	溯	溯	溯
水部 13畫 左右 róng	溶	溶	溶
水部 13畫 左右 nì	溺	溺	溺
水部 14畫 左右 qī	漆	漆	漆
水部 14畫 左中右 shù	漱	漱	漱
水部 14畫 左右 dī	滴	滴	滴
水部 14畫 左右 yàng	漾	漾	漾
水部 14畫 左右 yǎn	演	演	演

香港		台灣	大陸
水部 15畫 左右 péng	澎	澎	澎
水部 15畫 左右 cháo	潮	潮	潮
水部 15畫 左右 tán	潭	潭	潭
水部 15畫 左右 chéng dèng	澄	澄	澄
水部 16畫 左中右 jī	激	激	激
水部 18畫 左右 bào pù	瀑	瀑	瀑
火部 4畫 獨體 huǒ	火	火	火
火部 6畫 半包圍 huī	灰	灰	灰
火部 7畫 上下 jiǔ	灸	灸	灸
火部 7畫 左右 zhuó	灼	灼	灼
火部 8畫 左右 chuī	炊	炊	炊

一級字表

	香港	台灣	大陸		香港	台灣	大陸
火部 8畫 左右 kàng	炕	炕	炕	火部 11畫 上下 pēng	烹	烹	烹
火部 8畫 上下 yán	炎	炎	炎	火部 11畫 左右 hàn	焊	焊	焊
火部 9畫 左右 zhá zhà	炸	炸	炸	火部 12畫 上下 zhǔ	煮	煮	煮
火部 9畫 左右 bāo páo pào	炮	炮	炮	火部 12畫 上下 fén	焚	焚	焚
火部 9畫 左右 xuàn	炫	炫	炫	火部 12畫 上下 jiāo	焦	焦	焦
火部 10畫 上下 liè	烈	烈	烈	火部 12畫 左右 yàn	焰	焰	焰
火部 10畫 左右 kǎo	烤	烤	烤	火部 13畫 上下 zhào	照	照	照
火部 10畫 左右 hōng	烘	烘	烘	火部 13畫 左右 huáng	煌	煌	煌
火部 10畫 左右 lào luò	烙	烙	烙	火部 14畫 上下 xūn	熏	熏	熏
火部 11畫 上下 yān	焉	焉	焉	火部 14畫 左右 xī	熄	熄	熄

香港		台灣	大陸
火部 14畫 左右 róng	熔	熔	熔
火部 15畫 上下 shóu shú	熟	熟	熟
火部 19畫 左右 bào	爆	爆	爆
爪部 4畫 獨體 zhǎo zhuǎ	爪	爪	爪
爪部 8畫 半包圍 pá	爬	爬	爬
爪部 17畫 上中下 jué	爵	爵	爵
父部 4畫 獨體 fù	父	父	父
父部 8畫 上下 bà	爸	爸	爸
父部 10畫 上下 diē	爹	爹	爹
爻部 11畫 鑲嵌 shuǎng	爽	爽	爽
牙部 4畫 獨體 yá	牙	牙	牙

香港		台灣	大陸
牛部 4畫 獨體 niú	牛	牛	牛
牛部 7畫 左右 mǔ	牡	牡	牡
牛部 7畫 上下 láo	牢	牢	牢
牛部 8畫 左右 mù	牧	牧	牧
牛部 8畫 左右 wù	物	物	物
牛部 9畫 左右 shēng	牲	牲	牲
牛部 11畫 上下 lí	犁	犁	犁
牛部 12畫 半包圍 xī	犀	犀	犀
犬部 4畫 獨體 quǎn	犬	犬	犬
犬部 5畫 左右 fàn	犯	犯	犯
犬部 7畫 左右 kuáng	狂	狂	狂

一級字表

香港	台灣	大陸
犬部 8畫 左右 hú　狐	狐	狐
犬部 8畫 左右 gǒu　狗	狗	狗
犬部 9畫 左右 jiǎo　狡	狡	狡
犬部 9畫 左右 hěn　狠	狠	狠
犬部 10畫 左右 lí　狸	狸	狸
犬部 10畫 左右 láng　狼	狼	狼
犬部 11畫 左右 měng　猛	猛	猛
犬部 12畫 左右 xīng　猩	猩	猩
犬部 13畫 左右 yuán　猿	猿	猿
玄部 5畫 上下 xuán　玄	玄	玄
玄部 11畫 上中下 lǜ shuài　率	率	率

香港	台灣	大陸
玉部 4畫 獨體 wáng　王	王	王
玉部 5畫 獨體 yù　玉	玉	玉
玉部 7畫 左右 jiǔ　玖	玖	玖
玉部 8畫 左右 wán　玩	玩	玩
玉部 8畫 左右 méi　玫	玫	玫
玉部 9畫 左右 diàn　玷	玷	玷
玉部 9畫 左右 zhēn　珍	珍	珍
玉部 9畫 左右 bō　玻	玻	玻
玉部 10畫 左右 zhū　珠	珠	珠
玉部 10畫 左中右 bān　班	班	班
玉部 11畫 左右 qiú　球	球	球

香港		台灣	大陸
玉部 11畫 左右 lǐ	理	理	理
玉部 11畫 左右 láng	琅	琅	琅
玉部 12畫 左右 lín	琳	琳	琳
玉部 13畫 左右 ruì	瑞	瑞	瑞
玉部 13畫 左右 nǎo	瑙	瑙	瑙
玉部 18畫 上下 bì	璧	璧	璧
瓜部 5畫 獨體 guā	瓜	瓜	瓜
瓜部 22畫 左右 ráng	瓤	瓤	瓤
甘部 5畫 獨體 gān	甘	甘	甘
生部 5畫 獨體 shēng	生	生	生
生部 12畫 左右 shēng	甥	甥	甥

香港		台灣	大陸
用部 5畫 獨體 yòng	用	用	用
用部 5畫 獨體 shuǎi	甩	甩	甩
用部 7畫 獨體 fǔ	甫	甫	甫
田部 5畫 獨體 jiǎ	甲	甲	甲
田部 5畫 獨體 shēn	申	申	申
田部 5畫 獨體 tián	田	田	田
田部 5畫 獨體 yóu	由	由	由
田部 7畫 上下 nán	男	男	男
田部 7畫 半包圍 diàn	甸	甸	甸
田部 9畫 上下 wèi	畏	畏	畏
田部 9畫 上下 jiè	界	界	界

一級字表

香港	台灣	大陸	香港	台灣	大陸
田部 10畫 左右 pàn 畔	畔	畔	疒部 10畫 半包圍 bìng 病	病	病
田部 10畫 上下 liú 留	留	留	疒部 10畫 半包圍 zhěn 疹	疹	疹
田部 10畫 上下 chù xù 畜	畜	畜	疒部 10畫 半包圍 téng 疼	疼	疼
田部 11畫 左右 lüè 略	略	略	疒部 10畫 半包圍 pí 疲	疲	疲
田部 13畫 左右 jī 畸	畸	畸	疒部 11畫 半包圍 hén 痕	痕	痕
田部 19畫 左右 jiāng 疆	疆	疆	疒部 12畫 半包圍 dòu 痘	痘	痘
疒部 8畫 半包圍 gē 疙	疙	疙	疒部 12畫 半包圍 lì 痢	痢	痢
疒部 8畫 半包圍 jiù 疚	疚	疚	疒部 12畫 半包圍 tòng 痛	痛	痛
疒部 9畫 半包圍 yì 疫	疫	疫	疒部 13畫 半包圍 chī 痴	痴	痴
疒部 9畫 半包圍 bā 疤	疤	疤	疒部 13畫 半包圍 tán 痰	痰	痰
疒部 10畫 半包圍 zhèng 症	症	症	疒部 15畫 半包圍 liú 瘤	瘤	瘤

香港		台灣	大陸
疒部 16畫 半包圍 qué	癱	癱	癱
疒部 17畫 半包圍 ái	癌	癌	癌
癶部 9畫 上下 guǐ	癸	癸	癸
癶部 12畫 上下 dēng	登	登	登
白部 5畫 獨體 bái	白	白	白
白部 6畫 獨體 bǎi	百	百	百
白部 8畫 左右 de dī dí dì	的	的	的
白部 9畫 上下 huáng	皇	皇	皇
白部 12畫 左右 wǎn	皖	皖	皖
皮部 5畫 半包圍 pí	皮	皮	皮

香港		台灣	大陸
皿部 5畫 獨體 mǐn	皿	皿	皿
皿部 9畫 上下 pén	盆	盆	盆
皿部 9畫 上下 yíng	盈	盈	盈
皿部 10畫 上下 yì	益	益	益
皿部 11畫 上下 chéng shèng	盛	盛	盛
皿部 11畫 上下 hé	盒	盒	盒
皿部 13畫 上下 méng	盟	盟	盟
目部 5畫 獨體 mù	目	目	目
目部 7畫 左右 dīng	盯	盯	盯
目部 8畫 上下 zhí	直	直	直

一級字表

一級字表

香港	台灣	大陸	香港	台灣	大陸
目部 9畫 左右 xiāng xiàng 相	相	相	目部 11畫 上下 juàn 眷	眷	眷
目部 9畫 左右 dǔn 盹	盹	盹	目部 13畫 左右 dǔ 睹	睹	睹
目部 9畫 左右 pàn 盼	盼	盼	目部 13畫 左右 jié 睫	睫	睫
目部 9畫 半包圍 kān kàn 看	看	看	目部 13畫 左右 cǎi 睬	睬	睬
目部 9畫 半包圍 dùn 盾	盾	盾	目部 14畫 左右 chǒu 瞅	瞅	瞅
目部 9畫 半包圍 méi 眉	眉	眉	目部 17畫 左右 liào 瞭	瞭	瞭
目部 10畫 上下 zhēn 真	真	真	目部 17畫 左右 qiáo 瞧	瞧	瞧
目部 10畫 左右 zhǎ 眨	眨	眨	目部 17畫 左右 shùn 瞬	瞬	瞬
目部 10畫 左右 mián 眠	眠	眠	目部 17畫 左右 tóng 瞳	瞳	瞳
目部 11畫 左右 kuàng 眶	眶	眶	目部 17畫 左右 dèng 瞪	瞪	瞪
目部 11畫 左右 yǎn 眼	眼	眼	矛部 5畫 獨體 máo 矛	矛	矛

香港		台灣	大陸
矢部 5畫 獨體 shǐ	矢	矢	矢
矢部 8畫 左右 zhī	知	知	知
矢部 12畫 左右 duǎn	短	短	短
石部 5畫 獨體 dàn shí	石	石	石
石部 9畫 左右 yán	研	研	研
石部 9畫 左右 qì	砌	砌	砌
石部 9畫 左右 kǎn	砍	砍	砍
石部 10畫 左右 zá	砸	砸	砸
石部 10畫 左右 pēng	砰	砰	砰
石部 10畫 左右 pò	破	破	破
石部 11畫 左右 guī	硅	硅	硅

香港		台灣	大陸
石部 12畫 左右 yìng	硬	硬	硬
石部 13畫 左右 diǎn	碘	碘	碘
石部 13畫 左右 bēi	碑	碑	碑
石部 13畫 左右 suì	碎	碎	碎
石部 13畫 左右 pèng	碰	碰	碰
石部 13畫 左右 wǎn	碗	碗	碗
石部 14畫 上下 bì	碧	碧	碧
石部 15畫 左右 cí	磁	磁	磁
石部 15畫 左右 kē	磕	磕	磕
石部 15畫 上下 lěi	磊	磊	磊
石部 15畫 左右 bàng páng	磅	磅	磅

一級字表

	香港	台灣	大陸
石部 15畫 左右 niǎn	碾	碾	碾
石部 17畫 左右 jiāo	礁	礁	礁
示部 7畫 左右 shè	社	社	社
示部 7畫 左右 sì	祀	祀	祀
示部 8畫 左右 qí	祈	祈	祈
示部 9畫 左右 zǔ	祖	祖	祖
示部 9畫 左右 shén	神	神	神
示部 9畫 左右 zhù	祝	祝	祝
示部 9畫 左右 cí	祠	祠	祠
示部 10畫 左右 xiáng	祥	祥	祥
示部 13畫 左右 fú	福	福	福

	香港	台灣	大陸
禾部 5畫 獨體 hé	禾	禾	禾
禾部 7畫 左右 sī	私	私	私
禾部 8畫 獨體 bǐng	秉	秉	秉
禾部 9畫 左右 chóng	种	种	种
禾部 9畫 左右 qiū	秋	秋	秋
禾部 9畫 左右 kē	科	科	科
禾部 10畫 上下 qín	秦	秦	秦
禾部 10畫 左右 chèng	秤	秤	秤
禾部 10畫 左右 zū	租	租	租
禾部 10畫 左右 zhì	秩	秩	秩
禾部 11畫 左右 jiē	秸	秸	秸

一級字表

香港	台灣	大陸
禾部 11畫 左右 yí 移	移	移
禾部 12畫 左右 xī 稀	稀	稀
禾部 13畫 左右 zhì 稚	稚	稚
禾部 15畫 左右 dào 稻	稻	稻
禾部 15畫 左右 gǎo 稿	稿	稿
禾部 15畫 左右 jià 稼	稼	稼
禾部 17畫 左右 suì 穗	穗	穗
穴部 5畫 上下 xué 穴	穴	穴
立部 5畫 獨體 lì 立	立	立
立部 10畫 左右 zhàn 站	站	站
立部 11畫 上下 zhāng 章	章	章

香港	台灣	大陸
立部 11畫 上下 jìng 竟	竟	竟
立部 12畫 上下 tóng 童	童	童
立部 14畫 左右 duān 端	端	端
竹部 6畫 左右 zhú 竹	竹	竹
竹部 9畫 上下 gān 竿	竿	竿
竹部 10畫 上下 xiào 笑	笑	笑
竹部 11畫 上下 bèn 笨	笨	笨
竹部 11畫 上下 dí 笛	笛	笛
竹部 11畫 上下 shēng 笙	笙	笙
竹部 11畫 上下 fú 符	符	符
竹部 11畫 上下 dì 第	第	第

一級字表

香港	台灣	大陸	香港	台灣	大陸
竹部 12畫 上下 kuāng 筐	筐	筐	米部 9畫 左右 zǐ 籽	籽	籽
竹部 12畫 上下 cè 策	策	策	米部 10畫 左右 fěn 粉	粉	粉
竹部 12畫 上下 tǒng 筒	筒	筒	米部 11畫 左右 nián zhān 粘	粘	粘
竹部 12畫 上下 fá 筏	筏	筏	米部 11畫 左右 cū 粗	粗	粗
竹部 12畫 上下 dā dá 答	答	答	米部 11畫 左右 lì 粒	粒	粒
竹部 14畫 上下 jī 箕	箕	箕	米部 12畫 左中右 zhōu 粥	粥	粥
竹部 14畫 上中下 suàn 算	算	算	米部 14畫 左右 cuì 粹	粹	粹
竹部 14畫 上下 guǎn 管	管	管	米部 16畫 左右 táng 糖	糖	糖
竹部 15畫 上下 xiāng 箱	箱	箱	米部 16畫 左右 gāo 糕	糕	糕
竹部 16畫 上中下 cuàn 篡	篡	篡	糸部 10畫 上下 sù 素	素	素
竹部 19畫 上下 bǒ bò 簸	簸	簸	糸部 10畫 上下 suǒ 索	索	索

香港		台灣	大陸
糸部 10畫 上下 wěn	紊	紊	紊
糸部 11畫 上下 léi lěi lèi	累	累	累
网部 13畫 上下 shǔ	署	署	署
网部 13畫 上下 zhì	置	置	置
网部 13畫 上下 zhào	罩	罩	罩
羊部 6畫 獨體 yáng	羊	羊	羊
羊部 10畫 上下 gāo	羔	羔	羔
羽部 6畫 左右 yǔ	羽	羽	羽
羽部 10畫 半包圍 chì	翅	翅	翅
羽部 10畫 上下 wēng	翁	翁	翁
羽部 12畫 左右 xiáng	翔	翔	翔

香港		台灣	大陸
羽部 16畫 左右 hàn	翰	翰	翰
羽部 18畫 左右 fān	翻	翻	翻
老部 6畫 半包圍 kǎo	考	考	考
老部 8畫 半包圍 zhě	者	者	者
而部 6畫 獨體 ér	而	而	而
而部 9畫 左右 nài	耐	耐	耐
耳部 6畫 獨體 ěr	耳	耳	耳
聿部 13畫 左右 sì	肆	肆	肆
肉部 6畫 獨體 ròu	肉	肉	肉
肉部 14畫 半包圍 fǔ	腐	腐	腐
臣部 6畫 獨體 chén	臣	臣	臣

一級字表

香港	台灣	大陸	香港	台灣	大陸
自部 6畫 獨體 zì 自	自	自	虫部 10畫 左右 gōng 蚣	蚣	蚣
至部 6畫 上下 zhì 至	至	至	虫部 10畫 左右 wén 蚊	蚊	蚊
臼部 6畫 獨體 jiù 臼	臼	臼	虫部 10畫 左右 dǒu 蚪	蚪	蚪
臼部 10畫 上下 yǎo 舀	舀	舀	虫部 10畫 左右 yǐn 蚓	蚓	蚓
臼部 13畫 上下 jiù 舅	舅	舅	虫部 11畫 左右 qiū 蚯	蚯	蚯
舌部 8畫 上下 shè 舍	舍	舍	虫部 11畫 左右 zhù 蛀	蛀	蛀
舌部 12畫 左右 shū 舒	舒	舒	虫部 11畫 左右 shé 蛇	蛇	蛇
舟部 6畫 獨體 zhōu 舟	舟	舟	虫部 11畫 上下 dàn 蛋	蛋	蛋
艮部 7畫 上下 liáng 良	良	良	虫部 12畫 左右 wā 蛙	蛙	蛙
色部 6畫 上下 sè shǎi 色	色	色	虫部 12畫 左右 zhū 蛛	蛛	蛛
虫部 9畫 左右 hóng jiàng 虹	虹	虹	虫部 12畫 左右 gé há 蛤	蛤	蛤

一級字表

香港	台灣	大陸
虫部 13畫 左右 é	蛾	蛾	蛾
虫部 13畫 左右 fēng	蜂	蜂	蜂
虫部 13畫 上下 shǔ	蜀	蜀	蜀
虫部 14畫 左右 zhī	蜘	蜘	蜘
虫部 14畫 上下 mì	蜜	蜜	蜜
虫部 15畫 左右 fú	蝠	蝠	蝠
虫部 15畫 左右 kē	蝌	蝌	蝌
虫部 15畫 左右 huáng	蝗	蝗	蝗
虫部 16畫 左右 róng	融	融	融
虫部 16畫 左右 páng	螃	螃	螃

香港	台灣	大陸
虫部 17畫 左右 luó	螺	螺	螺
虫部 17畫 左右 shuài	蟀	蟀	蟀
虫部 21畫 上下 chǔn	蠢	蠢	蠢
血部 6畫 獨體 xiě xuè	血	血	血
行部 6畫 左右 háng héng xíng	行	行	行
行部 9畫 左中右 yǎn	衍	衍	衍
行部 12畫 左中右 jiē	街	街	街
行部 13畫 左中右 yá	衙	衙	衙
行部 16畫 左中右 héng	衡	衡	衡
衣部 6畫 獨體 yī	衣	衣	衣

一級字表

香港	台灣	大陸		香港	台灣	大陸
衣部 8畫 上下 biǎo 表	表	表		衣部 12畫 上下 liè 裂	裂	裂
衣部 8畫 左右 shān 衫	衫	衫		衣部 12畫 左右 yù 裕	裕	裕
衣部 10畫 上中下 yuán 袁	袁	袁		衣部 12畫 左右 qún 裙	裙	裙
衣部 10畫 上中下 shuāi 衰	衰	衰		衣部 13畫 左右 guà 褂	褂	褂
衣部 10畫 上中下 zhōng 衷	衷	衷		衣部 13畫 左右 luǒ 裸	裸	裸
衣部 10畫 左右 xiù 袖	袖	袖		衣部 14畫 上下 shang 裳	裳	裳
衣部 10畫 左右 páo 袍	袍	袍		衣部 14畫 上中下 guǒ 裹	裹	裹
衣部 10畫 左右 bèi 被	被	被		衣部 15畫 上中下 bāo 褒	褒	褒
衣部 11畫 上下 dài 袋	袋	袋		西部 6畫 獨體 xī 西	西	西
衣部 11畫 左右 fú 袱	袱	袱		言部 7畫 獨體 yán 言	言	言
衣部 12畫 半包圍 cái 裁	裁	裁		言部 14畫 上下 shì 誓	誓	誓

香港	台灣	大陸
言部 20畫 上下 pì 譬	譬	譬
谷部 7畫 上下 gǔ 谷	谷	谷
豆部 7畫 上下 dòu 豆	豆	豆
豆部 15畫 左右 wān 豌	豌	豌
豕部 14畫 上中下 háo 豪	豪	豪
豸部 10畫 左右 chái 豺	豺	豺
豸部 10畫 左右 bào 豹	豹	豹
豸部 14畫 左右 mào 貌	貌	貌
走部 7畫 上下 zǒu 走	走	走
走部 9畫 半包圍 fù 赴	赴	赴
走部 12畫 半包圍 yuè 越	越	越

香港	台灣	大陸
走部 12畫 半包圍 chāo 超	超	超
走部 15畫 半包圍 tàng 趟	趟	趟
足部 7畫 上下 zú 足	足	足
足部 9畫 左右 pā 趴	趴	趴
足部 11畫 左右 zhǐ 趾	趾	趾
足部 12畫 左右 diē 跌	跌	跌
足部 12畫 左右 páo pǎo 跑	跑	跑
足部 12畫 左右 bǒ 跛	跛	跛
足部 13畫 左右 kuà 跨	跨	跨
足部 13畫 左右 tiào 跳	跳	跳
足部 13畫 左右 guì 跪	跪	跪

一級字表

香港		台灣	大陸		香港		台灣	大陸
足部 13畫 左右 lù	路	路	路		辛部 12畫 上下 gū	辜	辜	辜
足部 13畫 左右 jiāo	跤	跤	跤		辛部 13畫 左右 bì pì	辟	辟	辟
足部 13畫 左右 gēn	跟	跟	跟		辛部 14畫 左右 là	辣	辣	辣
足部 15畫 左右 tī	踢	踢	踢		辛部 16畫 左中右 biàn	辨	辨	辨
足部 15畫 左右 cǎi	踩	踩	踩		邑部 7畫 上下 yì	邑	邑	邑
足部 16畫 左右 duó	躱	躱	躱		邑部 7畫 左右 xié	邪	邪	邪
足部 16畫 左右 tí	蹄	蹄	蹄		邑部 7畫 左右 nā nà	那	那	那
足部 17畫 左右 dǎo	蹈	蹈	蹈		邑部 9畫 左右 jiāo	郊	郊	郊
足部 18畫 左右 bèng	蹦	蹦	蹦		邑部 9畫 左右 láng làng	郎	郎	郎
足部 19畫 左右 dēng	蹬	蹬	蹬		邑部 11畫 左右 dōu dū	都	都	都
辛部 7畫 上下 xīn	辛	辛	辛		邑部 11畫 左右 guō	郭	郭	郭

一級字表

香港	台灣	大陸		香港	台灣	大陸
邑部 11畫 左右 bù	部	部	部	阜部 8畫 左右 zǔ	阻	阻	阻
邑部 12畫 左右 è	鄂	鄂	鄂	阜部 8畫 左右 fù	附	附	附
采部 8畫 上下 cǎi cài	采	采	采	阜部 9畫 左右 lòu	陋	陋	陋
里部 7畫 獨體 lǐ	里	里	里	阜部 9畫 左右 mò	陌	陌	陌
里部 9畫 獨體 chóng zhòng	重	重	重	阜部 9畫 左右 jiàng xiáng	降	降	降
里部 11畫 左右 yě	野	野	野	阜部 9畫 左右 xiàn	限	限	限
里部 12畫 上中下 liáng liàng	量	量	量	阜部 10畫 左右 dǒu	陡	陡	陡
金部 8畫 上下 jīn	金	金	金	阜部 10畫 左右 chú	除	除	除
阜部 7畫 左右 fáng	防	防	防	阜部 10畫 左右 yuàn	院	院	院
阜部 8畫 左右 ā ē	阿	阿	阿	阜部 11畫 左右 táo	陶	陶	陶

一級字表

香港	台灣	大陸	香港	台灣	大陸
阜部 11畫 左右 xiàn 陷	陷	陷	革部 13畫 左右 bǎ 靶	靶	靶
阜部 11畫 左右 péi 陪	陪	陪	革部 15畫 左右 xié 鞋	鞋	鞋
阜部 12畫 左右 lóng 隆	隆	隆	革部 17畫 左右 jū 鞠	鞠	鞠
阜部 13畫 左右 gé 隔	隔	隔	革部 18畫 左右 biān 鞭	鞭	鞭
阜部 13畫 左右 ài 隘	隘	隘	韭部 9畫 上下 jiǔ 韭	韭	韭
阜部 14畫 左右 zhàng 障	障	障	音部 9畫 上下 yīn 音	音	音
隹部 12畫 半包圍 yàn 雁	雁	雁	首部 9畫 獨體 shǒu 首	首	首
隹部 12畫 左右 xióng 雄	雄	雄	高部 10畫 上中下 gāo 高	高	高
隹部 12畫 左右 yǎ 雅	雅	雅	黍部 15畫 上下 lí 黎	黎	黎
面部 9畫 獨體 miàn 面	面	面	黑部 12畫 上下 hēi 黑	黑	黑
革部 9畫 獨體 gé 革	革	革	鼎部 13畫 半包圍 dǐng 鼎	鼎	鼎

香港	台灣	大陸
鼓部 13畫 左右 gǔ　鼓	鼓	鼓

香港	台灣	大陸
鼻部 14畫 上中下 bí　鼻	鼻	鼻

二 區

香港、台灣、大陸繁體字字形相同。（大陸字形有繁簡區別，香港、台灣字形不與大陸簡化字字形比較。）

香港	台灣	大陸
乙部 11畫 左右 gān　乾	乾	乾｜干
乙部 13畫 左右 luàn　亂	亂	亂｜乱
二部 8畫 獨體 yà　亞	亞	亞｜亚
人部 8畫 獨體 lái　來	來	來｜来
人部 8畫 上下 lún　侖	侖	侖｜仑
人部 9畫 左右 xiá　俠	俠	俠｜侠
人部 10畫 左右 mén men　們	們	們｜们
人部 10畫 左右 gě gè　個	個	個｜个

香港	台灣	大陸
人部 10畫 左右 lún　倫	倫	倫｜伦
人部 11畫 左右 zhēn　偵	偵	偵｜侦
人部 11畫 左右 cè　側	側	側｜侧
人部 11畫 左右 wěi　偉	偉	偉｜伟
人部 12畫 左右 jiā　傢	傢	傢｜家
人部 12畫 上下 sǎn　傘	傘	傘｜伞
人部 13畫 左右 zhài　債	債	債｜债
人部 13畫 左右 jǐn　僅	僅	僅｜仅

一級字表

	香港	台灣	大陸		香港	台灣	大陸
人部 13畫 左右 chuán zhuàn	傳	傳	傳|传	人部 17畫 左右 cháng	償	償	償|偿
人部 13畫 左右 qīng	傾	傾	傾|倾	人部 17畫 左右 chǔ	儲	儲	儲|储
人部 13畫 左右 shāng	傷	傷	傷|伤	儿部 8畫 上下 ér	兒	兒	兒|儿
人部 14畫 左右 jiǎo yáo	僥	僥	僥|侥	冫部 10畫 左右 dòng	凍	凍	凍|冻
人部 14畫 左右 qiáo	僑	僑	僑|侨	几部 12畫 左右 kǎi	凱	凱	凱|凯
人部 15畫 左右 jià jie	價	價	價|价	刀部 9畫 半包圍 kè	剋	剋	剋|克
人部 15畫 左右 jiǎn	儉	儉	儉|俭	刀部 9畫 左右 zé	則	則	則|则
人部 15畫 左右 yì	億	億	億|亿	刀部 10畫 左右 gāng	剛	剛	剛|刚
人部 15畫 左右 yí	儀	儀	儀|仪	刀部 14畫 左右 huá huà	劃	劃	劃|划
人部 16畫 左右 jǐn	儘	儘	儘|尽	刀部 15畫 左右 jiàn	劍	劍	劍|剑

一級字表

香港	台灣	大陸		香港	台灣	大陸
刀部 15畫 左右 liú	劉	劉	劉｜刘	口部 10畫 上下 yuán yùn	員	員	員｜员
力部 9畫 左右 jìn jìng	勁	勁	勁｜劲	口部 11畫 左右 yā yǎ	啞	啞	啞｜哑
力部 11畫 左右 dòng	動	動	動｜动	口部 11畫 半包圍 wèn	問	問	問｜问
力部 12畫 左右 xūn	勛	勛	勛｜勋	口部 12畫 上下 sāng sàng	喪	喪	喪｜丧
力部 12畫 左右 shèng	勝	勝	勝｜胜	口部 12畫 上下 chán dān shàn	單	單	單｜单
力部 12畫 上下 láo	勞	勞	勞｜劳	口部 12畫 左右 yō yo	喲	喲	喲｜哟
匚部 13畫 半包圍 huì	匯	匯	匯｜汇	口部 12畫 上下 qiáo	喬	喬	喬｜乔
十部 8畫 左右 xié	協	協	協｜协	口部 13畫 左右 má mǎ ma	嗎	嗎	嗎｜吗
厶部 11畫 上下 cān cēn shēn	參	參	參｜参	口部 13畫 左右 wū	嗚	嗚	嗚｜呜

一級字表

香港	台灣	大陸		香港	台灣	大陸
口部 15畫 左右 pēn pèn	噴	噴 | 喷		口部 12畫 全包圍 wéi	圍	圍 | 围
口部 15畫 左右 ě	噁	噁 | 恶		口部 13畫 全包圍 yuán	圓	圓 | 圆
口部 15畫 左右 láo lào	嘮	嘮 | 唠		口部 14畫 全包圍 tuán	團	團 | 团
口部 16畫 左右 dūn	噸	噸 | 吨		土部 10畫 左右 bà	垻	垻 | 坝
口部 16畫 左右 dāng	噹	噹 | 当		土部 11畫 左右 zhí	執	執 | 执
口部 18畫 上下 xiàng	嚮	嚮 | 向		土部 11畫 上下 jiān	堅	堅 | 坚
口部 21畫 上中下 xiāo	囂	囂 | 嚣		土部 12畫 上下 yáo	堯	堯 | 尧
口部 22畫 左右 luō luó luo	囉	囉 | 啰		土部 12畫 左右 cháng chǎng	場	場 | 场
口部 24畫 左右 zhǔ	囑	囑 | 嘱		土部 12畫 左右 bào	報	報 | 报
口部 11畫 全包圍 guó	國	國 | 国		土部 14畫 上下 diàn	墊	墊 | 垫

香港		台灣	大陸		香港		台灣	大陸
土部 15畫 左右 fén	墳	墳	墳|坟		大部 14畫 上中下 duó	奪	奪	奪|夺
土部 15畫 上下 zhuì	墜	墜	墜|坠		大部 16畫 上中下 fèn	奮	奮	奮|奋
土部 16畫 左右 tán	壇	壇	壇|坛		子部 16畫 上下 xué	學	學	學|学
土部 16畫 上下 kěn	墾	墾	墾|垦		宀部 14畫 上中下 níng nìng	寧	寧	寧|宁
土部 18畫 上下 lěi	壘	壘	壘|垒		宀部 14畫 上下 shí	實	實	實|实
土部 19畫 左右 huài	壞	壞	壞|坏		宀部 15畫 上下 xiě	寫	寫	寫|写
土部 7畫 左右 zhuàng	壯	壯	壯|壮		宀部 20畫 上中下 bǎo	寶	寶	寶|宝
土部 12畫 上中下 hú	壺	壺	壺|壶		寸部 11畫 上下 zhuān	專	專	專|专
土部 14畫 上中下 shòu	壽	壽	壽|寿		寸部 14畫 左右 duì	對	對	對|对
夕部 14畫 左右 huǒ	夥	夥	夥|伙		尸部 21畫 半包圍 shǔ	屬	屬	屬|属
大部 7畫 鑲嵌 gā jiā jiá	夾	夾	夾|夹		山部 8畫 半包圍 gāng	岡	岡	岡|冈

一級字表

一級字表

香港	台灣	大陸	香港	台灣	大陸
山部 10畫 半包圍 dǎo 島	島	島|岛	广部 10畫 半包圍 kù 庫	庫	庫|库
山部 11畫 上下 gāng gǎng 崗	崗	崗|岗	广部 15畫 半包圍 miào 廟	廟	廟|庙
山部 14畫 上下 zhǎn 嶄	嶄	嶄|崭	广部 15畫 半包圍 chǎng 廠	廠	廠|厂
山部 22畫 上下 diān 巔	巔	巔|巅	广部 15畫 半包圍 fèi 廢	廢	廢|废
山部 22畫 上下 luán 巒	巒	巒|峦	弓部 11畫 左右 zhāng 張	張	張|张
巾部 9畫 左右 shuài 帥	帥	帥|帅	弓部 15畫 左右 dàn tán 彈	彈	彈|弹
巾部 10畫 左右 shī 師	師	師|师	弓部 17畫 左右 mí 彌	彌	彌|弥
巾部 11畫 左右 zhàng 帳	帳	帳|帐	弓部 22畫 上下 wān 彎	彎	彎|弯
巾部 15畫 左右 zhì 幟	幟	幟|帜	彐部 13畫 上下 huì 彙	彙	彙|汇
巾部 17畫 上下 bāng 幫	幫	幫|帮	彳部 10畫 左右 jìng 徑	徑	徑|径
干部 13畫 左右 gàn 幹	幹	幹|干	彳部 11畫 左右 cóng 從	從	從|从

香港	台灣	大陸		香港	台灣	大陸
心部 12畫 上下 è wù 惡	惡	惡|恶		心部 19畫 左右 huái 懷	懷	懷|怀
心部 12畫 半包圍 mēn mèn 悶	悶	悶|闷		心部 21畫 左右 jù 懼	懼	懼|惧
心部 12畫 左右 nǎo 惱	惱	惱|恼		心部 23畫 上下 liàn 戀	戀	戀|恋
心部 14畫 左右 cán 慚	慚	慚|惭		戈部 16畫 左右 zhàn 戰	戰	戰|战
心部 14畫 左右 cǎn 慘	慘	慘|惨		手部 10畫 左右 xié 挾	挾	挾|挟
心部 14畫 左右 guàn 慣	慣	慣|惯		手部 11畫 左右 shě 捨	捨	捨|舍
心部 15畫 左右 fèn 憤	憤	憤|愤		手部 11畫 左右 lūn 掄	掄	掄|抡
心部 15畫 左右 mǐn 憫	憫	憫|悯		手部 11畫 左右 juǎn 捲	捲	捲|卷
心部 16畫 上下 píng 憑	憑	憑|凭		手部 12畫 左右 jiǎn 揀	揀	揀|拣
心部 16畫 左右 yì 憶	憶	憶|忆		手部 12畫 左右 yáng 揚	揚	揚|扬
心部 17畫 半包圍 yīng yìng 應	應	應|应		手部 12畫 左右 huī 揮	揮	揮|挥

一級字表

香港	台灣	大陸
手部 13畫 左右 sǔn 損	損	損|损
手部 13畫 左右 dǎo 搗	搗	搗|捣
手部 14畫 左右 chān 摻	摻	摻|掺
手部 15畫 上下 zhì 摯	摯	摯|挚
手部 15畫 左右 náo 撓	撓	撓|挠
手部 15畫 左右 lāo 撈	撈	撈|捞
手部 15畫 左右 bō 撥	撥	撥|拨
手部 16畫 左右 dǎng dàng 擋	擋	擋|挡
手部 16畫 左右 zé zhái 擇	擇	擇|择
手部 16畫 左右 jiǎn 撿	撿	撿|捡

香港	台灣	大陸
手部 16畫 左右 yōng 擁	擁	擁|拥
手部 17畫 上下 jī 擊	擊	擊|击
手部 17畫 左右 níng nǐng nìng 擰	擰	擰|拧
手部 20畫 左右 lán 攔	攔	攔|拦
手部 22畫 左右 tān 攤	攤	攤|摊
手部 23畫 左右 jiǎo 攪	攪	攪|搅
攴部 11畫 左右 bài 敗	敗	敗|败
攴部 15畫 左右 dí 敵	敵	敵|敌
攴部 17畫 左右 liǎn 斂	斂	斂|敛
斤部 11畫 左右 zhǎn 斬	斬	斬|斩

香港	台灣	大陸	香港	台灣	大陸
斤部 18畫 左右 duàn 斷	斷	斷｜断	木部 15畫 左右 zhuāng 椿	椿	椿｜桩
日部 11畫 上下 zhòu 晝	晝	晝｜昼	木部 15畫 左右 yàng 樣	樣	樣｜样
日部 13畫 上下 yūn yùn 暈	暈	暈｜晕	木部 16畫 左中右 shù 樹	樹	樹｜树
日部 14畫 左右 chàng 暢	暢	暢｜畅	木部 16畫 左右 qiáo 橋	橋	橋｜桥
日部 15畫 上下 zàn 暫	暫	暫｜暂	木部 17畫 左右 dàng 檔	檔	檔｜档
日部 16畫 左右 xiǎo 曉	曉	曉｜晓	木部 17畫 左右 jiǎn 檢	檢	檢｜检
木部 8畫 獨體 dōng 東	東	東｜东	木部 18畫 左右 guì 櫃	櫃	櫃｜柜
木部 12畫 左右 dòng 棟	棟	棟｜栋	木部 18畫 左右 níng 檸	檸	檸｜柠
木部 12畫 左右 zhàn 棧	棧	棧｜栈	木部 21畫 左右 lán 欄	欄	欄｜栏
木部 13畫 左右 yáng 楊	楊	楊｜杨	欠部 12畫 左右 qīn 欽	欽	欽｜钦
木部 14畫 左右 gòu 構	構	構｜构	止部 13畫 上下 suì 歲	歲	歲｜岁

香港	台灣	大陸
歹部 12畫 左右 cán	殘	殘	殘｜残
歹部 21畫 左右 jiān	殲	殲	殲｜歼
殳部 12畫 左右 ké qiào	殼	殼	殼｜壳
殳部 13畫 左右 huǐ	毀	毀	毀｜毁
毛部 17畫 左右 zhān	氈	氈	氈｜毡
气部 10畫 半包圍 qì	氣	氣	氣｜气
气部 11畫 半包圍 qīng	氫	氫	氫｜氢
水部 11畫 左右 qiǎn	淺	淺	淺｜浅
水部 11畫 左右 lún	淪	淪	淪｜沦
水部 12畫 左右 cè	測	測	測｜测
水部 12畫 左右 tāng	湯	湯	湯｜汤

香港	台灣	大陸
水部 12畫 左右 hún	渾	渾	渾｜浑
水部 13畫 左右 gōu	溝	溝	溝｜沟
水部 13畫 左右 miè	滅	滅	滅｜灭
水部 13畫 上下 zhǔn	準	準	準｜准
水部 14畫 左右 jiàn	漸	漸	漸｜渐
水部 14畫 左右 lǔ	滷	滷	滷｜卤
水部 14畫 左右 yú	漁	漁	漁｜渔
水部 14畫 左右 zhǎng zhàng	漲	漲	漲｜涨
水部 14畫 左右 shèn	滲	滲	滲｜渗
水部 15畫 左右 jiāo	澆	澆	澆｜浇
水部 15畫 左右 rùn	潤	潤	潤｜润

香港	台灣	大陸	香港	台灣	大陸
水部 15畫 左右 jiàn 澗	澗	澗｜涧	水部 18畫 左右 jiàn 濺	濺	濺｜溅
水部 15畫 左右 huì kuì 潰	潰	潰｜溃	水部 18畫 左右 liú 瀏	瀏	瀏｜浏
水部 15畫 左右 lào 澇	澇	澇｜涝	水部 18畫 左右 xiè 瀉	瀉	瀉｜泻
水部 15畫 左右 pō 潑	潑	潑｜泼	水部 19畫 左右 bīn 瀕	瀕	瀕｜濒
水部 16畫 左右 zé 澤	澤	澤｜泽	水部 20畫 左右 lán 瀾	瀾	瀾｜澜
水部 16畫 左右 zhuó 濁	濁	濁｜浊	水部 20畫 左右 mí 瀰	瀰	瀰｜弥
水部 16畫 左右 diàn 澱	澱	澱｜淀	水部 22畫 左右 tān 灘	灘	灘｜滩
水部 17畫 左右 tāo 濤	濤	濤｜涛	水部 25畫 左右 wān 灣	灣	灣｜湾
水部 17畫 左右 shī 濕	濕	濕｜湿	火部 10畫 獨體 wū 烏	烏	烏｜乌
水部 17畫 左右 bīn 濱	濱	濱｜滨	火部 13畫 左右 liàn 煉	煉	煉｜炼
水部 17畫 左右 nìng 濘	濘	濘｜泞	火部 13畫 左右 fán 煩	煩	煩｜烦

一級字表

香港	台灣	大陸	香港	台灣	大陸
火部 14畫 上中下 yíng 熒	熒	熒|荧	犬部 10畫 左右 bèi 狽	狽	狽|狈
火部 16畫 左右 shāo 燒	燒	燒|烧	犬部 13畫 左右 shī 獅	獅	獅|狮
火部 16畫 左右 dēng 燈	燈	燈|灯	犬部 14畫 左中右 yù 獄	獄	獄|狱
火部 16畫 上下 tàng 燙	燙	燙|烫	犬部 16畫 左右 dú 獨	獨	獨|独
火部 17畫 左右 zhú 燭	燭	燭|烛	犬部 17畫 左右 níng 獰	獰	獰|狞
火部 21畫 左右 làn 爛	爛	爛|烂	犬部 19畫 左右 shòu 獸	獸	獸|兽
爻部 14畫 獨體 ěr 爾	爾	爾|尔	玉部 11畫 左右 xiàn 現	現	現|现
牛部 11畫 上下 qiān 牽	牽	牽|牵	玉部 14畫 左右 mǎ 瑪	瑪	瑪|玛
牛部 20畫 左右 xī 犧	犧	犧|牺	玉部 14畫 左右 suǒ 瑣	瑣	瑣|琐
犬部 8畫 左右 zhuàng 狀	狀	狀|状	玉部 15畫 上中下 yíng 瑩	瑩	瑩|莹
犬部 10畫 左右 xiá 狹	狹	狹|狭	玉部 17畫 左右 huán 環	環	環|环

香港	台灣	大陸		香港	台灣	大陸
田部 10畫 左右 mǔ 畝	畝	畝|亩		皿部 14畫 上下 jìn 盡	盡	盡|尽
田部 12畫 上中下 huà 畫	畫	畫|画		目部 12畫 左右 kùn 睏	睏	睏|困
田部 13畫 上下 dāng dàng 當	當	當|当		目部 13畫 左右 lài 睞	睞	睞|睐
田部 19畫 左右 chóu 疇	疇	疇|畴		目部 17畫 左右 liǎo 瞭	瞭	瞭|了
疒部 17畫 半包圍 liáo 療	療	療|疗		目部 26畫 左右 zhǔ 矚	矚	矚|瞩
疒部 19畫 半包圍 biē biě 瘪	瘪	瘪|瘪		矢部 17畫 左右 jiáo jiǎo 矯	矯	矯|矫
疒部 22畫 半包圍 xuǎn 癬	癬	癬|癣		石部 11畫 左右 zhū 硃	硃	硃|朱
疒部 24畫 半包圍 tān 癱	癱	癱|瘫		石部 12畫 左右 yàn 硯	硯	硯|砚
癶部 12畫 上下 fā 發	發	發|发		石部 14畫 左右 shuò 碩	碩	碩|硕
皮部 15畫 左右 zhòu 皺	皺	皺|皱		石部 15畫 左右 mǎ 碼	碼	碼|码
皿部 13畫 上下 zhǎn 盞	盞	盞|盏		石部 15畫 左右 què 確	確	確|确

一級字表

香港	台灣	大陸
石部 16畫 左右 zhuān　磚	磚	磚｜砖
石部 18畫 左右 chǔ　礎	礎	礎｜础
石部 20畫 上下 fán　礬	礬	礬｜矾
示部 16畫 左右 chán shàn　禪	禪	禪｜禅
示部 17畫 左右 lǐ　禮	禮	禮｜礼
示部 18畫 左右 dǎo　禱	禱	禱｜祷
禾部 14畫 左右 zhǒng zhòng　種	種	種｜种
禾部 14畫 左右 chèn chēng　稱	稱	稱｜称
禾部 15畫 左右 gǔ　穀	穀	穀｜谷
禾部 16畫 左右 jī　積	積	積｜积

香港	台灣	大陸
禾部 18畫 左右 huì　穢	穢	穢｜秽
立部 20畫 左右 jìng　競	競	競｜竞
竹部 12畫 上下 bǐ　筆	筆	筆｜笔
竹部 13畫 上下 jiē jié　節	節	節｜节
竹部 15畫 上下 fàn　範	範	範｜范
竹部 16畫 上下 shāi　篩	篩	篩｜筛
竹部 18畫 上下 jiǎn　簡	簡	簡｜简
竹部 19畫 上下 qiān　簽	簽	簽｜签
竹部 19畫 上下 lián　簾	簾	簾｜帘
竹部 20畫 上下 chóu　籌	籌	籌｜筹

香港	台灣	大陸	香港	台灣	大陸
竹部 23畫 上下 qiān 籤	籤	籤|签	糸部 10畫 左右 zhǐ 紙	紙	紙|纸
竹部 25畫 上下 luó 籮	籮	籮|箩	糸部 10畫 左右 wén 紋	紋	紋|纹
竹部 32畫 上下 yù 籲	籲	籲|吁	糸部 10畫 左右 fǎng 紡	紡	紡|纺
米部 18畫 左右 liáng 糧	糧	糧|粮	糸部 11畫 左右 zǔ 組	組	組|组
米部 20畫 左右 tuán 糰	糰	糰|团	糸部 11畫 左右 shēn 紳	紳	紳|绅
糸部 8畫 左右 jiū 糾	糾	糾|纠	糸部 11畫 左右 xì 細	細	細|细
糸部 9畫 左右 hóng 紅	紅	紅|红	糸部 11畫 左右 zhōng 終	終	終|终
糸部 9畫 左右 yāo yuē 約	約	約|约	糸部 11畫 左右 bàn 絆	絆	絆|绊
糸部 9畫 左右 jǐ jì 紀	紀	紀|纪	糸部 11畫 左右 shào 紹	紹	紹|绍
糸部 10畫 左右 chún 純	純	純|纯	糸部 12畫 左右 róng 絨	絨	絨|绒
糸部 10畫 左右 fēn 紛	紛	紛|纷	糸部 12畫 左右 jiē jié 結	結	結|结

一級字表

香港	台灣	大陸	香港	台灣	大陸
糸部 12畫 左右 gěi jǐ　給	給	給|给	糸部 14畫 左右 wéi　維	維	維|维
糸部 12畫 左右 xuàn　絢	絢	絢|绚	糸部 14畫 左右 mián　綿	綿	綿|绵
糸部 12畫 左右 lào luò　絡	絡	絡|络	糸部 14畫 左右 zhàn　綻	綻	綻|绽
糸部 12畫 左右 jiǎo　絞	絞	絞|绞	糸部 14畫 左右 zhuì　綴	綴	綴|缀
糸部 12畫 左右 sī　絲	絲	絲|丝	糸部 15畫 左右 liàn　練	練	練|练
糸部 13畫 左右 jīng jìng　經	經	經|经	糸部 15畫 左右 miǎn　緬	緬	緬|缅
糸部 14畫 上下 jǐn　緊	緊	緊|紧	糸部 15畫 左右 jī qī　緝	緝	緝|缉
糸部 14畫 左右 xù　緒	緒	緒|绪	糸部 15畫 左右 wěi　緯	緯	緯|纬
糸部 14畫 左右 chāo chuò　綽	綽	綽|绰	糸部 15畫 左右 duàn　緞	緞	緞|缎
糸部 14畫 左右 gāng　綱	綱	綱|纲	糸部 15畫 左右 huǎn　緩	緩	緩|缓

香港	台灣	大陸		香港	台灣	大陸
糸部 15畫 左右 dì	締	締	締|缔	糸部 19畫 左中右 jiǎo	繳	繳	繳|缴
糸部 15畫 左右 yuán	緣	緣	緣|缘	糸部 20畫 左中右 biàn	辮	辮	辮|辫
糸部 17畫 左右 jì	績	績	績|绩	糸部 20畫 左右 bīn	繽	繽	繽|缤
糸部 17畫 左右 zòng	縱	縱	縱|纵	糸部 20畫 左右 jì	繼	繼	繼|继
糸部 17畫 左右 qiàn	縴	縴	縴|纤	糸部 21畫 上下 léi lěi	纍	纍	纍|累
糸部 17畫 左右 sù suō	縮	縮	縮|缩	糸部 23畫 左右 xiān	纖	纖	纖|纤
糸部 18畫 左右 rào	繞	繞	繞|绕	网部 14畫 上下 fá	罰	罰	罰|罚
糸部 18畫 左右 liáo	繚	繚	繚|缭	网部 19畫 上下 luó	羅	羅	羅|罗
糸部 18畫 左右 zhī	織	織	織|织	羊部 13畫 上下 yì	義	義	義|义
糸部 19畫 上下 jì xì	繫	繫	繫|系	羽部 18畫 半包圍 qiáo qiào	翹	翹	翹|翘
糸部 19畫 左右 yì	繹	繹	繹|绎	耳部 14畫 半包圍 wén	聞	聞	聞|闻

一級字表

香港	台灣	大陸	香港	台灣	大陸
耳部 17畫 上下 shēng 聲	聲	聲|声	虫部 19畫 左右 yǐ 蟻	蟻	蟻|蚁
耳部 17畫 上下 sǒng 聳	聳	聳|耸	虫部 25畫 上下 mán 蠻	蠻	蠻|蛮
臣部 17畫 左右 lín 臨	臨	臨|临	行部 15畫 左中右 chōng chòng 衝	衝	衝|冲
臼部 16畫 上下 xīng xìng 興	興	興|兴	衣部 12畫 左右 bǔ 補	補	補|补
艮部 17畫 左右 jiān 艱	艱	艱|艰	衣部 13畫 上下 zhuāng 裝	裝	裝|装
虫部 15畫 左右 xiā 蝦	蝦	蝦|虾	衣部 14畫 上下 zhì 製	製	製|制
虫部 16畫 左右 mǎ mà 螞	螞	螞|蚂	衣部 15畫 左右 kù 褲	褲	褲|裤
虫部 16畫 上中下 yíng 螢	螢	螢|萤	見部 7畫 上下 jiàn xiàn 見	見	見|见
虫部 18畫 上下 chóng 蟲	蟲	蟲|虫	見部 11畫 左右 guī 規	規	規|规
虫部 18畫 左右 chán 蟬	蟬	蟬|蝉	見部 11畫 上下 mì 覓	覓	覓|觅

香港	台灣	大陸	香港	台灣	大陸
見部 11畫 左右 shì　視	視	視|视	言部 11畫 左右 shè　設	設	設|设
見部 20畫 上下 jiào jué　覺	覺	覺|觉	言部 11畫 左右 fǎng　訪	訪	訪|访
言部 9畫 左右 jì　計	計	計|计	言部 12畫 左右 píng　評	評	評|评
言部 9畫 左右 dìng　訂	訂	訂|订	言部 12畫 左右 zhà　詐	詐	詐|诈
言部 10畫 左右 tǎo　討	討	討|讨	言部 12畫 左右 zhěn　診	診	診|诊
言部 10畫 左右 xùn　訊	訊	訊|讯	言部 12畫 左右 cí　詞	詞	詞|词
言部 10畫 左右 xùn　訓	訓	訓|训	言部 13畫 左右 shì　試	試	試|试
言部 10畫 左右 jì　記	記	記|记	言部 13畫 左右 kuā　誇	誇	誇|夸
言部 11畫 左右 yà　訝	訝	訝|讶	言部 13畫 左右 chéng　誠	誠	誠|诚
言部 11畫 左右 xǔ　許	許	許|许	言部 13畫 左右 huà　話	話	話|话
言部 11畫 左右 sòng　訟	訟	訟|讼	言部 13畫 左右 guǐ　詭	詭	詭|诡

一級字表

香港	台灣	大陸	香港	台灣	大陸
言部 13畫 左右 xún 詢	詢	詢|询	言部 15畫 左右 lún lùn 論	論	論|论
言部 13畫 左右 gāi 該	該	該|该	言部 15畫 左右 liàng 諒	諒	諒|谅
言部 13畫 左右 xiáng 詳	詳	詳|详	言部 15畫 左右 zhūn 諄	諄	諄|谆
言部 14畫 左右 jiè 誡	誡	誡|诫	言部 15畫 左右 tán 談	談	談|谈
言部 14畫 左右 wū 誣	誣	誣|诬	言部 15畫 左右 yì 誼	誼	誼|谊
言部 14畫 左右 yǔ 語	語	語|语	言部 16畫 左右 huì 諱	諱	諱|讳
言部 14畫 左右 huì 誨	誨	誨|诲	言部 17畫 左右 jiǎng 講	講	講|讲
言部 14畫 左右 sòng 誦	誦	誦|诵	言部 17畫 左右 bàng 謗	謗	謗|谤
言部 15畫 左右 zhū 諸	諸	諸|诸	言部 17畫 左右 qiān 謙	謙	謙|谦
言部 15畫 左右 kè 課	課	課|课	言部 18畫 左右 jǐn 謹	謹	謹|谨
言部 15畫 左右 shéi shuí 誰	誰	誰|谁	言部 19畫 左右 tán 譚	譚	譚|谭

香港	台灣	大陸		香港	台灣	大陸
言部 19畫 左右 shí zhì 識	識	識|识		貝部 9畫 上下 fù 負	負	負|负
言部 19畫 左右 pǔ 譜	譜	譜|谱		貝部 10畫 上下 gòng 貢	貢	貢|贡
言部 19畫 左右 zhèng 證	證	證|证		貝部 10畫 左右 cái 財	財	財|财
言部 20畫 左右 yì 譯	譯	譯|译		貝部 11畫 上下 zé 責	責	責|责
言部 20畫 左右 yì 議	議	議|议		貝部 11畫 上下 pín 貧	貧	貧|贫
言部 23畫 上下 biàn 變	變	變|变		貝部 11畫 上下 guàn 貫	貫	貫|贯
言部 24畫 左右 ràng 讓	讓	讓|让		貝部 12畫 半包圍 èr 貳	貳	貳|贰
豆部 10畫 上下 qǐ 豈	豈	豈|岂		貝部 12畫 左右 tiē 貼	貼	貼|贴
豆部 18畫 上下 fēng 豐	豐	豐|丰		貝部 12畫 左右 biǎn 貶	貶	貶|贬
貝部 7畫 上下 bèi 貝	貝	貝|贝		貝部 12畫 左右 zhù 貯	貯	貯|贮
貝部 9畫 上下 zhēn 貞	貞	貞|贞		貝部 12畫 左右 yí 貽	貽	貽|贻

一級字表

香港	台灣	大陸
貝部 12畫 上下 guì	貴	貴	貴|贵
貝部 12畫 上下 mǎi	買	買	買|买
貝部 12畫 上下 dài	貸	貸	貸|贷
貝部 12畫 上下 mào	貿	貿	貿|贸
貝部 12畫 上下 fèi	費	費	費|费
貝部 12畫 上下 hè	賀	賀	賀|贺
貝部 13畫 上下 gǔ jiǎ	賈	賈	賈|贾
貝部 13畫 左右 zéi	賊	賊	賊|贼
貝部 13畫 左右 lù	賂	賂	賂|赂
貝部 14畫 上下 bīn	賓	賓	賓|宾
貝部 15畫 上下 mài	賣	賣	賣|卖

香港	台灣	大陸
貝部 15畫 上下 xián	賢	賢	賢|贤
貝部 15畫 上下 shǎng	賞	賞	賞|赏
貝部 15畫 左右 fù	賦	賦	賦|赋
貝部 15畫 左右 zhàng	賬	賬	賬|账
貝部 15畫 左右 dǔ	賭	賭	賭|赌
貝部 15畫 左右 jiàn	賤	賤	賤|贱
貝部 15畫 左右 cì	賜	賜	賜|赐
貝部 15畫 左右 péi	賠	賠	賠|赔
貝部 15畫 上下 zhì	質	質	質|质
貝部 17畫 左右 gòu	購	購	購|购
貝部 17畫 左右 zhuàn	賺	賺	賺|赚

一級字表

香港	台灣	大陸	香港	台灣	大陸
貝部 17畫 上下 sài　賽	賽	賽丨赛	車部 9畫 上下 jūn　軍	軍	軍丨军
貝部 19畫 上下 zàn　贊	贊	贊丨赞	車部 10畫 左右 xuān　軒	軒	軒丨轩
貝部 24畫 左右 gàn　贛	贛	贛丨赣	車部 11畫 左右 ruǎn　軟	軟	軟丨软
走部 14畫 半包圍 gǎn　趕	趕	趕丨赶	車部 12畫 左右 zhóu zhòu　軸	軸	軸丨轴
走部 17畫 半包圍 qū　趨	趨	趨丨趋	車部 13畫 半包圍 zǎi zài　載	載	載丨载
足部 15畫 左右 jiàn　踐	踐	踐丨践	車部 13畫 左右 jiào　較	較	較丨较
足部 19畫 左右 qiāo　蹺	蹺	蹺丨跷	車部 14畫 左右 fǔ　輔	輔	輔丨辅
車部 7畫 獨體 chē jū　車	車	車丨车	車部 14畫 左右 qīng　輕	輕	輕丨轻
車部 8畫 左右 yà zhá　軋	軋	軋丨轧	車部 15畫 左右 lún　輪	輪	輪丨轮
車部 9畫 左右 guǐ　軌	軌	軌丨轨	車部 15畫 左右 huī　輝	輝	輝丨辉

一級字表

香港		台灣	大陸
車部 16畫 左右 fú	輻	輻	輻|辐
車部 16畫 左右 jí	輯	輯	輯|辑
車部 17畫 上下 yú	輿	輿	輿|舆
車部 17畫 左右 zhǎn	輾	輾	輾|辗
車部 18畫 左右 zhuǎn zhuàn	轉	轉	轉|转
車部 19畫 左右 jiào	轎	轎	轎|轿
車部 21畫 上下 hōng	轟	轟	轟|轰
辛部 16畫 左中右 bàn	辦	辦	辦|办
辛部 19畫 左右 cí	辭	辭	辭|辞
辛部 21畫 左中右 biàn	辯	辯	辯|辩
邑部 12畫 左右 xiāng	鄉	鄉	鄉|乡

香港		台灣	大陸
邑部 15畫 左右 lín	鄰	鄰	鄰|邻
邑部 15畫 左右 dèng	鄧	鄧	鄧|邓
釆部 20畫 左右 shì	釋	釋	釋|释
金部 10畫 左右 zhēn	針	針	針|针
金部 10畫 左右 dīng dìng	釘	釘	釘|钉
金部 11畫 左右 diào	釣	釣	釣|钓
金部 12畫 左右 gài	鈣	鈣	鈣|钙
金部 12畫 左右 dùn	鈍	鈍	鈍|钝
金部 13畫 左右 qián	鉗	鉗	鉗|钳
金部 13畫 左右 jiǎ	鉀	鉀	鉀|钾
金部 14畫 左中右 xián	銜	銜	銜|衔

香港	台灣	大陸	香港	台灣	大陸
金部 14畫 左右 kào　銬	銬	銬|铐	金部 16畫 左右 xī　錫	錫	錫|锡
金部 14畫 左右 tóng　銅	銅	銅|铜	金部 16畫 左右 gāng gàng　鋼	鋼	鋼|钢
金部 14畫 左右 míng　銘	銘	銘|铭	金部 16畫 左右 zhuī　錐	錐	錐|锥
金部 14畫 左右 yín　銀	銀	銀|银	金部 16畫 左右 jǐn　錦	錦	錦|锦
金部 15畫 左右 pū pù　鋪	鋪	鋪|铺	金部 16畫 左右 jù　鋸	鋸	鋸|锯
金部 15畫 左右 chú　鋤	鋤	鋤|锄	金部 16畫 左右 měng　錳	錳	錳|锰
金部 15畫 左右 fēng　鋒	鋒	鋒|锋	金部 17畫 左右 qiāo　鍬	鍬	鍬|锹
金部 15畫 左右 xīn　鋅	鋅	鋅|锌	金部 17畫 左右 zhōng　鍾	鍾	鍾|钟
金部 16畫 左右 biǎo　錶	錶	錶|表	金部 17畫 左右 duàn　鍛	鍛	鍛|锻
金部 16畫 左右 cuò　錯	錯	錯|错	金部 17畫 左右 dù　鍍	鍍	鍍|镀
金部 16畫 左右 qián　錢	錢	錢|钱	金部 17畫 左右 jiàn　鍵	鍵	鍵|键

一級字表

香港	台灣	大陸
金部 18畫 左右 zhèn	鎮	鎮	鎮|镇
金部 18畫 左右 suǒ	鎖	鎖	鎖|锁
金部 18畫 左右 gǎo	鎬	鎬	鎬|镐
金部 18畫 左右 bàng	鎊	鎊	鎊|镑
金部 19畫 左右 jìng	鏡	鏡	鏡|镜
金部 19畫 左右 xuàn	鏇	鏇	鏇|旋
金部 20畫 左右 zhōng	鐘	鐘	鐘|钟
金部 21畫 左右 chēng dāng	鐺	鐺	鐺|铛
金部 21畫 左右 lián	鐮	鐮	鐮|镰
金部 22畫 左右 zhù	鑄	鑄	鑄|铸

香港	台灣	大陸
金部 25畫 左右 yào yuè	鑰	鑰	鑰|钥
金部 25畫 左右 xiāng	鑲	鑲	鑲|镶
金部 27畫 左右 luó	鑼	鑼	鑼|锣
金部 27畫 左右 zuān zuàn	鑽	鑽	鑽|钻
金部 28畫 上下 záo	鑿	鑿	鑿|凿
長部 8畫 獨體 cháng zhǎng	長	長	長|长
門部 8畫 左右 mén	門	門	門|门
門部 10畫 半包圍 shǎn	閃	閃	閃|闪
門部 11畫 半包圍 bì	閉	閉	閉|闭
門部 12畫 半包圍 rùn	閏	閏	閏|闰

香港	台灣	大陸	香港	台灣	大陸
門部 12畫 半包圍 kāi 開	開	開|开	門部 20畫 半包圍 chǎn 闡	闡	闡|阐
門部 12畫 半包圍 jiān jiàn 間	間	間|间	門部 21畫 半包圍 pì 闢	闢	闢|辟
門部 13畫 半包圍 zhá 閘	閘	閘|闸	阜部 10畫 左右 zhèn 陣	陣	陣|阵
門部 14畫 半包圍 guī 閨	閨	閨|闺	阜部 11畫 左右 chén 陳	陳	陳|陈
門部 14畫 半包圍 mǐn 閩	閩	閩|闽	阜部 12畫 左右 yáng 陽	陽	陽|阳
門部 14畫 半包圍 fá 閥	閥	閥|阀	阜部 12畫 左右 duì 隊	隊	隊|队
門部 16畫 半包圍 yán 閻	閻	閻|阎	阜部 13畫 左右 yǔn 隕	隕	隕|陨
門部 17畫 半包圍 bǎn 閫	閫	閫|板	阜部 16畫 左右 xiǎn 險	險	險|险
門部 17畫 半包圍 kuò 闊	闊	闊|阔	佳部 10畫 上下 zhī 隻	隻	隻|只
門部 18畫 半包圍 chuǎng 闖	闖	闖|闯	佳部 17畫 左右 suī 雖	雖	雖|虽
門部 19畫 半包圍 guān 關	關	關|关	佳部 18畫 上下 shuāng 雙	雙	雙|双

一級字表

香港	台灣	大陸
隹部 18畫 左右 chú 雛	雛	雛|雏
隹部 19畫 左右 nán nàn 難	難	難|难
革部 18畫 左右 qiū 鞦	鞦	鞦|秋
韋部 17畫 左右 hán 韓	韓	韓|韩
音部 21畫 上下 xiǎng 響	響	響|响
頁部 9畫 獨體 yè 頁	頁	頁|页
頁部 11畫 左右 dǐng 頂	頂	頂|顶
頁部 11畫 左右 qǐng 頃	頃	頃|顷
頁部 12畫 左右 xiàng 項	項	項|项
頁部 12畫 左右 shùn 順	順	順|顺
頁部 12畫 左右 xū 須	須	須|须

香港	台灣	大陸
頁部 13畫 左右 wán 頑	頑	頑|顽
頁部 13畫 左右 dùn 頓	頓	頓|顿
頁部 13畫 左右 bān 頒	頒	頒|颁
頁部 13畫 左右 sòng 頌	頌	頌|颂
頁部 13畫 左右 yù 預	預	預|预
頁部 14畫 左右 pō 頗	頗	頗|颇
頁部 16畫 左右 tóu 頭	頭	頭|头
頁部 16畫 左右 jiá 頰	頰	頰|颊
頁部 16畫 左右 gěng jǐng 頸	頸	頸|颈
頁部 16畫 左右 pín 頻	頻	頻|频
頁部 17畫 左右 kē 顆	顆	顆|颗

一級字表

香港		台灣	大陸	香港		台灣	大陸
頁部 18畫 半包圍 tí	題	題	題|題	馬部 13畫 左右 xùn	馴	馴	馴|驯
頁部 18畫 左右 é	額	額	額|额	馬部 14畫 左右 bó	駁	駁	駁|驳
頁部 19畫 左右 diān	顛	顛	顛|颠	馬部 15畫 左右 shǐ	駛	駛	駛|驶
頁部 19畫 左右 yuàn	願	願	願|愿	馬部 15畫 左右 jū	駒	駒	駒|驹
頁部 19畫 左右 lèi	類	類	類|类	馬部 15畫 左右 zhù	駐	駐	駐|驻
頁部 22畫 左右 chàn	顫	顫	顫|颤	馬部 15畫 左右 tuó	駝	駝	駝|驼
頁部 23畫 左右 xiǎn	顯	顯	顯|显	馬部 15畫 上下 jià	駕	駕	駕|驾
飛部 9畫 獨體 fēi	飛	飛	飛|飞	馬部 16畫 左右 luò	駱	駱	駱|骆
馬部 10畫 獨體 mǎ	馬	馬	馬|马	馬部 16畫 左右 hài	駭	駭	駭|骇
馬部 12畫 左右 féng	馮	馮	馮|冯	馬部 18畫 左右 qí	騎	騎	騎|骑
馬部 13畫 左右 duò tuó	馱	馱	馱|驮	馬部 20畫 左右 téng	騰	騰	騰|腾

一級字表

香港	台灣	大陸	香港	台灣	大陸
馬部 21畫 左右 luó 騾	騾	騾｜骡	魚部 18畫 左右 lǐ 鯉	鯉	鯉｜鲤
馬部 22畫 左右 jiāo 驕	驕	驕｜骄	魚部 18畫 左右 jì 鯽	鯽	鯽｜鲫
馬部 23畫 左右 yàn 驗	驗	驗｜验	魚部 19畫 左右 jīng 鯨	鯨	鯨｜鲸
髟部 18畫 上下 sōng 鬆	鬆	鬆｜松	鳥部 11畫 獨體 niǎo 鳥	鳥	鳥｜鸟
髟部 22畫 上下 xū 鬚	鬚	鬚｜须	鳥部 14畫 左右 míng 鳴	鳴	鳴｜鸣
髟部 24畫 上下 bìn 鬢	鬢	鬢｜鬓	鳥部 14畫 半包圍 fèng 鳳	鳳	鳳｜凤
鬥部 10畫 左右 dòu 鬥	鬥	鬥｜斗	鳥部 15畫 左右 yā 鴉	鴉	鴉｜鸦
鬥部 15畫 半包圍 nào 鬧	鬧	鬧｜闹	鳥部 16畫 左右 yā 鴨	鴨	鴨｜鸭
魚部 11畫 上下 yú 魚	魚	魚｜鱼	鳥部 16畫 左右 tuó 鴕	鴕	鴕｜鸵
魚部 16畫 左右 bào 鮑	鮑	鮑｜鲍	鳥部 16畫 上下 yuān 鴛	鴛	鴛｜鸳
魚部 17畫 左右 xiān xiǎn 鮮	鮮	鮮｜鲜	鳥部 17畫 左右 gē 鴿	鴿	鴿｜鸽

香港	台灣	大陸		香港	台灣	大陸
鳥部 17畫 左中右 hóng	鴻	鴻	鴻｜鸿	鳥部 24畫 半包圍 yīng	鷹	鷹	鷹｜鹰
鳥部 18畫 左右 é	鵝	鵝	鵝｜鹅	鳥部 28畫 左右 yīng	鸚	鸚	鸚｜鹦
鳥部 19畫 左右 wǔ	鵡	鵡	鵡｜鹉	鹵部 11畫 獨體 lǔ	鹵	鹵	鹵｜卤
鳥部 19畫 左右 què	鵲	鵲	鵲｜鹊	鹵部 20畫 左右 xián	鹹	鹹	鹹｜咸
鳥部 19畫 左右 péng	鵬	鵬	鵬｜鹏	鹵部 24畫 上下 yán	鹽	鹽	鹽｜盐
鳥部 21畫 上中下 yīng	鶯	鶯	鶯｜莺	黑部 20畫 上下 dǎng	黨	黨	黨｜党
鳥部 21畫 左右 hè	鶴	鶴	鶴｜鹤	鼓部 18畫 上下 dōng	鼕	鼕	鼕｜冬

一級字表

三 區

香港、台灣字形相同，與大陸（規範字／繁體字）不同。

香港	台灣	大陸	字形差異描述
一部 4畫 獨體 chǒu	丑	丑	丑	香港、台灣第三筆「橫」與首筆「橫折」相交，大陸第三筆「橫」與首筆「橫折」相接。
一部 6畫 上下 diū	丟	丟	丢	香港、台灣首筆是「橫」，大陸首筆是「撇」。
丨部 4畫 獨體 fēng	丰	丰	丰	香港、台灣首筆是「撇」，大陸首筆是「橫」。

香港	台灣	大陸	字形差異描述
丶部 3畫 獨體 wán	丸	丸	丸	香港、台灣「點」與「撇」相接，大陸「點」與「撇」相交。
丿部 8畫 鑲嵌 guāi	乖	乖	乖	① 部件「」，香港、台灣「提」與「豎」相接，「提」出頭；大陸「提」與「豎」相接，「豎」出頭。② 部件「匕」，香港、台灣為「橫、豎彎」，大陸為「撇、豎彎鈎」。
丿部 10畫 鑲嵌 chéng	乘	乘	乘	① 部件「」，香港、台灣「提」與「豎」相接，「提」出頭；大陸「提」與「豎」相接，「豎」出頭。② 部件「匕」，香港、台灣為「橫、豎彎」，大陸為「撇、豎彎鈎」。
乙部 3畫 獨體 yě	也	也	也	香港、台灣首筆是「橫折」，大陸首筆是「橫折鈎」。 💡 **注意**　具有相同部件「也」的字：他、地、池、弛、她、馳。
亠部 3畫 獨體 wáng	亡	亡	亡	香港、台灣第三筆是「豎彎」，大陸第三筆是「豎折」。
亠部 9畫 上中下 liàng	亮	亮	亮	香港、台灣最後兩筆為「丿乚」，大陸最後兩筆為「乛乚」。
人部 4畫 上下 jīn	今	今	今	香港、台灣第三筆是「短橫」，大陸第三筆是「點」。 💡 **注意**　具有相同部件「今」的字：吟、含、念、捻、唸、貪、琴、黔。
人部 5畫 左右 yǐ	以	以	以	香港、台灣共五畫，首筆是「豎」，第二筆是「提」；大陸共四畫，首筆是「豎提」。
人部 5畫 左右 tā	他	他	他	右部「也」，香港、台灣首筆是「橫折」，大陸首筆是「橫折鈎」。 💡 **注意**　具有相同部件「也」的字：地、池、弛、她、馳。

香港	台灣	大陸	字形差異描述
人部 5畫 上下 líng lǐng lìng　令	令	令	香港、台灣第三筆是「短橫」，大陸第三筆是「點」。
人部 6畫 左右 rén rèn　任	任	任	右部「壬」，香港、台灣首筆是「橫」，大陸首筆是「撇」。
人部 7畫 左右 shì sì　似	似	似	右部「以」，香港、台灣共五畫，首筆是「豎」，第二筆是「提」；大陸共四畫，首筆是「豎提」。
人部 7畫 左右 líng　伶	伶	伶	右部「令」，香港、台灣第三筆是「短橫」，大陸第三筆是「點」。
人部 7畫 左右 dī　低	低	低	右部「氐」，香港、台灣末筆是「短橫」，大陸末筆是「點」。 💡 **注意**　具有相同部件「氐」的字：抵、邸、底、柢、詆。
人部 9畫 左右 lǚ　侶	侶	侶	右部「呂」，香港、台灣上、下兩個部件「口」之間有「撇」相接，大陸上、下兩個部件「口」相離。 ✐ **書寫提示**　大陸「侶」為八畫。
人部 9畫 左右 xì　係	係	係|系	右部「系」，香港、台灣第二筆「撇折」與首筆「撇」相離，大陸第二筆「撇折」與首筆「撇」相接。
人部 9畫 左右 qīn　侵	侵	侵	部件「彐」，香港、台灣第二筆「橫」與首筆「橫折」相交，大陸第二筆「橫」與首筆「橫折」相接。 💡 **注意**　具有相同部件「彐」的字：急、浸、彗、掃、尋、歸。
人部 9畫 左右 hóu hòu　侯	侯	侯	部件「矢」，香港、台灣末筆是「捺點」，大陸末筆是「捺」。 💡 **注意**　具有相同部件「矢」的字：矣、埃、唉、候、疾、喉、嫉、簇。

一級字表

香港	台灣	大陸	字形差異描述
人部 10畫 左右 liǎ liǎng **倆**	**倆**	**倆|俩**	右部「兩」，香港、台灣內部兩個部件為「ㅅ」，第二筆是「捺」；大陸內部兩個部件為「ㅅ」，第二筆是「捺點」。
人部 10畫 左中右 xiū **修**	**修**	**修**	香港、台灣右上部為「夂」，共四畫；大陸右上部為「夂」，共三畫。 ✎ **書寫提示**　中間「短豎」不能丟。
人部 10畫 左中右 hòu **候**	**候**	**候**	部件「矢」，香港、台灣末筆是「捺點」，大陸末筆是「捺」。 💡 **注意**　具有相同部件「矢」的字：矣、埃、唉、疾、喉、嫉、簇。 ✎ **書寫提示**　中間「短豎」不能丟。
人部 10畫 上下 cāng **倉**	**倉**	**倉|仓**	香港、台灣第三筆是「短橫」，大陸第三筆是「點」。
人部 11畫 左右 ǒu **偶**	**偶**	**偶**	部件「凵」，香港、台灣第二筆「橫折鈎」與首筆「豎」相交，大陸第二筆「橫折鈎」與首筆「豎」相接。 💡 **注意**　具有相同部件「凵」的字：禹、寓、愚、遇、屬、踽、勵、齲。
人部 11畫 左右 wěi **偽**	**偽**	**僞|伪**	右部，香港、台灣為「為」，首筆是「點」，第三筆「橫折」與第二筆「撇」相交；大陸為「爲」，上部為「爫」，第六筆「橫折」與第五筆「撇」相接。 💡 **注意**　「僞」為香港異體字，「偽」為大陸異體字。 ✎ **書寫提示**　大陸「僞」為十四畫。
人部 12畫 左右 fù **傅**	**傅**	**傅**	部件「甫」，香港、台灣第三筆是「橫折鈎」，大陸第三筆是「橫折」。 💡 **注意**　具有相同部件「甫」的字：博、搏、膊、敷、縛、薄、簿。
人部 13畫 左右 ào **傲**	**傲**	**傲**	部件「耂」，香港、台灣上為「士」，下為「方」，共七畫；大陸上為三「橫」一「豎」，最後兩筆為「橫折鈎、撇」，共六畫。

一級字表

香港	台灣	大陸	字形差異描述
人部 14畫 左右 pú　僕	僕	僕｜仆	部件「美」，香港、台灣末筆是「捺點」，大陸末筆是「捺」。
人部 14畫 左右 xiàng　像	像	像	右部「象」，香港、台灣第七筆「撇」與中「豎」相接，為兩筆；大陸對應的是一筆「撇」，與第四筆「橫折」相接。
人部 16畫 左右 rú　儒	儒	儒	部件「兩」，香港、台灣最後四筆姿態各異，大陸對應的四筆均是「短橫」。
入部 4畫 獨體 nèi　內	內	內	香港、台灣第三、四筆是「撇、捺」，為「入」；大陸第三、四筆是「撇、捺點」，為「人」。
入部 6畫 上下 quán　全	全	全	香港、台灣首兩筆為「ㅅ」，大陸首兩筆為「人」。
入部 8畫 獨體 liǎng　兩	兩	兩｜两	香港、台灣內部兩個部件為「ㅅ」，第二筆是「捺」；大陸內部兩個部件為「ㅅ」，第二筆是「捺點」。
冂部 5畫 獨體 cè　冊	冊	册	香港、台灣筆畫為「豎、橫折鈎、豎、豎」，末筆「橫」從中間貫穿；大陸為兩個「撇、橫折鈎」並列，末筆「橫」從中間貫穿。 💡 注意　「冊」為香港、台灣異體字，「冊」為大陸異體字。
冫部 7畫 左右 lěng　冷	冷	冷	右部「令」，香港、台灣第三筆是「短橫」，大陸第三筆是「點」。
冫部 16畫 左右 níng　凝	凝	凝	部件「ヒ」，香港、台灣為「橫、豎彎」，大陸為「撇、豎彎鈎」。 💡 注意　具有相同部件「疑」的字：擬、嶷、薿、礙。
刀部 3畫 獨體 rèn　刃	刃	刃	香港、台灣「點」與「撇」相接，大陸「點」與「撇」相離。
刀部 7畫 左右 bié　別	別	別	香港、台灣左下部為「力」，「撇」與「橫折鈎」相接；大陸左下部為「力」，「撇」與「橫折鈎」相交。

一級字表

香港	台灣	大陸	字形差異描述
刀部 7畫 左右 shān 刪	刪	删	左部「冊」，香港、台灣筆畫為「豎、橫折鈎、豎、豎」，末筆「橫」從中間貫穿；大陸為兩個「撇、橫折鈎」並列，末筆「橫」從中間貫穿。 💡 **注意**　「冊」為香港、台灣異體字，「冊」為大陸異體字。
刀部 9畫 左右 chà 刹	刹	刹	香港、台灣左下部為「朮」，第二筆是「豎」，第四筆是「豎彎」，共五畫；大陸左下部為「木」，第二筆是「豎鈎」，第四筆是「點」，共四畫。
刀部 10畫 左右 bāo bō 剝	剝	剥	香港、台灣左上部為「彑」，大陸左上部為「彐」。
刀部 12畫 左右 shèng 剩	剩	剩	① 部件「扌」，香港、台灣「提」與「豎」相接，「提」出頭；大陸「提」與「豎」相接，「豎」出頭。② 部件「匕」，香港、台灣為「橫、豎彎」，大陸為「撇、豎彎鈎」。
刀部 12畫 左右 chuāng chuàng 創	創	創|创	左部「倉」，香港、台灣第三筆是「短橫」，大陸第三筆是「點」。
刀部 15畫 左右 jù 劇	劇	劇|剧	部件「七」，香港、台灣第二筆是「豎彎」，大陸第二筆是「豎彎鈎」。 💡 **注意**　含部件「虍」的字，其中的「七」寫法相同，如：虎、虔、墟、慮、瘧、攄、獻。
力部 9畫 上下 yǒng 勇	勇	勇	部件「甬」，香港、台灣第四筆是「橫折鈎」，大陸第四筆是「橫折」。
力部 11畫 左右 kān 勘	勘	勘	左部「甚」：① 部件「儿」，香港、台灣為「撇、豎彎」，且與上部相接；大陸為「撇、點」，且與上部相離。② 香港、台灣末筆是「豎彎」，大陸末筆是「豎折」。
力部 11畫 左右 wù 務	務	務|务	香港、台灣右上部為「夂」，共四畫；大陸右上部為「夂」，共三畫。

香港	台灣	大陸	字形差異描述
力部 13畫 上下 mù 募	募	募	香港、台灣上部為「⼗⼗」,「橫」與「豎」相交,共四畫;大陸上部為「⼗⼗」,「橫」連為一筆,共三畫。
力部 17畫 左右 lì 勵	勵	勵|励	部件「萬」:① 香港、台灣上部為「⼗⼗」,「橫」與「豎」相交,共四畫;大陸上部為「⼗⼗」,「橫」連為一筆,共三畫。② 部件「⼞」,香港、台灣第二筆「橫折鈎」與首筆「豎」相交,大陸第二筆「橫折鈎」與首筆「豎」相接。 💡 注意　具有相同部件「⼞」的字:禹、寓、愚、遇、屬、踽、齲。
力部 20畫 左右 quàn 勸	勸	勸|劝	香港、台灣左上部為「⼗⼗」,「橫」與「豎」相接,共四畫;大陸左上部為「⼗⼗」,「橫」連為一筆,共三畫。
勹部 4畫 半包圍 yún 勻	勻	勻	香港、台灣最後兩筆均是「橫」,大陸最後兩筆是「點、提」。 💡 注意　具有相同部件「勻」的字:均、昀、鈞、筠。
匚部 10畫 半包圍 fěi 匪	匪	匪	部件「非」,香港、台灣首筆是「豎撇」,第四筆是「提」;大陸首筆是「豎」,第四筆是「橫」。 💡 注意　具有相同部件「非」的字:排、啡、悲、罪、輩、靠、靡。
匚部 4畫 半包圍 pǐ 匹	匹	匹	① 部件「⼉」,香港、台灣第二筆是「豎彎」,大陸第二筆是「豎彎鈎」。② 香港、台灣末筆是「豎彎」,大陸末筆是「豎折」。
匚部 11畫 半包圍 nì 匿	匿	匿	① 部件「若」,香港、台灣上部為「⼗⼗」,「橫」與「豎」相交,共四畫;大陸上部為「⼗⼗」,「橫」連為一筆,共三畫。② 香港、台灣末筆是「豎彎」,大陸末筆是「豎折」。
匚部 11畫 半包圍 ōu qū 區	區	區|区	香港、台灣末筆是「豎彎」,大陸末筆是「豎折」。
十部 12畫 左右 bó 博	博	博	部件「甫」,香港、台灣第三筆是「橫折鈎」,大陸第三筆是「橫折」。 💡 注意　具有相同部件「甫」的字:傅、搏、膊、敷、縛、薄、簿。

香港	台灣	大陸	字形差異描述
卩部 6畫 左右 yìn 印	印	印	香港、台灣左部「豎」、「提」為兩筆，大陸左部「豎提」為一筆。
卩部 8畫 左右 xiè 卸	卸	卸	左部「缶」，香港、台灣末筆是「豎提」，大陸「豎」、「提」分為兩筆。
卩部 9畫 左右 què 卻	卻	却	香港、台灣左部為「谷」，大陸左部為「去」。 💡 **注意**　「却」為香港、台灣異體字，「卻」為大陸異體字。 ✍ **書寫提示**　部件「卩」，不能寫成「阝」。
厂部 15畫 半包圍 lì 厲	厲	厲|厉	部件「萬」：① 香港、台灣上部為「艹」，「橫」與「豎」相交，共四畫；大陸上部為「艹」，「橫」連為一筆，共三畫。② 部件「屮」，香港、台灣第二筆「橫折鈎」與首筆「豎」相交，大陸第二筆「橫折鈎」與首筆「豎」相接。 💡 **注意**　具有相同部件「屮」的字：禹、寓、愚、遇、踽、勵、齲。
又部 8畫 左右 qǔ 取	取	取	左部「耳」，香港、台灣末筆「提」與第三筆「豎」相接，大陸末筆「提」與第三筆「豎」相交。
又部 18畫 上下 cóng 叢	叢	叢|丛	部件「𦥑」，香港、台灣末筆「提」與第三筆「豎」相接，大陸末筆「提」與第三筆「豎」相交。
口部 5畫 上下 zhǐ 只	只	祇|只	香港、台灣為「只」，大陸為「祇」。 📄 **小知識**　從「礻」，從「氏」的「祇」，自唐、宋以後就多寫作「只」。
口部 7畫 上下 chéng 呈	呈	呈	香港、台灣下部首筆是「撇」，大陸下部首筆是「橫」。
口部 7畫 左右 nà 吶	吶	吶	右部「內」，香港、台灣第三、四筆是「撇、捺」，為「入」；大陸第三、四筆是「撇、捺點」，為「人」。

香港	台灣	大陸	字形差異描述
口部 7 畫 獨體 lǚ 呂	呂	呂	香港、台灣上、下兩個部件「口」之間有「撇」相接，大陸上、下兩個部件「口」相離。 📖 **小知識**　「呂」即「膂」，表示脊骨，象連接的骨頭。香港、台灣字形保留了造字理據。 ✎ **書寫提示**　大陸「呂」為六畫。
口部 7 畫 左右 yín 吟	吟	吟	右部「今」，香港、台灣第三筆是「短橫」，大陸第三筆是「點」。 💡 **注意**　具有相同部件「今」的字：含、念、捻、唸、貪、琴、黔。
口部 7 畫 上下 wú 吳	吳	吴	香港、台灣下部為「吳」，首筆是「豎折折」，末筆是「捺點」；大陸下部為「天」，首筆是「橫」，末筆是「捺」。 💡 **注意**　具有相同部件「吳」的字：俁、娛、虞、誤。
口部 7 畫 上下 hán 含	含	含	上部「今」，香港、台灣第三筆是「短橫」，大陸第三筆是「點」。 💡 **注意**　具有相同部件「今」的字：吟、念、捻、唸、貪、琴、黔。
口部 9 畫 左右 āi 哎	哎	哎	香港、台灣右上部為「艹」，「橫」與「豎」相交，共四畫；大陸右上部為「艹」，「橫」連為一筆，共三畫。
口部 10 畫 左右 xiào 哮	哮	哮	右部「孝」，香港、台灣部件「子」的首筆「橫折」與「撇」相接，大陸部件「子」的首筆「橫折」與「撇」相交。
口部 10 畫 左右 āi ài 唉	唉	唉	部件「矢」，香港、台灣末筆是「捺點」，大陸末筆是「捺」。 💡 **注意**　具有相同部件「矢」的字：矣、埃、候、疾、喉、嫉、簇。
口部 11 畫 左右 zhuó 啄	啄	啄	右部「豕」，香港、台灣「點」與第四、五筆兩「撇」相交；大陸「點」與第四筆「撇」相交，與第五筆「撇」相離。 ✎ **書寫提示**　右部是「豕」，不是「豕」。
口部 11 畫 左右 hǔ 唬	唬	唬	右部「虎」：① 部件「乊」，香港、台灣第二筆是「豎彎」，大陸第二筆是「豎彎鈎」。② 香港、台灣最後兩筆為「儿」，大陸最後兩筆為「几」。 💡 **注意**　含部件「虍」的字，其中的「乊」寫法相同，如：虎、虔、墟、劇、慮、瘧、攄、獻。

一級字表

香港	台灣	大陸	字形差異描述
口部 11畫 左右 fēi 啡	啡	啡	右部「非」，香港、台灣首筆是「豎撇」，第四筆是「提」；大陸首筆是「豎」，第四筆是「橫」。 💡 **注意**　具有相同部件「非」的字：匪、排、悲、罪、輩、靠、靡。
口部 11畫 上下 shāng 商	商	商	部件「八」，香港、台灣為「撇、豎彎」，且與上部相接；大陸為「撇、點」，且與上部相離。
口部 12畫 左右 chā zhā 喳	喳	喳	部件「木」，香港、台灣末筆是「捺點」，大陸末筆是「捺」。
口部 12畫 左右 tuò 唾	唾	唾	右部「垂」，香港、台灣兩個部件「十」與上、下兩「橫」及中「豎」相離，底部末「橫」長；大陸第四筆「橫」為一筆，第五、六筆「豎」與之相交，底部末「橫」短。
口部 12畫 左右 hóu 喉	喉	喉	部件「矢」，香港、台灣末筆是「捺點」，大陸末筆是「捺」。 💡 **注意**　具有相同部件「矢」的字：矣、埃、唉、候、疾、嫉、簇。
口部 12畫 左右 huàn 喚	喚	唤	香港、台灣右部為「奐」，共九畫，末筆是「捺點」；大陸右部為「奂」，共七畫，末筆是「捺」。
口部 12畫 上下 shàn 善	善	善	部件「羊」，香港、台灣「豎」向下不出頭，大陸「豎」向下出頭。 💡 **注意**　具有相同部件「善」的字：鄯、膳、蟮、繕、鱔。 ✎ **書寫提示**　香港、台灣「羊」中「豎」為第五筆，大陸「羊」中「豎」為第六筆。
口部 13畫 左右 xiù 嗅	嗅	嗅	部件「犬」，香港、台灣第三筆是「捺點」，大陸第三筆是「捺」。
口部 13畫 左右 qiāng qiàng 嗆	嗆	嗆|呛	右部「倉」，香港、台灣第三筆是「短橫」，大陸第三筆是「點」。

香港	台灣	大陸	字形差異描述
口部 14畫 上下 cháng 嘗	嘗	嘗|尝	部件「匕」，香港、台灣為「橫、豎彎」，大陸為「撇、豎彎鈎」。
口部 14畫 左右 ǒu 嘔	嘔	嘔|呕	右部「區」，香港、台灣末筆是「豎彎」，大陸末筆是「豎折」。
口部 15畫 左右 huā huá 嘩	嘩	嘩|哗	右部「華」：①香港、台灣上部為「艹」，「橫」與「豎」相交，共四畫；大陸上部為「艹」，「橫」連為一筆，共三畫。②香港、台灣中部兩個部件「十」與上、下兩「橫」及中「豎」相離，大陸第五筆「橫」是一筆，第六、七筆「豎」與之相交。③香港、台灣下部末「橫」短，大陸下部末「橫」長。
口部 15畫 左右 jī 嘰	嘰	嘰|叽	部件「戈」，香港、台灣第二筆「撇」與首筆「橫」相接，大陸第二筆「撇」與首筆「橫」相交。
口部 16畫 上中下 qì 器	器	器	部件「犬」，香港、台灣第三筆是「捺點」，大陸第三筆是「捺」。
口部 20畫 上下 yán 嚴	嚴	嚴|严	部件「耳」，香港、台灣上部為「橫、豎」兩筆，末筆「提」與第五筆「豎」相接，共八畫；大陸上部為「橫折」一筆，末筆「提」與第四筆「豎」相交，共七畫。
口部 23畫 左右 sū 蘇	蘇	蘇|苏	香港、台灣右上部為「艹」，「橫」與「豎」相交，共四畫；大陸右上部為「艹」，「橫」連為一筆，共三畫。
口部 11畫 全包圍 juān juàn quān 圈	圈	圈	部件「关」，香港、台灣末筆是「捺點」，大陸末筆是「捺」。
口部 13畫 全包圍 yuán 園	園	園|园	部件「袁」，香港、台灣下部第二筆是「豎提」，大陸下部第二筆是「豎」。

一級字表

香港	台灣	大陸	字形差異描述
口部 14畫 全包圍 tú	圖	圖	圖｜图	部件「啚」，香港、台灣中部「橫」與「豎」相接，大陸中部「橫」與「豎」相交。
土部 6畫 左右 de dì	地	地	地	右部「也」，香港、台灣首筆是「橫折」，大陸首筆是「橫折鈎」。 💡 注意　具有相同部件「也」的字：他、池、弛、她、馳。 ✎ 書寫提示　土部的字：部首「土」在構成左右結構的字時，通常位於左部，末筆作「提」。
土部 6畫 半包圍 zài	在	在	在	香港、台灣第三筆「豎」與第二筆「撇」相接，大陸第三筆「豎」與第二筆「撇」相交。
土部 7畫 左右 jūn	均	均	均	右部「勻」，香港、台灣最後兩筆均是「橫」，大陸最後兩筆是「點、提」。 💡 注意　具有相同部件「勻」的字：昀、鈞、筠、鋆。
土部 9畫 獨體 chuí	垂	垂	垂	香港、台灣兩個部件「十」與上、下兩「橫」及中「豎」相離，底部末「橫」長；大陸第四筆「橫」為一筆，第五、六筆「豎」與之相交，底部末「橫」短。
土部 10畫 左右 āi	埃	埃	埃	部件「矢」，香港、台灣末筆是「捺點」，大陸末筆是「捺」。 💡 注意　具有相同部件「矢」的字：矣、唉、候、疾、喉、嫉、簇。
土部 12畫 左右 kān	堪	堪	堪	右部「甚」：①部件「儿」，香港、台灣為「撇、豎彎」，且與上部相接；大陸為「撇、點」，且與上部相離。②香港、台灣末筆是「豎彎」，大陸末筆是「豎折」。
土部 12畫 左右 yàn	堰	堰	堰	右部「匽」：①部件「女」，香港、台灣第三筆「橫」與第二筆「撇」相交，大陸第三筆「橫」與第二筆「撇」相接。②香港、台灣末筆是「豎彎」，大陸末筆是「豎折」。
土部 12畫 上下 bǎo bǔ pù	堡	堡	堡	部件「木」，香港、台灣末筆是「捺點」，台灣結構疏散；大陸末筆是「捺」。

一級字表

香港	台灣	大陸	字形差異描述
土部 13畫 左右 tǎ 塔	塔	塔	香港、台灣右上部為「䒑」,「橫」與「豎」相交,共四畫;大陸右上部為「艹」,「橫」連為一筆,共三畫。
土部 13畫 左右 kuài 塊	塊	塊|块	右部「鬼」,香港、台灣上部中「豎」與下部「撇」分為兩筆;大陸第六筆「豎撇」與第三筆「橫折」相接,「豎撇」為一筆。 ✎ **書寫提示**　「鬼」及由其參與構造的字,香港、台灣都是先寫「撇」,然後寫「田」、「儿」和「厶」。
土部 14畫 上下 mù 墓	墓	墓	香港、台灣上部為「䒑」,「橫」與「豎」相交,共四畫;大陸上部為「艹」,「橫」連為一筆,共三畫。
土部 14畫 半包圍 chén 塵	塵	塵|尘	部件「比」,香港、台灣第三筆是「短橫」,大陸第三筆是「短撇」。 💡 **注意**　具有相同部件「比」的字:批、庇、屁、鹿、混、諧、麗。
土部 15畫 左右 xū 墟	墟	墟	①部件「乚」,香港、台灣第二筆是「豎彎」,大陸第二筆是「豎彎鈎」。②香港、台灣部件「业」左部為「豎折」,右部為「豎、橫」兩筆;大陸部件「业」左部為「點」,右部為一筆「撇」。 💡 **注意**　含部件「虍」的字,其中的「乚」寫法相同,如:虎、虔、劇、慮、瘧、攄、獻。
土部 24畫 左右 bà 壩	壩	壩|坝	部件「𠂹」,香港、台灣最後四筆姿態各異,大陸對應的四筆均是「短橫」。
士部 4畫 獨體 rén 壬	壬	壬	香港、台灣首筆是「橫」,大陸首筆是「撇」。
夕部 11畫 左右 gòu 夠	夠	够	香港、台灣部件「多」在左部,大陸部件「多」在右部。 💡 **注意**　「够」為香港、台灣異體字,「夠」為大陸異體字。
夕部 14畫 上中下 mèng 夢	夢	夢|梦	香港、台灣上部為「䒑」,「橫」與「豎」相接,共四畫;大陸上部為「艹」,「橫」連為一筆,共三畫。

香港	台灣	大陸	字形差異描述
大部 12畫 上下 diàn 奠	奠	奠	① 上部「酋」，香港、台灣內部的「橫」與兩邊相離，大陸內部的「橫」與兩邊相接。② 下部「六」，香港、台灣末筆是「捺點」，大陸末筆是「捺」。 💡 **注意** 具有相同部件「酋」的字：猶、尊、遵、擲。
女部 3畫 獨體 nǚ 女	女	女	香港、台灣「橫」與「撇」相交，大陸「橫」與「撇」相接。
女部 6畫 上下 wàng 妄	妄	妄	① 上部「亡」，香港、台灣第三筆是「豎彎」，大陸第三筆是「豎折」。② 下部「女」，香港、台灣「橫」與「撇」相交，大陸「橫」與「撇」相接。
女部 7畫 上下 tuǒ 妥	妥	妥	下部「女」，香港、台灣「橫」與「撇」相交，大陸「橫」與「撇」相接。
女部 7畫 左右 zhuāng 妝	妝	妝|妆	右部「女」，香港、台灣「橫」與「撇」相交，大陸「橫」與「撇」相接。
女部 8畫 上下 qī 妻	妻	妻	① 上部「圭」，香港、台灣「豎」向下出頭，大陸「豎」向下不出頭。② 下部「女」，香港、台灣「橫」與「撇」相交，大陸「橫」與「撇」相接。
女部 8畫 上下 wěi 委	委	委	① 上部「禾」，香港、台灣末筆是「捺點」，大陸末筆是「捺」。② 下部「女」，香港、台灣「橫」與「撇」相交，大陸「橫」與「撇」相接。
女部 9畫 半包圍 wēi 威	威	威	部件「女」，香港、台灣「橫」與「撇」相交，大陸「橫」與「撇」相接。 ✏️ **書寫提示** 「女」上「短橫」不能丟。
女部 9畫 上下 jiāng 姜	姜	姜	下部「女」，香港、台灣「橫」與「撇」相交，大陸「橫」與「撇」相接。

一級字表

香港	台灣	大陸	字形差異描述
女部 11畫 上下 qǔ　娶	娶	娶	①上左部「耳」，香港、台灣末筆「提」與第三筆「豎」相接，大陸末筆「提」與第三筆「豎」相交。②上右部「又」，香港、台灣末筆是「捺點」，大陸末筆是「捺」。③下部「女」，香港、台灣「橫」與「撇」相交，大陸「橫」與「撇」相接。
女部 11畫 上下 lán　婪	婪	婪	①上部「林」，香港、台灣末筆是「捺點」，大陸末筆是「捺」。②下部「女」，香港、台灣「橫」與「撇」相交，大陸「橫」與「撇」相接。
女部 11畫 上下 pó　婆	婆	婆	①部件「又」，香港、台灣第二筆是「捺點」，大陸第二筆是「捺」。②下部「女」，香港、台灣「橫」與「撇」相交，大陸「橫」與「撇」相接。
女部 17畫 上下 yīng　嬰	嬰	嬰｜婴	下部「女」，香港、台灣「橫」與「撇」相交，大陸「橫」與「撇」相接。
子部 6畫 半包圍 cún　存	存	存	香港、台灣第三筆「豎」與第二筆「撇」相接，大陸第三筆「豎」與第二筆「撇」相交。
子部 7畫 半包圍 xiào　孝	孝	孝	香港、台灣部件「子」的首筆「橫折」與「撇」相接，大陸部件「子」的首筆「橫折」與「撇」相交。
子部 8畫 上下 jì　季	季	季	上部「禾」，香港、台灣末筆是「捺點」，大陸末筆是「捺」。
子部 10畫 左右 sūn　孫	孫	孫｜孙	右部「系」，香港、台灣第二筆「撇折」與首筆「撇」相離，大陸第二筆「撇折」與首筆「撇」相接。
子部 20畫 上下 niè　孽	孽	孽	香港、台灣上部為「艹」，「橫」與「豎」相交，共四畫；大陸上部為「艹」，「橫」連為一筆，共三畫。
宀部 6畫 上下 ān　安	安	安	下部「女」，香港、台灣「橫」與「撇」相交，大陸「橫」與「撇」相接。

一級字表

香港	台灣	大陸	字形差異描述
宀部 10畫 上中下 yàn 宴	宴	宴	部件「女」，香港、台灣「橫」與「撇」相交，大陸「橫」與「撇」相接。
宀部 10畫 上下 gōng 宮	宮	宮	下部「呂」，香港、台灣上、下兩個部件「口」之間有「撇」相接，大陸上、下兩個部件「口」相離。 ✎ **書寫提示**　大陸「宮」為九畫。
宀部 12畫 上下 yù 寓	寓	寓	部件「禸」，香港、台灣第二筆「橫折鈎」與首筆「豎」相交，大陸第二筆「橫折鈎」與首筆「豎」相接。 💡 **注意**　具有相同部件「禸」的字：禹、愚、遇、屬、踽、勵、麟。
宀部 14畫 上下 zhài 寨	寨	寨	部件「木」，香港、台灣第二筆是「豎」，大陸第二筆是「豎鈎」，台灣、大陸結構疏散。 💡 **注意**　具有相同部件「木」的字：茶、條、搽。
宀部 14畫 上下 mò 冪	冪	冪	下部「莫」：①上部，香港、台灣為「艹」，「橫」與「豎」相交，共四畫；大陸為「艹」，「橫」連為一筆，共三畫。②部件「大」，香港、台灣末筆是「捺點」，大陸末筆是「捺」。
宀部 14畫 上下 qǐn 寢	寢	寢|寢	部件「彐」，香港、台灣第二筆「橫」與首筆「橫折」相交，大陸第二筆「橫」與首筆「橫折」相接。 💡 **注意**　具有相同部件「彐」的字：急、浸、彗、掃、尋、歸。
宀部 14畫 上下 liáo 寥	寥	寥	部件「羽」，香港、台灣第一、四筆均是「橫折鈎」，大陸第一、四筆均是「橫折」。
宀部 15畫 上下 kuān 寬	寬	寬|宽	部件「莧」，香港、台灣上部為「艹」，「橫」與「豎」相接，共四畫；大陸上部為「艹」，「橫」連為一筆，共三畫。
宀部 15畫 上下 shěn 審	審	審|审	部件「釆」，香港、台灣末筆是「捺點」，大陸末筆是「捺」。 💡 **注意**　具有相同部件「番」的字：播、幡、潘、蕃、蟠。

香港	台灣	大陸	字形差異描述
寸部 10畫 左右 shè 射	射	射	左部「身」，香港、台灣最後兩筆「提、撇」相接，「撇」出頭；大陸最後兩筆「橫、撇」相接，「撇」不出頭。
寸部 12畫 上下 zūn 尊	尊	尊	上部「酋」，香港、台灣內部的「橫」與兩邊相離，大陸內部的「橫」與兩邊相接。 💡 **注意**　具有相同部件「酋」的字：猶、奠、樽、遵。
寸部 12畫 上中下 xún 尋	尋	尋｜寻	部件「彐」，香港、台灣第二筆「橫」與首筆「橫折」相交，大陸第二筆「橫」與首筆「橫折」相接。 💡 **注意**　具有相同部件「彐」的字：急、浸、彗、掃、歸。
寸部 16畫 上下 dǎo 導	導	導｜导	香港、台灣部件「辶」，共四畫；大陸對應的部件為「辶」，共三畫。
尢部 17畫 半包圍 gān 尷	尷	尷｜尴	部件「監」，香港、台灣上右部末筆是「短橫」，大陸上右部末筆是「點」。
尸部 7畫 半包圍 pì 屁	屁	屁	部件「比」，香港、台灣第三筆是「短橫」，大陸第三筆是「短撇」。 💡 **注意**　具有相同部件「比」的字：批、庇、鹿、混、諧、麗。
尸部 8畫 半包圍 jiè 屆	屆	届	香港、台灣被包圍部分為「㞢」，大陸被包圍部分為「由」。 💡 **注意**　「届」為台灣異體字，「屆」為大陸異體字。
尸部 11畫 半包圍 tì 屜	屜	屉	被包圍部分，香港、台灣「世」左部有「彳」，大陸則沒有。
山部 6畫 左右 yì 屹	屹	屹	左部「山」，香港、台灣第二筆是「豎折」，大陸第二筆是「豎提」。
山部 10畫 左右 xiá 峽	峽	峽｜峡	左部「山」，香港、台灣第二筆是「豎折」，大陸第二筆是「豎提」。

一級字表

香港	台灣	大陸	字形差異描述
山部 10畫 左右 é　峨	峨	峨	左部「山」，香港、台灣第二筆是「豎折」，大陸第二筆是「豎提」。
山部 11畫 左右 qí　崎	崎	崎	左部「山」，香港、台灣第二筆是「豎折」，大陸第二筆是「豎提」。
山部 11畫 左右 jué　崛	崛	崛	左部「山」，香港、台灣第二筆是「豎折」，大陸第二筆是「豎提」。
山部 14畫 左右 qū　嶇	嶇	嶇｜岖	①左部「山」，香港、台灣第二筆是「豎折」，大陸第二筆是「豎提」。②右部「區」，香港、台灣末筆是「豎彎」，大陸末筆是「豎折」。
山部 17畫 上下 lǐng　嶺	嶺	嶺｜岭	部件「令」，香港、台灣第三筆是「短橫」，大陸第三筆是「點」。
巛部 7畫 半包圍 xún　巡	巡	巡	香港、台灣部件「辶」，共四畫；大陸對應的部件為「辶」，共三畫。
工部 5畫 獨體 jù　巨	巨	巨	香港、台灣部件「匚」，共三畫；大陸對應的部件為「匚」，共兩畫。
工部 10畫 半包圍 chā chà chāi cī　差	差	差	部件「𦍌」，香港、台灣第七筆「撇」與第六筆「橫」相接，「豎」、「撇」為兩筆；大陸第六筆「豎撇」與第三筆「橫」相接，「豎撇」為一筆。 💡 注意　具有相同部件「差」的字：嗟、嵯、槎、磋、蹉。
巾部 8畫 上下 lián　帘	帘	帘	部件「穴」，香港、台灣最後兩筆為「撇、豎彎」，且與第三筆「橫鈎」相接；大陸最後兩筆為「撇、點」，且與第三筆「橫鈎」相離。
巾部 8畫 上中下 zhǒu　帚	帚	帚	部件「彐」，香港、台灣第二筆「橫」與首筆「橫折」相交，大陸第二筆「橫」與首筆「橫折」相接。 💡 注意　具有相同部件「彐」的字：急、浸、彗、掃、尋、歸。

香港	台灣	大陸	字形差異描述
巾部 11畫 上中下 dài 帶	帶	帶|带	香港、台灣上部末筆是「豎彎」，大陸上部末筆是「豎彎鈎」。
巾部 14畫 上下 mù 幕	幕	幕	香港、台灣上部為「⼗」，「橫」與「豎」相交，共四畫；大陸上部為「⼗」，「橫」連為一筆，共三畫。
巾部 14畫 上下 bì 幣	幣	幣|币	部件「⺌」，香港、台灣第四筆是「橫折鈎」，大陸第四筆是「橫折」。
幺部 12畫 半包圍 jī jǐ 幾	幾	幾|几	部件「戈」，香港、台灣第二筆「撇」與首筆「橫」相接，大陸第二筆「撇」與首筆「橫」相交。
广部 7畫 半包圍 bì 庇	庇	庇	部件「比」，香港、台灣第三筆是「短橫」，大陸第三筆是「短撇」。 💡 注意　具有相同部件「比」的字：批、屁、鹿、混、諧、麗。
广部 8畫 半包圍 dǐ 底	底	底	部件「氐」，香港、台灣末筆是「短橫」，大陸末筆是「點」。 💡 注意　具有相同部件「氐」的字：低、抵、邸、柢、詆。
广部 10畫 半包圍 tíng 庭	庭	庭	部件「壬」，香港、台灣底「橫」稍長，大陸底「橫」稍短。 ✏ 書寫提示　大陸「庭」為九畫。
广部 11畫 半包圍 kāng 康	康	康	部件「隶」，香港、台灣末筆是「捺點」，大陸末筆是「捺」。
广部 12畫 半包圍 xiāng 廂	廂	厢	香港、台灣部首為「广」，共三畫；大陸部首為「厂」，共兩畫。 💡 注意　「廂」為大陸異體字。
广部 12畫 半包圍 cè 廁	廁	廁|厕	香港、台灣部首為「广」，共三畫；大陸部首為「厂」，共兩畫。 💡 注意　「厠」為香港、台灣異體字，「廁」為大陸異體字。

一級字表

香港	台灣	大陸	字形差異描述
广部 15畫 半包圍 chú　廚	廚	厨	① 香港、台灣部首為「广」，共三畫；大陸部首為「厂」，共兩畫。② 被包圍部分，香港、台灣左上部為「士」，大陸左上部為「一」。 💡 **注意** 「厨」為香港、台灣異體字，「廚」為大陸異體字。 ✏️ **書寫提示** 大陸「厨」為十二畫。
广部 19畫 半包圍 lú　盧	盧	盧|庐	部件「七」，香港、台灣第二筆是「豎彎」，大陸第二筆是「豎彎鈎」。 💡 **注意** 含部件「虍」的字，其中的「七」寫法相同，如：虎、虔、墟、劇、慮、瘧、據、獻。
廴部 7畫 半包圍 tíng　廷	廷	廷	部件「壬」，香港、台灣底「橫」稍長，大陸底「橫」稍短。 ✏️ **書寫提示** 大陸「廷」為六畫。
廴部 8畫 半包圍 yán　延	延	延	部件「止」，香港、台灣最後兩筆是「豎、橫」，大陸對應的是一筆「豎折」。 ✏️ **書寫提示** 「延」及由其構成的字，香港、台灣筆畫都比大陸多兩筆；大陸第四筆是「豎折」，不能斷為一「豎」一「橫」。
廾部 14畫 上下 bì　弊	弊	弊	部件「夂」，香港、台灣末筆是「捺點」，大陸末筆是「捺」。
弓部 6畫 左右 chí　弛	弛	弛	右部「也」，香港、台灣首筆是「橫折」，大陸首筆是「橫折鈎」。 💡 **注意** 具有相同部件「也」的字：他、地、池、她、馳。
弓部 11畫 左右 jiàng qiáng qiǎng　強	強	强	香港、台灣右上部為「厶」，大陸右上部為「口」。 💡 **注意** 「强」為香港、台灣異體字，「強」為大陸異體字。 ✏️ **書寫提示** 大陸「强」為十二畫。
弓部 14畫 上下 biè　彆	彆	彆|别	部件「⺍」，香港、台灣第四筆是「橫折鈎」，大陸第四筆是「橫折」。

一級字表

香港	台灣	大陸	字形差異描述
彡部 11畫 半包圍 biāo　彪	彪	彪	部件「虎」：①部件「七」，香港、台灣第二筆是「豎彎」，大陸第二筆是「豎彎鈎」。②香港、台灣最後兩筆為「儿」，大陸最後兩筆為「几」。 💡 注意　含部件「虍」的字，其中的「七」寫法相同，如：虎、虔、壚、劇、慮、瘧、擄、獻。
彳部 11畫 左右 pái　徘	徘	徘	右部「非」，香港、台灣首筆是「豎撇」，第四筆是「提」；大陸首筆是「豎」，第四筆是「橫」。 💡 注意　具有相同部件「非」的字：匪、排、啡、悲、罪、輩、靠、靡。
彳部 11畫 左右 yù　御	御	御	部件「缶」，香港、台灣末筆是「豎提」，大陸「豎」、「提」分為兩筆。
彳部 13畫 左中右 wēi　微	微	微	部件「儿」，香港、台灣「撇」與「豎提」相離，大陸「撇」與「橫折提」相接。
彳部 15畫 左中右 zhēng　徵	徵	徵|征	部件「王」，香港、台灣首筆是「撇」，末筆是「提」；大陸首筆、末筆均是「橫」。
心部 6畫 左右 máng　忙	忙	忙	右部「亡」，香港、台灣第三筆是「豎彎」，大陸第三筆是「豎折」。
心部 7畫 上下 wàng　忘	忘	忘	上部「亡」，香港、台灣第三筆是「豎彎」，大陸第三筆是「豎折」。
心部 7畫 上下 rěn　忍	忍	忍	上部「刃」，香港、台灣「點」與「撇」相接，大陸「點」與「撇」相離。
心部 7畫 左右 kuài　快	快	快	右部「夬」，香港、台灣末筆是「捺點」，大陸末筆是「捺」。
心部 8畫 上下 niàn　念	念	念	上部「今」，香港、台灣第三筆是「短橫」，大陸第三筆是「點」。 💡 注意　具有相同部件「今」的字：吟、含、捻、唸、貪、琴、黔。

一級字表

香港	台灣	大陸	字形差異描述
心部 9畫 上下 jí 急	急	急	部件「彐」，香港、台灣第二筆「橫」與首筆「橫折」相交，大陸第二筆「橫」與首筆「橫折」相接。 💡 **注意**　具有相同部件「彐」的字：浸、彗、掃、尋、煞、歸。
心部 9畫 左右 héng 恆	恆	恒	香港、台灣右部為「亙」，中間部分呈斜勢，筆畫有粘連；大陸右部為「亘」，中間部分為「日」。 💡 **注意**　「恒」為香港、台灣異體字，「恆」為大陸異體字。
心部 10畫 左右 chǐ 恥	恥	耻	①左部「耳」，香港、台灣末筆「提」與第三筆「豎」相接，大陸末筆「提」與第三筆「豎」相交。②香港、台灣右部為「心」，大陸右部為「止」。 💡 **注意**　「耻」為香港、台灣異體字，「恥」為大陸異體字。 📄 **小知識**　①「恥」與「耻」，香港、台灣從「心」，提示了義類信息；大陸從「止」，提示了讀音信息。②要注意區別「不恥」與「不齒」。「不恥」，指不以為恥，不以為有失體面，如不恥下問。齒指牙齒，引申指並列。「不齒」，指不與同列，表示鄙視，如不齒於人。
心部 11畫 上下 yōu 悠	悠	悠	部件「夂」，香港、台灣末筆是「捺點」，大陸末筆是「捺」。 ✎ **書寫提示**　上部「攸」，中間「短豎」不能丟。
心部 11畫 上下 xī 悉	悉	悉	部件「釆」，香港、台灣末筆是「捺點」，大陸末筆是「捺」。
心部 12畫 上下 bēi 悲	悲	悲	上部「非」，香港、台灣首筆是「豎撇」，第四筆是「提」；大陸首筆是「豎」，第四筆是「橫」。 💡 **注意**　具有相同部件「非」的字：匪、排、啡、罪、輩、靠、靡。
心部 13畫 上下 rě 惹	惹	惹	香港、台灣上部為「艹」，「橫」與「豎」相交，共四畫；大陸上部為「艹」，「橫」連為一筆，共三畫。
心部 13畫 半包圍 gǎn 感	感	感	香港、台灣為半包圍結構，第二筆「撇」、第七筆「斜鈎」直達整字底部；大陸為上下結構，「咸」在上部。

一級字表

香港	台灣	大陸	字形差異描述
心部 13畫 上下 yú 愚	愚	愚	部件「禺」，香港、台灣第二筆「橫折鈎」與首筆「豎」相交，大陸第二筆「橫折鈎」與首筆「豎」相接。 💡 注意　具有相同部件「禺」的字：禹、寓、遇、屬、蹋、勵、齲。
心部 13畫 上下 chóu 愁	愁	愁	部件「火」，香港、台灣末筆是「捺點」，大陸末筆是「捺」。
心部 13畫 左右 kuì 愧	愧	愧	右部「鬼」，香港、台灣上部中「豎」與下部「撇」分為兩筆；大陸第六筆「豎撇」與第三筆「橫折」相接，「豎撇」為一筆。 ✏️ 書寫提示　「鬼」及由其參與構造的字，香港、台灣都是先寫「撇」，然後寫「田」、「儿」和「厶」。
心部 14畫 左右 màn 慢	慢	慢	部件「曰」，香港、台灣最後兩筆「橫」與兩邊相離，大陸最後兩筆「橫」與兩邊相接。
心部 14畫 左右 kāng 慷	慷	慷	部件「隶」，香港、台灣末筆是「捺點」，大陸末筆是「捺」。
心部 15畫 上下 huì 慧	慧	慧	部件「彐」，香港、台灣第二筆「橫」與首筆「橫折」相交，大陸第二筆「橫」與首筆「橫折」相接。 💡 注意　具有相同部件「彐」的字：急、浸、掃、尋、歸。
心部 15畫 半包圍 lǜ 慮	慮	慮|虑	部件「七」，香港、台灣第二筆是「豎彎」，大陸第二筆是「豎彎鈎」。 💡 注意　含部件「虍」的字，其中的「七」寫法相同，如：虎、虔、墟、劇、瘧、攄、獻。
心部 15畫 上下 biē 憋	憋	憋	部件「夂」，香港、台灣末筆是「捺點」，大陸末筆是「捺」。
心部 15畫 左右 lián 憐	憐	憐|怜	部件「米」，香港、台灣末筆是「捺點」，台灣結構疏散；大陸末筆是「捺」。 💡 注意　具有相同部件「舛」的字：嶙、磷、鱗。

一級字表

香港	台灣	大陸	字形差異描述
心部 16畫 上下 hān　憨	憨	憨	① 部件「耳」，香港、台灣上部為「橫、豎」兩筆，末筆「提」與第五筆「豎」相接，共八畫；大陸上部為「橫折」一筆，末筆「提」與第四筆「豎」相交，共七畫。② 部件「夂」，香港、台灣末筆是「捺點」，大陸末筆是「捺」。
心部 16畫 左右 dǒng　懂	懂	懂	香港、台灣右上部為「⺿」，「橫」與「豎」相交，共四畫；大陸右上部為「⺾」，「橫」連為一筆，共三畫。
心部 16畫 左右 hàn　憾	憾	憾	右部「感」，香港、台灣第二筆「撇」、第七筆「斜鉤」直達整字底部，大陸「咸」在上部。
心部 16畫 左右 xiè　懈	懈	懈	部件「角」，香港、台灣「豎」向下不出頭，大陸「豎」向下出頭。 ✎ 書寫提示　香港、台灣「角」中「豎」為第六筆，大陸「角」中「豎」為第七筆。
心部 17畫 上下 kěn　懇	懇	懇｜恳	部件「艮」，香港、台灣末筆是「捺點」，大陸末筆是「捺」。
心部 17畫 左右 méng　懞	懞	懞｜蒙	香港、台灣右上部為「⺿」，「橫」與「豎」相交，共四畫；大陸右上部為「⺾」，「橫」連為一筆，共三畫。
心部 17畫 左右 nuò　懦	懦	懦	部件「而」，香港、台灣最後四筆姿態各異，大陸對應的四筆均是「短橫」。
心部 19畫 上下 chéng　懲	懲	懲｜惩	① 部件「王」，香港、台灣首筆是「撇」，末筆是「提」；大陸首筆、末筆均是「橫」。② 部件「夂」，香港、台灣末筆是「捺點」，大陸末筆是「捺」。
心部 19畫 左右 lǎn　懶	懶	懶｜懒	右部「賴」，香港、台灣右上部為「⼑」，大陸右上部為「⼑」。 💡 注意　具有相同部件「賴」的字：瀨、獺、癩、籟。
戈部 17畫 左右 xì　戲	戲	戲｜戏	部件「⼔」，香港、台灣第二筆是「豎彎」，大陸第二筆是「豎彎鉤」。 💡 注意　含部件「⻁」的字，其中的「⼔」寫法相同，如：虎、虔、墟、劇、盧、瘧、擄、獻。

香港	台灣	大陸	字形差異描述
戈部 18畫 左右 chuō 戳	戳	戳	部件「羽」，香港、台灣第一、四筆均是「橫折鈎」，大陸第一、四筆均是「橫折」。
手部 7畫 左右 pī 批	批	批	右部「比」，香港、台灣第三筆是「短橫」，大陸第三筆是「短撇」。 💡 **注意**　具有相同部件「比」的字：庇、屁、鹿、混、諧、麗。
手部 7畫 左右 niǔ 扭	扭	扭	右部「丑」，香港、台灣第三筆「橫」與首筆「橫折」相交，大陸第三筆「橫」與首筆「橫折」相接。
手部 8畫 獨體 chéng 承	承	承	香港、台灣最後兩筆「撇、捺」相接；大陸最後兩筆「撇、捺」相接，且「捺」的起筆出頭。
手部 8畫 左右 jù 拒	拒	拒	右部「巨」，香港、台灣部件「匚」，共三畫；大陸對應的部件為「匚」，共兩畫。
手部 8畫 左右 bá 拔	拔	拔	右部「犮」，香港、台灣第三、四筆為「乂」，大陸第三、四筆為「又」。
手部 8畫 左右 pāo 拋	拋	抛	香港、台灣部件「尢」，共三畫；大陸對應的部件為「九」，共兩畫。
手部 8畫 左右 guǎi 拐	拐	拐	香港、台灣右下部為「刀」，大陸右下部為「力」。 💡 **注意**　「枴」為香港異體字。
手部 8畫 左右 tuō 拖	拖	拖	部件「也」，香港、台灣首筆是「橫折」，大陸首筆是「橫折鈎」。 💡 **注意**　具有相同部件「也」的字：他、地、池、弛、她、施。
手部 8畫 左右 chāi 拆	拆	拆	右部「斥」，香港、台灣「點」與「豎」相接，大陸「點」與「豎」相交。
手部 8畫 左右 līn 拎	拎	拎	右部「令」，香港、台灣第三筆是「短橫」，大陸第三筆是「點」。

香港	台灣	大陸	字形差異描述
手部 8畫 左右 dǐ	抵	抵	抵	右部「氐」，香港、台灣末筆是「短橫」，大陸末筆是「點」。 💡 **注意**　具有相同部件「氐」的字：低、邸、底、柢、詆。
手部 9畫 左右 zhǐ	指	指	指	部件「匕」，香港、台灣為「橫、豎彎」，大陸為「撇、豎彎鈎」。
手部 9畫 左右 shuān	拴	拴	拴	右部「全」，香港、台灣首兩筆為「人」，大陸首兩筆為「入」。
手部 9畫 左右 wā	挖	挖	挖	部件「𠃌」，香港、台灣最後兩筆為「撇、豎彎」，且與第三筆「橫鈎」相接；大陸最後兩筆為「撇、點」，且與第三筆「橫鈎」相離。
手部 9畫 左右 àn	按	按	按	部件「女」，香港、台灣「橫」與「撇」相交，大陸「橫」與「撇」相接。
手部 10畫 左右 zhèn	振	振	振	右部「辰」，香港、台灣第三筆「橫」與第二筆「撇」相接，大陸第三筆「橫」與第二筆「撇」相離。
手部 10畫 左右 bā	捌	捌	捌	右部「別」，香港、台灣左下部為「力」，「撇」與「橫折鈎」相接；大陸左下部為「力」，「撇」與「橫折鈎」相交。
手部 10畫 左右 tǐng	挺	挺	挺	部件「壬」，香港、台灣底「橫」稍長，大陸底「橫」稍短。 ✎ **書寫提示**　大陸「挺」為九畫。
手部 10畫 左右 āi	挨	挨	挨	部件「矢」，香港、台灣末筆是「捺點」，大陸末筆是「捺」。 💡 **注意**　具有相同部件「矢」的字：矣、埃、唉、候、疾、喉、嫉、簇。
手部 11畫 左右 guà	掛	掛	挂	右部，香港、台灣有部件「卜」，大陸則沒有。 💡 **注意**　「掛」為大陸異體字。
手部 11畫 左右 pái pǎi	排	排	排	右部「非」，香港、台灣首筆是「豎撇」，第四筆是「提」；大陸首筆是「豎」，第四筆是「橫」。 💡 **注意**　具有相同部件「非」的字：匪、啡、悲、罪、輩、靠、靡。

一級字表

香港	台灣	大陸	字形差異描述
手部 11畫 左右 niǎn 捻	捻	捻	部件「今」，香港、台灣第三筆是「短橫」，大陸第三筆是「點」。 💡 **注意**　具有相同部件「今」的字：吟、含、念、唸、貪、琴、黔。
手部 11畫 左右 zhēng zhèng 掙	掙	挣	香港、台灣右上部為「⺈」，大陸右上部為「⺈」。 ✎ **書寫提示**　大陸「挣」為九畫。
手部 11畫 左右 jiē 接	接	接	部件「女」，香港、台灣「橫」與「撇」相交，大陸「橫」與「撇」相接。
手部 11畫 左右 kòng 控	控	控	部件「穴」，香港、台灣最後兩筆為「撇、豎彎」，且與第三筆「橫鈎」相接；大陸最後兩筆為「撇、點」，且與第三筆「橫鈎」相離。
手部 11畫 左右 tàn 探	探	探	部件「冗」，香港、台灣末筆是「豎彎」，大陸末筆是「點」。
手部 11畫 左右 sǎo sào 掃	掃	掃|扫	部件「彐」，香港、台灣第二筆「橫」與首筆「橫折」相交，大陸第二筆「橫」與首筆「橫折」相接。 💡 **注意**　具有相同部件「彐」的字：急、浸、彗、尋、歸。
手部 12畫 左右 chā 插	插	插	右部「臿」，香港、台灣首筆是「橫」，大陸首筆是「撇」。
手部 12畫 左右 miáo 描	描	描	香港、台灣右上部為「艹」，「橫」與「豎」相交，共四畫；大陸右上部為「艹」，「橫」連為一筆，共三畫。
手部 12畫 左右 kāi 揩	揩	揩	部件「比」，香港、台灣第三筆是「短橫」，大陸第三筆是「短撇」。 💡 **注意**　具有相同部件「比」的字：批、庇、屁、鹿、混、諧、麗。
手部 12畫 左右 chuí 捶	捶	捶	右部「垂」，香港、台灣兩個部件「十」與上、下兩「橫」及中「豎」相離，底部末「橫」長；大陸第四筆「橫」為一筆，第五、六筆「豎」與之相交，底部末「橫」短。

香港	台灣	大陸	字形差異描述
手部 12畫 左右 huàn 換	換	換	香港、台灣右部為「奐」，共九畫，末筆是「捺點」；大陸右部為「奂」，共七畫，末筆是「捺」。
手部 13畫 左右 dā 搭	搭	搭	香港、台灣右上部為「艹」，「橫」與「豎」相交，共四畫；大陸右上部為「艹」，「橫」連為一筆，共三畫。
手部 13畫 左右 bó 搏	搏	搏	部件「甫」，香港、台灣第三筆是「橫折鈎」，大陸第三筆是「橫折」。 💡 注意　具有相同部件「甫」的字：博、傅、脯、敷、縛、薄、簿。
手部 13畫 左右 bān 搬	搬	搬	部件「舟」，香港、台灣「提」與「橫折鈎」相交，大陸「橫」與「橫折鈎」相接。
手部 13畫 左右 qiāng qiǎng 搶	搶	搶|抢	右部「倉」，香港、台灣第三筆是「短橫」，大陸第三筆是「點」。
手部 13畫 左右 cuō 搓	搓	搓	部件「𦍌」，香港、台灣第七筆「撇」與第六筆「橫」相接，「豎」、「撇」為兩筆；大陸第六筆「豎撇」與第三筆「橫」相接，「豎撇」為一筆。 💡 注意　具有相同部件「差」的字：嗟、嵯、槎、磋、蹉。
手部 13畫 左右 sāo 搔	搔	搔	香港、台灣右上部為「叉」，共四畫；大陸右上部為「又」，共三畫。
手部 14畫 左右 mō 摸	摸	摸	右部「莫」：① 香港、台灣上部為「艹」，「橫」與「豎」相交，共四畫；大陸上部為「艹」，「橫」連為一筆，共三畫。② 下部「大」，香港、台灣末筆是「捺點」，大陸末筆是「捺」。
手部 14畫 左右 kōu 摳	摳	摳|抠	右部「區」，香港、台灣末筆是「豎彎」，大陸末筆是「豎折」。
手部 14畫 左右 zhé 摺	摺	摺|折	部件「羽」，香港、台灣第一、四筆均是「橫折鈎」，大陸第一、四筆均是「橫折」。

一級字表

香港	台灣	大陸	字形差異描述
手部 15畫 上下 mó 摹	摹	摹	香港、台灣上部為「艹」,「橫」與「豎」相交,共四畫;大陸上部為「艹」,「橫」連為一筆,共三畫。
手部 15畫 左右 pū 撲	撲	撲∣扑	部件「美」,香港、台灣末筆是「捺點」,大陸末筆是「捺」。
手部 15畫 左右 chēng 撐	撐	撐	香港、台灣右下部為「牙」,大陸右下部為「手」。 💡 注意　「撑」為台灣異體字,「撐」為大陸異體字。
手部 15畫 左右 cuō zuǒ 撮	撮	撮	① 部件「日」,香港、台灣最後兩筆「橫」與兩邊相離,大陸最後兩筆「橫」與兩邊相接。 ② 部件「耳」,香港、台灣末筆「提」與第三筆「豎」相接,大陸末筆「提」與第三筆「豎」相交。
手部 15畫 左右 fǔ 撫	撫	撫∣抚	右部「無」,香港、台灣四筆「豎」與第二筆「橫」相離,大陸四筆「豎」與第二筆「橫」相接。
手部 15畫 左右 qiào 撬	撬	撬	右部「毳」,香港、台灣下左部件末筆是「豎彎鈎」,大陸下左部件末筆是「豎提」。
手部 15畫 左右 bō 播	播	播	部件「釆」,香港、台灣末筆是「捺點」,大陸末筆是「捺」。 💡 注意　具有相同部件「番」的字:幡、潘、審、蕃、蟠。
手部 16畫 左右 hàn 撼	撼	撼	右部「感」,香港、台灣第二筆「撇」、第七筆「斜鈎」直達整字底部,大陸「咸」在上部。
手部 16畫 左右 léi lèi 攂	攂	攂	部件「畾」,香港、台灣最後四筆姿態各異,大陸對應的四筆均是「短橫」。
手部 16畫 左右 jù 據	據	據∣据	部件「⺊」,香港、台灣第二筆是「豎彎」,大陸第二筆是「豎彎鈎」。 💡 注意　含部件「⻁」的字,其中的「⺊」寫法相同,如:虎、虔、墟、劇、慮、瘧、攄、獻。

一級字表

香港	台灣	大陸	字形差異描述
手部 16畫 左右 qín	擒	擒	擒	部件「禸」，香港、台灣「橫折鈎」與「豎」相交，大陸「橫折鈎」與「豎」相接。 ✎ **書寫提示**　大陸「擒」為十五畫。
手部 16畫 左右 dān dàn	擔	擔	擔｜担	部件「产」，香港、台灣最後兩筆為「撇、豎彎」，大陸最後兩筆為「撇、點」。
手部 17畫 上下 qíng	擎	擎	擎	上部「敬」，香港、台灣左上部為「艹」，「橫」與「豎」相接，共四畫；大陸左上部為「艹」，「橫」連為一筆，共三畫。
手部 17畫 左右 gē gé	擱	擱	擱｜搁	部件「各」，香港、台灣第三筆是「捺點」，大陸第三筆是「捺」。
手部 17畫 左右 nǐ	擬	擬	擬｜拟	部件「匕」，香港、台灣為「橫、豎彎」，大陸為「撇、豎彎鈎」。 💡 **注意**　具有相同部件「疑」的字：凝、嶷、薿、礙。
手部 18畫 左右 niǎn	攆	攆	攆｜撵	部件「𡗗」，香港、台灣末筆是「捺點」，大陸末筆是「捺」。
手部 18畫 左右 zhì	擲	擲	擲｜掷	部件「酋」，香港、台灣內部的「橫」與兩邊相離，大陸內部的「橫」與兩邊相接。 💡 **注意**　具有相同部件「酋」的字：猶、尊、奠、樽、遵。
手部 20畫 左右 chān	攙	攙	攙｜搀	部件「比」，香港、台灣第三筆是「短橫」，大陸第三筆是「短撇」。 💡 **注意**　具有相同部件「比」的字：批、庇、屁、鹿、混、諧、麗、饞。
手部 21畫 左右 shè	攝	攝	攝｜摄	右部「聶」，香港、台灣下左部件末筆「提」與第三筆「豎」相接，大陸下左部件末筆「提」與第三筆「豎」相交。
手部 21畫 左右 xié	攜	攜	携	香港、台灣右部為「巂」，大陸右部為「隽」。 💡 **注意**　「携」為香港、台灣異體字，「攜」為大陸異體字。 ✎ **書寫提示**　大陸「携」為十三畫。

香港	台灣	大陸	字形差異描述
手部 24畫 左右 lǎn 攬	攬	攬｜揽	部件「𡈼」，香港、台灣第三筆是「短橫」，大陸第三筆是「點」。
攴部 11畫 左右 jiāo jiào 教	教	教	左部「孝」，香港、台灣部件「子」的首筆「橫折」與「撇」相接，大陸部件「子」的首筆「橫折」與「撇」相交。
攴部 12畫 左右 gǎn 敢	敢	敢	左部「耳」，香港、台灣上部為「橫、豎」兩筆，末筆「提」與第五筆「豎」相接，共八畫；大陸上部為「橫折」一筆，末筆「提」與第四筆「豎」相交，共七畫。
攴部 13畫 左右 jìng 敬	敬	敬	左上部，香港、台灣為「⺾」，「橫」與「豎」相接，共四畫；大陸為「⺊」，「橫」連為一筆，共三畫。
攴部 15畫 左右 fū 敷	敷	敷	部件「甫」，香港、台灣第三筆是「橫折鉤」，大陸第三筆是「橫折」。 💡 注意　具有相同部件「甫」的字：博、傅、搏、膊、縛。
斗部 13畫 左右 zhēn 斟	斟	斟	左部「甚」：① 部件「⺣」，香港、台灣為「撇、豎彎」，且與上部相接；大陸為「撇、點」，且與上部相離。② 香港、台灣末筆是「豎彎」，大陸末筆是「豎折」。
斤部 5畫 獨體 chì 斥	斥	斥	香港、台灣「點」與「豎」相接，大陸「點」與「豎」相交。
斤部 13畫 左右 xīn 新	新	新	部件「木」，香港、台灣第二筆是「豎」，大陸第二筆是「豎鈎」，台灣、大陸結構疏散。 💡 注意　具有相同部件「木」的字：親、薪、雜、襯。
方部 9畫 左右 shī 施	施	施	部件「也」，香港、台灣首筆是「橫折」，大陸首筆是「橫折鈎」。 💡 注意　具有相同部件「也」的字：他、地、池、弛、她、拖、馳。
方部 11畫 左右 zú 族	族	族	部件「矢」，香港、台灣末筆是「捺點」，大陸末筆是「捺」。 💡 注意　具有相同部件「矢」的字：矣、埃、唉、候、疾、喉、嫉、簇。

一級字表

香港	台灣	大陸	字形差異描述
日部 6畫 上下 zhǐ　旨	旨	旨	上部「匕」，香港、台灣為「橫、豎彎」，大陸為「撇、豎彎鈎」。
日部 8畫 上下 kūn　昆	昆	昆	下部「比」，香港、台灣第三筆是「短橫」，大陸第三筆是「短撇」。 💡 注意　具有相同部件「比」的字：批、庇、屁、鹿、混、諧、麗。
日部 9畫 左右 yìng　映	映	映	右部「央」，香港、台灣末筆是「捺點」，大陸末筆是「捺」。
日部 10畫 上下 jìn　晉	晉	晋	香港、台灣上部為「��」，大陸上部為「亚」。 💡 注意　「晋」為台灣異體字，「晉」為大陸異體字。
日部 11畫 上下 chén　晨	晨	晨	下部「辰」，香港、台灣第三筆「橫」與第二筆「撇」相接，大陸第三筆「橫」與第二筆「撇」相離。
日部 15畫 上下 mù　暮	暮	暮	香港、台灣上部為「艹」，「橫」與「豎」相交，共四畫；大陸上部為「艹」，「橫」連為一筆，共三畫。
日部 16畫 半包圍 lì　曆	曆	曆|历	部件「秝」，香港、台灣末筆是「捺點」，大陸末筆是「捺」。 📄 小知識　「曆」與「歷」形旁不同。「曆」形旁為「日」，與時間有關，如曆法、曆書、日曆、月曆、年曆、陰曆、陽曆等。「歷」形旁為「止」，表示經歷、經過，如歷時十年；表示經過了的，如歷史、歷代；作副詞，表示逐一、遍，如歷訪名家、歷覽名山大川等。「曆」與「歷」簡化後均為「历」。
日部 11畫 上中下 màn　曼	曼	曼	部件「曰」，香港、台灣最後兩筆「橫」與兩邊相離，大陸最後兩筆「橫」與兩邊相接。
日部 12畫 上下 zuì　最	最	最	①部件「曰」，香港、台灣最後兩筆「橫」與兩邊相離，大陸最後兩筆「橫」與兩邊相接。 ②部件「耳」，香港、台灣末筆「提」與第三筆「豎」相接，大陸末筆「提」與第三筆「豎」相交。

一級字表

香港	台灣	大陸	字形差異描述
月部 11畫 上下 wàng 望	望	望	① 部件「亡」，香港、台灣末筆是「豎彎」，大陸末筆是「豎提」。② 上右部，香港、台灣為「夕」，大陸為「月」。③ 部件「王」，香港、台灣首筆是「撇」，大陸首筆是「橫」。
月部 18畫 左右 méng 朦	朦	朦	香港、台灣右上部為「艹」，「橫」與「豎」相交，共四畫；大陸右上部為「艹」，「橫」連為一筆，共三畫。
木部 5畫 獨體 zhú 术	术	术	香港、台灣結構疏散，第四筆是「豎彎」；大陸結構緊湊，第四筆是「捺」。
木部 7畫 上下 xìng 杏	杏	杏	上部「木」，香港、台灣末筆是「捺點」，大陸末筆是「捺」。
木部 7畫 上下 lǐ 李	李	李	上部「木」，香港、台灣末筆是「捺點」，大陸末筆是「捺」。
木部 9畫 左右 jǔ 柜	柜	柜	右部「巨」，香港、台灣部件「𠃓」，共三畫；大陸對應的部件為「匚」，共兩畫。 ✎ **書寫提示**　木部的字：部首「木」在構成左右結構的字時，通常位於左部，末筆作「點」。
木部 9畫 上下 chá zhā 查	查	查	上部「木」，香港、台灣末筆是「捺點」，大陸末筆是「捺」。
木部 9畫 左右 shān zhà 柵	柵	栅	右部「冊」，香港、台灣筆畫為「豎、橫折鈎、豎、豎」，末筆「橫」從中間貫穿；大陸為兩個「撇、橫折鈎」並列，末筆「橫」從中間貫穿。 💡 **注意**　「柵」為台灣異體字，「栅」為大陸異體字。
木部 10畫 左右 shuān 栓	栓	栓	右部「全」，香港、台灣首兩筆為「人」，大陸首兩筆為「人」。
木部 11畫 左右 bāng 梆	梆	梆	部件「扌」，香港、台灣首筆是「撇」，大陸首筆是「橫」。

香港	台灣	大陸	字形差異描述
木部 11畫 左中右 tiáo　條	條	條|条	①香港、台灣右上部為「夂」，共四畫；大陸右上部為「夂」，共三畫。②部件「朩」，香港、台灣第二筆是「豎」，大陸第二筆是「豎鈎」，台灣、大陸結構疏散。 💡 注意　具有相同部件「朩」的字：茶、滌、寨。 ✏ 書寫提示　中間「短豎」不能丟。
木部 12畫 上下 sēn　森	森	森	上部「木」，香港、台灣末筆是「捺點」，大陸末筆是「捺」。
木部 12畫 左右 qī　棲	棲	栖	香港、台灣右部為「妻」，大陸右部為「西」。 💡 注意　「栖」為香港異體字，「棲」為大陸異體字。
木部 12畫 左右 gùn　棍	棍	棍	部件「比」，香港、台灣第三筆是「短橫」，大陸第三筆是「短撇」。 💡 注意　具有相同部件「比」的字：批、庇、屁、鹿、混、諧、麗。
木部 12畫 上下 zǎo　棗	棗	棗|枣	香港、台灣第三筆與第九筆均是「橫折鈎」，大陸第三筆與第九筆均是「橫折」。
木部 13畫 左右 yē　椰	椰	椰	部件「耳」，香港、台灣末筆「提」與第三筆「豎」相接，大陸末筆「提」與第三筆「豎」相交。
木部 13畫 左右 jí　極	極	極|极	右部「亟」，香港、台灣部件「丅」，共三畫；大陸對應的部件為「了」，共兩畫。
木部 13畫 左右 jiē kǎi　楷	楷	楷	部件「比」，香港、台灣第三筆是「短橫」，大陸第三筆是「短撇」。 💡 注意　具有相同部件「比」的字：批、庇、屁、鹿、混、諧、麗。
木部 13畫 左右 fēng　楓	楓	楓|枫	右部「風」，香港、台灣第三筆是「橫」，大陸第三筆是「撇」。
木部 14畫 左右 gàng　槓	槓	杠	香港、台灣右部為「貢」，大陸右部為「工」。 💡 注意　「槓」為大陸異體字。

一級字表

香港	台灣	大陸	字形差異描述
木部 14畫 左右 huái 槐	槐	槐	右部「鬼」，香港、台灣上部中「豎」與下部「撇」分為兩筆；大陸第六筆「豎撇」與第三筆「橫折」相接，「豎撇」為一筆。 ✎ **書寫提示**　「鬼」及由其參與構造的字，香港、台灣都是先寫「撇」，然後寫「田」、「儿」和「厶」。
木部 14畫 左右 qiāng 槍	槍	槍∣枪	右部「倉」，香港、台灣第三筆是「短橫」，大陸第三筆是「點」。
木部 14畫 左右 zhà 榨	榨	榨	部件「乍」，香港、台灣最後兩筆為「撇、豎彎」，且與第三筆「橫鈎」相接；大陸最後兩筆為「撇、點」，且與第三筆「橫鈎」相離。
木部 15畫 左右 mó mú 模	模	模	右部「莫」：① 上部，香港、台灣為「艹」，「橫」與「豎」相交，共四畫；大陸為「艹」，「橫」連為一筆，共三畫。② 下部「大」，香港、台灣末筆是「捺點」，大陸末筆是「捺」。
木部 15畫 左右 shū 樞	樞	樞∣枢	右部「區」，香港、台灣末筆是「豎彎」，大陸末筆是「豎折」。
木部 16畫 左右 huà 樺	樺	樺∣桦	右部「華」：① 香港、台灣上部為「艹」，「橫」與「豎」相交，共四畫；大陸上部為「艹」，「橫」連為一筆，共三畫。② 香港、台灣中部兩個部件「十」與上、下兩「橫」及中「豎」相離，大陸第五筆「橫」是一筆，第六、七筆「豎」與之相交。③ 香港、台灣下部末「橫」短，大陸下部末「橫」長。
木部 16畫 左右 gǎn 橄	橄	橄	部件「耳」，香港、台灣上部為「橫、豎」兩筆，末筆「提」與第五筆「豎」相接，共八畫；大陸上部為「橫折」一筆，末筆「提」與第四筆「豎」相交，共七畫。
木部 16畫 左右 pǔ 樸	樸	樸∣朴	部件「美」，香港、台灣末筆是「捺點」，大陸末筆是「捺」。
木部 16畫 左右 xiàng 橡	橡	橡	右部「象」，香港、台灣第七筆「撇」與中「豎」相接，為兩筆；大陸對應的是一筆「撇」，與第四筆「橫折」相接。

一級字表

香港	台灣	大陸	字形差異描述
木部 16畫 左右 jú　橘	橘	橘	部件「ㄦ」，香港、台灣為「撇、豎彎」，且與上部相接；大陸為「撇、點」，且與上部相離。
木部 16畫 左右 jī　機	機	機|机	部件「戈」，香港、台灣第二筆「撇」與首筆「橫」相接，大陸第二筆「撇」與首筆「橫」相交。
木部 18畫 左右 méng　檬	檬	檬	香港、台灣右上部為「艹」，「橫」與「豎」相交，共四畫；大陸右上部為「艹」，「橫」連為一筆，共三畫。
木部 18畫 左右 jiàn kǎn　檻	檻	檻|槛	右部「監」，香港、台灣上右部末筆是「短橫」，大陸上右部末筆是「點」。
木部 19畫 左右 chú　櫥	櫥	櫥	右部：① 香港、台灣部件「广」，共三畫；大陸對應的部件為「厂」，共兩畫。② 被包圍部分，香港、台灣左上部為「士」，大陸左上部為「一」。 💡 注意 「橱」為大陸異體字。 ✏️ 書寫提示 大陸「橱」為十六畫。
木部 21畫 左右 yīng　櫻	櫻	櫻|樱	部件「女」，香港、台灣「橫」與「撇」相交，大陸「橫」與「撇」相接。
木部 22畫 左右 quán　權	權	權|权	香港、台灣右上部為「艹」，「橫」與「豎」相接，共四畫；大陸右上部為「艹」，「橫」連為一筆，共三畫。
木部 25畫 左右 lǎn　欖	欖	欖|榄	部件「血」，香港、台灣第三筆是「短橫」，大陸第三筆是「點」。
欠部 15畫 左右 ōu　歐	歐	歐|欧	左部「區」，香港、台灣末筆是「豎彎」，大陸末筆是「豎折」。
欠部 22畫 左右 huān　歡	歡	歡|欢	左上部，香港、台灣為「艹」，「橫」與「豎」相接，共四畫；大陸為「艹」，「橫」連為一筆，共三畫。

一級字表

香港	台灣	大陸	字形差異描述
止部 16畫 半包圍 lì 歷	歷	歷|历	部件「秝」，香港、台灣末筆是「捺點」，大陸末筆是「捺」。 📖 **小知識**　「歷」與「曆」形旁不同。「歷」形旁為「止」，表示經歷、經過，如歷時十年；表示經過了的，如歷史、歷代；作副詞，表示逐一、遍，如歷訪名家、歷覽名山大川等。「曆」形旁為「日」，與時間有關，如曆法、曆書、日曆、月曆、年曆、陰曆、陽曆等。「歷」與「曆」簡化後均為「历」。
止部 18畫 左右 guī 歸	歸	歸|归	部件「⇒」，香港、台灣第二筆「橫」與首筆「橫折」相交，大陸第二筆「橫」與首筆「橫折」相接。 💡 **注意**　具有相同部件「⇒」的字：急、浸、彗、掃、尋。
歹部 9畫 左右 yāng 殃	殃	殃	右部「央」，香港、台灣末筆是「捺點」，大陸末筆是「捺」。
殳部 11畫 左右 shā 殺	殺	殺|杀	香港、台灣左下部為「朮」，第二筆是「豎」，第四筆是「豎彎」，共五畫；大陸左下部為「朮」，第二筆是「豎鈎」，第四筆是「點」，共四畫。
殳部 15畫 左右 ōu 毆	毆	毆|殴	左部「區」，香港、台灣末筆是「豎彎」，大陸末筆是「豎折」。
比部 4畫 左右 bǐ 比	比	比	香港、台灣第三筆是「短橫」，大陸第三筆是「短撇」。 💡 **注意**　具有相同部件「比」的字：批、庇、屁、鹿、混、諧、麗。
氏部 8畫 左右 máng 氓	氓	氓	左部「亡」，香港、台灣第三筆是「豎彎」，大陸第三筆是「豎折」。
气部 8畫 半包圍 fēn 氛	氛	氛	部件「分」，香港、台灣第二筆是「捺點」，大陸第二筆是「捺」。
气部 10畫 半包圍 ān 氨	氨	氨	部件「女」，香港、台灣「橫」與「撇」相交，大陸「橫」與「撇」相接。

一級字表

香港	台灣	大陸	字形差異描述
气部 12畫 半包圍 lù　氯	氯	氯	部件「彔」，香港、台灣上部為「彑」，大陸上部為「ヨ」。
水部 6畫 左右 chí　池	池	池	右部「也」，香港、台灣首筆是「橫折」，大陸首筆是「橫折鈎」。 💡 **注意**　具有相同部件「也」的字：他、地、弛、她、馳。
水部 6畫 左右 rǔ　汝	汝	汝	右部「女」，香港、台灣「橫」與「撇」相交，大陸「橫」與「撇」相接。
水部 7畫 左右 chōng　沖	沖	冲	香港、台灣左部為「氵」，共三畫；大陸左部為「冫」，共兩畫。 💡 **注意**　「冲」為香港、台灣異體字。
水部 7畫 左右 jué　決	決	决	①香港、台灣左部為「氵」，共三畫；大陸左部為「冫」，共兩畫。②右部「夬」，香港、台灣末筆是「捺點」，大陸末筆是「捺」。 💡 **注意**　「决」為大陸異體字。
水部 7畫 左右 méi mò　沒	沒	没	香港、台灣右上部為「勹」，大陸右上部為「几」。
水部 8畫 左右 kuàng　況	況	况	香港、台灣左部為「氵」，共三畫；大陸左部為「冫」，共兩畫。 💡 **注意**　「况」為台灣異體字，「況」為大陸異體字。
水部 8畫 左右 yán　沿	沿	沿	香港、台灣右上部為「㕣」，大陸右上部為「几」。
水部 9畫 左右 xiōng　洶	洶	汹	香港、台灣右部「㐫」在「勹」內，大陸右部只有「凶」。 💡 **注意**　「汹」為台灣異體字，「洶」為大陸異體字。
水部 10畫 左右 jìn　浸	浸	浸	部件「彐」，香港、台灣第二筆「橫」與首筆「橫折」相交，大陸第二筆「橫」與首筆「橫折」相接。 💡 **注意**　具有相同部件「彐」的字：急、彗、掃、尋、歸。

一級字表

香港	台灣	大陸	字形差異描述
水部 11畫 左右 qī　淒	淒	淒	① 香港、台灣左部為「氵」，共三畫；大陸左部為「冫」，共兩畫。② 部件「事」，香港、台灣「豎」向下出頭，大陸「豎」向下不出頭。③ 部件「女」，香港、台灣「橫」與「撇」相交，大陸「橫」與「撇」相接。 💡 注意　「淒」為大陸異體字。
水部 11畫 左右 hùn　混	混	混	部件「比」，香港、台灣第三筆是「短橫」，大陸第三筆是「短撇」。 💡 注意　具有相同部件「比」的字：批、庇、屁、鹿、諧、麗。
水部 11畫 左右 yín　淫	淫	淫	香港、台灣右下部為「𡈼」，末筆長；大陸右下部為「壬」，末筆短。
水部 11畫 左右 jìng　淨	淨	净	① 香港、台灣左部為「氵」，共三畫；大陸左部為「冫」，共兩畫。② 香港、台灣右上部為「⺈」，大陸右上部為「⺊」。 💡 注意　「淨」為大陸異體字。 ✎ 書寫提示　大陸「净」為八畫。
水部 11畫 左右 liáng liàng　涼	涼	凉	香港、台灣左部為「氵」，共三畫；大陸左部為「冫」，共兩畫。 💡 注意　「凉」為台灣異體字，「涼」為大陸異體字。
水部 11畫 左右 shēn　深	深	深	部件「儿」，香港、台灣末筆是「豎彎」，大陸末筆是「點」。
水部 12畫 左右 còu　湊	湊	凑	香港、台灣左部為「氵」，共三畫；大陸左部為「冫」，共兩畫。 💡 注意　「凑」為台灣異體字，「湊」為大陸異體字。
水部 12畫 左右 zhā　渣	渣	渣	部件「木」，香港、台灣末筆是「捺點」，大陸末筆是「捺」。
水部 12畫 左右 jiǎn　減	減	减	香港、台灣左部為「氵」，共三畫；大陸左部為「冫」，共兩畫。 💡 注意　「减」為台灣異體字，「減」為大陸異體字。

一級字表

香港	台灣	大陸	字形差異描述
水部 12畫 左右 guō wō　渦	渦	渦｜涡	部件「呙」，香港、台灣內部為「橫、豎」兩筆，拐角扣右下方；大陸內部為「橫折」一筆，拐角扣左下方。
水部 12畫 左右 huàn　渙	渙	涣	香港、台灣右部為「奐」，共九畫，末筆是「捺點」；大陸右部為「奂」，共七畫，末筆是「捺」。
水部 13畫 左右 xī　溪	溪	溪	部件「大」，香港、台灣末筆是「捺點」，大陸末筆是「捺」。
水部 13畫 左右 cāng　滄	滄	滄｜沧	右部「倉」，香港、台灣第三筆是「短橫」，大陸第三筆是「點」。
水部 14畫 左右 mò　漠	漠	漠	右部「莫」：①上部，香港、台灣為「艹」，「橫」與「豎」相交，共四畫；大陸為「艹」，「橫」連為一筆，共三畫。②下部「大」，香港、台灣末筆是「捺點」，大陸末筆是「捺」。
水部 14畫 左右 hàn　漢	漢	漢｜汉	右部「𦰩」，香港、台灣末筆是「捺點」，大陸末筆是「捺」。
水部 14畫 左右 mǎn　滿	滿	滿｜满	香港、台灣右下內部兩個部件為「人」，第二筆是「捺」；大陸右下內部兩個部件為「𠆢」，第二筆是「捺點」。
水部 14畫 左右 zhì　滯	滯	滯｜滞	右部「帶」，香港、台灣上部末筆是「豎彎」，大陸上部末筆是「豎彎鈎」。
水部 14畫 左右 màn　漫	漫	漫	部件「曰」，香港、台灣最後兩筆「橫」與兩邊相離，大陸最後兩筆「橫」與兩邊相接。
水部 14畫 左右 dí　滌	滌	滌｜涤	右部「條」：①香港、台灣右上部為「夂」，共四畫；大陸右上部為「夂」，共三畫。②部件「木」，香港、台灣第二筆是「豎」，大陸第二筆是「豎鈎」，台灣、大陸結構疏散。 💡 注意　具有相同部件「木」的字：茶、條、寨。 ✏️ 書寫提示　右部「條」，中間「短豎」不能丟。

一級字表

香港	台灣	大陸	字形差異描述
水部 14畫 左右 lí 漓	漓	漓	部件「禸」，香港、台灣「橫折鈎」與「豎」相交，大陸「橫折鈎」與「豎」相接。 ✎ **書寫提示**　大陸「漓」為十三畫。
水部 14畫 左右 lòu 漏	漏	漏	部件「雨」，香港、台灣最後四筆姿態各異，大陸最後四筆均是「點」。
水部 15畫 左右 pān 潘	潘	潘	部件「釆」，香港、台灣末筆是「捺點」，大陸末筆是「捺」。 💡 **注意**　具有相同部件「番」的字：播、幡、審、蕃、蟠。
水部 16畫 左右 nóng 濃	濃	濃|浓	部件「辰」，香港、台灣第三筆「橫」與第二筆「撇」相接，大陸第三筆「橫」與第二筆「撇」相離。
水部 17畫 左右 méng 濛	濛	濛|蒙	香港、台灣右上部為「⺿」，「橫」與「豎」相交，共四畫；大陸右上部為「⺾」，「橫」連為一筆，共三畫。
水部 17畫 左右 làn 濫	濫	濫|滥	右部「監」，香港、台灣上右部末筆是「橫」，大陸上右部末筆是「點」。
水部 17畫 左右 sè 澀	澀	澀|涩	兩個部件「刀」，香港、台灣「點」均與「撇」相接，大陸「點」均與「撇」相離。
水部 18畫 左右 lù 濾	濾	濾|滤	部件「乛」，香港、台灣第二筆是「豎彎」，大陸第二筆是「豎彎鈎」。 💡 **注意**　含部件「虍」的字，其中的「乛」寫法相同，如：虎、虔、墟、劇、慮、瘧、擄、獻。
水部 18畫 左右 shěn 瀋	瀋	瀋|沈	部件「釆」，香港、台灣末筆是「捺點」，大陸末筆是「捺」。
水部 19畫 左右 lì 瀝	瀝	瀝|沥	部件「秝」，香港、台灣末筆是「捺點」，大陸末筆是「捺」。

一級字表

香港	台灣	大陸	字形差異描述
水部 21畫 左右 guàn 灌	灌	灌	香港、台灣右上部為「⺍」，「橫」與「豎」相接，共四畫；大陸右上部為「⺌」，「橫」連為一筆，共三畫。
水部 22畫 左右 lí 灘	灘	灘|漓	部件「禸」，香港、台灣「橫折鈎」與「豎」相交，大陸「橫折鈎」與「豎」相接。 ✎ 書寫提示　大陸「灘」為二十一畫。
火部 7畫 左右 zào 灶	灶	竈|灶	香港、台灣為「灶」，大陸為「竈」。 💡 注意　「竈」為香港、台灣異體字。
火部 7畫 上下 zāi 災	災	灾	香港、台灣上部為「巜」，大陸上部為「宀」。 💡 注意　「灾」為台灣異體字，「烖」為大陸異體字。
火部 9畫 上下 tàn 炭	炭	炭	香港、台灣下部為「灰」，第二筆「撇」與首筆「橫」相接；大陸下部為「灰」，第二筆「撇」與首筆「橫」相交。
火部 9畫 左右 jù 炬	炬	炬	右部「巨」，香港、台灣部件「匚」，共三畫；大陸對應的部件為「匚」，共兩畫。 ✎ 書寫提示　火部的字：部首「火」在構成左右結構的字時，通常位於左部，末筆作「點」。
火部 9畫 獨體 wéi wèi 為	為	爲|为	香港、台灣首筆是「點」，第三筆「橫折」與第二筆「撇」相交；大陸上部為「⺈」，第六筆「橫折」與第五筆「撇」相接。 💡 注意　「爲」為香港、台灣異體字。 ✎ 書寫提示　大陸「爲」為十二畫。
火部 12畫 上下 mó wú 無	無	無|无	香港、台灣四筆「豎」與第二筆「橫」相離，大陸四筆「豎」與第二筆「橫」相接。
火部 13畫 上下 shā shà 煞	煞	煞	① 部件「⺕」，香港、台灣第二筆「橫」與首筆「橫折」相交，大陸第二筆「橫」與首筆「橫折」相接。② 部件「夂」，香港、台灣末筆是「捺點」，大陸末筆是「捺」。 💡 注意　具有相同部件「⺕」的字：急、浸、彗、掃、尋、歸。

一級字表

香港	台灣	大陸	字形差異描述
火部 13畫 左右 yān 煙	煙	烟	香港、台灣右部為「垔」，大陸右部為「因」。 💡 **注意**　「烟」為香港、台灣異體字，「煙」為大陸異體字。 📄 **小知識**　「煙」與「烟」都是形聲字，「火」為形旁，提示字義與「火」有關；「垔」、「因」都是聲旁，提示讀音信息，造字時選用了不同的聲旁。
火部 13畫 左右 huàn 煥	煥	焕	香港、台灣右部為「奐」，共九畫，末筆是「捺點」；大陸右部為「奂」，共七畫，末筆是「捺」。
火部 15畫 上下 āo áo 熬	熬	熬	① 部件「耂」，香港、台灣上為「龶」，下為「万」，共七畫；大陸上為三「橫」一「豎」，最後兩筆為「橫折鈎、撇」，共六畫。② 部件「攵」，香港、台灣末筆是「捺點」，大陸末筆是「捺」。 📄 **小知識**　由「灬」構成的字，有的表示和「火」有關，如：烹、煮、煎、蒸、熬等；也有的是描摹動物的尾巴或四足，如：馬、魚、燕等。
火部 16畫 上中下 yān yàn 燕	燕	燕	① 部件「コ」，香港、台灣「提」與「豎」相接，「提」出頭；大陸「提」與「豎」相接，「豎」出頭。② 部件「匕」，香港、台灣為「橫、豎彎」，大陸為「撇、豎彎鈎」。 📄 **小知識**　由「灬」構成的字，有的是描摹動物的尾巴或四足，如：馬、魚、燕等；也有的表示和「火」有關，如：烹、煮、煎、蒸、熬等。
火部 17畫 上中下 yíng 營	營	營|营	部件「呂」，香港、台灣上、下兩個部件「口」之間有「撇」相接，大陸上、下兩個部件「口」相離。 ✏️ **書寫提示**　大陸「营」為十六畫。
火部 20畫 左右 lú 爐	爐	爐|炉	部件「匕」，香港、台灣第二筆是「豎彎」，大陸第二筆是「豎彎鈎」。 💡 **注意**　含部件「虍」的字，其中的「匕」寫法相同，如：虎、虔、墟、劇、慮、瘧、擄、獻。
爪部 8畫 上下 zhēng 爭	爭	争	香港、台灣上部為「爫」，大陸上部為「⺈」。 💡 **注意**　「争」為台灣異體字。 ✏️ **書寫提示**　大陸「争」為六畫。

一級字表

香港	台灣	大陸	字形差異描述
父部 13畫 上下 yé　爺	爺	爺|爷	部件「耳」，香港、台灣末筆「提」與第三筆「豎」相接，大陸末筆「提」與第三筆「豎」相交。
爿部 17畫 左右 qiáng　牆	牆	墙|墙	香港、台灣左部為「爿」，大陸左部為「土」。 💡 **注意**　「墙」為香港、台灣異體字，「牆」為大陸異體字。
片部 12畫 左右 pái　牌	牌	牌	左部「片」，香港、台灣第三筆「橫」與第二筆「豎」相接；大陸第三筆「橫」與第二筆「豎」相接，「橫」向右出頭。
犬部 11畫 左右 zhēng　猙	猙	猙	右部「爭」，香港、台灣上部為「爫」，大陸上部為「⺈」。 ✏ **書寫提示**　大陸「狰」為九畫。
犬部 12畫 左右 hóu　猴	猴	猴	部件「矢」，香港、台灣末筆是「捺點」，大陸末筆是「捺」。 💡 **注意**　具有相同部件「矢」的字：矣、埈、唉、候、疾、喉、嫉、簇。
犬部 12畫 左右 yóu　猶	猶	猶|犹	右部「酉」，香港、台灣內部的「橫」與兩邊相離，大陸內部的「橫」與兩邊相接。 💡 **注意**　具有相同部件「酉」的字：尊、奠、樽、遵。
犬部 17畫 左右 huò　獲	獲	獲|获	香港、台灣右上部為「卝」，「橫」與「豎」相接，共四畫；大陸右上部為「艹」，「橫」連為一筆，共三畫。 🔍 **辨析**　「獲」與「穫」。二字簡化後均作「获」，但兩者有別。「獲」從「犭」，表示得到、取得，如獲得、俘獲；「穫」從「禾」，表示收割莊稼，如收穫。
犬部 20畫 左右 xiàn　獻	獻	獻|献	部件「七」，香港、台灣第二筆是「豎彎」，大陸第二筆是「豎彎鈎」。 💡 **注意**　含部件「虍」的字，其中的「七」寫法相同，如：虎、虔、墟、劇、慮、瘧、擄。
玉部 9畫 左右 líng　玲	玲	玲	右部「令」，香港、台灣第三筆是「短橫」，大陸第三筆是「點」。 ✏ **書寫提示**　玉部的字：「王」是斜玉旁，不是王字旁，末筆為「提」。

一級字表

香港	台灣	大陸	字形差異描述
玉部 9畫 左右 shān 珊	珊	珊	右部「冊」，香港、台灣筆畫為「豎、橫折鈎、豎、豎」，末筆「橫」從中間貫穿；大陸為兩個「撇、橫折鈎」並列，末筆「橫」從中間貫穿。 💡 **注意**　「珊」為香港異體字，「珊」為大陸異體字。
玉部 12畫 上下 qín 琴	琴	琴	①上左部件「𤣩」，香港、台灣末筆是「提」，大陸末筆是「橫」。②下部「今」，香港、台灣第三筆是「短橫」，大陸第三筆是「點」。
玉部 12畫 左右 zhuó zuó 琢	琢	琢	右部「豕」，香港、台灣「點」與第四、五筆兩「撇」相交；大陸「點」與第四筆「撇」相交，與第五筆「撇」相離。 ✎ **書寫提示**　右部是「豕」，不是「豕」。
玉部 13畫 上下 sè 瑟	瑟	瑟	上左部件「𤣩」，香港、台灣末筆是「提」，大陸末筆是「橫」。
玉部 14畫 左右 guī 瑰	瑰	瑰	右部「鬼」，香港、台灣上部中「豎」與下部「撇」分為兩筆；大陸第六筆「豎撇」與第三筆「橫折」相接，「豎撇」為一筆。 ✎ **書寫提示**　「鬼」及由其參與構造的字，香港、台灣都是先寫「撇」，然後寫「田」、「儿」和「厶」。
玉部 15畫 左右 lí 璃	璃	璃	部件「禸」，香港、台灣「橫折鈎」與「豎」相交，大陸「橫折鈎」與「豎」相接。 ✎ **書寫提示**　大陸「璃」為十四畫。
玉部 19畫 左右 qióng 瓊	瓊	瓊|琼	右部「夐」，香港、台灣下部為「夊」，共四畫；大陸下部為「夂」，共三畫。
瓜部 19畫 左中右 bàn 瓣	瓣	瓣	部件「瓜」，香港、台灣末筆是「捺點」，大陸末筆是「捺」。
瓦部 5畫 獨體 wǎ wà 瓦	瓦	瓦	香港、台灣共五畫，「提」與「豎」相接；大陸共四畫，第二筆是「豎提」。 ✎ **書寫提示**　瓦部的字：部件「瓦」，香港、台灣筆順不同。香港「提」為第五筆，台灣「提」為第三筆。

一級字表

一級字表

香港	台灣	大陸	字形差異描述
瓦部 11畫 左右 píng 瓶	瓶	瓶	右部「瓦」，香港、台灣共五畫，「提」與「豎」相接；大陸共四畫，第二筆是「豎提」。
甘部 9畫 上下 shèn 甚	甚	甚	① 部件「儿」，香港、台灣為「撇、豎彎」，且與上部相接；大陸為「撇、點」，且與上部相離。② 香港、台灣末筆是「豎彎」，大陸末筆是「豎折」。
生部 11畫 半包圍 chǎn 產	產	産|产	香港、台灣第四筆「點」與第三筆「撇」相交，大陸第四筆「撇」與第三筆「點」相離。 ✏ **書寫提示**　香港、台灣第三、四筆與大陸筆順不同。香港、台灣為先「撇」後「點」，大陸為先「點」後「撇」。
田部 11畫 上下 yì 異	異	异	香港、台灣為「異」，大陸為「异」。 💡 **注意**　「異」為大陸異體字。
田部 12畫 上下 fān pān 番	番	番	上部「采」，香港、台灣末筆是「捺點」，大陸末筆是「捺」。 💡 **注意**　具有相同部件「番」的字：播、幡、潘、審、蕃。
田部 22畫 上中下 dié 疊	疊	叠	香港、台灣上部為三個「田」，大陸上部為三個「又」。 💡 **注意**　「叠」為香港、台灣異體字，「疊」為大陸異體字。
疋部 14畫 左右 yí 疑	疑	疑	部件「匕」，香港、台灣為「橫、豎彎」，大陸為「撇、豎彎鈎」。 💡 **注意**　具有相同部件「疑」的字：凝、擬、嶷、薿、礙。
疒部 10畫 半包圍 jí 疾	疾	疾	部件「矢」，香港、台灣末筆是「捺點」，大陸末筆是「捺」。 💡 **注意**　具有相同部件「矢」的字：矣、埃、唉、候、喉、嫉、簇。
疒部 11畫 半包圍 quán 痊	痊	痊	部件「全」，香港、台灣首兩筆為「人」，大陸首兩筆為「人」。
疒部 13畫 半包圍 bì 痺	痺	痹	香港、台灣「疒」內為「卑」，大陸「疒」內為「畀」。

香港	台灣	大陸	字形差異描述
疒部 14 畫 半包圍 nüè yào 瘧	瘧	瘧｜疟	部件「ヒ」，香港、台灣第二筆是「豎彎」，大陸第二筆是「豎彎鈎」。 💡 注意　含部件「虍」的字，其中的「ヒ」寫法相同，如：虎、虔、墟、劇、慮、擄、獻。
疒部 14 畫 半包圍 huàn 瘓	瘓	瘓	香港、台灣被包圍部分為「奐」，共九畫，末筆是「捺點」；大陸被包圍部分為「奂」，共七畫，末筆是「捺」。
疒部 14 畫 半包圍 fēng 瘋	瘋	瘋｜疯	部件「風」，香港、台灣第三筆是「橫」，大陸第三筆是「撇」。
疒部 15 畫 半包圍 dá da 瘩	瘩	瘩	部件「荅」，香港、台灣上部為「艹」，「橫」與「豎」相交，共四畫；大陸上部為「艹」，「橫」連為一筆，共三畫。
疒部 15 畫 半包圍 chuāng 瘡	瘡	瘡｜疮	部件「倉」，香港、台灣第三筆是「短橫」，大陸第三筆是「點」。
疒部 20 畫 半包圍 zhēng 癥	癥	癥｜症	部件「ㄓ」，香港、台灣首筆是「撇」，末筆是「提」；大陸首筆、末筆均是「橫」。
疒部 20 畫 半包圍 yǎng 癢	癢	癢｜痒	部件「養」：①上部，香港、台灣第五筆是「豎」，第七筆是「撇」，為兩筆；大陸對應的是一筆「撇」。②下部，香港、台灣「艮」上一筆是「橫」，大陸「艮」上一筆是「點」。
疒部 22 畫 半包圍 yǐn 癮	癮	癮｜瘾	部件「彐」，香港、台灣第二筆「橫」與首筆「橫折」相交，大陸第二筆「橫」與首筆「橫折」相接。 💡 注意　具有相同部件「彐」的字：急、浸、彗、掃、尋、歸、穩。
白部 9 畫 上下 jiē 皆	皆	皆	上部「比」，香港、台灣第三筆是「短橫」，大陸第三筆是「短撇」。 💡 注意　具有相同部件「比」的字：批、庇、屁、鹿、混、諧、麗。

一級字表

香港	台灣	大陸	字形差異描述
皿部 11畫 上下 kuī　盔	盔	盔	部件「火」，香港、台灣末筆是「捺點」，大陸末筆是「捺」。
皿部 12畫 上下 dào　盜	盜	盜	① 香港、台灣上左部為「氵」，共三畫；大陸上左部為「冫」，共兩畫。② 部件「欠」，香港、台灣末筆是「捺點」，大陸末筆是「捺」。
皿部 14畫 上下 jiān jiàn　監	監	監｜监	香港、台灣上右部末筆是「短橫」，大陸上右部末筆是「點」。
皿部 15畫 上下 pán　盤	盤	盤｜盘	① 部件「舟」，香港、台灣「提」與「橫折鈎」相交，大陸「橫」與「橫折鈎」相接。② 部件「又」，香港、台灣末筆是「捺點」，大陸末筆是「捺」。
皿部 16畫 半包圍 lú　盧	盧	盧｜卢	部件「匕」，香港、台灣第二筆是「豎彎」，大陸第二筆是「豎彎鈎」。 💡 **注意**　含部件「虍」的字，其中的「匕」寫法相同，如：虎、虔、墟、劇、慮、瘧、擄、獻。
目部 8畫 上下 máng　盲	盲	盲	上部「亡」，香港、台灣第三筆是「豎彎」，大陸第三筆是「豎折」。
目部 11畫 上下 zhòng　眾	眾	眔｜众	① 上部，香港、台灣為「⺫」，大陸為「血」。② 下部，香港、台灣為「乑」，大陸為「氺」。 💡 **注意**　「众」為大陸異體字。
目部 13畫 左右 mù　睦	睦	睦	部件「儿」，香港、台灣為「撇、豎彎」，且與上部相接；大陸為「撇、點」，且與上部相離。
目部 13畫 左右 zhēng　睜	睜	睁	香港、台灣右上部為「⺈」，大陸右上部為「ㄅ」。 ✎ **書寫提示**　大陸「睁」為十一畫。
目部 14畫 左右 miáo　瞄	瞄	瞄	香港、台灣右上部為「艹」，「橫」與「豎」相交，共四畫；大陸右上部為「艹」，「橫」連為一筆，共三畫。

香港	台灣	大陸	字形差異描述
目部 14畫 左右 shuì　睡	睡	睡	右部「垂」，香港、台灣兩個部件「十」與上、下兩「橫」及中「豎」相離，底部末「橫」長；大陸第四筆「橫」為一筆，第五、六筆「豎」與之相交，底部末「橫」短。
目部 16畫 左右 mán　瞞	瞞	瞞|瞞	香港、台灣右下內部兩個部件為「ㅅ」，第二筆是「捺」；大陸右下內部兩個部件為「ㅅ」，第二筆是「捺點」。
目部 18畫 左右 zhān　瞻	瞻	瞻	部件「𠂆」，香港、台灣最後兩筆為「撇、豎彎」，大陸最後兩筆為「撇、點」。
目部 19畫 左右 mēng méng　矇	矇	矇|蒙	香港、台灣右上部為「⺿」，「橫」與「豎」相交，共四畫；大陸右上部為「⺾」，「橫」連為一筆，共三畫。
目部 24畫 上下 chù　矗	矗	矗	香港、台灣下左部件末筆是「橫」，大陸下左部件末筆是「提」。
矢部 7畫 上下 yǐ　矣	矣	矣	部件「矢」，香港、台灣末筆是「捺點」，大陸末筆是「捺」。 💡 **注意**　具有相同部件「矢」的字：埃、唉、候、疾、喉、嫉、簇。
矢部 10畫 左右 jǔ　矩	矩	矩	右部「巨」，香港、台灣部件「匸」，共三畫；大陸對應的部件為「匸」，共兩畫。
矢部 13畫 左右 ǎi　矮	矮	矮	①部件「禾」，香港、台灣末筆是「捺點」，大陸末筆是「捺」。②部件「女」，香港、台灣「橫」與「撇」相交，大陸「橫」與「撇」相接。
石部 13畫 左右 liù lù　碌	碌	碌	右部「彔」：①香港、台灣上部為「彑」，大陸上部為「ヨ」。②下部「氺」，香港、台灣末筆是「捺點」，大陸末筆是「捺」。
石部 14畫 左右 tàn　碳	碳	碳	香港、台灣右下部為「灰」，第二筆「撇」與首筆「橫」相接；大陸右下部為「灰」，第二筆「撇」與首筆「橫」相交。

一級字表

香港	台灣	大陸	字形差異描述
石部 17畫 左右 lín	磷	磷	磷	部件「米」，香港、台灣末筆是「捺點」，台灣結構疏散；大陸末筆是「捺」。 💡 注意　具有相同部件「粦」的字：嶙、憐、鱗。
石部 19畫 左右 ài	礙	礙	礙∣碍	部件「匕」，香港、台灣為「橫、豎彎」，大陸為「撇、豎彎鈎」。 💡 注意　具有相同部件「疑」的字：凝、擬、嶷、薿。
示部 9畫 左右 bì mì	祕	祕	秘	香港、台灣左部為「礻」，大陸左部為「禾」。 💡 注意　「祕」為大陸異體字。 📄 小知識　示部的字：從「礻（示）」的漢字，多與鬼神、祭祀等有關，如：祉、祈、祝、祿、福等；從「衤（衣）」的漢字，多與衣物、布料等有關，如：衫、被、裙、褥、褲等。形旁是「衤」，還是「礻」，要區分清楚。
示部 12畫 左右 lù	祿	祿	禄	右部「彔」：① 香港、台灣上部為「彑」，大陸上部為「彐」。② 下部「氺」，香港、台灣末筆是「捺點」，大陸末筆是「捺」。
示部 13畫 左右 huò	禍	禍	禍∣祸	右部「咼」，香港、台灣內部為「橫、豎」兩筆，拐角扣右下方；大陸內部為「橫折」一筆，拐角扣左下方。
内部 9畫 獨體 yǔ	禹	禹	禹	部件「冂」，香港、台灣第二筆「橫折鈎」與首筆「豎」相交，大陸第二筆「橫折鈎」與首筆「豎」相接。 💡 注意　具有相同部件「冂」的字：寓、愚、遇、厲、踽、勵、齲。
内部 13畫 上下 qín	禽	禽	禽	部件「冂」，香港、台灣「橫折鈎」與「豎」相交，大陸「橫折鈎」與「豎」相接。 ✏️ 書寫提示　大陸「禽」為十二畫。
禾部 7畫 上下 tū	禿	禿	秃	① 上部「禾」，香港、台灣末筆是「捺點」，大陸末筆是「捺」。② 香港、台灣下部為「儿」，大陸下部為「几」。
禾部 7畫 上下 xiù	秀	秀	秀	上部「禾」，香港、台灣末筆是「捺點」，大陸末筆是「捺」。

一級字表

香港	台灣	大陸	字形差異描述
禾部 10畫 左右 yāng 秧	秧	秧	右部「央」，香港、台灣末筆是「捺點」，大陸末筆是「捺」。 ✎ **書寫提示**　禾部的字：部首「禾」在構成左右結構的字時，通常位於左部，末筆作「點」。
禾部 12畫 左右 gǎn 稈	稈	秆	香港、台灣右部為「旱」，大陸右部為「干」。 💡 **注意**　「秆」為台灣異體字，「稈」為大陸異體字。
禾部 12畫 左右 chéng 程	程	程	部件「壬」，香港、台灣首筆是「撇」，大陸首筆是「橫」。
禾部 15畫 左右 jī 稽	稽	稽	部件「ヒ」，香港、台灣為「橫、豎彎」，大陸為「撇、豎彎鈎」。
禾部 16畫 左右 yǐng 穎	穎	穎｜颖	部件「ヒ」，香港、台灣為「橫、豎彎」，大陸為「撇、豎彎鈎」。 🔍 **辨析**　「穎」與「潁」。二字都是形聲字，聲旁均為「頃」，形旁對應的分別是「禾」、「水」。二字整體字形相似，要避免寫錯。「穎」用於表示才能出眾等；「潁」用於地名。
禾部 19畫 左右 huò 穫	穫	穫｜获	香港、台灣右上部為「⺌」，「橫」與「豎」相接，共四畫；大陸右上部為「艹」，「橫」連為一筆，共三畫。 🔍 **辨析**　「穫」與「獲」。二字簡化後均作「获」，但兩者有別。「穫」從「禾」，表示收割莊稼，如收穫；「獲」從「犭」，表示得到、取得，如獲得、俘獲。
禾部 19畫 左右 wěn 穩	穩	穩｜稳	部件「彐」，香港、台灣第二筆「橫」與首筆「橫折」相交，大陸第二筆「橫」與首筆「橫折」相接。 💡 **注意**　具有相同部件「彐」的字：急、浸、彗、掃、尋、歸。
穴部 7畫 上下 jiū 究	究	究	上部「穴」，香港、台灣最後兩筆為「撇、豎彎」，且與第三筆「橫鈎」相接；大陸最後兩筆為「撇、點」，且與第三筆「橫鈎」相離。

香港	台灣	大陸	字形差異描述
穴部 8畫 上下 kōng kòng　空	空	空	上部「穴」，香港、台灣最後兩筆為「撇、豎彎」，且與第三筆「橫鈎」相接；大陸最後兩筆為「撇、點」，且與第三筆「橫鈎」相離。
穴部 9畫 上下 tū　突	突	突	上部「穴」，香港、台灣最後兩筆為「撇、豎彎」，且與第三筆「橫鈎」相接；大陸最後兩筆為「撇、點」，且與第三筆「橫鈎」相離。
穴部 9畫 上下 chuān　穿	穿	穿	上部「穴」，香港、台灣最後兩筆為「撇、豎彎」，且與第三筆「橫鈎」相接；大陸最後兩筆為「撇、點」，且與第三筆「橫鈎」相離。
穴部 10畫 上下 zhǎi　窄	窄	窄	上部「穴」，香港、台灣最後兩筆為「撇、豎彎」，且與第三筆「橫鈎」相接；大陸最後兩筆為「撇、點」，且與第三筆「橫鈎」相離。
穴部 11畫 上下 zhì　窒	窒	窒	上部「穴」，香港、台灣最後兩筆為「撇、豎彎」，且與第三筆「橫鈎」相接；大陸最後兩筆為「撇、點」，且與第三筆「橫鈎」相離。
穴部 12畫 上下 jiǒng　窘	窘	窘	上部「穴」，香港、台灣最後兩筆為「撇、豎彎」，且與第三筆「橫鈎」相接；大陸最後兩筆為「撇、點」，且與第三筆「橫鈎」相離。
穴部 13畫 上下 kū　窟	窟	窟	上部「穴」，香港、台灣最後兩筆為「撇、豎彎」，且與第三筆「橫鈎」相接；大陸最後兩筆為「撇、點」，且與第三筆「橫鈎」相離。
穴部 14畫 上下 wō　窩	窩	窩|窝	①上部「穴」，香港、台灣最後兩筆為「撇、豎彎」，且與第三筆「橫鈎」相接；大陸最後兩筆為「撇、點」，且與第三筆「橫鈎」相離。 ②部件「呙」，香港、台灣內部為「橫、豎」兩筆，拐角扣右下方；大陸內部為「橫折」一筆，拐角扣左下方。
穴部 14畫 上下 wā　窪	窪	窪|洼	上部「穴」，香港、台灣最後兩筆為「撇、豎彎」，且與第三筆「橫鈎」相接；大陸最後兩筆為「撇、點」，且與第三筆「橫鈎」相離。

一級字表

香港	台灣	大陸	字形差異描述
穴部 15畫 上下 qióng	窮	窮	窮|穷	①上部「穴」，香港、台灣最後兩筆為「撇、豎彎」，且與第三筆「橫鈎」相接；大陸最後兩筆為「撇、點」，且與第三筆「橫鈎」相離。②部件「身」，香港、台灣最後兩筆「提、撇」相接，「撇」出頭；大陸最後兩筆「橫、撇」相接，「撇」不出頭。
穴部 15畫 上下 yáo	窯	窯	窑	①上部「穴」，香港、台灣最後兩筆為「撇、豎彎」，且與第三筆「橫鈎」相接；大陸最後兩筆為「撇、點」，且與第三筆「橫鈎」相離。②香港、台灣下部為「羔」，大陸下部為「缶」。 💡 **注意**　「窰」為大陸異體字。
穴部 16畫 上下 kuī	窺	窺	窺|窥	上部「穴」，香港、台灣最後兩筆為「撇、豎彎」，且與第三筆「橫鈎」相接；大陸最後兩筆為「撇、點」，且與第三筆「橫鈎」相離。
穴部 17畫 上下 lóng	窿	窿	窿	上部「穴」，香港、台灣最後兩筆為「撇、豎彎」，且與第三筆「橫鈎」相接；大陸最後兩筆為「撇、點」，且與第三筆「橫鈎」相離。
穴部 18畫 上下 cuàn	竄	竄	鼠|窜	①上部「穴」，香港、台灣最後兩筆為「撇、豎彎」，且與第三筆「橫鈎」相接；大陸最後兩筆為「撇、點」，且與第三筆「橫鈎」相離。②部件「鼠」，香港、台灣中間四筆是「短橫」，大陸對應的四筆是「點」。
穴部 18畫 上下 qiào	竅	竅	竅|窍	上部「穴」，香港、台灣最後兩筆為「撇、豎彎」，且與第三筆「橫鈎」相接；大陸最後兩筆為「撇、點」，且與第三筆「橫鈎」相離。
竹部 12畫 上下 jīn	筋	筋	筋	部件「月」，香港、台灣內部為「點、提」，大陸內部為兩「橫」。
竹部 12畫 上下 sǔn	筍	筍	笋	香港、台灣下部為「旬」，大陸下部為「尹」。 💡 **注意**　「笋」為台灣異體字，「筍」為大陸異體字。
竹部 13畫 上下 kuài	筷	筷	筷	部件「夬」，香港、台灣末筆是「捺點」，大陸末筆是「捺」。

一級字表

香港	台灣	大陸	字形差異描述
竹部 14畫 上下 zhēng 箏	箏	箏	部件「爭」，香港、台灣上部為「爫」，大陸上部為「⺈」。 ✏ **書寫提示**　大陸「箏」為十二畫。
竹部 17畫 上下 péng 篷	篷	篷	①部件「夂」，香港、台灣末筆是「捺點」，大陸末筆是「捺」。②香港、台灣部件「辶」，共四畫；大陸對應的部件為「辶」，共三畫。
竹部 17畫 上下 cù 簇	簇	簇	部件「矢」，香港、台灣末筆是「捺點」，大陸末筆是「捺」。 💡 **注意**　具有相同部件「矢」的字：矣、埃、唉、候、疾、喉、嫉。
竹部 19畫 上下 yán 簷	簷	檐	①香港、台灣為上下結構，上部為「⺮」，下部為「詹」；大陸為左右結構，左部為「木」，右部為「詹」。②部件「厃」，香港、台灣最後兩筆為「撇、豎彎」，大陸最後兩筆為「撇、點」。 💡 **注意**　「簷」為大陸異體字。
竹部 19畫 上下 bù 簿	簿	簿	部件「甫」，香港、台灣第三筆是「橫折鈎」，大陸第三筆是「橫折」。 💡 **注意**　具有相同部件「甫」的字：博、傅、搏、膊、敷、縛、薄。
竹部 20畫 上下 jí 籍	籍	籍	部件「耒」，香港、台灣首筆是「撇」，大陸首筆是「橫」。
竹部 20畫 上下 lán 籃	籃	籃|篮	下部「監」，香港、台灣上右部末筆是「短橫」，大陸上右部末筆是「點」。
竹部 25畫 上下 lí 籬	籬	籬|篱	部件「禸」，香港、台灣「橫折鈎」與「豎」相交，大陸「橫折鈎」與「豎」相接。 ✏ **書寫提示**　大陸「籬」為二十四畫。
米部 17畫 上下 fèn 糞	糞	糞|粪	部件「米」，香港、台灣末筆是「捺點」，台灣結構疏散；大陸末筆是「捺」。
米部 17畫 左右 kāng 糠	糠	糠	部件「隶」，香港、台灣末筆是「捺點」，大陸末筆是「捺」。

一級字表

香港	台灣	大陸	字形差異描述
米部 20畫 左右 nuò　糯	糯	糯	部件「雨」，香港、台灣最後四筆姿態各異，大陸對應的四筆均是「短橫」。
糸部 7畫 上下 xì　系	系	系	香港、台灣第二筆「撇折」與首筆「撇」相離，大陸第二筆「撇折」與首筆「撇」相接。 ✎ **書寫提示**　糸部的字：部首「糸」獨立位於左部時，通常作「糹」，如：糾、紅、紗、緞等；位於下部時，通常作「糸」，如：素、索、緊、繁等。
糸部 9畫 左右 rèn　紉	紉	紉∣纫	右部「刃」，香港、台灣「點」與「撇」相接，大陸「點」與「撇」相離。
糸部 10畫 左右 nà　納	納	納∣纳	右部「內」，香港、台灣第三、四筆是「撇、捺」，為「入」；大陸第三、四筆是「撇、捺點」，為「人」。
糸部 10畫 左右 niǔ　紐	紐	紐∣纽	右部「丑」，香港、台灣第三筆「橫」與首筆「橫折」相交，大陸第三筆「橫」與首筆「橫折」相接。
糸部 12畫 左右 jué　絕	絕	絕∣绝	香港、台灣右上部為「刀」，大陸右上部為「⺈」。
糸部 13畫 左右 bǎng　綁	綁	綁∣绑	部件「扌」，香港、台灣首筆是「撇」，大陸首筆是「橫」。
糸部 14畫 左右 wǎng　網	網	網∣网	部件「乚」，香港、台灣第三筆是「豎彎」，大陸第三筆是「豎折」。
糸部 14畫 左右 lù lǜ　綠	綠	綠∣绿	右部「彔」：① 香港、台灣上部為「彑」，大陸上部為「彐」。② 下部「氺」，香港、台灣末筆是「捺點」，大陸末筆是「捺」。
糸部 15畫 左右 xiàn　線	線	綫∣线	香港、台灣右部為「泉」，大陸右部為「戔」。 💡 **注意**　「綫」為香港、台灣異體字，「線」為大陸異體字。 📖 **小知識**　「線」與「綫」都是形聲字，「糹」為形旁，提示字義通常與「絲線」有關；「泉」、「戔」都是聲旁，提示讀音信息，造字時選用了不同的聲旁。

一級字表

香港	台灣	大陸	字形差異描述
糸部 16畫 左右 fù	縛	縛	縛|缚	部件「甫」，香港、台灣第三筆是「橫折鈎」，大陸第三筆是「橫折」。 💡 **注意**　具有相同部件「甫」的字：博、傅、搏、膊、敷、薄、簿。
糸部 17畫 上下 fán pó	繁	繁	繁	部件「母」，香港、台灣第二筆是「橫折鈎」；大陸第二筆是「橫折」，且向下不出頭。
糸部 17畫 左右 bēng běng bèng	繃	繃	繃|绷	香港、台灣右部為「崩」，大陸右部為「朋」。 💡 **注意**　「繃」為台灣異體字，「繃」為大陸異體字。
糸部 17畫 左右 féng fèng	縫	縫	縫|缝	① 部件「夂」，香港、台灣末筆是「捺點」，大陸末筆是「捺」。② 香港、台灣部件「辶」，共四畫；大陸對應的部件為「辶」，共三畫。
糸部 19畫 左右 shéng	繩	繩	繩|绳	右部「黽」，香港、台灣中「豎」下部與「豎彎鈎」底部相離，大陸中「豎」下部與「豎彎鈎」底部相接。
糸部 21畫 左右 chán	纏	纏	纏|缠	部件「儿」，香港、台灣為「撇、豎彎」，且與上部相接；大陸為「撇、點」，且與上部相離。
糸部 23畫 左右 cái	纔	纔	纔|才	部件「比」，香港、台灣第三筆是「短橫」，大陸第三筆是「短撇」。 💡 **注意**　具有相同部件「比」的字：批、庇、屁、鹿、混、諧、麗、饞。
糸部 27畫 左右 lǎn	纜	纜	纜|缆	部件「皿」，香港、台灣第三筆是「短橫」，大陸第三筆是「點」。
缶部 9畫 左右 gāng	缸	缸	缸	左部「缶」，香港、台灣第五筆是「豎折」，大陸第五筆是「豎提」。
缶部 10畫 左右 quē	缺	缺	缺	① 左部「缶」，香港、台灣第五筆是「豎折」，大陸第五筆是「豎提」。② 右部「夬」，香港、台灣末筆是「捺點」，大陸末筆是「捺」。

一級字表

香港	台灣	大陸	字形差異描述
缶部 18畫 左右 tán 罈	罈	罎|坛	① 左部「缶」，香港、台灣第五筆是「豎折」，大陸第五筆是「豎提」。② 香港、台灣右部為「覃」，大陸右部為「曇」。 💡 **注意**　「罎」為台灣異體字，「罈」為大陸異體字。 📄 **小知識**　「覃」與「曇」均為聲旁，提示讀音信息。
缶部 24畫 左右 guàn 罐	罐	罐	① 左部「缶」，香港、台灣第五筆是「豎折」，大陸第五筆是「豎提」。② 香港、台灣右上部為「艹」，「橫」與「豎」相接，共四畫；大陸右上部為「艹」，「橫」連為一筆，共三畫。
网部 7畫 上下 hǎn 罕	罕	罕	部件「儿」，香港、台灣末筆是「豎彎」，大陸末筆是「點」。
网部 13畫 上下 zuì 罪	罪	罪	下部「非」，香港、台灣首筆是「豎撇」，第四筆是「提」；大陸首筆是「豎」，第四筆是「橫」。 💡 **注意**　具有相同部件「非」的字：匪、排、啡、悲、輩、靠、靡。
网部 15畫 上下 mà 罵	罵	罵|骂	香港、台灣上部為「罒」，大陸上部為「艹」。 💡 **注意**　「罵」為香港、台灣異體字，「罵」為大陸異體字。
羊部 9畫 上下 měi 美	美	美	香港、台灣末筆是「捺點」，大陸末筆是「捺」。
羊部 11畫 左右 líng 羚	羚	羚	右部「令」，香港、台灣第三筆是「短橫」，大陸第三筆是「點」。
羊部 11畫 半包圍 xiū 羞	羞	羞	① 上部，香港、台灣第七筆「撇」與第六筆「橫」相接，「豎」、「撇」為兩筆；大陸第六筆「豎撇」與第三筆「橫」相接，「豎撇」為一筆。② 部件「丑」，香港、台灣第三筆「橫」與首筆「橫折」相交，大陸第三筆「橫」與首筆「橫折」相接。
羊部 13畫 上下 xiàn 羨	羨	羨	香港、台灣下左部為「氵」，共三畫；大陸下左部為「冫」，共兩畫。

香港	台灣	大陸	字形差異描述
羊部 19畫 上下 gēng 羹	羹	羹	下部「羔」，香港、台灣末筆是「捺點」，大陸末筆是「捺」。
羽部 11畫 上下 xí 習	習	習｜习	部件「羽」，香港、台灣第一、四筆均是「橫折鈎」，大陸第一、四筆均是「橫折」。 🔍 **辨析**　大陸部件「羽」，在上下結構的字中處於上部時，作「羽」，第一、四筆無鈎，如：翌、翼等；在半包圍結構、左右結構的字中，或在上下結構的字中處於下部時，作「羽」，第一、四筆有鈎，如：翅、扇、翎、翩、翁、翦等。
羽部 14畫 上下 cuì 翠	翠	翠	部件「羽」，香港、台灣第一、四筆均是「橫折鈎」，大陸第一、四筆均是「橫折」。 🔍 **辨析**　大陸部件「羽」，在上下結構的字中處於上部時，作「羽」，第一、四筆無鈎，如：翌、翼等；在半包圍結構、左右結構的字中，或在上下結構的字中處於下部時，作「羽」，第一、四筆有鈎，如：翅、扇、翎、翩、翁、翦等。
羽部 17畫 上下 yì 翼	翼	翼	部件「羽」，香港、台灣第一、四筆均是「橫折鈎」，大陸第一、四筆均是「橫折」。 🔍 **辨析**　大陸部件「羽」，在上下結構的字中處於上部時，作「羽」，第一、四筆無鈎，如：翌、翼等；在半包圍結構、左右結構的字中，或在上下結構的字中處於下部時，作「羽」，第一、四筆有鈎，如：翅、扇、翎、翩、翁、翦等。
羽部 20畫 左右 yào 耀	耀	耀	部件「羽」，香港、台灣第一、四筆均是「橫折鈎」，大陸第一、四筆均是「橫折」。
而部 9畫 上下 shuǎ 耍	耍	耍	下部「女」，香港、台灣第三筆「橫」與第二筆「撇」相交，大陸第三筆「橫」與第二筆「撇」相接。
耒部 10畫 左右 gēng 耕	耕	耕	左部「耒」，香港、台灣首筆是「撇」，大陸首筆是「橫」。
耒部 10畫 左右 yún 耘	耘	耘	左部「耒」，香港、台灣首筆是「撇」，大陸首筆是「橫」。

一級字表

香港	台灣	大陸	字形差異描述
耒部 10畫 左右 hào 耗	耗	耗	左部「耒」，香港、台灣首筆是「撇」，大陸首筆是「橫」。
耒部 10畫 左右 bà pá 耙	耙	耙	左部「耒」，香港、台灣首筆是「撇」，大陸首筆是「橫」。
耳部 10畫 左右 gěng 耿	耿	耿	左部「耳」，香港、台灣末筆「提」與第三筆「豎」相接，大陸末筆「提」與第三筆「豎」相交。 ✎ **書寫提示**　耳部的字：部首「耳」在構成左右結構的字時，通常位於左部，末筆作「提」。
耳部 10畫 左右 dān 耽	耽	耽	左部「耳」，香港、台灣末筆「提」與第三筆「豎」相接，大陸末筆「提」與第三筆「豎」相交。
耳部 11畫 左右 líng 聆	聆	聆	①左部「耳」，香港、台灣末筆「提」與第三筆「豎」相接，大陸末筆「提」與第三筆「豎」相交。②右部「令」，香港、台灣第三筆是「短橫」，大陸第三筆是「點」。
耳部 11畫 左右 liáo 聊	聊	聊	左部「耳」，香港、台灣末筆「提」與第三筆「豎」相接，大陸末筆「提」與第三筆「豎」相交。
耳部 13畫 上下 shèng 聖	聖	聖|圣	①部件「耳」，香港、台灣末筆「提」與第三筆「豎」相接，大陸末筆「提」與第三筆「豎」相交。②香港、台灣下部首筆是「撇」，大陸下部首筆是「橫」。
耳部 13畫 左右 pìn 聘	聘	聘	左部「耳」，香港、台灣末筆「提」與第三筆「豎」相接，大陸末筆「提」與第三筆「豎」相交。
耳部 14畫 上下 jù 聚	聚	聚	①部件「耳」，香港、台灣末筆「提」與第三筆「豎」相接，大陸末筆「提」與第三筆「豎」相交。②香港、台灣下部為「𠂇」，大陸下部為「𠄌」。

一級字表

香港	台灣	大陸	字形差異描述
耳部 17畫 左右 lián 聯	聯	聯｜联	① 左部「耳」，香港、台灣末筆「提」與第三筆「豎」相接，大陸末筆「提」與第三筆「豎」相交。② 右下部，香港、台灣首筆是「豎折」，大陸首筆是「豎提」。
耳部 18畫 上下 niè 聶	聶	聶｜聂	下左部件「耳」，香港、台灣末筆「提」與第三筆「豎」相接，大陸末筆「提」與第三筆「豎」相交。 ✎ **書寫提示**　「品」字形結構的字，三部分大小有別，上最大，左下最小，右下略大。通常左下末筆變形，給右下讓出空間，如：淼、犇、焱等。
耳部 18畫 左右 zhí 職	職	職｜职	左部「耳」，香港、台灣末筆「提」與第三筆「豎」相接，大陸末筆「提」與第三筆「豎」相交。
肉部 6畫 左右 jī 肌	肌	肌	左部「月」，香港、台灣內部為「點、提」，大陸內部為兩「橫」。 📄 **小知識**　肉部的字：現代漢字中「肉月旁」與「月字旁」不同。「肉月旁」一般是與身體器官或肉有關，如：肋、肝、肘、脊、臂等；「月字旁」一般是與月亮、天氣、光線有關，如：明、朗、期、朝、朦等。
肉部 6畫 左右 lèi 肋	肋	肋	左部「月」，香港、台灣內部為「點、提」，大陸內部為兩「橫」。
肉部 7畫 左右 gān 肝	肝	肝	左部「月」，香港、台灣內部為「點、提」，大陸內部為兩「橫」。
肉部 7畫 左右 gāng 肛	肛	肛	左部「月」，香港、台灣內部為「點、提」，大陸內部為兩「橫」。
肉部 7畫 左右 dǔ dù 肚	肚	肚	左部「月」，香港、台灣內部為「點、提」，大陸內部為兩「橫」。
肉部 7畫 左右 zhǒu 肘	肘	肘	左部「月」，香港、台灣內部為「點、提」，大陸內部為兩「橫」。

一級字表

香港	台灣	大陸	字形差異描述
肉部 8畫 左右 fèi 肺	肺	肺	左部「月」，香港、台灣內部為「點、提」，大陸內部為兩「橫」。 🔍 **辨析** 「肺」右部為「市」，中間一「豎」貫通上下，注意不要誤寫成「市」。含有部件「市」的字還有沛、芾等，含有部件「市」的字還有柿、鈰等。
肉部 8畫 左右 zhī 肢	肢	肢	左部「月」，香港、台灣內部為「點、提」，大陸內部為兩「橫」。
肉部 8畫 左右 gǔ 股	股	股	左部「月」，香港、台灣內部為「點、提」，大陸內部為兩「橫」。
肉部 8畫 左右 fáng 肪	肪	肪	左部「月」，香港、台灣內部為「點、提」，大陸內部為兩「橫」。
肉部 8畫 左右 féi 肥	肥	肥	左部「月」，香港、台灣內部為「點、提」，大陸內部為兩「橫」。
肉部 9畫 左右 pēi 胚	胚	胚	左部「月」，香港、台灣內部為「點、提」，大陸內部為兩「橫」。
肉部 9畫 左右 bāo 胞	胞	胞	左部「月」，香港、台灣內部為「點、提」，大陸內部為兩「橫」。
肉部 9畫 左右 pán pàng 胖	胖	胖	左部「月」，香港、台灣內部為「點、提」，大陸內部為兩「橫」。
肉部 9畫 左右 tāi 胎	胎	胎	左部「月」，香港、台灣內部為「點、提」，大陸內部為兩「橫」。
肉部 10畫 左右 yí 胰	胰	胰	左部「月」，香港、台灣內部為「點、提」，大陸內部為兩「橫」。

一級字表

香港	台灣	大陸	字形差異描述
肉部 10畫 左右 mài mò 脈	脈	脉	①左部「月」，香港、台灣內部為「點、提」，大陸內部為兩「橫」。②香港、台灣右部為「辰」，大陸右部為「永」。 💡 **注意**　「脉」為香港、台灣異體字，「脈」為大陸異體字。
肉部 10畫 左右 cuì 脆	脆	脆	左部「月」，香港、台灣內部為「點、提」，大陸內部為兩「橫」。
肉部 10畫 左右 zhī 脂	脂	脂	①左部「月」，香港、台灣內部為「點、提」，大陸內部為兩「橫」。②部件「匕」，香港、台灣為「橫、豎彎」，大陸為「撇、豎彎鈎」。
肉部 10畫 左右 xiōng 胸	胸	胸	左部「月」，香港、台灣內部為「點、提」，大陸內部為兩「橫」。
肉部 10畫 左右 gē gé 胳	胳	胳	左部「月」，香港、台灣內部為「點、提」，大陸內部為兩「橫」。
肉部 11畫 左右 bó 脖	脖	脖	左部「月」，香港、台灣內部為「點、提」，大陸內部為兩「橫」。
肉部 11畫 左右 fǔ pú 脯	脯	脯	左部「月」，香港、台灣內部為「點、提」，大陸內部為兩「橫」。
肉部 12畫 左右 zhàng 脹	脹	脹|胀	左部「月」，香港、台灣內部為「點、提」，大陸內部為兩「橫」。
肉部 12畫 左右 pí 脾	脾	脾	左部「月」，香港、台灣內部為「點、提」，大陸內部為兩「橫」。
肉部 12畫 左右 yè 腋	腋	腋	左部「月」，香港、台灣內部為「點、提」，大陸內部為兩「橫」。

一級字表

香港	台灣	大陸	字形差異描述
肉部 12畫 左右 qiāng 腔	腔	腔	①左部「月」，香港、台灣內部為「點、提」，大陸內部為兩「橫」。②部件「宀」，香港、台灣最後兩筆為「撇、豎彎」，且與第三筆「橫鈎」相接；大陸最後兩筆為「撇、點」，且與第三筆「橫鈎」相離。
肉部 12畫 左右 wàn 腕	腕	腕	左部「月」，香港、台灣內部為「點、提」，大陸內部為兩「橫」。
肉部 13畫 左右 yāo 腰	腰	腰	①左部「月」，香港、台灣內部為「點、提」，大陸內部為兩「橫」。②部件「女」，香港、台灣「橫」與「撇」相交，大陸「橫」與「撇」相接。
肉部 13畫 左右 cháng 腸	腸	腸丨肠	左部「月」，香港、台灣內部為「點、提」，大陸內部為兩「橫」。
肉部 13畫 左右 xīng 腥	腥	腥	左部「月」，香港、台灣內部為「點、提」，大陸內部為兩「橫」。
肉部 13畫 左右 sāi 腮	腮	腮	左部「月」，香港、台灣內部為「點、提」，大陸內部為兩「橫」。
肉部 13畫 左右 zhǒng 腫	腫	腫丨肿	左部「月」，香港、台灣內部為「點、提」，大陸內部為兩「橫」。
肉部 13畫 左右 xiàn 腺	腺	腺	左部「月」，香港、台灣內部為「點、提」，大陸內部為兩「橫」。
肉部 13畫 左右 jiǎo 腳	腳	脚	①左部「月」，香港、台灣內部為「點、提」，大陸內部為兩「橫」。②香港、台灣右部為「卻」，大陸右部為「却」。 💡 注意　「腳」為香港、台灣異體字，「脚」為大陸異體字。 ✎ 書寫提示　部件「卩」，不能寫成「阝」。

一級字表

香港	台灣	大陸	字形差異描述
肉部 13畫 左右 nǎo 腦	腦	腦｜脑	左部「月」，香港、台灣內部為「點、提」，大陸內部為兩「橫」。
肉部 14畫 左右 bó 膊	膊	膊	①左部「月」，香港、台灣內部為「點、提」，大陸內部為兩「橫」。②部件「甫」，香港、台灣第三筆是「橫折鈎」，大陸第三筆是「橫折」。 💡 **注意**　具有相同部件「甫」的字：博、傅、搏、敷、縛、薄、簿。
肉部 14畫 左右 bǎng pāng páng 膀	膀	膀	左部「月」，香港、台灣內部為「點、提」，大陸內部為兩「橫」。
肉部 14畫 左右 tuǐ 腿	腿	腿	①左部「月」，香港、台灣內部為「點、提」，大陸內部為兩「橫」。②香港、台灣部件「辶」，共四畫；大陸對應的部件為「辶」，共三畫。
肉部 15畫 左右 mó 膜	膜	膜	①左部「月」，香港、台灣內部為「點、提」，大陸內部為兩「橫」。②右上部，香港、台灣為「艹」，「橫」與「豎」相交，共四畫；大陸為「艹」，「橫」連為一筆，共三畫。③部件「大」，香港、台灣末筆是「捺點」，大陸末筆是「捺」。
肉部 15畫 左右 xī 膝	膝	膝	左部「月」，香港、台灣內部為「點、提」，大陸內部為兩「橫」。
肉部 15畫 左右 táng 膛	膛	膛	左部「月」，香港、台灣內部為「點、提」，大陸內部為兩「橫」。
肉部 15畫 左右 jiāo 膠	膠	膠｜胶	①左部「月」，香港、台灣內部為「點、提」，大陸內部為兩「橫」。②部件「羽」，香港、台灣第一、四筆均是「橫折鈎」，大陸第一、四筆均是「橫折」。
肉部 16畫 左右 nì 膩	膩	膩｜腻	左部「月」，香港、台灣內部為「點、提」，大陸內部為兩「橫」。

香港	台灣	大陸	字形差異描述
肉部 16畫 左右 péng 膨	膨	膨	左部「月」，香港、台灣內部為「點、提」，大陸內部為兩「橫」。
肉部 17畫 左右 nóng 膿	膿	膿|脓	①左部「月」，香港、台灣內部為「點、提」，大陸內部為兩「橫」。②部件「辰」，香港、台灣第三筆「橫」與第二筆「撇」相接，大陸第三筆「橫」與第二筆「撇」相離。
肉部 17畫 左右 liǎn 臉	臉	臉|脸	部件「月」，香港、台灣內部為「點、提」，大陸內部為兩「橫」。
肉部 17畫 左右 dǎn 膽	膽	膽|胆	①左部「月」，香港、台灣內部為「點、提」，大陸內部為兩「橫」。② 部件「𠂉」，香港、台灣最後兩筆為「撇、豎彎」，大陸最後兩筆為「撇、點」。
肉部 22畫 左右 zàng 臟	臟	臟|脏	①左部「月」，香港、台灣內部為「點、提」，大陸內部為兩「橫」。② 右上部，香港、台灣為「⺿」，「橫」與「豎」相交，共四畫；大陸為「⺌」，「橫」連為一筆，共三畫。
自部 10畫 上下 chòu xiù 臭	臭	臭	部件「犬」，香港、台灣第三筆是「捺點」，大陸第三筆是「捺」。
臼部 18畫 上中下 jiù 舊	舊	舊|旧	上部，香港、台灣為「⺿」，「橫」與「豎」相接，共四畫；大陸為「⺌」，「橫」連為一筆，共三畫。
舛部 14畫 上下 wǔ 舞	舞	舞	香港、台灣上部四筆「豎」與第二筆「橫」相離，大陸上部四筆「豎」與第二筆「橫」相接。
舟部 10畫 左右 bān 般	般	般	左部「舟」，香港、台灣「提」與「橫折鈎」相交，大陸「橫」與「橫折鈎」相接。 ✎ **書寫提示** 舟部的字：部首「舟」在構成左右結構的字時，通常位於左部，香港末筆作「提」。
舟部 10畫 左右 háng 航	航	航	左部「舟」，香港、台灣「提」與「橫折鈎」相交，大陸「橫」與「橫折鈎」相接。

一級字表

香港	台灣	大陸	字形差異描述
舟部 11畫 左右 bó **舶**	**舶**	**舶**	左部「舟」，香港、台灣「提」與「橫折鈎」相交，大陸「橫」與「橫折鈎」相接。
舟部 11畫 左右 chuán **船**	**船**	**船**	①左部「舟」，香港、台灣「提」與「橫折鈎」相交，大陸「橫」與「橫折鈎」相接。②香港、台灣右上部為「㠯」，大陸右上部為「几」。
舟部 11畫 左右 duò **舵**	**舵**	**舵**	左部「舟」，香港、台灣「提」與「橫折鈎」相交，大陸「橫」與「橫折鈎」相接。
舟部 13畫 左右 tǐng **艇**	**艇**	**艇**	①左部「舟」，香港、台灣「提」與「橫折鈎」相交，大陸「橫」與「橫折鈎」相接。②部件「壬」，香港、台灣底「橫」稍長，大陸底「橫」稍短。 ✏ **書寫提示**　大陸「艇」為十二畫。
舟部 16畫 左右 cāng **艙**	**艙**	**艙|舱**	①左部「舟」，香港、台灣「提」與「橫折鈎」相交，大陸「橫」與「橫折鈎」相接。②右部「倉」，香港、台灣第三筆是「短橫」，大陸第三筆是「點」。
舟部 20畫 左右 jiàn **艦**	**艦**	**艦|舰**	①左部「舟」，香港、台灣「提」與「橫折鈎」相交，大陸「橫」與「橫折鈎」相接。②右部「監」，香港、台灣上右部末筆是「短橫」，大陸上右部末筆是「點」。
艸部 6畫 上下 ài yì **艾**	**艾**	**艾**	上部，香港、台灣為「⺿」，「橫」與「豎」相交，共四畫；大陸為「⺿」，「橫」連為一筆，共三畫。
艸部 7畫 上下 yù **芋**	**芋**	**芋**	上部，香港、台灣為「⺿」，「橫」與「豎」相交，共四畫；大陸為「⺿」，「橫」連為一筆，共三畫。
艸部 7畫 上下 máng **芒**	**芒**	**芒**	①上部，香港、台灣為「⺿」，「橫」與「豎」相交，共四畫；大陸為「⺿」，「橫」連為一筆，共三畫。②下部「亡」，香港、台灣第三筆是「豎彎」，大陸第三筆是「豎折」。
艸部 8畫 上下 fú **芙**	**芙**	**芙**	上部，香港、台灣為「⺿」，「橫」與「豎」相交，共四畫；大陸為「⺿」，「橫」連為一筆，共三畫。

一級字表

香港	台灣	大陸	字形差異描述
艸部 8畫 上下 yá　芽	芽	芽	上部，香港、台灣為「⺿」，「橫」與「豎」相交，共四畫；大陸為「⺾」，「橫」連為一筆，共三畫。
艸部 8畫 上下 qín　芹	芹	芹	上部，香港、台灣為「⺿」，「橫」與「豎」相交，共四畫；大陸為「⺾」，「橫」連為一筆，共三畫。
艸部 8畫 上下 gài jiè　芥	芥	芥	上部，香港、台灣為「⺿」，「橫」與「豎」相交，共四畫；大陸為「⺾」，「橫」連為一筆，共三畫。
艸部 8畫 上下 fēn　芬	芬	芬	上部，香港、台灣為「⺿」，「橫」與「豎」相交，共四畫；大陸為「⺾」，「橫」連為一筆，共三畫。
艸部 8畫 上下 zhī　芝	芝	芝	上部，香港、台灣為「⺿」，「橫」與「豎」相交，共四畫；大陸為「⺾」，「橫」連為一筆，共三畫。
艸部 8畫 上下 fāng　芳	芳	芳	上部，香港、台灣為「⺿」，「橫」與「豎」相交，共四畫；大陸為「⺾」，「橫」連為一筆，共三畫。
艸部 8畫 上下 xīn xìn　芯	芯	芯	上部，香港、台灣為「⺿」，「橫」與「豎」相交，共四畫；大陸為「⺾」，「橫」連為一筆，共三畫。
艸部 8畫 上下 bā　芭	芭	芭	上部，香港、台灣為「⺿」，「橫」與「豎」相交，共四畫；大陸為「⺾」，「橫」連為一筆，共三畫。
艸部 9畫 上下 mò　茉	茉	茉	上部，香港、台灣為「⺿」，「橫」與「豎」相交，共四畫；大陸為「⺾」，「橫」連為一筆，共三畫。
艸部 9畫 上下 kǔ　苦	苦	苦	上部，香港、台灣為「⺿」，「橫」與「豎」相交，共四畫；大陸為「⺾」，「橫」連為一筆，共三畫。
艸部 9畫 上下 kē　苛	苛	苛	上部，香港、台灣為「⺿」，「橫」與「豎」相交，共四畫；大陸為「⺾」，「橫」連為一筆，共三畫。

一級字表

香港	台灣	大陸	字形差異描述
艸部 9畫 上下 ruò　若	若	若	上部，香港、台灣為「⺿」，「橫」與「豎」相交，共四畫；大陸為「⺌」，「橫」連為一筆，共三畫。
艸部 9畫 上下 mào　茂	茂	茂	上部，香港、台灣為「⺿」，「橫」與「豎」相交，共四畫；大陸為「⺌」，「橫」連為一筆，共三畫。
艸部 9畫 上下 miáo　苗	苗	苗	上部，香港、台灣為「⺿」，「橫」與「豎」相交，共四畫；大陸為「⺌」，「橫」連為一筆，共三畫。
艸部 9畫 上下 yīng　英	英	英	①上部，香港、台灣為「⺿」，「橫」與「豎」相交，共四畫；大陸為「⺌」，「橫」連為一筆，共三畫。②下部「央」，香港、台灣末筆是「捺點」，大陸末筆是「捺」。
艸部 9畫 上下 gǒu　苟	苟	苟	上部，香港、台灣為「⺿」，「橫」與「豎」相交，共四畫；大陸為「⺌」，「橫」連為一筆，共三畫。
艸部 9畫 上下 yuàn　苑	苑	苑	上部，香港、台灣為「⺿」，「橫」與「豎」相交，共四畫；大陸為「⺌」，「橫」連為一筆，共三畫。
艸部 9畫 上下 bāo　苞	苞	苞	上部，香港、台灣為「⺿」，「橫」與「豎」相交，共四畫；大陸為「⺌」，「橫」連為一筆，共三畫。
艸部 9畫 上下 fàn　范	范	范	上部，香港、台灣為「⺿」，「橫」與「豎」相交，共四畫；大陸為「⺌」，「橫」連為一筆，共三畫。
艸部 9畫 上下 zhuó　茁	茁	茁	上部，香港、台灣為「⺿」，「橫」與「豎」相交，共四畫；大陸為「⺌」，「橫」連為一筆，共三畫。
艸部 9畫 上下 jiā qié　茄	茄	茄	上部，香港、台灣為「⺿」，「橫」與「豎」相交，共四畫；大陸為「⺌」，「橫」連為一筆，共三畫。
艸部 9畫 上下 tāi tái　苔	苔	苔	上部，香港、台灣為「⺿」，「橫」與「豎」相交，共四畫；大陸為「⺌」，「橫」連為一筆，共三畫。

一級字表

香港	台灣	大陸	字形差異描述
艸部 9畫 上下 máo 茅	茅	茅	上部，香港、台灣為「艹」，「橫」與「豎」相交，共四畫；大陸為「⺾」，「橫」連為一筆，共三畫。
艸部 10畫 上下 jīng 荊	荊	荆	香港、台灣為上下結構，上部為「艹」，下部為「刑」；大陸為左右結構，左部為「荆」，右部為「刂」。 📄 **小知識**　「刑」是聲旁，大陸字形中聲旁隱蔽了。
艸部 10畫 上下 róng 茸	茸	茸	上部，香港、台灣為「艹」，「橫」與「豎」相交，共四畫；大陸為「⺾」，「橫」連為一筆，共三畫。
艸部 10畫 上下 chá 茬	茬	茬	① 上部，香港、台灣為「艹」，「橫」與「豎」相交，共四畫；大陸為「⺾」，「橫」連為一筆，共三畫。② 下部「在」，香港、台灣第三筆「豎」與第二筆「撇」相接，大陸第三筆「豎」與第二筆「撇」相交。
艸部 10畫 上下 cǎo 草	草	草	上部，香港、台灣為「艹」，「橫」與「豎」相交，共四畫；大陸為「⺾」，「橫」連為一筆，共三畫。
艸部 10畫 上下 yīn 茵	茵	茵	上部，香港、台灣為「艹」，「橫」與「豎」相交，共四畫；大陸為「⺾」，「橫」連為一筆，共三畫。
艸部 10畫 上中下 chá 茶	茶	茶	① 上部，香港、台灣為「艹」，「橫」與「豎」相交，共四畫；大陸為「⺾」，「橫」連為一筆，共三畫。② 部件「木」，香港、台灣第二筆是「豎」，大陸第二筆是「豎鈎」，台灣、大陸結構疏散。 💡 **注意**　具有相同部件「木」的字：條、滌、寨。
艸部 10畫 上下 máng 茫	茫	茫	① 上部，香港、台灣為「艹」，「橫」與「豎」相交，共四畫；大陸為「⺾」，「橫」連為一筆，共三畫。② 部件「亡」，香港、台灣第三筆是「豎彎」，大陸第三筆是「豎折」。
艸部 10畫 上下 lì 荔	荔	荔	上部，香港、台灣為「艹」，「橫」與「豎」相交，共四畫；大陸為「⺾」，「橫」連為一筆，共三畫。

一級字表

香港	台灣	大陸	字形差異描述
艸部 10畫 上下 cí zī 茲	茲	兹	香港、台灣上部為「艹」，大陸上部為「丷」。 💡 **注意**　「茲」為香港異體字。 ✏️ **書寫提示**　大陸「兹」為九畫。
艸部 11畫 上中下 mǎng 莽	莽	莽	上部，香港、台灣為「艹」，「橫」與「豎」相交，共四畫；大陸為「艹」，「橫」連為一筆，共三畫。
艸部 11畫 上下 jīng 莖	莖	莖｜茎	上部，香港、台灣為「艹」，「橫」與「豎」相交，共四畫；大陸為「艹」，「橫」連為一筆，共三畫。
艸部 11畫 上中下 mò 莫	莫	莫	①上部，香港、台灣為「艹」，「橫」與「豎」相交，共四畫；大陸為「艹」，「橫」連為一筆，共三畫。②下部「大」，香港、台灣末筆是「捺點」，大陸末筆是「捺」。
艸部 11畫 上下 lì 莉	莉	莉	上部，香港、台灣為「艹」，「橫」與「豎」相交，共四畫；大陸為「艹」，「橫」連為一筆，共三畫。
艸部 11畫 上下 hé hè 荷	荷	荷	上部，香港、台灣為「艹」，「橫」與「豎」相交，共四畫；大陸為「艹」，「橫」連為一筆，共三畫。
艸部 11畫 上下 zhuāng 莊	莊	莊｜庄	上部，香港、台灣為「艹」，「橫」與「豎」相交，共四畫；大陸為「艹」，「橫」連為一筆，共三畫。
艸部 12畫 上下 huá huà 華	華	華｜华	①香港、台灣上部為「艹」，「橫」與「豎」相交，共四畫；大陸上部為「艹」，「橫」連為一筆，共三畫。②香港、台灣中部兩個部件「十」與上、下兩「橫」及中「豎」相離，大陸第五筆「橫」是一筆，第六、七筆「豎」與之相交。③香港、台灣下部末「橫」短，大陸下部末「橫」長。
艸部 12畫 上下 zhù zhuó 著	著	著	上部，香港、台灣為「艹」，「橫」與「豎」相交，共四畫；大陸為「艹」，「橫」連為一筆，共三畫。

一級字表

香港	台灣	大陸	字形差異描述
艸部 12畫 上下 lái	萊	萊	萊|菜	上部，香港、台灣為「艹」，「橫」與「豎」相交，共四畫；大陸為「艹」，「橫」連為一筆，共三畫。
艸部 12畫 上下 méng	萌	萌	萌	上部，香港、台灣為「艹」，「橫」與「豎」相交，共四畫；大陸為「艹」，「橫」連為一筆，共三畫。
艸部 12畫 上下 jūn jùn	菌	菌	菌	上部，香港、台灣為「艹」，「橫」與「豎」相交，共四畫；大陸為「艹」，「橫」連為一筆，共三畫。
艸部 12畫 上下 fēi fěi	菲	菲	菲	①上部，香港、台灣為「艹」，「橫」與「豎」相交，共四畫；大陸為「艹」，「橫」連為一筆，共三畫。②下部「非」，香港、台灣首筆是「豎撇」，第四筆是「提」；大陸首筆是「豎」，第四筆是「橫」。 💡 **注意**　具有相同部件「非」的字：匪、排、啡、悲、罪、輩、靠、靡。
艸部 12畫 上下 wěi	萎	萎	萎	①上部，香港、台灣為「艹」，「橫」與「豎」相交，共四畫；大陸為「艹」，「橫」連為一筆，共三畫。②部件「禾」，香港、台灣末筆是「捺點」，大陸末筆是「捺」。③部件「女」，香港、台灣「橫」與「撇」相交，大陸「橫」與「撇」相接。
艸部 12畫 上下 cài	菜	菜	菜	上部，香港、台灣為「艹」，「橫」與「豎」相交，共四畫；大陸為「艹」，「橫」連為一筆，共三畫。
艸部 12畫 上下 táo	萄	萄	萄	上部，香港、台灣為「艹」，「橫」與「豎」相交，共四畫；大陸為「艹」，「橫」連為一筆，共三畫。
艸部 12畫 上下 jú	菊	菊	菊	上部，香港、台灣為「艹」，「橫」與「豎」相交，共四畫；大陸為「艹」，「橫」連為一筆，共三畫。
艸部 12畫 上下 pú	菩	菩	菩	上部，香港、台灣為「艹」，「橫」與「豎」相交，共四畫；大陸為「艹」，「橫」連為一筆，共三畫。

一級字表

香港	台灣	大陸	字形差異描述
艸部 12畫 上下 píng 萍	萍	萍	上部，香港、台灣為「艹」，「橫」與「豎」相交，共四畫；大陸為「艹」，「橫」連為一筆，共三畫。
艸部 12畫 上下 bō 菠	菠	菠	上部，香港、台灣為「艹」，「橫」與「豎」相交，共四畫；大陸為「艹」，「橫」連為一筆，共三畫。
艸部 13畫 上下 wàn 萬	萬	萬|万	①上部，香港、台灣為「艹」，「橫」與「豎」相交，共四畫；大陸為「艹」，「橫」連為一筆，共三畫。②部件「冂」，香港、台灣第二筆「橫折鈎」與首筆「豎」相交，大陸第二筆「橫折鈎」與首筆「豎」相接。 💡 **注意**　具有相同部件「冂」的字：禹、寓、愚、遇、屬、踽、勵、齲。
艸部 13畫 上下 wěi 葦	葦	葦|苇	上部，香港、台灣為「艹」，「橫」與「豎」相交，共四畫；大陸為「艹」，「橫」連為一筆，共三畫。
艸部 13畫 上下 dǒng 董	董	董	上部，香港、台灣為「艹」，「橫」與「豎」相交，共四畫；大陸為「艹」，「橫」連為一筆，共三畫。
艸部 13畫 上下 pú 葡	葡	葡	上部，香港、台灣為「艹」，「橫」與「豎」相交，共四畫；大陸為「艹」，「橫」連為一筆，共三畫。
艸部 13畫 上下 dì 蒂	蒂	蒂	上部，香港、台灣為「艹」，「橫」與「豎」相交，共四畫；大陸為「艹」，「橫」連為一筆，共三畫。
艸部 13畫 上下 là lào luò 落	落	落	上部，香港、台灣為「艹」，「橫」與「豎」相交，共四畫；大陸為「艹」，「橫」連為一筆，共三畫。
艸部 13畫 上下 hūn 葷	葷	葷|荤	上部，香港、台灣為「艹」，「橫」與「豎」相交，共四畫；大陸為「艹」，「橫」連為一筆，共三畫。
艸部 13畫 上下 kuí 葵	葵	葵	上部，香港、台灣為「艹」，「橫」與「豎」相交，共四畫；大陸為「艹」，「橫」連為一筆，共三畫。

一級字表

香港	台灣	大陸	字形差異描述
艸部 14畫 上下 gài gě 蓋	蓋	蓋|盖	上部，香港、台灣為「艹」，「橫」與「豎」相交，共四畫；大陸為「艹」，「橫」連為一筆，共三畫。
艸部 14畫 上下 cāng 蒼	蒼	蒼|苍	① 上部，香港、台灣為「艹」，「橫」與「豎」相交，共四畫；大陸為「艹」，「橫」連為一筆，共三畫。② 部件「倉」，香港、台灣第三筆是「短橫」，大陸第三筆是「點」。
艸部 14畫 上下 xù 蓄	蓄	蓄	上部，香港、台灣為「艹」，「橫」與「豎」相交，共四畫；大陸為「艹」，「橫」連為一筆，共三畫。
艸部 14畫 上下 pú 蒲	蒲	蒲	上部，香港、台灣為「艹」，「橫」與「豎」相交，共四畫；大陸為「艹」，「橫」連為一筆，共三畫。
艸部 14畫 上下 róng 蓉	蓉	蓉	上部，香港、台灣為「艹」，「橫」與「豎」相交，共四畫；大陸為「艹」，「橫」連為一筆，共三畫。
艸部 14畫 上下 mēng měng 蒙	蒙	蒙	上部，香港、台灣為「艹」，「橫」與「豎」相交，共四畫；大陸為「艹」，「橫」連為一筆，共三畫。
艸部 14畫 上下 zhēng 蒸	蒸	蒸	上部，香港、台灣為「艹」，「橫」與「豎」相交，共四畫；大陸為「艹」，「橫」連為一筆，共三畫。
艸部 15畫 上下 lián 蓮	蓮	蓮|莲	① 上部，香港、台灣為「艹」，「橫」與「豎」相交，共四畫；大陸為「艹」，「橫」連為一筆，共三畫。② 香港、台灣部件「辶」，共四畫；大陸對應的部件為「辶」，共三畫。
艸部 15畫 上下 mán màn wàn 蔓	蔓	蔓	① 上部，香港、台灣為「艹」，「橫」與「豎」相交，共四畫；大陸為「艹」，「橫」連為一筆，共三畫。② 部件「曰」，香港、台灣最後兩筆「橫」與兩邊相離，大陸最後兩筆「橫」與兩邊相接。
艸部 15畫 上中下 miè 蔑	蔑	蔑	上部，香港、台灣為「艹」，「橫」與「豎」相接，共四畫；大陸為「艹」，「橫」連為一筆，共三畫。

一級字表

香港	台灣	大陸	字形差異描述
艸部 15畫 上下 bo 葡	葡	葡｜卜	香港、台灣上部為「艹」,「橫」與「豎」相交,共四畫;大陸上部為「艹」,「橫」連為一筆,共三畫。
艸部 15畫 上下 péng 蓬	蓬	蓬	①上部,香港、台灣為「艹」,「橫」與「豎」相交,共四畫;大陸為「艹」,「橫」連為一筆,共三畫。②部件「夂」,香港、台灣末筆是「捺點」,大陸末筆是「捺」。③香港、台灣部件「辶」,共四畫;大陸對應的部件為「辶」,共三畫。
艸部 15畫 上下 zhè 蔗	蔗	蔗	香港、台灣上部為「艹」,「橫」與「豎」相交,共四畫;大陸上部為「艹」,「橫」連為一筆,共三畫。
艸部 15畫 上下 bì 蔽	蔽	蔽	上部,香港、台灣為「艹」,「橫」與「豎」相交,共四畫;大陸為「艹」,「橫」連為一筆,共三畫。
艸部 15畫 上下 yīn yìn 蔭	蔭	蔭｜荫	①上部,香港、台灣為「艹」,「橫」與「豎」相交,共四畫;大陸為「艹」,「橫」連為一筆,共三畫。②部件「今」,香港、台灣第三筆是「短橫」,大陸第三筆是「點」。
艸部 16畫 上下 wú 蕪	蕪	蕪｜芜	①香港、台灣上部為「艹」,「橫」與「豎」相交,共四畫;大陸上部為「艹」,「橫」連為一筆,共三畫。②下部「無」,香港、台灣上部四筆「豎」與第二筆「橫」相離,大陸上部四筆「豎」與第二筆「橫」相接。
艸部 16畫 上下 jiāo 蕉	蕉	蕉	香港、台灣上部為「艹」,「橫」與「豎」相交,共四畫;大陸上部為「艹」,「橫」連為一筆,共三畫。
艸部 16畫 上下 dàng 蕩	蕩	蕩｜荡	香港、台灣上部為「艹」,「橫」與「豎」相交,共四畫;大陸上部為「艹」,「橫」連為一筆,共三畫。
艸部 16畫 上下 ruǐ 蕊	蕊	蕊	香港、台灣上部為「艹」,「橫」與「豎」相交,共四畫;大陸上部為「艹」,「橫」連為一筆,共三畫。

香港	台灣	大陸	字形差異描述
艸部 17畫 上下 jiāng 薑	薑	薑|姜	香港、台灣上部為「⺿」,「橫」與「豎」相交,共四畫;大陸上部為「⺿」,「橫」連為一筆,共三畫。
艸部 17畫 上下 lěi 蕾	蕾	蕾	① 香港、台灣上部為「⺿」,「橫」與「豎」相交,共四畫;大陸上部為「⺿」,「橫」連為一筆,共三畫。② 部件「畾」,香港、台灣最後四筆姿態各異,大陸對應的四筆均是「短橫」。
艸部 17畫 上下 shǔ 薯	薯	薯	香港、台灣上部為「⺿」,「橫」與「豎」相交,共四畫;大陸上部為「⺿」,「橫」連為一筆,共三畫。
艸部 17畫 上下 xuē 薛	薛	薛	香港、台灣上部為「⺿」,「橫」與「豎」相交,共四畫;大陸上部為「⺿」,「橫」連為一筆,共三畫。
艸部 17畫 上下 wēi 薇	薇	薇	① 香港、台灣上部為「⺿」,「橫」與「豎」相交,共四畫;大陸上部為「⺿」,「橫」連為一筆,共三畫。② 部件「ル」,香港、台灣「撇」與「豎提」相離,大陸「撇」與「橫折提」相接。
艸部 17畫 上下 jiàn 薦	薦	薦|荐	香港、台灣上部為「⺿」,「橫」與「豎」相交,共四畫;大陸上部為「⺿」,「橫」連為一筆,共三畫。
艸部 17畫 上下 xīn 薪	薪	薪	① 香港、台灣上部為「⺿」,「橫」與「豎」相交,共四畫;大陸上部為「⺿」,「橫」連為一筆,共三畫。② 部件「木」,香港、台灣第二筆是「豎」,大陸第二筆是「豎鈎」,台灣、大陸結構疏散。 💡 注意　具有相同部件「木」的字:新、親、雜、襯。
艸部 17畫 上下 báo bó bò 薄	薄	薄	① 香港、台灣上部為「⺿」,「橫」與「豎」相交,共四畫;大陸上部為「⺿」,「橫」連為一筆,共三畫。② 部件「甫」,香港、台灣第三筆是「橫折鈎」,大陸第三筆是「橫折」。 💡 注意　具有相同部件「甫」的字:博、傅、搏、膊、敷、縛、簿。
艸部 18畫 上下 jí jiè 藉	藉	藉	① 香港、台灣上部為「⺿」,「橫」與「豎」相交,共四畫;大陸上部為「⺿」,「橫」連為一筆,共三畫。② 部件「耒」,香港、台灣首筆是「撇」,大陸首筆是「橫」。

一級字表

香港	台灣	大陸	字形差異描述
艸部 18畫 上下 jiè 藉	藉	藉｜借	① 香港、台灣上部為「⧺」,「橫」與「豎」相交,共四畫;大陸上部為「⧻」,「橫」連為一筆,共三畫。② 部件「耒」,香港、台灣首筆是「撇」,大陸首筆是「橫」。
艸部 18畫 上下 lán 藍	藍	藍｜蓝	① 香港、台灣上部為「⧺」,「橫」與「豎」相交,共四畫;大陸上部為「⧻」,「橫」連為一筆,共三畫。② 下部「監」,香港、台灣上右部末筆是「短橫」,大陸上右部末筆是「點」。
艸部 18畫 上下 cáng zàng 藏	藏	藏	香港、台灣上部為「⧺」,「橫」與「豎」相交,共四畫;大陸上部為「⧻」,「橫」連為一筆,共三畫。
艸部 18畫 上下 miǎo 藐	藐	藐	香港、台灣上部為「⧺」,「橫」與「豎」相交,共四畫;大陸上部為「⧻」,「橫」連為一筆,共三畫。
艸部 18畫 上下 sà 薩	薩	薩｜萨	① 香港、台灣上部為「⧺」,「橫」與「豎」相交,共四畫;大陸上部為「⧻」,「橫」連為一筆,共三畫。② 部件「产」,香港、台灣第四筆「點」與第三筆「撇」相交,大陸第四筆「撇」與第三筆「點」相離。 ✏️ **書寫提示**　部件「產」,香港、台灣第三、四筆與大陸筆順不同。香港、台灣為先「撇」後「點」,大陸為先「點」後「撇」。
艸部 19畫 上下 ǒu 藕	藕	藕	① 香港、台灣上部為「⧺」,「橫」與「豎」相交,共四畫;大陸上部為「⧻」,「橫」連為一筆,共三畫。② 部件「耒」,香港、台灣首筆是「撇」,大陸首筆是「橫」。③ 部件「凵」,香港、台灣第二筆「橫折鈎」與首筆「豎」相交,大陸第二筆「橫折鈎」與首筆「豎」相接。 💡 **注意**　具有相同部件「凵」的字:禹、寓、愚、遇、屬、踽、勵、齲。
艸部 19畫 上下 téng 藤	藤	藤	香港、台灣上部為「⧺」,「橫」與「豎」相交,共四畫;大陸上部為「⧻」,「橫」連為一筆,共三畫。
艸部 20畫 上下 píng 蘋	蘋	蘋｜苹	香港、台灣上部為「⧺」,「橫」與「豎」相交,共四畫;大陸上部為「⧻」,「橫」連為一筆,共三畫。

一級字表

香港	台灣	大陸	字形差異描述
艸部 20畫 上下 lú lǔ 蘆	蘆	蘆｜芦	①香港、台灣上部為「艹」,「橫」與「豎」相交,共四畫;大陸上部為「艹」,「橫」連為一筆,共三畫。②部件「𠂉」,香港、台灣第二筆是「豎彎」,大陸第二筆是「豎彎鈎」。 💡 **注意**　含部件「虍」的字,其中的「𠂉」寫法相同,如:虎、虔、墟、劇、慮、瘧、擄、獻。
艸部 20畫 上下 sū 蘇	蘇	蘇｜苏	香港、台灣上部為「艹」,「橫」與「豎」相交,共四畫;大陸上部為「艹」,「橫」連為一筆,共三畫。
艸部 21畫 上下 lán 蘭	蘭	蘭｜兰	香港、台灣上部為「艹」,「橫」與「豎」相交,共四畫;大陸上部為「艹」,「橫」連為一筆,共三畫。
艸部 23畫 上下 luó 蘿	蘿	蘿｜萝	香港、台灣上部為「艹」,「橫」與「豎」相交,共四畫;大陸上部為「艹」,「橫」連為一筆,共三畫。
虍部 8畫 半包圍 hǔ 虎	虎	虎	①部件「𠂉」,香港、台灣第二筆是「豎彎」,大陸第二筆是「豎彎鈎」。②香港、台灣最後兩筆為「ㄦ」,大陸最後兩筆為「几」。 💡 **注意**　含部件「虍」的字,其中的「𠂉」寫法相同,如:虔、墟、劇、慮、瘧、擄、獻。
虍部 9畫 半包圍 nüè 虐	虐	虐	部件「𠂉」,香港、台灣第二筆是「豎彎」,大陸第二筆是「豎彎鈎」。 💡 **注意**　含部件「虍」的字,其中的「𠂉」寫法相同,如:虎、虔、墟、劇、慮、瘧、擄、獻。
虍部 12畫 半包圍 xū 虛	虛	虚	①部件「𠂉」,香港、台灣第二筆是「豎彎」,大陸第二筆是「豎彎鈎」。②香港、台灣部件「业」左部為「豎折」,右部為「豎、橫」兩筆;大陸部件「业」左部為「點」,右部為一筆「撇」。 💡 **注意**　含部件「虍」的字,其中的「𠂉」寫法相同,如:虎、虔、墟、劇、慮、瘧、擄、獻。
虍部 13畫 左右 háo hào 號	號	號｜号	右部「虎」:①部件「𠂉」,香港、台灣第二筆是「豎彎」,大陸第二筆是「豎彎鈎」。②香港、台灣最後兩筆為「ㄦ」,大陸最後兩筆為「几」。 💡 **注意**　含部件「虍」的字,其中的「𠂉」寫法相同,如:虎、虔、墟、劇、慮、瘧、擄、獻。

一級字表

一級字表

香港	台灣	大陸	字形差異描述
虍部 17畫 左右 kuī 虧	虧	虧|亏	部件「ㄜ」，香港、台灣第二筆是「豎彎」，大陸第二筆是「豎彎鈎」。 💡 注意　含部件「虍」的字，其中的「ㄜ」寫法相同，如：虎、虔、墟、劇、慮、瘧、據、獻。
虫部 10畫 左右 bàng bèng 蚌	蚌	蚌	右部「丰」，香港、台灣首筆是「撇」，大陸首筆是「橫」。
虫部 10畫 上下 zǎo 蚤	蚤	蚤	香港、台灣上部為「叉」，共四畫；大陸上部為「又」，共三畫。
虫部 13畫 左右 wú 蜈	蜈	蜈	香港、台灣右下部為「吳」，首筆是「豎折折」，末筆是「捺點」；大陸右下部為「天」，首筆是「橫」，末筆是「捺」。 💡 注意　具有相同部件「吳」的字：俁、娛、虞、誤。
虫部 13畫 左右 tíng 蜓	蜓	蜓	部件「壬」，香港、台灣底「橫」稍長，大陸底「橫」稍短。 ✎ 書寫提示　大陸「蜓」為十二畫。
虫部 14畫 左右 yán 蜒	蜒	蜒	部件「止」，香港、台灣最後兩筆是「豎、橫」，大陸對應的是一筆「豎折」。 ✎ 書寫提示　「延」及由其構成的字，香港、台灣筆畫都比大陸多兩筆；大陸第四筆是「豎折」，不能斷為一「豎」一「橫」。
虫部 14畫 左右 shí 蝕	蝕	蝕|蚀	左部「食」，香港、台灣第三筆是「短橫」，大陸第三筆是「點」。
虫部 15畫 左右 wō 蝸	蝸	蝸|蜗	右部「咼」，香港、台灣內部為「橫、豎」兩筆，拐角扣右下方；大陸內部為「橫折」一筆，拐角扣左下方。
虫部 17畫 左右 má 蟆	蟆	蟆	右部「莫」：①上部，香港、台灣為「艹」，「橫」與「豎」相交，共四畫；大陸為「艹」，「橫」連為一筆，共三畫。②下部「大」，香港、台灣末筆是「捺點」，大陸末筆是「捺」。

香港	台灣	大陸	字形差異描述
虫部 17畫 左右 xī 蟋	蟋	蟋	部件「釆」，香港、台灣末筆是「捺點」，大陸末筆是「捺」。
虫部 19畫 左右 yíng 蠅	蠅	蠅｜蝇	右部「黽」，香港、台灣中「豎」下部與「豎彎鈎」底部相離，大陸中「豎」下部與「豎彎鈎」底部相接。
虫部 19畫 上下 xiè 蟹	蟹	蟹	部件「角」，香港、台灣「豎」向下不出頭，大陸「豎」向下出頭。 ✎ **書寫提示**　香港、台灣「角」中「豎」為第六筆，大陸「角」中「豎」為第七筆。
虫部 20畫 左右 rú 蠕	蠕	蠕	部件「而」，香港、台灣最後四筆姿態各異，大陸對應的四筆均是「短橫」。
血部 21畫 左右 miè 衊	衊	衊｜蔑	香港、台灣右上部為「卝」，「橫」與「豎」相接，共四畫；大陸右上部為「艹」，「橫」連為一筆，共三畫。
行部 11畫 左中右 shù 術	術	術｜术	部件「朮」，香港、台灣結構疏散，第四筆是「豎彎」；大陸結構緊湊，第四筆是「點」。
衣部 15畫 左右 rù 褥	褥	褥	部件「辰」，香港、台灣第三筆「橫」與第二筆「撇」相接，末筆是「捺點」；大陸第二筆「撇」到整字底，第三筆「橫」與第二筆「撇」相離，末筆是「捺」。 📄 **小知識**　衣部的字：從「衤（衣）」的漢字，多與衣物、布料等有關，如：衫、被、裙、褥、褲等；從「礻（示）」的漢字，多與鬼神、祭祀等有關，如：祉、祈、祝、祿、福等。形旁是「礻」，還是「衤」，要區分清楚。
衣部 15畫 左右 tuì tùn 褪	褪	褪	香港、台灣部件「辶」，共四畫；大陸對應的部件為「辶」，共三畫。
衣部 20畫 左右 wà 襪	襪	襪｜袜	香港、台灣右上部為「卝」，「橫」與「豎」相接，共四畫；大陸右上部為「艹」，「橫」連為一筆，共三畫。

一級字表

香港	台灣	大陸	字形差異描述
衣部 21畫 左右 chèn	襯	襯	襯｜衬	部件「木」，香港、台灣第二筆是「豎」，大陸第二筆是「豎鈎」，台灣、大陸結構疏散。 💡 **注意** 具有相同部件「木」的字：新、親、薪、雜。
襾部 9畫 上下 yāo yào	要	要	要	下部「女」，香港、台灣第三筆「橫」與第二筆「撇」相交，大陸第三筆「橫」與第二筆「撇」相接。
見部 16畫 左右 qīn qìng	親	親	親｜亲	部件「木」，香港、台灣第二筆是「豎」，大陸第二筆是「豎鈎」，台灣、大陸結構疏散。 💡 **注意** 具有相同部件「木」的字：新、薪、雜、襯。
見部 21畫 上下 lǎn	覽	覽	覽｜览	部件「𠂉」，香港、台灣第三筆是「短橫」，大陸第三筆是「點」。
見部 25畫 左右 guān guàn	觀	觀	觀｜观	左上部，香港、台灣為「⺗」，「橫」與「豎」相接，共四畫；大陸為「⺿」，「橫」連為一筆，共三畫。
角部 7畫 上下 jiǎo jué	角	角	角	香港、台灣「豎」向下不出頭，大陸「豎」向下出頭。 ✏️ **書寫提示** 角部的字：香港、台灣「角」中「豎」為第六筆，大陸「角」中「豎」為第七筆。
角部 13畫 左右 jiě jiè xiè	解	解	解	左部「角」，香港、台灣「豎」向下不出頭，大陸「豎」向下出頭。
角部 20畫 左右 chù	觸	觸	觸｜触	左部「角」，香港、台灣「豎」向下不出頭，大陸「豎」向下出頭。
言部 11畫 左右 jué	訣	訣	訣｜诀	右部「夬」，香港、台灣末筆是「捺點」，大陸末筆是「捺」。
言部 12畫 左右 sù	訴	訴	訴｜诉	右部「斥」，香港、台灣「點」與「豎」相接，大陸「點」與「豎」相交。

一級字表

香港	台灣	大陸	字形差異描述
言部 12畫 左右 yǒng 詠	詠	咏	香港、台灣左部為「言」，大陸左部為「口」。 💡 **注意** 「咏」為香港異體字，「詠」為大陸異體字。
言部 14畫 左右 wù 誤	誤	誤|误	香港、台灣右下部為「㕦」，首筆是「豎折折」，末筆是「捺點」；大陸右下部為「天」，首筆是「橫」，末筆是「捺」。 💡 **注意** 具有相同部件「吳」的字：俁、娛、虞、蜈。
言部 14畫 左右 yòu 誘	誘	誘|诱	部件「禾」，香港、台灣末筆是「捺點」，大陸末筆是「捺」。
言部 14畫 左右 rèn 認	認	認|认	部件「刃」，香港、台灣「點」與「撇」相接，大陸「點」與「撇」相離。
言部 15畫 左右 fěi 誹	誹	誹|诽	右部「非」，香港、台灣首筆是「豎撇」，第四筆是「提」；大陸首筆是「豎」，第四筆是「橫」。 💡 **注意** 具有相同部件「非」的字：匪、排、啡、悲、罪、輩、靠、靡。
言部 15畫 左右 dàn 誕	誕	誕|诞	部件「𤴓」，香港、台灣最後兩筆是「豎、橫」，大陸對應的是一筆「豎折」。 ✏️ **書寫提示** 「延」及由其構成的字，香港、台灣筆畫都比大陸多兩筆；大陸第四筆是「豎折」，不能斷為一「豎」一「橫」。
言部 16畫 左右 nuò 諾	諾	諾|诺	香港、台灣右上部為「艹」，「橫」與「豎」相交，共四畫；大陸右上部為「艹」，「橫」連為一筆，共三畫。
言部 16畫 左右 xié 諧	諧	諧|谐	部件「比」，香港、台灣第三筆是「短橫」，大陸第三筆是「短撇」。 💡 **注意** 具有相同部件「比」的字：批、庇、屁、鹿、混、麗。
言部 16畫 左右 fěng 諷	諷	諷|讽	右部「風」，香港、台灣第三筆是「橫」，大陸第三筆是「撇」。

一級字表

香港	台灣	大陸	字形差異描述
言部 16畫 左右 yàn 諺	諺	諺｜谚	右部「彥」，香港、台灣第四筆「點」與第三筆「撇」相交，大陸第四筆「撇」與第三筆「點」相離。 ✍ **書寫提示**　部件「彥」，香港、台灣第三、四筆與大陸筆順不同。香港、台灣為先「撇」後「點」，大陸為先「點」後「撇」。
言部 17畫 左右 xiè 謝	謝	謝｜谢	部件「身」，香港、台灣最後兩筆「提、撇」相接，「撇」出頭；大陸最後兩筆「橫、撇」相接，「撇」不出頭。
言部 17畫 左右 mí 謎	謎	謎｜谜	香港、台灣部件「辶」，共四畫；大陸對應的部件為「辶」，共三畫。
言部 18畫 左右 miù 謬	謬	謬｜谬	部件「羽」，香港、台灣第一、四筆均是「橫折鈎」，大陸第一、四筆均是「橫折」。
言部 19畫 左右 jī 譏	譏	譏｜讥	部件「戋」，香港、台灣第二筆「撇」與首筆「橫」相接，大陸第二筆「撇」與首筆「橫」相交。
言部 20畫 上下 jǐng 警	警	警	上部「敬」：①左上部，香港、台灣為「艹」，「橫」與「豎」相接，共四畫；大陸為「艹」，「橫」連為一筆，共三畫。②部件「攵」，香港、台灣末筆是「捺點」，大陸末筆是「捺」。
言部 21畫 左右 hù 護	護	護｜护	香港、台灣右上部為「艹」，「橫」與「豎」相接，共四畫；大陸右上部為「艹」，「橫」連為一筆，共三畫。
言部 21畫 左右 qiǎn 譴	譴	譴｜谴	香港、台灣部件「辶」，共四畫；大陸對應的部件為「辶」，共三畫。
豆部 15畫 上下 shù 豎	豎	豎｜竖	香港、台灣下部為「豆」，大陸下部為「立」。 💡 **注意**　「竪」為香港、台灣異體字，「豎」為大陸異體字。
豆部 28畫 左右 yàn 豔	豔	艷｜艳	香港、台灣右部為「盍」，大陸右部為「色」。 💡 **注意**　「艷」為香港、台灣異體字，「豔」為大陸異體字。

一級字表

香港	台灣	大陸	字形差異描述
豕部 11畫 左右 tún　豚	豚	豚	左部「月」，香港、台灣內部為「點、提」，大陸內部為兩「橫」。 ✎ **書寫提示**　右部是「豕」，不是「豕」。
豕部 12畫 獨體 xiàng　象	象	象	香港、台灣第七筆「撇」與中「豎」相接，為兩筆；大陸對應的是一筆「撇」，與第四筆「橫折」相接。
豕部 15畫 左右 zhū　豬	豬	猪	香港、台灣左部為「豸」，大陸左部為「犭」。 💡 **注意**　「猪」為大陸異體字。 📖 **小知識**　「豕」、「犭」為近義形旁，表明所屬的類別是動物，不同地區選擇不同字形，所以出現差異。
豕部 16畫 左右 yù　豫	豫	豫	右部「象」，香港、台灣第七筆「撇」與中「豎」相接，為兩筆；大陸對應的是一筆「撇」，與第四筆「橫折」相接。
豸部 16畫 左右 māo　貓	貓	猫	① 香港、台灣左部為「豸」，大陸左部為「犭」。 ② 香港、台灣右上部為「⺿」，「橫」與「豎」相交，共四畫；大陸右上部為「⺌」，「橫」連為一筆，共三畫。 💡 **注意**　「貓」為台灣異體字，「猫」為大陸異體字。 📖 **小知識**　「豸」、「犭」為近義形旁，表明所屬的類別是動物，不同地區選擇不同字形，所以出現差異。
貝部 11畫 上下 tān　貪	貪	貪 | 贪	上部「今」，香港、台灣第三筆是「短橫」，大陸第三筆是「點」。 💡 **注意**　具有相同部件「今」的字：吟、含、念、捻、唸、琴、黔。 📖 **小知識**　貝部的字：古代曾以貝殼為貨幣，從貝的字一般和錢財有關，如：財、貴、買、賄、賜等。
貝部 13畫 上下 lìn　賃	賃	賃 | 赁	部件「壬」，香港、台灣首筆是「橫」，大陸首筆是「撇」。
貝部 16畫 左右 lài　賴	賴	賴 | 赖	香港、台灣右上部為「刀」，大陸右上部為「ク」。 💡 **注意**　具有相同部件「賴」的字：懶、瀨、獺、癩、籟。
貝部 18畫 上下 zhuì　贅	贅	贅 | 赘	部件「耂」，香港、台灣上為「龶」，下為「万」，共七畫；大陸上為三「橫」一「豎」，最後兩筆為「橫折鈎、撇」，共六畫。

一級字表

香港	台灣	大陸	字形差異描述
貝部 20畫 左右 shàn 瞻	瞻	瞻｜贍	部件「𠂉」，香港、台灣最後兩筆為「撇、豎彎」，大陸最後兩筆為「撇、點」。
貝部 21畫 左右 zāng 贓	贓	贓｜赃	香港、台灣右部為「臧」，大陸右部為「藏」。
走部 10畫 半包圍 qǐ 起	起	起	香港、台灣被包圍部分為「巳」，大陸被包圍部分為「己」。 ✎ **書寫提示**　走部的字：現代漢字中「走字旁」與「走之旁」不同。「走字旁」應先寫「走」，後寫其他部分，如：赴、趁、超、越、趕等；「走之旁」應先寫其他部分，後寫「辶」，如：返、追、逃、進、達等。
走部 15畫 半包圍 qù 趣	趣	趣	部件「耳」，香港、台灣末筆「提」與第三筆「豎」相接，大陸末筆「提」與第三筆「豎」相交。
足部 12畫 左右 jù 距	距	距	右部「巨」，香港、台灣部件「匚」，共三畫；大陸對應的部件為「匚」，共兩畫。 ✎ **書寫提示**　足部的字：部首「足」在構成左右結構的字時，通常位於左部，最後兩筆作「豎、提」。
足部 12畫 左右 bá 跋	跋	跋	右部「犮」，香港、台灣第三、四筆為「ㄨ」，大陸第三、四筆為「ㄨ」。
足部 18畫 左右 zōng 蹤	蹤	踪	香港、台灣右部為「從」，大陸右部為「宗」。 💡 **注意**　「踪」為香港、台灣異體字，「蹤」為大陸異體字。
足部 19畫 左右 dūn 蹲	蹲	蹲	部件「酋」，香港、台灣內部的「橫」與兩邊相離，大陸內部的「橫」與兩邊相接。 💡 **注意**　具有相同部件「酋」的字：猶、尊、奠、樽、遵。
足部 21畫 左右 yuè 躍	躍	躍｜跃	部件「羽」，香港、台灣第一、四筆均是「橫折鈎」，大陸第一、四筆均是「橫折」。
足部 27畫 左右 lìn 躪	躪	躪｜躏	香港、台灣右上部為「艹」，「橫」與「豎」相交，共四畫；大陸右上部為「艹」，「橫」連為一筆，共三畫。

一級字表

香港	台灣	大陸	字形差異描述
身部 7畫 獨體 shēn　身	身	身	香港、台灣第六筆是「提」，大陸第六筆是「橫」。
身部 10畫 左右 gōng　躬	躬	躬	左部「身」，香港、台灣最後兩筆「提、撇」相接，「撇」出頭；大陸最後兩筆「橫、撇」相接，「撇」不出頭。
身部 15畫 左右 tǎng　躺	躺	躺	左部「身」，香港、台灣最後兩筆「提、撇」相接，「撇」出頭；大陸最後兩筆「橫、撇」相接，「撇」不出頭。
身部 18畫 左右 qū　軀	軀	軀｜躯	①左部「身」，香港、台灣最後兩筆「提、撇」相接，「撇」出頭；大陸最後兩筆「橫、撇」相接，「撇」不出頭。②右部「區」，香港、台灣末筆是「豎彎」，大陸末筆是「豎折」。
車部 15畫 左右 liàng　輛	輛	輛｜辆	右部「兩」，香港、台灣內部兩個部件為「入」，第二筆是「捺」；大陸內部兩個為「丷」，第二筆是「捺點」。
車部 15畫 上下 bèi　輩	輩	輩｜辈	上部「非」，香港、台灣首筆是「豎撇」，第四筆是「提」；大陸首筆是「豎」，第四筆是「橫」。 💡 **注意**　具有相同部件「非」的字：匪、排、啡、悲、罪、靠、靡。
辰部 7畫 半包圍 chén　辰	辰	辰	香港、台灣第三筆「橫」與第二筆「撇」相接，大陸第三筆「橫」與第二筆「撇」相離。
辰部 10畫 上下 rǔ　辱	辱	辱	上部「辰」，香港、台灣第三筆「橫」與第二筆「撇」相接，末筆是「捺點」；大陸第三筆「橫」與第二筆「撇」相離，末筆是「捺」。
辰部 13畫 上下 nóng　農	農	農｜农	下部「辰」，香港、台灣第三筆「橫」與第二筆「撇」相接，大陸第三筆「橫」與第二筆「撇」相離。
辵部 7畫 半包圍 yū　迂	迂	迂	香港、台灣部件「辶」，共四畫；大陸對應的部件為「辶」，共三畫。 ✏️ **書寫提示**　辵部的字：現代漢字中「走之旁」與「走字旁」不同。「走之旁」應先寫其他部分，後寫「辶」，如：返、追、逃、進、達等；「走字旁」應先寫「走」，後寫其他部分，如：赴、趁、超、越、趕等。

一級字表

香港	台灣	大陸	字形差異描述
辵部 7畫 半包圍 xùn 迅	迅	迅	香港、台灣部件「辶」，共四畫；大陸對應的部件為「辶」，共三畫。
辵部 7畫 半包圍 qì 迄	迄	迄	香港、台灣部件「辶」，共四畫；大陸對應的部件為「辶」，共三畫。
辵部 8畫 半包圍 jìn 近	近	近	香港、台灣部件「辶」，共四畫；大陸對應的部件為「辶」，共三畫。
辵部 8畫 半包圍 yíng 迎	迎	迎	香港、台灣部件「辶」，共四畫；大陸對應的部件為「辶」，共三畫。
辵部 9畫 半包圍 shù 述	述	述	① 部件「朮」，香港、台灣結構疏散，第四筆是「豎彎」；大陸結構緊湊，第四筆是「點」。 ② 香港、台灣部件「辶」，共四畫；大陸對應的部件為「辶」，共三畫。
辵部 9畫 半包圍 dí 迪	迪	迪	香港、台灣部件「辶」，共四畫；大陸對應的部件為「辶」，共三畫。
辵部 9畫 半包圍 dié 迭	迭	迭	香港、台灣部件「辶」，共四畫；大陸對應的部件為「辶」，共三畫。
辵部 9畫 半包圍 pǎi pò 迫	迫	迫	香港、台灣部件「辶」，共四畫；大陸對應的部件為「辶」，共三畫。
辵部 9畫 半包圍 tiáo 迢	迢	迢	香港、台灣部件「辶」，共四畫；大陸對應的部件為「辶」，共三畫。
辵部 10畫 半包圍 huí 迴	迴	迴|回	香港、台灣部件「辶」，共四畫；大陸對應的部件為「辶」，共三畫。
辵部 10畫 半包圍 zhuī 追	追	追	香港、台灣部件「辶」，共四畫；大陸對應的部件為「辶」，共三畫。

一級字表

香港	台灣	大陸	字形差異描述
辵部 10畫 半包圍 táo　逃	逃	逃	香港、台灣部件「辶」，共四畫；大陸對應的部件為「辶」，共三畫。
辵部 10畫 半包圍 sòng　送	送	送	香港、台灣部件「辶」，共四畫；大陸對應的部件為「辶」，共三畫。
辵部 10畫 半包圍 mí　迷	迷	迷	香港、台灣部件「辶」，共四畫；大陸對應的部件為「辶」，共三畫。
辵部 10畫 半包圍 nì　逆	逆	逆	香港、台灣部件「辶」，共四畫；大陸對應的部件為「辶」，共三畫。
辵部 10畫 半包圍 tuì　退	退	退	香港、台灣部件「辶」，共四畫；大陸對應的部件為「辶」，共三畫。
辵部 11畫 半包圍 shì　逝	逝	逝	香港、台灣部件「辶」，共四畫；大陸對應的部件為「辶」，共三畫。
辵部 11畫 半包圍 lián　連	連	連|连	香港、台灣部件「辶」，共四畫；大陸對應的部件為「辶」，共三畫。
辵部 11畫 半包圍 sù　速	速	速	香港、台灣部件「辶」，共四畫；大陸對應的部件為「辶」，共三畫。
辵部 11畫 半包圍 dòu　逗	逗	逗	香港、台灣部件「辶」，共四畫；大陸對應的部件為「辶」，共三畫。
辵部 11畫 半包圍 zhú　逐	逐	逐	香港、台灣部件「辶」，共四畫；大陸對應的部件為「辶」，共三畫。 ✎ 書寫提示　被包圍部分是「豕」，不是「豕」。
辵部 11畫 半包圍 chěng　逞	逞	逞	① 部件「壬」，香港、台灣首筆是「撇」，大陸首筆是「橫」。② 香港、台灣部件「辶」，共四畫；大陸對應的部件為「辶」，共三畫。

一級字表

香港	台灣	大陸	字形差異描述
辵部 11畫 半包圍 tòu 透	透	透	① 部件「禾」，香港、台灣末筆是「捺點」，大陸末筆是「捺」。② 香港、台灣部件「辶」，共四畫；大陸對應的部件為「辶」，共三畫。
辵部 11畫 半包圍 guàng 逛	逛	逛	香港、台灣部件「辶」，共四畫；大陸對應的部件為「辶」，共三畫。
辵部 11畫 半包圍 féng 逢	逢	逢	① 部件「夂」，香港、台灣末筆是「捺點」，大陸末筆是「捺」。② 香港、台灣部件「辶」，共四畫；大陸對應的部件為「辶」，共三畫。
辵部 11畫 半包圍 zhè 這	這	這|这	香港、台灣部件「辶」，共四畫；大陸對應的部件為「辶」，共三畫。
辵部 11畫 半包圍 tōng tòng 通	通	通	香港、台灣部件「辶」，共四畫；大陸對應的部件為「辶」，共三畫。
辵部 12畫 半包圍 jìn 進	進	進|进	香港、台灣部件「辶」，共四畫；大陸對應的部件為「辶」，共三畫。
辵部 12畫 半包圍 yì 逸	逸	逸	香港、台灣部件「辶」，共四畫；大陸對應的部件為「辶」，共三畫。
辵部 12畫 半包圍 dǎi dài 逮	逮	逮	香港、台灣部件「辶」，共四畫；大陸對應的部件為「辶」，共三畫。
辵部 13畫 半包圍 dá 達	達	達|达	香港、台灣部件「辶」，共四畫；大陸對應的部件為「辶」，共三畫。
辵部 13畫 半包圍 bī 逼	逼	逼	香港、台灣部件「辶」，共四畫；大陸對應的部件為「辶」，共三畫。

一級字表

香港	台灣	大陸	字形差異描述
辵部 13畫 半包圍 yù　遇	遇	遇	① 部件「冎」，香港、台灣第二筆「橫折鈎」與首筆「豎」相交，大陸第二筆「橫折鈎」與首筆「豎」相接。② 香港、台灣部件「辶」，共四畫；大陸對應的部件為「辶」，共三畫。 💡 注意　具有相同部件「冎」的字：禺、寓、愚、厲、踽、勱、齲。
辵部 13畫 半包圍 guō guò　過	過	過|过	① 部件「冎」，香港、台灣內部為「橫、豎」兩筆，拐角扣右下方；大陸內部為「橫折」一筆，拐角扣左下方。② 香港、台灣部件「辶」，共四畫；大陸對應的部件為「辶」，共三畫。
辵部 13畫 半包圍 wéi　違	違	違|违	香港、台灣部件「辶」，共四畫；大陸對應的部件為「辶」，共三畫。
辵部 13畫 半包圍 dào　道	道	道	香港、台灣部件「辶」，共四畫；大陸對應的部件為「辶」，共三畫。
辵部 13畫 半包圍 suí suì　遂	遂	遂	香港、台灣部件「辶」，共四畫；大陸對應的部件為「辶」，共三畫。
辵部 13畫 半包圍 yùn　運	運	運|运	香港、台灣部件「辶」，共四畫；大陸對應的部件為「辶」，共三畫。
辵部 14畫 半包圍 yuǎn　遠	遠	遠|远	① 部件「袁」，香港、台灣下部第二筆是「豎提」，大陸下部第二筆是「豎」。② 香港、台灣部件「辶」，共四畫；大陸對應的部件為「辶」，共三畫。
辵部 14畫 半包圍 qiǎn　遣	遣	遣	香港、台灣部件「辶」，共四畫；大陸對應的部件為「辶」，共三畫。
辵部 14畫 半包圍 dì　遞	遞	遞|递	① 部件「七」，香港、台灣第二筆是「豎彎」，大陸第二筆是「豎彎鈎」。② 被包圍部分，香港、台灣最後兩筆為「儿」，大陸最後兩筆為「几」。③ 香港、台灣部件「辶」，共四畫；大陸對應的部件為「辶」，共三畫。 💡 注意　含部件「虍」的字，其中的「七」寫法相同，如：虎、虔、墟、劇、慮、瘧、據、獻。

香港	台灣	大陸	字形差異描述
辵部 15畫 半包圍 qiān　遷	遷	遷|迁	① 部件「䙴」，香港、台灣下部為「㔾」，大陸下部為「巳」。② 香港、台灣部件「辶」，共四畫；大陸對應的部件為「辶」，共三畫。
辵部 15畫 半包圍 zhē　遮	遮	遮	香港、台灣部件「辶」，共四畫；大陸對應的部件為「辶」，共三畫。
辵部 15畫 半包圍 shì　適	適	適|适	香港、台灣部件「辶」，共四畫；大陸對應的部件為「辶」，共三畫。
辵部 16畫 半包圍 yí　遺	遺	遺|遗	香港、台灣部件「辶」，共四畫；大陸對應的部件為「辶」，共三畫。
辵部 16畫 半包圍 zūn　遵	遵	遵	① 部件「酉」，香港、台灣內部的「橫」與兩邊相離，大陸內部的「橫」與兩邊相接。② 香港、台灣部件「辶」，共四畫；大陸對應的部件為「辶」，共三畫。 💡 注意　具有相同部件「酉」的字：猶、尊、奠、樽。
辵部 16畫 半包圍 chí　遲	遲	遲|迟	香港、台灣部件「辶」，共四畫；大陸對應的部件為「辶」，共三畫。
辵部 17畫 半包圍 mài　邁	邁	邁|迈	① 部件「萬」，香港、台灣上部為「艹」，「橫」與「豎」相交，共四畫；大陸上部為「艹」，「橫」連為一筆，共三畫。② 部件「冂」，香港、台灣第二筆「橫折鈎」與首筆「豎」相交，大陸第二筆「橫折鈎」與首筆「豎」相接。③ 香港、台灣部件「辶」，共四畫；大陸對應的部件為「辶」，共三畫。 💡 注意　具有相同部件「冂」的字：禹、寓、愚、遇、厲、踽、勵、齲。
辵部 17畫 半包圍 hái huán　還	還	還|还	香港、台灣部件「辶」，共四畫；大陸對應的部件為「辶」，共三畫。
辵部 17畫 半包圍 yāo　邀	邀	邀	香港、台灣部件「辶」，共四畫；大陸對應的部件為「辶」，共三畫。

一級字表

香港	台灣	大陸	字形差異描述
辵部 17畫 半包圍 bì 避	避	避	香港、台灣部件「辶」,共四畫;大陸對應的部件為「辶」,共三畫。
辵部 23畫 半包圍 luó 邏	邏	邏丨逻	香港、台灣部件「辶」,共四畫;大陸對應的部件為「辶」,共三畫。
邑部 7畫 左右 bāng 邦	邦	邦	左部「丰」,香港、台灣首筆是「撇」,大陸首筆是「橫」。 📄 **小知識** 邑部的字:右邊的「阝」是由「邑」變形而來,通常表示和地名、邦郡有關,如:邙、都、郭、鄂、鄭等;左邊的「阝」是由「阜」變形而來,通常表示和地勢、升降等有關,如:降、陡、階、隅、險等。 ✎ **書寫提示** 邑部的字:部件「阝」,香港、台灣為三畫,大陸為兩畫。
邑部 12畫 左右 yóu 郵	郵	郵丨邮	左部「垂」,香港、台灣兩個部件「十」與上、下兩「橫」及中「豎」相離,大陸第四筆「橫」為一筆,第五、六筆「豎」與之相交。
邑部 15畫 左右 zhèng 鄭	鄭	鄭丨郑	部件「酋」,香港、台灣內部的「橫」與兩邊相離,大陸內部的「橫」與兩邊相接。 💡 **注意** 具有相同部件「酋」的字:猶、尊、奠、樽、遵、擲。
酉部 7畫 獨體 yǒu 酉	酉	酉	香港、台灣內部的「橫」與兩邊相離,大陸內部的「橫」與兩邊相接。
酉部 10畫 左右 zhuó 酌	酌	酌	左部「酉」,香港、台灣內部的「橫」與兩邊相離,大陸內部的「橫」與兩邊相接。
酉部 10畫 左右 pèi 配	配	配	左部「酉」,香港、台灣內部的「橫」與兩邊相離,大陸內部的「橫」與兩邊相接。
酉部 10畫 左右 jiǔ 酒	酒	酒	右部「酉」,香港、台灣內部的「橫」與兩邊相離,大陸內部的「橫」與兩邊相接。
酉部 11畫 左右 xù 酗	酗	酗	左部「酉」,香港、台灣內部的「橫」與兩邊相離,大陸內部的「橫」與兩邊相接。

一級字表

香港	台灣	大陸	字形差異描述
酉部 12畫 左右 hān 酣	酣	酣	左部「酉」，香港、台灣內部的「橫」與兩邊相離，大陸內部的「橫」與兩邊相接。
酉部 12畫 左右 sū 酥	酥	酥	左部「酉」，香港、台灣內部的「橫」與兩邊相離，大陸內部的「橫」與兩邊相接。
酉部 13畫 左右 lào 酪	酪	酪	左部「酉」，香港、台灣內部的「橫」與兩邊相離，大陸內部的「橫」與兩邊相接。
酉部 13畫 左右 chóu 酬	酬	酬	左部「酉」，香港、台灣內部的「橫」與兩邊相離，大陸內部的「橫」與兩邊相接。
酉部 14畫 左右 jiào 酵	酵	酵	① 左部「酉」，香港、台灣內部的「橫」與兩邊相離，大陸內部的「橫」與兩邊相接。② 右部「孝」，香港、台灣部件「子」的首筆「橫折」與「撇」相接，大陸部件「子」的首筆「橫折」與「撇」相交。
酉部 15畫 左右 cù 醋	醋	醋	左部「酉」，香港、台灣內部的「橫」與兩邊相離，大陸內部的「橫」與兩邊相接。
酉部 15畫 左右 chún 醇	醇	醇	左部「酉」，香港、台灣內部的「橫」與兩邊相離，大陸內部的「橫」與兩邊相接。
酉部 15畫 左右 zuì 醉	醉	醉	左部「酉」，香港、台灣內部的「橫」與兩邊相離，大陸內部的「橫」與兩邊相接。
酉部 16畫 左右 xǐng 醒	醒	醒	左部「酉」，香港、台灣內部的「橫」與兩邊相離，大陸內部的「橫」與兩邊相接。
酉部 17畫 左右 chǒu 醜	醜	醜丨丑	① 左部「酉」，香港、台灣內部的「橫」與兩邊相離，大陸內部的「橫」與兩邊相接。② 右部「鬼」，香港、台灣上部中「豎」與下部「撇」分為兩筆；大陸第六筆「豎撇」與第三筆「橫折」相接，「豎撇」為一筆。 ✐ **書寫提示**「鬼」及由其參與構造的字，香港、台灣都是先寫「撇」，然後寫「田」、「儿」和「厶」。

一級字表

香港	台灣	大陸	字形差異描述
酉部 18畫 上下 yī 醫	醫	醫｜医	① 部件「匚」，香港、台灣末筆是「豎彎」，大陸末筆是「豎折」。② 下部「酉」，香港、台灣內部的「橫」與兩邊相離，大陸內部的「橫」與兩邊相接。
酉部 24畫 左右 niàng 釀	釀	釀｜酿	左部「酉」，香港、台灣內部的「橫」與兩邊相離，大陸內部的「橫」與兩邊相接。
酉部 25畫 上中下 xìn 釁	釁	釁｜衅	① 上中部，香港、台灣為「冎」，大陸為「同」。② 部件「酉」，香港、台灣內部的「橫」與兩邊相離，大陸內部的「橫」與兩邊相接。 ✐ **書寫提示**　大陸「衅」為二十六畫。
金部 12畫 左右 nà 鈉	鈉	鈉｜钠	右部「內」，香港、台灣第三、四筆是「撇、捺」，為「人」；大陸第三、四筆是「撇、捺點」，為「人」。 ✐ **書寫提示**　金部的字：部首「金」在構成左右結構的字時，通常位於左部，末筆作「提」。
金部 12畫 左右 jūn 鈞	鈞	鈞｜钧	右部「勻」，香港、台灣最後兩筆均是「橫」，大陸最後兩筆是「點、提」。 💡 **注意**　具有相同部件「勻」的字：均、昀、筠。
金部 12畫 左右 niǔ 鈕	鈕	鈕｜钮	右部「丑」，香港、台灣第三筆「橫」與首筆「橫折」相交，大陸第三筆「橫」與首筆「橫折」相接。
金部 13畫 左右 líng 鈴	鈴	鈴｜铃	右部「令」，香港、台灣第三筆是「短橫」，大陸第三筆是「點」。
金部 13畫 左右 qiān yán 鉛	鉛	鉛｜铅	香港、台灣右上部為「几」，大陸右上部為「几」。
金部 15畫 左右 lǚ 鋁	鋁	鋁｜铝	右部「呂」，香港、台灣上、下兩個部件「口」之間有「撇」相接，大陸上、下兩個部件「口」相離。 ✐ **書寫提示**　大陸「铝」為十四畫。
金部 16畫 左右 lù 錄	錄	錄｜录	右部「彔」：① 香港、台灣上部為「彑」，大陸上部為「彐」。② 下部「水」，香港、台灣末筆是「捺點」，大陸末筆是「捺」。

一級字表

香港	台灣	大陸	字形差異描述
金部 17畫 左右 máo　錨	錨	錨|锚	香港、台灣右上部為「⺾」,「橫」與「豎」相交,共四畫;大陸右上部為「⺿」,「橫」連為一筆,共三畫。
金部 17畫 左右 guō　鍋	鍋	鍋|锅	右部「咼」,香港、台灣內部為「橫、豎」兩筆,拐角扣右下方;大陸內部為「橫折」一筆,拐角扣左下方。
金部 17畫 左右 chuí　錘	錘	錘|锤	右部「垂」,香港、台灣兩個部件「十」與上、下兩「橫」及中「豎」相離,底部末「橫」長;大陸第四筆「橫」為一筆,第五、六筆「豎」與之相交,底部末「橫」短。
金部 19畫 左右 liàn　鏈	鏈	鏈|链	香港、台灣部件「辶」,共四畫;大陸對應的部件為「辶」,共三畫。
金部 19畫 左右 chǎn　鏟	鏟	鏟|铲	右部「產」,香港、台灣第四筆「點」與第三筆「撇」相交,大陸第四筆「撇」與第三筆「點」相離。 ✎ **書寫提示**　部件「產」,香港、台灣第三、四筆與大陸筆順不同。香港、台灣為先「撇」後「點」,大陸為先「點」後「撇」。
金部 21畫 左右 tiě　鐵	鐵	鐵|铁	部件「𡈼」,香港、台灣首筆是「撇」,大陸首筆是「橫」。
門部 14畫 半包圍 hé　閤	閤	閤|合	部件「合」,香港、台灣第二筆是「捺點」,大陸第二筆是「捺」。
門部 14畫 半包圍 gé　閣	閣	閣|阁	部件「各」,香港、台灣第三筆是「捺點」,大陸第三筆是「捺」。
阜部 10畫 左右 shǎn　陝	陝	陝|陕	兩個部件「入」,香港、台灣為「撇、捺」,大陸為「撇、捺點」。 ✎ **書寫提示**　阜部的字:部件「阝」,香港、台灣為三畫,大陸為兩畫。
阜部 11畫 左右 liù lù　陸	陸	陸|陆	部件「儿」,香港、台灣為「撇、豎彎」,且與上部相接;大陸為「撇、點」,且與上部相離。

一級字表

香港	台灣	大陸	字形差異描述
阜部 11畫 左右 yīn 陰	陰	陰|阴	部件「今」，香港、台灣第三筆是「短橫」，大陸第三筆是「點」。
阜部 12畫 左右 jiē 階	階	階|阶	部件「比」，香港、台灣第三筆是「短橫」，大陸第三筆是「短撇」。 💡 注意 具有相同部件「比」的字：批、庇、屁、鹿、混、諧、麗。 📖 小知識 左邊的「阝」是由「阜」變形而來，通常表示和地勢、升降等有關，如：降、陡、階、隅、險等；右邊的「阝」是由「邑」變形而來，通常表示和地名、邦郡有關，如：邙、都、郭、鄂、鄭等。
阜部 12畫 左右 yú 隅	隅	隅	部件「凵」，香港、台灣第二筆「橫折鈎」與首筆「豎」相交，大陸第二筆「橫折鈎」與首筆「豎」相接。 💡 注意 具有相同部件「凵」的字：禹、寓、愚、遇、厲、踽、勵、齲。 📖 小知識 左邊的「阝」是由「阜」變形而來，通常表示和地勢、升降等有關，如：降、陡、階、隅、險等；右邊的「阝」是由「邑」變形而來，通常表示和地名、邦郡有關，如：邙、都、郭、鄂、鄭等。
阜部 16畫 左右 suì 隧	隧	隧	香港、台灣部件「辶」，共四畫；大陸對應的部件為「辶」，共三畫。
阜部 17畫 左右 yǐn 隱	隱	隱|隐	部件「彐」，香港、台灣第二筆「橫」與首筆「橫折」相交，大陸第二筆「橫」與首筆「橫折」相接。 💡 注意 具有相同部件「彐」的字：急、浸、彗、掃、尋、歸、穩。
隹部 18畫 左右 jī 雞	雞	鷄|鸡	香港、台灣右部為「隹」，大陸右部為「鳥」。 💡 注意 「鷄」為香港、台灣異體字，「雞」為大陸異體字。 📖 小知識 漢字從「隹」，從「鳥」，多表示與飛禽有關。如從「隹」之字有「雁、雉、雛」等，從「鳥」之字有「鳳、鶴、鷹」等。有的字可能取「隹」，也可能取「鳥」造字，如「雞」與「鷄」，聲旁都是「奚」，形旁雖有別，所指卻是一樣的。

香港	台灣	大陸	字形差異描述
佳部 18畫 左右 zá	雜	雜	雜｜杂	部件「木」，香港、台灣第二筆是「豎」，大陸第二筆是「豎鈎」，台灣、大陸結構疏散。 💡 **注意**　具有相同部件「木」的字：新、親、薪。
佳部 19畫 左右 lí	離	離	離｜离	部件「凸」，香港、台灣「橫折鈎」與「豎」相交，大陸「橫折鈎」與「豎」相接。 ✎ **書寫提示**　大陸「離」為十八畫。
雨部 8畫 獨體 yǔ	雨	雨	雨	香港、台灣最後四筆姿態各異，大陸對應的四筆均是「點」。
雨部 11畫 上下 xuě	雪	雪	雪	①上部「雨」，香港、台灣最後四筆姿態各異，大陸對應的四筆均是「短橫」。②下部「彐」，香港、台灣第二筆「橫」與首筆「橫折」相交，大陸第二筆「橫」與首筆「橫折」相接。 💡 **注意**　具有相同部件「彐」的字：急、浸、彗、掃、尋、歸。
雨部 12畫 上下 yún	雲	雲	雲｜云	上部「雨」，香港、台灣最後四筆姿態各異，大陸對應的四筆均是「短橫」。
雨部 13畫 上下 léi	雷	雷	雷	上部「雨」，香港、台灣最後四筆姿態各異，大陸對應的四筆均是「短橫」。
雨部 13畫 上下 líng	零	零	零	①上部「雨」，香港、台灣最後四筆姿態各異，大陸對應的四筆均是「短橫」。②下部「令」，香港、台灣第三筆是「短橫」，大陸第三筆是「點」。
雨部 13畫 上下 báo	雹	雹	雹	上部「雨」，香港、台灣最後四筆姿態各異，大陸對應的四筆均是「短橫」。
雨部 14畫 上下 xū	需	需	需	上部「雨」，香港、台灣最後四筆姿態各異，大陸對應的四筆均是「短橫」。
雨部 15畫 上下 zhèn	震	震	震	①上部「雨」，香港、台灣最後四筆姿態各異，大陸對應的四筆均是「短橫」。②下部「辰」，香港、台灣第三筆「橫」與第二筆「撇」相接，大陸第三筆「橫」與第二筆「撇」相離。

香港	台灣	大陸	字形差異描述
雨部 16畫 上下 huò	霍	霍	霍	上部「雨」，香港、台灣最後四筆姿態各異，大陸對應的四筆均是「短橫」。
雨部 16畫 上下 shà	霎	霎	霎	①上部「雨」，香港、台灣最後四筆姿態各異，大陸對應的四筆均是「短橫」。②部件「女」，香港、台灣第三筆「橫」與第二筆「撇」相交，大陸第三筆「橫」與第二筆「撇」相接。
雨部 17畫 上下 shuāng	霜	霜	霜	上部「雨」，香港、台灣最後四筆姿態各異，大陸對應的四筆均是「短橫」。
雨部 17畫 上下 xiá	霞	霞	霞	上部「雨」，香港、台灣最後四筆姿態各異，大陸對應的四筆均是「短橫」。
雨部 19畫 上下 wù	霧	霧	霧|雾	①上部「雨」，香港、台灣最後四筆姿態各異，大陸對應的四筆均是「短橫」。②下部「務」，香港、台灣右上部為「夂」，共四畫；大陸右上部為「夂」，共三畫。
雨部 21畫 上下 bà	霸	霸	霸	上部「雨」，香港、台灣最後四筆姿態各異，大陸對應的四筆均是「短橫」。
雨部 21畫 上下 lòu lù	露	露	露	上部「雨」，香港、台灣最後四筆姿態各異，大陸對應的四筆均是「短橫」。
雨部 21畫 上下 pī	霹	霹	霹	上部「雨」，香港、台灣最後四筆姿態各異，大陸對應的四筆均是「短橫」。
雨部 24畫 上下 lì	靂	靂	靂|雳	①上部「雨」，香港、台灣最後四筆姿態各異，大陸對應的四筆均是「短橫」。②部件「秝」，香港、台灣末筆是「捺點」，大陸末筆是「捺」。
雨部 24畫 上下 líng	靈	靈	靈|灵	上部「雨」，香港、台灣最後四筆姿態各異，大陸對應的四筆均是「短橫」。

一級字表

香港	台灣	大陸	字形差異描述
非部 8畫 左右 fēi	非	非	香港、台灣首筆是「豎撇」，第四筆是「提」；大陸首筆是「豎」，第四筆是「橫」。 💡 **注意**　具有相同部件「非」的字：匪、排、啡、悲、罪、輩、靠、靡。
革部 15畫 左右 ān	鞍	鞍	部件「女」，香港、台灣第三筆「橫」與第二筆「撇」相交，大陸第三筆「橫」與第二筆「撇」相接。
革部 22畫 左右 jiāng	韁	韁	繮|缰	香港、台灣左部為「革」，大陸左部為「糹」。 💡 **注意**　「繮」為台灣異體字，「韁」為大陸異體字。 📄 **小知識**　「韁」與「繮」均是指拴牲口的繩子，兩者都是形聲字，或從「革」，或從「糹」，提示義類信息。
革部 24畫 左右 qiān	韆	韆	韆|千	① 部件「䙴」，香港、台灣下部為「㔾」，大陸下部為「㔾」。② 香港、台灣部件「辶」，共四畫；大陸對應的部件為「辶」，共三畫。
韋部 12畫 左右 rèn	韌	韌	韌|韧	右部「刃」，香港、台灣「點」與「撇」相接，大陸「點」與「撇」相離。
音部 19畫 左右 yùn	韻	韻	韵	香港、台灣右部為「員」，大陸右部為「匀」。 💡 **注意**　「韵」為香港、台灣異體字，「韻」為大陸異體字。 📄 **小知識**　「韻」與「韵」都是形聲字，「音」為形旁，提示字義與「聲音」有關；「員」、「匀」都是聲旁，提示讀音信息，造字時選用了不同的聲旁。
頁部 14畫 左右 lǐng	領	領	領|领	左部「令」，香港、台灣第三筆是「短橫」，大陸第三筆是「點」。 📄 **小知識**　頁部的字：「頁」本義是頭。從頁的字，一般和頭有關，如：領、頤、頰、頸、顧等。
頁部 16畫 左右 tuí	頹	頹	頹|颓	部件「儿」，香港、台灣末筆是「豎提」，大陸末筆是「橫折提」。
頁部 18畫 左右 yán	顏	顏	顏|颜	左部「彥」，香港、台灣第四筆「點」與第三筆「撇」相交，大陸第四筆「撇」與第三筆「點」相離。 ✏️ **書寫提示**　部件「彥」，香港、台灣第三、四筆與大陸筆順不同。香港、台灣為先「撇」後「點」，大陸為先「點」後「撇」。

香港	台灣	大陸	字形差異描述
頁部 25畫 左右 lú 顱	顱	顱|颅	部件「乚」，香港、台灣第二筆是「豎彎」，大陸第二筆是「豎彎鈎」。 💡 **注意** 含部件「虍」的字，其中的「乚」寫法相同，如：虎、虔、墟、劇、慮、瘧、擄、獻。
風部 9畫 半包圍 fēng 風	風	風|风	香港、台灣第三筆是「橫」，大陸第三筆是「撇」。
風部 14畫 半包圍 tái 颱	颱	颱|台	部件「風」，香港、台灣第三筆是「橫」，大陸第三筆是「撇」。
風部 15畫 半包圍 guā 颳	颳	颳|刮	部件「風」，香港、台灣第三筆是「橫」，大陸第三筆是「撇」。
食部 9畫 上下 shí 食	食	食	香港、台灣第三筆是「短橫」，大陸第三筆是「點」。
食部 10畫 左右 jī 飢	飢	飢|饥	左部「飠」，香港、台灣第三筆是「短橫」，大陸第三筆是「點」。
食部 12畫 左右 yǐn yìn 飲	飲	飲|饮	左部「飠」，香港、台灣第三筆是「短橫」，大陸第三筆是「點」。
食部 13畫 左右 shì 飾	飾	飾|饰	左部「飠」，香港、台灣第三筆是「短橫」，大陸第三筆是「點」。
食部 13畫 左右 bǎo 飽	飽	飽|饱	左部「飠」，香港、台灣第三筆是「短橫」，大陸第三筆是「點」。
食部 13畫 左右 sì 飼	飼	飼|饲	左部「飠」，香港、台灣第三筆是「短橫」，大陸第三筆是「點」。
食部 14畫 左右 ěr 餌	餌	餌|饵	左部「飠」，香港、台灣第三筆是「短橫」，大陸第三筆是「點」。

一級字表

香港	台灣	大陸	字形差異描述
食部 14畫 左右 jiǎo	餃	餃	餃|饺	左部「飠」，香港、台灣第三筆是「短橫」，大陸第三筆是「點」。
食部 14畫 左右 bǐng	餅	餅	餅|饼	左部「飠」，香港、台灣第三筆是「短橫」，大陸第三筆是「點」。
食部 15畫 上下 yǎng	養	養	養|养	①上部，香港、台灣第五筆是「豎」，第七筆是「撇」，為兩筆；大陸對應的是一筆「撇」。②下部，香港、台灣「艮」上一筆是「短橫」，大陸「艮」上一筆是「點」。
食部 15畫 左右 è	餓	餓	餓|饿	左部「飠」，香港、台灣第三筆是「短橫」，大陸第三筆是「點」。
食部 15畫 左右 yú	餘	餘	餘|余	左部「飠」，香港、台灣第三筆是「短橫」，大陸第三筆是「點」。
食部 15畫 左右 něi	餒	餒	餒|馁	①左部「飠」，香港、台灣第三筆是「短橫」，大陸第三筆是「點」。②部件「女」，香港、台灣第三筆「橫」與第二筆「撇」相交，大陸第三筆「橫」與第二筆「撇」相接。
食部 16畫 上下 cān	餐	餐	餐	下部「食」，香港、台灣第三筆是「短橫」，大陸第三筆是「點」。
食部 16畫 左右 xiàn	餡	餡	餡|馅	左部「飠」，香港、台灣第三筆是「短橫」，大陸第三筆是「點」。
食部 16畫 左右 guǎn	館	館	館|馆	左部「飠」，香港、台灣第三筆是「短橫」，大陸第三筆是「點」。
食部 18畫 左右 liú liù	餾	餾	餾|馏	左部「飠」，香港、台灣第三筆是「短橫」，大陸第三筆是「點」。

一級字表

香港	台灣	大陸	字形差異描述
食部 19畫 左右 mó	饃	饃	饃|馍	① 左部「飠」，香港、台灣第三筆是「短橫」，大陸第三筆是「點」。② 香港、台灣右上部為「⺿」，「橫」與「豎」相交，共四畫；大陸右上部為「⺾」，「橫」連為一筆，共三畫。③ 部件「六」，香港、台灣末筆是「捺點」，大陸末筆是「捺」。
食部 19畫 左右 mán	饅	饅	饅|馒	① 左部「飠」，香港、台灣第三筆是「短橫」，大陸第三筆是「點」。② 部件「曰」，香港、台灣最後兩筆「橫」與兩邊相離，大陸最後兩筆「橫」與兩邊相接。
食部 20畫 左右 ráo	饒	饒	饒|饶	左部「飠」，香港、台灣第三筆是「短橫」，大陸第三筆是「點」。
食部 20畫 左右 kuì	饋	饋	饋|馈	左部「飠」，香港、台灣第三筆是「短橫」，大陸第三筆是「點」。
食部 20畫 左右 jī	饑	饑	饑|饥	① 左部「飠」，香港、台灣第三筆是「短橫」，大陸第三筆是「點」。② 部件「戈」，香港、台灣第二筆「撇」與首筆「橫」相接，大陸第二筆「撇」與首筆「橫」相交。
食部 25畫 左右 chán	饞	饞	饞|馋	① 左部「飠」，香港、台灣第三筆是「短橫」，大陸第三筆是「點」。② 部件「比」，香港、台灣第三筆是「短橫」，大陸第三筆是「短撇」。 💡 **注意**　具有相同部件「比」的字：批、庇、屁、鹿、混、諧、麗、攙。
馬部 13畫 左右 chí	馳	馳	馳|驰	右部「也」，香港、台灣首筆是「橫折」，大陸首筆是「橫折鈎」。 💡 **注意**　具有相同部件「也」的字：他、地、池、弛、她。
馬部 20畫 左右 sāo	騷	騷	騷|骚	香港、台灣右上部為「ㄡ」，共四畫；大陸右上部為「又」，共三畫。
馬部 21畫 左右 qū	驅	驅	驅|驱	右部「區」，香港、台灣末筆是「豎彎」，大陸末筆是「豎折」。

一級字表

	香港	台灣	大陸	字形差異描述
馬部 23 畫 上下 jīng	驚	驚	驚|惊	上部「敬」，香港、台灣左上部為「艹」，「橫」與「豎」相接，共四畫；大陸左上部為「艹」，「橫」連為一筆，共三畫。
馬部 24 畫 左右 zhòu	驟	驟	驟|骤	右部「聚」：① 部件「耳」，香港、台灣末筆「提」與第三筆「豎」相接，大陸末筆「提」與第三筆「豎」相交。② 香港、台灣下部為「乑」，大陸下部為「乑」。
馬部 26 畫 左右 lǘ	驢	驢	驢|驴	部件「七」，香港、台灣第二筆是「豎彎」，大陸第二筆是「豎彎鈎」。 注意　含部件「虍」的字，其中的「七」寫法相同，如：虎、虔、墟、劇、慮、瘧、擄、獻。
髟部 15 畫 上下 fà	髮	髮	髮|发	下部「犮」，香港、台灣第三、四筆為「乂」，大陸第三、四筆為「乂」。
鬼部 10 畫 獨體 guǐ	鬼	鬼	鬼	香港、台灣第五筆「豎」與第七筆「撇」分為兩筆；大陸第六筆「豎撇」與第三筆「橫折」相接，「豎撇」為一筆。 **書寫提示**　鬼部的字：「鬼」及由其參與構造的字，香港、台灣都是先寫「撇」，然後寫「田」、「儿」和「厶」。
鬼部 14 畫 左右 hún	魂	魂	魂	右部「鬼」，香港、台灣上部中「豎」與下部「撇」分為兩筆；大陸第六筆「豎撇」與第三筆「橫折」相接，「豎撇」為一筆。
鬼部 14 畫 半包圍 kuí	魁	魁	魁	部件「鬼」，香港、台灣上部中「豎」與下部「撇」分為兩筆；大陸第六筆「豎撇」與第三筆「橫折」相接，「豎撇」為一筆。
鬼部 15 畫 左右 pò	魄	魄	魄	右部「鬼」，香港、台灣上部中「豎」與下部「撇」分為兩筆；大陸第六筆「豎撇」與第三筆「橫折」相接，「豎撇」為一筆。
鬼部 15 畫 半包圍 mèi	魅	魅	魅	① 部件「鬼」，香港、台灣上部中「豎」與下部「撇」分為兩筆；大陸第六筆「豎撇」與第三筆「橫折」相接，「豎撇」為一筆。② 部件「未」，香港、台灣末筆是「捺點」，大陸末筆是「捺」。
魚部 23 畫 左右 lín	鱗	鱗	鱗|鳞	部件「米」，香港、台灣末筆是「捺點」，台灣結構疏散；大陸末筆是「捺」。 注意　具有相同部件「粦」的字：嶙、憐、磷。

香港	台灣	大陸	字形差異描述
魚部 27畫 左右 è 鱷	鱷	鰐|鱷	香港、台灣右部為「噩」，大陸右部為「咢」。 💡 **注意**　「鰐」為台灣異體字，「鱷」為大陸異體字。
鳥部 22畫 左右 ōu 鷗	鷗	鷗|鸥	左部「區」，香港、台灣末筆是「豎彎」，大陸末筆是「豎折」。
鹵部 24畫 左右 jiǎn 鹼	鹼	碱	香港、台灣為「鹼」，大陸為「碱」。 💡 **注意**　「碱」為台灣異體字，「鹼」為大陸異體字。
鹿部 11畫 半包圍 lù 鹿	鹿	鹿	部件「比」，香港、台灣第三筆是「短橫」，大陸第三筆是「短撇」。 💡 **注意**　具有相同部件「比」的字：批、庇、屁、混、諧、麗。
黑部 16畫 左右 mò 默	默	默	左部「黑」，香港、台灣第八筆是「橫」，大陸第八筆是「提」。
黑部 16畫 左右 qián 黔	黔	黔	①左部「黑」，香港、台灣第八筆是「橫」，大陸第八筆是「提」。②右部「今」，香港、台灣第三筆是「短橫」，大陸第三筆是「點」。 💡 **注意**　具有相同部件「今」的字：吟、含、念、捻、唸、貪、琴。
黑部 17畫 左右 diǎn 點	點	點|点	左部「黑」，香港、台灣第八筆是「橫」，大陸第八筆是「提」。
黑部 21畫 左右 àn 黯	黯	黯	左部「黑」，香港、台灣第八筆是「橫」，大陸第八筆是「提」。
黑部 23畫 左中右 méi 黴	黴	黴|霉	部件「黑」，香港、台灣第八筆是「橫」，大陸第八筆是「提」。
鼠部 13畫 獨體 shǔ 鼠	鼠	鼠	部件「臼」，香港、台灣中間四筆是「短橫」，大陸對應的四筆是「點」。

香港	台灣	大陸	字形差異描述
齒部 15 畫 上下 chǐ 齒	齒	齒|齿	下部「㐫」，香港、台灣內部的「橫」與兩邊相離，大陸內部的「橫」與兩邊相接。 小知識　要注意區別「不齒」與「不恥」。齒指牙齒，引申指並列。「不齒」，指不與同列，表示鄙視，如不齒於人。「不恥」，指不以為恥，不以為有失體面，如不恥下問。
齒部 20 畫 左右 líng 齡	齡	齡|龄	① 左下部「㐫」，香港、台灣內部的「橫」與兩邊相離，大陸內部的「橫」與兩邊相接。② 部件「凵」，香港、台灣首筆是「豎折」，大陸首筆是「豎提」。③ 右部「令」，香港、台灣第三筆是「短橫」，大陸第三筆是「點」。
齒部 20 畫 左右 chū 齣	齣	齣|出	左下部「㐫」：① 香港、台灣內部的「橫」與兩邊相離，大陸內部的「橫」與兩邊相接。② 部件「凵」，香港、台灣首筆是「豎折」，大陸首筆是「豎提」。

一級字表

四區

香港、大陸（規範字 / 繁體字）字形相同，與台灣不同。

香港	台灣	大陸	字形差異描述
一部 2 畫 獨體 qī 七	七	七	香港、大陸第二筆是「豎彎鈎」，台灣第二筆是「豎彎」。
二部 8 畫 上下 xiē 些	些	些	部件「匕」，香港、大陸首筆是「撇」，台灣首筆是「橫」。 注意　具有相同部件「匕」的字：尼、老、死、此、呢、泥、柴、紫。
人部 8 畫 左右 shì 侍	侍	侍	香港、大陸右上部為「土」，台灣右上部為「士」。
人部 9 畫 左右 qiào 俏	俏	俏	部件「月」，香港、大陸首筆是「豎」，內部為兩「橫」；台灣首筆是「撇」，內部為「點、提」。 注意　具有相同部件「月」的字：育、肩、削、娟、啃、厭、撒。

香港	台灣	大陸	字形差異描述
人部 9畫 左右 bǎo 保	保	保	部件「木」，香港、大陸結構緊湊，末筆是「捺」；台灣結構疏散，末筆是「捺點」。 💡 注意　具有相同部件「木」的字：朵、呆、某、染、桑、揉、榮、蝶、樂、謀。
人部 10畫 左右 ǎn 俺	俺	俺	部件「电」，香港、大陸末筆是「豎彎鈎」，台灣末筆是「豎彎」。 💡 注意　具有相同部件「奄」的字：掩、掩、庵、淹、罨。
人部 11畫 左右 tōu 偷	偷	偷	部件「月」，香港、大陸首筆是「豎」，台灣首筆是「撇」。
人部 11畫 左右 piān 偏	偏	偏	部件「户」，香港、大陸首筆是「點」，台灣首筆是「撇」。 💡 注意　具有相同部件「扁」的字：區、遍、蝙、篇、翩、編、騙。
人部 12畫 左右 bèi 備	備	備|备	部件「用」，香港、大陸首筆是「豎」，台灣首筆是「撇」。
人部 13畫 左右 yōng 傭	傭	傭|佣	部件「聿」，香港、大陸第四筆是「豎」，台灣第四筆是「撇」。 💡 注意　具有相同部件「庸」的字：慵、鏞、鱅。
人部 17畫 左右 yōu 優	優	優|优	部件「夂」，香港、大陸「捺」與「撇」相接，台灣「捺」與「撇」相交。
儿部 6畫 上下 chōng 充	充	充	香港、大陸部件「厶」，共四畫；台灣對應的部件為「厶」，共三畫。 💡 注意　具有相同部件「厶」的字：育、棄、統、徹。
儿部 7畫 上下 duì 兌	兌	兑	香港、大陸首兩筆為「點、撇」，台灣首兩筆為「撇、點」。
刀部 9畫 左右 xiāo xuē 削	削	削	部件「月」，香港、大陸首筆是「豎」，內部為兩「橫」；台灣首筆是「撇」，內部為「點、提」。 💡 注意　具有相同部件「月」的字：育、肩、娟、啃、撒。

一級字表

香港	台灣	大陸	字形差異描述
刀部 9畫 上下 qián 前	前	前	部件「月」，香港、大陸首筆是「豎」，台灣首筆是「撇」。 🔍 **辨析**　香港部件「月」，一般在構成左右結構的字時，首筆是「撇」，如：服、朗、期等；在構成上下結構的字時，首筆是「豎」，如：青、俞、前等。
刀部 11畫 上下 jiǎn 剪	剪	剪	部件「月」，香港、大陸首筆是「豎」，台灣首筆是「撇」。
力部 13畫 上下 shì 勢	勢	勢丨势	部件「八」，香港、大陸末筆是「點」，台灣末筆是「豎彎」。
匕部 2畫 獨體 bǐ 匕	匕	匕	香港、大陸首筆是「撇」，台灣首筆是「橫」。 💡 **注意**　具有相同部件「匕」的字：尼、老、死、此、呢、泥。
匕部 11畫 半包圍 chí shi 匙	匙	匙	部件「匕」，香港、大陸為「撇、豎彎鈎」，台灣為「橫、豎彎」。
厶部 8畫 上中下 sān 叁	叄	叁	① 上部，香港、大陸為「厶」，台灣為「厽」。 ② 香港、大陸中部為「大」，台灣中部為「人」。 ✎ **書寫提示**　台灣「叄」為十一畫。
又部 4畫 半包圍 fǎn 反	反	反	香港、大陸首筆是「撇」，台灣首筆是「橫」。 💡 **注意**　具有相同部件「反」的字：扳、阪、版、叛、販、飯。
又部 4畫 獨體 jí 及	及	及	香港、大陸為「及」；台灣為「及」，「捺」與「橫撇」相接。 💡 **注意**　具有相同部件「及」的字：圾、吸、岌、汲、笈。 ✎ **書寫提示**　香港、台灣為四畫，大陸為三畫。
又部 9畫 左右 pàn 叛	叛	叛	右部「反」，香港、大陸首筆是「撇」，台灣首筆是「橫」。 💡 **注意**　具有相同部件「反」的字：扳、阪、板、版、販、飯。
口部 5畫 左右 xié 叶	協	叶	香港、大陸為「叶」，台灣為「協」。 💡 **注意**　「叶」為台灣異體字。 📖 **小知識**　「叶」，從口，從十，是「協」的異體字。古書「協」作「叶」。

香港	台灣	大陸	字形差異描述
口部 7畫 上下 dāi 呆	呆	呆	下部「木」，香港、大陸結構緊湊，末筆是「捺」；台灣結構疏散，末筆是「捺點」。 💡 注意　具有相同部件「木」的字：朵、某、染、桑、榮、樂。
口部 7畫 左右 xī 吸	吸	吸	香港、大陸右部為「及」；台灣右部為「及」，「捺」與「橫撇」相接。 💡 注意　具有相同部件「及」的字：圾、岌、汲、笈、級。 ✏ 書寫提示　部件「及」，香港、台灣為四畫，大陸為三畫。
口部 8畫 左右 ne ní 呢	呢	呢	部件「匕」，香港、大陸首筆是「撇」，台灣首筆是「橫」。 💡 注意　具有相同部件「匕」的字：尼、老、死、此、泥。
口部 9畫 左右 mī mǐ 咪	咪	咪	右部「米」，香港、大陸結構緊湊，末筆是「捺」；台灣結構疏散，末筆是「捺點」。 💡 注意　具有相同部件「米」的字：屎、眯、粟、粲、燦。
口部 9畫 上下 zī 咨	咨	咨	上部「次」，香港、大陸左部為「點、提」，台灣左部為兩「橫」。
口部 10畫 左右 shào 哨	哨	哨	部件「月」，香港、大陸首筆是「豎」，內部為兩「橫」；台灣首筆是「撇」，內部為「點、提」。 💡 注意　具有相同部件「月」的字：育、肩、削、娟、啃、厭、撒。
口部 11畫 左右 kěn 啃	啃	啃	部件「月」，香港、大陸首筆是「豎」，內部為兩「橫」；台灣首筆是「撇」，內部為「點、提」。 💡 注意　具有相同部件「月」的字：育、肩、削、娟、撒。
口部 12畫 左右 yù 喻	喻	喻	部件「月」，香港、大陸首筆是「豎」，台灣首筆是「撇」。
口部 13畫 左右 shì 嗜	嗜	嗜	部件「匕」，香港、大陸為「撇、豎彎鈎」，台灣為「橫、豎彎」。

一級字表

香港	台灣	大陸	字形差異描述
口部 13畫 左右 sǎng 嗓	嗓	嗓	部件「木」，香港、大陸結構緊湊，末筆是「捺」；台灣結構疏散，末筆是「捺點」。 💡 **注意**　具有相同部件「木」的字：朵、呆、某、染、桑、揉、榮、蝶、樂、謀。
口部 14畫 左右 ma 嘛	嘛	嘛	部件「林」，香港、大陸結構緊湊，第四、八筆分別是「點」、「捺」；台灣結構疏散，第四、八筆均是「豎彎」。
口部 16畫 左右 zào 噪	噪	噪	部件「木」，香港、大陸結構緊湊，末筆是「捺」；台灣結構疏散，末筆是「捺點」。 💡 **注意**　具有相同部件「喿」的字：操、澡、燥、躁。
口部 19畫 左右 lóng 嚨	嚨	嚨｜咙	部件「月」，香港、大陸首筆是「豎」，內部為兩「橫」；台灣首筆是「撇」，內部為「點、提」。 💡 **注意**　具有相同部件「月」的字：育、肩、削、娟、啃、厭、撒、龍。
口部 7畫 獨體 cōng 囪	囱	囪	香港、大陸內部為「夕」，台灣內部為「夂」。 💡 **注意**　「囱」為香港異體字。
土部 7畫 左右 jī 圾	圾	圾	香港、大陸右部為「及」；台灣右部為「及」，「捺」與「橫撇」相接。 💡 **注意**　具有相同部件「及」的字：吸、岌、汲、笈、級。 ✏️ **書寫提示**　①土部的字：部首「土」在構成左右結構的字時，通常位於左部，末筆作「提」。②部件「及」，香港、台灣為四畫，大陸為三畫。
土部 9畫 左右 duǒ duò 垛	垛	垛	部件「木」，香港、大陸結構緊湊，末筆是「捺」；台灣結構疏散，末筆是「捺點」。 💡 **注意**　具有相同部件「木」的字：朵、呆、某、染、桑、揉、榮、蝶、樂、謀。
土部 13畫 上下 tú 塗	塗	塗｜涂	部件「余」，香港、大陸第五筆是「豎鈎」，台灣第五筆是「豎」。
土部 15畫 上下 duò 墮	墮	墮｜堕	部件「月」，香港、大陸首筆是「豎」，內部為兩「橫」；台灣首筆是「撇」，內部為「點、提」。 💡 **注意**　具有相同部件「月」的字：育、肩、削、娟、啃、厭、撒。

一級字表

香港	台灣	大陸	字形差異描述
土部 19畫 上下 lǒng 壟	壟	壟|垄	部件「月」，香港、大陸首筆是「豎」，內部為兩「橫」；台灣首筆是「撇」，內部為「點、提」。 💡 注意　具有相同部件「月」的字：育、肩、削、娟、啃、厭、撒、龍。
夂部 10畫 上下 xià 夏	夏	夏	部件「夂」，香港、大陸「捺」與「撇」相接，台灣「捺」與「撇」相交。
大部 5畫 獨體 yāng 央	央	央	香港、大陸末筆是「捺」，台灣末筆是「捺點」。
大部 8畫 上下 nài 奈	奈	奈	下部「示」，香港、大陸第三筆是「豎鈎」，台灣第三筆是「豎」。
宀部 8畫 上下 zōng 宗	宗	宗	下部「示」，香港、大陸第三筆是「豎鈎」，台灣第三筆是「豎」。
宀部 10畫 上下 xiāo 宵	宵	宵	部件「月」，香港、大陸首筆是「豎」，內部為兩「橫」；台灣首筆是「撇」，內部為「點、提」。 💡 注意　具有相同部件「月」的字：育、肩、削、娟、啃、厭、撒。
宀部 14畫 上下 chá 察	察	察	下部「祭」：① 部件「夕」，香港、大陸內部為兩「點」，台灣內部為「點、提」。② 部件「示」，香港、大陸第三筆是「豎鈎」，台灣第三筆是「豎」。 💡 注意　具有相同部件「祭」的字：傺、際、蔡。
宀部 19畫 上下 chǒng 寵	寵	寵|宠	部件「月」，香港、大陸首筆是「豎」，內部為兩「橫」；台灣首筆是「撇」，內部為「點、提」。 💡 注意　具有相同部件「月」的字：育、肩、削、娟、啃、厭、撒、龍。
寸部 6畫 上下 sì 寺	寺	寺	香港、大陸上部為「土」，台灣上部為「土」。
寸部 11畫 左右 wèi yù 尉	尉	尉	部件「示」，香港、大陸第三筆是「豎鈎」，台灣第三筆是「豎」。

一級字表

香港	台灣	大陸	字形差異描述
寸部 11畫 左右 jiāng jiàng 將	將	將｜将	部件「夕」，香港、大陸內部為兩「點」，台灣內部為「點、提」。
尸部 5畫 半包圍 ní 尼	尼	尼	部件「匕」，香港、大陸首筆是「撇」，台灣首筆是「橫」。 💡 **注意**　具有相同部件「匕」的字：老、死、此、呢、泥。
尸部 9畫 半包圍 shǐ 屎	屎	屎	部件「米」，香港、大陸結構緊湊，末筆是「捺」；台灣結構疏散，末筆是「捺點」。 💡 **注意**　具有相同部件「米」的字：咪、眯、粟、燦。
尸部 10畫 半包圍 xiè 屑	屑	屑	部件「月」，香港、大陸首筆是「豎」，內部為兩「橫」；台灣首筆是「撇」，內部為「點、提」。 💡 **注意**　具有相同部件「月」的字：育、肩、削、娟、啃、厭、撒。
山部 11畫 上下 chóng 崇	崇	崇	部件「示」，香港、大陸第三筆是「豎鈎」，台灣第三筆是「豎」。
广部 11畫 半包圍 ān 庵	庵	庵	部件「电」，香港、大陸末筆是「豎彎鈎」，台灣末筆是「豎彎」。 💡 **注意**　具有相同部件「奄」的字：俺、掩、掩、淹、罨。
广部 11畫 半包圍 yōng 庸	庸	庸	部件「肀」，香港、大陸第四筆是「豎」，台灣第四筆是「撇」。 💡 **注意**　具有相同部件「庸」的字：傭、慵、鏞、鱅。
广部 19畫 半包圍 páng 龐	龐	龐｜庞	部件「月」，香港、大陸首筆是「豎」，內部為兩「橫」；台灣首筆是「撇」，內部為「點、提」。 💡 **注意**　具有相同部件「月」的字：育、肩、削、娟、啃、厭、撒、龍。
彡部 7畫 左右 tóng 彤	彤	彤	左部「丹」，香港、大陸末筆是「橫」，台灣末筆是「提」。
彳部 9畫 左右 dāi dài 待	待	待	香港、大陸右上部為「土」，台灣右上部為「士」。

香港	台灣	大陸	字形差異描述
彳部 9畫 左右 hòu 後	後	後|后	部件「夂」，香港、大陸「捺」與「撇」相接，台灣「捺」與「撇」相交。
彳部 15畫 左中右 chè 徹	徹	徹|彻	①香港、大陸部件「云」，共四畫；台灣對應的部件為「厺」，共三畫。②部件「月」，香港、大陸首筆是「豎」，內部為兩「橫」；台灣首筆是「撇」，內部為「點、提」。 💡 注意　①具有相同部件「云」的字：充、育、棄、統。②具有相同部件「月」的字：肩、削、娟、啃、厭、撒。
心部 9畫 左右 tián 恬	恬	恬	右部「舌」，香港、大陸首筆是「撇」，台灣首筆是「橫」。
心部 9畫 左右 shì 恃	恃	恃	香港、大陸右上部為「土」，台灣右上部為「士」。
心部 10畫 左右 qiāo qiǎo 悄	悄	悄	部件「月」，香港、大陸首筆是「豎」，內部為兩「橫」；台灣首筆是「撇」，內部為「點、提」。 💡 注意　具有相同部件「月」的字：育、肩、削、娟、啃、厭、撒。
心部 10畫 左右 yuè 悅	悅	悅	右部「兌」，香港、大陸首兩筆為「點、撇」，台灣首兩筆為「撇、點」。
心部 11畫 上下 nín 您	您	您	部件「小」，香港、大陸首筆是「豎鈎」，台灣首筆是「豎」。
心部 11畫 左右 qíng 情	情	情	部件「月」，香港、大陸首筆是「豎」，台灣首筆是「撇」。
心部 12畫 左右 duò 惰	惰	惰	部件「月」，香港、大陸首筆是「豎」，內部為兩「橫」；台灣首筆是「撇」，內部為「點、提」。 💡 注意　具有相同部件「月」的字：育、肩、削、娟、啃、厭、撒。

一級字表

香港	台灣	大陸	字形差異描述
心部 12畫 左右 yú　愉	愉	愉	部件「月」，香港、大陸首筆是「豎」，台灣首筆是「撇」。
心部 13畫 上下 yù　愈	愈	愈	部件「月」，香港、大陸首筆是「豎」，台灣首筆是「撇」。
心部 13畫 上中下 ài　愛	愛	愛｜爱	部件「夂」，香港、大陸「捺」與「撇」相接，台灣「捺」與「撇」相交。
心部 15畫 上中下 yōu　憂	憂	憂｜忧	部件「夂」，香港、大陸「捺」與「撇」相接，台灣「捺」與「撇」相交。
心部 15畫 半包圍 qìng　慶	慶	慶｜庆	部件「夂」，香港、大陸「捺」與「撇」相接，台灣「捺」與「撇」相交。
心部 15畫 上下 wèi　慰	慰	慰	部件「示」，香港、大陸第三筆是「豎鈎」，台灣第三筆是「豎」。
心部 16畫 上下 bèi　憊	憊	憊｜惫	部件「用」，香港、大陸首筆是「豎」，台灣首筆是「撇」。
户部 4畫 獨體 hù　户	戶	户	香港、大陸首筆是「點」，台灣首筆是「撇」。 💡 注意　具有相同部件「户」的字：炉、肩、房、啟、搹、滬。
户部 8畫 半包圍 fáng　房	房	房	部件「户」，香港、大陸首筆是「點」，台灣首筆是「撇」。 💡 注意　具有相同部件「户」的字：炉、肩、啟、搹、滬。
户部 9畫 半包圍 biǎn piān　扁	扁	扁	部件「户」，香港、大陸首筆是「點」，台灣首筆是「撇」。 💡 注意　具有相同部件「扁」的字：偏、匾、遍、蝙、篇、翩、編、騙。
户部 10畫 半包圍 shàn　扇	扇	扇	部件「户」，香港、大陸首筆是「點」，台灣首筆是「撇」。 💡 注意　具有相同部件「户」的字：炉、肩、房、啟、搹、滬。

一級字表

香港	台灣	大陸	字形差異描述
手部 7畫 左右 bān 扳	扳	扳	右部「反」，香港、大陸首筆是「撇」，台灣首筆是「橫」。 💡 **注意**　具有相同部件「反」的字：阪、板、版、叛、販、飯。
手部 9畫 左右 chí 持	持	持	香港、大陸右上部為「土」，台灣右上部為「士」。
手部 10畫 左右 shāo shào 捎	捎	捎	部件「月」，香港、大陸首筆是「豎」，內部為兩「橫」；台灣首筆是「撇」，內部為「點、提」。 💡 **注意**　具有相同部件「月」的字：育、肩、削、娟、啃、厭、撒。
手部 10畫 左右 juān 捐	捐	捐	部件「月」，香港、大陸首筆是「豎」，內部為兩「橫」；台灣首筆是「撇」，內部為「點、提」。 💡 **注意**　具有相同部件「月」的字：育、肩、削、娟、啃、厭、撒。
手部 11畫 左右 nà 捺	捺	捺	部件「示」，香港、大陸第三筆是「豎鈎」，台灣第三筆是「豎」。
手部 11畫 左右 yǎn 掩	掩	掩	部件「电」，香港、大陸末筆是「豎彎鈎」，台灣末筆是「豎彎」。 💡 **注意**　具有相同部件「奄」的字：俺、掩、庵、淹、罨。
手部 12畫 左右 róu 揉	揉	揉	部件「木」，香港、大陸結構緊湊，末筆是「捺」；台灣結構疏散，末筆是「捺點」。 💡 **注意**　具有相同部件「木」的字：朵、呆、某、染、桑、榮、蝶、樂、謀。
手部 15畫 左右 sā sǎ 撒	撒	撒	部件「月」，香港、大陸首筆是「豎」，內部為兩「橫」；台灣首筆是「撇」，內部為「點、提」。 💡 **注意**　具有相同部件「月」的字：育、削、娟、啃、厭。
手部 15畫 左中右 chè 撤	撤	撤	① 香港、大陸部件「云」，共四畫；台灣對應的部件為「云」，共三畫。② 部件「月」，香港、大陸首筆是「豎」，內部為兩「橫」；台灣首筆是「撇」，內部為「點、提」。 💡 **注意**　①具有相同部件「云」的字：充、育、棄、統、徹。②具有相同部件「月」的字：肩、削、娟、啃、厭、撒。

一級字表

香港	台灣	大陸	字形差異描述
手部 16畫 左右 cāo　操	操	操	部件「木」，香港、大陸結構緊湊，末筆是「捺」；台灣結構疏散，末筆是「捺點」。 💡 注意　具有相同部件「喿」的字：噪、澡、燥、躁。
手部 17畫 左右 cā　擦	擦	擦	部件「祭」：① 部件「夕」，香港、大陸內部為兩「點」，台灣內部為「點、提」。② 部件「示」，香港、大陸第三筆是「豎鈎」，台灣第三筆是「豎」。
手部 18畫 左右 rǎo　擾	擾	擾｜扰	部件「夂」，香港、大陸「捺」與「撇」相接，台灣「捺」與「撇」相交。
手部 19畫 左右 lǒng　攏	攏	攏｜拢	部件「月」，香港、大陸首筆是「豎」，內部為兩「橫」；台灣首筆是「撇」，內部為「點、提」。 💡 注意　具有相同部件「月」的字：育、肩、削、娟、啃、厭、撒、龍。
攴部 12畫 左右 sǎn sàn　散	散	散	部件「月」，香港、大陸首筆是「豎」，內部為兩「橫」；台灣首筆是「撇」，內部為「點、提」。 💡 注意　具有相同部件「月」的字：育、肩、削、娟、啃、厭、撒。
日部 10畫 左右 shí　時	時	時｜时	香港、大陸右上部為「土」，台灣右上部為「士」。
日部 12畫 左右 qíng　晴	晴	晴	部件「月」，香港、大陸首筆是「豎」，台灣首筆是「撇」。 🔍 辨析　「晴」與「睛」。「晴」與「日」有關，如晴天；「睛」與「目」有關，如眼睛。
日部 4畫 獨體 yuē　曰	曰	曰	香港、大陸第三筆「橫」與第二筆「橫折」相離，台灣第三筆「橫」與第二筆「橫折」相接。 💡 注意　常與「日」混淆。
月部 6畫 半包圍 yǒu　有	有	有	部件「月」，香港、大陸首筆是「豎」，台灣首筆是「撇」。
月部 20畫 左右 lóng　朧	朧	朧｜胧	部件「月」，香港、大陸首筆是「豎」，內部為兩「橫」；台灣首筆是「撇」，內部為「點、提」。 💡 注意　具有相同部件「月」的字：育、肩、削、娟、啃、厭、撒、龍。

一級字表

香港	台灣	大陸	字形差異描述
木部 6畫 上下 duǒ 朵	朵	朵	下部「木」，香港、大陸結構緊湊，末筆是「捺」；台灣結構疏散，末筆是「捺點」。 💡 **注意**　具有相同部件「木」的字：呆、某、染、桑、榮、樂。
木部 8畫 左右 bǎn 板	板	板	右部「反」，香港、大陸首筆是「撇」，台灣首筆是「橫」。 💡 **注意**　具有相同部件「反」的字：扳、阪、版、叛、販、飯。 ✏️ **書寫提示**　木部的字：部首「木」在構成左右結構的字時，通常位於左部，末筆作「點」。
木部 9畫 上下 mǒu 某	某	某	下部「木」，香港、大陸結構緊湊，末筆是「捺」；台灣結構疏散，末筆是「捺點」。 💡 **注意**　具有相同部件「木」的字：朵、呆、染、桑、榮、樂。
木部 9畫 上下 qī 柒	柒	柒	① 部件「七」，香港、大陸末筆是「豎彎鈎」，台灣末筆是「豎彎」。② 部件「木」，香港、大陸結構緊湊，末筆是「捺」；台灣結構疏散，末筆是「捺點」。 💡 **注意**　具有相同部件「木」的字：朵、呆、某、染、桑、榮、樂。
木部 9畫 上下 rǎn 染	染	染	下部「木」，香港、大陸結構緊湊，末筆是「捺」；台灣結構疏散，末筆是「捺點」。 💡 **注意**　具有相同部件「木」的字：朵、呆、某、桑、榮、樂。
木部 9畫 上下 jià 架	架	架	下部「木」，香港、大陸結構緊湊，末筆是「捺」；台灣結構疏散，末筆是「捺點」。 💡 **注意**　具有相同部件「木」的字：朵、呆、某、染、桑、榮、樂。
木部 9畫 上下 róu 柔	柔	柔	下部「木」，香港、大陸結構緊湊，末筆是「捺」；台灣結構疏散，末筆是「捺點」。 💡 **注意**　具有相同部件「木」的字：朵、呆、某、染、桑、榮、樂。
木部 10畫 上下 lì 栗	栗	栗	下部「木」，香港、大陸結構緊湊，末筆是「捺」；台灣結構疏散，末筆是「捺點」。 💡 **注意**　具有相同部件「木」的字：朵、呆、某、染、桑、榮、樂。

一級字表

香港	台灣	大陸	字形差異描述
木部 10畫 上下 chái 柴	柴	柴	① 部件「匕」，香港、大陸首筆是「撇」，台灣首筆是「橫」。② 部件「朩」，香港、大陸結構緊湊，末筆是「捺」；台灣結構疏散，末筆是「捺點」。 💡 **注意**　具有相同部件「朩」的字：朵、呆、某、染、桑、榮、樂。
木部 10畫 上中下 zhuō 桌	桌	桌	部件「朩」，香港、大陸結構緊湊，末筆是「捺」；台灣結構疏散，末筆是「捺點」。 💡 **注意**　具有相同部件「朩」的字：朵、呆、某、染、桑、榮、樂。
木部 10畫 上下 sāng 桑	桑	桑	下部「朩」，香港、大陸結構緊湊，末筆是「捺」；台灣結構疏散，末筆是「捺點」。 💡 **注意**　具有相同部件「朩」的字：朵、呆、某、染、榮、樂。
木部 11畫 左右 shāo 梢	梢	梢	部件「月」，香港、大陸首筆是「豎」，內部為兩「橫」；台灣首筆是「撇」，內部為「點、提」。 💡 **注意**　具有相同部件「月」的字：育、肩、削、娟、啃、厭、撒。
木部 11畫 左右 shū 梳	梳	梳	右部「㐬」：① 香港、大陸部件「厶」，共四畫；台灣對應的部件為「厶」，共三畫。② 下部「川」，香港、大陸末筆是「豎彎鈎」，台灣末筆是「豎彎」。 💡 **注意**　具有相同部件「㐬」的字：流、琉、硫、疏、毓。
木部 11畫 上下 lí 梨	梨	梨	下部「木」，香港、大陸結構緊湊，末筆是「捺」；台灣結構疏散，末筆是「捺點」。 💡 **注意**　具有相同部件「朩」的字：朵、呆、某、染、桑、榮、樂。
木部 12畫 左右 zōng 棕	棕	棕	部件「示」，香港、大陸第三筆是「豎鈎」，台灣第三筆是「豎」。
木部 12畫 上下 táng 棠	棠	棠	部件「朩」，香港、大陸結構緊湊，末筆是「捺」；台灣結構疏散，末筆是「捺點」。 💡 **注意**　具有相同部件「朩」的字：朵、呆、某、染、桑、榮、樂。

香港	台灣	大陸	字形差異描述
木部 13畫 左右 yú	榆	榆	榆	部件「月」，香港、大陸首筆是「豎」，台灣首筆是「撇」。
木部 13畫 上下 yè	業	業	業 | 业	香港、大陸下部結構緊湊，末筆是「捺」；台灣下部結構疏散，末筆是「捺點」。
木部 14畫 上中下 róng	榮	榮	榮 | 荣	部件「木」，香港、大陸結構緊湊，末筆是「捺」；台灣結構疏散，末筆是「捺點」。 💡 注意 具有相同部件「木」的字：朵、呆、某、染、桑、樂。
木部 15畫 左右 biāo	標	標	標 | 标	部件「示」，香港、大陸第三筆是「豎鈎」，台灣第三筆是「豎」。
木部 15畫 上下 lè yuè	樂	樂	樂 | 乐	下部「木」，香港、大陸結構緊湊，末筆是「捺」；台灣結構疏散，末筆是「捺點」。 💡 注意 具有相同部件「木」的字：朵、呆、某、染、桑、榮。
木部 15畫 上下 jiǎng	漿	漿	漿 | 桨	① 部件「夕」，香港、大陸內部為兩「點」，台灣內部為「點、提」。② 下部「木」，香港、大陸結構緊湊，末筆是「捺」；台灣結構疏散，末筆是「捺點」。 💡 注意 具有相同部件「木」的字：朵、呆、某、染、桑、榮、樂。
木部 16畫 左右 tuǒ	橢	橢	橢 | 椭	部件「月」，香港、大陸首筆是「豎」，內部為兩「橫」；台灣首筆是「撇」，內部為「點、提」。 💡 注意 具有相同部件「月」的字：育、肩、削、娟、啃、厭、撒、墮。
欠部 6畫 左右 cì	次	次	次	香港、大陸首兩筆為「點、提」，台灣首兩筆為兩「橫」。
欠部 12畫 左右 kuǎn	款	款	款	部件「示」，香港、大陸第三筆是「豎鈎」，台灣第三筆是「豎」。

一級字表

香港	台灣	大陸	字形差異描述
止部 6畫 左右 cǐ　此	此	此	右部「匕」，香港、大陸首筆是「撇」，台灣首筆是「橫」。 💡 **注意**　具有相同部件「匕」的字：尼、老、死、些、呢、泥、柴、紫。
歹部 6畫 半包圍 sǐ　死	死	死	部件「匕」，香港、大陸首筆是「撇」，台灣首筆是「橫」。 💡 **注意**　具有相同部件「匕」的字：尼、老、此、呢、泥。
毋部 9畫 上下 dú　毒	毒	毒	香港、大陸下部為「母」，台灣下部為「毋」。 ✏ **書寫提示**　台灣「毒」為八畫。
水部 6畫 左右 wū　污	汙	污	香港、大陸右部為「亏」，台灣右部為「于」。 💡 **注意**　「汙」為香港、大陸異體字。 📄 **小知識**　「污」與「汙」都是形聲字，「氵」為形旁，提示字義與「水」有關；「亏」、「于」都是聲旁，提示讀音信息，造字時選用了不同的聲旁。
水部 7畫 左右 chén　沉	沉	沉	香港、大陸右下部為「几」，台灣右下部為「儿」。
水部 8畫 左右 ní nì　泥	泥	泥	部件「匕」，香港、大陸首筆是「撇」，台灣首筆是「橫」。 💡 **注意**　具有相同部件「匕」的字：尼、老、死、此、呢。
水部 10畫 左右 xiāo　消	消	消	部件「月」，香港、大陸首筆是「豎」，內部為兩「橫」；台灣首筆是「撇」，內部為「點、提」。 💡 **注意**　具有相同部件「月」的字：育、肩、削、娟、啃、厭、撒。
水部 10畫 左右 liú　流	流	流	右部「㐬」：①香港、大陸部件「厶」，共四畫；台灣對應的部件為「ㄊ」，共三畫。②下部「儿」，香港、大陸末筆是「豎彎鉤」，台灣末筆是「豎彎」。 💡 **注意**　具有相同部件「㐬」的字：琉、梳、硫、疏、毓。
水部 11畫 左右 qīng　清	清	清	部件「月」，香港、大陸首筆是「豎」，台灣首筆是「撇」。

一級字表

香港	台灣	大陸	字形差異描述
水部 11畫 左右 yān	淹	淹	淹	部件「电」，香港、大陸末筆是「豎彎鈎」，台灣末筆是「豎彎」。 💡 **注意** 具有相同部件「奄」的字：俺、埯、掩、庵、罨。
水部 11畫 左右 xiáo	淆	淆	淆	部件「有」，香港、大陸第三筆是「豎」，內部為兩「橫」；台灣第三筆是「撇」，內部為「點、提」。
水部 12畫 左右 wēn	溫	溫	温	香港、大陸右上部為「日」，台灣右上部為「囚」。 💡 **注意** ①「溫」為香港異體字，「温」為台灣異體字。②具有相同部件「昷」的字：媪、氳、瘟、醖、輼。 ✏️ **書寫提示** 台灣「溫」為十三畫。
水部 12畫 左右 yú	渝	渝	渝	部件「月」，香港、大陸首筆是「豎」，台灣首筆是「撇」。
水部 14畫 左右 piāo piǎo piào	漂	漂	漂	部件「示」，香港、大陸第三筆是「豎鈎」，台灣第三筆是「豎」。
水部 14畫 左右 hù	滬	滬	滬|沪	部件「戶」，香港、大陸首筆是「點」，台灣首筆是「撇」。 💡 **注意** 具有相同部件「戶」的字：妒、肩、房、啟、搧。
水部 15畫 上下 jiāng jiàng	漿	漿	漿|浆	部件「夕」，香港、大陸內部為兩「點」，台灣內部為「點、提」。
水部 15畫 左右 jié	潔	潔	潔|洁	部件「𢇇」，香港、大陸第三筆是「橫」，台灣第三筆是「提」。
水部 15畫 左中右 chè	澈	澈	澈	① 香港、大陸部件「厽」，共四畫；台灣對應的部件為「厶」，共三畫。②部件「月」，香港、大陸首筆是「豎」，內部為兩「橫」；台灣首筆是「撇」，內部為「點、提」。 💡 **注意** ①具有相同部件「厽」的字：充、育、棄、統、徹。②具有相同部件「月」的字：肩、削、娟、啃、厭、撒。

一級字表

一級字表

香港	台灣	大陸	字形差異描述
水部 16畫 左右 zǎo　澡	澡	澡	部件「木」，香港、大陸結構緊湊，末筆是「捺」；台灣結構疏散，末筆是「捺點」。 💡 **注意**　具有相同部件「喿」的字：操、噪、燥、躁。
火部 13畫 上下 jiān　煎	煎	煎	部件「月」，香港、大陸首筆是「豎」，台灣首筆是「撇」。 📄 **小知識**　由「灬」構成的字，有的表示和「火」有關，如：烹、煮、煎、蒸、熬等；也有的是描摹動物的尾巴或四足，如：馬、魚、燕等。
火部 13畫 左右 méi　煤	煤	煤	部件「木」，香港、大陸結構緊湊，末筆是「捺」；台灣結構疏散，末筆是「捺點」。 💡 **注意**　具有相同部件「木」的字：朵、呆、某、染、桑、揉、榮、蝶、樂、謀。 ✏ **書寫提示**　火部的字：部首「火」在構成左右結構的字時，通常位於左部，末筆作「點」。
火部 14畫 左右 shān　煽	煽	煽	部件「戶」，香港、大陸首筆是「點」，台灣首筆是「撇」。 💡 **注意**　具有相同部件「戶」的字：爐、肩、房、啟、搧、滬。
火部 15畫 上下 rè　熱	熱	熱|热	部件「八」，香港、大陸末筆是「點」，台灣末筆是「豎彎」。 📄 **小知識**　由「灬」構成的字，有的表示和「火」有關，如：烹、煮、煎、蒸、熬等；也有的是描摹動物的尾巴或四足，如：馬、魚、燕等。
火部 17畫 左右 càn　燦	燦	燦|灿	部件「米」，香港、大陸結構緊湊，末筆是「捺」；台灣結構疏散，末筆是「捺點」。 💡 **注意**　具有相同部件「米」的字：咪、屎、粟、粲。
火部 17畫 左右 zào　燥	燥	燥	部件「木」，香港、大陸結構緊湊，末筆是「捺」；台灣結構疏散，末筆是「捺點」。 💡 **注意**　具有相同部件「喿」的字：操、噪、澡、躁。
火部 19畫 左右 shuò　爍	爍	爍|烁	部件「木」，香港、大陸結構緊湊，末筆是「捺」；台灣結構疏散，末筆是「捺點」。 💡 **注意**　具有相同部件「木」的字：朵、呆、某、染、桑、揉、榮、蝶、樂、謀。

香港	台灣	大陸	字形差異描述
片部 4畫 獨體 piān piàn	片	片	片	香港、大陸第三筆「橫」與第二筆「豎」相接，「橫」向右出頭；台灣第三筆「橫」與第二筆「豎」相接。
牛部 10畫 左右 tè	特	特	特	香港、大陸右上部為「⼟」，台灣右上部為「士」。 ✎ 書寫提示　牛部的字：部首「牛」在構成左右結構的字時，通常位於左部，末筆作「提」。
犬部 11畫 左右 cāi	猜	猜	猜	部件「月」，香港、大陸首筆是「豎」，台灣首筆是「撇」。
玉部 11畫 左右 liú	琉	琉	琉	右部「㐬」：① 香港、大陸部件「厶」，共四畫；台灣對應的部件為「厶」，共三畫。② 下部「川」，香港、大陸末筆是「豎彎鈎」，台灣末筆是「豎彎」。 💡 注意　具有相同部件「㐬」的字：流、梳、硫、疏、毓。 ✎ 書寫提示　玉部的字：「⺩」是斜玉旁，不是王字旁，末筆為「提」。
瓜部 16畫 左右 piáo	瓢	瓢	瓢	部件「示」，香港、大陸第三筆是「豎鈎」，台灣第三筆是「豎」。
甘部 11畫 左右 tián	甜	甜	甜	左部「舌」，香港、大陸首筆是「撇」，台灣首筆是「橫」。
疋部 12畫 左右 shū	疏	疏	疏	右部「㐬」：① 香港、大陸部件「厶」，共四畫；台灣對應的部件為「厶」，共三畫。② 下部「川」，香港、大陸末筆是「豎彎鈎」，台灣末筆是「豎彎」。 💡 注意　具有相同部件「㐬」的字：流、琉、梳、硫、毓。
疒部 14畫 半包圍 wēn	瘟	瘟	瘟	被包圍部分，香港、大陸上部為「日」，台灣上部為「囚」。 💡 注意　①「瘟」為香港異體字。② 具有相同部件「昷」的字：温、媪、氲、醖、韞。 ✎ 書寫提示　台灣「瘟」為十五畫。

香港	台灣	大陸	字形差異描述
白部 7畫 上下 zào 皂	皂	皂	下部「匕」，香港、大陸第二筆是「豎彎鈎」，台灣第二筆是「豎彎」。
目部 11畫 左右 mí 眯	眯	眯	部件「米」，香港、大陸結構緊湊，末筆是「捺」；台灣結構疏散，末筆是「捺點」。 💡 注意　具有相同部件「米」的字：咪、屎、粟、燦。
目部 13畫 左右 jīng 睛	睛	睛	部件「月」，香港、大陸首筆是「豎」，台灣首筆是「撇」。 🔍 辨析　「睛」與「晴」。「睛」與「目」有關，如眼睛；「晴」與「日」有關，如晴天。
石部 12畫 左右 xiāo 硝	硝	硝	部件「月」，香港、大陸首筆是「豎」，內部為兩「橫」；台灣首筆是「撇」，內部為「點、提」。 💡 注意　具有相同部件「月」的字：育、肩、削、娟、啃、厭、撒。
石部 12畫 左右 liú 硫	硫	硫	右部「㐬」：① 香港、大陸部件「厶」，共四畫；台灣對應的部件為「厶」，共三畫。② 下部「儿」，香港、大陸末筆是「豎彎鈎」，台灣末筆是「豎彎」。 💡 注意　具有相同部件「㐬」的字：流、琉、梳、疏、毓。
石部 14畫 左右 dié 碟	碟	碟	部件「木」，香港、大陸結構緊湊，末筆是「捺」；台灣結構疏散，末筆是「捺點」。 💡 注意　具有相同部件「木」的字：朵、呆、某、染、桑、揉、榮、蝶、樂、謀。
石部 20畫 左右 lì 礫	礫	礫|砾	部件「木」，香港、大陸結構緊湊，末筆是「捺」；台灣結構疏散，末筆是「捺點」。 💡 注意　具有相同部件「木」的字：朵、呆、某、染、桑、揉、榮、蝶、樂、謀。
示部 5畫 上下 shì 示	示	示	香港、大陸第三筆是「豎鈎」，台灣第三筆是「豎」。
示部 10畫 上下 suì 祟	祟	祟	下部「示」，香港、大陸第三筆是「豎鈎」，台灣第三筆是「豎」。

一級字表

香港	台灣	大陸	字形差異描述
示部 11畫 上下 piào **票**	**票**	**票**	下部「示」，香港、大陸第三筆是「豎鈎」，台灣第三筆是「豎」。
示部 11畫 上下 jì zhài **祭**	**祭**	**祭**	① 部件「夕」，香港、大陸內部為兩「點」，台灣內部為「點、提」。② 部件「示」，香港、大陸第三筆是「豎鈎」，台灣第三筆是「豎」。 💡 **注意** 具有相同部件「祭」的字：傺、察、際、蔡。
禾部 12畫 左右 shāo shào **稍**	**稍**	**稍**	部件「月」，香港、大陸首筆是「豎」，內部為兩「橫」；台灣首筆是「撇」，內部為「點、提」。 💡 **注意** 具有相同部件「月」的字：育、肩、削、娟、啃、厭、撒。 ✏️ **書寫提示** 禾部的字：部首「禾」在構成左右結構的字時，通常位於左部，末筆作「點」。
禾部 12畫 左右 shuì **稅**	**稅**	**稅**	右部「兌」，香港、大陸首兩筆為「點、撇」，台灣首兩筆為「撇、點」。
竹部 12畫 上下 děng **等**	**等**	**等**	下部「寺」，香港、大陸上部為「土」，台灣上部為「圡」。
竹部 15畫 上下 jiàn **箭**	**箭**	**箭**	部件「月」，香港、大陸首筆是「豎」，台灣首筆是「撇」。
竹部 15畫 上下 piān **篇**	**篇**	**篇**	部件「戶」，香港、大陸首筆是「點」，台灣首筆是「撇」。 💡 **注意** 具有相同部件「扁」的字：偏、區、遍、蝙、翩、編、騙。
竹部 22畫 上下 lóng lǒng **籠**	**籠**	**籠|笼**	部件「月」，香港、大陸首筆是「豎」，內部為兩「橫」；台灣首筆是「撇」，內部為「點、提」。 💡 **注意** 具有相同部件「月」的字：育、肩、削、娟、啃、厭、撒、龍。
米部 6畫 獨體 mǐ **米**	**米**	**米**	香港、大陸結構緊湊，末筆是「捺」；台灣結構疏散，末筆是「捺點」。 💡 **注意** 具有相同部件「米」的字：咪、屎、眯、粟、粲、燦。

香港	台灣	大陸	字形差異描述
米部 12畫 上下 sù 粟	粟	粟	下部「米」，香港、大陸結構緊湊，末筆是「捺」；台灣結構疏散，末筆是「捺點」。 💡 **注意**　具有相同部件「米」的字：咪、屎、粲、燦。
米部 14畫 左右 jīng 精	精	精	部件「月」，香港、大陸首筆是「豎」，台灣首筆是「撇」。
糸部 10畫 左右 jí 級	級	級|级	香港、大陸右部為「及」；台灣右部為「及」，「捺」與「橫撇」相接。 💡 **注意**　具有相同部件「及」的字：圾、吸、岌、汲、笈。 ✏️ **書寫提示**　①糸部的字：部首「糸」獨立位於左部時，通常作「糹」，如：糾、紅、紗、緞等；位於下部時，通常作「糸」，如：素、索、緊、繁等。②部件「及」，香港、台灣為四畫，大陸為三畫。
糸部 12畫 上下 zǐ 紫	紫	紫	部件「匕」，香港、大陸首筆是「撇」，台灣首筆是「橫」。 💡 **注意**　具有相同部件「匕」的字：尼、老、死、此、些、呢、泥、柴。
糸部 12畫 左右 tǒng 統	統	統|统	香港、大陸部件「厶」，共四畫；台灣對應的部件為「厶」，共三畫。 💡 **注意**　具有相同部件「厶」的字：充、育、棄、徹。
糸部 13畫 左右 juàn 絹	絹	絹|绢	部件「月」，香港、大陸首筆是「豎」，內部為兩「橫」；台灣首筆是「撇」，內部為「點、提」。 💡 **注意**　具有相同部件「月」的字：育、肩、削、娟、啃、厭、撒。
糸部 14畫 左右 zèng zōng 綜	綜	綜|综	部件「示」，香港、大陸第三筆是「豎鈎」，台灣第三筆是「豎」。
糸部 15畫 左右 biān 編	編	編|编	部件「戶」，香港、大陸首筆是「點」，台灣首筆是「撇」。 💡 **注意**　具有相同部件「扁」的字：偏、匾、遍、蝙、篇、翩、騙。
糸部 17畫 左右 zǒng 總	總	總|总	部件「囪」，香港、大陸內部為「夕」，台灣內部為「㐅」。 💡 **注意**　「總」為香港異體字。

一級字表

香港	台灣	大陸	字形差異描述
羽部 15畫 左右 piān 翩	翩	翩	部件「户」，香港、大陸首筆是「點」，台灣首筆是「撇」。 💡 **注意**　具有相同部件「扁」的字：偏、區、遍、蝙、篇、編、騙。
老部 6畫 半包圍 lǎo 老	老	老	部件「匕」，香港、大陸首筆是「撇」，台灣首筆是「橫」。 💡 **注意**　具有相同部件「匕」的字：尼、死、此、呢、泥。
耳部 22畫 上下 lóng 聾	聾	聾｜聋	部件「月」，香港、大陸首筆是「豎」，內部為兩「橫」；台灣首筆是「撇」，內部為「點、提」。 💡 **注意**　具有相同部件「月」的字：育、肩、削、娟、啃、厭、撒、龍。
聿部 14畫 上下 zhào 肇	肇	肇	部件「户」，香港、大陸首筆是「點」，台灣首筆是「撇」。 💡 **注意**　具有相同部件「户」的字：爐、肩、房、啟、搧、滬、顧。
肉部 7畫 上下 xiāo xiào 肖	肖	肖	部件「月」，香港、大陸首筆是「豎」，內部為兩「橫」；台灣首筆是「撇」，內部為「點、提」。 💡 **注意**　具有相同部件「月」的字：育、肩、削、娟、啃、厭、撒。 🔍 **辨析**　香港部件「月」，一般在左右結構的字的左部時，首筆是「撇」，內部為「點、提」，如：胞、胸、胳等；在上下結構的字的下部時，首筆是「豎」，內部為兩「橫」，如：肖、胃、腎等。
肉部 8畫 上下 kěn 肯	肯	肯	部件「月」，香港、大陸首筆是「豎」，內部為兩「橫」；台灣首筆是「撇」，內部為「點、提」。 💡 **注意**　具有相同部件「月」的字：育、肩、削、娟、啃、厭、撒。 🔍 **辨析**　香港部件「月」，一般在左右結構的字的左部時，首筆是「撇」，內部為「點、提」，如：胞、胸、胳等；在上下結構的字的下部時，首筆是「豎」，內部為兩「橫」，如：肯、胃、腎等。 📄 **小知識**　肉部的字：現代漢字中「肉月旁」與「月字旁」不同。「肉月旁」一般是與身體器官或肉有關，如：肋、肝、肘、脊、臂等；「月字旁」一般是與月亮、天氣、光線有關，如：明、朗、期、朝、朦等。

一級字表

香港	台灣	大陸	字形差異描述
肉部 8畫 上下 yù 育	育	育	① 香港、大陸部件「厶」，共四畫；台灣對應的部件為「厶」，共三畫。② 部件「月」，香港、大陸首筆是「豎」，內部為兩「橫」；台灣首筆是「撇」，內部為「點、提」。 💡 **注意**　①具有相同部件「厶」的字：充、棄、統、徹。②具有相同部件「月」的字：肩、削、娟、啃、厭、撒。 🔍 **辨析**　香港部件「月」，一般在左右結構的字的左部時，首筆是「撇」，內部為「點、提」，如：胞、胸、胳等；在上下結構的字的下部時，首筆是「豎」，內部為兩「橫」，如：肯、胃、腎等。
肉部 8畫 半包圍 jiān 肩	肩	肩	① 部件「户」，香港、大陸首筆是「點」，台灣首筆是「撇」。② 部件「月」，香港、大陸首筆是「豎」，內部為兩「橫」；台灣首筆是「撇」，內部為「點、提」。 💡 **注意**　①具有相同部件「户」的字：炉、房、啟、搧、滬、顧。②具有相同部件「月」的字：育、削、娟、啃、厭、撒。
肉部 9畫 上下 wèi 胃	胃	胃	部件「月」，香港、大陸首筆是「豎」，內部為兩「橫」；台灣首筆是「撇」，內部為「點、提」。 💡 **注意**　具有相同部件「月」的字：育、肩、削、娟、啃、厭、撒。 🔍 **辨析**　香港部件「月」，一般在左右結構的字的左部時，首筆是「撇」，內部為「點、提」，如：胞、胸、胳等；在上下結構的字的下部時，首筆是「豎」，內部為兩「橫」，如：肯、胃、腎等。
肉部 10畫 上下 jǐ 脊	脊	脊	部件「月」，香港、大陸首筆是「豎」，內部為兩「橫」；台灣首筆是「撇」，內部為「點、提」。 💡 **注意**　具有相同部件「月」的字：育、肩、削、娟、啃、厭、撒。 🔍 **辨析**　香港部件「月」，一般在左右結構的字的左部時，首筆是「撇」，內部為「點、提」，如：胞、胸、胳等；在上下結構的字的下部時，首筆是「豎」，內部為兩「橫」，如：肯、胃、腎等。

一級字表

香港	台灣	大陸	字形差異描述
肉部 10畫 上下 xié 脅	脅	脅|胁	部件「月」，香港、大陸首筆是「豎」，內部為兩「橫」；台灣首筆是「撇」，內部為「點、提」。 💡 **注意** 具有相同部件「月」的字：育、肩、削、娟、啃、厭、撒。 🔍 **辨析** 香港部件「月」，一般在左右結構的字的左部時，首筆是「撇」，內部為「點、提」，如：胞、胸、胳等；在上下結構的字的下部時，首筆是「豎」，內部為兩「橫」，如：肯、胃、腎等。
肉部 12畫 上下 shèn 腎	腎	腎|肾	左部「月」，香港、大陸首筆是「豎」，內部為兩「橫」；台灣首筆是「撇」，內部為「點、提」。 💡 **注意** 具有相同部件「月」的字：育、肩、削、娟、啃、厭、撒。 🔍 **辨析** 香港部件「月」，一般在左右結構的字的左部時，首筆是「撇」，內部為「點、提」，如：胞、胸、胳等；在上下結構的字的下部時，首筆是「豎」，內部為兩「橫」，如：肯、胃、腎等。
肉部 14畫 上下 gāo gào 膏	膏	膏	部件「月」，香港、大陸首筆是「豎」，內部為兩「橫」；台灣首筆是「撇」，內部為「點、提」。 💡 **注意** 具有相同部件「月」的字：育、肩、削、娟、啃、厭、撒。 🔍 **辨析** 香港部件「月」，一般在左右結構的字的左部時，首筆是「撇」，內部為「點、提」，如：胞、胸、胳等；在上下結構的字的下部時，首筆是「豎」，內部為兩「橫」，如：肯、胃、腎等。
肉部 17畫 上下 tún 臀	臀	臀	部件「月」，香港、大陸首筆是「豎」，內部為兩「橫」；台灣首筆是「撇」，內部為「點、提」。 💡 **注意** 具有相同部件「月」的字：育、肩、削、娟、啃、厭、撒。 🔍 **辨析** 香港部件「月」，一般在左右結構的字的左部時，首筆是「撇」，內部為「點、提」，如：胞、胸、胳等；在上下結構的字的下部時，首筆是「豎」，內部為兩「橫」，如：肯、胃、腎等。

一級字表

香港	台灣	大陸	字形差異描述
肉部 17畫 上下 bei bì 臂	臂	臂	部件「月」，香港、大陸首筆是「豎」，內部為兩「橫」；台灣首筆是「撇」，內部為「點、提」。 💡 **注意**　具有相同部件「月」的字：育、肩、削、娟、哨、厭、撒。 🔍 **辨析**　香港部件「月」，一般在左右結構的字的左部時，首筆是「撇」，內部為「點、提」，如：胞、胸、胳等；在上下結構的字的下部時，首筆是「豎」，內部為兩「橫」，如：肯、胃、腎等。
臣部 8畫 左右 wò 臥	臥	臥	香港、大陸右部為「卜」，台灣右部為「人」。 💡 **注意**　「臥」為香港異體字，「臥」為台灣異體字。
舌部 6畫 上下 shé 舌	舌	舌	香港、大陸首筆是「撇」，台灣首筆是「橫」。
虫部 13畫 左右 tuì 蛻	蛻	蛻	右部「兌」，香港、大陸首兩筆為「點、撇」，台灣首兩筆為「撇、點」。
虫部 14畫 左右 qīng 蜻	蜻	蜻	部件「月」，香港、大陸首筆是「豎」，台灣首筆是「撇」。
虫部 15畫 左右 dié 蝶	蝶	蝶	部件「木」，香港、大陸結構緊湊，末筆是「捺」；台灣結構疏散，末筆是「捺點」。 💡 **注意**　具有相同部件「木」的字：朵、呆、某、染、桑、揉、榮、樂、謀。
虫部 15畫 左右 biān 蝙	蝙	蝙	部件「戶」，香港、大陸首筆是「點」，台灣首筆是「撇」。 💡 **注意**　具有相同部件「扁」的字：偏、匾、遍、篇、翩、編、騙。
衣部 13畫 上中下 lǐ 裏	裡	裏|里	香港、大陸為上中下結構，「里」在「衣」中；台灣為左右結構，「里」在「衤」右。 💡 **注意**　「裡」為香港、大陸異體字，「裏」為台灣異體字。 📄 **小知識**　「峯、峰」，「裏、裡」，「羣、群」，構成異體字關係，彼此音、義相同，寫法不同。

一級字表

香港	台灣	大陸	字形差異描述
衣部 22畫 上下 xí　襲	襲	襲｜袭	部件「月」，香港、大陸首筆是「豎」，內部為兩「橫」；台灣首筆是「撇」，內部為「點、提」。 💡 **注意**　具有相同部件「月」的字：育、肩、削、娟、啃、厭、撒、龍。
言部 13畫 左右 shī　詩	詩	詩｜诗	香港、大陸右上部為「土」，台灣右上部為「士」。
言部 14畫 左右 shuì shuō　説	説	説｜说	右部「兌」，香港、大陸首兩筆為「點、撇」，台灣首兩筆為「撇、點」。
言部 15畫 左右 qǐng　請	請	請｜请	部件「月」，香港、大陸首筆是「豎」，台灣首筆是「撇」。
言部 16畫 左右 móu　謀	謀	謀｜谋	部件「木」，香港、大陸結構緊湊，末筆是「捺」；台灣結構疏散，末筆是「捺點」。 💡 **注意**　具有相同部件「木」的字：朵、呆、某、染、桑、揉、榮、蝶、樂。
言部 16畫 左右 dié　諜	諜	諜｜谍	部件「木」，香港、大陸結構緊湊，末筆是「捺」；台灣結構疏散，末筆是「捺點」。 💡 **注意**　具有相同部件「木」的字：朵、呆、某、染、桑、揉、榮、蝶、樂、謀。
言部 16畫 左右 wèi　謂	謂	謂｜谓	部件「月」，香港、大陸首筆是「豎」，內部為兩「橫」；台灣首筆是「撇」，內部為「點、提」。 💡 **注意**　具有相同部件「月」的字：育、肩、削、娟、啃、厭、撒。
言部 17畫 左右 téng　謄	謄	謄｜誊	右上部，香港、大陸末筆「捺」與第四筆「橫」相接，台灣末筆「捺」與第三筆「橫」相接。 🔍 **辨析**　「滕」、「謄」、「騰」。三字都是形聲字，形旁在右下方。
貝部 11畫 左右 fàn　販	販	販｜贩	右部「反」，香港、大陸首筆是「撇」，台灣首筆是「橫」。 💡 **注意**　具有相同部件「反」的字：扳、阪、板、版、叛、飯。 📖 **小知識**　貝部的字：古代曾以貝殼為貨幣，從貝的字一般和錢財有關，如：財、貴、買、賄、賜等。

一級字表

香港	台灣	大陸	字形差異描述
貝部 13畫 左右 huì　賄	賄	賄｜贿	部件「月」，香港、大陸首筆是「豎」，台灣首筆是「撇」。
貝部 13畫 上下 zī　資	資	資｜资	上部「次」，香港、大陸左部為「點、提」，台灣左部為兩「橫」。
走部 14畫 半包圍 zhào　趙	趙	趙｜赵	部件「月」，香港、大陸首筆是「豎」，內部為兩「橫」；台灣首筆是「撇」，內部為「點、提」。 💡 注意　具有相同部件「月」的字：育、肩、削、娟、啃、厭、撒。 ✏️ 書寫提示　走部的字：現代漢字中「走字旁」與「走之旁」不同。「走字旁」應先寫「走」，後寫其他部分，如：赴、趁、超、越、趕等；「走之旁」應先寫其他部分，後寫「辶」，如：返、追、逃、進、達等。
足部 13畫 左右 duò　跺	跺	跺	部件「木」，香港、大陸結構緊湊，末筆是「捺」；台灣結構疏散，末筆是「捺點」。 💡 注意　具有相同部件「木」的字：朵、呆、某、染、桑、揉、榮、蝶、樂、謀。 ✏️ 書寫提示　足部的字：部首「足」在構成左右結構的字時，通常位於左部，最後兩筆作「豎、提」。
足部 16畫 左右 róu　蹂	蹂	蹂	部件「木」，香港、大陸結構緊湊，末筆是「捺」；台灣結構疏散，末筆是「捺點」。 💡 注意　具有相同部件「木」的字：朵、呆、某、染、桑、揉、榮、蝶、樂、謀。
足部 20畫 左右 zào　躁	躁	躁	部件「木」，香港、大陸結構緊湊，末筆是「捺」；台灣結構疏散，末筆是「捺點」。 💡 注意　具有相同部件「喿」的字：操、噪、澡、燥。
車部 16畫 左右 shū　輸	輸	輸｜输	部件「月」，香港、大陸首筆是「豎」，台灣首筆是「撇」。
車部 19畫 左中右 zhé　轍	轍	轍｜辙	①香港、大陸部件「厶」，共四畫；台灣對應的部件為「厶」，共三畫。②部件「月」，香港、大陸首筆是「豎」，內部為兩「橫」；台灣首筆是「撇」，內部為「點、提」。 💡 注意　①具有相同部件「厶」的字：充、育、棄、統、徹。②具有相同部件「月」的字：肩、削、娟、啃、厭、撒。

一級字表

香港	台灣	大陸	字形差異描述
邑部 9畫 左右 yù 郁	郁	郁	部件「月」，香港、大陸首筆是「豎」，台灣首筆是「撇」。 📄 **小知識** 邑部的字：右邊的「阝」是由「邑」變形而來，通常表示和地名、邦郡有關，如：邡、都、郭、鄂、鄭等；左邊的「阝」是由「阜」變形而來，通常表示和地勢、升降等有關，如：降、陡、階、隅、險等。 ✏️ **書寫提示** 邑部的字：部件「阝」，香港、台灣為三畫，大陸為兩畫。
金部 12畫 左右 gōu 鈎	鉤	鈎|钩	香港、大陸右部為「勾」，台灣右部為「句」。 💡 **注意** 「鈎」為香港、大陸異體字，「鉤」為台灣異體字。 📄 **小知識** 「口」、「厶」關係密切。同為一個字，造字時有的用「口」，有的用「厶」，如：「兗、充」，「鉤、鈎」。 ✏️ **書寫提示** ① 金部的字：部首「金」在構成左右結構的字時，通常位於左部，末筆作「提」。② 台灣「鉤」為十三畫。
金部 15畫 左右 xiāo 銷	銷	銷|销	部件「月」，香港、大陸首筆是「豎」，內部為兩「橫」；台灣首筆是「撇」，內部為「點、提」。 💡 **注意** 具有相同部件「月」的字：厭、啃、墮、矗、壓。
金部 15畫 左右 ruì 銳	銳	銳|锐	右部「兌」，香港、大陸首兩筆為「點、撇」，台灣首兩筆為「撇、點」。
門部 15畫 半包圍 yuè 閱	閱	閱|阅	部件「兌」，香港、大陸首兩筆為「點、撇」，台灣首兩筆為「撇、點」。
阜部 12畫 左右 suí 隋	隋	隋	部件「月」，香港、大陸首筆是「豎」，內部為兩「橫」；台灣首筆是「撇」，內部為「點、提」。 💡 **注意** 具有相同部件「月」的字：育、肩、削、娟、啃、厭、撒、墮。 📄 **小知識** 阜部的字：左邊的「阝」是由「阜」變形而來，通常表示和地勢、升降等有關，如：降、陡、階、隅、險等；右邊的「阝」是由「邑」變形而來，通常表示和地名、邦郡有關，如：邡、都、郭、鄂、鄭等。 ✏️ **書寫提示** 阜部的字：部件「阝」，香港、台灣為三畫，大陸為兩畫。

一級字表

香港	台灣	大陸	字形差異描述
阜部 14畫 左右 jì	際	際	際｜际	右部「祭」：① 部件「夕」，香港、大陸內部為兩「點」，台灣內部為「點、提」。② 部件「示」，香港、大陸第三筆是「豎鈎」，台灣第三筆是「豎」。 💡 **注意**　具有相同部件「祭」的字：傺、察、蔡。
隹部 12畫 上下 jí	集	集	集	下部「木」，香港、大陸結構緊湊，末筆是「捺」；台灣結構疏散，末筆是「捺點」。 💡 **注意**　具有相同部件「木」的字：朵、呆、某、染、桑、榮、樂。
青部 8畫 上下 qīng	青	青	青	部件「月」，香港、大陸首筆是「豎」，台灣首筆是「撇」。 🔍 **辨析**　香港部件「月」，一般在構成左右結構的字時，首筆是「撇」，如：服、朗、期等；在構成上下結構的字時，首筆是「豎」，如：青、俞、前等。
青部 13畫 左右 jìng	靖	靖	靖	部件「月」，香港、大陸首筆是「豎」，台灣首筆是「撇」。
頁部 21畫 左右 gù	顧	顧	顧｜顾	部件「戶」，香港、大陸首筆是「點」，台灣首筆是「撇」。 💡 **注意**　具有相同部件「戶」的字：爐、肩、房、啟、搵、滬、肇。 📄 **小知識**　頁部的字：「頁」本義是頭。從頁的字，一般和頭有關，如：領、頤、頰、頸、顧等。
馬部 19畫 左右 piàn	騙	騙	騙｜骗	部件「戶」，香港、大陸首筆是「點」，台灣首筆是「撇」。 💡 **注意**　具有相同部件「扁」的字：偏、匾、遍、蝙、篇、翩、編。
魚部 21畫 左右 qí	鰭	鰭	鰭｜鳍	部件「匕」，香港、大陸為「撇、豎彎鈎」，台灣為「橫、豎彎」。
鳥部 16畫 上下 yāng	鴦	鴦	鴦｜鸯	上部「央」，香港、大陸末筆是「捺」，台灣末筆是「捺點」。

一級字表

香港	台灣	大陸	字形差異描述
鳥部 18畫 左右 juān 鵑	鵑	鵑｜鹃	部件「月」，香港、大陸首筆是「豎」，內部為兩「橫」；台灣首筆是「撇」，內部為「點、提」。 💡 **注意**　具有相同部件「月」的字：育、肩、削、娟、啃、厭、撒。
麻部 11畫 半包圍 má 麻	麻	麻	部件「林」，香港、大陸結構緊湊，第四、八筆分別是「點」、「捺」；台灣結構疏散，第四、八筆均是「豎彎」。
龍部 16畫 左右 lóng 龍	龍	龍｜龙	部件「月」，香港、大陸首筆是「豎」，內部為兩「橫」；台灣首筆是「撇」，內部為「點、提」。 💡 **注意**　具有相同部件「月」的字：育、肩、削、娟、啃、厭、撒。

五 區

香港與台灣、大陸（規範字／繁體字）字形不同。台灣與大陸（規範字／繁體字）字形相同。

香港	台灣	大陸	字形差異描述
亠部 6畫 獨體 yì 亦	亦	亦	香港第三筆是「豎」，台灣、大陸第三筆是「撇」。
人部 7畫 左右 yòng 佣	佣	佣	右部「用」，香港首筆是「豎」，台灣、大陸首筆是「撇」。
人部 10畫 左右 chàng 倡	倡	倡	右下部件「曰」，香港第三筆「橫」與第二筆「橫折」相離，台灣、大陸第三筆「橫」與第二筆「橫折」相接。 💡 **注意**　具有相同部件「昌」的字：唱、猖、娼、菖、閶。
人部 14畫 左右 sēng 僧	僧	僧	部件「曰」，香港第三筆「橫」與第二筆「橫折」相離，台灣、大陸第三筆「橫」與第二筆「橫折」相接。 💡 **注意**　具有相同部件「曾」的字：增、憎、層、醫、甑、贈、蹭。
儿部 11畫 上下 dōu 兜	兜	兜	上部「㇠」，香港左部為「撇、豎折」，台灣、大陸左部為「撇、豎提」。

一級字表

香港	台灣	大陸	字形差異描述
力部 6畫 上下 liè 劣	劣	劣	上部「少」，香港首筆是「豎鈎」，台灣、大陸首筆是「豎」。 💡 **注意**　具有相同部件「少」的字：吵、妙、省、秒、鈔、渺、鯊。
口部 5畫 上下 tái 台	臺	臺|台	香港為「台」，台灣、大陸為「臺」。 💡 **注意**　「臺」為香港異體字，「台」為台灣異體字。
口部 7畫 左右 chāo chǎo 吵	吵	吵	右部「少」，香港首筆是「豎鈎」，台灣、大陸首筆是「豎」。 💡 **注意**　具有相同部件「少」的字：劣、妙、省、秒、鈔、渺、鯊。
口部 7畫 上下 gào 告	告	告	香港上部為「牛」，「豎」與下部「口」相接；台灣、大陸上部為「牛」，「豎」與末筆「橫」相接。 ✏️ **書寫提示**　香港「牛」中「豎」為第四筆，台灣、大陸「牛」中「豎」為第三筆。
口部 8畫 半包圍 zhōu 周	周	周	部件「土」，香港「豎」穿過兩「橫」，台灣、大陸「豎」不穿第二「橫」。 💡 **注意**　具有相同部件「周」的字：惆、週、稠、綢、調、雕、鵰。
口部 11畫 左右 chàng 唱	唱	唱	右下部件「曰」，香港第三筆「橫」與第二筆「橫折」相離，台灣、大陸第三筆「橫」與第二筆「橫折」相接。 💡 **注意**　具有相同部件「昌」的字：倡、猖、娼、菖、閶。
口部 17畫 左右 hè xià 嚇	嚇	嚇|吓	兩個部件「朿」，香港第四筆均是「豎」，台灣、大陸第四筆均是「撇」。
口部 17畫 左右 xiào 嘯	嘯	嘯|啸	右部「肅」，香港上、下部件之間有一筆「橫」，下部首筆是「豎」，內部中的「橫」與兩邊相離；台灣、大陸上、下部件之間沒有「橫」，下部首筆是「撇」，內部中的「橫」與兩邊相接。 ✏️ **書寫提示**　台灣「嘯」為十五畫，大陸「嘯」為十六畫。

香港	台灣	大陸	字形差異描述
土部 15畫 左右 zēng 增	增	增	部件「曰」，香港第三筆「橫」與第二筆「橫折」相離，台灣、大陸第三筆「橫」與第二筆「橫折」相接。 💡 **注意**　具有相同部件「曾」的字：僧、憎、層、甑、甑、贈、蹭。 ✏️ **書寫提示**　土部的字：部首「土」在構成左右結構的字時，通常位於左部，末筆作「提」。
小部 4畫 獨體 shǎo shào 少	少	少	香港首筆是「豎鈎」，台灣、大陸首筆是「豎」。 💡 **注意**　具有相同部件「少」的字：劣、吵、妙、省、秒、鈔、渺、鯊。
小部 6畫 上下 jiān 尖	尖	尖	上部「小」，香港首筆是「豎鈎」，台灣、大陸首筆是「豎」。
尸部 15畫 半包圍 céng 層	層	層|层	部件「曰」，香港第三筆「橫」與第二筆「橫折」相離，台灣、大陸第三筆「橫」與第二筆「橫折」相接。 💡 **注意**　具有相同部件「曾」的字：僧、增、憎、甑、甑、贈、蹭。
山部 23畫 上下 yán 巖	岩	岩	香港「山」下為「嚴」，台灣、大陸「山」下為「石」。 💡 **注意**　「岩」為香港異體字，「巖」為大陸異體字。
彳部 11畫 左右 dé de děi 得	得	得	部件「曰」，香港第三筆「橫」與第二筆「橫折」相離，台灣、大陸第三筆「橫」與第二筆「橫折」相接。 💡 **注意**　具有相同部件「曰」的字：書、替、復、葛、歇、厭、踏、潛、繪。
心部 10畫 上下 gōng 恭	恭	恭	部件「小」，香港首筆是「豎」，台灣、大陸首筆是「豎鈎」。
心部 15畫 左右 zēng 憎	憎	憎	部件「曰」，香港第三筆「橫」與第二筆「橫折」相離，台灣、大陸第三筆「橫」與第二筆「橫折」相接。 💡 **注意**　具有相同部件「曾」的字：僧、增、層、甑、甑、贈、蹭。

一級字表

香港	台灣	大陸	字形差異描述
手部 7畫 左右 chāo　抄	抄	抄	右部「少」，香港首筆是「豎鈎」，台灣、大陸首筆是「豎」。 💡 **注意**　具有相同部件「少」的字：劣、吵、妙、省、秒、鈔、渺、鯊。
手部 17畫 左右 jǐ　擠	擠	擠｜挤	部件「ㄚ」，香港第三筆是「豎鈎」，台灣、大陸第三筆是「豎」。
日部 8畫 上下 chāng　昌	昌	昌	下部「曰」，香港第三筆「橫」與第二筆「橫折」相離，台灣、大陸第三筆「橫」與第二筆「橫折」相接。 💡 **注意**　具有相同部件「昌」的字：倡、唱、猖、娼、菖、閶。
日部 10畫 上下 shū　書	書	書｜书	部件「曰」，香港第三筆「橫」與第二筆「橫折」相離，台灣、大陸第三筆「橫」與第二筆「橫折」相接。 💡 **注意**　具有相同部件「曰」的字：得、替、復、葛、歇、厭、踏、潛、繪。
日部 11畫 上下 cáo　曹	曹	曹	部件「曰」，香港第三筆「橫」與第二筆「橫折」相離，台灣、大陸第三筆「橫」與第二筆「橫折」相接。 💡 **注意**　具有相同部件「曹」的字：嘈、漕、槽、遭、艚、糟。
日部 12畫 上中下 céng zēng　曾	曾	曾	部件「曰」，香港第三筆「橫」與第二筆「橫折」相離，台灣、大陸第三筆「橫」與第二筆「橫折」相接。 💡 **注意**　具有相同部件「曾」的字：僧、增、憎、層、罾、甑、贈、蹭。
日部 13畫 上下 huì kuài　會	會	會｜会	部件「曰」，香港第三筆「橫」與第二筆「橫折」相離，台灣、大陸第三筆「橫」與第二筆「橫折」相接。 💡 **注意**　具有相同部件「曰」的字：書、得、替、復、葛、歇、厭、踏、潛、繪。
木部 9畫 左右 tái　枱	檯	檯｜台	香港右部為「台」，台灣、大陸右部為「臺」。 💡 **注意**　「檯」為香港異體字，「枱」為台灣異體字。 ✎ **書寫提示**　木部的字：部首「木」在構成左右結構的字時，通常位於左部，末筆作「點」。

一級字表

香港	台灣	大陸	字形差異描述
木部 15畫 左右 cáo 槽	槽	槽	部件「曰」，香港第三筆「橫」與第二筆「橫折」相離，台灣、大陸第三筆「橫」與第二筆「橫折」相接。 💡 **注意**　具有相同部件「曹」的字：嘈、漕、遭、糟、糟。
水部 7畫 左右 shā shà 沙	沙	沙	右部「少」，香港首筆是「豎鈎」，台灣、大陸首筆是「豎」。 💡 **注意**　具有相同部件「少」的字：劣、吵、妙、省、秒、鈔、渺、鯊。
水部 10畫 左右 hào 浩	浩	浩	右部「告」，香港上部為「牛」，「豎」與下部「口」相接；台灣、大陸上部為「牜」，「豎」與末筆「橫」相接。 ✎ **書寫提示**　香港「牛」中「豎」為第四筆，台灣、大陸「牜」中「豎」為第三筆。
水部 11畫 左右 tiān 添	添	添	部件「灬」，香港首筆是「豎」，台灣、大陸首筆是「豎鈎」。
水部 11畫 左右 yū 淤	淤	淤	部件「夂」，香港第二筆是「橫」，台灣、大陸第二筆是「捺」。
水部 12畫 左中右 miǎo 渺	渺	渺	右部「少」，香港首筆是「豎鈎」，台灣、大陸首筆是「豎」。 💡 **注意**　具有相同部件「少」的字：劣、吵、妙、省、秒、鈔、鯊。
水部 12畫 左右 yuān 淵	淵	淵|渊	部件「開」，香港首筆是「豎」，中「橫」與兩邊相離；台灣、大陸首筆是「撇」，中「橫」與兩邊相接。 ✎ **書寫提示**　台灣「淵」為十一畫。
水部 17畫 左右 jǐ jì 濟	濟	濟|济	部件「丫」，香港第三筆是「豎鈎」，台灣、大陸第三筆是「豎」。
火部 8畫 左右 chǎo 炒	炒	炒	右部「少」，香港首筆是「豎鈎」，台灣、大陸首筆是「豎」。 💡 **注意**　具有相同部件「少」的字：劣、吵、妙、省、秒、鈔、渺、鯊。 ✎ **書寫提示**　火部的字：部首「火」在構成左右結構的字時，通常位於左部，末筆作「點」。

一級字表

香港	台灣	大陸	字形差異描述
火部 14畫 上下 xī 熙	熙	熙	部件「巳」，香港末筆是「豎彎」，台灣、大陸末筆是「豎彎鈎」。 📖 **小知識**　由「灬」構成的字，有的表示和「火」有關，如：烹、煮、煎、蒸、熬等；也有的是描摹動物的尾巴或四足，如：馬、魚、燕等。
爿部 8畫 左右 chuáng 牀	床	床	香港為左右結構，「木」在「爿」右；台灣、大陸為半包圍結構，「木」在「广」內。 💡 **注意**　「床」為香港異體字，「牀」為台灣、大陸異體字。
犬部 11畫 左右 chāng 猖	猖	猖	部件「曰」，香港第三筆「橫」與第二筆「橫折」相離，台灣、大陸第三筆「橫」與第二筆「橫折」相接。 💡 **注意**　具有相同部件「昌」的字：倡、唱、娼、菖、閶。
白部 12畫 左右 hào 皓	皓	皓	右部「告」，香港上部為「牛」，「豎」與下部「口」相接；台灣、大陸上部為「牛」，「豎」與末筆「橫」相接。 ✎ **書寫提示**　香港「牛」中「豎」為第四筆，台灣、大陸「牛」中「豎」為第三筆。
目部 9畫 上下 shěng xǐng 省	省	省	香港首筆是「豎鈎」，台灣、大陸首筆是「豎」。 💡 **注意**　具有相同部件「少」的字：劣、吵、妙、秒、鈔、渺、鯊。
目部 13畫 上下 dū 督	督	督	部件「小」，香港首筆是「豎鈎」，台灣、大陸首筆是「豎」。
石部 9畫 左右 shā 砂	砂	砂	右部「少」，香港首筆是「豎鈎」，台灣、大陸首筆是「豎」。 💡 **注意**　具有相同部件「少」的字：劣、吵、妙、省、秒、鈔、渺、鯊。
禾部 9畫 左右 miǎo 秒	秒	秒	右部「少」，香港首筆是「豎鈎」，台灣、大陸首筆是「豎」。 💡 **注意**　具有相同部件「少」的字：劣、吵、妙、省、秒、鈔、渺、鯊。 ✎ **書寫提示**　禾部的字：部首「禾」在構成左右結構的字時，通常位於左部，末筆作「點」。

一級字表

香港	台灣	大陸	字形差異描述
禾部 13畫 左右 chóu 稠	稠	稠	部件「龶」，香港「豎」穿過兩「橫」，台灣、大陸「豎」不穿第二「橫」。 💡 注意　具有相同部件「周」的字：惆、週、綢、調、雕、鵰。
禾部 16畫 左右 mù 穆	穆	穆	部件「小」，香港首筆是「豎鈎」，台灣、大陸首筆是「豎」。
竹部 20畫 上下 xiāo 簫	簫	簫|箫	下部「肅」，香港上、下部件之間有一筆「橫」，下部首筆是「豎」，內部中的「橫」與兩邊相離；台灣、大陸上、下部件之間沒有「橫」，下部首筆是「撇」，內部中的「橫」與兩邊相接。 ✐ 書寫提示　台灣「簫」為十八畫，大陸「箫」為十九畫。
米部 17畫 左右 zāo 糟	糟	糟	部件「曰」，香港第三筆「橫」與第二筆「橫折」相離，台灣、大陸第三筆「橫」與第二筆「橫折」相接。 💡 注意　具有相同部件「曹」的字：嘈、漕、槽、遭、艚。
糸部 10畫 左右 shā 紗	紗	紗|纱	右部「少」，香港首筆是「豎鈎」，台灣、大陸首筆是「豎」。 💡 注意　具有相同部件「少」的字：劣、吵、妙、省、秒、鈔、渺、鯊。 ✐ 書寫提示　糸部的字：部首「糸」獨立位於左部時，通常作「糹」，如：糾、紅、紗、緞等；位於下部時，通常作「糸」，如：素、索、緊、繁等。
糸部 14畫 左右 chóu 綢	綢	綢|绸	部件「龶」，香港「豎」穿過兩「橫」，台灣、大陸「豎」不穿第二「橫」。 💡 注意　具有相同部件「周」的字：惆、週、稠、調、雕、鵰。
糸部 19畫 左右 huì 繪	繪	繪|绘	部件「曰」，香港第三筆「橫」與第二筆「橫折」相離，台灣、大陸第三筆「橫」與第二筆「橫折」相接。 💡 注意　具有相同部件「曰」的字：書、得、替、復、葛、歇、厭、踏、潛。
糸部 21畫 左右 xù 續	續	續|续	部件「罒」，香港內部為「撇、豎彎」，台灣、大陸內部為兩「豎」。

一級字表

香港	台灣	大陸	字形差異描述
羊部 13畫 上下 qún 羣	群	群	香港為上下結構，「羊」在「君」的下部；台灣、大陸為左右結構，「羊」在「君」的右部。 💡 **注意**　「群」為香港異體字，「羣」為台灣、大陸異體字。 📄 **小知識**　「峯、峰」，「裏、裡」，「羣、群」，構成異體字關係，彼此音、義相同，寫法不同。
聿部 14畫 獨體 sù 肅	肅	肅|肃	香港上、下部件之間有一筆「橫」，下部首筆是「豎」，內部中的「橫」與兩邊相離；台灣、大陸上、下部件之間沒有「橫」，下部首筆是「撇」，內部中的「橫」與兩邊相接。 ✏️ **書寫提示**　台灣「肅」為十二畫，大陸「肃」為十三畫。
虫部 24畫 上下 cán 蠶	蠶	蠶|蚕	① 部件「䇂䇂」，香港第四、八筆均是「豎彎」，台灣、大陸第四、八筆分別是「豎提」、「豎彎鈎」。② 部件「曰」，香港第三筆「橫」與第二筆「橫折」相離，台灣、大陸第三筆「橫」與第二筆「橫折」相接。 💡 **注意**　具有相同部件「曰」的字：書、得、替、復、葛、歇、厭、踏、潛、繪。
行部 16畫 左中右 wèi 衞	衛	衛|卫	香港中下部為「帀」，台灣、大陸中下部為「中」。 💡 **注意**　「衛」為香港異體字，「衞」為台灣異體字。 ✏️ **書寫提示**　台灣、大陸「衛」為十五畫。
言部 15畫 左右 diào tiáo 調	調	調|调	部件「キ」，香港「豎」穿過兩「橫」，台灣、大陸「豎」不穿第二「橫」。 💡 **注意**　具有相同部件「周」的字：惆、週、稠、綢、雕、鵰。
言部 22畫 左右 dòu dú 讀	讀	讀|读	部件「罒」，香港內部為「撇、豎彎」，台灣、大陸內部為兩「豎」。
貝部 19畫 左右 zèng 贈	贈	贈|赠	部件「曰」，香港第三筆「橫」與第二筆「橫折」相離，台灣、大陸第三筆「橫」與第二筆「橫折」相接。 💡 **注意**　具有相同部件「曾」的字：僧、增、憎、層、罾、甑、蹭。 📄 **小知識**　貝部的字：古代曾以貝殼為貨幣，從貝的字一般和錢財有關，如：財、貴、買、賄、賜等。

一級字表

香港	台灣	大陸	字形差異描述
貝部 22畫 左右 shú 贖	贖	贖｜赎	部件「罒」，香港內部為「撇、豎彎」，台灣、大陸內部為兩「豎」。
赤部 7畫 上下 chì 赤	赤	赤	香港第四筆是「豎」，台灣、大陸第四筆是「撇」。
赤部 11畫 左右 shè 赦	赦	赦	左部「赤」，香港第四筆是「豎」，台灣、大陸第四筆是「撇」。
赤部 14畫 左右 hè 赫	赫	赫	兩個部件「赤」，香港第四筆均是「豎」，台灣、大陸第四筆均是「撇」。
走部 12畫 半包圍 chèn 趁	趁	趁	部件「㐱」，香港第二筆是「捺點」，台灣、大陸第二筆是「捺」。 ✎ **書寫提示**　走部的字：現代漢字中「走字旁」與「走之旁」不同。「走字旁」應先寫「走」，後寫其他部分，如：赴、趁、超、越、趕等；「走之旁」應先寫其他部分，後寫「辶」，如：返、追、逃、進、達等。
足部 15畫 左右 tā tà 踏	踏	踏	部件「日」，香港第三筆「橫」與第二筆「橫折」相離，台灣、大陸第三筆「橫」與第二筆「橫折」相接。 💡 **注意**　具有相同部件「日」的字：書、得、替、復、葛、歇、厭、潛、繪。 ✎ **書寫提示**　足部的字：部首「足」在構成左右結構的字時，通常位於左部，最後兩筆作「豎、提」。
足部 16畫 左右 yǒng 踊	踊	踊｜踊	部件「甬」，香港第四筆是「橫折鉤」，台灣、大陸第四筆是「橫折」。
足部 19畫 左右 cèng 蹭	蹭	蹭	部件「日」，香港第三筆「橫」與第二筆「橫折」相離，台灣、大陸第三筆「橫」與第二筆「橫折」相接。 💡 **注意**　具有相同部件「曾」的字：僧、增、憎、層、罾、甑、贈。

一級字表

香港	台灣	大陸	字形差異描述
金部 12畫 左右 chāo	鈔	鈔	鈔|钞	右部「少」，香港首筆是「豎鈎」，台灣、大陸首筆是「豎」。 💡 **注意**　具有相同部件「少」的字：劣、吵、妙、省、秒、渺、鯊。 ✎ **書寫提示**　金部的字：部首「金」在構成左右結構的字時，通常位於左部，末筆作「提」。
隹部 11畫 上下 qiāo qiǎo què	雀	雀	雀	香港首筆是「豎鈎」，台灣、大陸首筆是「豎」。 💡 **注意**　具有相同部件「少」的字：劣、吵、妙、省、秒、渺、鯊。
隹部 14畫 左右 cí	雌	雌	雌	部件「匕」，香港為「短撇、豎彎鈎」，台灣、大陸為「短橫、豎提」。
隹部 16畫 左右 diāo	雕	雕	雕	部件「龶」，香港「豎」穿過兩「橫」，台灣、大陸「豎」不穿第二「橫」。 💡 **注意**　具有相同部件「周」的字：惆、週、稠、綢、調、鵰。
鬯部 29畫 上下 yù	鬱	鬱	鬱|郁	部件「匕」，香港為「撇、豎彎」，台灣、大陸為「橫、豎提」。
魚部 15畫 上下 lǔ	魯	魯	魯|鲁	部件「曰」，香港第三筆「橫」與第二筆「橫折」相離，台灣、大陸第三筆「橫」與第二筆「橫折」相接。 💡 **注意**　具有相同部件「曰」的字：書、得、替、復、葛、歇、厭、踏、潛、繪。
魚部 18畫 上下 shā	鯊	鯊	鯊|鲨	部件「少」，香港首筆是「豎鈎」，台灣、大陸首筆是「豎」。 💡 **注意**　具有相同部件「少」的字：劣、吵、妙、省、秒、鈔、渺。
齊部 14畫 上下 qí	齊	齊	齊|齐	部件「丫」，香港第三筆是「豎鈎」，台灣、大陸第三筆是「豎」。

一級字表

六 區

香港、台灣、大陸（規範字 / 繁體字）三者字形各不相同。

香港	台灣	大陸	字形差異描述
人部 9畫 左右 jùn 俊	俊	俊	①部件「儿」，香港、台灣為「撇、豎彎」，且與上部相接；大陸為「撇、點」，且與上部相離。②部件「夂」，香港、大陸「捺」與「撇」相接，台灣「捺」與「撇」相交。 💡 **注意**　具有相同部件「夋」的字：唆、峻、梭、竣、駿。
人部 12畫 左右 jié 傑	傑	杰	①香港、台灣為「傑」，大陸為「杰」。②部件「木」，香港結構緊湊，末筆是「捺」；台灣結構疏散，末筆是「捺點」。 💡 **注意**　「傑」為大陸異體字。
人部 13畫 左右 shǎ 傻	傻	傻	①部件「儿」，香港、台灣為「撇、豎彎」，且與上部相接；大陸為「撇、點」，且與上部相離。②部件「夂」，香港、大陸「捺」與「撇」相接，台灣「捺」與「撇」相交。
人部 14畫 左右 gù 僱	僱	雇	①香港、台灣左部有「亻」，大陸則沒有。②部件「戶」，香港、大陸首筆是「點」，台灣首筆是「撇」。 💡 **注意**　①「僱」為大陸異體字。②具有相同部件「戶」的字：妒、肩、房、啟、搧、滬、顧。
八部 16畫 上中下 jì 冀	冀	冀	①部件「㇀」，香港、台灣「提」與「豎」相接，「提」出頭；大陸「提」與「豎」相接，「豎」出頭。②部件「匕」，香港、大陸首筆是「撇」，台灣首筆是「橫」。
冫部 10畫 左右 líng 淩	淩	淩	①部件「儿」，香港、台灣為「撇、豎彎」，且與上部相接；大陸為「撇、點」，且與上部相離。②部件「夂」，香港、大陸「捺」與「撇」相接，台灣「捺」與「撇」相交。 💡 **注意**　具有相同部件「夌」的字：陵、菱、棱、稜、綾。
冫部 15畫 左右 lǐn 凜	凜	凛	香港右下部為「禾」，結構緊湊，末筆是「捺」；台灣右下部為「禾」，結構疏散，末筆是「捺點」；大陸右下部為「示」。

一級字表

香港	台灣	大陸	字形差異描述
刀部 12畫 左右 gē　割	割	割	部件「㓞」，香港首筆是「撇」，「豎」向下出頭；台灣首筆是「撇」，「豎」向下不出頭；大陸首筆是「橫」，「豎」向下出頭。 ✎ **書寫提示**　香港「㓞」、大陸「㓞」中「豎」為第四筆，台灣「㓞」中「豎」為第三筆。
刀部 16畫 左右 jì　劑	劑	劑｜剂	① 部件「丫」，香港第三筆是「豎鉤」，台灣、大陸第三筆是「豎」。② 部件「𠂤」，香港、台灣第三筆是「點」，大陸第三筆是「捺」。
力部 7畫 上下 nǔ　努	努	努	部件「女」，香港第三筆「提」與第二筆「撇」相接，「撇」出頭；台灣第三筆「提」與第二筆「撇」相交；大陸第三筆「橫」與第二筆「撇」相接。
匕部 4畫 左右 huà　化	化	化	右部「匕」，香港「豎彎鉤」與「撇」相接，台灣「豎彎鉤」與「橫」相接，大陸「豎彎鉤」與「撇」相交。 💡 **注意**　具有相同部件「化」的字：花、貨、訛、靴。
匕部 5畫 左右 běi　北	北	北	① 左部「⺊」，香港、台灣「提」與「豎」相接，「提」出頭；大陸「提」與「豎」相接，「豎」出頭。② 右部「匕」，香港、大陸首筆是「撇」，台灣首筆是「橫」。
匚部 11畫 半包圍 biǎn　匾	匾	匾	① 部件「户」，香港、大陸首筆是「點」，台灣首筆是「撇」。② 香港、台灣末筆是「豎彎」，大陸末筆是「豎折」。 💡 **注意**　具有相同部件「扁」的字：偏、遍、蝙、篇、翩、編、騙。
厂部 14畫 半包圍 yàn　厭	厭	厭｜厌	① 部件「日」，香港第三筆「橫」與第二筆「橫折」相離，台灣、大陸第三筆「橫」與第二筆「橫折」相接。② 部件「月」，香港、大陸首筆是「豎」，內部為兩「橫」；台灣首筆是「撇」，內部為「點、提」。 💡 **注意**　①具有相同部件「日」的字：書、得、替、復、葛、歇、踏、潛、繪。②具有相同部件「月」的字：育、肩、削、娟、啃、撒。

香港	台灣	大陸	字形差異描述
口部 10畫 左右 suō 唆	唆	唆	① 部件「ㄦ」，香港、台灣為「撇、豎彎」，且與上部相接；大陸為「撇、點」，且與上部相離。② 部件「夂」，香港、大陸「捺」與「撇」相接，台灣「捺」與「撇」相交。 💡 **注意** 具有相同部件「夋」的字：俊、峻、梭、竣、駿。
口部 12畫 左右 hē hè 喝	喝	喝	① 部件「曰」，香港第三筆「橫」與第二筆「橫折」相離，台灣、大陸第三筆「橫」與第二筆「橫折」相接。② 部件「勹」，香港、台灣末筆是「豎彎」，大陸末筆是「豎折」。 💡 **注意** 具有相同部件「曰」的字：書、得、替、復、葛、歇、厭、踏、潛、繪。
口部 16畫 左右 zuǐ 嘴	嘴	嘴	① 部件「匕」，香港、大陸首筆是「撇」，台灣首筆是「橫」。② 部件「角」，香港、台灣「豎」向下不出頭，大陸「豎」向下出頭。 ✏️ **書寫提示** 香港、台灣「角」中「豎」為第六筆，大陸「角」中「豎」為第七筆。
土部 13畫 左右 tā 塌	塌	塌	部件「曰」，香港第三筆「橫」與第二筆「橫折」相離，台灣最後兩筆「橫」與兩邊相離，大陸最後兩筆「橫」與兩邊相接。 ✏️ **書寫提示** 土部的字：部首「土」在構成左右結構的字時，通常位於左部，末筆作「提」。
土部 17畫 半包圍 yā yà 壓	壓	壓|压	① 香港、台灣為半包圍結構，大陸為上下結構。② 部件「曰」，香港第三筆「橫」與第二筆「橫折」相離，台灣、大陸第三筆「橫」與第二筆「橫折」相接。③ 部件「月」，香港、大陸首筆是「豎」，內部為兩「橫」；台灣首筆是「撇」，內部為「點、提」。 💡 **注意** ① 具有相同部件「曰」的字：書、得、替、復、葛、歇、厭、踏、潛、繪。② 具有相同部件「月」的字：育、肩、削、娟、啃、撒。
大部 9畫 上下 qì 契	契	契	① 部件「龶」，香港、大陸第三筆是「橫」，台灣第三筆是「提」。② 下部「大」，香港、台灣末筆是「捺點」，大陸末筆是「捺」。

一級字表

香港	台灣	大陸	字形差異描述
大部 13畫 上下 ào 奧	奧	奧	① 上部「冖」，香港、大陸第三筆是「橫折」，台灣第三筆是「橫折鈎」。② 上內部，香港、台灣為「釆」，「米」上有一筆「撇」；大陸只有「米」。③ 下部「大」，香港、台灣末筆是「捺點」，大陸末筆是「捺」。
女部 5畫 左右 nǎi 奶	奶	奶	左部「女」，香港「提」與「撇」相接，「撇」出頭；台灣「提」與「撇」相交；大陸「橫」與「撇」相接，「撇」出頭。
女部 5畫 左右 nú 奴	奴	奴	左部「女」，香港「提」與「撇」相接，「撇」出頭；台灣「提」與「撇」相交；大陸「橫」與「撇」相接，「撇」出頭。
女部 6畫 左右 jiān 奸	奸	奸	左部「女」，香港「提」與「撇」相接，「撇」出頭；台灣「提」與「撇」相交；大陸「橫」與「撇」相接，「撇」出頭。
女部 6畫 左右 rú 如	如	如	左部「女」，香港「提」與「撇」相接，「撇」出頭；台灣「提」與「撇」相交；大陸「橫」與「撇」相接，「撇」出頭。
女部 6畫 左右 fēi 妃	妃	妃	左部「女」，香港「提」與「撇」相接，「撇」出頭；台灣「提」與「撇」相交；大陸「橫」與「撇」相接，「撇」出頭。
女部 6畫 左右 hǎo hào 好	好	好	左部「女」，香港「提」與「撇」相接，「撇」出頭；台灣「提」與「撇」相交；大陸「橫」與「撇」相接，「撇」出頭。
女部 6畫 左右 tā 她	她	她	① 左部「女」，香港「提」與「撇」相接，「撇」出頭；台灣「提」與「撇」相交；大陸「橫」與「撇」相接，「撇」出頭。② 右部「也」，香港、台灣首筆是「橫折」，大陸首筆是「橫折鈎」。 💡 **注意**　具有相同部件「也」的字：他、地、池、弛、馳。
女部 7畫 左右 jì 妓	妓	妓	左部「女」，香港「提」與「撇」相接，「撇」出頭；台灣「提」與「撇」相交；大陸「橫」與「撇」相接，「撇」出頭。

香港	台灣	大陸	字形差異描述
女部 7畫 左右 miào 妙	妙	妙	①左部「女」，香港「提」與「撇」相接，「撇」出頭；台灣「提」與「撇」相交；大陸「橫」與「撇」相接，「撇」出頭。②右部「少」，香港首筆是「豎鈎」，台灣、大陸首筆是「豎」。 💡 注意　具有相同部件「少」的字：劣、吵、省、秒、鈔、渺、鯊。
女部 7畫 左右 yāo 妖	妖	妖	左部「女」，香港「提」與「撇」相接，「撇」出頭；台灣「提」與「撇」相交；大陸「橫」與「撇」相接，「撇」出頭。
女部 7畫 左右 fáng 妨	妨	妨	左部「女」，香港「提」與「撇」相接，「撇」出頭；台灣「提」與「撇」相交；大陸「橫」與「撇」相接，「撇」出頭。
女部 7畫 左右 dù 妒	妒	妒	①左部「女」，香港「提」與「撇」相接，「撇」出頭；台灣「提」與「撇」相交；大陸「橫」與「撇」相接，「撇」出頭。②右部「戶」，香港、大陸首筆是「點」，台灣首筆是「撇」。 💡 注意　具有相同部件「戶」的字：肩、房、啟、搧、滬。
女部 8畫 左右 mèi 妹	妹	妹	左部「女」，香港「提」與「撇」相接，「撇」出頭；台灣「提」與「撇」相交；大陸「橫」與「撇」相接，「撇」出頭。
女部 8畫 左右 gū 姑	姑	姑	左部「女」，香港「提」與「撇」相接，「撇」出頭；台灣「提」與「撇」相交；大陸「橫」與「撇」相接，「撇」出頭。
女部 8畫 左右 jiě 姐	姐	姐	左部「女」，香港「提」與「撇」相接，「撇」出頭；台灣「提」與「撇」相交；大陸「橫」與「撇」相接，「撇」出頭。
女部 8畫 左右 xìng 姓	姓	姓	左部「女」，香港「提」與「撇」相接，「撇」出頭；台灣「提」與「撇」相交；大陸「橫」與「撇」相接，「撇」出頭。
女部 8畫 左右 zǐ 姊	姊	姊	左部「女」，香港「提」與「撇」相接，「撇」出頭；台灣「提」與「撇」相交；大陸「橫」與「撇」相接，「撇」出頭。
女部 8畫 左右 nī 妮	妮	妮	①左部「女」，香港「提」與「撇」相接，「撇」出頭；台灣「提」與「撇」相交；大陸「橫」與「撇」相接，「撇」出頭。②部件「匕」，香港、大陸首筆是「撇」，台灣首筆是「橫」。

一級字表

香港	台灣	大陸	字形差異描述
女部 8畫 左右 shǐ 始	始	始	左部「女」，香港「提」與「撇」相接，「撇」出頭；台灣「提」與「撇」相交；大陸「橫」與「撇」相接，「撇」出頭。
女部 8畫 左右 mǔ 姆	姆	姆	左部「女」，香港「提」與「撇」相接，「撇」出頭；台灣「提」與「撇」相交；大陸「橫」與「撇」相接，「撇」出頭。
女部 9畫 上下 zī 姿	姿	姿	①上左部「冫」，香港、大陸為「點、提」，台灣為兩「橫」。②上右部「夂」，香港、台灣末筆是「捺點」，大陸末筆是「捺」。③下部「女」，香港、台灣第三筆「橫」與第二筆「撇」相交，大陸第三筆「橫」與第二筆「撇」相接。
女部 9畫 左右 wá 娃	娃	娃	左部「女」，香港「提」與「撇」相接，「撇」出頭；台灣「提」與「撇」相交；大陸「橫」與「撇」相接，「撇」出頭。
女部 9畫 左右 lǎo 姥	姥	姥	①左部「女」，香港「提」與「撇」相接，「撇」出頭；台灣「提」與「撇」相交；大陸「橫」與「撇」相接，「撇」出頭。②部件「匕」，香港、大陸首筆是「撇」，台灣首筆是「橫」。
女部 9畫 左右 yí 姨	姨	姨	左部「女」，香港「提」與「撇」相接，「撇」出頭；台灣「提」與「撇」相交；大陸「橫」與「撇」相接，「撇」出頭。
女部 9畫 左右 zhí 姪	姪	侄	①香港、台灣左部為「女」，大陸左部為「亻」。②部件「女」，香港「提」與「撇」相接，「撇」出頭；台灣「提」與「撇」相交。 💡 注意　「侄」為香港異體字，「姪」為大陸異體字。
女部 9畫 左右 yīn 姻	姻	姻	左部「女」，香港「提」與「撇」相接，「撇」出頭；台灣「提」與「撇」相交；大陸「橫」與「撇」相接，「撇」出頭。
女部 9畫 左右 yáo 姚	姚	姚	左部「女」，香港「提」與「撇」相接，「撇」出頭；台灣「提」與「撇」相交；大陸「橫」與「撇」相接，「撇」出頭。

一級字表

香港	台灣	大陸	字形差異描述
女部 10畫 左右 juān 娟	娟	娟	①左部「女」，香港「提」與「撇」相接，「撇」出頭；台灣「提」與「撇」相交；大陸「橫」與「撇」相接，「撇」出頭。②部件「月」，香港、大陸首筆是「豎」，內部為兩「橫」；台灣首筆是「撇」，內部為「點、提」。 💡 注意　具有相同部件「月」的字：育、肩、削、啃、厭、撒。
女部 10畫 左右 yú 娛	娛	娛	①左部「女」，香港「提」與「撇」相接，「撇」出頭；台灣「提」與「撇」相交；大陸「橫」與「撇」相接，「撇」出頭。②右下部，香港、台灣為「吳」，首筆是「豎折折」，末筆是「捺點」；大陸為「夭」，首筆是「橫」，末筆是「捺」。 💡 注意　具有相同部件「吳」的字：俁、虞、蜈、誤。
女部 10畫 左右 é 娥	娥	娥	左部「女」，香港「提」與「撇」相接，「撇」出頭；台灣「提」與「撇」相交；大陸「橫」與「撇」相接，「撇」出頭。
女部 10畫 左右 niáng 娘	娘	娘	左部「女」，香港「提」與「撇」相接，「撇」出頭；台灣「提」與「撇」相交；大陸「橫」與「撇」相接，「撇」出頭。
女部 10畫 左右 nà nuó 娜	娜	娜	左部「女」，香港「提」與「撇」相接，「撇」出頭；台灣「提」與「撇」相交；大陸「橫」與「撇」相接，「撇」出頭。
女部 11畫 上下 lóu 婁	婁	婁|娄	①上部「вֿ」，香港末筆「豎」上下貫穿，台灣、大陸末筆「豎」向下不出頭。②下部「女」，香港、台灣「橫」與「撇」相交，大陸「橫」與「撇」相接。
女部 11畫 左右 hūn 婚	婚	婚	左部「女」，香港「提」與「撇」相接，「撇」出頭；台灣「提」與「撇」相交；大陸「橫」與「撇」相接，「撇」出頭。
女部 11畫 左右 wǎn 婉	婉	婉	左部「女」，香港「提」與「撇」相接，「撇」出頭；台灣「提」與「撇」相交；大陸「橫」與「撇」相接，「撇」出頭。

一級字表

香港	台灣	大陸	字形差異描述
女部 11畫 左右 fù	婦	婦	婦|妇	①左部「女」，香港「提」與「撇」相接，「撇」出頭；台灣「提」與「撇」相交；大陸「橫」與「撇」相接，「撇」出頭。②部件「⇒」，香港、台灣第二筆「橫」與首筆「橫折」相交，大陸第二筆「橫」與首筆「橫折」相接。 💡 **注意**　具有相同部件「⇒」的字：急、浸、彗、掃、尋、歸。
女部 12畫 左右 méi	媒	媒	媒	①左部「女」，香港「提」與「撇」相接，「撇」出頭；台灣「提」與「撇」相交；大陸「橫」與「撇」相接，「撇」出頭。②部件「木」，香港、大陸結構緊湊，末筆是「捺」；台灣結構疏散，末筆是「捺點」。
女部 12畫 左右 sǎo	嫂	嫂	嫂	①左部「女」，香港「提」與「撇」相接，「撇」出頭；台灣「提」與「撇」相交；大陸「橫」與「撇」相接，「撇」出頭。②右部「叟」，香港部件「甶」中「豎」與底「橫」相接；台灣部件「申」中「豎」穿離底「橫」，並下接部件「又」；大陸部件「甶」中「豎」與底「橫」相交，並下接部件「又」。 ✎ **書寫提示**　台灣「嫂」為十三畫。
女部 12畫 左右 mèi	媚	媚	媚	左部「女」，香港「提」與「撇」相接，「撇」出頭；台灣「提」與「撇」相交；大陸「橫」與「撇」相接，「撇」出頭。
女部 12畫 左右 xù	婿	婿	婿	①左部「女」，香港「提」與「撇」相接，「撇」出頭；台灣「提」與「撇」相交；大陸「橫」與「撇」相接，「撇」出頭。②部件「月」，香港、大陸首筆是「豎」，內部為兩「橫」；台灣首筆是「撇」，內部為「點、提」。 💡 **注意**　具有相同部件「月」的字：育、肩、削、娟、啃、厭、撒。
女部 13畫 左右 mā	媽	媽	媽|妈	左部「女」，香港「提」與「撇」相接，「撇」出頭；台灣「提」與「撇」相交；大陸「橫」與「撇」相接，「撇」出頭。
女部 13畫 左右 xí	媳	媳	媳	左部「女」，香港「提」與「撇」相接，「撇」出頭；台灣「提」與「撇」相交；大陸「橫」與「撇」相接，「撇」出頭。

一級字表

香港	台灣	大陸	字形差異描述
女部 13畫 左右 jí　嫉	嫉	嫉	① 左部「女」，香港「提」與「撇」相接，「撇」出頭；台灣「提」與「撇」相交；大陸「橫」與「撇」相接，「撇」出頭。② 部件「矢」，香港、台灣末筆是「捺點」，大陸末筆是「捺」。 💡 注意　具有相同部件「矢」的字：矣、埃、唉、候、疾、喉、簇。
女部 13畫 左右 xián　嫌	嫌	嫌	左部「女」，香港「提」與「撇」相接，「撇」出頭；台灣「提」與「撇」相交；大陸「橫」與「撇」相接，「撇」出頭。
女部 13畫 左右 jià　嫁	嫁	嫁	左部「女」，香港「提」與「撇」相接，「撇」出頭；台灣「提」與「撇」相交；大陸「橫」與「撇」相接，「撇」出頭。
女部 14畫 左中右 nèn　嫩	嫩	嫩	左部「女」，香港「提」與「撇」相接，「撇」出頭；台灣「提」與「撇」相交；大陸「橫」與「撇」相接，「撇」出頭。
女部 15畫 左右 jiāo　嬌	嬌	嬌|娇	左部「女」，香港「提」與「撇」相接，「撇」出頭；台灣「提」與「撇」相交；大陸「橫」與「撇」相接，「撇」出頭。
女部 18畫 左右 shěn　嬸	嬸	嬸|婶	① 左部「女」，香港「提」與「撇」相接，「撇」出頭；台灣「提」與「撇」相交；大陸「橫」與「撇」相接，「撇」出頭。② 部件「釆」，香港、台灣末筆是「捺點」，大陸末筆是「捺」。
宀部 10畫 上中下 hài　害	害	害	部件「丰」，香港首筆是「撇」，「豎」向下出頭；台灣首筆是「撇」，「豎」向下不出頭；大陸首筆是「橫」，「豎」向下出頭。 ✏ 書寫提示　香港「丰」、大陸「丰」中「豎」為第四筆，台灣「丰」中「豎」為第三筆。
尸部 14畫 半包圍 lǚ　屢	屢	屢|屡	① 部件「串」，香港末筆「豎」上下貫穿，台灣、大陸末筆「豎」向下不出頭。② 部件「女」，香港、台灣「橫」與「撇」相交，大陸「橫」與「撇」相接。

一級字表

香港	台灣	大陸	字形差異描述
尸部 15畫 半包圍 lǚ　履	履	履	① 部件「曰」，香港第三筆「橫」與第二筆「橫折」相離，台灣、大陸第三筆「橫」與第二筆「橫折」相接。② 部件「夂」，香港、大陸「捺」與「撇」相接，台灣「捺」與「撇」相交。 💡 **注意**　具有相同部件「曰」的字：書、得、替、復、葛、歇、厭、踏、潛。
山部 10畫 左右 qiào　峭	峭	峭	① 左部「山」，香港、台灣第二筆是「豎折」，大陸第二筆是「豎提」。② 部件「月」，香港、大陸首筆是「豎」，內部為兩「橫」；台灣首筆是「撇」，內部為「點、提」。 💡 **注意**　具有相同部件「月」的字：育、肖、削、娟、哨、厭、撒。
山部 10畫 上下 fēng　峯	峰	峰	香港為上下結構，「山」在「夆」的上部；台灣、大陸為左右結構，「山」在「夆」的左部，大陸「山」第二筆是「豎提」。 💡 **注意**　「峰」為香港異體字，「峯」為台灣、大陸異體字。 📄 **小知識**　「峯、峰」，「裏、裡」，「羣、群」，構成異體字關係，彼此音、義相同，寫法不同。
山部 10畫 左右 jùn　峻	峻	峻	① 左部「山」，香港、台灣第二筆是「豎折」，大陸第二筆是「豎提」。② 部件「儿」，香港、台灣為「撇、豎彎」，且與上部相接；大陸為「撇、點」，且與上部相離。③ 部件「夂」，香港、大陸「捺」與「撇」相接，台灣「捺」與「撇」相交。 💡 **注意**　具有相同部件「夋」的字：俊、唆、梭、竣、駿。
山部 16畫 左右 yǔ　嶼	嶼	嶼｜屿	① 左部「山」，香港、台灣第二筆是「豎折」，大陸第二筆是「豎提」。② 部件「𠃌」，香港為「豎折折鈎、橫、豎」，且與下部相離；台灣為「橫、豎折折鈎、撇」，且與下部相離；大陸為「橫、豎折折、豎」，且與下部相接。
山部 21畫 上下 wēi　巍	巍	巍	① 部件「女」，香港「橫」與「撇」相交，台灣「提」與「撇」相交，大陸「橫」與「撇」相接。② 部件「鬼」，香港、台灣上部中「豎」與下部「撇」分為兩筆；大陸第六筆「豎撇」與第三筆「橫折」相接，「豎撇」為一筆。 ✏️ **書寫提示**　「鬼」及由其參與構造的字，香港、台灣都是先寫「撇」，然後寫「田」、「儿」和「厶」。

一級字表

	香港	台灣	大陸	字形差異描述
广部 13 畫 半包圍 shà xià	廈	廈	厦	① 香港、台灣部首為「广」，共三畫；大陸部首為「厂」，共兩畫。② 部件「夂」，香港、大陸「捺」與「撇」相接，台灣「捺」與「撇」相交。 注意　「厦」為香港、台灣異體字，「廈」為大陸異體字。
广部 15 畫 半包圍 guǎng	廣	廣	廣｜广	部件「黃」：① 上部，香港、台灣為「廿」，共五畫；大陸為「廿」，共四畫。② 中部，香港、大陸為「由」，台灣為「田」。
广部 25 畫 半包圍 tīng	廳	廳	廳｜厅	① 部件「耳」，香港末筆「提」與第三筆「豎」相接，台灣末筆「橫」與第三筆「豎」相接，大陸末筆「橫」與第三筆「豎」相交。② 部件「𡈼」，香港、台灣首筆是「撇」，大陸首筆是「橫」。
彳部 12 畫 左右 fù	復	復	復｜复	① 部件「曰」，香港第三筆「橫」與第二筆「橫折」相離，台灣、大陸第三筆「橫」與第二筆「橫折」相接。② 部件「夂」，香港、大陸「捺」與「撇」相接，台灣「捺」與「撇」相交。 注意　具有相同部件「曰」的字：書、得、替、葛、歇、厭、踏、潛、繪。
心部 9 畫 上下 nù	怒	怒	怒	① 部件「女」，香港「提」與「撇」相接，「撇」出頭；台灣「提」與「撇」相交；大陸「橫」與「撇」相接，「撇」出頭。② 部件「又」，香港、台灣末筆是「捺點」，大陸末筆是「捺」。
心部 10 畫 上下 kǒng	恐	恐	恐	部件「凡」，香港首筆是「豎」，第二筆是「橫斜鈎」，第三筆「點」與首筆「豎」相交；台灣首筆是「撇」，第二筆是「橫折彎鈎」，第三筆「點」與首筆「撇」相交；大陸首筆是「撇」，第二筆是「橫折彎鈎」，第三筆「點」與首筆「撇」相離。
心部 10 畫 上下 shù	恕	恕	恕	部件「女」，香港「提」與「撇」相接，「撇」出頭；台灣「提」與「撇」相交；大陸「橫」與「撇」相接，「撇」出頭。

香港	台灣	大陸	字形差異描述
心部 13畫 左右 huāng　慌	慌	慌	① 香港、台灣右上部為「⺿」,「橫」與「豎」相交,共四畫;大陸右上部為「⺾」,「橫」連為一筆,共三畫。② 部件「⼚」,香港、台灣第三筆是「豎彎」,大陸第三筆是「豎折」。③ 部件「川」香港、大陸末筆是「豎彎鉤」,台灣末筆是「豎彎」。
心部 14畫 上下 tài　態	態	態|态	上部「能」:① 左下部「月」,香港、大陸首筆是「豎」,內部為兩「橫」;台灣首筆是「撇」,內部為「點、提」。② 右上部「匕」,香港、台灣為「橫、豎彎」,大陸為「撇、豎彎鉤」。③ 右下部「匕」,香港為「橫、豎彎」,台灣為「橫、豎彎鉤」,大陸為「撇、豎彎鉤」。 💡 **注意**　具有相同部件「月」的字:育、肩、削、娟、唷、厭、撒。
心部 15畫 上下 mù　慕	慕	慕	① 香港、台灣上部為「⺿」,「橫」與「豎」相交,共四畫;大陸上部為「⺾」,「橫」連為一筆,共三畫。② 部件「小」,香港首筆是「豎」,台灣、大陸首筆是「豎鉤」。
心部 16畫 上中下 xiàn　憲	憲	憲|宪	部件「丯」,香港首筆是「撇」,「豎」向下出頭;台灣首筆是「撇」,「豎」向下不出頭;大陸首筆是「橫」,「豎」向下出頭。 ✎ **書寫提示**　香港「丯」、大陸「丯」中「豎」為第四筆,台灣「丯」中「豎」為第三筆。
心部 16畫 左右 ào　懊	懊	懊	右部「奧」:① 上部「冂」,香港、大陸第三筆是「橫折」,台灣第三筆是「橫折鉤」。② 上內部,香港、台灣為「釆」,「米」上有一筆「撇」;大陸只有「米」。③ 下部「大」,香港、台灣末筆是「捺點」,大陸末筆是「捺」。
心部 20畫 上下 xuán　懸	懸	懸|悬	上部「縣」:① 香港左上部為「⽬」,台灣、大陸左上部為「且」。② 兩個部件「小」,香港、大陸首筆均是「豎鉤」,台灣首筆均是「豎」。③ 部件「糸」,香港、台灣第二筆「撇折」與首筆「撇」相離,大陸第二筆「撇折」與首筆「撇」相接。

一級字表

香港	台灣	大陸	字形差異描述
手部 12畫 左右 sōu 搜	搜	搜	右部「叟」，香港部件「甶」中「豎」與底「橫」相接；台灣部件「甶」中「豎」穿離底「橫」，並下接部件「又」；大陸部件「甶」中「豎」與底「橫」相交，並下接部件「又」。 ✎ 書寫提示　台灣「搜」為十三畫。
手部 12畫 左右 jiē 揭	揭	揭	① 部件「曰」，香港第三筆「橫」與第二筆「橫折」相離，台灣、大陸第三筆「橫」與第二筆「橫折」相接。② 部件「勾」，香港、台灣末筆是「豎彎」，大陸末筆是「豎折」。 💡 注意　具有相同部件「曰」的字：書、得、替、復、葛、歇、厭、踏、潛、繪。
手部 12畫 左中右 bāi 掰	掰	掰	① 香港、台灣左部為「扌」，末筆是「豎鈎」；大陸左部為「扌」，末筆是「豎撇」。② 中部「分」，香港第二筆是「捺點」，台灣、大陸第二筆是「捺」。
手部 13畫 左右 yáo 搖	搖	摇	香港右上部為「夕」，台灣右上部為「夕」，大陸右上部為「⺈」。 💡 注意　具有相同部件「䍃」的字：徭、瑤、遙、謠。
手部 14畫 左右 lōu lǒu 摟	摟	摟｜摟	① 部件「串」，香港末筆「豎」上下貫穿，台灣、大陸末筆「豎」向下不出頭。② 部件「女」，香港、台灣「橫」與「撇」相交，大陸「橫」與「撇」相接。
手部 15畫 半包圍 mā mó 摩	摩	摩	部件「林」，香港第四筆是「點」，第八筆是「捺點」；台灣第四、八筆均是「豎彎」，結構疏散；大陸第四筆是「點」，第八筆是「捺」。
手部 15畫 左右 zhuàn 撰	撰	撰	部件「㔾」，香港第三、六筆均是「豎彎」；台灣第三筆是「豎提」，第六筆是「豎彎」；大陸第三、六筆均是「豎彎鈎」。
手部 18畫 左右 bǎi 擺	擺	擺｜摆	部件「能」：① 左下部「月」，香港、大陸首筆是「豎」，內部為兩「橫」；台灣首筆是「撇」，內部為「點、提」。② 右上部「匕」，香港、台灣為「橫、豎彎」，大陸為「撇、豎彎鈎」。③ 右下部「匕」，香港、台灣首筆是「橫」，大陸首筆是「撇」。 💡 注意　具有相同部件「月」的字：育、肩、削、娟、啃、厭、撒、罷。

一級字表

香港	台灣	大陸	字形差異描述
手部 18畫 左右 kuò 擴	擴	擴｜扩	部件「黃」：① 上部，香港、台灣為「⺍」，共五畫；大陸為「⺗」，共四畫。② 中部，香港、大陸為「⊞」，台灣為「⊟」。
攴部 11畫 左右 xù 敍	敘	叙	香港右部為「攴」，共四畫；台灣右部為「夂」，共四畫；大陸右部為「又」，共兩畫。 💡 **注意**　「敘」、「叙」為香港異體字，「敍」、「叙」為台灣異體字，「敍」、「敘」為大陸異體字。
攴部 11畫 左右 qǐ 啟	啟	啓｜启	① 香港、台灣為左右結構，大陸為上下結構。② 部件「户」，香港、大陸首筆是「點」，台灣首筆是「撇」。 💡 **注意**　①「啓」為香港、台灣異體字，「啟」為大陸異體字。② 具有相同部件「户」的字：肩、房、搧、滬、肇。
攴部 15畫 左右 shǔ shù shuò 數	數	數｜数	① 部件「串」，香港末筆「豎」上下貫穿，台灣、大陸末筆「豎」向下不出頭。② 部件「女」，香港「橫」與「撇」相交，台灣「提」與「撇」相交，大陸「橫」與「撇」相接。
攴部 17畫 上下 bì 斃	斃	斃｜毙	① 部件「ⲙⲙ」，香港、台灣第四筆是「橫折鈎」，大陸第四筆是「橫折」。② 部件「夂」，香港、台灣末筆是「捺點」，大陸末筆是「捺」。③ 部件「匕」，香港、大陸首筆是「撇」，台灣首筆是「橫」。
日部 19畫 左右 kuàng 曠	曠	曠｜旷	部件「黃」：① 上部，香港、台灣為「⺍」，共五畫；大陸為「⺗」，共四畫。② 中部，香港、大陸為「⊞」，台灣為「⊟」。
日部 23畫 左右 shài 曬	晒	曬｜晒	① 香港、大陸為「曬」，台灣為「晒」。② 部件「ⱹⱹ」，香港第四、八筆均是「橫」，大陸第四、八筆均是「點」。③ 部件「比」，香港第三筆是「短橫」，大陸第三筆是「短撇」。 💡 **注意**　「晒」為香港異體字，「曬」為台灣異體字。
日部 12畫 上下 tì 替	替	替	① 上部「夫夫」，香港、台灣末筆是「捺點」，大陸末筆是「捺」。② 下部「曰」，香港第三筆「橫」與第二筆「橫折」相離，台灣、大陸第三筆「橫」與第二筆「橫折」相接。 💡 **注意**　具有相同部件「曰」的字：書、得、復、葛、歇、厭、踏、潛、繪。

一級字表

香港	台灣	大陸	字形差異描述
木部 10畫 上下 àn 案	案	案	①部件「女」，香港、台灣「橫」與「撇」相交，大陸「橫」與「撇」相接。②部件「木」，香港、大陸結構緊湊，末筆是「捺」；台灣結構疏散，末筆是「捺點」。
木部 11畫 左右 suō 梭	梭	梭	①部件「儿」，香港、台灣為「撇、豎彎」，且與上部相接；大陸為「撇、點」，且與上部相離。②部件「夂」，香港、大陸「捺」與「撇」相接，台灣「捺」與「撇」相交。 💡 **注意**　具有相同部件「夋」的字：俊、唆、峻、竣、駿。 ✏️ **書寫提示**　木部的字：部首「木」在構成左右結構的字時，通常位於左部，末筆作「點」。
木部 11畫 上下 liáng 梁	梁	梁	①部件「刃」，香港、台灣第三筆「點」與「撇」相接，大陸第三筆「點」與「撇」相離。②下部「木」，香港、大陸結構緊湊，末筆是「捺」；台灣結構疏散，末筆是「捺點」。
木部 12畫 左右 lēng líng 棱	棱	棱	①部件「儿」，香港、台灣為「撇、豎彎」，且與上部相接；大陸為「撇、點」，且與上部相離。②部件「夂」，香港、大陸「捺」與「撇」相接，台灣「捺」與「撇」相交。 💡 **注意**　具有相同部件「夌」的字：凌、陵、菱、稜、綾。
木部 12畫 上下 qì 棄	棄	弃	①上部，香港、大陸部件「厶」，共四畫；台灣對應的部件為「厶」，共三畫。②下部，香港為「枼」，末筆是「捺」；台灣為「枼」，末筆是「捺點」；大陸為「廾」。 💡 **注意**　「弃」為台灣異體字，「棄」為大陸異體字。
木部 15畫 左右 lóu 樓	樓	樓|楼	①部件「串」，香港末筆「豎」上下貫穿，台灣、大陸末筆「豎」向下不出頭。②部件「女」，香港、台灣「橫」與「撇」相交，大陸「橫」與「撇」相接。
木部 16畫 左右 héng hèng 橫	橫	横	右部「黃」：①上部，香港、台灣為「䒑」，共五畫；大陸為「䒑」，共四畫。②中部，香港、大陸為「由」，台灣為「田」。

一級字表

香港	台灣	大陸	字形差異描述
欠部 13畫 左右 xiē 歇	歇	歇	① 部件「曰」，香港第三筆「橫」與第二筆「橫折」相離，台灣、大陸第三筆「橫」與第二筆「橫折」相接。② 部件「勹」，香港、台灣末筆是「豎彎」，大陸末筆是「豎折」。 💡 **注意** 具有相同部件「曰」的字：書、得、替、復、葛、厭、踏、潛、繪。
欠部 15畫 左右 tàn 歎	嘆	嘆|叹	① 香港偏旁為「欠」，台灣、大陸偏旁為「口」。② 部件「𦰩」，香港末筆是「點」，台灣末筆是「捺點」，大陸末筆是「捺」。 💡 **注意** 「嘆」為香港異體字，「歎」為大陸異體字。
水部 11畫 左右 lèi 淚	淚	泪	香港右部為「戾」，首筆是「點」；台灣右部為「戾」，首筆是「撇」；大陸右部為「目」。 💡 **注意** 「泪」為台灣異體字，「淚」為大陸異體字。
水部 12畫 左右 hú 湖	湖	湖	部件「月」，香港首筆是「豎」，內部為兩「橫」；台灣首筆是「撇」，內部為「點、提」；大陸首筆是「撇」，內部為兩「橫」。 💡 **注意** 具有相同部件「胡」的字：葫、蝴、糊、醐、鬍。
水部 12畫 上下 qú 渠	渠	渠	① 部件「巨」，香港、台灣部件「匚」，共三畫；大陸對應的部件為「匚」，共兩畫。② 下部「木」，香港、大陸結構緊湊，末筆是「捺」；台灣結構疏散，末筆是「捺點」。
水部 12畫 左右 kě 渴	渴	渴	① 部件「曰」，香港第三筆「橫」與第二筆「橫折」相離，台灣、大陸第三筆「橫」與第二筆「橫折」相接。② 部件「勹」，香港、台灣末筆是「豎彎」，大陸末筆是「豎折」。 💡 **注意** 具有相同部件「曰」的字：書、得、替、復、葛、歇、厭、踏、潛、繪。
水部 13畫 左右 huá 滑	滑	滑	① 部件「𩂀」，香港、台灣內部為「橫、豎」兩筆，拐角扣右下方；大陸內部為「橫折」一筆，拐角扣左下方。② 部件「月」，香港、大陸首筆是「豎」，內部為兩「橫」；台灣首筆是「撇」，內部為「點、提」。 💡 **注意** 具有相同部件「月」的字：育、肖、削、娟、啃、厭、撒。

一級字表

香港	台灣	大陸	字形差異描述
水部 14畫 左右 gǔn 滾	滾	滾	① 部件「八」，香港、大陸末筆是「點」，台灣末筆是「豎彎」。② 香港、台灣部件「ㅁ」，共三畫；大陸對應的部件為「厶」，共兩畫。
水部 15畫 左右 qián 潛	潛	潜	① 香港右上部為「旡旡」，台灣右上部為「旡旡」，大陸右上部為「夫夫」。② 部件「曰」，香港第三筆「橫」與第二筆「橫折」相離，台灣、大陸第三筆「橫」與第二筆「橫折」相接。 💡 **注意**　①「潜」為大陸異體字。② 具有相同部件「曰」的字：書、得、替、復、葛、歇、厭、踏、繪。
水部 16畫 左右 ào 澳	澳	澳	右部「奧」：① 上部「冂」，香港、大陸第三筆是「橫折」，台灣第三筆是「橫折鈎」。② 上內部，香港、台灣為「釆」，「米」上有一筆「撇」；大陸只有「米」。③ 下部「大」，香港、台灣末筆是「捺點」，大陸末筆是「捺」。
水部 21畫 左右 xiāo 瀟	瀟	瀟｜潇	① 香港、台灣右上部為「艹」，「橫」與「豎」相交，共四畫；大陸右上部為「艹」，「橫」連為一筆，共三畫。② 部件「肅」，香港上、下部件之間有一筆「橫」，下部首筆是「豎」，內部中的「橫」與兩邊相離；台灣、大陸上、下部件之間沒有「橫」，下部首筆是「撇」，內部中的「橫」與兩邊相接。 ✏️ **書寫提示**　台灣「瀟」與大陸「潇」均為十九畫。
水部 22畫 左右 sǎ 灑	灑	灑｜洒	① 部件「襾」，香港第四、八筆均是「橫」，台灣、大陸第四、八筆均是「點」。② 部件「比」，香港、台灣第三筆是「短橫」，大陸第三筆是「短撇」。
火部 12畫 上下 rán 然	然	然	① 部件「夕」，香港、大陸內部為兩「點」，台灣內部為「點、提」。② 部件「犬」，香港、台灣第三筆是「捺點」，大陸第三筆是「捺」。
火部 14畫 上下 xióng 熊	熊	熊	上部「能」：① 左下部「月」，香港、大陸首筆是「豎」，內部為兩「橫」；台灣首筆是「撇」，內部為「點、提」。② 右上部「匕」，香港、台灣為「橫、豎彎」，大陸為「撇、豎彎鈎」。③ 右下部「匕」，香港為「橫、豎彎」，台灣為「橫、豎彎鈎」，大陸為「撇、豎彎鈎」。 💡 **注意**　具有相同部件「月」的字：育、肩、削、娟、唷、厭、撒。

一級字表

一級字表

香港	台灣	大陸	字形差異描述
火部 16畫 左右 rán 燃	燃	燃	右部「然」：① 部件「夕」，香港、大陸內部為兩「點」，台灣內部為「點、提」。② 部件「犬」，香港、台灣第三筆是「捺點」，大陸第三筆是「捺」。 ✎ **書寫提示**　火部的字：部首「火」在構成左右結構的字時，通常位於左部，末筆作「點」。
片部 8畫 左右 bǎn 版	版	版	①左部「片」，香港、台灣第三筆「橫」與第二筆「豎」相接；大陸第三筆「橫」與第二筆「豎」相接，「橫」向右出頭。② 右部「反」，香港、大陸首筆是「撇」，台灣首筆是「橫」。 💡 **注意**　具有相同部件「反」的字：扳、阪、板、叛、販、飯。
犬部 13畫 左右 huá 猾	猾	猾	① 部件「冎」，香港、台灣內部為「橫、豎」兩筆，拐角扣右下方；大陸內部為「橫折」一筆，拐角扣左下方。② 部件「月」，香港、大陸首筆是「豎」，內部為兩「橫」；台灣首筆是「撇」，內部為「點、提」。 💡 **注意**　具有相同部件「月」的字：育、肩、削、娟、啃、厭、撒。
犬部 15畫 上下 jiǎng 獎	獎	獎|奖	① 部件「夕」，香港、大陸內部為兩「點」，台灣內部為「點、提」。② 香港、台灣下部為「犬」，共四畫；大陸下部為「大」，共三畫。 💡 **注意**　「獎」為香港、台灣異體字，「獎」為大陸異體字。
犬部 18畫 左右 liè 獵	獵	獵|猎	① 部件「囟」，香港、大陸內部「撇、點」相交，台灣內部「撇、點」相接。② 部件「巤」，香港、台灣中間四筆是「短橫」，大陸對應的四筆是「點」。
瓦部 11畫 上下 cí 瓷	瓷	瓷	①上左部「冫」，香港、大陸為「點、提」，台灣為兩「橫」。② 上右部「欠」，香港、台灣末筆是「捺點」，大陸末筆是「捺」。③ 下部「瓦」，香港、台灣共五畫，「提」與「豎」相接；大陸共四畫，第二筆是「豎提」。 ✎ **書寫提示**　瓦部的字：部件「瓦」，香港、台灣筆順不同。香港「提」為第五筆，台灣「提」為第三筆。

香港	台灣	大陸	字形差異描述
田部 11畫 獨體 bì 畢	畢	畢｜毕	①香港、大陸中「豎」由上至下為一筆；台灣中「豎」分為兩筆，「田」與下部相離。②香港中部兩個部件「十」與中「豎」相離，台灣、大陸中部「橫」為一筆，兩筆「短豎」與之相交。③香港、台灣下部末「橫」短，大陸下部末「橫」長。
广部 14畫 半包圍 shòu 瘦	瘦	瘦	部件「叟」，香港部件「甶」中「豎」與底「橫」相接；台灣部件「申」中「豎」穿離底「橫」，並下接部件「又」；大陸部件「甲」中「豎」與底「橫」相交，並下接部件「又」。 ✎ **書寫提示** 台灣「瘦」為十五畫。
目部 12畫 半包圍 zhāo zháo zhe zhuó 着	著	着	香港、大陸為半包圍結構，香港部件「⺷」，第七筆「撇」與第六筆「橫」相接，「豎」、「撇」為兩筆；大陸對應的部件為「⺶」，第六筆「豎撇」與第三筆「橫」相接，「豎撇」為一筆；台灣為「著」，上下結構。
目部 15畫 左右 xiā 瞎	瞎	瞎	部件「丯」，香港首筆是「撇」，「豎」向下出頭；台灣首筆是「撇」，「豎」向下不出頭；大陸首筆是「橫」，「豎」向下出頭。 ✎ **書寫提示** 香港「丯」、大陸「丰」中「豎」為第四筆，台灣「丯」中「豎」為第三筆。
石部 16畫 半包圍 mó mò 磨	磨	磨	部件「林」，香港第四筆是「點」，第八筆是「捺點」；台灣第四、八筆均是「豎彎」，結構疏散；大陸第四筆是「點」，第八筆是「捺」。
石部 20畫 左右 kuàng 礦	礦	礦｜矿	部件「黃」：①上部，香港、台灣為「⺷」，共五畫；大陸為「卅」，共四畫。②中部，香港、大陸為「甶」，台灣為「田」。
示部 13畫 上下 jīn jìn 禁	禁	禁	①上部「林」，香港、台灣末筆是「捺點」，大陸末筆是「捺」。②下部「示」，香港、大陸第三筆是「豎鈎」，台灣第三筆是「豎」。
示部 16畫 上下 yù 禦	禦	禦｜御	①部件「釒」，香港、台灣末筆是「豎提」，大陸「豎」、「提」分為兩筆。②部件「示」，香港、大陸第三筆是「豎鈎」，台灣第三筆是「豎」。

一級字表

香港	台灣	大陸	字形差異描述
禾部 13畫 上中下 bǐng　稟	稟	稟	香港下部為「禾」，結構緊湊，末筆是「捺」；台灣下部為「禾」，結構疏散，末筆是「捺點」；大陸下部為「示」。 💡 **注意**　「稟」為台灣異體字，「稟」為大陸異體字。
穴部 12畫 上下 jiào　窖	窖	窖	① 上部「穴」，香港、台灣最後兩筆為「撇、豎彎」，且與第三筆「橫鈎」相接；大陸最後兩筆為「撇、點」，且與第三筆「橫鈎」相離。② 部件「告」，香港上部為「牛」，「豎」與下部「口」相接；台灣、大陸上部為「生」，「豎」與末筆「橫」相接。 ✏️ **書寫提示**　香港「牛」中「豎」為第四筆，台灣、大陸「生」中「豎」為第三筆。
穴部 12畫 上下 chuāng　窗	窗	窗	① 上部「穴」，香港、台灣最後兩筆為「撇、豎彎」，且與第三筆「橫鈎」相接；大陸最後兩筆為「撇、點」，且與第三筆「橫鈎」相離。② 部件「囱」，香港、大陸內部為「夕」，台灣內部為「夊」。 💡 **注意**　「窗」為香港異體字。
穴部 23畫 上下 qiè　竊	竊	竊|窃	① 上部「穴」，香港、台灣最後兩筆為「撇、豎彎」，且與第三筆「橫鈎」相接；大陸最後兩筆為「撇、點」，且與第三筆「橫鈎」相離。② 部件「内」，香港「橫折鈎」與「豎」相交，第三筆向上出頭；台灣、大陸「橫折鈎」與「豎」相接，第三筆向上不出頭。 ✏️ **書寫提示**　大陸「竊」為二十二畫。
立部 12畫 左右 jùn　竣	竣	竣	① 部件「儿」，香港、台灣為「撇、豎彎」，且與上部相接；大陸為「撇、點」，且與上部相離。② 部件「夂」，香港、大陸「捺」與「撇」相接，台灣「捺」與「撇」相交。 💡 **注意**　具有相同部件「夋」的字：俊、唆、峻、梭、駿。
立部 14畫 左右 jié　竭	竭	竭	① 部件「曰」，香港第三筆「橫」與第二筆「橫折」相離，台灣、大陸第三筆「橫」與第二筆「橫折」相接。② 部件「勹」，香港、台灣末筆是「豎彎」，大陸末筆是「豎折」。 💡 **注意**　具有相同部件「曰」的字：書、得、替、復、葛、歇、厭、踏、潛、繪。

一級字表

香港	台灣	大陸	字形差異描述
竹部 12畫 上下 zhù　筑	筑	筑	部件「凡」，香港首筆是「豎」，第二筆是「橫斜鈎」，第三筆「點」與首筆「豎」相交；台灣首筆是「撇」，第二筆是「橫折彎鈎」，第三筆「點」與首筆「撇」相交；大陸首筆是「撇」，第二筆是「橫折彎鈎」，第三筆「點」與首筆「撇」相接。 📖 **小知識**　「筑」是古代的一種五弦竹樂器，從竹，從巩（原為手持義），竹亦聲。
竹部 16畫 上下 zhù　築	築	築|筑	① 部件「凡」，香港首筆是「豎」，第二筆是「橫斜鈎」，第三筆「點」與首筆「豎」相交；台灣首筆是「撇」，第二筆是「橫折彎鈎」，第三筆「點」與首筆「撇」相交；大陸首筆是「撇」，第二筆是「橫折彎鈎」，第三筆「點」與首筆「撇」相接。② 部件「木」，香港、大陸結構緊湊，末筆是「捺」；台灣結構疏散，末筆是「捺點」。
竹部 17畫 上下 lǒu　簍	簍	簍|䉿	① 部件「毌」，香港末筆「豎」上下貫穿，台灣、大陸末筆「豎」向下不出頭。② 部件「女」，香港、台灣「橫」與「撇」相交，大陸「橫」與「撇」相接。
竹部 18畫 上下 huáng　簧	簧	簧	下部「黃」：① 上部，香港、台灣為「卄」，共五畫；大陸為「卄」，共四畫。② 中部，香港、大陸為「由」，台灣為「曲」。
米部 13畫 上下 yuè　粵	粤	粤	香港「囝」內為「釆」，末筆「橫」與兩邊相離；台灣「囝」內為「釆」，末筆「橫」與兩邊相接；大陸「囝」內為「米」，末筆「橫」與兩邊相接。 ✏️ **書寫提示**　大陸「粤」為十二畫。
米部 13畫 上下 liáng　粱	粱	粱	① 部件「刅」，香港、台灣兩「點」分別與「撇」、「橫折鈎」相接，大陸兩「點」分別與「撇」、「橫折鈎」相離。② 部件「米」，香港、大陸結構緊湊，末筆是「捺」；台灣結構疏散，末筆是「捺點」。
米部 15畫 左右 hū hú hù　糊	糊	糊	部件「月」，香港首筆是「豎」，內部為兩「橫」；台灣首筆是「撇」，內部為「點、提」；大陸首筆是「撇」，內部為兩「橫」。 💡 **注意**　具有相同部件「胡」的字：湖、葫、蝴、醐、鬍。

一級字表

香港	台灣	大陸	字形差異描述
米部 17畫 左右 cāo 糙	糙	糙	① 部件「告」，香港上部為「牛」，「豎」與下部「口」相接；台灣、大陸上部為「牛」，「豎」與末筆「橫」相接。② 香港、台灣部件「⻌」，共四畫；大陸對應的部件為「辶」，共三畫。 ✎ **書寫提示**　香港「牛」中「豎」為第四筆，台灣、大陸「牛」中「豎」為第三筆。
糸部 12畫 上下 xù 絮	絮	絮	部件「女」，香港「提」與「撇」相接，「撇」出頭；台灣「提」與「撇」相交；大陸「橫」與「撇」相接，「撇」出頭。 ✎ **書寫提示**　糸部的字：部首「糸」獨立位於左部時，通常作「糹」，如：糾、紅、紗、緞等；位於下部時，通常作「糸」，如：素、索、緊、繁等。
糸部 15畫 左右 zhì 緻	緻	緻｜致	部件「致」，香港右部為「攵」，共三畫，「捺」與「撇」相接；台灣右部為「攵」，共三畫，「捺」與「撇」相交；大陸右部為「攵」，共四畫。
糸部 16畫 左右 xiàn 縣	縣	縣｜县	① 左上部，香港為「𥃩」，台灣、大陸為「且」。② 左下部「小」，香港、大陸首筆是「豎鈎」，台灣首筆是「豎」。③ 右部「糸」，香港、台灣第二筆「撇折」與首筆「撇」相離，大陸第二筆「撇折」與首筆「撇」相接。
糸部 17畫 左右 lǚ 縷	縷	縷｜缕	① 部件「串」，香港末筆「豎」上下貫穿，台灣、大陸末筆「豎」向下不出頭。② 部件「女」，香港、台灣「橫」與「撇」相交，大陸「橫」與「撇」相接。
糸部 19畫 上下 jiǎn 繭	繭	繭｜茧	① 上部，香港、台灣為「艹」，「橫」與「豎」相接，共四畫；大陸為「艹」，「橫」連為一筆，共三畫。② 香港下左內為「糹」，第四筆是「豎鈎」；台灣下左內為「糹」，第四筆是「豎」；大陸下左內為「糹」。
糸部 20畫 左右 xiù 繡	繡	綉｜绣	香港右部為「肅」，上、下部件之間有一筆「橫」，下部首筆是「豎」，內部中的「橫」與兩邊相離；台灣右部為「肅」，上、下部件之間沒有「橫」，下部首筆是「撇」，內部中的「橫」與兩邊相接；大陸右部為「秀」。 💡 **注意**　「綉」為香港、台灣異體字，「繡」為大陸異體字。 ✎ **書寫提示**　台灣「繡」為十八畫，大陸「綉」為十三畫。

香港	台灣	大陸	字形差異描述
网部 15畫 上下 bà ba 罷	罷	罷｜罢	下部「能」：①左下部「月」，香港、大陸首筆是「豎」，內部為兩「橫」；台灣首筆是「撇」，內部為「點、提」。②右上部「匕」，香港、台灣為「橫、豎彎」，大陸為「撇、豎彎鈎」。③右下部「匕」，香港、台灣首筆是「橫」，大陸首筆是「撇」。 💡 **注意**　具有相同部件「月」的字：育、肩、削、娟、哨、厭、撒。
耳部 17畫 左右 cōng 聰	聰	聰｜聪	①左部「耳」，香港、台灣末筆「提」與第三筆「豎」相接，大陸末筆「提」與第三筆「豎」相交。②部件「囪」，香港、大陸內部為「夕」，台灣內部為「ㄨ」。 💡 **注意**　「聰」為香港異體字。 ✎ **書寫提示**　耳部的字：部首「耳」在構成左右結構的字時，通常位於左部，末筆作「提」。
耳部 22畫 左右 tīng 聽	聽	聽｜听	①部件「耳」，香港末筆是「提」，台灣、大陸末筆是「橫」。②部件「壬」，香港、台灣首筆是「撇」，大陸首筆是「橫」。
肉部 9畫 左右 hú 胡	胡	胡	右部「月」，香港首筆是「豎」，內部為兩「橫」；台灣首筆是「撇」，內部為「點、提」；大陸首筆是「撇」，內部為兩「橫」。 💡 **注意**　具有相同部件「胡」的字：湖、葫、蝴、糊、醐、鬍。
肉部 9畫 上下 bēi bèi 背	背	背	①部件「⼱」，香港、台灣「提」與「豎」相接，「提」出頭；大陸「提」與「豎」相接，「豎」出頭。②部件「匕」，香港、大陸首筆是「撇」，台灣首筆是「橫」。③部件「月」，香港、大陸首筆是「豎」，內部為兩「橫」；台灣首筆是「撇」，內部為「點、提」。 💡 **注意**　具有相同部件「月」的字：育、肩、削、娟、哨、厭、撒。 🔍 **辨析**　香港部件「月」，一般在左右結構的字的左部時，首筆是「撇」，內部為「點、提」，如：胞、胸、胳等；在上下結構的字的下部時，首筆是「豎」，內部為兩「橫」，如：肯、胃、腎等。 🖹 **小知識**　肉部的字：現代漢字中「肉月旁」與「月字旁」不同。「肉月旁」一般是與身體器官或肉有關，如：肋、肝、肘、脊、臂等；「月字旁」一般是與月亮、天氣、光線有關，如：明、朗、期、朝、朦等。

一級字表

香港	台灣	大陸	字形差異描述
肉部 10畫 左右 néng 能	能	能	①左下部「月」，香港、大陸首筆是「豎」，內部為兩「橫」；台灣首筆是「撇」，內部為「點、提」。②右上部「ヒ」，香港、台灣為「橫、豎彎」，大陸為「撇、豎彎鉤」。③右下部「ヒ」，香港、台灣首筆是「橫」，大陸首筆是「撇」。 💡 **注意**　具有相同部件「月」的字：育、肩、削、娟、哨、厭、撒。
肉部 11畫 上下 chún 脣	脣	唇	①香港、台灣為上下結構，大陸為半包圍結構。②部件「辰」，香港、台灣第三筆「橫」與第二筆「撇」相接；大陸第二筆「撇」直達整字底部，第三筆「橫」與第二筆「撇」相離。③香港部件「月」，台灣對應的部件為「⺼」，大陸對應的部件為「口」。 💡 **注意**　①「唇」為香港、台灣異體字，「脣」為大陸異體字。②具有相同部件「月」的字：育、肩、削、娟、哨、厭、撒。 🔍 **辨析**　香港部件「月」，一般在左右結構的字的左部時，首筆是「撇」，內部為「點、提」，如：胞、胸、胳等；在上下結構的字的下部時，首筆是「豎」，內部為兩「橫」，如：肯、胃、腎等。
肉部 11畫 左右 tuō 脫	脫	脱	①左部「月」，香港、台灣內部為「點、提」，大陸內部為兩「橫」。②右部「兌」，香港、大陸首兩筆為「點、撇」，台灣首兩筆為「撇、點」。
肉部 13畫 左右 fù 腹	腹	腹	①左部「月」，香港、台灣內部為「點、提」，大陸內部為兩「橫」。②部件「曰」，香港第三筆「橫」與第二筆「橫折」相離，台灣、大陸第三筆「橫」與第二筆「橫折」相接。③部件「夂」，香港、大陸「捺」與「撇」相接，台灣「捺」與「撇」相交。 💡 **注意**　具有相同部件「曰」的字：書、得、替、復、葛、歇、厭、踏、潛、繪。
肉部 15畫 半包圍 fū 膚	膚	膚|肤	①部件「ヒ」，香港、台灣第二筆是「豎彎」，大陸第二筆是「豎彎鉤」。②部件「月」，香港、大陸首筆是「豎」，內部為兩「橫」；台灣首筆是「撇」，內部為「點、提」。 💡 **注意**　具有相同部件「月」的字：育、肩、削、娟、哨、厭、撒。

香港	台灣	大陸	字形差異描述
肉部 17畫 左右 sāo sào 臊	臊	臊	①左部「月」，香港、台灣內部為「點、提」，大陸內部為兩「橫」。②部件「木」，香港、大陸結構緊湊，末筆是「捺」；台灣結構疏散，末筆是「捺點」。 💡 **注意** 具有相同部件「喿」的字:操、噪、澡、燥、躁。
肉部 18畫 左右 qí 臍	臍	臍|脐	①左部「月」，香港、台灣內部為「點、提」，大陸內部為兩「橫」。②部件「丫」，香港第三筆是「豎鈎」，台灣、大陸第三筆是「豎」。
肉部 19畫 左右 là 臘	臘	臘|腊	①左部「月」，香港、台灣內部為「點、提」，大陸內部為兩「橫」。②部件「囟」，香港、大陸內部「撇、點」相交，台灣內部「撇、點」相接。③部件「䖵」，香港、台灣中間四筆是「短橫」，大陸對應的四筆是「點」。
至部 9畫 左右 zhì 致	致	致	右部，香港為「攵」，共三畫，「捺」與「撇」相接；台灣為「攵」，共三畫，「捺」與「撇」相交；大陸為「攵」，共四畫。
臼部 13畫 上下 yǔ yù 與	與	與|与	部件「𦥑」，香港為「豎折折鈎、橫、豎」，且與下部相離；台灣為「橫、豎折折鈎、撇」，且與下部相離；大陸為「橫、豎折折、豎」，且與下部相接。
臼部 16畫 上下 jǔ 舉	舉	舉|举	部件「𦥑」，香港為「豎折折鈎、橫、豎」，且與下部相離；台灣為「橫、豎折折鈎、撇」，且與下部相離；大陸為「橫、豎折折、豎」，且與下部相接。
舌部 14畫 左右 tiǎn 舔	舔	舔	①左部「舌」，香港、大陸首筆是「撇」，台灣首筆是「橫」。②部件「小」，香港首筆是「豎」，台灣、大陸首筆是「豎鈎」。
舟部 15畫 左右 sōu 艘	艘	艘	①左部「舟」，香港、台灣「提」與「橫折鈎」相交，大陸「橫」與「橫折鈎」相接。②右部「叟」，香港部件「甶」中「豎」與底「橫」相接；台灣部件「申」中「豎」穿離底「橫」，並下接部件「又」；大陸部件「申」中「豎」與底「橫」相交，並下接部件「又」。 ✏️ **書寫提示** ①舟部的字：部首「舟」在構成左右結構的字時，通常位於左部，香港末筆作「提」。②台灣「艘」為十六畫。

一級字表

香港	台灣	大陸	字形差異描述
艸部 8畫 上下 huā 花	花	花	①上部，香港、台灣為「艹」，「橫」與「豎」相交，共四畫；大陸為「艹」，「橫」連為一筆，共三畫。②部件「匕」，香港「豎彎鈎」與「撇」相接，台灣「豎彎鈎」與「橫」相接，大陸「豎彎鈎」與「撇」相交。 💡 **注意**　具有相同部件「化」的字：貨、訛、靴。
艸部 10畫 上下 huāng 荒	荒	荒	①上部，香港、台灣為「艹」，「橫」與「豎」相交，共四畫；大陸為「艹」，「橫」連為一筆，共三畫。②部件「𠃌」，香港、台灣第三筆是「豎彎」，大陸第三筆是「豎折」。③部件「儿」，香港、大陸末筆是「豎彎鈎」，台灣末筆是「豎彎」。
艸部 12畫 上下 líng 菱	菱	菱	①上部，香港、台灣為「艹」，「橫」與「豎」相交，共四畫；大陸為「艹」，「橫」連為一筆，共三畫。②部件「𠆢」，香港、台灣為「撇、豎彎」，且與上部相接；大陸為「撇、點」，且與上部相離。③部件「夂」，香港、大陸「捺」與「撇」相接，台灣「捺」與「撇」相交。 💡 **注意**　具有相同部件「夌」的字：凌、陵、棱、稜、綾。
艸部 12畫 上下 gū 菇	菇	菇	①上部，香港、台灣為「艹」，「橫」與「豎」相交，共四畫；大陸為「艹」，「橫」連為一筆，共三畫。②部件「女」，香港「提」與「撇」相接，「撇」出頭；台灣「提」與「撇」相交；大陸「橫」與「撇」相接，「撇」出頭。
艸部 13畫 上下 yè 葉	葉	葉|叶	①上部，香港、台灣為「艹」，「橫」與「豎」相交，共四畫；大陸為「艹」，「橫」連為一筆，共三畫。②部件「木」，香港、大陸結構緊湊，末筆是「捺」；台灣結構疏散，末筆是「捺點」。
艸部 13畫 上下 hú 葫	葫	葫	①上部，香港、台灣為「艹」，「橫」與「豎」相交，共四畫；大陸為「艹」，「橫」連為一筆，共三畫。②部件「月」，香港首筆是「豎」，內部為兩「橫」；台灣首筆是「撇」，內部為「點、提」；大陸首筆是「撇」，內部為兩「橫」。 💡 **注意**　具有相同部件「胡」的字：湖、蝴、糊、醐、鬍。

香港	台灣	大陸	字形差異描述
艸部 13畫 上中下 zàng 葬	葬	葬	①上部，香港、台灣為「⺿」，「橫」與「豎」相交，共四畫；大陸為「⺌」，「橫」連為一筆，共三畫。②部件「匕」，香港、大陸首筆是「撇」，台灣首筆是「橫」。
艸部 13畫 上下 gé gě 葛	葛	葛	①上部，香港、台灣為「⺿」，「橫」與「豎」相交，共四畫；大陸為「⺌」，「橫」連為一筆，共三畫。②部件「曰」，香港第三筆「橫」與第二筆「橫折」相離，台灣、大陸第三筆「橫」與第二筆「橫折」相接。③部件「勾」，香港、台灣末筆是「豎彎」，大陸末筆是「豎折」。 💡 **注意**　具有相同部件「曰」的字：書、得、替、復、歇、厭、踏、潛、繪。
艸部 13畫 上下 cōng 葱	蔥	葱	①上部，香港、台灣為「⺿」，「橫」與「豎」相交，共四畫；大陸為「⺌」，「橫」連為一筆，共三畫。②下部，香港、大陸上部為「勿」，台灣上部為「囪」。
艸部 14畫 上下 suàn 蒜	蒜	蒜	①上部，香港、台灣為「⺿」，「橫」與「豎」相交，共四畫；大陸為「⺌」，「橫」連為一筆，共三畫。②兩個部件「示」，香港、大陸第三筆均是「豎鈎」，台灣第三筆均是「豎」。
艸部 15畫 上下 cài 蔡	蔡	蔡	①上部，香港、台灣為「⺿」，「橫」與「豎」相交，共四畫；大陸為「⺌」，「橫」連為一筆，共三畫。②部件「夕」，香港、大陸內部為兩「點」，台灣內部為「點、提」。③部件「示」，香港、大陸第三筆是「豎鈎」，台灣第三筆是「豎」。 💡 **注意**　具有相同部件「祭」的字：傺、察、際。
艸部 15畫 上下 wèi yù 蔚	蔚	蔚	①上部，香港、台灣為「⺿」，「橫」與「豎」相交，共四畫；大陸為「⺌」，「橫」連為一筆，共三畫。②部件「示」，香港、大陸第三筆是「豎鈎」，台灣第三筆是「豎」。
艸部 15畫 上下 jiǎng 蔣	蔣	蔣｜蔣	①上部，香港、台灣為「⺿」，「橫」與「豎」相交，共四畫；大陸為「⺌」，「橫」連為一筆，共三畫。②部件「夕」，香港、大陸內部為兩「點」，台灣內部為「點、提」。

一級字表

香港	台灣	大陸	字形差異描述
艸部 16畫 上下 shū 蔬	蔬	蔬	①上部，香港、台灣為「⺾」，「橫」與「豎」相交，共四畫；大陸為「⺾」，「橫」連為一筆，共三畫。②香港、大陸部件「㐬」，共四畫；台灣對應的部件為「㐬」，共三畫。③部件「儿」，香港、大陸末筆是「豎彎鈎」，台灣末筆是「豎彎」。 💡 **注意**　具有相同部件「㐬」的字：流、琉、梳、硫、疏、毓。
艸部 18畫 上下 xiāo 蕭	蕭	蕭|萧	①上部，香港、台灣為「⺾」，「橫」與「豎」相交，共四畫；大陸為「⺾」，「橫」連為一筆，共三畫。②下部「肅」，香港上、下部件之間有一筆「橫」，下部首筆是「豎」，內部中的「橫」與兩邊相離；台灣、大陸上、下部件之間沒有「橫」，下部首筆是「撇」，內部中的「橫」與兩邊相接。 ✎ **書寫提示**　台灣「蕭」與大陸「萧」均為十六畫。
艸部 19畫 上下 yì 藝	藝	藝|艺	①上部，香港、台灣為「⺾」，「橫」與「豎」相交，共四畫；大陸為「⺾」，「橫」連為一筆，共三畫。②部件「八」，香港、大陸末筆是「點」，台灣末筆是「豎彎」。
艸部 19畫 上下 yào 藥	藥	藥|药	①上部，香港、台灣為「⺾」，「橫」與「豎」相交，共四畫；大陸為「⺾」，「橫」連為一筆，共三畫。②部件「木」，香港、大陸結構緊湊，末筆是「捺」；台灣結構疏散，末筆是「捺點」。
艸部 19畫 上下 yùn 蘊	蘊	蘊|蕴	①上部，香港、台灣為「⺾」，「橫」與「豎」相交，共四畫；大陸為「⺾」，「橫」連為一筆，共三畫。②部件「昷」，香港、大陸上部為「日」，台灣上部為「囚」。 💡 **注意**　①「蘊」為香港異體字，「蘊」為台灣異體字。②具有相同部件「昷」的字：温、媼、氲、瘟、醖、韞。 ✎ **書寫提示**　台灣「蘊」為二十畫。
艸部 20畫 上下 ǎi 藹	藹	藹|蔼	①上部，香港、台灣為「⺾」，「橫」與「豎」相交，共四畫；大陸為「⺾」，「橫」連為一筆，共三畫。②部件「曰」，香港第三筆「橫」與第二筆「橫折」相離，台灣、大陸第三筆「橫」與第二筆「橫折」相接。③部件「勹」，香港、台灣末筆是「豎彎」，大陸末筆是「豎折」。 💡 **注意**　具有相同部件「曰」的字：書、得、替、復、葛、歇、厭、踏、潛、繪。

香港	台灣	大陸	字形差異描述
艸部 20畫 上下 mó 蘑	蘑	蘑	① 上部，香港、台灣為「艹」，「橫」與「豎」相交，共四畫；大陸為「艹」，「橫」連為一筆，共三畫。② 部件「林」，香港第四筆是「點」，第八筆是「捺點」；台灣第四、八筆均是「豎彎」，結構疏散；大陸第四筆是「點」，第八筆是「捺」。
艸部 20畫 上下 zǎo 藻	藻	藻	① 上部，香港、台灣為「艹」，「橫」與「豎」相交，共四畫；大陸為「艹」，「橫」連為一筆，共三畫。② 部件「木」，香港、大陸結構緊湊，末筆是「捺」；台灣結構疏散，末筆是「捺點」。
虍部 11畫 半包圍 chǔ chù 處	處	處|处	① 部件「七」，香港、台灣第二筆是「豎彎」，大陸第二筆是「豎彎鈎」。② 部件「几」，香港第二筆是「橫折彎」，台灣、大陸第二筆是「橫折彎鈎」。 💡 **注意**　含部件「虍」的字，其中的「七」寫法相同，如：虎、虔、墟、劇、慮、瘧、擄、獻。
虍部 13畫 半包圍 lǔ 虜	虜	虜|虏	① 部件「七」，香港、台灣第二筆是「豎彎」，大陸第二筆是「豎彎鈎」。② 香港、大陸部件「毌」；台灣對應的部件為「毌」，第三筆「橫」左右貫穿。 💡 **注意**　①「虜」為大陸異體字。②含部件「虍」的字，其中的「七」寫法相同，如：虎、虔、墟、劇、慮、瘧、擄、獻。
虫部 15畫 左右 hú 蝴	蝴	蝴	部件「月」，香港首筆是「豎」，內部為兩「橫」；台灣首筆是「撇」，內部為「點、提」；大陸首筆是「撇」，內部為兩「橫」。 💡 **注意**　具有相同部件「胡」的字：湖、葫、糊、醐、鬍。
虫部 15畫 左右 wèi 蝟	蝟	猬	① 香港、台灣左部為「虫」，大陸左部為「犭」。② 部件「月」，香港、大陸首筆是「豎」，內部為兩「橫」；台灣首筆是「撇」，內部為「點、提」。 💡 **注意**　①「猬」為台灣異體字，「蝟」為大陸異體字。②具有相同部件「月」的字：育、肩、削、娟、啃、厭。 📄 **小知識**　「蝟」與「猬」，造字時選取的形旁有別，指稱一樣，即刺蝟。

香港	台灣	大陸	字形差異描述
虫部 19畫 左右 xiē 蠍	蠍	蝎	① 右部，香港、台灣有部件「欠」，大陸則沒有。② 部件「曰」，香港第三筆「橫」與第二筆「橫折」相離，台灣、大陸第三筆「橫」與第二筆「橫折」相接。③ 部件「勹」，香港、台灣末筆是「豎彎」，大陸末筆是「豎折」。 💡 注意　①「蝎」為台灣異體字，「蠍」為大陸異體字。②具有相同部件「曰」的字：書、得、替、復、葛、歇、厭、踏、潛、繪。
虫部 21畫 左右 là 蠟	蠟	蠟|蜡	① 部件「囟」，香港、大陸內部「撇、點」相交，台灣內部「撇、點」相接。② 部件「臼」，香港、台灣中間四筆是「短橫」，大陸對應的四筆是「點」。
衣部 14畫 左右 hè 褐	褐	褐	① 部件「曰」，香港第三筆「橫」與第二筆「橫折」相離，台灣、大陸第三筆「橫」與第二筆「橫折」相接。② 部件「勹」，香港、台灣末筆是「豎彎」，大陸末筆是「豎折」。 💡 注意　具有相同部件「曰」的字：書、得、替、復、葛、歇、厭、踏、潛、繪。 📄 小知識　衣部的字：從「衤（衣）」的漢字，多與衣物、布料有關，如：衫、被、裙、褥、褲等；從「礻（示）」的漢字，多與鬼神、祭祀等有關，如：祉、祈、祝、祿、福等。形旁是「礻」，還是「衤」要區分清楚。
衣部 14畫 左右 fù 複	複	複|复	部件「曰」，香港第三筆「橫」與第二筆「橫折」相離，台灣、大陸第三筆「橫」與第二筆「橫折」相接。② 部件「夂」，香港、大陸「捺」與「撇」相接，台灣「捺」與「撇」相交。 💡 注意　具有相同部件「曰」的字：書、得、替、復、葛、歇、厭、踏、潛、繪。
衣部 18畫 左右 jīn 襟	襟	襟	① 部件「林」，香港、台灣末筆是「捺點」，大陸末筆是「捺」。② 部件「示」，香港、大陸第三筆是「豎鈎」，台灣第三筆是「豎」。
衣部 18畫 左右 ǎo 襖	襖	襖|袄	右部「奧」：① 上部「冖」，香港、大陸第三筆是「橫折」，台灣第三筆是「橫折鈎」。② 上內部，香港、台灣為「釆」，「米」上有一筆「撇」；大陸只有「米」。③ 下部「大」，香港、台灣末筆是「捺點」，大陸末筆是「捺」。

香港	台灣	大陸	字形差異描述
衣部 20畫 左右 bǎi 襬	襬	襬|摆	右下部「能」：① 部件「月」，香港、大陸首筆是「豎」，內部為兩「橫」；台灣首筆是「撇」，內部為「點、提」。② 右上部「ヒ」，香港、台灣為「橫、豎彎」，大陸為「撇、豎彎鈎」。③ 右下部「ヒ」，香港、台灣首筆是「橫」，大陸首筆是「撇」。 💡 **注意** 具有相同部件「月」的字：育、肩、削、娟、啃、厭、撒。
襾部 18畫 上下 fù 覆	覆	覆	① 部件「曰」，香港第三筆「橫」與第二筆「橫折」相離，台灣、大陸第三筆「橫」與第二筆「橫折」相接。② 部件「夂」，香港、大陸「捺」與「撇」相接，台灣「捺」與「撇」相交。 💡 **注意** 具有相同部件「曰」的字：書、得、替、復、葛、歇、厭、踏、潛、繪。
言部 11畫 左右 é 訛	訛	訛|讹	部件「ヒ」，香港「豎彎鈎」與「撇」相接，台灣「豎彎鈎」與「橫」相接，大陸「豎彎鈎」與「撇」相交。 💡 **注意** 具有相同部件「化」的字：花、貨、靴。
言部 17畫 左右 huǎng 謊	謊	謊|谎	① 香港、台灣右上部為「艹」，「橫」與「豎」相交，共四畫；大陸右上部為「艹」，「橫」連為一筆，共三畫。② 部件「ㄊ」，香港、台灣第三筆是「豎彎」，大陸第三筆是「豎折」。③ 右下部「儿」，香港、大陸末筆是「豎彎鈎」，台灣末筆是「豎彎」。
言部 17畫 左右 yáo 謠	謠	謠|谣	香港右上部為「夕」，台灣右上部為「夕」，大陸右上部為「⺈」。 💡 **注意** 具有相同部件「䍃」的字：徭、瑤、遙。
言部 20畫 上下 yù 譽	譽	譽|誉	部件「钅」，香港為「豎折折鈎、橫、豎」，且與下部相離；台灣為「橫、豎折折鈎、撇」，且與下部相離；大陸為「橫、豎折折、豎」，且與下部相接。
谷部 17畫 左右 huō huò 豁	豁	豁	部件「丰」，香港首筆是「撇」，「豎」向下出頭；台灣首筆是「撇」，「豎」向下不出頭；大陸首筆是「橫」，「豎」向下出頭。 ✏️ **書寫提示** 香港「丰」、大陸「丰」中「豎」為第四筆，台灣「丰」中「豎」為第三筆。

香港	台灣	大陸	字形差異描述
貝部 11畫 上下 huò 貨	貨	貨｜货	部件「匕」，香港「豎彎鈎」與「撇」相接，台灣「豎彎鈎」與「橫」相接，大陸「豎彎鈎」與「撇」相交。 💡 **注意**　具有相同部件「化」的字：花、訛、靴。 📄 **小知識**　貝部的字：古代曾以貝殼為貨幣，從貝的字一般和錢財有關，如：財、貴、買、賄、賜等。
貝部 20畫 上中下 yíng 贏	贏	贏｜赢	① 部件「亡」，香港、台灣第三筆是「豎彎」，大陸第三筆是「豎折」。② 部件「月」，香港、台灣內部為「點、提」，大陸內部為兩「橫」。③ 部件「凡」，香港首筆是「豎」，「點」與「豎」相交；台灣首筆是「撇」，「點」與「撇」相交；大陸首筆是「撇」，「點」與「撇」相接。 🔍 **辨析**　「贏」、「羸」、「嬴」。三字字形相近，下中部分別為「貝」、「羊」、「女」。贏：獲利，賺錢，如輸贏。羸：瘦，如羸弱。嬴：姓氏，如嬴政。
足部 13畫 左右 jì 跡	跡	迹	① 香港、台灣為左右結構，偏旁為「𧾷」；大陸為半包圍結構，偏旁為「辶」。② 部件「亦」，香港第三筆是「豎」，台灣、大陸第三筆是「撇」。 💡 **注意**　「迹」為香港、台灣異體字，「跡」為大陸異體字。 📄 **小知識**　「跡」與「迹」都是形聲字，或從「𧾷」，或從「辶」，均表示與行走、道路等有關。
足部 17畫 左右 tà 蹋	蹋	蹋	部件「曰」，香港第三筆「橫」與第二筆「橫折」相離，台灣最後兩筆「橫」與兩邊相離，大陸最後兩筆「橫」與兩邊相接。 ✏️ **書寫提示**　足部的字：部首「足」在構成左右結構的字時，通常位於左部，最後兩筆作「豎、提」。
身部 13畫 左右 duǒ 躱	躱	躲	① 左部「身」，香港、台灣最後兩筆「提、撇」相接，「撇」出頭；大陸最後兩筆「橫、撇」相接，「撇」不出頭。② 部件「木」，香港、大陸結構緊湊，末筆是「捺」；台灣結構疏散，末筆是「捺點」。
車部 17畫 左右 xiá 轄	轄	轄｜辖	部件「丰」，香港首筆是「撇」，「豎」向下出頭；台灣首筆是「撇」，「豎」向下不出頭；大陸首筆是「橫」，「豎」向下出頭。 ✏️ **書寫提示**　香港「丰」、大陸「丰」中「豎」為第四筆，台灣「丯」中「豎」為第三筆。

香港	台灣	大陸	字形差異描述
辵部 8畫 半包圍 fǎn 返	返	返	① 部件「反」，香港、大陸首筆是「撇」，台灣首筆是「橫」。② 香港、台灣部件「辶」，共四畫；大陸對應的部件為「辶」，共三畫。 ✎ **書寫提示**　辵部的字：現代漢字中「走之旁」與「走字旁」不同。「走之旁」應先寫其他部分，後寫「辶」，如：返、追、逃、進、達等；「走字旁」應先寫「走」，後寫其他部分，如：赴、趁、超、越、趕等。
辵部 11畫 半包圍 zào 造	造	造	① 部件「告」，香港上部為「牛」，「豎」與下部「口」相接；台灣、大陸上部為「牛」，「豎」與末筆「橫」相接。② 香港、台灣部件「辶」，共四畫；大陸對應的部件為「辶」，共三畫。 ✎ **書寫提示**　香港「牛」中「豎」為第四筆，台灣、大陸「牛」中「豎」為第三筆。
辵部 11畫 半包圍 tú 途	途	途	① 部件「余」，香港第二筆是「捺點」，第五筆是「豎鈎」；台灣第二筆是「捺點」，第五筆是「豎」；大陸第二筆是「捺」，第五筆是「豎鈎」。② 香港、台灣部件「辶」，共四畫；大陸對應的部件為「辶」，共三畫。
辵部 13畫 半包圍 è 遏	遏	遏	① 部件「曰」，香港第三筆「橫」與第二筆「橫折」相離，台灣、大陸第三筆「橫」與第二筆「橫折」相接。② 部件「匃」，香港、台灣末筆是「豎彎」，大陸末筆是「豎折」。③ 香港、台灣部件「辶」，共四畫；大陸對應的部件為「辶」，共三畫。 💡 **注意**　具有相同部件「曰」的字：書、得、替、復、葛、歇、厭、踏、潛、繪。
辵部 13畫 半包圍 yú 逾	逾	逾	① 部件「亼」，香港末筆是「捺點」，台灣、大陸末筆是「捺」。② 部件「月」，香港、大陸首筆是「豎」，台灣首筆是「撇」。③ 香港、台灣部件「辶」，共四畫；大陸對應的部件為「辶」，共三畫。
辵部 13畫 半包圍 biàn 遍	遍	遍	① 部件「戶」，香港、大陸首筆是「點」，台灣首筆是「撇」。② 香港、台灣部件「辶」，共四畫；大陸對應的部件為「辶」，共三畫。 💡 **注意**　具有相同部件「扁」的字：偏、匾、蝙、篇、翩、編、騙。

一級字表

香港	台灣	大陸	字形差異描述
辵部 14畫 半包圍 yáo　遙	遙	遥	① 被包圍部分，香港上部為「夕」，台灣上部為「夕」，大陸上部為「⺜」。② 香港、台灣部件「辶」，共四畫；大陸對應的部件為「辶」，共三畫。 💡 注意　具有相同部件「䍃」的字：徭、遙、謠。
辵部 14畫 半包圍 xùn　遜	遜	遜|逊	① 部件「系」，香港第二筆「撇折」與首筆「撇」相離，第五筆是「豎鈎」；台灣第二筆「撇折」與首筆「撇」相離，第五筆是「豎」；大陸第二筆「撇折」與首筆「撇」相接，第五筆是「豎鈎」。② 香港、台灣部件「辶」，共四畫；大陸對應的部件為「辶」，共三畫。
辵部 15畫 半包圍 zāo　遭	遭	遭	① 部件「曰」，香港第三筆「橫」與第二筆「橫折」相離，台灣、大陸第三筆「橫」與第二筆「橫折」相接。② 香港、台灣部件「辶」，共四畫；大陸對應的部件為「辶」，共三畫。 💡 注意　具有相同部件「曹」的字：嘈、漕、槽、艚、糟。
辵部 16畫 半包圍 liáo　遼	遼	遼|辽	① 部件「小」，香港、大陸首筆是「豎鈎」，台灣首筆是「豎」。② 香港、台灣部件「辶」，共四畫；大陸對應的部件為「辶」，共三畫。
辵部 16畫 半包圍 xuǎn　選	選	選|选	① 部件「㔾」，香港第三、六筆均是「豎彎」；台灣第三筆是「豎提」，第六筆是「豎彎」；大陸第三、六筆均是「豎彎鈎」。② 香港、台灣部件「辶」，共四畫；大陸對應的部件為「辶」，共三畫。
辵部 19畫 半包圍 biān　邊	邊	邊|边	① 部件「宀」，香港、大陸末筆是「點」，台灣末筆是「豎彎」。② 香港、台灣部件「辶」，共四畫；大陸對應的部件為「辶」，共三畫。
邑部 14畫 左右 bǐ　鄙	鄙	鄙	左部「啚」，香港中部「豎、橫」相接，台灣中部「點、橫」相接，大陸中部「橫、豎」相交。 📖 小知識　邑部的字：右邊的「阝」是由「邑」變形而來，通常表示和地名、邦郡有關，如：邱、都、郭、鄂、鄭等；左邊的「阝」是由「阜」變形而來，通常表示和地勢、升降等有關，如：降、陡、階、隅、險等。 ✏️ 書寫提示　邑部的字：部件「阝」，香港、台灣為三畫，大陸為兩畫。

一級字表

香港	台灣	大陸	字形差異描述
酉部 14畫 左右 kù 酷	酷	酷	①左部「酉」，香港、台灣內部的「橫」與兩邊相離，大陸內部的「橫」與兩邊相接。②右部「告」，香港上部為「牛」，「豎」與下部「口」相接；台灣、大陸上部為「生」，「豎」與末筆「橫」相接。 ✎ **書寫提示**　香港「牛」中「豎」為第四筆，台灣、大陸「生」中「豎」為第三筆。
酉部 14畫 左右 suān 酸	酸	酸	①左部「酉」，香港、台灣內部的「橫」與兩邊相離，大陸內部的「橫」與兩邊相接。②部件「ㄦ」，香港、台灣為「撇、豎彎」，且與上部相接；大陸為「撇、點」，且與上部相離。③部件「夂」，香港、大陸「捺」與「撇」相接，台灣「捺」與「撇」相交。
酉部 16畫 左右 yùn 醖	醞	醖|酝	①左部「酉」，香港、台灣內部的「橫」與兩邊相離，大陸內部的「橫」與兩邊相接。②香港、大陸右上部為「日」，台灣右上部為「囚」。 💡 **注意**　①「醖」為香港異體字。②具有相同部件「昷」的字：温、媼、盒、瘟、韞。 ✎ **書寫提示**　台灣「醞」為十七畫。
酉部 18畫 上下 jiàng 醬	醬	醬|酱	①部件「夕」，香港、大陸內部為兩「點」，台灣內部為「點、提」。②下部「酉」，香港、台灣內部的「橫」與兩邊相離，大陸內部的「橫」與兩邊相接。
金部 22畫 上下 jiàn 鑒	鑑	鑒|鉴	香港、大陸為上下結構，香港上右部第三筆是「短橫」，大陸上右部第三筆是「點」；台灣為左右結構。 💡 **注意**　「鑑」為大陸異體字。
金部 22畫 左右 xiù 鏽	鏽	銹|锈	香港右部為「肅」，上、下部件之間有一筆「橫」，下部首筆是「豎」，內部中的「橫」與兩邊相離；台灣右部為「肅」，上、下部件之間沒有「橫」，下部首筆是「撇」，內部中的「橫」與兩邊相接；大陸右部為「秀」。 💡 **注意**　「銹」為香港、台灣異體字，「鏽」為大陸異體字。 ✎ **書寫提示**　金部的字：部首「金」在構成左右結構的字時，通常位於左部，末筆作「提」。

一級字表

香港	台灣	大陸	字形差異描述
門部 12畫 半包圍 xián 閒	閒	閑|閑	被包圍部分，香港為「月」，首筆是「豎」；台灣為「月」，首筆是「撇」；大陸為「木」。 💡 注意　「閑」為香港異體字，「閒」為大陸異體字。
阜部 11畫 左右 líng 陵	陵	陵	① 部件「儿」，香港、台灣為「撇、豎彎」，且與上部相接；大陸為「撇、點」，且與上部相離。② 部件「夊」，香港、大陸「捺」與「撇」相接，台灣「捺」與「撇」相交。 💡 注意　具有相同部件「夌」的字：凌、菱、棱、稜、綾。 📄 小知識　阜部的字：左邊的「阝」是由「阜」變形而來，通常表示和地勢、升降等有關，如：降、陡、階、隅、險等；右邊的「阝」是由「邑」變形而來，通常表示和地名、邦郡有關，如：邙、都、郭、鄂、鄭等。 ✐ 書寫提示　阜部的字：部件「阝」，香港、台灣為三畫，大陸為兩畫。
阜部 13畫 左右 xì 隙	隙	隙	① 右上部「小」，香港首筆是「豎鈎」，台灣、大陸首筆是「豎」。② 右中部，香港、大陸為「日」，台灣為「白」。
阜部 16畫 左右 suí 隨	隨	隨|随	① 部件「月」，香港、大陸首筆是「豎」，內部為兩「橫」；台灣首筆是「撇」，內部為「點、提」。② 香港、台灣部件「辶」，共四畫；大陸對應的部件為「辶」，共三畫。 💡 注意　具有相同部件「月」的字：育、肩、削、娟、啃、厭、撒、墮。
隶部 17畫 左右 lì 隸	隸	隸|隶	① 左下部「示」，香港、大陸第三筆是「豎鈎」，台灣第三筆是「豎」。② 右部「隶」，香港、台灣末筆是「捺點」，大陸末筆是「捺」。
雨部 13畫 上下 diàn 電	電	電|电	① 上部「⻗」，香港、台灣最後四筆姿態各異，大陸對應的四筆均是「短橫」。② 下部「电」，香港「豎彎鈎」向上出頭，台灣、大陸「豎彎鈎」向上不出頭。
雨部 15畫 上下 xiāo 霄	霄	霄	① 上部「⻗」，香港、台灣最後四筆姿態各異，大陸對應的四筆均是「短橫」。② 部件「月」，香港、大陸首筆是「豎」，內部為兩「橫」；台灣首筆是「撇」，內部為「點、提」。 💡 注意　具有相同部件「月」的字：育、肩、削、娟、啃、厭、撒。

一級字表

香港	台灣	大陸	字形差異描述
青部 16畫 左右 jìng	靜	靜	静	① 部件「月」，香港、大陸首筆是「豎」，台灣首筆是「撇」。② 香港、台灣右上部為「⺈」，大陸右上部為「⺈」。 ✎ **書寫提示**　大陸「静」為十四畫。
非部 15畫 上下 kào	靠	靠	靠	① 上部「告」，香港上部為「牛」，「豎」與下部「口」相接；台灣、大陸上部為「牛」，「豎」與末筆「橫」相接。② 下部「非」，香港、台灣首筆是「豎撇」，第四筆是「提」；大陸首筆是「豎」，第四筆是「橫」。 💡 **注意**　具有相同部件「非」的字：匪、排、啡、悲、罪、輩、靡。 ✎ **書寫提示**　香港「牛」中「豎」為第四筆，台灣、大陸「牛」中「豎」為第三筆。
非部 19畫 半包圍 mí mǐ	靡	靡	靡	① 部件「林」，香港第四筆是「點」，第八筆是「捺點」；台灣第四、八筆均是「豎彎」，結構疏散；大陸第四筆是「點」，第八筆是「捺」。② 部件「非」，香港、台灣首筆是「豎撇」，第四筆是「提」；大陸首筆是「豎」，第四筆是「橫」。 💡 **注意**　具有相同部件「非」的字：匪、排、啡、悲、罪、輩、靠。
革部 13畫 左右 xuē	靴	靴	靴	部件「匕」，香港「豎彎鈎」與「撇」相接，台灣「豎彎鈎」與「橫」相接，大陸「豎彎鈎」與「撇」相交。 💡 **注意**　具有相同部件「化」的字：花、貨、訛。
革部 15畫 上下 gǒng	鞏	鞏	鞏｜巩	部件「丮」，香港首筆是「豎」，第二筆是「橫斜鈎」，第三筆「點」與首筆「豎」相交；台灣首筆是「撇」，第二筆是「橫折彎鈎」，第三筆「點」與首筆「撇」相交；大陸首筆是「撇」，第二筆是「橫折彎鈎」，第三筆「點」與首筆「撇」相接。
風部 20畫 左右 piāo	飄	飄	飄｜飘	① 部件「示」，香港、大陸第三筆是「豎鈎」，台灣第三筆是「豎」。② 右部「風」，香港、台灣第三筆是「橫」，大陸第三筆是「撇」。

一級字表

香港	台灣	大陸	字形差異描述
食部 12畫 左右 fàn **飯**	**飯**	**飯**｜**饭**	① 左部「飠」，香港、台灣第三筆是「短橫」，大陸第三筆是「點」。② 右部「反」，香港、大陸首筆是「撇」，台灣首筆是「橫」。 💡 **注意**　具有相同部件「反」的字：扳、阪、板、版、叛、販。
食部 16畫 左右 yáo **餚**	**餚**	**肴**	① 香港、台灣左部有「飠」，大陸則沒有。② 部件「有」，香港、大陸第三筆是「豎」，內部為兩「橫」；台灣第三筆是「撇」，內部為「點、提」。 💡 **注意**　「肴」為香港異體字，「餚」為大陸異體字。
香部 9畫 上下 xiāng **香**	**香**	**香**	① 上部「禾」，香港、台灣末筆是「捺點」，大陸末筆是「捺」。② 下部「曰」，香港第三筆「橫」與第二筆「橫折」相離，台灣、大陸第三筆「橫」與第二筆「橫折」相接。 💡 **注意**　具有相同部件「曰」的字：書、得、替、復、葛、歇、厭、踏、潛、繪。
香部 20畫 上下 xīn **馨**	**馨**	**馨**	① 部件「又」，香港、台灣末筆是「捺」，大陸末筆是「捺點」。② 部件「禾」，香港、台灣末筆是「捺點」，大陸末筆是「捺」。③ 部件「曰」，香港第三筆「橫」與第二筆「橫折」相離，台灣、大陸第三筆「橫」與第二筆「橫折」相接。 💡 **注意**　具有相同部件「曰」的字：書、得、替、復、葛、歇、厭、踏、潛、繪。
馬部 17畫 左右 jùn **駿**	**駿**	**駿**｜**骏**	① 部件「儿」，香港、台灣為「撇、豎彎」，且與上部相接；大陸為「撇、點」，且與上部相離。② 部件「夊」，香港、大陸「捺」與「撇」相接，台灣「捺」與「撇」相交。 💡 **注意**　具有相同部件「夋」的字：俊、唆、峻、梭、竣。
骨部 10畫 上下 gū gǔ **骨**	**骨**	**骨**	① 部件「冎」，香港、台灣內部為「橫、豎」兩筆，拐角扣右下方；大陸內部為「橫折」一筆，拐角扣左下方。② 部件「月」，香港、大陸首筆是「豎」，內部為兩「橫」；台灣首筆是「撇」，內部為「點、提」。 💡 **注意**　具有相同部件「月」的字：育、肩、削、娟、啃、厭、撒。 🔍 **辨析**　香港部件「月」，一般在左右結構的字的左部時，首筆是「撇」，內部為「點、提」，如：胞、胸、胳等；在上下結構的字的下部時，首筆是「豎」，內部為兩「橫」，如：肯、胃、腎等。

香港	台灣	大陸	字形差異描述
骨部 14畫 左右 āng 骯	骯	骯|肮	① 部件「冎」，香港、台灣內部為「橫、豎」兩筆，拐角扣右下方；大陸內部為「橫折」一筆，拐角扣左下方。② 部件「月」，香港、大陸首筆是「豎」，內部為兩「橫」；台灣首筆是「撇」，內部為「點、提」。 💡 **注意**　具有相同部件「月」的字：育、肩、削、娟、啃、厭、撒。
骨部 23畫 左右 zāng 髒	髒	髒|脏	① 部件「冎」，香港、台灣內部為「橫、豎」兩筆，拐角扣右下方；大陸內部為「橫折」一筆，拐角扣左下方。② 部件「月」，香港、大陸首筆是「豎」，內部為兩「橫」；台灣首筆是「撇」，內部為「點、提」。③ 香港、台灣右上部為「艹」，「橫」與「豎」相交，共四畫；大陸右上部為「艹」，「橫」連為一筆，共三畫。④ 部件「匕」，香港、大陸首筆是「撇」，台灣首筆是「橫」。 💡 **注意**　具有相同部件「月」的字：育、肩、削、娟、啃、厭、撒。
骨部 23畫 左右 suǐ 髓	髓	髓	① 部件「冎」，香港、台灣內部為「橫、豎」兩筆，拐角扣右下方；大陸內部為「橫折」一筆，拐角扣左下方。② 兩個部件「月」，香港、大陸首筆均是「豎」，內部均為兩「橫」；台灣首筆均是「撇」，內部均為「點、提」。③ 香港、台灣部件「辶」，共四畫；大陸對應的部件為「辶」，共三畫。 💡 **注意**　具有相同部件「月」的字：育、肩、削、娟、啃、厭、撒。
骨部 23畫 左右 tǐ tǐ 體	體	體|体	① 部件「冎」，香港、台灣內部為「橫、豎」兩筆，拐角扣右下方；大陸內部為「橫折」一筆，拐角扣左下方。② 部件「月」，香港、大陸首筆是「豎」，內部為兩「橫」；台灣首筆是「撇」，內部為「點、提」。 💡 **注意**　具有相同部件「月」的字：育、肩、削、娟、啃、厭、撒。
髟部 19畫 上下 hú 鬍	鬍	鬍|胡	部件「月」，香港首筆是「豎」，內部為兩「橫」；台灣首筆是「撇」，內部為「點、提」；大陸首筆是「撇」，內部為兩「橫」。 💡 **注意**　具有相同部件「胡」的字：湖、葫、蝴、糊、醐。

一級字表

香港	台灣	大陸	字形差異描述
鬼部 18畫 左右 wèi　魏	魏	魏	① 左下部「女」，香港「橫」與「撇」相交；台灣「提」與「撇」相交；大陸「橫」與「撇」相接，「撇」出頭。② 右部「鬼」，香港、台灣上部中「豎」與下部「撇」分為兩筆；大陸第六筆「豎撇」與第三筆「橫折」相接，「豎撇」為一筆。 ✎ **書寫提示**　鬼部的字：「鬼」及由其參與構造的字，香港、台灣都是先寫「撇」，然後寫「田」、「儿」和「厶」。
鬼部 21畫 半包圍 mó　魔	魔	魔	① 部件「林」，香港第四筆是「點」，第八筆是「捺點」；台灣第四、八筆均是「豎彎」，結構疏散；大陸第四筆是「點」，第八筆是「捺」。② 部件「鬼」，香港、台灣上部中「豎」與下部「撇」分為兩筆；大陸第六筆「豎撇」與第三筆「橫折」相接，「豎撇」為一筆。
鹿部 19畫 上下 lí lì　麗	麗	麗|丽	① 部件「丽」，香港第四、八筆均是「橫」，台灣、大陸第四、八筆均是「點」。② 部件「比」，香港、台灣第三筆是「短橫」，大陸第三筆是「短撇」。
麥部 11畫 上下 mài　麥	麥	麥|麦	① 上部，香港、台灣第二筆「豎」向下不出頭；大陸第二筆「豎」向下出頭。② 下部「夊」，香港末筆「捺點」與首筆「撇」相接，台灣末筆「捺點」與首筆「撇」相交，大陸末筆「捺點」與首筆「撇」相離。
麥部 15畫 半包圍 miàn　麵	麵	麵|面	① 香港、台灣為半包圍結構，大陸為左右結構。② 香港部件「麥」第二筆「豎」向下不出頭，末筆「捺」與第九筆「撇」相接，被包圍部分為「丐」；台灣部件「麥」第二筆「豎」向下不出頭，末筆「捺」與第九筆「撇」相交，被包圍部分為「面」；大陸左部「麦」第二筆「豎」向下出頭，末筆是「點」，右部為「面」。 💡 **注意**　「麵」為香港異體字，「麺」為台灣、大陸異體字。 🔖 **小知識**　「麵」與「麪」都是形聲字，「麥」為形旁，提示義類信息與「麥」有關；「丐」、「面」為聲旁，提示讀音信息，造字時選用了不同的聲旁。

一級字表

香港	台灣	大陸	字形差異描述
麥部 19畫 半包圍 qū 麴	麴	麯|麯	① 香港、台灣為半包圍結構，大陸為左右結構。② 香港部件「麥」第二筆「豎」向下不出頭，末筆「捺」與第九筆「撇」相接，被包圍部分為「匊」；台灣部件「麥」第二筆「豎」向下不出頭，末筆「捺」與第九筆「撇」相交，被包圍部分為「匊」；大陸左部「麦」第二筆「豎」向下出頭，末筆是「點」，右部為「曲」。 💡 注意　「麯」為台灣異體字，「麴」為大陸異體字。 📄 小知識　「麴」與「麯」都是形聲字，「麥」為形旁，提示義類信息與「麥」有關；「匊」、「曲」為聲旁，提示讀音信息，造字時選用了不同的聲旁。
麻部 14畫 半包圍 ma 麼	麼	麼|么	① 部件「林」，香港第四、八筆分別是「點」、「捺點」；台灣第四、八筆均是「豎彎」，結構疏散；大陸第四、八筆分別是「點」、「捺」。② 香港、台灣部件「幺」，大陸對應的部件為「厶」。
黃部 12畫 上中下 huáng 黃	黃	黄	① 上部，香港、台灣為「⿱」，共五畫；大陸為「⿱」，共四畫。② 中部，香港、大陸為「⿱」，台灣為「⿱」。
鱉部 24畫 上下 biē 鱉	鱉	鳖|鳖	① 部件「敝」，香港、台灣第四筆是「橫折鉤」，大陸第四筆是「橫折」。② 香港下部為「黽」，台灣、大陸下部為「魚」。 💡 注意　「鱉」為台灣、大陸異體字。 📄 小知識　「鱉」與「鱉」都是形聲字，「敝」為聲旁，提示讀音信息；「黽」、「魚」都是形旁，提示義類信息，造字時選用了不同的形旁。
齊部 17畫 上下 zhāi 齋	齋	斋|斋	① 部件「Y」，香港第三筆是「豎鉤」，台灣、大陸第三筆是「豎」。② 下部，香港、台灣兩「橫」與兩邊相離，大陸兩「橫」與兩邊相接。③ 部件「小」，香港首筆是「豎鉤」，台灣、大陸首筆是「豎」。

一級字表

香港	台灣	大陸	字形差異描述
龜部 18畫 獨體 guī jūn qiū	龜　龜	龜|龟	①頂部，香港、台灣為「撇、橫折」，大陸為「短撇」。②香港、台灣中部「豎彎鈎」、「豎」上部與「橫折」相接，「豎」下部與「豎彎鈎」底部相離；大陸中部「豎彎鈎」、「豎」上部與「橫折」相離，「豎」下部與「豎彎鈎」底部相接。③部件「⺲」，香港第二、五筆均是「橫」，與「豎彎鈎」相接；台灣第二筆是「橫折」，第五筆是「橫」，兩筆均貫穿中部「豎彎鈎」、「豎」，與右邊部件相連；大陸第二、五筆均是「橫」，與「豎彎鈎」相離。 ✎ **書寫提示**　台灣「龜」為十六畫，大陸「龜」為十七畫。

七 區

香港、台灣、大陸用字有別。

香港	台灣	大陸	字形差異描述
一部 8畫 上下 bìng	並	並	并	香港、台灣為「並」，大陸為「并」。 💡 **注意**　①香港、台灣「並、并」，大陸均作「并」。香港、台灣的用法如：並且、並列；并（bīng）州。②「並」為大陸異體字。
人部 6畫 左右 fū	佚	佚	夫	香港、台灣左部有「亻」，大陸則沒有。 💡 **注意**　香港、台灣「佚、夫」，大陸均作「夫」。香港、台灣的用法如：佚役、拉佚（指舊時服勞役的人）；夫子、夫婦。
人部 7畫 左右 bù	佈	布	布	香港左部有「亻」，台灣、大陸則沒有。 💡 **注意**　①香港「佈、布」，台灣、大陸均作「布」。香港的用法如：佈（布）景、頒佈（布）；布偶、棉布。②「佈」為大陸異體字。
人部 7畫 左右 zhàn	佔	佔	占	香港、台灣左部有「亻」，大陸則沒有。 💡 **注意**　①香港、台灣「佔、占」，大陸均作「占」。香港、台灣的用法如：佔有、佔領；占（zhān）卜、占卦。②「佔」為大陸異體字。
人部 8畫 左右 bìng	併	併	并	香港、台灣左部有「亻」，大陸則沒有。 💡 **注意**　①香港、台灣「併、并」，大陸均作「并」。香港、台灣的用法如：合併、歸併；并（bīng）州。②「併」為大陸異體字。

一級字表

香港	台灣	大陸	字形差異描述
人部 9畫 左右 jú 侷	侷	局	香港、台灣左部有「亻」，大陸則沒有。 💡 **注意** ①香港、台灣「侷、局」，大陸均作「局」。香港、台灣的用法如：侷（局）促；局面、書局。②「侷」為大陸異體字。
人部 10畫 左右 xìng 倖	倖	幸	香港、台灣左部有「亻」，大陸則沒有。 💡 **注意** ①香港、台灣「倖、幸」，大陸均作「幸」。香港、台灣的用法如：倖臣、僥倖（幸）；幸福、幸運。②「倖」為大陸異體字。
儿部 6畫 上下 xiōng 兇	凶	凶	香港下部有「儿」，台灣、大陸則沒有。 💡 **注意** ①香港「兇、凶」，台灣、大陸均作「凶」。香港的用法如：兇猛、幫兇；凶兆、凶多吉少。②「兇」為大陸異體字。
刀部 13畫 左右 chǎn 劗	劗	鏟|铲	①香港、台灣偏旁為「刂」，大陸偏旁為「钅」。②部件「產」，香港上部第四筆「點」與第三筆「撇」相交，末筆是「提」；台灣上部第四筆「點」與第三筆「撇」相交，末筆是「橫」；大陸上部第四筆「撇」與第三筆「點」相離，末筆是「橫」。 💡 **注意** ①香港、台灣「劗、鏟」，大陸均作「鏟」。香港、台灣的用法如：劗（鏟）除；鏟子、鐵鏟。②「劗」為大陸異體字。
口部 11畫 左右 niàn 唸	唸	念	①香港、台灣左部有「口」，大陸則沒有。②部件「今」，香港、台灣第三筆是「短橫」，大陸第三筆是「點」。 💡 **注意** ①香港、台灣「唸、念」，大陸均作「念」。香港、台灣的用法如：唸信、唸口訣；念頭、思念。②「唸」為大陸異體字。
口部 17畫 左右 cháng 嚐	嚐	嘗|尝	①香港、台灣左部有「口」，大陸則沒有。②部件「匕」，香港、台灣為「橫、豎彎」，大陸為「撇、豎彎鈎」。 💡 **注意** ①香港、台灣「嚐、嘗」，大陸均作「嘗」。香港、台灣的用法如：品嚐（嘗）、飽嚐（嘗）；嘗試、未嘗。②「嚐」為大陸異體字。
口部 19畫 左右 yàn 嚥	嚥	咽	香港、台灣右部為「燕」，大陸右部為「因」。 💡 **注意** ①香港、台灣「嚥、咽」，大陸均作「咽」。香港、台灣的用法如：嚥氣、吞嚥；咽（yān）喉、嗚咽（yè）。②「嚥」為大陸異體字。

一級字表

香港	台灣	大陸	字形差異描述
女部 9畫 上下 jiān 姦	姦	奸	①香港、台灣為「姦」，大陸為「奸」。②下左部「女」，香港「提」與「撇」相接，「撇」出頭；台灣「提」與「撇」相交。 💡 **注意** ①香港、台灣「姦、奸」，大陸均作「奸」。香港、台灣的用法如：姦淫、強姦；奸詐、姑息養奸。②「姦」為大陸異體字。
尸部 9畫 半包圍 shī 屍	屍	尸	①香港、台灣「尸」內有「死」，大陸則沒有。②部件「匕」，香港首筆是「撇」，台灣首筆是「橫」。 💡 **注意** ①香港、台灣「屍、尸」，大陸均作「尸」。香港、台灣的用法如：屍體；尸位素餐。②「屍」為大陸異體字。 📄 **小知識** 古籍中「屍」與「尸」的涵義是不同的。古籍中的「屍」就是指屍體；「尸」則是指祭祀時代表死者受祭的人，與屍體無關。
山部 11畫 上下 kūn 崑	崑	昆	①香港、台灣上部有「山」，大陸則沒有。②部件「比」，香港、台灣第三筆是「短橫」，大陸第三筆是「短撇」。 💡 **注意** ①香港、台灣「崑、昆」，大陸均作「昆」。香港、台灣的用法如：崑崙、崑曲；昆仲、昆蟲。②「崑」為大陸異體字。
山部 11畫 上下 lún 崙	崙	侖|仑	香港、台灣上部有「山」，大陸則沒有。 💡 **注意** ①香港、台灣「崙、侖」，大陸均作「侖」。香港、台灣的用法如：崑崙；加侖、美侖美奐。②「崙」為大陸異體字。
山部 17畫 上下 yuè 嶽	嶽	岳	香港、台灣上部為「山」，下部為「獄」；大陸上部為「丘」，下部為「山」。 💡 **注意** ①香港、台灣「嶽、岳」，大陸均作「岳」。香港、台灣的用法如：山嶽、五嶽；岳父、姓岳。②「嶽」為大陸異體字。
弓部 4畫 獨體 diào 弔	弔	吊	香港、台灣為「弔」，大陸為「吊」。 💡 **注意** ①香港、台灣「弔、吊」，大陸均作「吊」。香港、台灣的用法如：弔唁、憑弔；吊橋、提心吊膽。②「弔」為大陸異體字。

一級字表

香港	台灣	大陸	字形差異描述
彳部 7畫 左右 fǎng 彷	彷	仿	香港、台灣左部為「彳」，共三畫；大陸左部為「亻」，共兩畫。 💡 **注意** 香港、台灣「彷、仿」，大陸均作「仿」。香港、台灣的用法如：彷彿；仿效、模仿。
彳部 8畫 左右 fú 彿	彿	佛	香港、台灣左部為「彳」，共三畫；大陸左部為「亻」，共兩畫。 💡 **注意** ①香港、台灣「彿、佛」，大陸均作「佛」。香港、台灣的用法如：彷彿；佛（fó）像。②「彿」為大陸異體字。
心部 11畫 左右 qī 悽	悽	淒	①香港、台灣左部為「忄」，大陸左部為「氵」。②部件「聿」，香港、台灣「豎」向下出頭，大陸「豎」向下不出頭。③部件「女」，香港、台灣第三筆「橫」與第二筆「撇」相交，大陸第三筆「橫」與第二筆「撇」相接。 💡 **注意** ①香港、台灣「悽、淒」，大陸均作「淒」。香港、台灣的用法如：悽慘；淒清。②「悽」為大陸異體字。
心部 13畫 左右 lì 慄	慄	栗	①香港、台灣左部有「忄」，大陸則沒有。②部件「木」，香港、大陸結構緊湊，末筆是「捺」；台灣結構疏散，末筆是「捺點」。 💡 **注意** ①香港、台灣「慄、栗」，大陸均作「栗」。香港、台灣的用法如：戰慄、不寒而慄；栗子、板栗。②「慄」為大陸異體字。
心部 15畫 上下 yù 慾	慾	欲	①香港、台灣下部有「心」，大陸則沒有。②部件「夂」，香港、台灣末筆是「捺點」，大陸末筆是「捺」。 💡 **注意** ①香港、台灣「慾、欲」，大陸均作「欲」。香港、台灣的用法如：慾（欲）望、慾（欲）念；欲罷不能、隨心所欲。②「慾」為大陸異體字。
手部 11畫 左右 ái 捱	捱	挨	香港、台灣右部為「厓」，大陸右部為「矣」。 💡 **注意** 香港、台灣「捱、挨」，大陸均作「挨」。香港、台灣的用法如：捱（挨）餓、捱（挨）罵；挨（āi）近、挨個兒。
手部 11畫 左右 cǎi 採	採	采	香港、台灣左部有「扌」，大陸則沒有。 💡 **注意** ①香港、台灣「採、采」，大陸均作「采」。香港、台灣的用法如：採訪、採購；喝采、文采、沒精打采。②「採」為大陸異體字。

香港	台灣	大陸	字形差異描述
手部 13畫 左右 shān　搧	搧	扇	① 香港、台灣左部有「扌」，大陸則沒有。② 部件「戶」，香港、大陸首筆是「點」，台灣首筆是「撇」。 💡 注意　香港、台灣「搧、扇」，大陸均作「扇」。香港、台灣的用法如：搧風；扇子、電風扇。
方部 8畫 左右 yú　扵	於	于	香港為「扵」，右部第二筆是「橫」；台灣為「於」，右部第二筆是「捺」；大陸為「于」。 💡 注意　香港、台灣「扵、于」，大陸均作「于」。香港、台灣的用法如：對扵、由扵；姓于。
木部 9畫 左右 guǎi　枴	枴	拐	① 香港、台灣左部為「木」，大陸左部為「扌」。② 香港、台灣右下部為「刀」，大陸右下部為「力」。 💡 注意　香港、台灣「枴、拐」，大陸均作「拐」。香港、台灣的用法如：枴杖、枴棍；拐騙、拐彎。
木部 11畫 左右 gǎn　桿	桿	杆	香港、台灣右部「干」上有「曰」，大陸則沒有。 💡 注意　① 香港、台灣「桿、杆」，大陸均作「杆」。香港、台灣的用法如：槓桿、筆桿；旗杆（gān）、欄杆。②「桿」為大陸異體字。
木部 15畫 左右 liáng　樑	梁	梁	① 香港左部有「木」，台灣、大陸則沒有。② 部件「木」，香港、大陸結構緊湊，末筆是「捺」；台灣結構疏散，末筆是「捺點」。 💡 注意　① 香港「樑、梁」，台灣、大陸均作「梁」。香港的用法如：鼻樑、橋樑、上樑不正下樑歪；姓梁。②「樑」為台灣、大陸異體字。
水部 5畫 左右 fàn　氾	氾	泛	香港、台灣右部為「㔾」，大陸右部為「乏」。 💡 注意　① 香港、台灣「氾、泛」，大陸均作「泛」。香港、台灣的用法如：氾濫；泛舟、廣泛。②「氾」為大陸異體字。
水部 12畫 左右 yǒng　湧	湧	涌	香港、台灣右部「甬」下有「力」，大陸則沒有。 💡 注意　① 香港、台灣「湧、涌」，大陸均作「涌」。香港的用法如：洶湧；鯽魚涌（chōng，多用於地名）②「湧」為大陸異體字。
火部 18畫 左右 xūn　燻	燻	熏	香港、台灣左部有「火」，大陸則沒有。 💡 注意　① 香港、台灣「燻、熏」，大陸均作「熏」。香港、台灣的用法如：燻肉、煙燻；熏陶、熏風。②「燻」為大陸異體字。

一級字表

香港	台灣	大陸	字形差異描述
牛部 7畫 左右 tā **牠**	**牠**	**它**	香港、台灣為「牠」，大陸為「它」。 💡 **注意** ①香港、台灣「牠、它」，大陸均作「它」。香港、台灣的用法：「牠」指代動物，「它」指代人和動物以外的事物。②「牠」為大陸異體字。
牛部 9畫 左右 dǐ **牴**	**牴**	**抵**	①香港、台灣左部為「牛」，大陸左部為「扌」。②右部「氐」，香港、台灣末筆是「短橫」，大陸末筆是「點」。 💡 **注意** 香港、台灣「牴、抵」，大陸均作「抵」。香港、台灣的用法如：牴觸、牴牾；抵抗、抵禦、抵達。
甘部 9畫 上下 shén **甚**	**甚**	**什**	香港、台灣為「甚」，大陸為「什」。 💡 **注意** 香港、台灣「甚（shén）、什（shí）」，大陸均作「什」。香港、台灣的用法如：甚麼、為甚麼；什錦。
生部 12畫 半包圍 sū **甦**	**甦**	**蘇|苏**	香港、台灣為「甦」，大陸為「蘇」。 💡 **注意** ①香港、台灣「甦、蘇」，大陸均作「蘇」。香港、台灣的用法如：甦（蘇）醒、復甦（蘇）；蘇打、江蘇。②「甦」為大陸異體字。
疒部 12畫 半包圍 suān **痠**	**痠**	**酸**	①香港、台灣「㥯」被包圍在「疒」內；大陸左部為「酉」，右部為「㥯」。②部件「儿」，香港、台灣為「撇、豎彎」，且與上部相接；大陸為「撇、點」，且與上部相離。③部件「夊」，香港、大陸「捺」與「撇」相接，台灣「捺」與「撇」相交。 💡 **注意** 香港、台灣「痠、酸」，大陸均作「酸」。香港、台灣的用法如：痠軟、痠痛；酸味、辛酸。
疒部 18畫 半包圍 yù **癒**	**癒**	**愈**	①香港、台灣有部件「疒」，大陸則沒有。②部件「月」，香港、大陸首筆是「豎」，台灣首筆是「撇」。 💡 **注意** ①香港、台灣「癒、愈」，大陸均作「愈」。香港、台灣的用法如：癒合、痊癒；愈加、每況愈下。②「癒」為大陸異體字。
皿部 17畫 上下 dàng **盪**	**盪**	**蕩|荡**	香港、台灣上部為「湯」，下部為「皿」；大陸上部為「艹」，下部為「湯」。 💡 **注意** ①香港、台灣「盪、蕩」，大陸均作「蕩」。香港、台灣的用法如：動盪、震盪；蕩然、掃蕩。②「盪」為大陸異體字。

一級字表

香港	台灣	大陸	字形差異描述
目部 15畫 左右 mī 睇	睇	眯	①右部，香港、台灣有部件「辶」，大陸則沒有。②部件「米」，香港、台灣末筆是「捺點」，台灣結構疏散；大陸末筆是「捺」。 💡 注意　①香港、台灣「睇、眯」，大陸均作「眯」。香港、台灣的用法如：睇眼、睇一會兒；沙子眯（mí）了眼。②「睇」為大陸異體字。
禾部 13畫 左右 léng 稜	稜	棱	①香港、台灣左部為「禾」，大陸左部為「木」。②部件「儿」，香港、台灣為「撇、豎彎」，且與上部相接；大陸為「撇、點」，且與上部相離。③部件「夂」，香港、大陸「捺」與「撇」相接，台灣「捺」與「撇」相交。 💡 注意　①香港、台灣「稜、棱」，大陸均作「棱」。香港、台灣的用法如：稜角、模稜兩可；撲棱（lēng，擬聲詞）、穆棱（líng，地名）。②「稜」為大陸異體字。
糸部 11畫 上下 zā zhā 紮	紮	扎	香港、台灣為「紮」，大陸為「扎」。 💡 注意　①香港、台灣「紮、扎」，大陸均作「扎」。香港、台灣的用法如：捆紮（zā）、駐紮（zhā）；扎根、扎實。②「紮」為大陸異體字。
糸部 14畫 左右 cǎi 綵	綵	彩	①香港、台灣偏旁為「糸」，大陸偏旁為「彡」。②部件「木」，香港、台灣末筆是「捺」，大陸末筆是「點」。 💡 注意　①香港、台灣「綵、彩」，大陸均作「彩」。香港、台灣的用法如：剪綵、張燈結綵；彩虹、博彩。②「綵」為大陸異體字。
艸部 14畫 上下 xí 蓆	蓆	席	香港、台灣上部有「艹」，大陸則沒有。 💡 注意　①香港、台灣「蓆、席」，大陸均作「席」。香港、台灣的用法如：草蓆、涼蓆；席捲、出席、席地而坐。②「蓆」為大陸異體字。
言部 10畫 左右 tuō 託	託	托	香港、台灣左部為「言」，大陸左部為「扌」。 💡 注意　①香港、台灣「託、托」，大陸均作「托」。香港、台灣的用法如：寄託、委託；托腮、襯托。②「託」為大陸異體字。
言部 12畫 左右 zhù 註	註	注	香港、台灣左部為「言」，大陸左部為「氵」。 💡 注意　①香港、台灣「註、注」，大陸均作「注」。香港、台灣的用法如：註冊、備註；注意、關注。②「註」為大陸異體字。

一級字表

香港	台灣	大陸	字形差異描述
言部 14畫 左右 zhì 誌	誌	志	香港、台灣左部有「訁」，大陸則沒有。 💡 **注意** ①香港、台灣「誌、志」，大陸均作「志」。香港、台灣的用法如：標誌、雜誌；志願、意志。②「誌」為大陸異體字。
言部 16畫 左右 zī 諮	諮	咨	①香港、台灣左部有「訁」，大陸則沒有。②部件「次」，香港、大陸左部為「點、提」，台灣左部為兩「橫」。 💡 **注意**　香港、台灣「諮、咨」，大陸均作「咨」。香港、台灣的用法如：諮商、諮詢；咨文、咨政。
言部 19畫 左右 huá 譁	譁	嘩|哗	①香港、台灣左部為「訁」，大陸左部為「口」。②右部「華」，香港、台灣上部為「艹」，「橫」與「豎」相交，共四畫；大陸上部為「艹」，「橫」連為一筆，共三畫。③右部「華」，香港、台灣中部兩個部件「十」與上、下兩「橫」及中「豎」相離，大陸第五筆「橫」為一筆，第六、七筆「豎」與之相交。④右部「華」，香港、台灣下部末「橫」短，大陸下部末「橫」長。 💡 **注意**　①香港、台灣「譁、嘩」，大陸均作「嘩」。香港、台灣的用法如：喧譁（嘩）、譁眾取寵；嘩（huā）啦啦。②「譁」為大陸異體字。
言部 26畫 左右 zàn 讚	讚	贊|赞	香港、台灣左部有「訁」，大陸則沒有。 💡 **注意**　①香港、台灣「讚、贊」，大陸均作「贊」。香港、台灣的用法如：讚揚、稱讚；贊同、贊助。②「讚」為大陸異體字。
車部 14畫 左右 wǎn 輓	輓	挽	香港、台灣左部為「車」，大陸左部為「扌」。 💡 **注意**　①香港、台灣「輓、挽」，大陸均作「挽」。香港、台灣的用法如：輓歌、輓聯；挽留、挽救。②「輓」為大陸異體字。
辵部 12畫 半包圍 zhōu 週	週	周	①香港、台灣有部件「辶」，大陸則沒有。②部件「龷」，香港「豎」穿過兩「橫」，台灣、大陸「豎」不穿第二「橫」。 💡 **注意**　①香港、台灣「週、周」，大陸均作「周」。香港、台灣的用法如：週（周）末、週（周）年、週（周）期；周到、周密、周圍。②「週」為大陸異體字。

一級字表

香港	台灣	大陸	字形差異描述
辵部 13畫 半包圍 yóu **遊**	**遊**	**游**	香港、台灣偏旁為「辶」，大陸偏旁為「氵」。 💡 **注意**　①香港、台灣「遊、游」，大陸均作「游」。香港、台灣的用法如：旅遊、漫遊；游泳、上游。②「遊」為大陸異體字。
里部 18畫 上下 lí **釐**	**釐**	**厘**	香港、台灣上部有「𣂈」，大陸則沒有。 💡 **注意**　①香港、台灣「釐、厘」，大陸均作「厘」。香港、台灣的用法如：釐訂、釐清；厘米。②「釐」為大陸異體字。
雨部 15畫 上下 méi **霉**	**霉**	**黴|霉**	香港、台灣為「霉」，大陸為「黴」。 💡 **注意**　香港、台灣「霉、黴」，大陸均作「黴」。香港、台灣的用法如：霉爛、發霉；黴菌（真菌的一類）。
食部 17畫 左右 wèi **餵**	**餵**	**喂**	香港、台灣左部為「飠」，大陸左部為「口」。 💡 **注意**　①香港、台灣「餵、喂」，大陸均作「喂」。香港、台灣的用法如：餵養、餵食；喂（打招呼的聲音）。②「餵」為大陸異體字。
鬥部 16畫 半包圍 hòng **鬨**	**鬨**	**哄**	香港、台灣「共」被包圍在「鬥」內；大陸左部為「口」，右部為「共」。 💡 **注意**　①香港、台灣「鬨、哄」，大陸均作「哄」。香港、台灣的用法如：起鬨、一鬨而散；哄（hǒng）騙、哄逗；哄（hōng）動、哄堂大笑。②「鬨」為大陸異體字。
鳥部 19畫 左右 diāo **鵰**	**鵰**	**雕**	①香港、台灣右部為「鳥」，大陸右部為「隹」。 ②部件「龶」，香港「豎」穿過兩「橫」，台灣、大陸「豎」不穿第二「橫」。 💡 **注意**　①香港、台灣「鵰、雕」，大陸均作「雕」。香港、台灣的用法如：一箭雙鵰；雕琢、浮雕。②「鵰」為大陸異體字。

二級字表

香港、台灣、大陸字形相同。（大陸字形為傳承字，沒有繁簡區別。）

香港	台灣	大陸		香港	台灣	大陸
一部 4畫 獨體 miǎn	丏	丏	丏	人部 4畫 左右 dīng	仃	仃	仃
一部 5畫 上下 pī	丕	丕	丕	人部 4畫 左右 zhǎng	仉	仉	仉
丿部 2畫 獨體 yì	乂	乂	乂	人部 4畫 左右 lè	仂	仂	仂
乙部 6畫 左右 jī	乩	乩	乩	人部 5畫 左右 sā	仨	仨	仨
乙部 6畫 半包圍 dū	丟	丟	丟	人部 5畫 左右 shì	仕	仕	仕
二部 4畫 上下 qí	亓	亓	亓	人部 5畫 左右 qiān	仟	仟	仟
亠部 7畫 上中下 hēng	亨	亨	亨	人部 5畫 左右 gē	仡	仡	仡
亠部 10畫 上中下 bó	毫	毫	毫	人部 5畫 左右 mù	仫	仫	仫
亠部 13畫 上中下 dǎn	亶	亶	亶	人部 6畫 左右 jì	伎	伎	伎
人部 4畫 半包圍 zè	仄	仄	仄	人部 6畫 左右 yá	伢	伢	伢

香港	台灣	大陸		香港	台灣	大陸
人部 6畫 左右 wǔ	仵	仵	仵	人部 8畫 左右 zhū	侏	侏	侏
人部 6畫 左右 kàng	伉	伉	伉	人部 8畫 左右 tiāo	佻	佻	佻
人部 7畫 左右 yì	佚	佚	佚	人部 8畫 左右 jiǎo	佼	佼	佼
人部 7畫 左右 gōu	佝	佝	佝	人部 8畫 左右 yáng	佯	佯	佯
人部 7畫 左右 tóng	佟	佟	佟	人部 8畫 左右 móu	侔	侔	侔
人部 7畫 左右 tuó	佗	佗	佗	人部 9畫 左右 qiú	俅	俅	俅
人部 7畫 左右 gā jiā qié	伽	伽	伽	人部 9畫 左右 lǐ	俚	俚	俚
人部 8畫 左右 jí	佶	佶	佶	人部 9畫 左右 yǒng	俑	俑	俑
人部 8畫 左右 bǎi	佰	佰	佰	人部 9畫 左右 zǔ	俎	俎	俎
人部 8畫 左右 kuǎ	侉	侉	侉	人部 10畫 左右 fèng	俸	俸	俸
人部 8畫 左右 dòng	侗	侗	侗	人部 10畫 左右 biào	俵	俵	俵

二級字表

香港	台灣	大陸		香港	台灣	大陸
人部 10畫 左右 chù 俶	俶	俶		儿部 7畫 上下 sì 兕	兕	兕
人部 10畫 左右 zhuō 倬	倬	倬		八部 4畫 上下 xī 兮	兮	兮
人部 10畫 左右 ní 倪	倪	倪		冂部 11畫 上下 miǎn 冕	冕	冕
人部 10畫 左右 bǐ 俾	俾	俾		冫部 8畫 左右 liè 冽	冽	冽
人部 10畫 左右 guān 倌	倌	倌		冫部 8畫 左右 xiǎn 冼	冼	冼
人部 10畫 左右 jù 倨	倨	倨		冫部 10畫 左右 sōng 凇	凇	凇
人部 12畫 左右 dǎi 傣	傣	傣		刀部 4畫 左右 yì 刈	刈	刈
人部 14畫 左右 xī 僖	僖	僖		刀部 6畫 左右 yuè 刖	刖	刖
人部 14畫 左右 tóng 僮	僮	僮		刀部 6畫 左右 wěn 刎	刎	刎
人部 17畫 左右 lěi 儡	儡	儡		刀部 8畫 左右 kū 剕	剕	剕
儿部 3畫 上下 wù 兀	兀	兀		刀部 8畫 左右 duò 剟	剟	剟

香港		台灣	大陸
刀部 9畫 半包圍 kēi	剋	剋	剋
刀部 9畫 左右 là	剌	剌	剌
刀部 10畫 左右 jī	剞	剞	剞
刀部 10畫 左右 shàn	剡	剡	剡
刀部 14畫 左右 qiāo	剷	剷	剷
刀部 16畫 左右 yì	劓	劓	劓
力部 7畫 左右 qú	劬	劬	劬
力部 7畫 左右 shào	劭	劭	劭
力部 8畫 左右 jié	劫	劫	劫
力部 8畫 左右 hé	劾	劾	劾
力部 10畫 左右 měng	勐	勐	勐

香港		台灣	大陸
力部 15畫 左右 xié	勰	勰	勰
勹部 9畫 半包圍 pú	匍	匍	匍
勹部 11畫 左右 páo	匏	匏	匏
勹部 11畫 半包圍 fú	匐	匐	匐
匸部 5畫 半包圍 zā	匝	匝	匝
匸部 6畫 半包圍 kuāng	匡	匡	匡
十部 4畫 獨體 sà	卅	卅	卅
卜部 4畫 上下 biàn	卞	卞	卞
卜部 7畫 獨體 yǒu	卣	卣	卣
卩部 5畫 半包圍 zhī	卮	卮	卮
厂部 4畫 半包圍 è	厄	厄	厄

二級字表

香港	台灣	大陸
厂部 10畫 半包圍 cuò	厝	厝	厝

	香港	台灣	大陸
厂部 10畫 半包圍 cuò	厝	厝	厝
厂部 12畫 半包圍 jué	厥	厥	厥
口部 5畫 半包圍 pǒ	叵	叵	叵
口部 5畫 左右 bǔ	卟	卟	卟
口部 5畫 左右 chì	叱	叱	叱
口部 5畫 左右 lè	叻	叻	叻
口部 7畫 左右 fū	呋	呋	呋
口部 7畫 左右 dāi	呔	呔	呔
口部 7畫 左右 è e	呃	呃	呃
口部 7畫 左右 hōng	吽	吽	吽

	香港	台灣	大陸
口部 7畫 左右 qìn	吣	吣	吣
口部 7畫 左右 yǐn	吲	吲	吲
口部 8畫 左右 zā	咂	咂	咂
口部 8畫 左右 pēi	呸	呸	呸
口部 8畫 左右 kā kǎ	咔	咔	咔
口部 8畫 左右 jǔ zuǐ	咀	咀	咀
口部 8畫 左右 xiā	呷	呷	呷
口部 8畫 左右 gū guā	呱	呱	呱
口部 8畫 左右 dōng	咚	咚	咚
口部 8畫 左右 páo	咆	咆	咆

香港	台灣	大陸	香港	台灣	大陸
口部 8畫 左右 ḿ m̀ 呣	呣	呣	口部 9畫 左右 gē kǎ lo luò 咯	咯	咯
口部 8畫 左右 yōu 呦	呦	呦	口部 9畫 左右 miē 咩	咩	咩
口部 9畫 左右 kuāng 哐	哐	哐	口部 9畫 左右 gén 哏	哏	哏
口部 9畫 左右 shěn 哂	哂	哂	口部 9畫 左右 mōu 哞	哞	哞
口部 9畫 左右 huī 咴	咴	咴	口部 9畫 半包圍 zhǐ 咫	咫	咫
口部 9畫 左右 yí 咦	咦	咦	口部 10畫 左右 gěng 哽	哽	哽
口部 9畫 左右 guāng 咣	咣	咣	口部 10畫 左右 wú 唔	唔	唔
口部 9畫 左右 xiū 咻	咻	咻	口部 10畫 左右 xī 唏	唏	唏
口部 9畫 左右 yī 咿	咿	咿	口部 10畫 左右 zuò 唑	唑	唑
口部 9畫 左右 pài 哌	哌	哌	口部 11畫 左右 lín 啉	啉	啉

二級字表

香港	台灣	大陸	香港	台灣	大陸
口部 11畫 左右 táo 啕	啕	啕	口部 12畫 左右 jiū 啾	啾	啾
口部 11畫 左右 hū 嗢	嗢	嗢	口部 12畫 左右 yīn 喑	喑	喑
口部 11畫 左右 cuì 啐	啐	啐	口部 12畫 左右 kā 喀	喀	喀
口部 11畫 左右 dàn 啖	啖	啖	口部 12畫 左右 lāng 啷	啷	啷
口部 11畫 左右 bo 啵	啵	啵	口部 12畫 左右 wō 喔	喔	喔
口部 11畫 左右 dìng 啶	啶	啶	口部 12畫 左右 huì 喙	喙	喙
口部 11畫 左右 shuā 唰	唰	唰	口部 12畫 上下 chì 啻	啻	啻
口部 11畫 左右 chuài chuò 啜	啜	啜	口部 13畫 左右 qín 嗪	嗪	嗪
口部 12畫 左右 nán 喃	喃	喃	口部 13畫 左右 sù 嗉	嗉	嗉
口部 12畫 左右 lí 喱	喱	喱	口部 13畫 左右 kē kè 嗑	嗑	嗑
口部 12畫 左右 kuí 喹	喹	喹	口部 13畫 左右 chēn 嗔	嗔	嗔

二級字表

香港	台灣	大陸	香港	台灣	大陸
口部 13畫 左右 gé　嗝	嗝	嗝	口部 14畫 左右 qī　喊	喊	喊
口部 13畫 左右 sì　嗣	嗣	嗣	口部 14畫 左右 gā gá gǎ　嘎	嘎	嘎
口部 13畫 左右 ńg ňg ňg　嗯	嗯	嗯	口部 14畫 左右 tāng　嘡	嘡	嘡
口部 13畫 左右 háo　嗥	嗥	嗥	口部 14畫 左右 bēng　嘣	嘣	嘣
口部 13畫 左右 diǎ　嗲	嗲	嗲	口部 14畫 左右 dē dēi　嘚	嘚	嘚
口部 13畫 左右 ài yì　嗌	嗌	嗌	口部 14畫 左右 mì　嘧	嘧	嘧
口部 13畫 左右 suō　嗍	嗍	嗍	口部 15畫 左右 pēng　嘭	嘭	嘭
口部 13畫 左右 hāi　嗨	嗨	嗨	口部 15畫 左右 yē　噎	噎	噎
口部 14畫 左右 dū　嘟	嘟	嘟	口部 15畫 左右 juē　噘	噘	噘
口部 14畫 左右 lei　嘞	嘞	嘞	口部 15畫 左右 jiào　噍	噍	噍

二級字表

香港	台灣	大陸	香港	台灣	大陸
口部 15畫 左右 dēng 噔	噔	噔	口部 16畫 全包圍 huán yuán 圜	圜	圜
口部 16畫 左右 shì 噬	噬	噬	土部 6畫 左右 wéi xū 圩	圩	圩
口部 16畫 左右 yī 噫	噫	噫	土部 6畫 左右 wū 圬	圬	圬
口部 16畫 左右 sāi 噻	噻	噻	土部 6畫 上下 guī 圭	圭	圭
口部 16畫 左右 pī 噼	噼	噼	土部 6畫 左右 gē 圪	圪	圪
口部 17畫 左右 tì 嚏	嚏	嚏	土部 6畫 左右 zhèn 圳	圳	圳
口部 25畫 左右 nāng 囔	囔	囔	土部 6畫 左右 pǐ 圮	圮	圮
口部 6畫 獨體 xìn 凶	凶	凶	土部 6畫 左右 yí 圯	圯	圯
口部 7畫 全包圍 hú 囫	囫	囫	土部 7畫 左右 qí 圻	圻	圻
口部 10畫 全包圍 yǔ 圄	圄	圄	土部 7畫 左右 tān 坍	坍	坍
口部 11畫 全包圍 yǔ 圉	圉	圉	土部 7畫 上下 bèn 坌	坌	坌

香港	台灣	大陸
土部 8畫 左右 gān 坩	坩	坩
土部 8畫 左右 diàn 站	站	站
土部 8畫 左右 tuó 坨	坨	坨
土部 8畫 左右 ào 坳	坳	坳
土部 9畫 左右 yuán 垣	垣	垣
土部 9畫 左右 dié 垤	垤	垤
土部 9畫 左右 dòng tóng 垌	垌	垌
土部 9畫 左右 shǎng 垧	垧	垧
土部 9畫 左右 gāi 垓	垓	垓
土部 9畫 左右 yín 垠	垠	垠
土部 9畫 上下 fá 垡	垡	垡

香港	台灣	大陸
土部 10畫 左右 bù pǔ 埔	埔	埔
土部 10畫 左右 liè 埒	埒	埒
土部 10畫 左右 yuàn 垸	垸	垸
土部 11畫 左右 zhí 埴	埴	埴
土部 11畫 左右 yì 場	場	場
土部 11畫 左右 pì 埤	埤	埤
土部 11畫 左右 péng 堋	堋	堋
土部 11畫 左右 tù 塊	塊	塊
土部 11畫 獨體 jǐn 堇	堇	堇
土部 12畫 左右 léng 塄	塄	塄
土部 13畫 左右 yuán 塬	塬	塬

二級字表

	香港	台灣	大陸		香港	台灣	大陸
土部 13畫 左右 chéng	塍	塍	塍	大部 15畫 鑲嵌 shì	奭	奭	奭
土部 14畫 上下 shú	墊	墊	墊	子部 3畫 獨體 jié	孑	孑	孑
土部 15畫 左右 chí	墀	墀	墀	子部 3畫 獨體 jué	孓	孓	孓
土部 16畫 上下 jī	墼	墼	墼	子部 7畫 上下 bèi	孛	孛	孛
土部 16畫 上下 yōng	壅	壅	壅	子部 7畫 上下 fú	孚	孚	孚
土部 17畫 左右 háo	壕	壕	壕	子部 7畫 左右 zī	孜	孜	孜
土部 17畫 上下 hè	壑	壑	壑	子部 8畫 左右 bāo	孢	孢	孢
夕部 6畫 半包圍 sù	夙	夙	夙	子部 11畫 左右 shú	孰	孰	孰
夕部 14畫 上下 yín	夤	夤	夤	子部 12畫 上下 zī	孳	孳	孳
大部 6畫 上下 kuǎng	夼	夼	夼	子部 12畫 半包圍 chán	孱	孱	孱
大部 9畫 上下 kuí	奎	奎	奎	宀部 8畫 上下 dàng	宕	宕	宕

二級字表

香港	台灣	大陸		香港	台灣	大陸
宀部 8畫 上下 fú mì 宓	宓	宓		尸部 14畫 半包圍 xǐ 屣	屣	屣
宀部 12畫 上下 mèi 寐	寐	寐		山部 8畫 上下 kě 岢	岢	岢
宀部 14畫 上下 wù 寤	寤	寤		山部 8畫 上下 mǎo 峁	峁	峁
宀部 15畫 上下 liáo 寮	寮	寮		山部 8畫 上下 dài 岱	岱	岱
宀部 16畫 上下 huán 寰	寰	寰		山部 11畫 上下 gù 崮	崮	崮
小部 5畫 上下 gǎ 尕	尕	尕		山部 12畫 上下 zǎi 崽	崽	崽
尢部 6畫 半包圍 liào 尥	尥	尥		山部 12畫 左右 jī 嵇	嵇	嵇
尸部 4畫 獨體 yǐn 尹	尹	尹		山部 13畫 上下 sōng 嵩	嵩	嵩
尸部 5畫 半包圍 kāo 尻	尻	尻		巾部 8畫 左右 zhì 帙	帙	帙
尸部 10畫 半包圍 jī 屐	屐	屐		巾部 8畫 左右 pèi 帔	帔	帔
尸部 11畫 半包圍 ē 屙	屙	屙		巾部 8畫 上下 bó 帛	帛	帛

二級字表

香港	台灣	大陸	香港	台灣	大陸
巾部 12畫 左右 wò 幄	幄	幄	弋部 3畫 獨體 yì 弋	弋	弋
巾部 14畫 左右 zhàng 幛	幛	幛	弓部 9畫 左右 mǐ 弭	弭	弭
幺部 3畫 獨體 yāo 幺	幺	幺	弓部 12畫 左中右 bì 弼	弼	弼
广部 7畫 半包圍 guǐ 庋	庋	庋	弓部 13畫 左右 gòu 彀	彀	彀
广部 8畫 半包圍 páo 庖	庖	庖	彡部 10畫 半包圍 yù 彧	彧	彧
广部 9畫 半包圍 xiū 麻	麻	麻	彳部 8畫 左右 cú 徂	徂	徂
广部 9畫 半包圍 xiáng 庠	庠	庠	彳部 9畫 左右 xùn 徇	徇	徇
广部 11畫 半包圍 tuǒ 庹	庹	庹	彳部 9畫 左右 yáng 徉	徉	徉
广部 11畫 半包圍 yǔ 庾	庾	庾	彳部 11畫 左右 cháng 徜	徜	徜
廾部 4畫 獨體 niàn 廿	廿	廿	彳部 12畫 左右 huáng 徨	徨	徨
廾部 5畫 上下 biàn 弁	弁	弁	彳部 16畫 左中右 jiào 徼	徼	徼

香港	台灣	大陸		香港	台灣	大陸
心部 6畫 左右 cǔn — 忖	忖	忖		心部 8畫 左右 dá — 怛	怛	怛
心部 7畫 上下 tè — 忑	忑	忑		心部 8畫 左右 zuò — 怍	怍	怍
心部 7畫 半包圍 tuī — 忒	忒	忒		心部 8畫 左右 fú — 怫	怫	怫
心部 7畫 上下 tǎn — 忐	忐	忐		心部 9畫 左右 xī — 恓	恓	恓
心部 7畫 左右 chōng — 忡	忡	忡		心部 9畫 左右 dòng — 恫	恫	恫
心部 7畫 左右 wǔ — 忤	忤	忤		心部 9畫 左右 xún — 恂	恂	恂
心部 7畫 左右 xīn — 忻	忻	忻		心部 9畫 左右 kè — 恪	恪	恪
心部 7畫 左右 sōng — 忪	忪	忪		心部 10畫 上下 huì — 恚	恚	恚
心部 7畫 左右 biàn — 忭	忭	忭		心部 10畫 上下 yàng — 恙	恙	恙
心部 8畫 左右 hù — 怙	怙	怙		心部 10畫 左右 sǒng — 悚	悚	悚
心部 8畫 左右 pēng — 怦	怦	怦		心部 10畫 左右 kuī — 悝	悝	悝

二級字表

香港	台灣	大陸		香港	台灣	大陸
心部 10畫 左右 yì 悒	悒	悒		心部 13畫 上下 qiān 愆	愆	愆
心部 10畫 左右 tì 悌	悌	悌		心部 13畫 左右 sù 愫	愫	愫
心部 11畫 上下 yǒng 恿	恿	恿		心部 13畫 左右 qiàn qiè 慊	慊	慊
心部 11畫 左右 xìng 悻	悻	悻		心部 15畫 左右 jǐng 憬	憬	憬
心部 11畫 左右 chǎng 惝	惝	惝		心部 15畫 左右 chōng 憧	憧	憧
心部 11畫 左右 hū 惚	惚	惚		戈部 6畫 半包圍 shù 戍	戍	戍
心部 11畫 左右 dūn 惇	惇	惇		戈部 8畫 左右 qiāng 戕	戕	戕
心部 12畫 左右 xīng 惺	惺	惺		戈部 11畫 上下 gā jiá 戛	戛	戛
心部 12畫 左右 zhuì 惴	惴	惴		戈部 12畫 左右 jǐ 戟	戟	戟
心部 12畫 左右 qiǎo 愀	愀	愀		手部 6畫 左右 qiān 扦	扦	扦
心部 12畫 左右 yīn 愔	愔	愔		手部 7畫 左右 póu 抔	抔	抔

香港	台灣	大陸
手部 7畫 左右 biàn　扑	扑	扑
手部 8畫 左右 pēng　抨	抨	抨
手部 8畫 左右 qiá　抾	抾	抾
手部 8畫 左右 niǎn　拈	拈	拈
手部 8畫 左右 chēn　抻	抻	抻
手部 8畫 左右 zhǎ　拃	拃	拃
手部 8畫 左右 fǔ　拊	拊	拊
手部 8畫 左右 mǐn　抿	抿	抿
手部 9畫 左右 jié　拮	拮	拮
手部 10畫 左右 yì　挹	挹	挹
手部 10畫 左右 lǔ luō　捋	捋	捋

香港	台灣	大陸
手部 10畫 左右 jùn　捃	捃	捃
手部 11畫 左右 dáo　捯	捯	捯
手部 11畫 左右 bǎi　捭	捭	捭
手部 11畫 左右 jū　掬	掬	掬
手部 11畫 左右 yē yè　掖	掖	掖
手部 11畫 左右 zuó　捽	捽	捽
手部 11畫 左右 póu pǒu　掊	掊	掊
手部 11畫 左右 duō　掇	掇	掇
手部 12畫 上下 chè　掣	掣	掣
手部 12畫 左右 yī　揖	揖	揖
手部 12畫 左右 bìng　摒	摒	摒

香港	台灣	大陸		香港	台灣	大陸
手部 12畫 左右 kuí	揆	揆	揆	手部 14畫 左右 zhí	摭	摭	摭
手部 12畫 左右 yuàn	掾	掾	掾	手部 15畫 左右 juē	撅	撅	撅
手部 13畫 左右 èn	摁	摁	摁	手部 16畫 左右 gǎn	擀	擀	擀
手部 13畫 左右 táng	搪	搪	搪	手部 17畫 上下 bò	擘	擘	擘
手部 13畫 左右 chù	搐	搐	搐	手部 17畫 左右 xǐng	擤	擤	擤
手部 13畫 左右 jiān	搛	搛	搛	手部 20畫 左右 rǎng	攘	攘	攘
手部 13畫 左右 shuò	搠	搠	搠	手部 23畫 左右 jué	攫	攫	攫
手部 13畫 左右 nuò	搦	搦	搦	手部 23畫 左右 zuàn	攥	攥	攥
手部 14畫 上下 qiān	搴	搴	搴	手部 25畫 左右 nǎng	攮	攮	攮
手部 14畫 左右 liào	撂	撂	撂	攴部 7畫 左中右 yōu	攸	攸	攸
手部 14畫 左右 luò	摞	摞	摞	攴部 11畫 左右 chì	敕	敕	敕

香港	台灣	大陸		香港	台灣	大陸
攴部 11畫 左右 bì 敝	敝	敝		日部 7畫 左右 gàn 旰	旰	旰
攴部 13畫 左右 jiǎo 敫	敫	敫		日部 8畫 上下 hào 昊	昊	昊
斗部 14畫 左右 wò 斡	斡	斡		日部 8畫 上下 zè 昃	昃	昃
斤部 9畫 左右 zhuó 斫	斫	斫		日部 8畫 左右 xīn 昕	昕	昕
方部 10畫 左右 pèi 斾	斾	斾		日部 8畫 上下 mín 旻	旻	旻
方部 10畫 左右 máo 旄	旄	旄		日部 8畫 左右 fǎng 昉	昉	昉
方部 10畫 左右 zhān 旃	旃	旃		日部 9畫 上下 mǎo 昂	昂	昂
方部 11畫 左右 jīng 旌	旌	旌		日部 9畫 上下 yù 昱	昱	昱
方部 14畫 左右 yǐ 旖	旖	旖		日部 9畫 半包圍 chǎng 昶	昶	昶
日部 6畫 上下 lá 晃	晃	晃		日部 10畫 上下 chéng 晟	晟	晟
日部 6畫 上下 gā 昗	昗	昗		日部 10畫 上下 cháo 晁	晁	晁

二級字表

香港	台灣	大陸	香港	台灣	大陸
日部 11畫 左右 bū 晡	晡	晡	日部 6畫 獨體 yè 曳	曳	曳
日部 11畫 左右 wù 晤	晤	晤	月部 10畫 左右 shuò 朔	朔	朔
日部 11畫 左右 xī 晞	晞	晞	木部 5畫 左右 zhá 札	札	札
日部 13畫 左右 xuān 暄	暄	暄	木部 7畫 左右 wù 杌	杌	杌
日部 13畫 左右 kuí 暌	暌	暌	木部 7畫 左右 biāo 杓	杓	杓
日部 14畫 左右 míng 暝	暝	暝	木部 7畫 左右 qǐ 杞	杞	杞
日部 14畫 上下 jì 暨	暨	暨	木部 7畫 左右 chā chà 杈	杈	杈
日部 16畫 左右 tūn 暾	暾	暾	木部 8畫 左右 chǔ 杵	杵	杵
日部 18畫 左右 xūn 曛	曛	曛	木部 8畫 左右 fāng 枋	枋	枋
日部 20畫 左右 xī 曦	曦	曦	木部 8畫 左右 pá 杷	杷	杷
日部 21畫 上下 nǎng 曩	曩	曩	木部 8畫 左右 zhù 杼	杼	杼

二級字表

香港	台灣	大陸		香港	台灣	大陸
木部 9畫 左右 kē 柯	柯	柯		木部 9畫 左右 bàn 柈	柈	柈
木部 9畫 左右 zhè 柘	柘	柘		木部 9畫 左右 tuó 柁	柁	柁
木部 9畫 左右 jiù 柩	柩	柩		木部 9畫 左右 jiā 枷	枷	枷
木部 9畫 左右 píng 枰	枰	枰		木部 10畫 左右 kǎo 栲	栲	栲
木部 9畫 左右 xiá 柙	柙	柙		木部 10畫 左右 huán 桓	桓	桓
木部 9畫 左右 xiāo 枵	枵	枵		木部 10畫 左右 zhì 桎	桎	桎
木部 9畫 左右 yóu yòu 柚	柚	柚		木部 10畫 左右 guā 栝	栝	栝
木部 9畫 左右 zhǐ 枳	枳	枳		木部 10畫 左右 jiù 柏	柏	柏
木部 9畫 左右 zhà zuò 柞	柞	柞		木部 10畫 左右 héng 桁	桁	桁
木部 9畫 左右 gōu gǒu jǔ 枸	枸	枸		木部 10畫 左右 wéi 桅	桅	桅

二級字表

香港	台灣	大陸		香港	台灣	大陸
木部 10畫 左右 bēn 栟	栟	栟		木部 13畫 左右 liàn 楝	楝	楝
木部 10畫 左右 xǔ 栩	栩	栩		木部 13畫 左右 jí 楫	楫	楫
木部 11畫 左右 fú 桴	桴	桴		木部 13畫 左右 qiū 楸	楸	楸
木部 11畫 左右 zǐ 梓	梓	梓		木部 13畫 左右 duàn 椴	椴	椴
木部 12畫 左右 chǔ 楮	楮	楮		木部 13畫 左右 shǔn 楯	楯	楯
木部 12畫 上下 fén 棼	棼	棼		木部 13畫 左右 xuàn 楦	楦	楦
木部 12畫 左右 zhào 棹	棹	棹		木部 13畫 左右 méi 楣	楣	楣
木部 12畫 左右 liáng 椋	椋	椋		木部 13畫 左右 yíng 楹	楹	楹
木部 12畫 左右 pèng 椪	椪	椪		木部 13畫 左右 chuán 椽	椽	椽
木部 12畫 左右 jū 椐	椐	椐		木部 14畫 左右 gǔ 穀	穀	穀
木部 13畫 左右 nán 楠	楠	楠		木部 14畫 左右 zhēn 榛	榛	榛

二級字表

香港		台灣	大陸
木部 14畫 左右 sǔn	榫	榫	榫
木部 14畫 左右 gāo	槁	槁	槁
木部 14畫 左右 cuī	榱	榱	榱
木部 14畫 左右 gǎo	槁	槁	槁
木部 14畫 左右 què	榷	榷	榷
木部 15畫 左右 jǐn	槿	槿	槿
木部 15畫 左右 qì	槭	槭	槭
木部 15畫 左右 táng	槵	槵	槵
木部 16畫 左右 yuè	樾	樾	樾
木部 16畫 左右 jué	橛	橛	橛
木部 16畫 左右 qiáo	樵	樵	樵

香港		台灣	大陸
木部 16畫 左右 xī	樨	樨	樨
木部 17畫 左中右 xí	檄	檄	檄
欠部 11畫 左右 ǎi ē é ě è	欸	欸	欸
欠部 13畫 左右 xīn	歆	歆	歆
欠部 16畫 左右 shè	歙	歙	歙
歹部 9畫 左右 cú	殂	殂	殂
歹部 9畫 左右 tiǎn	殄	殄	殄
歹部 9畫 左右 dài	殆	殆	殆
歹部 11畫 左右 piǎo	殍	殍	殍
歹部 16畫 左右 yì	殪	殪	殪

二級字表

香港	台灣	大陸
毋部 4畫 獨體 wú 毋	毋	毋
毛部 10畫 半包圍 mú 毷	毷	毷
毛部 13畫 半包圍 jiàn 毽	毽	毽
毛部 16畫 上下 chǎng 氅	氅	氅
毛部 16畫 半包圍 pǔ 毢	毢	毢
毛部 22畫 左右 qú 氍	氍	氍
气部 6畫 半包圍 dāo 氘	氘	氘
气部 6畫 半包圍 nǎi 氖	氖	氖
气部 7畫 半包圍 xiān 氙	氙	氙
气部 7畫 半包圍 chuān 氚	氚	氚
气部 9畫 半包圍 fú 氟	氟	氟

香港	台灣	大陸
气部 10畫 半包圍 yīn 氤	氤	氤
气部 10畫 半包圍 hài 氦	氦	氦
气部 11畫 半包圍 kè 氪	氪	氪
水部 5畫 左右 tīng 汀	汀	汀
水部 6畫 上下 cuān 氽	氽	氽
水部 6畫 左右 shàn 汕	汕	汕
水部 6畫 左右 qì 汔	汔	汔
水部 6畫 左右 xī 汐	汐	汐
水部 6畫 左右 sì 氾	氾	氾
水部 6畫 左右 chà 汉	汉	汉
水部 7畫 左右 yuán 沅	沅	沅

	香港	台灣	大陸		香港	台灣	大陸
水部 7畫 左右 miǎn	沔	沔	沔	水部 8畫 左右 qiú	泅	泅	泅
水部 7畫 左右 dùn zhuàn	沌	沌	沌	水部 8畫 左右 sì	泗	泗	泗
水部 7畫 左右 qī	沏	沏	沏	水部 8畫 左右 mǎo	泖	泖	泖
水部 7畫 左右 zhǐ	沚	沚	沚	水部 8畫 左右 xuàn	泫	泫	泫
水部 7畫 左右 mì	汨	汨	汨	水部 8畫 左右 pàn	泮	泮	泮
水部 7畫 左右 yí	沂	沂	沂	水部 8畫 左右 tuó	沱	沱	沱
水部 7畫 左右 fén	汾	汾	汾	水部 8畫 左右 mǐn	泯	泯	泯
水部 7畫 左右 biàn	汴	汴	汴	水部 8畫 左右 hóng	泓	泓	泓
水部 7畫 左右 wèn	汶	汶	汶	水部 8畫 左右 lè	泐	泐	泐
水部 7畫 左右 hàng	沆	沆	沆	水部 9畫 左右 ěr	洱	洱	洱
水部 8畫 左右 gān	泔	泔	泔	水部 9畫 左右 huán	洹	洹	洹

二級字表

二級字表

香港	台灣	大陸		香港	台灣	大陸
水部 9畫 左右 liè　洌	洌	洌		水部 10畫 左右 zhuó　淉	淉	淉
水部 9畫 左右 yīn　洇	洇	洇		水部 10畫 左右 yì　浥	浥	浥
水部 9畫 左右 huí　洄	洄	洄		水部 10畫 左右 bāng　浜	浜	浜
水部 9畫 左右 zhū　洙	洙	洙		水部 10畫 左右 xī　浠	浠	浠
水部 9畫 左右 jì　洎	洎	洎		水部 10畫 左右 huàn　浣	浣	浣
水部 9畫 左右 xù　洫	洫	洫		水部 11畫 左右 zhǔ　渚	渚	渚
水部 9畫 左右 táo　洮	洮	洮		水部 11畫 左右 qí　淇	淇	淇
水部 9畫 左右 xún　洵	洵	洵		水部 11畫 左右 xī　淅	淅	淅
水部 10畫 左右 sù　涑	涑	涑		水部 11畫 左右 sōng　淞	淞	淞
水部 10畫 左右 wú　浯	浯	浯		水部 11畫 左右 nào　淖	淖	淖
水部 10畫 左右 niè　涅	涅	涅		水部 11畫 左右 pì　淠	淠	淠

香港	台灣	大陸
水部 11畫 左右 hé 涸	涸	涸
水部 11畫 左右 gàn 淦	淦	淦
水部 11畫 左右 cuì 淬	淬	淬
水部 11畫 左右 fú 浯	浯	浯
水部 11畫 左右 guàn 涫	涫	涫
水部 11畫 左右 zī 淄	淄	淄
水部 12畫 左右 miǎn 湎	湎	湎
水部 12畫 左右 shí 湜	湜	湜
水部 12畫 左右 tuān 湍	湍	湍
水部 12畫 左右 jiǎo qiū 湫	湫	湫
水部 12畫 左右 huáng 湟	湟	湟

香港	台灣	大陸
水部 12畫 左右 yuán 湲	湲	湲
水部 12畫 左右 wò 渥	渥	渥
水部 12畫 左右 méi 湄	湄	湄
水部 13畫 左右 qín 溱	溱	溱
水部 13畫 左右 kè 溘	溘	溘
水部 13畫 左右 hùn 溷	溷	溷
水部 13畫 左右 fǔ 滏	滏	滏
水部 13畫 左右 wēng 滃	滃	滃
水部 13畫 左右 táng 溏	溏	溏
水部 13畫 左右 pāng 滂	滂	滂
水部 13畫 左右 zǐ 滓	滓	滓

二級字表

	香港	台灣	大陸
水部 13畫 左右 míng	溟	溟	溟
水部 13畫 左右 chú	滁	滁	滁
水部 15畫 左右 téng	滕	滕	滕
水部 14畫 左右 luò	濼	濼	濼
水部 14畫 左右 huàn	溣	溣	溣
水部 14畫 左右 yī	漪	漪	漪
水部 14畫 左右 zhāng	漳	漳	漳
水部 14畫 左右 xuán	漩	漩	漩
水部 15畫 左中右 shù	澍	澍	澍
水部 15畫 左右 sī	澌	澌	澌
水部 15畫 左右 liáo	潦	潦	潦

	香港	台灣	大陸
水部 15畫 左右 xì	潟	潟	潟
水部 15畫 左右 tóng	潼	潼	潼
水部 15畫 左右 chán	潺	潺	潺
水部 16畫 左右 suī	濉	濉	濉
水部 16畫 左右 lù	潞	潞	潞
水部 16畫 左右 lǐ	灃	灃	灃
水部 16畫 左右 chán	澶	澶	澶
水部 16畫 左右 lián	濂	濂	濂
水部 17畫 左右 bì	濞	濞	濞
水部 17畫 左右 háo	濠	濠	濠
水部 19畫 左右 hàn	瀚	瀚	瀚

二級字表

	香港	台灣	大陸		香港	台灣	大陸
水部 19畫 左右 xiè	瀣	瀣	瀣	火部 11畫 左右 wù	焐	焐	焐
火部 8畫 上下 guì jiǒng	炅	炅	炅	火部 11畫 左右 xī	烯	烯	烯
火部 8畫 左右 xīn	炘	炘	炘	火部 11畫 左右 fēng	烽	烽	烽
火部 9畫 左右 bǐng	炳	炳	炳	火部 11畫 左右 wán	烷	烷	烷
火部 9畫 左右 shí	炻	炻	炻	火部 11畫 左右 jú	焗	焗	焗
火部 9畫 左右 jiǒng	炯	炯	炯	火部 12畫 左右 chāo	焯	焯	焯
火部 9畫 左右 hū	烀	烀	烀	火部 12畫 左右 bèi	焙	焙	焙
火部 9畫 左右 zhù	炷	炷	炷	火部 13畫 上下 xù	煦	煦	煦
火部 9畫 上下 tái	炱	炱	炱	火部 13畫 上下 bāo	煲	煲	煲
火部 10畫 左右 xuǎn	烜	烜	烜	火部 13畫 左右 yù	煜	煜	煜
火部 10畫 左右 yáng yàng	烊	烊	烊	火部 13畫 左右 wēi	煨	煨	煨

二級字表

香港	台灣	大陸		香港	台灣	大陸
火部 13畫 左右 duàn　煅	煅	煅		爿部 9畫 左右 kē　牁	牁	牁
火部 13畫 左右 xuān　煊	煊	煊		爿部 10畫 左右 zāng　牂	牂	牂
火部 14畫 左右 liū　熘	熘	熘		牛部 6畫 上下 móu mù　牟	牟	牟
火部 16畫 上下 xī　熹	熹	熹		牛部 9畫 左右 gǔ　牯	牯	牯
火部 16畫 左右 liáo liǎo　燎	燎	燎		牛部 9畫 上下 jiàn　牮	牮	牮
火部 17畫 上下 xiè　爕	爕	爕		牛部 11畫 左右 wǔ　牾	牾	牾
火部 18畫 上下 xiǎn　燹	燹	燹		牛部 12畫 左右 jī　犄	犄	犄
火部 21畫 左右 jué　爝	爝	爝		牛部 12畫 左右 jù　犋	犋	犋
爪部 9畫 上下 yuán　爰	爰	爰		牛部 13畫 左右 jiān qián　犍	犍	犍
爻部 4畫 上下 yáo　爻	爻	爻		牛部 14畫 左右 kào　犒	犒	犒
爿部 4畫 獨體 pán　爿	爿	爿		犬部 5畫 左右 qiú　犰	犰	犰

香港	台灣	大陸	香港	台灣	大陸
犬部 7畫 左右 dí	狄	狄	狄	犬部 11畫 左右 yī	猗	猗	猗
犬部 7畫 左右 yǔn	狁	狁	狁	犬部 11畫 左右 shē	猞	猞	猞
犬部 8畫 左右 jū	狙	狙	狙	犬部 11畫 左右 cù	猝	猝	猝
犬部 8畫 左右 xiá	狎	狎	狎	犬部 12畫 左右 wěi	猥	猥	猥
犬部 8畫 左右 páo	狍	狍	狍	犬部 14畫 左右 zhāng	獐	獐	獐
犬部 8畫 左右 fèi	狒	狒	狒	犬部 15畫 左右 jué	獗	獗	獗
犬部 9畫 左右 róng	狨	狨	狨	犬部 15畫 左右 liáo	獠	獠	獠
犬部 9畫 左右 shòu	狩	狩	狩	玉部 6畫 左右 dīng	玎	玎	玎
犬部 10畫 左右 lì	猁	猁	猁	玉部 7畫 左右 gān	玕	玕	玕
犬部 10畫 左右 yú	狳	狳	狳	玉部 8畫 左右 yá	玡	玡	玡
犬部 10畫 左右 yín	猌	猌	猌	玉部 8畫 左右 jiè	玠	玠	玠

香港	台灣	大陸	香港	台灣	大陸
玉部 8畫 左右 bīn fēn 玢	玢	玢	玉部 10畫 左右 xún 珣	珣	珣
玉部 8畫 左右 yuè 玥	玥	玥	玉部 10畫 左右 luò 珞	珞	珞
玉部 9畫 左右 kē 珂	珂	珂	玉部 12畫 左右 běng 琫	琫	琫
玉部 9畫 左右 dài 玳	玳	玳	玉部 12畫 左右 qí 琪	琪	琪
玉部 9畫 左右 pò 珀	珀	珀	玉部 12畫 左右 qí 琦	琦	琦
玉部 9畫 左右 mín 珉	珉	珉	玉部 12畫 左右 yǎn 琰	琰	琰
玉部 9畫 左右 jiā 珈	珈	珈	玉部 12畫 左右 guǎn 琯	琯	琯
玉部 10畫 左右 ěr 珥	珥	珥	玉部 12畫 左右 wǎn 琬	琬	琬
玉部 10畫 左右 gǒng 珙	珙	珙	玉部 12畫 左右 jū 琚	琚	琚
玉部 10畫 左右 héng 珩	珩	珩	玉部 13畫 左右 xiá 瑕	瑕	瑕
玉部 10畫 左右 yáo 珧	珧	珧	玉部 13畫 左右 mào 瑁	瑁	瑁

香港		台灣	大陸
玉部 13畫 左右 yuàn	瑗	瑗	瑗
玉部 13畫 左右 xuān	瑄	瑄	瑄
玉部 14畫 左右 táng	瑭	瑭	瑭
玉部 15畫 左右 jǐn	瑾	瑾	瑾
玉部 15畫 左右 cuǐ	璀	璀	璀
玉部 15畫 左右 zhāng	璋	璋	璋
玉部 15畫 左右 xuán	璇	璇	璇
玉部 16畫 左右 jǐng	璟	璟	璟
玉部 17畫 左右 lù	璐	璐	璐
瓜部 11畫 左右 hù	瓳	瓳	瓳
用部 7畫 上下 yǒng	甬	甬	甬

香港		台灣	大陸
田部 7畫 左右 dīng	町	町	町
田部 8畫 上下 bì	畀	畀	畀
田部 8畫 上下 zāi	甾	甾	甾
田部 9畫 左右 quǎn	畎	畎	畎
田部 9畫 左右 tián	畋	畋	畋
田部 10畫 左右 zhěn	畛	畛	畛
田部 10畫 上中下 běn	畚	畚	畚
田部 11畫 左右 qí	畦	畦	畦
田部 13畫 左右 wǎn	畹	畹	畹
田部 15畫 半包圍 jī	畿	畿	畿
田部 17畫 左右 tuǎn	疃	疃	疃

二級字表

香港	台灣	大陸		香港	台灣	大陸
疒部 7畫 半包圍 疔 dīng	疔	疔	疔	疒部 12畫 半包圍 痦 wù	痦	痦	痦
疒部 8畫 半包圍 疝 shàn	疝	疝	疝	疒部 12畫 半包圍 痞 pǐ	痞	痞	痞
疒部 9畫 半包圍 疣 yóu	疣	疣	疣	疒部 12畫 半包圍 痤 cuó	痤	痤	痤
疒部 9畫 半包圍 疥 jiè	疥	疥	疥	疒部 13畫 半包圍 痼 gù	痼	痼	痼
疒部 10畫 半包圍 疳 gān	疳	疳	疳	疒部 13畫 半包圍 瘐 yǔ	瘐	瘐	瘐
疒部 10畫 半包圍 疸 dǎn	疸	疸	疸	疒部 13畫 半包圍 瘁 cuì	瘁	瘁	瘁
疒部 10畫 半包圍 疽 jū	疽	疽	疽	疒部 14畫 半包圍 瘌 là	瘌	瘌	瘌
疒部 10畫 半包圍 疱 pào	疱	疱	疱	疒部 16畫 半包圍 瘰 luǒ	瘰	瘰	瘰
疒部 10畫 半包圍 痂 jiā	痂	痂	痂	疒部 16畫 半包圍 瘴 zhàng	瘴	瘴	瘴
疒部 11畫 半包圍 痍 yí	痍	痍	痍	疒部 17畫 半包圍 瘢 bān	瘢	瘢	瘢
疒部 12畫 半包圍 痣 zhì	痣	痣	痣	疒部 17畫 半包圍 癃 lóng	癃	癃	癃

二級字表

香港	台灣	大陸	香港	台灣	大陸
疒部 18畫 半包圍 yì 癔	癔	癔	目部 9畫 左右 miàn 眄	眄	眄
疒部 18畫 半包圍 diàn 癜	癜	癜	目部 9畫 左右 mào 眊	眊	眊
疒部 18畫 半包圍 pǐ 癖	癖	癖	目部 9畫 左右 dān 眈	眈	眈
疒部 23畫 半包圍 qú 癯	癯	癯	目部 10畫 左右 xuàn 眩	眩	眩
白部 10畫 上中下 gāo 皋	皋	皋	目部 10畫 左右 yí 眙	眙	眙
白部 11畫 左右 jiǎo 皎	皎	皎	目部 11畫 左右 suī 睢	睢	睢
白部 13畫 上下 xī 皙	皙	皙	目部 11畫 左右 tiào 眺	眺	眺
皿部 8畫 上下 yú 盂	盂	盂	目部 11畫 左右 chī 眵	眵	眵
皿部 9畫 上下 zhōng 盅	盅	盅	目部 11畫 左右 móu 眸	眸	眸
皿部 10畫 上下 hé 盍	盍	盍	目部 12畫 左右 dì 睇	睇	睇
目部 8畫 左右 xū 眱	眱	眱	目部 13畫 左右 yá 睚	睚	睚

二級字表

香港	台灣	大陸		香港	台灣	大陸
目部 13畫 左右 nì 䁥	䁥	䁥		目部 16畫 上下 piē 瞥	瞥	瞥
目部 13畫 左右 suī 睢	睢	睢		目部 18畫 上下 gǔ 瞽	瞽	瞽
目部 13畫 左右 pì 睥	睥	睥		目部 18畫 上下 qú 瞿	瞿	瞿
目部 14畫 上下 ruì 睿	睿	睿		目部 20畫 上下 jué 矍	矍	矍
目部 14畫 左右 kuí 睽	睽	睽		矢部 12畫 左右 cuó 矬	矬	矬
目部 14畫 上下 gāo 睾	睾	睾		石部 8畫 左右 gān 矸	矸	矸
目部 14畫 上下 mào 瞀	瞀	瞀		石部 9畫 左右 dùn 砘	砘	砘
目部 15畫 左右 kē 瞌	瞌	瞌		石部 10畫 左右 fǎ 砝	砝	砝
目部 15畫 左右 chēn 瞋	瞋	瞋		石部 10畫 左右 zhēn 砧	砧	砧
目部 15畫 左右 míng 瞑	瞑	瞑		石部 10畫 左右 shēn 砷	砷	砷
目部 16畫 左右 chēng 瞠	瞠	瞠		石部 10畫 左右 zhǎ 砟	砟	砟

二級字表

香港	台灣	大陸		香港	台灣	大陸
石部 10畫 左右 tóng 砼	砼	砼		石部 13畫 左右 dìng 碇	碇	碇
石部 10畫 左右 biān 砭	砭	砭		石部 14畫 左右 dì 碲	碲	碲
石部 10畫 左右 tuó 砣	砣	砣		石部 16畫 上下 qìng 磬	磬	磬
石部 11畫 左右 xíng 硎	硎	硎		石部 17畫 左右 dūn 礅	礅	礅
石部 11畫 左右 xī 硒	硒	硒		石部 17畫 左右 dèng 磴	磴	磴
石部 11畫 左右 dòng 硐	硐	硐		石部 18畫 左右 jiāng 礓	礓	礓
石部 11畫 左右 náo 硇	硇	硇		示部 7畫 左右 qí 祁	祁	祁
石部 11畫 左右 gè 硌	硌	硌		示部 8畫 左右 xiān 袄	袄	袄
石部 13畫 左右 duì 碓	碓	碓		示部 8畫 左右 zhǐ 祉	祉	祉
石部 13畫 左右 péng 硼	硼	硼		示部 8畫 左右 qí 祇	祇	祇
石部 13畫 左右 bèi 碚	碚	碚		示部 9畫 左右 qū 祛	祛	祛

香港	台灣	大陸		香港	台灣	大陸
示部 9畫 左右 hù	祜	祜	祜	禾部 22畫 左右 ráng	穰	穰	穰
示部 9畫 左右 zuò	祚	祚	祚	立部 9畫 左右 hóng	竑	竑	竑
示部 12畫 左右 qí	祺	祺	祺	立部 12畫 左右 sǒng	竦	竦	竦
示部 16畫 左右 xǐ	禧	禧	禧	竹部 8畫 上下 zhú	竺	竺	竺
示部 21畫 左右 ráng	禳	禳	禳	竹部 9畫 上下 yú	竽	竽	竽
禾部 10畫 左右 mò	秣	秣	秣	竹部 10畫 上下 jī	笄	笄	笄
禾部 10畫 左右 zǐ	秭	秭	秭	竹部 10畫 上下 zhào	笊	笊	笊
禾部 12畫 左右 fū	稃	稃	稃	竹部 10畫 上下 hù	笏	笏	笏
禾部 12畫 左右 láng	稂	稂	稂	竹部 10畫 上下 bā	笆	笆	笆
禾部 13畫 左右 kē	稞	稞	稞	竹部 11畫 上下 pǒ	笸	笸	笸
禾部 13畫 左右 bài	稗	稗	稗	竹部 11畫 上下 dá	笪	笪	笪

香港	台灣	大陸	香港	台灣	大陸
竹部 11畫 上下 zé zuó 笮	笮	笮	竹部 14畫 上下 zhù 箸	箸	箸
竹部 11畫 上下 lì 笠	笠	笠	竹部 14畫 上中下 bì 算	算	算
竹部 11畫 上下 sì 筍	筍	筍	竹部 14畫 上下 bó 箔	箔	箔
竹部 11畫 上下 tiáo 笤	笤	笤	竹部 14畫 上下 yuān 箢	箢	箢
竹部 11畫 上下 jiā 笳	笳	笳	竹部 15畫 上下 zhēn 箴	箴	箴
竹部 11畫 上下 chī 笞	笞	笞	竹部 15畫 上下 huáng 篁	篁	篁
竹部 12畫 上下 qióng 筇	筇	筇	竹部 15畫 上下 zhuàn 篆	篆	篆
竹部 13畫 上下 pá 筢	筢	筢	竹部 16畫 上下 gōu 篝	篝	篝
竹部 13畫 上下 shì 筮	筮	筮	竹部 16畫 上下 gāo 篙	篙	篙
竹部 13畫 上下 xiǎo 筊	筊	筊	竹部 17畫 上下 sù 籔	籔	籔
竹部 14畫 上下 gū 箍	箍	箍	竹部 17畫 上中下 miè 籛	籛	籛

二級字表

香港	台灣	大陸		香港	台灣	大陸
竹部 18畫 上下 diàn 簞	簞	簞		糸部 20畫 上中下 zuǎn 纂	纂	纂
竹部 19畫 上下 zhòu 籀	籀	籀		缶部 6畫 獨體 fǒu 缶	缶	缶
米部 9畫 左右 xiān 籼	籼	籼		缶部 17畫 上下 qìng 磬	磬	磬
米部 10畫 左右 bā 粑	粑	粑		网部 9畫 上下 fú 罘	罘	罘
米部 11畫 左右 pò 粕	粕	粕		网部 10畫 上下 gāng 罡	罡	罡
米部 12畫 左右 xī 粞	粞	粞		网部 10畫 上下 gǔ 罟	罟	罟
米部 13畫 左右 jīng 粳	粳	粳		网部 14畫 上下 lǎn 罱	罱	罱
米部 14畫 左右 guǒ 粿	粿	粿		网部 16畫 上下 lí 羅	羅	羅
米部 14畫 左右 lín 粼	粼	粼		网部 17畫 上下 jì 羈	羈	羈
糸部 14畫 上下 qí 綦	綦	綦		羊部 9畫 上下 yǒu 羑	羑	羑
糸部 16畫 左右 hú 縠	縠	縠		羊部 16畫 上下 xī 羲	羲	羲

香港	台灣	大陸	香港	台灣	大陸
羽部 11畫 左右 yì 翊	翊	翊	臼部 8畫 獨體 yú 臾	臾	臾
羽部 12畫 上下 xī 翕	翕	翕	臼部 11畫 上下 chōng 舂	舂	舂
羽部 14畫 上下 zhù 翥	翥	翥	臼部 12畫 上下 xì 臽	臽	臽
羽部 16畫 左右 hé 翮	翮	翮	舛部 6畫 左右 chuǎn 舛	舛	舛
羽部 16畫 左右 áo 翱	翱	翱	舛部 12畫 上中下 shùn 舜	舜	舜
耳部 9畫 上下 dā 耷	耷	耷	艮部 6畫 獨體 gěn gèn 艮	艮	艮
聿部 6畫 獨體 yù 聿	聿	聿	虫部 9畫 半包圍 huǐ 虺	虺	虺
肉部 8畫 左右 jǐng 肼	肼	肼	虫部 9畫 左右 gè 虼	虼	虼
肉部 8畫 左右 tài 肽	肽	肽	虫部 10畫 左右 fú 蚨	蚨	蚨
臣部 14畫 半包圍 zāng 臧	臧	臧	虫部 10畫 左右 yá 蚜	蚜	蚜
至部 16畫 左右 zhēn 臻	臻	臻	虫部 10畫 左右 jiè 蚧	蚧	蚧

二級字表

香港	台灣	大陸	香港	台灣	大陸
虫部 11畫 左右 hān 蚶	蚶	蚶	虫部 12畫 左右 yáng 蛘	蛘	蛘
虫部 11畫 左右 gū gǔ 蛄	蛄	蛄	虫部 13畫 上下 zhē zhé 蜇	蜇	蜇
虫部 11畫 左右 qū 蛆	蛆	蛆	虫部 13畫 左右 lí 蜊	蜊	蜊
虫部 11畫 左右 yóu 蚰	蚰	蚰	虫部 13畫 左右 chú 蜍	蜍	蜍
虫部 11畫 左右 zhà 蚱	蚱	蚱	虫部 13畫 左右 fú 蜉	蜉	蜉
虫部 11畫 左右 yòu 蚴	蚴	蚴	虫部 13畫 左右 yǒng 蛹	蛹	蛹
虫部 12畫 左右 zhì 蛭	蛭	蛭	虫部 14畫 左右 qí 蜞	蜞	蜞
虫部 12畫 左右 qū 蛐	蛐	蛐	虫部 14畫 左右 xī 蜥	蜥	蜥
虫部 12畫 左右 huí 蚫	蚫	蚫	虫部 14畫 左右 yù 蜮	蜮	蜮
虫部 12畫 左右 kuò 蛞	蛞	蛞	虫部 14畫 左右 yì 蜴	蜴	蜴
虫部 12畫 左右 jiāo 蛟	蛟	蛟	虫部 14畫 左右 pí 蜱	蜱	蜱

二級字表

香港	台灣	大陸	香港	台灣	大陸
虫部 14 畫 左右 quán 蜷	蜷	蜷	虫部 16 畫 左右 yì 螠	螠	螠
虫部 14 畫 左右 wǎn 蜿	蜿	蜿	虫部 16 畫 左右 míng 螟	螟	螟
虫部 14 畫 左右 měng 蜢	蜢	蜢	虫部 17 畫 左右 táng 螳	螳	螳
虫部 15 畫 左右 chūn 蝽	蝽	蝽	虫部 17 畫 左右 zhāng 蟑	蟑	蟑
虫部 15 畫 左右 nǎn 蝻	蝻	蝻	虫部 17 畫 上下 máo 蝥	蝥	蝥
虫部 15 畫 左右 kuí 蝰	蝰	蝰	虫部 18 畫 左右 péng 蟛	蟛	蟛
虫部 15 畫 左中右 yóu 蝣	蝣	蝣	虫部 18 畫 左右 huì 蟪	蟪	蟪
虫部 15 畫 左右 láng 螂	螂	螂	虫部 19 畫 左右 lián 蠊	蠊	蠊
虫部 15 畫 上下 máo 蝥	蝥	蝥	虫部 23 畫 左右 juān 蠲	蠲	蠲
虫部 16 畫 左右 yuán 螈	螈	螈	虫部 24 畫 上中下 dù 蠹	蠹	蠹
虫部 16 畫 左右 xī 螅	螅	螅	行部 24 畫 左中右 qú 衢	衢	衢

二級字表

香港	台灣	大陸	香港	台灣	大陸
衣部 8畫 左右 chǎ chà 衩	衩	衩	衣部 13畫 左右 duō 裰	裰	裰
衣部 10畫 左右 tǎn 衵	衵	衵	衣部 17畫 上中下 xiāng 襄	襄	襄
衣部 10畫 左右 pàn 衽	衽	衽	衣部 19畫 上下 bì 襞	襞	襞
衣部 11畫 上中下 mào 袤	袤	袤	衣部 24畫 左右 pàn 襻	襻	襻
衣部 11畫 上下 jiā 袈	袈	袈	襾部 12畫 上下 qín tán 覃	覃	覃
衣部 11畫 左右 qiā 袷	袷	袷	言部 9畫 半包圍 hōng 訇	訇	訇
衣部 11畫 左右 kèn 褃	褃	褃	言部 12畫 上下 lì 詈	詈	詈
衣部 13畫 左右 biǎo 裱	裱	裱	言部 17畫 上下 jiǎn 謇	謇	謇
衣部 13畫 左右 chǔ 褚	褚	褚	豆部 10畫 左右 jiāng 豇	豇	豇
衣部 13畫 左右 bì 裨	裨	裨	豆部 11畫 左右 chǐ 豉	豉	豉
衣部 13畫 左右 jū 裾	裾	裾	豕部 7畫 獨體 shǐ 豕	豕	豕

二級字表

香港	台灣	大陸	香港	台灣	大陸
豕部 13畫 上下 huàn 豢	豢	豢	足部 10畫 左右 bào 趵	趵	趵
豕部 14畫 左右 xī 豨	豨	豨	足部 11畫 左右 fū 跗	跗	跗
豕部 17畫 半包圍 bīn 豳	豳	豳	足部 12畫 左右 fū 跗	跗	跗
豸部 7畫 獨體 zhài zhì 豸	豸	豸	足部 12畫 左右 tuó 跎	跎	跎
豸部 12畫 左右 diāo 貂	貂	貂	足部 12畫 左右 jiā 跏	跏	跏
豸部 13畫 左右 mò 貃	貃	貃	足部 12畫 左右 tái 跆	跆	跆
豸部 13畫 左右 xiū 貅	貅	貅	足部 13畫 左右 kuǐ 跬	跬	跬
豸部 13畫 左右 háo hé 貉	貉	貉	足部 13畫 左右 xiǎn 跣	跣	跣
走部 9畫 半包圍 jiū 赳	赳	赳	足部 14畫 上下 xué 踅	踅	踅
走部 12畫 半包圍 jū qiè 趄	趄	趄	足部 14畫 左右 liàng 踉	踉	踉
走部 13畫 半包圍 liè 趔	趔	趔	足部 15畫 左右 chuō 踔	踔	踔

二級字表

香港	台灣	大陸		香港	台灣	大陸
足部 15畫 左右 huái 踝	踝	踝		足部 19畫 左右 cù 蹴	蹴	蹴
足部 15畫 左右 chí 踟	踟	踟		足部 19畫 左右 dūn 蹲	蹲	蹲
足部 15畫 左右 diǎn 踮	踮	踮		足部 20畫 左右 zhú 躅	躅	躅
足部 15畫 左右 jù 踞	踞	踞		足部 24畫 左右 xiè 躞	躞	躞
足部 16畫 左右 chuài 踹	踹	踹		邑部 6畫 左右 hán 邗	邗	邗
足部 16畫 左右 zhǒng 踵	踵	踵		邑部 6畫 左右 qióng 邛	邛	邛
足部 16畫 左右 jiàn 踺	踺	踺		邑部 10畫 上下 yōng 邕	邕	邕
足部 17畫 上下 jiǎn 蹇	蹇	蹇		邑部 7畫 左右 xíng 邢	邢	邢
足部 18畫 左右 tāng 蹚	蹚	蹚		邑部 8畫 左右 hán 邯	邯	邯
足部 19畫 左右 jué juě 蹶	蹶	蹶		邑部 8畫 左右 bǐng 邴	邴	邴
足部 19畫 左右 liāo 蹽	蹽	蹽		邑部 8畫 左右 pī 邳	邳	邳

二級字表

香港	台灣	大陸	香港	台灣	大陸
邑部 8畫 左右 qiū　邱	邱	邱	邑部 11畫 左右 chēn　郴	郴	郴
邑部 8畫 左右 shào　邵	邵	邵	邑部 11畫 左右 pí　郫	郫	郫
邑部 8畫 左右 tái　邰	邰	邰	邑部 11畫 左右 tán　郯	郯	郯
邑部 9畫 左右 zhì　致	致	致	邑部 12畫 左右 méi　鄏	鄏	鄏
邑部 9畫 左右 zhū　邾	邾	邾	邑部 14畫 左右 yān　鄢	鄢	鄢
邑部 9畫 左右 qiè　郂	郂	郂	邑部 14畫 左右 yín　鄞	鄞	鄞
邑部 9畫 左右 huán xún　郇	郇	郇	邑部 15畫 左右 pó　鄱	鄱	鄱
邑部 10畫 左右 xī　郗	郗	郗	邑部 21畫 左右 fēng　鄷	鄷	鄷
邑部 10畫 左右 xì　郤	郤	郤	金部 10畫 上下 fǔ　釜	釜	釜
邑部 10畫 左右 fú　郛	郛	郛	金部 15畫 上下 wù　鍪	鍪	鍪
邑部 10畫 左右 jùn　郡	郡	郡	金部 17畫 上下 móu　鍪	鍪	鍪

香港	台灣	大陸		香港	台灣	大陸
金部 21畫 上下 bèi 鏊	鏊	鏊		阜部 17畫 左右 xí 隰	隰	隰
阜部 8畫 上下 fù 阜	阜	阜		隹部 10畫 上下 sǔn 隻	隻	隻
阜部 6畫 左右 qiān 阡	阡	阡		隹部 13畫 左右 jū 雎	雎	雎
阜部 7畫 左右 jǐng 阱	阱	阱		隹部 13畫 左右 zhì 雉	雉	雉
阜部 7畫 左右 ruǎn 阮	阮	阮		隹部 13畫 上下 yōng 雍	雍	雍
阜部 8畫 左右 tuó 陀	陀	陀		隹部 14畫 左右 luò 雒	雒	雒
阜部 8畫 左右 pí 陂	陂	陂		革部 12畫 左右 wù 靰	靰	靰
阜部 9畫 左右 gāi 陔	陔	陔		革部 13畫 左右 jìn 靳	靳	靳
阜部 10畫 左右 zhì 陟	陟	陟		革部 14畫 左右 mò 靺	靺	靺
阜部 12畫 左右 wēi 隈	隈	隈		革部 14畫 左右 dá 靼	靼	靼
阜部 12畫 左右 huáng 隉	隉	隉		革部 14畫 左右 yào 靿	靿	靿

二級字表

香港	台灣	大陸		香港	台灣	大陸
革部 17畫 左右 la 鞡	鞡	鞡		髟部 16畫 上下 xiū 髹	髹	髹
革部 18畫 左右 jū 鞠	鞠	鞠		髟部 18畫 上下 quán 鬈	鬈	鬈
革部 18畫 左右 jiān 鞬	鞬	鞬		髟部 19畫 上下 jiū 鬏	鬏	鬏
革部 19畫 左右 gōu 韝	韝	韝		髟部 23畫 上下 huán 鬟	鬟	鬟
音部 14畫 左右 sháo 韶	韶	韶		鬲部 10畫 上下 gé lì 鬲	鬲	鬲
首部 11畫 半包圍 kuí 馗	馗	馗		鬲部 22畫 上下 yù 鬻	鬻	鬻
髟部 13畫 上下 kūn 髠	髠	髠		鹿部 19畫 左右 qí 麒	麒	麒
髟部 14畫 上下 máo 髦	髦	髦		黍部 12畫 上下 shǔ 黍	黍	黍
髟部 15畫 上下 rán 髯	髯	髯		黍部 17畫 左右 nián 黏	黏	黏
髟部 15畫 上下 tiáo 髫	髫	髫		黑部 17畫 上下 dài 黛	黛	黛
髟部 16畫 上下 jì 髻	髻	髻		黑部 20畫 上下 lí 黧	黧	黧

二級字表

香港	台灣	大陸
鼎部 15畫 上下 nài 鼐	鼐	鼐
鼻部 17畫 左右 hān 鼾	鼾	鼾
鼻部 19畫 左右 hōu 齁	齁	齁

香港	台灣	大陸
鼻部 36畫 左右 nàng 齉	齉	齉
龠部 17畫 上下 yuè 龠	龠	龠

香港、台灣、大陸繁體字字形相同。(大陸字形有繁簡區別,香港、台灣字形不與大陸簡化字字形比較。)

二級字表

香港	台灣	大陸
人部 10畫 左右 chāng 倀	倀	倀|伥
人部 13畫 上中下 qiān 僉	僉	僉|佥
人部 14畫 左右 fèn 債	債	債|偾
人部 16畫 左右 chóu 儔	儔	儔|俦
人部 16畫 左右 bīn 儐	儐	儐|傧
人部 21畫 左右 nuó 儺	儺	儺|傩

香港	台灣	大陸
人部 22畫 左右 tǎng 儻	儻	儻|傥
刀部 9畫 左右 jǐng 剄	剄	剄|刭
刀部 12畫 左右 kǎi 劊	劊	劊|刽
刀部 15畫 左右 guì 劌	劌	劌|刿
匚部 11畫 半包圍 guǐ 匭	匭	匭|匦
匚部 14畫 半包圍 kuì 匱	匱	匱|匮

香港	台灣	大陸	香港	台灣	大陸
厂部 9畫 半包圍 shè 厍	厍	厍|厍	土部 11畫 上下 è 堊	堊	堊|垩
口部 10畫 左右 bei 唄	唄	唄|呗	土部 13畫 左右 wù 塢	塢	塢|坞
口部 13畫 上下 sè 嗇	嗇	嗇|啬	土部 13畫 上中下 yíng 塋	塋	塋|茔
口部 13畫 左右 suǒ 嗩	嗩	嗩|唢	土部 14畫 上下 qiàn 塹	塹	塹|堑
口部 14畫 左右 zé 嘖	嘖	嘖|啧	土部 16畫 左右 dàng 墥	墥	墥|垱
口部 15畫 左右 xiāo 嘵	嘵	嘵|哓	土部 25畫 左右 wān 壪	壪	壪|塆
口部 15畫 左右 sī 噝	噝	噝|咝	子部 22畫 上下 luán 孿	孿	孿|孪
口部 16畫 左右 huì yuě 噦	噦	噦|哕	巾部 12畫 左右 zhēn 幀	幀	幀|帧
口部 17畫 左右 níng 嚀	嚀	嚀|咛	巾部 12畫 左右 wéi 幃	幃	幃|帏
口部 21畫 左右 zhuàn 囀	囀	囀|啭	巾部 14畫 左右 zé 幘	幘	幘|帻
土部 11畫 左右 yā 埡	埡	埡|垭	巾部 14畫 左右 guó 幗	幗	幗|帼

	香港	台灣	大陸		香港	台灣	大陸
彳部 11畫 左右 lái	徠	徠	徠|徠	心部 16畫 左右 yì	憻	憻	憻|怿
心部 11畫 左右 chàng	悵	悵	悵|怅	心部 18畫 上下 duì	懟	懟	懟|怼
心部 12畫 左右 cè	惻	惻	惻|恻	心部 20畫 左右 chàn	懺	懺	懺|忏
心部 12畫 左右 yùn	惲	惲	惲|恽	心部 28畫 上下 gàng zhuàng	戇	戇	戇|戆
心部 13畫 左右 kǎi	愷	愷	愷|恺	手部 11畫 左右 mén	捫	捫	捫|扪
心部 13畫 左右 kài	愾	愾	愾|忾	手部 14畫 左右 tuán	摶	摶	摶|抟
心部 14畫 左右 qiān	慳	慳	慳|悭	手部 14畫 左右 guāi	摑	摑	摑|掴
心部 14畫 左右 tòng	慟	慟	慟|恸	手部 14畫 左右 guàn	摜	摜	摜|掼
心部 15畫 上下 sǒng	慫	慫	慫|怂	手部 15畫 左右 dǎn	撢	撢	撢|掸
心部 15畫 左右 kuì	憒	憒	憒|愦	手部 15畫 左右 qìn	撳	撳	撳|揿
心部 15畫 左右 dàn	憚	憚	憚|惮	手部 16畫 左右 kuǎi	攞	攞	攞|扲

香港	台灣	大陸
手部 17畫 左右 bìn	擯	擯	擯|摈
手部 18畫 左右 xié	擷	擷	擷|撷
手部 22畫 左右 cuán zǎn	攢	攢	攢|攒
手部 23畫 上下 luán	孿	孿	孿|孪
文部 21畫 左右 lán	斕	斕	斕|斓
日部 13畫 左右 yáng	暘	暘	暘|旸
木部 11畫 左右 jiǎn	梘	梘	梘|枧
木部 12畫 左右 chéng	棖	棖	棖|枨
木部 13畫 左右 zhēn	楨	楨	楨|桢
木部 14畫 左右 qī	榿	榿	榿|桤
木部 15畫 左右 cōng zōng	樅	樅	樅|枞

香港	台灣	大陸
木部 16畫 左右 ráo	橈	橈	橈|桡
木部 17畫 左右 qiáng	檣	檣	檣|樯
木部 17畫 左右 zhì	櫛	櫛	櫛|栉
木部 18畫 左右 bīn bīng	檳	檳	檳|槟
木部 19畫 左右 zhū	櫧	櫧	櫧|槠
木部 19畫 左右 yuán	櫞	櫞	櫞|橼
木部 23畫 左右 luó	欏	欏	欏|椤
歹部 14畫 左右 yǔn	殞	殞	殞|殒
歹部 15畫 左右 shāng	殤	殤	殤|殇
歹部 16畫 左右 dān	殫	殫	殫|殚
歹部 17畫 左右 liàn	殮	殮	殮|殓

香港	台灣	大陸
歹部 18畫 左右 bìn 殯	殯	殯|殡
气部 12畫 半包圍 yà 氫	氫	氫|氩
水部 10畫 左右 jiā 浹	浹	浹|浃
水部 10畫 左右 jīng 涇	涇	涇|泾
水部 11畫 左右 lái 淶	淶	淶|涞
水部 14畫 上中下 xíng yíng 滎	滎	滎|荥
水部 14畫 左右 zì 漬	漬	漬|渍
水部 14畫 左右 hǔ xǔ 湑	湑	湑|浒
水部 15畫 左右 wéi 潿	潿	潿|涠
水部 15畫 左右 bì 滗	滗	滗|滗
水部 16畫 左右 yù 潕	潕	潕|滪

香港	台灣	大陸
水部 17畫 左右 jìn 潽	潽	潽|浕
水部 17畫 左右 wéi 濰	濰	濰|潍
水部 18畫 左右 yíng 瀅	瀅	瀅|滢
水部 20畫 左右 liàn 瀲	瀲	瀲|潋
水部 21畫 左右 fēng 灃	灃	灃|沣
水部 24畫 左右 hào 灏	灏	灏|灏
火部 11畫 左右 tīng 烴	烴	烴|烃
火部 13畫 左右 yáng 煬	煬	煬|炀
火部 13畫 左右 wěi 煒	煒	煒|炜
火部 16畫 左右 mèn 燜	燜	燜|焖
火部 16畫 左右 chì 熾	熾	熾|炽

香港	台灣	大陸		香港	台灣	大陸
火部 18畫 上下 tāo	燾	燾	燾｜焘	广部 12畫 半包圍 jìng	痙	痙	痙｜痉
火部 18畫 左右 jìn	熺	熺	熺｜烬	广部 14畫 半包圍 yáng	瘍	瘍	瘍｜疡
牛部 14畫 上中下 luò	犖	犖	犖｜荦	广部 16畫 半包圍 zòng	瘲	瘲	瘲｜疭
犬部 13畫 左右 mǎ	獁	獁	獁｜犸	广部 16畫 半包圍 shèn	瘮	瘮	瘮｜瘮
犬部 16畫 左右 xiǎn	獫	獫	獫｜猃	广部 17畫 半包圍 láo	癆	癆	癆｜痨
犬部 20畫 左右 mí	獼	獼	獼｜猕	广部 18畫 半包圍 jiē	癤	癤	癤｜疖
犬部 22畫 左右 luó	玀	玀	玀｜猡	广部 23畫 半包圍 yōng	癰	癰	癰｜痈
玉部 13畫 左右 wěi	瑋	瑋	瑋｜玮	广部 24畫 半包圍 diān	癲	癲	癲｜癫
玉部 13畫 左右 hún	琿	琿	琿｜珲	白部 15畫 左右 ái	皚	皚	皚｜皑
玉部 17畫 左右 dāng	璫	璫	璫｜珰	皮部 14畫 左右 jūn	皸	皸	皸｜皲
玉部 23畫 左右 zàn	瓚	瓚	瓚｜瓒	目部 18畫 左右 jiǎn	瞼	瞼	瞼｜睑

二級字表

	香港	台灣	大陸		香港	台灣	大陸
石部 12畫 左右 chē	硨	硨	硨|砗	竹部 14畫 上下 jiǎn	箋	箋	箋|笺
石部 12畫 左右 xiá	硖	硖	硖|硖	竹部 16畫 上下 dǔ	篤	篤	篤|笃
石部 14畫 左右 dàng	碭	碭	碭|砀	竹部 17畫 上下 zé	簀	簀	簀|帻
石部 16畫 左右 qì	磧	磧	磧|碛	竹部 18畫 上下 kuì	簣	簣	簣|篑
石部 16畫 左右 chěn	碜	碜	碜|碜	竹部 18畫 上下 dān	簞	簞	簞|箪
示部 13畫 左右 zhěn	禎	禎	禎|祯	竹部 24畫 上下 duàn	籪	籪	籪|簖
示部 13畫 左右 yī	禕	禕	禕|祎	米部 17畫 左右 sǎn shēn	糝	糝	糝|糁
示部 18畫 左右 mí	襧	襧	襧|祢	糸部 9畫 左右 yū	紆	紆	紆|纡
禾部 16畫 左右 sū	穌	穌	穌|稣	糸部 9畫 左右 zhòu	紂	紂	紂|纣
禾部 18畫 左右 sè	穑	穑	穑|穑	糸部 9畫 左右 hé	紇	紇	紇|纥
竹部 13畫 上下 jiǎn	筧	筧	筧|笕	糸部 10畫 左右 yún	紜	紜	紜|纭

香港	台灣	大陸
糸部 10畫 左右 shū	紓	紓	紓|紓
糸部 11畫 左右 gàn	紺	紺	紺|绀
糸部 11畫 左右 xiè	紲	紲	紲|绁
糸部 11畫 左右 chù	絀	絀	絀|绌
糸部 12畫 左右 kù	綺	綺	綺|绔
糸部 12畫 左右 háng	絎	絎	絎|绗
糸部 12畫 左右 jiàng	絳	絳	絳|绛
糸部 13畫 左右 gěng	綆	綆	綆|绠
糸部 13畫 左右 tì	綈	綈	綈|绨
糸部 14畫 左右 qǐ	綺	綺	綺|绮
糸部 14畫 左右 shàng	綯	綯	綯|绱

香港	台灣	大陸
糸部 14畫 左右 guān lún	綸	綸	綸|纶
糸部 14畫 左右 shòu	綬	綬	綬|绶
糸部 14畫 左右 quǎn	綣	綣	綣|绻
糸部 14畫 左右 wǎn	綰	綰	綰|绾
糸部 14畫 左右 zī	緇	緇	緇|缁
糸部 15畫 左右 kè	緙	緙	緙|缂
糸部 15畫 左右 xiāng	緗	緗	緗|缃
糸部 15畫 左右 jiān	緘	緘	緘|缄
糸部 15畫 左右 tí	緹	緹	緹|缇
糸部 15畫 左右 sī	緦	緦	緦|缌
糸部 15畫 左右 mín	緡	緡	緡|缗

二級字表

	香港	台灣	大陸		香港	台灣	大陸
糸部 16畫 上中下 yíng	縈	縈	縈|萦	缶部 20畫 上下 yīng	罌	罌	罌|罂
糸部 16畫 左右 zhěn	縝	縝	縝|缜	网部 24畫 上下 jī	羈	羈	羈|羁
糸部 16畫 左右 zhòu	縐	縐	縐|绉	羊部 13畫 左右 qiǎng	羥	羥	羥|羟
糸部 16畫 左右 gǎo	縞	縞	縞|缟	肉部 25畫 上下 luán	臠	臠	臠|脔
糸部 16畫 左右 yì	縊	縊	縊|缢	艸部 10畫 上下 chú	芻	芻	芻|刍
糸部 16畫 左右 jiān	縑	縑	縑|缣	虫部 13畫 左右 jiá	蛺	蛺	蛺|蛱
糸部 17畫 左右 léi	縲	縲	縲|缧	虫部 13畫 左右 xiǎn	蜆	蜆	蜆|蚬
糸部 17畫 左右 sāo	繅	繅	繅|缫	虫部 16畫 左右 sī	螄	螄	螄|蛳
糸部 19畫 左右 huán	繯	繯	繯|缳	虫部 17畫 上下 zhé	蟄	蟄	蟄|蛰
糸部 21畫 左右 xié	纈	纈	纈|缬	虫部 17畫 左右 guō	蟈	蟈	蟈|蝈
糸部 25畫 左右 zuǎn	纘	纘	纘|缵	虫部 18畫 左右 náo	蟯	蟯	蟯|蛲

香港	台灣	大陸	香港	台灣	大陸
虫部 23畫 上下 gǔ 蠱	蠱	蠱｜蛊	言部 10畫 左右 shàn 訕	訕	訕｜讪
衣部 17畫 左右 jiǎn 襇	襇	襇｜裥	言部 10畫 左右 qì 訖	訖	訖｜讫
衣部 18畫 左右 dāng 襠	襠	襠｜裆	言部 12畫 左右 gǔ 詁	詁	詁｜诂
見部 12畫 左右 chān 覘	覘	覘｜觇	言部 12畫 左右 hē 訶	訶	訶｜诃
見部 14畫 左右 xí 覡	覡	覡｜觋	言部 12畫 左右 zǔ 詛	詛	詛｜诅
見部 17畫 左右 gòu 覯	覯	覯｜觏	言部 12畫 左右 zhào 詔	詔	詔｜诏
見部 17畫 左右 jì 覬	覬	覬｜觊	言部 12畫 左右 yí 詒	詒	詒｜诒
見部 18畫 左右 jìn 覲	覲	覲｜觐	言部 13畫 左右 kuāng 誆	誆	誆｜诓
言部 9畫 左右 fù 訃	訃	訃｜讣	言部 13畫 左右 guà 詿	詿	詿｜诖
言部 10畫 左右 jié 訐	訐	訐｜讦	言部 13畫 左右 jié 詰	詰	詰｜诘
言部 10畫 左右 hòng 訌	訌	訌｜讧	言部 13畫 左右 huī 詼	詼	詼｜诙

二級字表

二級字表

香港		台灣	大陸	香港		台灣	大陸
言部 13畫 左右 zhū	誅	誅	誅|诛	言部 16畫 左右 è	諤	諤	諤|谔
言部 13畫 左右 shēn	詵	詵	詵|诜	言部 16畫 左右 xuān	諼	諼	諼|谖
言部 13畫 左右 gòu	詬	詬	詬|诟	言部 16畫 左右 ān	諳	諳	諳|谙
言部 13畫 左右 chà	詫	詫	詫|诧	言部 16畫 左右 dì	諦	諦	諦|谛
言部 13畫 左右 xǔ	詡	詡	詡|诩	言部 16畫 左右 hùn	諢	諢	諢|诨
言部 14畫 左右 kuáng	誑	誑	誑|诳	言部 17畫 左右 zhōu	諏	諏	諏|诌
言部 15畫 半包圍 yín	誾	誾	誾|訚	言部 17畫 左右 mì	謐	謐	謐|谧
言部 15畫 左右 yú	諛	諛	諛|谀	言部 18畫 左右 zhé	謫	謫	謫|谪
言部 15畫 左右 chǎn	謟	謟	謟|谄	言部 19畫 左右 qiáo	譙	譙	譙|谯
言部 15畫 左右 suì	誶	誶	誶|谇	言部 23畫 左中右 chóu	讎	讎	讎|雠
言部 16畫 左右 jiàn	諫	諫	諫|谏	言部 24畫 左右 lán	讕	讕	讕|谰

香港	台灣	大陸	香港	台灣	大陸
言部 24畫 左右 chèn 讖	讖	讖｜谶	貝部 18畫 左右 zé 賾	賾	賾｜赜
言部 27畫 左右 dǎng 讜	讜	讜｜谠	貝部 19畫 上下 yūn 贇	贇	贇｜赟
貝部 12畫 上下 bēn 賁	賁	賁｜贲	走部 26畫 半包圍 zǎn 趲	趲	趲｜趱
貝部 12畫 上下 shì 貰	貰	貰｜贳	足部 21畫 左右 chóu 躊	躊	躊｜踌
貝部 12畫 左右 kuàng 眖	眖	眖｜赈	足部 22畫 左右 zhì 躓	躓	躓｜踬
貝部 13畫 左右 gāi 賅	賅	賅｜赅	足部 26畫 左右 zuān 躦	躦	躦｜躜
貝部 14畫 左右 qiú 賕	賕	賕｜赇	車部 11畫 左右 è 軛	軛	軛｜轭
貝部 15畫 上下 lài 賚	賚	賚｜赉	車部 12畫 左右 gū 軠	軠	軠｜轱
貝部 15畫 左右 dǎn 賧	賧	賧｜赕	車部 12畫 左右 kē 軻	軻	軻｜轲
貝部 15畫 半包圍 gēng 賡	賡	賡｜赓	車部 12畫 左右 yì 軼	軼	軼｜轶
貝部 18畫 上下 zhì 贄	贄	贄｜贽	車部 12畫 左右 zhěn 軫	軫	軫｜轸

	香港	台灣	大陸		香港	台灣	大陸
車部 13畫 左右 shì	軾	軾	軾|轼	邑部 13畫 左右 yún	鄖	鄖	鄖|郧
車部 13畫 左右 zhì	輊	輊	輊|轾	邑部 13畫 左右 wū	鄔	鄔	鄔|邬
車部 13畫 左右 lù	輅	輅	輅|辂	邑部 13畫 左右 zōu	鄒	鄒	鄒|邹
車部 15畫 左右 chuò	輟	輟	輟|辍	邑部 15畫 左右 dān	鄲	鄲	鄲|郸
車部 15畫 左右 zī	輜	輜	輜|辎	邑部 16畫 左右 yè	鄴	鄴	鄴|邺
車部 16畫 左右 còu	輳	輳	輳|辏	金部 9畫 左右 yǐ	釔	釔	釔|钇
車部 17畫 左右 gǔ	轂	轂	轂|毂	金部 10畫 左右 zhāo	釗	釗	釗|钊
車部 17畫 左右 yuán	轅	轅	轅|辕	金部 10畫 左右 pō	釙	釙	釙|钋
車部 22畫 上下 pèi	轡	轡	轡|辔	金部 10畫 左右 liǎo liào	釕	釕	釕|钌
邑部 10畫 左右 jiá	郟	郟	郟|郏	金部 11畫 左右 tǔ	釷	釷	釷|钍
邑部 12畫 左右 yùn	鄆	鄆	鄆|郓	金部 11畫 左右 qiān	釺	釺	釺|钎

二級字表

香港	台灣	大陸		香港	台灣	大陸
金部 11畫 左右 chuàn 釧	釧	釧｜钏		金部 13畫 左右 tǎn 鉭	鉭	鉭｜钽
金部 11畫 左右 fán 釩	釩	釩｜钒		金部 13畫 左右 mù 鉬	鉬	鉬｜钼
金部 11畫 左右 chāi 釵	釵	釵｜钗		金部 13畫 左右 diàn 鈿	鈿	鈿｜钿
金部 12畫 左右 bù 鈈	鈈	鈈｜钚		金部 13畫 左右 yóu 鈾	鈾	鈾｜铀
金部 12畫 左右 tài 鈦	鈦	鈦｜钛		金部 13畫 左右 bó 鉑	鉑	鉑｜铂
金部 12畫 左右 fāng 鈁	鈁	鈁｜钫		金部 13畫 左右 mǎo 鉚	鉚	鉚｜铆
金部 12畫 左右 bǎ 鈀	鈀	鈀｜钯		金部 13畫 左右 shì 鈰	鈰	鈰｜铈
金部 13畫 左右 yù 鈺	鈺	鈺｜钰		金部 13畫 左右 xuàn 鉉	鉉	鉉｜铉
金部 13畫 左右 zhēng 鉦	鉦	鉦｜钲		金部 13畫 左右 tā tuó 鉈	鉈	鉈｜铊
金部 13畫 左右 gǔ 鈷	鈷	鈷｜钴		金部 13畫 左右 bì 鉍	鉍	鉍｜铋
金部 13畫 左右 yuè 鉞	鉞	鉞｜钺		金部 13畫 左右 pí 鈹	鈹	鈹｜铍

二級字表

香港	台灣	大陸		香港	台灣	大陸
金部 14畫 左右 ěr 鉺	鉺	鉺｜铒		金部 15畫 左右 jiá 鋏	鋏	鋏｜铗
金部 14畫 左右 yīn 錮	錮	錮｜锢		金部 15畫 左右 bèi 鋇	鋇	鋇｜钡
金部 14畫 左右 zhū 銖	銖	銖｜铢		金部 15畫 左右 lǐ 鋰	鋰	鋰｜锂
金部 14畫 左右 xǐ 銑	銑	銑｜铣		金部 15畫 左右 é 鋨	鋨	鋨｜锇
金部 14畫 左右 hā 鉿	鉿	鉿｜铪		金部 15畫 左右 cuò 銼	銼	銼｜锉
金部 14畫 左右 diào yáo 銚	銚	銚｜铫		金部 15畫 左右 tī 銻	銻	銻｜锑
金部 14畫 左右 gè 鉻	鉻	鉻｜铬		金部 15畫 左右 láng 鋃	鋃	鋃｜锒
金部 14畫 左右 sè 鉍	鉍	鉍｜铯		金部 15畫 左右 jū jú 鋦	鋦	鋦｜锔
金部 14畫 左右 jiǎo 鉸	鉸	鉸｜铰		金部 16畫 左右 zhě 鍺	鍺	鍺｜锗
金部 14畫 左右 yī 銥	銥	銥｜铱		金部 16畫 左右 bēn 錛	錛	錛｜锛
金部 15畫 左右 wú 鋘	鋘	鋘｜铻		金部 16畫 左右 qí 錡	錡	錡｜锜

二級字表

香港	台灣	大陸	香港	台灣	大陸
金部 16畫 左右 lái 鐸	鐸	鐸|铼	金部 18畫 左右 gé 鎘	鎘	鎘|镉
金部 16畫 左右 kè 錁	錁	錁|锞	金部 18畫 左右 kǎi 鎧	鎧	鎧|铠
金部 16畫 左右 gù 錮	錮	錮|锢	金部 18畫 左右 wū 鎢	鎢	鎢|钨
金部 16畫 左右 xiān 鍁	鍁	鍁|锨	金部 18畫 左右 liú liù 鎦	鎦	鎦|镏
金部 16畫 左右 juǎn 錈	錈	錈|锩	金部 18畫 左右 yì 鎰	鎰	鎰|镒
金部 16畫 左右 dìng 錠	錠	錠|锭	金部 18畫 左右 jiā 鎵	鎵	鎵|镓
金部 16畫 左右 ā 錒	錒	錒|锕	金部 18畫 上中下 yíng 鎣	鎣	鎣|莹
金部 16畫 左右 zī 錙	錙	錙|锱	金部 19畫 上下 zàn 鏨	鏨	鏨|錾
金部 17畫 左右 zhá 鍘	鍘	鍘|铡	金部 19畫 左右 kēng 鏗	鏗	鏗|铿
金部 17畫 左右 sī 鍶	鍶	鍶|锶	金部 19畫 左右 tāng táng 鏜	鏜	鏜|镗
金部 17畫 左右 è 鍔	鍔	鍔|锷	金部 19畫 左右 bèng 鏰	鏰	鏰|镚

二級字表

香港	台灣	大陸	香港	台灣	大陸
金部 19畫 左右 dī 鏑	鏑	鏑|镝	金部 22畫 左右 bīn 鑌	鑌	鑌|镔
金部 20畫 左右 náo 鐃	鐃	鐃|铙	金部 25畫 左右 lán 鑭	鑭	鑭|镧
金部 20畫 左右 chán tán 鐔	鐔	鐔|镡	金部 27畫 上下 luán 鑾	鑾	鑾|銮
金部 20畫 左右 jué 钁	钁	钁|镢	門部 9畫 半包圍 shuān 閂	閂	閂|闩
金部 20畫 左右 liào 鐐	鐐	鐐|镣	門部 12畫 半包圍 hóng 閎	閎	閎|闳
金部 20畫 左右 jiǎn 鐧	鐧	鐧|锏	門部 12畫 半包圍 mǐn 閔	閔	閔|闵
金部 20畫 左右 dūn 鐓	鐓	鐓|镦	門部 14畫 半包圍 hé 閣	閣	閣|阂
金部 20畫 左右 dèng 鐙	鐙	鐙|镫	門部 15畫 半包圍 kǔn 閫	閫	閫|阃
金部 20畫 左右 pō 鏺	鏺	鏺|钹	門部 15畫 半包圍 làng 閬	閬	閬|阆
金部 21畫 左右 duó 鐸	鐸	鐸|铎	門部 16畫 半包圍 dū shé 闍	闍	闍|阇
金部 21畫 左右 zhuó 鐲	鐲	鐲|镯	門部 16畫 半包圍 yù 閾	閾	閾|阈

香港	台灣	大陸
門部 16畫 半包圍 hūn	閽	閽	閽｜阍
門部 17畫 半包圍 lán	闌	闌	闌｜阑
門部 17畫 半包圍 qù	闃	闃	闃｜阒
門部 17畫 半包圍 wéi	闈	闈	闈｜闱
門部 18畫 半包圍 hé	闔	闔	闔｜阖
門部 18畫 半包圍 tián	闐	闐	闐｜阗
門部 18畫 半包圍 kǎi	闓	闓	闓｜闿
門部 18畫 半包圍 quē què	闕	闕	闕｜阙
阜部 10畫 左右 xíng	陘	陘	陘｜陉
革部 21畫 左右 qiáo	轎	轎	轎｜轿
韋部 9畫 上下 wéi	韋	韋	韋｜韦

香港	台灣	大陸
韋部 18畫 半包圍 wěi	韙	韙	韙｜韪
韋部 19畫 左右 tāo	韜	韜	韜｜韬
頁部 12畫 左右 hān	頇	頇	頇｜顸
頁部 13畫 左右 xū	頊	頊	頊｜顼
頁部 13畫 左右 qí	頎	頎	頎｜颀
頁部 13畫 左右 háng	頏	頏	頏｜颃
頁部 15畫 左右 jié xié	頡	頡	頡｜颉
頁部 15畫 左右 hé	頜	頜	頜｜颌
頁部 15畫 左右 kē ké	頦	頦	頦｜颏
頁部 16畫 左右 yí	頤	頤	頤｜颐
頁部 18畫 左右 è	顎	顎	顎｜颚

二級字表

香港	台灣	大陸
頁部 18畫 左右 zhuān 顒	顒	顒｜颛
頁部 19畫 左右 sǎng 纇	纇	纇｜颡
頁部 21畫 左右 hào 顥	顥	顥｜颢
頁部 24畫 上下 pín 顰	顰	顰｜颦
馬部 12畫 左右 yù 馭	馭	馭｜驭
馬部 15畫 左右 sì 駟	駟	駟｜驷
馬部 15畫 左右 fù 駙	駙	駙｜驸
馬部 15畫 左右 dài tái 駘	駘	駘｜骀
馬部 16畫 左右 pián 駢	駢	駢｜骈
馬部 17畫 左右 chěng 騁	騁	騁｜骋
馬部 18畫 左右 qí 騏	騏	騏｜骐

香港	台灣	大陸
馬部 18畫 左右 kè 騍	騍	騍｜骒
馬部 18畫 左右 zhuī 騅	騅	騅｜骓
馬部 19畫 上下 wù 鶩	鶩	鶩｜鹜
馬部 20畫 左右 liú 騮	騮	騮｜骝
馬部 20畫 上下 qiān 騫	騫	騫｜骞
馬部 20畫 上下 zhì 騭	騭	騭｜骘
馬部 21畫 左右 cān 驂	驂	驂｜骖
馬部 22畫 左右 xiāo 驍	驍	驍｜骁
馬部 22畫 左右 chǎn 驏	驏	驏｜骣
馬部 23畫 左右 yì 驛	驛	驛｜驿
馬部 27畫 左右 xiāng 驤	驤	驤｜骧

二級字表

香港	台灣	大陸	香港	台灣	大陸
鬥部 18畫 半包圍 xì 閱	閱	閱｜阅	魚部 18畫 左右 huàn 鯇	鯇	鯇｜鲩
魚部 15畫 左右 yóu 魷	魷	魷｜鱿	魚部 19畫 左右 gù 鯝	鯝	鯝｜鲴
魚部 15畫 左右 tún 魨	魨	魨｜鲀	魚部 19畫 左右 ní 鯢	鯢	鯢｜鲵
魚部 15畫 左右 fáng 魴	魴	魴｜鲂	魚部 19畫 左右 zī 鯔	鯔	鯔｜鲻
魚部 16畫 左右 píng 鮃	鮃	鮃｜鲆	魚部 20畫 左右 tí 鯷	鯷	鯷｜鳀
魚部 16畫 左右 nián 鮎	鮎	鮎｜鲇	魚部 20畫 左右 sāi 鰓	鰓	鰓｜鳃
魚部 16畫 左右 fù 鮒	鮒	鮒｜鲋	魚部 20畫 左右 qiū 鰍	鰍	鰍｜鳅
魚部 16畫 左右 tái 鮐	鮐	鮐｜鲐	魚部 20畫 左右 huáng 鰉	鰉	鰉｜鳇
魚部 17畫 左右 guī 鮭	鮭	鮭｜鲑	魚部 22畫 左右 lè 鰳	鰳	鰳｜鳓
魚部 17畫 左右 jiāo 鮫	鮫	鮫｜鲛	魚部 22畫 左右 jiān 鰹	鰹	鰹｜鲣
魚部 18畫 左右 gěng 鯁	鯁	鯁｜鲠	魚部 23畫 左右 guì 鱖	鱖	鱖｜鳜

香港	台灣	大陸	香港	台灣	大陸
魚部 24畫 上下 hòu 鱟	鱟	鱟|鲎	鳥部 18畫 左右 bó 鵓	鵓	鵓|鹁
魚部 24畫 左右 lǐ 鱧	鱧	鱧|鳢	鳥部 18畫 左右 yù 鵒	鵒	鵒|鹆
鳥部 13畫 左右 jiū 鳩	鳩	鳩|鸠	鳥部 18畫 左右 tí 鵜	鵜	鵜|鹈
鳥部 14畫 上下 yuān 鳶	鳶	鳶|鸢	鳥部 19畫 左右 dōng 鶇	鶇	鶇|鸫
鳥部 15畫 左右 zhèn 鴆	鴆	鴆|鸩	鳥部 19畫 左右 ān 鶕	鶕	鶕|鹌
鳥部 16畫 左右 gū 鴣	鴣	鴣|鸪	鳥部 19畫 左右 qiān 鶱	鶱	鶱|鹐
鳥部 16畫 左右 xiāo 鴞	鴞	鴞|鸮	鳥部 19畫 左右 chún 鶉	鶉	鶉|鹑
鳥部 16畫 左右 qú 鴝	鴝	鴝|鸲	鳥部 20畫 左右 è 鶚	鶚	鶚|鹗
鳥部 17畫 左右 ér 鴯	鴯	鴯|鸸	鳥部 20畫 左右 méi 鶥	鶥	鶥|鹛
鳥部 17畫 左右 guā 鴰	鴰	鴰|鸹	鳥部 20畫 上下 wù 鶩	鶩	鶩|鹜
鳥部 17畫 左右 héng 鴴	鴴	鴴|鸻	鳥部 22畫 上下 zhì 鷙	鷙	鷙|鸷

香港	台灣	大陸
鳥部 22 畫 左右 zhè　鷓	鷓	鷓｜鹧
鳥部 23 畫 左右 liáo　鷯	鷯	鷯｜鹩
鳥部 23 畫 左右 jiāo　鵁	鵁	鵁｜鹪

香港	台灣	大陸
鳥部 24 畫 上下 lù　鷺	鷺	鷺｜鹭
鳥部 30 畫 上下 luán　鸞	鸞	鸞｜鸾

三 區

香港、台灣字形相同，與大陸（規範字 / 繁體字）不同。

香港	台灣	大陸	字形差異描述
一部 6 畫 上下 chéng　丞	丞	丞	香港、台灣第五筆「捺」與第二筆「豎鈎」相接，大陸第五筆「捺」與首筆「橫折」相接。
乙部 2 畫 獨體 miē niè　乜	乜	乜	香港、台灣首筆是「橫折」，大陸首筆是「橫折鈎」。
乙部 5 畫 半包圍 dàng　氹	氹	凼	① 香港、台灣部首為「乙」，大陸部首為「凵」，均為半包圍結構。② 部件「水」，香港，台灣末筆是「捺」，大陸末筆是「捺點」。 📄 **小知識**　氹仔，澳門地名。原為獨立島嶼，現已和路環及路氹城連成一體。 ✎ **書寫提示**　大陸「凼」為六畫。
二部 6 畫 獨體 gèn　亙	亙	亘	香港、台灣中間部分呈斜勢，筆畫有粘連；大陸中間部分為「日」。 💡 **注意**　「亘」為台灣異體字，「亙」為大陸異體字。
二部 9 畫 上下 jí qì　亟	亟	亟	香港、台灣部件「丅」，共三畫；大陸對應的部件為「了」，共兩畫。

香港	台灣	大陸	字形差異描述
人部 5畫 左右 rèn 刃	刃	刃	右部「刃」，香港、台灣「點」與「撇」相接，大陸「點」與「撇」相離。
人部 7畫 左右 nìng 佞	佞	佞	部件「女」，香港、台灣第三筆「橫」與第二筆「撇」相交，大陸第三筆「橫」與第二筆「撇」相接。
人部 7畫 左右 wǎ 佤	佤	佤	右部「瓦」，香港、台灣共五畫，「提」與第二筆「豎」相接；大陸共四畫，第二筆是「豎提」。 ✎ **書寫提示**　部件「瓦」，香港、台灣筆順不同。香港「提」為第五筆，台灣「提」為第三筆。
人部 7畫 左右 zhù 佇	佇	伫	香港、台灣右部為「宁」，大陸右部為「宀」。 💡 **注意**　「佇」為大陸異體字。
人部 9畫 左右 yǔ 俁	俁	俣	右部「吳」，香港、台灣下部為「吳」，首筆是「豎折折」，末筆是「捺點」；大陸下部為「天」，首筆是「橫」，末筆是「捺」。 💡 **注意**　具有相同部件「吳」的字：娛、虞、蜈、誤。
人部 9畫 左右 qí sì 俟	俟	俟	部件「矢」，香港、台灣末筆是「捺點」，大陸末筆是「捺」。 💡 **注意**　具有相同部件「矢」的字：矣、埃、唉、候、疾、喉、嫉、簇。
人部 10畫 左右 pái 俳	俳	俳	右部「非」，香港、台灣首筆是「豎撇」，第四筆是「提」；大陸首筆是「豎」，第四筆是「橫」。 💡 **注意**　具有相同部件「非」的字：匪、排、啡、悲、罪、輩、靠、靡。
人部 10畫 左右 wō 倭	倭	倭	①部件「禾」，香港、台灣末筆是「捺點」，大陸末筆是「捺」。②部件「女」，香港、台灣第三筆「橫」與第二筆「撇」相交，大陸第三筆「橫」與第二筆「撇」相接。
人部 10畫 左右 kǒng 倥	倥	倥	部件「穴」，香港、台灣最後兩筆為「撇、豎彎」，且與第三筆「橫鈎」相接；大陸最後兩筆為「撇、點」，且與第三筆「橫鈎」相離。
人部 11畫 左右 ruò 偌	偌	偌	右上部，香港、台灣為「艹」，「橫」與「豎」相交，共四畫；大陸為「艹」，「橫」連為一筆，共三畫。

香港	台灣	大陸	字形差異描述
人部 11畫 左右 yǎn 偃	偃	偃	右部「匽」：① 部件「女」，香港、台灣第三筆「橫」與第二筆「撇」相交，大陸第三筆「橫」與第二筆「撇」相接。② 香港、台灣末筆是「豎彎」，大陸末筆是「豎折」。
人部 11畫 左右 xié 偕	偕	偕	部件「比」，香港、台灣第三筆是「短橫」，大陸第三筆是「短撇」。 💡 注意　具有相同部件「比」的字：批、庇、屁、鹿、混、諧、麗、饞。
人部 11畫 左中右 shū 倏	倏	倏	香港、台灣右上部為「攵」，共四畫；大陸右上部為「夂」，共三畫。
人部 12畫 左右 kuǐ 傀	傀	傀	右部「鬼」，香港、台灣上部中「豎」與下部「撇」分為兩筆；大陸第六筆「豎撇」與第三筆「橫折」相接，「豎撇」為一筆。 ✏ 書寫提示　「鬼」及由其參與構造的字，香港、台灣都是先寫「撇」，然後寫「田」、「儿」和「厶」。
人部 12畫 左右 cāng 傖	傖	傖｜伧	右部「倉」，香港、台灣第三筆是「短橫」，大陸第三筆是「點」。
人部 13畫 左右 yǔ 傴	傴	傴｜伛	右部「區」，香港、台灣末筆是「豎彎」，大陸末筆是「豎折」。
人部 14畫 上下 bó 槃	槃	槃	上部「𣤑」，香港、台灣第三、九筆均是「橫折鈎」，大陸第三、九筆均是「橫折」。
人部 15畫 左右 jǐng 儆	儆	儆	部件「苟」，香港、台灣上部為「艹」，「橫」與「豎」相接，共四畫；大陸上部為「艹」，「橫」連為一筆，共三畫。
人部 15畫 左右 nóng 儂	儂	儂｜侬	部件「辰」，香港、台灣第三筆「橫」與第二筆「撇」相接，大陸第三筆「橫」與第二筆「撇」相離。
人部 15畫 左右 dān 儋	儋	儋	部件「产」，香港、台灣最後兩筆為「撇、豎彎」，大陸最後兩筆為「撇、點」。

二級字表

香港	台灣	大陸	字形差異描述
人部 22畫 左右 yǎn 儼	儼	儼｜俨	部件「貝」，香港、台灣上部為「橫、豎」兩筆，末筆「提」與第五筆「豎」相接，共八畫；大陸上部為「橫折」一筆，末筆「提」與第四筆「豎」相交，共七畫。
儿部 9畫 上下 yǎn 兊	兊	兖	香港、台灣部件「口」，共三畫；大陸對應的部件為「厶」，共兩畫。 💡 注意　「兊」為台灣異體字。 📄 小知識　「口」、「厶」關係密切。同為一個字，造字時有的用「口」，有的用「厶」，如：「兊、兖」，「鉤、鈎」。
宀部 10畫 上下 zhǒng 冡	冡	冢	部件「豕」，香港、台灣「點」與第四、五筆兩「撇」相交；大陸「點」與第四筆「撇」相交，與第五筆「撇」相離。 ✎ 書寫提示　下部是「豕」，不是「豖」。
宀部 16畫 上下 mì 幂	幂	幂	香港、台灣「冖」下有「艹」，大陸則沒有。 💡 注意　「幂」為台灣異體字，「幂」為大陸異體字。
刀部 11畫 左右 guǎ 剮	剮	剮｜剐	部件「冎」，香港、台灣內部為「橫、豎」兩筆，拐角扣右下方；大陸內部為「橫折」一筆，拐角扣左下方。
力部 15畫 左右 mài 勱	勱	勱｜劢	左部「萬」：①香港、台灣上部為「艹」，「橫」與「豎」相交，共四畫；大陸上部為「艹」，「橫」連為一筆，共三畫。②部件「禸」，香港、台灣第二筆「橫折鈎」與首筆「豎」相交，大陸第二筆「橫折鈎」與首筆「豎」相接。 💡 注意　具有相同部件「禸」的字：禹、寓、愚、遇、屬、踽、勵、齲。
匚部 5畫 半包圍 yí 匜	匜	匜	部件「也」，香港、台灣首筆是「橫折」，大陸首筆是「橫折鈎」。 💡 注意　具有相同部件「也」的字：他、地、池、弛、她、拖。
口部 6畫 左右 zhà 吒	吒	咤	香港、台灣右部為「乇」，大陸右部為「宅」。 💡 注意　「咤」為台灣異體字，「吒」為大陸異體字。
口部 7畫 左右 bǐ 吡	吡	吡	右部「比」，香港、台灣第三筆是「短橫」，大陸第三筆是「短撇」。 💡 注意　具有相同部件「比」的字：批、庇、屁、鹿、混、諧、麗。

二級字表

香港	台灣	大陸	字形差異描述
口部 8畫 左右 lìng 吟	吟	吟	右部「令」，香港、台灣第三筆是「短橫」，大陸第三筆是「點」。
口部 8畫 上下 jiù 咎	咎	咎	上部「处」，香港、台灣被包圍部分為「ㄥ」，首筆是「撇」，第二筆是「捺點」；大陸被包圍部分為「卜」，首筆是「豎」，第二筆是「點」。
口部 11畫 左右 shà 唼	唼	唼	部件「女」，香港、台灣第三筆「橫」與第二筆「撇」相交，大陸第三筆「橫」與第二筆「撇」相接。
口部 12畫 左右 nuò 喏	喏	喏	右上部，香港、台灣為「艹」，「橫」與「豎」相交，共四畫；大陸為「艹」，「橫」連為一筆，共三畫。
口部 12畫 左右 miāo 喵	喵	喵	右上部，香港、台灣為「艹」，「橫」與「豎」相交，共四畫；大陸為「艹」，「橫」連為一筆，共三畫。
口部 12畫 左右 jiē 喈	喈	喈	部件「比」，香港、台灣第三筆是「短橫」，大陸第三筆是「短撇」。 💡 **注意**　具有相同部件「比」的字：批、庇、屁、鹿、混、諧、麗。
口部 12畫 左右 yóng yú 喁	喁	喁	部件「冂」，香港、台灣第二筆「橫折鈎」與首筆「豎」相交，大陸第二筆「橫折鈎」與首筆「豎」相接。 💡 **注意**　具有相同部件「冂」的字：禹、寓、愚、遇、厲、踽、勱、齲。
口部 13畫 左右 dā 嗒	嗒	嗒	右上部，香港、台灣為「艹」，「橫」與「豎」相交，共四畫；大陸為「艹」，「橫」連為一筆，共三畫。
口部 13畫 左右 jiē 嗟	嗟	嗟	部件「羊」，香港、台灣第七筆「撇」與第六筆「橫」相接，「豎」、「撇」為兩筆；大陸第六筆「豎撇」與第三筆「橫」相接，「豎撇」為一筆。 💡 **注意**　具有相同部件「差」的字：嵯、槎、磋、蹉。
口部 14畫 左右 hē 嗬	嗬	嗬	右上部，香港、台灣為「艹」，「橫」與「豎」相交，共四畫；大陸為「艹」，「橫」連為一筆，共三畫。

香港	台灣	大陸	字形差異描述
口部 14畫 左右 áo 嗷	嗷	嗷	部件「敖」，香港、台灣上為「土」，下為「方」，共七畫；大陸為三「橫」一「豎」，最後兩筆為「橫折鈎、撇」，共六畫。
口部 14畫 左右 sǒu 嗾	嗾	嗾	部件「矢」，香港、台灣末筆是「捺點」，大陸末筆是「捺」。 💡 注意　具有相同部件「矢」的字：矣、埃、唉、候、疾、喉、嫉、簇。
口部 14畫 左右 tōng 嗵	嗵	嗵	香港、台灣部件「辶」，共四畫；大陸對應的部件為「辶」，共三畫。
口部 15畫 左右 shī xū 噓	噓	噓	① 部件「匕」，香港、台灣第二筆是「豎彎」，大陸第二筆是「豎彎鈎」。② 香港、台灣部件「业」左部為「豎折」，右部為「豎、橫」兩筆；大陸部件「业」左部為「點」，右部為一筆「撇」。 💡 注意　含部件「虍」的字，其中的「匕」寫法相同，如：虎、虔、墟、劇、慮、瘧、擄、獻。
口部 15畫 左右 pū 噗	噗	噗	部件「美」，香港、台灣末筆是「捺點」，大陸末筆是「捺」。
口部 15畫 左右 zuō 嘬	嘬	嘬	① 部件「曰」，香港、台灣最後兩筆「橫」與兩邊相離，大陸最後兩筆「橫」與兩邊相接。② 部件「耳」，香港、台灣末筆「提」與第三筆「豎」相接，大陸末筆「提」與第三筆「豎」相交。
口部 15畫 左右 m̄ 嘸	嘸	嘸|呒	右部「無」，香港、台灣四筆「豎」與第二筆「橫」相離；大陸四筆「豎」與第二筆「橫」相接。
口部 16畫 左右 xué 噱	噱	噱	部件「匕」，香港、台灣第二筆是「豎彎」，大陸第二筆是「豎彎鈎」。 💡 注意　含部件「虍」的字，其中的「匕」寫法相同，如：虎、虔、墟、劇、慮、瘧、擄、獻。
口部 16畫 左右 nóng 噥	噥	噥|哝	部件「辰」，香港、台灣第三筆「橫」與第二筆「撇」相接，大陸第三筆「橫」與第二筆「撇」相離。

香港	台灣	大陸	字形差異描述
口部 16畫 左右 qín 噙	噙	噙	部件「內」，香港、台灣「橫折鉤」與「豎」相交，大陸「橫折鉤」與「豎」相接。 ✍ **書寫提示** 大陸「噙」為十五畫。
口部 17畫 左右 hāo 噶	噶	噶	右上部，香港、台灣為「艹」，「橫」與「豎」相交，共四畫；大陸為「艹」，「橫」連為一筆，共三畫。
口部 17畫 左右 huō 嚄	嚄	嚄	右上部，香港、台灣為「艹」，「橫」與「豎」相接，共四畫；大陸為「艹」，「橫」連為一筆，共三畫。
口部 17畫 左右 rú 嚅	嚅	嚅	部件「而」，香港、台灣最後四筆姿態各異，大陸對應的四筆均是「短橫」。
口部 19畫 左右 lì 嚦	嚦	嚦｜呖	部件「禾」，香港、台灣末筆是「捺點」，大陸末筆是「捺」。
口部 19畫 左右 huò 嚯	嚯	嚯	部件「而」，香港、台灣最後四筆姿態各異，大陸對應的四筆均是「短橫」。
口部 20畫 左右 yīng 嚶	嚶	嚶｜嘤	部件「女」，香港、台灣第三筆「橫」與第二筆「撇」相交，大陸第三筆「橫」與第二筆「撇」相接。
口部 21畫 左右 niè 囁	囁	囁｜嗫	右部「聶」，香港、台灣下左部件末筆「提」與第三筆「豎」相接，大陸下左部件末筆「提」與第三筆「豎」相交。
口部 6畫 全包圍 nān 囡	囡	囡	部件「女」，香港、台灣第三筆「橫」與第二筆「撇」相交，大陸第三筆「橫」與第二筆「撇」相接。
口部 8畫 全包圍 líng 囹	囹	囹	部件「令」，香港、台灣第二筆是「捺點」，第三筆是「短橫」；大陸第二筆是「捺」，第三筆是「點」。
口部 11畫 全包圍 lún 圇	圇	圇｜囵	部件「侖」，香港、台灣第二筆是「捺點」，大陸第二筆是「捺」。

二級字表

香港	台灣	大陸	字形差異描述
土部 8畫 左右 chè 圻	圻	圻	右部「斤」，香港、台灣「點」與「豎」相接，大陸「點」與「豎」相交。 ✐ **書寫提示**　土部的字：部首「土」在構成左右結構的字時，通常位於左部，末筆作「提」。
土部 8畫 左右 dǐ 坁	坁	坁	右部「氐」，香港、台灣末筆是「短橫」，大陸末筆是「點」。 💡 **注意**　具有相同部件「氐」的字：低、抵、邸、底、柢、詆、骶。
土部 10畫 左右 chéng 埕	埕	埕	部件「壬」，香港、台灣首筆是「撇」，大陸首筆是「橫」。
土部 11畫 左右 niàn 埝	埝	埝	部件「今」，香港、台灣第三筆是「短橫」，大陸第三筆是「點」。 💡 **注意**　具有相同部件「今」的字：吟、含、念、捻、唸、貪、琴、黔。
土部 11畫 左右 dài 埭	埭	埭	右部「隶」，香港、台灣末筆是「捺點」，大陸末筆是「捺」。
土部 11畫 左右 sào 埽	埽	埽	部件「彐」，香港、台灣第二筆「橫」與首筆「橫折」相交，大陸第二筆「橫」與首筆「橫折」相接。 💡 **注意**　具有相同部件「彐」的字：急、浸、彗、掃、尋、煞、歸、穩。
土部 12畫 左右 yīn 堙	堙	堙	部件「西」，香港、台灣第四筆是「撇」，第五筆是「豎彎」；大陸第四、五筆均是「豎」。
土部 12畫 左右 guō 堝	堝	堝｜堝	部件「冎」，香港、台灣內部為「橫、豎」兩筆，拐角扣右下方；大陸內部為「橫折」一筆，拐角扣左下方。
土部 12畫 左右 duǒ 埵	埵	埵	右部「垂」，香港、台灣兩個部件「十」與上、下兩「橫」及中「豎」相離，底部末「橫」長；大陸第四筆「橫」為一筆，第五、六筆「豎」與之相交，底部末「橫」短。
土部 14畫 左右 màn 墁	墁	墁	部件「日」，香港、台灣最後兩筆「橫」與兩邊相離，大陸最後兩筆「橫」與兩邊相接。

二級字表

香港	台灣	大陸	字形差異描述
土部 14畫 左右 shāng 墒	墒	墒	部件「儿」，香港、台灣為「撇、豎彎」，且與上部相接；大陸為「撇、點」，且與上部相離。
土部 17畫 左右 xūn 壎	壎	塤|埙	香港、台灣右部為「熏」，大陸右部為「員」。 💡 **注意**　「壎」為大陸異體字。 📖 **小知識**　「壎」與「塤」，古代同音，都是形聲字，選用了不同的聲旁。是一種陶製的吹奏樂器。
土部 19畫 左右 lú 爐	爐	爐|垆	部件「七」，香港、台灣第二筆是「豎彎」，大陸第二筆是「豎彎鈎」。 💡 **注意**　含部件「虍」的字，其中的「七」寫法相同，如：虎、虔、墟、劇、慮、瘧、擄、獻。
大部 4畫 獨體 guài 夬	夬	夬	香港、台灣末筆是「捺點」，大陸末筆是「捺」。
大部 9畫 上下 huàn 奐	奐	奂	香港、台灣共九畫，末筆是「捺點」；大陸共七畫，末筆是「捺」。
大部 10畫 上中下 xī 奚	奚	奚	下部「大」，香港、台灣末筆是「捺點」，大陸末筆是「捺」。
大部 10畫 上下 zàng zhuǎng 奘	奘	奘	下部「大」，香港、台灣末筆是「捺點」，大陸末筆是「捺」。
大部 14畫 上下 lián 奩	奩	奩|奁	下部「區」，香港、台灣末筆是「豎彎」，大陸末筆是「豎折」。
女部 8畫 上下 qiè 妾	妾	妾	下部「女」，香港、台灣第三筆「橫」與第二筆「撇」相交，大陸第三筆「橫」與第二筆「撇」相接。
女部 12畫 上下 wù 婺	婺	婺	①部件「夂」，香港、台灣末筆是「捺點」，大陸末筆是「捺」。②下部「女」，香港、台灣第三筆「橫」與第二筆「撇」相交，大陸第三筆「橫」與第二筆「撇」相接。

二級字表

香港	台灣	大陸	字形差異描述
女部 13畫 左右 yìng	勝	勝	勝	部件「女」，香港、台灣第三筆「橫」與第二筆「撇」相交，大陸第三筆「橫」與第二筆「撇」相接。
女部 14畫 上下 lí	嫠	嫠	嫠	① 部件「夂」，香港、台灣末筆是「捺點」，大陸末筆是「捺」。② 部件「女」，香港、台灣第三筆「橫」與第二筆「撇」相交，大陸第三筆「橫」與第二筆「撇」相接。
女部 15畫 上下 xū	嬃	嬃	嬃|嬃	下部「女」，香港、台灣第三筆「橫」與第二筆「撇」相交，大陸第三筆「橫」與第二筆「撇」相接。
女部 16畫 上下 bì	嬖	嬖	嬖	下部「女」，香港、台灣第三筆「橫」與第二筆「撇」相交，大陸第三筆「橫」與第二筆「撇」相接。
女部 22畫 上下 luán	孌	孌	孌|娈	下部「女」，香港、台灣第三筆「橫」與第二筆「撇」相交，大陸第三筆「橫」與第二筆「撇」相接。
子部 17畫 左右 rú	孺	孺	孺	部件「雨」，香港、台灣最後四筆姿態各異，大陸對應的四筆均是「短橫」。
宀部 10畫 上下 chén	宸	宸	宸	部件「辰」，香港、台灣第三筆「橫」與第二筆「撇」相接，大陸第三筆「橫」與第二筆「撇」相離。
山部 6畫 左右 qǐ	屺	屺	屺	左部「山」，香港、台灣第二筆是「豎折」，大陸第二筆是「豎提」。
山部 7畫 左右 qí	岐	岐	岐	左部「山」，香港、台灣第二筆是「豎折」，大陸第二筆是「豎提」。
山部 7畫 左右 yá	岈	岈	岈	左部「山」，香港、台灣第二筆是「豎折」，大陸第二筆是「豎提」。
山部 7畫 上下 cén	岑	岑	岑	下部「今」，香港、台灣第三筆是「短橫」，大陸第三筆是「點」。 💡 注意　具有相同部件「今」的字：吟、含、念、捻、唸、貪、琴、黔。

二級字表

香港	台灣	大陸	字形差異描述
山部 8畫 左右 jiǎ 岬	岬	岬	左部「山」，香港、台灣第二筆是「豎折」，大陸第二筆是「豎提」。
山部 8畫 左右 xiù 岫	岫	岫	左部「山」，香港、台灣第二筆是「豎折」，大陸第二筆是「豎提」。
山部 8畫 左右 gǒu 岣	岣	岣	左部「山」，香港、台灣第二筆是「豎折」，大陸第二筆是「豎提」。
山部 8畫 左右 mín 岷	岷	岷	左部「山」，香港、台灣第二筆是「豎折」，大陸第二筆是「豎提」。
山部 9畫 左右 dòng tóng 峒	峒	峒	左部「山」，香港、台灣第二筆是「豎折」，大陸第二筆是「豎提」。
山部 9畫 左右 xún 峋	峋	峋	左部「山」，香港、台灣第二筆是「豎折」，大陸第二筆是「豎提」。
山部 10畫 左右 xiàn 峴	峴	峴|峴	左部「山」，香港、台灣第二筆是「豎折」，大陸第二筆是「豎提」。
山部 10畫 左右 yù 峪	峪	峪	左部「山」，香港、台灣第二筆是「豎折」，大陸第二筆是「豎提」。
山部 11畫 左右 lái 崍	崍	崍|崍	左部「山」，香港、台灣第二筆是「豎折」，大陸第二筆是「豎提」。
山部 11畫 左右 zhēng 崢	崢	峥	①左部「山」，香港、台灣第二筆是「豎折」，大陸第二筆是「豎提」。②右上部，香港、台灣為「⺈」，大陸為「⺀」。 ✎ **書寫提示**　大陸「峥」為九畫。

二級字表

香港	台灣	大陸	字形差異描述
山部 11畫 左右 kōng 崆	崆	崆	① 左部「山」，香港、台灣第二筆是「豎折」，大陸第二筆是「豎提」。② 部件「穴」，香港、台灣最後兩筆為「撇、豎彎」，且與第三筆「橫鈎」相接；大陸最後兩筆為「撇、點」，且與第三筆「橫鈎」相離。
山部 12畫 左右 chá 嵖	嵖	嵖	① 左部「山」，香港、台灣第二筆是「豎折」，大陸第二筆是「豎提」。② 部件「木」，香港、台灣末筆是「捺點」，大陸末筆是「捺」。
山部 12畫 上下 wǎi 嵗	嵗	嵗	部件「女」，香港、台灣第三筆「橫」與第二筆「撇」相交；大陸「橫」與「撇」相接。 ✎ **書寫提示**　「女」上「短橫」不能丟。
山部 12畫 左右 yú 嵎	嵎	嵎	① 左部「山」，香港、台灣第二筆是「豎折」，大陸第二筆是「豎提」。② 部件「冂」，香港、台灣第二筆「橫折鈎」與首筆「豎」相交，大陸第二筆「橫折鈎」與首筆「豎」相接。 💡 **注意**　具有相同部件「冂」的字：禹、寓、愚、遇、屬、踽、勵、齲。
山部 12畫 上下 lán 嵐	嵐	嵐｜岚	下部「風」，香港、台灣第三筆是「橫」，大陸第三筆是「撇」。
山部 12畫 左右 méi 嵋	嵋	嵋	左部「山」，香港、台灣第二筆是「豎折」，大陸第二筆是「豎提」。
山部 13畫 左右 zī 嵫	嵫	嵫	左部「山」，香港、台灣第二筆是「豎折」，大陸第二筆是「豎提」。
山部 13畫 左右 shèng 嵊	嵊	嵊	① 左部「山」，香港、台灣第二筆是「豎折」，大陸第二筆是「豎提」。② 部件「ﾉ」，香港、台灣「提」與「豎」相接，「提」出頭；大陸「提」與「豎」相接，「豎」出頭。③ 部件「匕」，香港、台灣為「橫、豎彎」，大陸為「撇、豎彎鈎」。
山部 13畫 上下 wéi 嵬	嵬	嵬	下部「鬼」，香港、台灣上部中「豎」與下部「撇」分為兩筆；大陸第六筆「豎撇」與第三筆「橫折」相接，「豎撇」為一筆。 ✎ **書寫提示**　「鬼」及由其參與構造的字，香港、台灣都是先寫「撇」，然後寫「田」、「儿」和「厶」。

二級字表

香港	台灣	大陸	字形差異描述
山部 13畫 左右 cuó 嵯	嵯	嵯	① 左部「山」，香港、台灣第二筆是「豎折」，大陸第二筆是「豎提」。② 部件「𦍌」，香港、台灣第七筆「撇」與第六筆「橫」相接，「豎」、「撇」為兩筆；大陸第六筆「豎撇」與第三筆「橫」相接，「豎撇」為一筆。 💡 注意　具有相同部件「差」的字：嗟、槎、磋、蹉。
山部 14畫 左右 zhàng 嶂	嶂	嶂	左部「山」，香港、台灣第二筆是「豎折」，大陸第二筆是「豎提」。
山部 15畫 左右 yáo 嶢	嶢	嶢｜峣	左部「山」，香港、台灣第二筆是「豎折」，大陸第二筆是「豎提」。
山部 15畫 左右 jiào qiáo 嶠	嶠	嶠｜峤	左部「山」，香港、台灣第二筆是「豎折」，大陸第二筆是「豎提」。
山部 15畫 左右 lín 嶙	嶙	嶙	① 左部「山」，香港、台灣第二筆是「豎折」，大陸第二筆是「豎提」。② 部件「米」，香港、台灣末筆是「捺點」，台灣結構疏散；大陸末筆是「捺」。 💡 注意　具有相同部件「粦」的字：憐、磷、鱗。
山部 15畫 左右 láo 嶗	嶗	嶗｜崂	左部「山」，香港、台灣第二筆是「豎折」，大陸第二筆是「豎提」。
山部 15畫 左右 dèng 嶝	嶝	嶝	左部「山」，香港、台灣第二筆是「豎折」，大陸第二筆是「豎提」。
山部 16畫 左右 yì 嶧	嶧	嶧｜峄	左部「山」，香港、台灣第二筆是「豎折」，大陸第二筆是「豎提」。
山部 17畫 上下 yí 嶷	嶷	嶷	部件「匕」，香港、台灣為「橫、豎彎」，大陸為「撇、豎彎鉤」。 💡 注意　具有相同部件「疑」的字：凝、擬、薿、礙。

二級字表

香港	台灣	大陸	字形差異描述
山部 20畫 左右 chán 巉	巉	巉	①左部「山」，香港、台灣第二筆是「豎折」，大陸第二筆是「豎提」。②部件「比」，香港、台灣第三筆是「短橫」，大陸第三筆是「短撇」。 💡 注意　具有相同部件「比」的字：批、庇、屁、鹿、混、諧、饞。
山部 21畫 上下 kuī 巋	巋	巋｜岿	部件「⇒」，香港、台灣第二筆「橫」與首筆「橫折」相交，大陸第二筆「橫」與首筆「橫折」相接。 💡 注意　具有相同部件「⇒」的字：急、浸、彗、掃、尋、歸。
巾部 14畫 左右 màn 幔	幔	幔	部件「曰」，香港、台灣最後兩筆「橫」與兩邊相離，大陸最後兩筆「橫」與兩邊相接。
巾部 15畫 左右 fú 幞	幞	幞	部件「美」，香港、台灣末筆是「捺點」，大陸末筆是「捺」。
巾部 15畫 左右 fān 幡	幡	幡	部件「釆」，香港、台灣末筆是「捺點」，大陸末筆是「捺」。 💡 注意　具有相同部件「番」的字：播、潘、審、蕃、蟠。
广部 12畫 半包圍 jiù 庪	庪	厩	①香港、台灣部首為「广」，共三畫；大陸部首為「厂」，共兩畫。②被包圍部分，香港、台灣右部為「皮」，大陸右部為「旡」。 💡 注意　「廄」為大陸異體字。
广部 14畫 半包圍 liào 廖	廖	廖	部件「羽」，香港、台灣第一、四筆均是「橫折鈎」，大陸第一、四筆均是「橫折」。
广部 15畫 半包圍 sī 廝	廝	厮	香港、台灣部首為「广」，共三畫；大陸部首為「厂」，共兩畫。 💡 注意　「厮」為台灣異體字，「廝」為大陸異體字。
广部 15畫 半包圍 chán 廛	廛	廛	部件「儿」，香港、台灣為「撇、豎彎」，且與上部相接；大陸為「撇、點」，且與上部相離。

香港	台灣	大陸	字形差異描述
广部 15畫 半包圍 wǔ 廡	廡	廡|庑	部件「無」，香港、台灣四筆「豎」與第二筆「橫」相離，大陸四筆「豎」與第二筆「橫」相接。
广部 16畫 半包圍 xiè 廨	廨	廨	部件「角」，香港、台灣「豎」向下不出頭，大陸「豎」向下出頭。 ✎ **書寫提示**　香港、台灣「角」中「豎」為第六筆，大陸「角」中「豎」為第七筆。
弋部 13畫 左右 shì 弒	弒	弑	香港、台灣左下部為「朮」，第二筆是「豎」，第四筆是「豎彎」，共五畫；大陸左下部為「术」，第二筆是「豎鈎」，第四筆是「點」，共四畫。
彐部 11畫 上下 huì 彗	彗	彗	下部「彐」，香港、台灣第二筆「橫」與首筆「橫折」相交，大陸第二筆「橫」與首筆「橫折」相接。 💡 **注意**　具有相同部件「彐」的字：急、浸、掃、尋。
彡部 9畫 半包圍 yàn 彥	彥	彦	香港、台灣第四筆「點」與第三筆「撇」相交，大陸第四筆「撇」與第三筆「點」相離。 ✎ **書寫提示**　香港、台灣第三、四筆與大陸筆順不同。香港、台灣為先「撇」後「點」，大陸為先「點」後「撇」。
彳部 15畫 左中右 zhǐ 徵	徵	徵	部件「壬」，香港、台灣首筆是「撇」，第四筆是「提」；大陸第一、四筆均是「橫」。
心部 7畫 左右 niǔ 忸	忸	忸	右部「丑」，香港、台灣第三筆「橫」與首筆「橫折」相交，大陸第三筆「橫」與首筆「橫折」相接。
心部 8畫 左右 chù 怵	怵	怵	右部「朮」，香港、台灣結構疏散，第四筆是「豎彎」；大陸結構緊湊，第四筆是「捺」。
心部 8畫 左右 yàng 怏	怏	怏	右部「央」，香港、台灣末筆是「捺點」，大陸末筆是「捺」。
心部 10畫 上下 nèn 恁	恁	恁	部件「壬」，香港、台灣首筆是「橫」，大陸首筆是「撇」。

香港	台灣	大陸	字形差異描述
心部 11畫 左右 wǎng　惘	惘	惘	部件「亡」，香港、台灣末筆是「豎彎」，大陸末筆是「豎折」。
心部 11畫 左右 fěi　悱	悱	悱	右部「非」，香港、台灣首筆是「豎撇」，第四筆是「提」；大陸首筆是「豎」，第四筆是「橫」。 💡 注意　具有相同部件「非」的字：匪、排、啡、悲、罪、輩、靠、靡。
心部 11畫 左右 jì　悸	悸	悸	部件「禾」，香港、台灣末筆是「捺點」，大陸末筆是「捺」。
心部 13畫 左右 chuàng　愴	愴	愴|怆	右部「倉」，香港、台灣第三筆是「短橫」，大陸第三筆是「點」。
心部 14畫 上下 què　愨	愨	愨|悫	①香港、台灣上左部為「吉」，大陸上左部為「壳」。②上右部，香港、台灣末筆是「捺點」，大陸末筆是「捺」。 ✎ 書寫提示　大陸「愨」為十五畫。
心部 14畫 左右 òu　慪	慪	慪|怄	右部「區」，香港、台灣末筆是「豎彎」，大陸末筆是「豎折」。
心部 15畫 上下 tè　蟘	蟘	蟘	上部「匿」：①部件「若」，香港、台灣上部為「艹」，「橫」與「豎」相交，共四畫；大陸上部為「艹」，「橫」連為一筆，共三畫。②香港、台灣末筆是「豎彎」，大陸末筆是「豎折」。
心部 15畫 左右 wǔ　憮	憮	憮|怃	右部「無」，香港、台灣四筆「豎」與第二筆「橫」相離，大陸四筆「豎」與第二筆「橫」相接。
心部 17畫 上下 mào　懋	懋	懋	上部「楙」，香港、台灣末筆是「捺點」，大陸末筆是「捺」。
心部 18畫 上下 mèn　懣	懣	懣|懑	部件「滿」，香港、台灣右下內部兩個部件為「人」，第二筆是「捺」；大陸右下內部兩個部件為「入」，第二筆是「捺點」。

香港	台灣	大陸	字形差異描述
心部 19畫 左右 měng 懵	懵	懵	香港、台灣右上部為「⺍」，「橫」與「豎」相接，共四畫；大陸右上部為「艹」，「橫」連為一筆，共三畫。
心部 21畫 左右 shè 懾	懾	懾|慑	右部「聶」，香港、台灣下左部件末筆「提」與第三筆「豎」相接，大陸下左部件末筆「提」與第三筆「豎」相交。
戈部 13畫 左右 kān 戡	戡	戡	左部「甚」：①部件「儿」，香港、台灣為「撇、豎彎」，且與上部相接；大陸為「撇、點」，且與上部相離。②香港、台灣末筆是「豎彎」，大陸末筆是「豎折」。
戈部 13畫 左右 jí 戢	戢	戢	香港、台灣左下部為「耳」，首筆「橫」不與右邊部件相接，末筆「提」與第三筆「豎」相接；大陸左下部為「耳」，首筆「橫」貫穿左右兩邊，末筆「提」與第三筆「豎」相交。
戈部 14畫 左右 jiǎn 戩	戩	戩	香港、台灣左上部為「亞」，大陸左上部為「亚」。
戈部 14畫 左右 qiāng qiàng 戧	戧	戧|戗	左部「倉」，香港、台灣第三筆是「短橫」，大陸第三筆是「點」。
戈部 15畫 左右 lù 戮	戮	戮	部件「羽」，香港、台灣第一、四筆均是「橫折鈎」，大陸第一、四筆均是「橫折」。 🔍 辨析　「戮」與「勠」。二字字形相近，字義有別，如「殺戮」、「勠力同心」。
手部 7畫 左右 jué 抉	抉	抉	右部「夬」，香港、台灣末筆是「捺點」，大陸末筆是「捺」。
手部 12畫 左右 yé 揶	揶	揶	部件「耳」，香港、台灣末筆「提」與第三筆「豎」相接，大陸末筆「提」與第三筆「豎」相交。
手部 12畫 左右 zhā 揸	揸	揸	部件「木」，香港、台灣末筆是「捺點」，大陸末筆是「捺」。

二級字表

香港	台灣	大陸	字形差異描述
手部 12畫 左右 yà 揠	揠	揠	右部「匽」：① 部件「女」，香港、台灣第三筆「橫」與第二筆「撇」相交，大陸第三筆「橫」與第二筆「撇」相接。② 香港、台灣末筆是「豎彎」，大陸末筆是「豎折」。
手部 13畫 左右 chá 搽	搽	搽	① 右上部，香港、台灣為「艹」，「橫」與「豎」相交，共四畫；大陸為「艹」，「橫」連為一筆，共三畫。② 部件「木」，香港、台灣第二筆是「豎」，大陸第二筆是「豎鈎」，台灣、大陸結構疏散。 💡 **注意**　具有相同部件「木」的字：茶、條、寨。
手部 13畫 左右 chuāi 摋	摋	摋	右部「虒」：① 部件「七」，香港、台灣第二筆是「豎彎」，大陸第二筆是「豎彎鈎」。② 香港、台灣最後兩筆為「儿」，大陸最後兩筆為「几」。 💡 **注意**　含部件「虍」的字，其中的「七」寫法相同，如：虎、虔、墟、劇、慮、瘧、攎、獻。
手部 15畫 左右 zǔn 撙	撙	撙	部件「酋」，香港、台灣內部的「橫」與兩邊相離，大陸內部的「橫」與兩邊相接。 💡 **注意**　具有相同部件「酋」的字：猶、尊、奠、樽、遵、擲。
手部 15畫 左右 xián 撏	撏	撏|撏	部件「彐」，香港、台灣第二筆「橫」與首筆「橫折」相交，大陸第二筆「橫」與首筆「橫折」相接。 💡 **注意**　具有相同部件「彐」的字：急、浸、彗、掃、尋、煞、歸。
手部 16畫 左右 tà 撻	撻	撻|挞	香港、台灣部件「辶」，共四畫；大陸對應的部件為「辶」，共三畫。
手部 16畫 左右 wō 撾	撾	撾|挝	① 部件「冎」，香港、台灣內部是「橫、豎」兩筆，拐角扣右下方；大陸內部是「橫折」一筆，拐角扣左下方。② 香港、台灣部件「辶」，共四畫；大陸對應的部件為「辶」，共三畫。
手部 17畫 左右 zhuó 擢	擢	擢	部件「羽」，香港、台灣第一、四筆均是「橫折鈎」，大陸第一、四筆均是「橫折」。

二級字表

香港	台灣	大陸	字形差異描述
手部 18畫 左右 shū 攄	攄	攄｜攄	部件「匕」，香港、台灣第二筆是「豎彎」，大陸第二筆是「豎彎鈎」。 💡 注意　含部件「虍」的字，其中的「匕」寫法相同，如：虎、虔、壚、劇、慮、瘧、攄、獻。
手部 19畫 左右 huō 擭	擭	擭	部件「雈」，香港、台灣最後四筆姿態各異，大陸對應的四筆均是「短橫」。
手部 20畫 左右 yīng 攖	攖	攖｜攖	部件「女」，香港、台灣第三筆「橫」與第二筆「撇」相交，大陸第三筆「橫」與第二筆「撇」相接。
手部 21畫 左右 cuān 攛	攛	攛｜攛	① 部件「穴」，香港、台灣最後兩筆為「撇、豎彎」，且與第三筆「橫鈎」相接；大陸最後兩筆為「撇、點」，且與第三筆「橫鈎」相離。 ② 部件「毌」，香港、台灣中間四筆是「短橫」，大陸對應的四筆是「點」。
攴部 11畫 左右 áo 敖	敖	敖	左部「放」，香港、台灣上為「士」，下為「方」，共七畫；大陸為三「橫」一「豎」，最後兩筆為「橫折鈎、撇」，共六畫。
文部 12畫 上下 fěi 斐	斐	斐	上部「非」，香港、台灣首筆是「豎撇」，第四筆是「提」；大陸首筆是「豎」，第四筆是「橫」。 💡 注意　具有相同部件「非」的字：匪、排、啡、悲、罪、輩、靠、靡。
斗部 11畫 左右 hú 斛	斛	斛	左部「角」，香港、台灣「豎」向下不出頭，大陸「豎」向下出頭。 ✎ 書寫提示　香港、台灣「角」中「豎」為第六筆，大陸「角」中「豎」為第七筆。
日部 8畫 左右 yún 昀	昀	昀	右部「勻」，香港、台灣最後兩筆均是「橫」，大陸最後兩筆是「點、提」。 💡 注意　具有相同部件「勻」的字：均、鈞、筠。
日部 10畫 上下 yàn 晏	晏	晏	部件「女」，香港、台灣第三筆「橫」與第二筆「撇」相交，大陸第三筆「橫」與第二筆「撇」相接。

二級字表

香港	台灣	大陸	字形差異描述
日部 11畫 左右 hán 晗	晗	晗	部件「今」，香港、台灣第三筆是「短橫」，大陸第三筆是「點」。 💡 **注意** 具有相同部件「今」的字：吟、含、念、捻、唸、貪、琴、黔。
日部 12畫 上下 guǐ 暠	暠	暠	部件「𠫔」，香港、台灣被包圍部分為「厸」，首筆是「撇」，第二筆是「捺點」；大陸被包圍部分為「卜」，首筆是「豎」，第二筆是「點」。
日部 15畫 左右 nì 暱	暱	昵	香港、台灣右部為「匿」，大陸右部為「尼」。 💡 **注意** 「暱」為大陸異體字。 📄 **小知識** 「暱」與「昵」都是形聲字，「匿」、「尼」聲相近。
日部 16畫 上下 tán 曇	曇	曇|昙	部件「雨」，香港、台灣最後四筆姿態各異，大陸對應的四筆均是「短橫」。
日部 16畫 半包圍 xiān 暹	暹	暹	香港、台灣部件「辶」，共四畫；大陸對應的部件為「辶」，共三畫。
日部 18畫 左右 yào 曜	曜	曜	部件「羽」，香港、台灣第一、四筆均是「橫折鈎」，大陸第一、四筆均是「橫折」。
月部 10畫 左右 zhèn 朕	朕	朕	右部「关」，香港、台灣末筆是「捺點」，大陸末筆是「捺」。
木部 8畫 左右 pí 枇	枇	枇	右部「比」，香港、台灣第三筆是「短橫」，大陸第三筆是「短撇」。 ✏️ **書寫提示** 木部的字：部首「木」在構成左右結構的字時，通常位於左部，末筆作「點」。
木部 8畫 上下 yǎo 杳	杳	杳	上部「木」，香港、台灣末筆是「捺點」，大陸末筆是「捺」。
木部 8畫 左右 chǒu niǔ 杻	杻	杻	右部「丑」，香港、台灣第三筆「橫」與首筆「橫折」相交，大陸第三筆「橫」與首筆「橫折」相接。

二級字表

香港	台灣	大陸	字形差異描述
木部 9畫 左右 tuò 柝	柝	柝	右部「斥」，香港、台灣末筆「點」與「豎」相接，大陸末筆「點」與「豎」相交。
木部 9畫 左右 dǐ 柢	柢	柢	右部「氐」，香港、台灣末筆是「短橫」，大陸末筆是「點」。 💡 **注意**　具有相同部件「氐」的字：低、抵、邸、底、詆、骶。
木部 10畫 左右 ān 桉	桉	桉	部件「女」，香港、台灣第三筆「橫」與第二筆「撇」相交，大陸第三筆「橫」與第二筆「撇」相接。
木部 11畫 上下 fàn 梵	梵	梵	上部「林」，香港、台灣末筆是「捺點」，大陸末筆是「捺」。
木部 11畫 左右 tǐng tìng 梃	梃	梃	部件「壬」，香港、台灣底「橫」稍長，大陸底「橫」稍短。 ✏️ **書寫提示**　大陸「梃」為十畫。
木部 11畫 左右 zhī 梔	梔	梔	右部被包圍部分，香港、台灣「宀」下為「巴」，大陸「宀」下為「㔾」。 💡 **注意**　「栀」為台灣異體字，「梔」為大陸異體字。
木部 11畫 左右 jué 梷	梷	梷	右部「角」，香港、台灣「豎」向下不出頭，大陸「豎」向下出頭。 ✏️ **書寫提示**　香港、台灣「角」中「豎」為第六筆，大陸「角」中「豎」為第七筆。
木部 12畫 上下 fēn 棻	棻	棻	①上部，香港、台灣為「⺿」，「橫」與「豎」相交，共四畫；大陸為「⺾」，「橫」連為一筆，共三畫。②部件「刀」，香港、台灣第二筆是「撇」，大陸第二筆是「撇點」。③部件「木」，香港、台灣末筆是「捺點」，台灣結構疏散；大陸末筆是「捺」。
木部 12畫 左右 dì 棣	棣	棣	右部「隶」，香港、台灣末筆是「捺點」，大陸末筆是「捺」。
木部 13畫 左右 zhā 楂	楂	楂	部件「木」，香港、台灣末筆是「捺點」，大陸末筆是「捺」。

二級字表

香港	台灣	大陸	字形差異描述
木部 13畫 左右 chuí 棰	棰	棰	右部「垂」，香港、台灣兩個部件「十」與上、下兩「橫」及中「豎」相離，底部末「橫」長；大陸第四筆「橫」為一筆，第五、六筆「豎」與之相交，底部末「橫」短。
木部 14畫 左右 fěi 榧	榧	榧	部件「非」，香港、台灣首筆是「豎撇」，第四筆是「提」；大陸首筆是「豎」，第四筆是「橫」。 💡 注意 具有相同部件「非」的字：匪、排、啡、悲、罪、輩、靠、靡。
木部 14畫 左右 xiè 榭	榭	榭	部件「身」，香港、台灣最後兩筆「提、撇」相接，「撇」出頭；大陸最後兩筆「橫、撇」相接，「撇」不出頭。 ✏️ 書寫提示 左右結構的字，「木」作為部首，末筆通常是「點」。
木部 14畫 左右 chuí 槌	槌	槌	香港、台灣部件「辶」，共四畫；大陸對應的部件為「辶」，共三畫。
木部 14畫 左右 chá 槎	槎	槎	部件「䒑」，香港、台灣第七筆「撇」與第六筆「橫」相接，「豎」、「撇」為兩筆；大陸第六筆「豎撇」與第三筆「橫」相接，「豎撇」為一筆。 💡 注意 具有相同部件「差」的字：嗟、嵯、磋、蹉。
木部 15畫 左右 lián 槤	槤	槤|槤	香港、台灣部件「辶」，共四畫；大陸對應的部件為「辶」，共三畫。
木部 15畫 左右 chū 樗	樗	樗	部件「雨」，香港、台灣最後四筆姿態各異，大陸對應的四筆均是「短橫」。
木部 15畫 左右 hú 槲	槲	槲	部件「角」，香港、台灣「豎」向下不出頭，大陸「豎」向下出頭。 ✏️ 書寫提示 香港、台灣「角」中「豎」為第六筆，大陸「角」中「豎」為第七筆。
木部 15畫 左右 guǒ 椁	椁	椁	① 右部，香港、台灣有部件「阝」，大陸則沒有。② 部件「孑」，香港、台灣末筆是「提」，大陸末筆是「橫」。 💡 注意 「椁」為大陸異體字。

香港	台灣	大陸	字形差異描述
木部 15畫 上下 fán 樊	樊	樊	下部「大」，香港、台灣末筆是「捺點」，大陸末筆是「捺」。
木部 16畫 左右 qiāo 橇	橇	橇	右部「毳」，香港、台灣下左部件末筆是「豎彎鈎」，大陸下左部件末筆是「豎提」。
木部 16畫 左右 zūn 樽	樽	樽	部件「酉」，香港、台灣內部的「橫」與兩邊相離，大陸內部的「橫」與兩邊相接。 💡 注意　具有相同部件「酉」的字：猶、尊、奠、遵。
木部 17畫 左右 chēng 檉	檉	檉\柽	① 部件「耳」，香港、台灣末筆「提」與第三筆「豎」相接，大陸末筆「提」與第三筆「豎」相交。② 部件「壬」，香港、台灣首筆是「撇」，大陸首筆是「橫」。
木部 17畫 左右 qín 檎	檎	檎	部件「內」，香港、台灣「橫折鈎」與「豎」相交，大陸「橫折鈎」與「豎」相接。 ✎ 書寫提示　大陸「檎」為十六畫。
木部 19畫 左右 lú 櫚	櫚	櫚\榈	部件「呂」，香港、台灣上、下兩個部件「口」之間有「撇」相接，大陸上下兩個部件「口」相離。 ✎ 書寫提示　大陸「榈」為十八畫。
木部 20畫 左右 lì 櫪	櫪	櫪\枥	部件「秝」，香港、台灣末筆是「捺點」，大陸末筆是「捺」。
木部 20畫 左右 lú 櫨	櫨	櫨\栌	部件「七」，香港、台灣第二筆是「豎彎」，大陸第二筆是「豎彎鈎」。 💡 注意　含部件「虍」的字，其中的「七」寫法相同，如：虎、虔、墟、劇、慮、瘧、攄、獻。
木部 28畫 左右 líng 欞	欞	欞\棂	部件「叕」，香港、台灣最後四筆姿態各異，大陸對應的四筆均是「短橫」。
欠部 13畫 左右 shà 歃	歃	歃	左部「臿」，香港、台灣首筆是「橫」，大陸首筆是「撇」。

二級字表

香港	台灣	大陸	字形差異描述
歹部 8畫 左右 mò 殁	殁	殁	香港、台灣右上部為「勹」，大陸右上部為「几」。
歹部 13畫 左右 jí 殛	殛	殛	右部「亟」，香港、台灣部件「丁」，共三畫；大陸對應的部件為「了」，共兩畫。
比部 9畫 上下 bì 毞	毞	毞	上部「比」，香港、台灣第三筆是「短橫」，大陸第三筆是「短撇」。
比部 9畫 左右 pí 毗	毗	毗	右部「比」，香港、台灣第三筆是「短橫」，大陸第三筆是「短撇」。
毛部 12畫 上下 cuì 毳	毳	毳	下左部件「毛」，香港、台灣末筆是「豎彎鉤」，大陸末筆是「豎提」。
氏部 5畫 獨體 dī dǐ 氐	氐	氐	香港、台灣末筆是「短橫」，大陸末筆是「點」。 💡 **注意**　具有相同部件「氐」的字：低、抵、邸、底、柢、詆、骶。
气部 9畫 半包圍 dōng 氡	氡	氡	部件「冬」，香港、台灣第三筆是「捺點」，大陸第三筆是「捺」。
水部 8畫 左右 shù 沭	沭	沭	右部「朮」，香港、台灣結構疏散，第四筆是「豎彎」；大陸結構緊湊，第四筆是「捺」。
水部 8畫 左右 yāng 泱	泱	泱	右部「央」，香港、台灣末筆是「捺點」，大陸末筆是「捺」。
水部 8畫 左右 líng 泠	泠	泠	右部「令」，香港、台灣第三筆是「短橫」，大陸第三筆是「點」。
水部 10畫 左右 cén 涔	涔	涔	部件「今」，香港、台灣第三筆是「短橫」，大陸第三筆是「點」。 💡 **注意**　具有相同部件「今」的字：吟、含、念、捻、唸、貪、琴、黔。

香港	台灣	大陸	字形差異描述
水部 11畫 左右 zhuō 涿	涿	涿	右部「豕」，香港、台灣「點」與第四、五筆兩「撇」相交；大陸「點」與第四筆「撇」相交，與第五筆「撇」相離。 ✎ **書寫提示**　右部是「豕」，不是「豖」。
水部 11畫 左右 xián 涎	涎	涎	部件「止」，香港、台灣最後兩筆是「豎、橫」，大陸對應的是一筆「豎折」。 ✎ **書寫提示**　「延」及由其構成的字，香港、台灣筆畫都比大陸多兩筆；大陸第四筆是「豎折」，不能斷為一「豎」一「橫」。
水部 11畫 左右 féi 淝	淝	淝	部件「月」，香港、台灣內部為「點、提」，大陸內部為兩「橫」。
水部 11畫 左右 lù 渌	渌	渌	右部「录」：① 香港、台灣上部為「ㄐ」，大陸上部為「ㅋ」。② 下部「氺」，香港、台灣末筆是「捺點」，大陸末筆是「捺」。
水部 12畫 左右 zhàn 湛	湛	湛	右部「甚」：① 部件「儿」，香港、台灣為「撇、豎彎」，且與上部相接；大陸為「撇、點」，且與上部相離。② 香港、台灣末筆是「豎彎」，大陸末筆是「豎折」。
水部 12畫 左右 yān 湮	湮	湮	部件「西」，香港、台灣第四筆是「撇」，第五筆是「豎彎」；大陸第四、五筆均是「豎」。
水部 12畫 左右 fēng 渢	渢	渢|沨	右部「風」，香港、台灣第三筆是「橫」，大陸第三筆是「撇」。
水部 12畫 左右 wéi 溈	溈	溈|沩	右部，香港、台灣為「為」，首筆是「點」，第三筆「橫折」與第二筆「撇」相交；大陸為「爲」，上部為「⺥」，第六筆「橫折」與第五筆「撇」相接。 💡 **注意**　「溈」為台灣異體字。 ✎ **書寫提示**　大陸「溈」為十五畫。
水部 13畫 左右 pǔ 溥	溥	溥	部件「甫」，香港、台灣第三筆是「橫折鉤」，大陸第三筆是「橫折」。 💡 **注意**　具有相同部件「甫」的字：博、傅、搏、膊、敷、縛。

二級字表

香港	台灣	大陸	字形差異描述
水部 13畫 左右 rù 溽	溽	溽	部件「辰」，香港、台灣第三筆「橫」與第二筆「撇」相接，末筆是「捺點」；大陸第二筆「撇」到整字底，第三筆「橫」與第二筆「撇」相離，末筆是「捺」。
水部 13畫 左右 xiù 潪	潪	潪	部件「八」，香港、台灣第三筆是「捺點」，大陸第三筆是「捺」。
水部 14畫 左右 mǎng 漭	漭	漭	右上部，香港、台灣為「䒑」，「橫」與「豎」相交，共四畫；大陸為「艹」，「橫」連為一筆，共三畫。
水部 14畫 左右 lián 漣	漣	漣｜涟	香港、台灣部件「辶」，共四畫；大陸對應的部件為「辶」，共三畫。
水部 14畫 左右 òu 漚	漚	漚｜沤	右部「區」，香港、台灣末筆是「豎彎」，大陸末筆是「豎折」。
水部 14畫 左右 hū 滹	滹	滹	部件「七」，香港、台灣末筆是「豎彎」，大陸末筆是「豎彎鈎」。 💡 **注意** 含部件「虍」的字，其中的「七」寫法相同，如：虎、虔、墟、劇、慮、瘧、擄、獻。
水部 14畫 左右 lù 漉	漉	漉	部件「比」，香港、台灣第三筆是「短橫」，大陸第三筆是「短撇」。 💡 **注意** 具有相同部件「比」的字：批、庇、屁、鹿、混、諧、麗。
水部 15畫 左右 yǐng 潁	潁	潁｜颍	部件「匕」，香港、台灣為「橫、豎彎」，大陸為「撇、豎彎鈎」。 🔍 **辨析**「潁」和「穎」。二字都是形聲字，聲旁均為「頃」，形旁對應的分別是「水」、「禾」。二字整體字形相似，要避免寫錯。「潁」用於地名；「穎」用於表示才能出眾等。
水部 15畫 左右 gǎn 澉	澉	澉	部件「𠃌」，香港、台灣上部為「橫、豎」兩筆，末筆「提」與第五筆「豎」相接，共八畫；大陸上部為「橫折」一筆，末筆「提」與第四筆「豎」相交，共七畫。

香港	台灣	大陸	字形差異描述
水部 15畫 左右 xún 潯	潯	潯｜潯	部件「⋻」，香港、台灣第二筆「橫」與首筆「橫折」相交，大陸第二筆「橫」與首筆「橫折」相接。 💡 **注意**　具有相同部件「⋻」的字：急、浸、彗、掃、尋、歸。
水部 16畫 左右 miǎn 湎	湎	湎｜湎	右部「黽」，香港、台灣中「豎」下部與「豎彎鈎」底部相離，大陸中「豎」下部與「豎彎鈎」底部相接。
水部 16畫 左右 dàn tán 澹	澹	澹	部件「⺁」，香港、台灣最後兩筆為「撇、豎彎」，大陸最後兩筆為「撇、點」。
水部 16畫 左右 xiè 澥	澥	澥	部件「角」，香港、台灣「豎」向下不出頭，大陸「豎」向下出頭。 ✐ **書寫提示**　香港、台灣「角」中「豎」為第六筆，大陸「角」中「豎」為第七筆。
水部 17畫 左右 rú 濡	濡	濡	部件「帀」，香港、台灣最後四筆姿態各異，大陸對應的四筆均是「短橫」。
水部 17畫 左右 pú 濮	濮	濮	部件「美」，香港、台灣末筆是「捺點」，大陸末筆是「捺」。
水部 17畫 左右 zhuó 濯	濯	濯	部件「羽」，香港、台灣第一、四筆均是「橫折鈎」，大陸第一、四筆均是「橫折」。
水部 18畫 左右 zhū 豬	豬	豬	香港、台灣部件「豕」，大陸對應的部件為「犭」。
水部 19畫 左右 lài 瀨	瀨	瀨｜瀨	右部「賴」，香港、台灣右上部為「刀」，大陸右上部為「⺈」。 💡 **注意**　具有相同部件「賴」的字：懶、獺、癩、籟。
水部 19畫 左右 lú 瀘	瀘	瀘｜泸	部件「匕」，香港、台灣末筆是「豎彎」，大陸末筆是「豎彎鈎」。 💡 **注意**　含部件「虍」的字，其中的「匕」寫法相同，如：虎、虔、墟、劇、慮、瘧、擄、獻。

香港	台灣	大陸	字形差異描述
水部 24畫 左右 bà	灞	灞	灞	部件「雨」，香港、台灣最後四筆姿態各異，大陸對應的四筆均是「短橫」。
水部 31畫 左右 yàn	灩	灩	灔|滟	香港、台灣部件「盍」，大陸對應的部件為「色」。
火部 8畫 左右 quē	炔	炔	炔	右部「夬」，香港、台灣末筆是「捺點」，大陸末筆是「捺」。 ✏ **書寫提示**　火部的字：部首「火」在構成左右結構的字時，通常位於左部，末筆作「點」。
火部 11畫 左右 hán	焓	焓	焓	部件「今」，香港、台灣第三筆是「短橫」，大陸第三筆是「點」。
火部 12畫 左右 kūn	焜	焜	焜	部件「比」，香港、台灣第三筆是「短橫」，大陸第三筆是「短撇」。 💡 **注意**　具有相同部件「比」的字：批、庇、屁、鹿、混、諧。
火部 12畫 上下 yàn	焱	焱	焱	上部「火」，香港、台灣末筆是「捺點」，大陸末筆是「捺」。 ✏ **書寫提示**　「品」字形結構的字，三部分大小有別，上最大，左下最小，右下略大。通常左下末筆變形，給右下讓出空間。如：淼、犇、焱等。
火部 14畫 左右 qiàng	熗	熗	熗|炝	右部「倉」，香港、台灣第三筆是「短橫」，大陸第三筆是「點」。
火部 14畫 左右 tuì	熄	熄	熄	香港、台灣部件「辶」，共四畫；大陸對應的部件為「辶」，共三畫。
火部 15畫 左右 jiǒng	熲	熲	熲|颎	部件「匕」，香港、台灣為「橫、豎彎」，大陸為「撇、豎彎鈎」。
火部 15畫 左右 ǒu	熰	熰	熰|伛	右部「區」，香港、台灣末筆是「豎彎」，大陸末筆是「豎折」。

二級字表

香港	台灣	大陸	字形差異描述
火部 15畫 左右 shāng 熵	熵	熵	部件「儿」，香港、台灣為「撇、豎彎」，且與上部相接；大陸為「撇、點」，且與上部相離。
火部 15畫 左右 yì 熠	熠	熠	部件「羽」，香港、台灣第一、四筆均是「橫折鈎」，大陸第一、四筆均是「橫折」。
火部 15畫 左右 tēng 熥	熥	熥	香港、台灣部件「辶」，共四畫；大陸對應的部件為「辶」，共三畫。
火部 16畫 左右 yè 燁	燁	燁|烨	右部「華」：①香港、台灣上部為「艹」，「橫」與「豎」相交，共四畫；大陸上部為「艹」，「橫」連為一筆，共三畫。②香港、台灣中部兩個部件「十」與上、下兩「橫」及中「豎」相離，大陸第五筆「橫」為一筆，第六、七筆「豎」與之相交。③香港、台灣下部末「橫」短，大陸下部末「橫」長。
火部 16畫 左右 fán 燔	燔	燔	部件「釆」，香港、台灣末筆是「捺點」，大陸末筆是「捺」。 💡 **注意**　具有相同部件「番」的字：播、幡、潘、審、蕃、蟠。
火部 16畫 左右 dùn 燉	燉	炖	香港、台灣右部為「敦」，大陸右部為「屯」。
火部 17畫 左右 suì 燧	燧	燧	香港、台灣部件「辶」，共四畫；大陸對應的部件為「辶」，共三畫。
火部 29畫 上中下 cuàn 爨	爨	爨	香港、台灣上中部為「𦥑」，大陸上中部為「同」。 ✎ **書寫提示**　大陸「爨」為三十畫。
牛部 7畫 左右 māng 牤	牤	牤	右部「亡」，香港、台灣末筆是「豎彎」，大陸末筆是「豎折」。 ✎ **書寫提示**　牛部的字：部首「牛」在構成左右結構的字時，通常位於左部，末筆作「提」。

二級字表

香港	台灣	大陸	字形差異描述
牛部 15畫 上下 máo　犛	犛	牦	香港、台灣為「犛」，大陸為「牦」。 💡 **注意**　「犛」為大陸異體字。
牛部 15畫 上下 jiàng　犟	犟	犟	香港、台灣部件「厶」，大陸對應的部件為「口」。 ✎ **書寫提示**　大陸「犟」為十六畫。
犬部 12畫 左右 chá　猹	猹	猹	部件「木」，香港、台灣末筆是「捺點」，大陸末筆是「捺」。
犬部 13畫 左右 yóu　猶	猶	猶	左部「酋」，香港、台灣內部的「橫」與兩邊相離，大陸內部的「橫」與兩邊相接。 💡 **注意**　具有相同部件「酋」的字：猶、尊、奠、樽。
犬部 13畫 左右 sūn　猻	猻	猻|狲	部件「系」，香港、台灣第二筆「撇折」與首筆「撇」相離，大陸第二筆「撇折」與首筆「撇」相接。
犬部 15畫 上下 áo　獒	獒	獒	① 部件「耂」，香港、台灣上為「耂」，下為「方」，共七畫；大陸為三「橫」一「豎」，最後兩筆為「橫折鈎、撇」，共六畫。② 下部「犬」，香港、台灣第三筆是「捺點」，大陸第三筆是「捺」。
犬部 16畫 左右 xiè　獬	獬	獬	部件「角」，香港、台灣「豎」向下不出頭，大陸「豎」向下出頭。 ✎ **書寫提示**　香港、台灣「角」中「豎」為第六筆，大陸「角」中「豎」為第七筆。
犬部 17畫 左右 měng　獴	獴	獴	右上部，香港、台灣為「艹」，「橫」與「豎」相交，共四畫；大陸為「艹」，「橫」連為一筆，共三畫。
犬部 19畫 左右 tǎ　獺	獺	獺|獭	右部「賴」，香港、台灣右上部為「刀」，大陸右上部為「𠂇」。 💡 **注意**　具有相同部件「賴」的字：懶、瀨、癩、籟。
犬部 21畫 左右 huān　獾	獾	獾	右上部，香港、台灣為「艹」，「橫」與「豎」相接，共四畫；大陸為「艹」，「橫」連為一筆，共三畫。

二級字表

香港	台灣	大陸	字形差異描述
玉部 8畫 左右 jué 玨	玨	玨	香港、台灣右部為「王」，共三畫；大陸右部為「玉」，共四畫。 💡 注意 「珏」為台灣異體字。 ✎ 書寫提示 玉部的字：「𤣩」是斜玉旁，不是王字旁，末筆為「提」。
玉部 8畫 左右 pín 玭	玭	玭	右部「比」，香港、台灣第三筆是「短橫」，大陸第三筆是「短撇」。
玉部 8畫 左右 jué 玦	玦	玦	右部「夬」，香港、台灣末筆是「捺點」，大陸末筆是「捺」。
玉部 11畫 左右 xiù 琇	琇	琇	部件「禾」，香港、台灣末筆是「捺點」，大陸末筆是「捺」。
玉部 12畫 上下 pí 琵	琵	琵	①上左部件「𤣩」，香港、台灣末筆是「提」，大陸末筆是「橫」。②下部「比」，香港、台灣第三筆是「短橫」，大陸第三筆是「短撇」。
玉部 12畫 上下 pá 琶	琶	琶	上左部件「𤣩」，香港、台灣末筆是「提」，大陸末筆是「橫」。
玉部 12畫 左右 hǔ 琥	琥	琥	右部「虎」：①部件「虍」，香港、台灣末筆是「豎彎」，大陸末筆是「豎彎鉤」。②香港、台灣最後兩筆為「儿」，大陸最後兩筆為「几」。 💡 注意 含部件「虍」的字，其中的「七」寫法相同，如：虎、虔、墟、劇、慮、瘧、攄、獻。
玉部 12畫 左右 kūn 琨	琨	琨	部件「比」，香港、台灣第三筆是「短橫」，大陸第三筆是「短撇」。 💡 注意 具有相同部件「比」的字：批、庇、屁、鹿、混、諧、麗、饞。
玉部 12畫 左右 chēng 琤	琤	琤	香港、台灣右上部為「爫」，大陸右上部為「ㄅ」。 ✎ 書寫提示 大陸「琤」為十畫。
玉部 12畫 左右 fà 琺	琺	珐	右部，香港、台灣有部件「氵」，大陸則沒有。 💡 注意 「珐」為台灣異體字，「琺」為大陸異體字。

香港	台灣	大陸	字形差異描述
玉部 12畫 左右 chēn　琛	琛	琛	部件「冗」，香港、台灣末筆是「豎彎」，大陸末筆是「點」。
玉部 13畫 左右 yīng　瑛	瑛	瑛	右部「英」：①上部，香港、台灣為「艹」，「橫」與「豎」相交，共四畫；大陸為「艹」，「橫」連為一筆，共三畫。②下部，香港、台灣末筆是「捺點」，大陸末筆是「捺」。
玉部 15畫 左右 áo　璈	璈	璈	部件「丮」，香港、台灣上為「士」，下為「方」，共七畫；大陸為三「橫」一「豎」，最後兩筆為「橫折鈎、撇」，共六畫。
玉部 15畫 左右 liǎn　璉	璉	璉|琏	香港、台灣部件「辶」，共四畫；大陸對應的部件為「辶」，共三畫。
玉部 16畫 左右 pú　璞	璞	璞	部件「美」，香港、台灣末筆是「捺點」，大陸末筆是「捺」。
玉部 16畫 左右 fán　璠	璠	璠	部件「釆」，香港、台灣末筆是「捺點」，大陸末筆是「捺」。 💡 注意　具有相同部件「番」的字：播、幡、潘、審、蕃、蟠。
玉部 16畫 左右 lín　璘	璘	璘	部件「米」，香港、台灣末筆是「捺點」，大陸末筆是「捺」。 💡 注意　具有相同部件「粦」的字：嶙、憐、磷、鱗。
玉部 16畫 左右 jī　璣	璣	璣|玑	部件「戍」，香港、台灣第二筆「撇」與首筆「橫」相接，大陸第二筆「撇」與首筆「橫」相交。
玉部 17畫 左右 qú　璩	璩	璩	部件「匕」，香港、台灣末筆是「豎彎」，大陸末筆是「豎彎鈎」。 💡 注意　含部件「虍」的字，其中的「匕」寫法相同，如：虎、虔、墟、劇、慮、瘧、攄、獻。
玉部 19畫 上下 wèn　璺	璺	璺	香港、台灣上中部為「冊」，大陸上中部為「冊」。 ✏️ 書寫提示　大陸「璺」為二十畫。

香港	台灣	大陸	字形差異描述
玉部 21畫 左右 yīng 瓔	瓔	瓔｜瓔	部件「女」，香港、台灣第三筆「橫」與第二筆「撇」相交，大陸第三筆「橫」與第二筆「撇」相接。
玉部 22畫 左右 guàn 瓘	瓘	瓘	右上部，香港、台灣為「⺿」，「橫」與「豎」相接，共四畫；大陸為「艹」，「橫」連為一筆，共三畫。
瓦部 10畫 左右 líng 瓴	瓴	瓴	①左部「令」，香港、台灣第三筆是「短橫」，大陸第三筆是「點」。②右部「瓦」，香港、台灣共五畫，「提」與第二筆「豎」相接；大陸共四畫，第二筆是「豎提」。 ✎ **書寫提示** 瓦部的字：部件「瓦」，香港、台灣筆順不同。香港「提」為第五筆，台灣「提」為第三筆。
瓦部 13畫 左右 bù 瓿	瓿	瓿	右部「瓦」，香港、台灣共五畫，「提」與第二筆「豎」相接；大陸共四畫，第二筆是「豎提」。
瓦部 14畫 左右 zhēn 甄	甄	甄	①部件「西」，香港、台灣第四筆是「撇」，第五筆是「豎彎」；大陸第四、五筆均是「豎」。②右部「瓦」，香港、台灣共五畫，「提」與第二筆「豎」相接；大陸共四畫，第二筆是「豎提」。
瓦部 16畫 上中下 méng 甍	甍	甍	①上部，香港、台灣為「⺿」，「橫」與「豎」相接，共四畫；大陸為「艹」，「橫」連為一筆，共三畫。②下部「瓦」，香港、台灣共五畫，「提」與第二筆「豎」相接；大陸共四畫，第二筆是「豎提」。
瓦部 16畫 左右 ōu 甌	甌	甌｜瓯	①左部「區」，香港、台灣末筆是「豎彎」，大陸末筆是「豎折」。②右部「瓦」，香港、台灣共五畫，「提」與第二筆「豎」相接；大陸四畫，第二筆是「豎提」。
瓦部 17畫 上下 bèng 甏	甏	甏	下部「瓦」，香港、台灣共五畫，「提」與第二筆「豎」相接；大陸共四畫，第二筆是「豎提」。

香港	台灣	大陸	字形差異描述
瓦部 18畫 上下 wèng **甕**	**甕**	**瓮**	① 上部，香港、台灣為「雍」，大陸為「公」。 ② 下部「瓦」，香港、台灣共五畫，「提」與第二筆「豎」相接；大陸共四畫，第二筆是「豎提」。 💡 **注意** 「甕」為大陸異體字。
疒部 13畫 半包圍 zhú **瘃**	**瘃**	**瘃**	部件「豕」，香港、台灣「點」與第四、五筆兩「撇」相交；大陸「點」與第四筆「撇」相交，與第五筆「撇」相離。 ✎ **書寫提示** 被包圍部分是「豕」，不是「豖」。
疒部 13畫 半包圍 fèi **痱**	**痱**	**痱**	部件「非」，香港、台灣首筆是「豎撇」，第四筆是「提」；大陸首筆是「豎」，第四筆是「橫」。
疒部 13畫 半包圍 wěi **痿**	**痿**	**痿**	① 部件「禾」，香港、台灣末筆是「捺點」，大陸末筆是「捺」。② 部件「女」，香港、台灣第三筆「橫」與第二筆「撇」相交，大陸第三筆「橫」與第二筆「撇」相接。
疒部 13畫 半包圍 kē **疴**	**疴**	**疴**	被包圍部分，香港、台灣有部件「阝」，大陸則沒有。 💡 **注意** 「疴」為台灣異體字，「痾」為大陸異體字。
疒部 14畫 半包圍 hóu **瘊**	**瘊**	**瘊**	部件「矢」，香港、台灣末筆是「捺點」，大陸末筆是「捺」。 💡 **注意** 具有相同部件「矢」的字：矣、埃、唉、候、疾、喉、嫉、簇。
疒部 15畫 半包圍 bān **瘢**	**瘢**	**瘢**	部件「舟」，香港、台灣「提」與「橫折鈎」相交，大陸「橫」與「橫折鈎」相接。
疒部 15畫 半包圍 sào **瘙**	**瘙**	**瘙**	被包圍部分，香港、台灣上部為「叉」，共四畫；大陸上部為「又」，共三畫。
疒部 16畫 半包圍 mò **瘼**	**瘼**	**瘼**	部件「莫」：① 香港、台灣上部為「艹」，「橫」與「豎」相交，共四畫；大陸上部為「艹」，「橫」連為一筆，共三畫。② 部件「大」，香港、台灣末筆是「捺點」，大陸末筆是「捺」。
疒部 16畫 半包圍 chōu **瘳**	**瘳**	**瘳**	部件「羽」，香港、台灣第一、四筆均是「橫折鈎」，大陸第一、四筆均是「橫折」。

二級字表

香港	台灣	大陸	字形差異描述
疒部 18畫 半包圍 lì 癘	癘	癘|疬	部件「萬」：①香港、台灣上部為「艹」,「橫」與「豎」相交,共四畫;大陸上部為「艹」,「橫」連為一筆,共三畫。②部件「冂」,香港、台灣第二筆「橫折鈎」與首筆「豎」相交,大陸第二筆「橫折鈎」與首筆「豎」相接。 💡 **注意** 具有相同部件「冂」的字:禹、寓、愚、遇、屬、踽、齲。
疒部 21畫 半包圍 lài 癩	癩	癩|癞	部件「賴」,香港、台灣右上部為「刀」,大陸右上部為「𠂉」。 💡 **注意** 具有相同部件「賴」的字:懶、瀨、獺、籟。
疒部 21畫 半包圍 lì 癧	癧	癧|疬	部件「秝」,香港、台灣末筆是「捺點」,大陸末筆是「捺」。
疒部 22畫 半包圍 yǐng 癭	癭	癭|瘿	部件「女」,香港、台灣第三筆「橫」與第二筆「撇」相交,大陸第三筆「橫」與第二筆「撇」相接。
白部 17畫 左右 pó 嶓	嶓	嶓	部件「釆」,香港、台灣末筆是「捺點」,大陸末筆是「捺」。 💡 **注意** 具有相同部件「番」的字:播、幡、潘、審、蕃、蟠。
皿部 10畫 上下 àng 盎	盎	盎	上部「央」,香港、台灣末筆是「捺點」,大陸末筆是「捺」。
皿部 10畫 上下 hé 盉	盉	盉	上部「禾」,香港、台灣末筆是「捺點」,大陸末筆是「捺」。
目部 16畫 上中下 méng 瞢	瞢	瞢	上部,香港、台灣為「艹」,「橫」與「豎」相接,共四畫;大陸為「艹」,「橫」連為一筆,共三畫。
目部 16畫 左右 kōu 瞘	瞘	瞘|眍	右部「區」,香港、台灣末筆是「豎彎」,大陸末筆是「豎折」。

二級字表

香港	台灣	大陸	字形差異描述
目部 17畫 左右 kàn 瞰	瞰	瞰	部件「𦣝」，香港、台灣上部為「橫、豎」兩筆，末筆「提」與第五筆「豎」相接，共八畫；大陸上部為「橫折」一筆，末筆「提」與第四筆「豎」相交，共七畫。
矛部 9畫 左右 jīn 矜	矜	矜	右部「今」，香港、台灣第三筆是「短橫」，大陸第三筆是「點」。 💡 **注意** 具有相同部件「今」的字：吟、含、念、捻、唸、貪、琴、黔。
石部 9畫 左右 pī 砒	砒	砒	右部「比」，香港、台灣第三筆是「短橫」，大陸第三筆是「短撇」。 💡 **注意** 具有相同部件「比」的字：批、庇、屁、鹿、混、諧、麗、饞。
石部 10畫 左右 dǐ 砥	砥	砥	右部「氐」，香港、台灣末筆是「短橫」，大陸末筆是「點」。 💡 **注意** 具有相同部件「氐」的字：低、抵、邸、底、柢、詆、骶。
石部 11畫 左右 ài 砹	砹	砹	右上部，香港、台灣為「⺿」，「橫」與「豎」相交，共四畫；大陸為「艹」，「橫」連為一筆，共三畫。
石部 12畫 左右 máng 硭	硭	硭	①右上部，香港、台灣為「⺿」，「橫」與「豎」相交，共四畫；大陸為「艹」，「橫」連為一筆，共三畫。②部件「亡」，香港、台灣末筆是「豎彎」，大陸末筆是「豎折」。
石部 14畫 左右 chā chá 碴	碴	碴	部件「朩」，香港、台灣末筆是「捺點」，大陸末筆是「捺」。
石部 14畫 左右 fēng 颮	颮	颮|飑	右部「風」，香港、台灣第三筆是「橫」，大陸第三筆是「撇」。
石部 15畫 左右 cuō 磋	磋	磋	部件「𦍌」，香港、台灣第七筆「撇」與第六筆「橫」相接，「豎」、「撇」為兩筆；大陸第六筆「豎撇」與第三筆「橫」相接，「豎撇」為一筆。 💡 **注意** 具有相同部件「差」的字：嗟、嵯、槎、蹉。

香港	台灣	大陸	字形差異描述
石部 15畫 上下 pán 磐	磐	磐	部件「舟」，香港、台灣「提」與「橫折鈎」相交，大陸「橫」與「橫折鈎」相接。
石部 17畫 左右 qiāo 磽	磽	磽｜硗	部件「垚」，香港、台灣下右部部件為「㇏」，大陸下右部部件為「㇒」。
石部 17畫 左右 jī 磯	磯	磯｜矶	部件「戈」，香港、台灣第二筆「撇」與首筆「橫」相接，大陸第二筆「撇」與首筆「橫」相交。
石部 20畫 左右 lì 礪	礪	礪｜砺	部件「萬」：① 香港、台灣上部為「艹」，「橫」與「豎」相交，共四畫；大陸上部為「艹」，「橫」連為一筆，共三畫。② 部件「禸」，香港、台灣第二筆「橫折鈎」與首筆「豎」相交，大陸第二筆「橫折鈎」與首筆「豎」相接。 💡 **注意**　具有相同部件「禸」的字：禹、寓、愚、遇、厲、踽、齲。
石部 22畫 左右 bó 礴	礴	礴	① 右上部，香港、台灣為「艹」，「橫」與「豎」相交，共四畫；大陸為「艹」，「橫」連為一筆，共三畫。② 部件「甫」，香港、台灣第三筆是「橫折鈎」，大陸第三筆是「橫折」。 💡 **注意**　具有相同部件「甫」的字：博、傅、搏、膊、敷、縛、薄、簿。
示部 9畫 左右 fú 祓	祓	祓	右部「犮」，香港、台灣第三、四筆為「乂」，大陸第三、四筆為「㇇」。 📖 **小知識**　示部的字：從「礻（示）」的漢字，多與鬼神、祭祀等有關，如：祉、祈、祝、祿、福等；從「衤（衣）」的漢字，多與衣物、布料等有關，如：衫、被、裙、褥、褲等。形旁是「衤」，還是「礻」，要區分清楚。
示部 9畫 左右 zhī 祗	祗	祗	右部「氐」，香港、台灣末筆是「短橫」，大陸末筆是「點」。 💡 **注意**　具有相同部件「氐」的字：低、抵、邸、底、柢、詆、骶。
内部 9畫 獨體 yú 禺	禺	禺	部件「禸」，香港、台灣第二筆「橫折鈎」與首筆「豎」相交，大陸第二筆「橫折鈎」與首筆「豎」相接。 💡 **注意**　具有相同部件「禸」的字：禹、寓、愚、遇、厲、踽、齲。

二級字表

香港	台灣	大陸	字形差異描述
禾部 9畫 左右 bǐ 秕	秕	秕	右部「比」，香港、台灣第三筆是「短橫」，大陸第三筆是「短撇」。 💡 **注意**　具有相同部件「比」的字：批、庇、屁、鹿、混、諧、麗、饞。 ✏️ **書寫提示**　禾部的字：部首「禾」在構成左右結構的字時，通常位於左部，末筆作「點」。
禾部 10畫 左右 shú 秫	秫	秫	右部「朮」，香港、台灣結構疏散，第四筆是「豎彎」；大陸結構緊湊，第四筆是「捺」。
禾部 13畫 左右 rěn 稔	稔	稔	部件「今」，香港、台灣第三筆是「短橫」，大陸第三筆是「點」。 💡 **注意**　具有相同部件「今」的字：吟、含、念、捻、唸、貪、琴、黔。
禾部 18畫 左右 nóng 穠	穠	穠|秾	部件「辰」，香港、台灣第三筆「橫」與第二筆「撇」相接，大陸第三筆「橫」與第二筆「撇」相離。
穴部 8畫 上下 qióng 穹	穹	穹	上部「穴」，香港、台灣最後兩筆為「撇、豎彎」，且與第三筆「橫鈎」相接；大陸最後兩筆為「撇、點」，且與第三筆「橫鈎」相離。
穴部 10畫 上下 yǎo 窈	窈	窈	上部「穴」，香港、台灣最後兩筆為「撇、豎彎」，且與第三筆「橫鈎」相接；大陸最後兩筆為「撇、點」，且與第三筆「橫鈎」相離。
穴部 11畫 上下 tiǎo 窕	窕	窕	上部「穴」，香港、台灣最後兩筆為「撇、豎彎」，且與第三筆「橫鈎」相接；大陸最後兩筆為「撇、點」，且與第三筆「橫鈎」相離。
穴部 13畫 上下 kē 窠	窠	窠	上部「穴」，香港、台灣最後兩筆為「撇、豎彎」，且與第三筆「橫鈎」相接；大陸最後兩筆為「撇、點」，且與第三筆「橫鈎」相離。
穴部 13畫 上下 sū 窣	窣	窣	上部「穴」，香港、台灣最後兩筆為「撇、豎彎」，且與第三筆「橫鈎」相接；大陸最後兩筆為「撇、點」，且與第三筆「橫鈎」相離。
穴部 14畫 上下 yīn 窨	窨	窨	上部「穴」，香港、台灣最後兩筆為「撇、豎彎」，且與第三筆「橫鈎」相接；大陸最後兩筆為「撇、點」，且與第三筆「橫鈎」相離。

二級字表

香港	台灣	大陸	字形差異描述
穴部 15畫 上下 yǔ 窳	窳	窳	上部「穴」，香港、台灣最後兩筆為「撇、豎彎」，且與第三筆「橫鈎」相接；大陸最後兩筆為「撇、點」，且與第三筆「橫鈎」相離。
穴部 16畫 上下 xī 窸	窸	窸	① 上部「穴」，香港、台灣最後兩筆為「撇、豎彎」，且與第三筆「橫鈎」相接；大陸最後兩筆為「撇、點」，且與第三筆「橫鈎」相離。 ② 部件「釆」，香港、台灣末筆是「捺點」，大陸末筆是「捺」。
竹部 12畫 上下 quán 筌	筌	筌	下部「全」，香港、台灣首兩筆為「人」，大陸首兩筆為「人」。
竹部 13畫 上下 jūn yún 筠	筠	筠	部件「勻」，香港、台灣最後兩筆均是「橫」，大陸最後兩筆是「點、提」。 💡 注意 具有相同部件「勻」的字：均、昀、鈞。
竹部 14畫 上下 yán 筵	筵	筵	部件「止」，香港、台灣最後兩筆是「豎、橫」，大陸對應的是一筆「豎折」。 ✎ 書寫提示 「延」及由其構成的字，香港、台灣筆畫都比大陸多兩筆；大陸第四筆是「豎折」，不能斷為一「豎」一「橫」。
竹部 14畫 上下 kōng 箜	箜	箜	部件「穴」，香港、台灣最後兩筆為「撇、豎彎」，且與第三筆「橫鈎」相接；大陸最後兩筆為「撇、點」，且與第三筆「橫鈎」相離。
竹部 15畫 上下 ruò 箬	箬	箬	下部「若」，香港、台灣上部為「艹」，「橫」與「豎」相交，共四畫；大陸上部為「艹」，「橫」連為一筆，共三畫。
竹部 15畫 上下 hóu 篌	篌	篌	部件「矢」，香港、台灣末筆是「捺點」，大陸末筆是「捺」。 💡 注意 具有相同部件「矢」的字：矣、埃、候、喉、簇。
竹部 16畫 上下 bì 篦	篦	篦	部件「比」，香港、台灣第三筆是「短橫」，大陸第三筆是「短撇」。 💡 注意 具有相同部件「比」的字：批、庇、屁、鹿、混、諧。

二級字表

香港	台灣	大陸	字形差異描述
竹部 16畫 上下 chí　篪	篪	篪	下部「虒」：① 部件「匕」，香港、台灣第二筆是「豎彎」，大陸第二筆是「豎彎鈎」。② 香港、台灣最後兩筆為「儿」，大陸最後兩筆為「几」。 💡 **注意**　含部件「虍」的字，其中的「匕」寫法相同，如：虎、虔、墟、劇、慮、瘧、擄、獻。
竹部 17畫 上中下 guǐ　簋	簋	簋	部件「艮」，香港、台灣末筆是「捺點」，大陸末筆是「捺」。
竹部 22畫 上下 lài　籟	籟	籟｜籁	下部「賴」，香港、台灣右上部為「刀」，大陸右上部為「𠂊」。 💡 **注意**　具有相同部件「賴」的字：懶、瀨、獺、癩。
竹部 22畫 上下 lù　籙	籙	籙｜箓	部件「彔」：① 香港、台灣上部為「彑」，大陸上部為「彐」。② 下部「氺」，香港、台灣末筆是「捺點」，大陸末筆是「捺」。
米部 16畫 左右 qiǔ　糗	糗	糗	部件「犬」，香港、台灣第三筆是「捺點」，大陸第三筆是「捺」。
米部 17畫 左右 jiàng　糨	糨	糨	右部「強」，香港、台灣右上部為「厶」，大陸右上部為「口」。 ✏️ **書寫提示**　大陸「糨」為十八畫。
米部 21畫 左右 lì　糲	糲	糲｜粝	部件「萬」：① 香港、台灣上部為「艹」，「橫」與「豎」相交，共四畫；大陸上部為「艹」，「橫」連為一筆，共三畫。② 部件「凵」，香港、台灣第二筆「橫折鈎」與首筆「豎」相交，大陸第二筆「橫折鈎」與首筆「豎」相接。 💡 **注意**　具有相同部件「凵」的字：禹、寓、愚、遇、厲、踽、齲。
米部 25畫 左右 tiào　糶	糶	糶｜粜	部件「羽」，香港、台灣第一、四筆均是「橫折鈎」，大陸第一、四筆均是「橫折」。 🔍 **辨析**　「糶」與「糴」。「糶」左上為「出」，意為賣糧食；「糴」左上為「入」，意為買糧食。
糸部 9畫 左右 wán　紈	紈	紈｜纨	右部「丸」，香港、台灣「點」與「撇」相接，第二筆是「橫折彎鈎」；大陸「點」與「撇」相交，第二筆是「橫斜鈎」。 ✏️ **書寫提示**　糸部的字：部首「糹」獨立位於左部時，通常作「糹」，如：糾、紅、紗、緞等；位於下部時，通常作「糸」，如：素、索、緊、繁等。

香港	台灣	大陸	字形差異描述
糸部 10畫 左右 rèn 紝	紝	紝｜纴	右部「壬」，香港、台灣首筆是「橫」，大陸首筆是「撇」。
糸部 10畫 左右 pī 紕	紕	紕｜纰	右部「比」，香港、台灣第三筆是「短橫」，大陸第三筆是「短撇」。 💡 注意　具有相同部件「比」的字：批、庇、屁、鹿、混、諧。
糸部 11畫 左右 fú 紱	紱	紱｜绂	右部「犮」，香港、台灣第三、四筆為「ㄨ」，大陸第三、四筆為「ㄨ」。
糸部 13畫 左中右 tāo 絛	絛	縧｜绦	①左部，大陸有部件「糹」，香港、台灣則沒有。②右上部，香港、台灣為「夂」，共四畫；大陸為「夂」，共三畫。③右下部，香港、台灣為「糸」，大陸為「朩」。 💡 注意　「縧」為台灣異體字，「絛」為大陸異體字。
糸部 13畫 左右 suí 綏	綏	綏｜绥	部件「女」，香港、台灣第三筆「橫」與第二筆「撇」相交，大陸第三筆「橫」與第二筆「撇」相接。
糸部 14畫 左右 fēi 緋	緋	緋｜绯	右部「非」，香港、台灣首筆是「豎撇」，第四筆是「提」；大陸首筆是「豎」，第四筆是「橫」。 💡 注意　具有相同部件「非」的字：匪、排、啡、悲、罪、輩、靠、靡。
糸部 14畫 左右 gǔn 緄	緄	緄｜绲	部件「比」，香港、台灣第三筆是「短橫」，大陸第三筆是「短撇」。 💡 注意　具有相同部件「比」的字：批、庇、屁、鹿、混、諧。
糸部 14畫 左右 liǔ 綹	綹	綹｜绺	右上部「夂」，香港、台灣被包圍部分為「ㄥ」，首筆是「撇」，第二筆是「捺點」；大陸被包圍部分為「卜」，首筆是「豎」，第二筆是「點」。
糸部 15畫 左右 gōu 緱	緱	緱｜缑	部件「矢」，香港、台灣末筆是「捺點」，大陸末筆是「捺」。 💡 注意　具有相同部件「矢」的字：矣、埃、唉、候、疾、喉、嫉、簇。

二級字表

香港	台灣	大陸	字形差異描述
糸部 16畫 左右 jìn　縉	縉	縉|缙	香港、台灣右上部為「茲」，大陸右上部為「亞」。
糸部 16畫 左右 rù　縟	縟	縟|缛	部件「辰」，香港、台灣第三筆「橫」與第二筆「撇」相接，末筆是「捺點」；大陸第二筆「撇」到整字底，第三筆「橫」與第二筆「撇」相離，末筆是「捺」。
糸部 16畫 左右 zhuì　縋	縋	縋|缒	香港、台灣部件「辶」，共四畫；大陸對應的部件為「辶」，共三畫。
糸部 17畫 左右 màn　縵	縵	縵|缦	部件「曰」，香港、台灣最後兩筆「橫」與兩邊相離，大陸最後兩筆「橫」與兩邊相接。
糸部 17畫 左右 lí　縭	縭	縭|缡	部件「禸」，香港、台灣「橫折鈎」與「豎」相交，大陸「橫折鈎」與「豎」相接。 ✎ **書寫提示**　大陸「縭」為十六畫。
糸部 17畫 左右 miào miù móu　繆	繆	繆|缪	部件「羽」，香港、台灣第一、四筆均是「橫折鈎」，大陸第一、四筆均是「橫折」。
糸部 18畫 左右 shàn　繕	繕	繕|缮	右部「善」，香港、台灣上部為「羊」，「豎」向下不出頭；大陸上部為「羊」，「豎」向下出頭。 💡 **注意**　具有相同部件「善」的字：鄯、膳、蟮、鱔。 ✎ **書寫提示**　香港、台灣「羊」中「豎」為第五筆，大陸「羊」中「豎」為第六筆。
糸部 20畫 左右 qiǎn　繾	繾	繾|缱	香港、台灣部件「辶」，共四畫；大陸對應的部件為「辶」，共三畫。
糸部 23畫 左右 yīng　纓	纓	纓|缨	部件「女」，香港、台灣第三筆「橫」與第二筆「撇」相交，大陸第三筆「橫」與第二筆「撇」相接。

二級字表

香港	台灣	大陸	字形差異描述
缶部 11畫 左右 bō 缽	缽	鉢|钵	香港、台灣左部為「缶」，大陸左部為「釒」。 💡 注意　「缽」為香港、台灣異體字，「鉢」為大陸異體字。 🔍 辨析　「缽」與「鉢」。二字都是形聲字，形旁或為「缶」，強調義類；或為「金」，強調材質，關注的重點不同。
缶部 17畫 左右 xià 罅	罅	罅	① 左部「缶」，香港、台灣第五筆是「豎折」，大陸第五筆是「豎提」。② 部件「乚」，香港、台灣末筆是「豎彎」，大陸末筆是「豎彎鈎」。 💡 注意　含部件「虍」的字，其中的「乚」寫法相同，如：虎、虔、墟、劇、慮、瘧、攄、獻。
网部 8畫 半包圍 wǎng 罔	罔	罔	部件「亡」，香港、台灣末筆是「豎彎」，大陸末筆是「豎折」。
羊部 8畫 上下 qiāng 羌	羌	羌	香港、台灣第七筆「撇」與第六筆「橫」相接，「豎」、「撇」為兩筆；大陸第六筆「豎撇」與第三筆「橫」相接，「豎撇」為一筆。
羊部 15畫 左右 tāng 羰	羰	羰	部件「灰」，香港、台灣「撇」與「橫」相接，大陸「撇」與「橫」相交。
羽部 9畫 上下 yì 羿	羿	羿	上部「羽」，香港、台灣第一、四筆均是「橫折鈎」，大陸第一、四筆均是「橫折」。 🔍 辨析　大陸部件「羽」，在上下結構的字中處於上部時，作「羽」，第一、四筆無鈎，如：翌、翼等；在半包圍結構、左右結構的字中，或在上下結構的字中處於下部時，作「羽」，第一、四筆有鈎，如：翅、扇、翎、翩、翁、翦等。
羽部 11畫 左右 líng 翎	翎	翎	左部「令」，香港、台灣第三筆是「短橫」，大陸第三筆是「點」。
羽部 11畫 上下 yì 翌	翌	翌	上部「羽」，香港、台灣第一、四筆均是「橫折鈎」，大陸第一、四筆均是「橫折」。 🔍 辨析　大陸部件「羽」，在上下結構的字中處於上部時，作「羽」，第一、四筆無鈎，如：翌、翼等；在半包圍結構、左右結構的字中，或在上下結構的字中處於下部時，作「羽」，第一、四筆有鈎，如：翅、扇、翎、翩、翁、翦等。

二級字表

二級字表

香港	台灣	大陸	字形差異描述
羽部 14畫 上下 fěi 翡	翡	翡	上部「非」，香港、台灣首筆是「豎撇」，第四筆是「提」；大陸首筆是「豎」，第四筆是「橫」。 💡 **注意**　具有相同部件「非」的字：匪、排、啡、悲、罪、輩、靠、靡。
羽部 14畫 上下 dí zhái 翟	翟	翟	上部「羽」，香港、台灣第一、四筆均是「橫折鈎」，大陸第一、四筆均是「橫折」。 🔍 **辨析**　大陸部件「羽」，在上下結構的字中處於上部時，作「羽」，第一、四筆無鈎，如：翌、翼等；在半包圍結構、左右結構的字中，或在上下結構的字中處於下部時，作「羽」，第一、四筆有鈎，如：翅、扇、翎、翩、翁、翦等。
羽部 15畫 上下 huī 翬	翬	翬|翚	上部「羽」，香港、台灣第一、四筆均是「橫折鈎」，大陸第一、四筆均是「橫折」。 🔍 **辨析**　大陸部件「羽」，在上下結構的字中處於上部時，作「羽」，第一、四筆無鈎，如：翌、翼等；在半包圍結構、左右結構的字中，或在上下結構的字中處於下部時，作「羽」，第一、四筆有鈎，如：翅、扇、翎、翩、翁、翦等。
羽部 17畫 上下 yì 翳	翳	翳	①部件「匚」，香港、台灣末筆是「豎彎」，大陸末筆是「豎折」。②部件「殳」，香港、台灣末筆是「捺點」，大陸末筆是「捺」。
耒部 6畫 獨體 lěi 耒	耒	耒	香港、台灣首筆是「撇」，大陸首筆是「橫」。 📄 **小知識**　從「耒」的字多與耕作有關，如：耘、耙、耜、耩等。
耒部 11畫 左右 sì 耜	耜	耜	左部「耒」，香港、台灣首筆是「撇」，大陸首筆是「橫」。
耒部 12畫 左右 huō 耠	耠	耠	左部「耒」，香港、台灣首筆是「撇」，大陸首筆是「橫」。
耒部 14畫 左右 tāng 耥	耥	耥	左部「耒」，香港、台灣首筆是「撇」，大陸首筆是「橫」。

香港	台灣	大陸	字形差異描述
耒部 15畫 左右 ǒu 耦	耦	耦	① 左部「耒」，香港、台灣首筆是「撇」，大陸首筆是「橫」。② 部件「禸」，香港、台灣第二筆「橫折鈎」與首筆「豎」相交，大陸第二筆「橫折鈎」與首筆「豎」相接。 💡 **注意**　具有相同部件「禸」的字：禹、寓、愚、遇、屬、踽、齲。
耒部 16畫 左右 jiǎng 構	構	構	左部「耒」，香港、台灣首筆是「撇」，大陸首筆是「橫」。
耒部 16畫 左右 nòu 耨	耨	耨	① 左部「耒」，香港、台灣首筆是「撇」，大陸首筆是「橫」。② 部件「辰」，香港、台灣第三筆「橫」與第二筆「撇」相接，末筆是「捺點」；大陸第二筆「撇」到整字底，第三筆「橫」與第二筆「撇」相離，末筆是「捺」。
耒部 16畫 左右 pǎng 耪	耪	耪	左部「耒」，香港、台灣首筆是「撇」，大陸首筆是「橫」。
耒部 18畫 左右 lào 耮	耮	耮|耮	左部「耒」，香港、台灣首筆是「撇」，大陸首筆是「橫」。
耳部 9畫 左右 yē yé 耶	耶	耶	左部「耳」，香港、台灣末筆「提」與第三筆「豎」相接，大陸末筆「提」與第三筆「豎」相交。 ✎ **書寫提示**　耳部的字：部首「耳」在構成左右結構的字時，通常位於左部，末筆作「提」。
耳部 11畫 左右 dān 聃	聃	聃	左部「耳」，香港、台灣末筆「提」與第三筆「豎」相接，大陸末筆「提」與第三筆「豎」相交。
耳部 12畫 左右 guō 聒	聒	聒	左部「耳」，香港、台灣末筆「提」與第三筆「豎」相接，大陸末筆「提」與第三筆「豎」相交。
耳部 17畫 上下 áo 聱	聱	聱	部件「敖」，香港、台灣上為「龶」，下為「方」，共七畫；大陸為三「橫」一「豎」，最後兩筆為「橫折鈎、撇」，共六畫。

二級字表

香港	台灣	大陸	字形差異描述
耳部 18畫 左右 kuì 聵	聵	聵|聵	左部「耳」，香港、台灣末筆「提」與第三筆「豎」相接，大陸末筆「提」與第三筆「豎」相交。
聿部 13畫 左右 yì 肄	肄	肄	部件「匕」，香港、台灣為「橫、豎彎」，大陸為「撇、豎彎鈎」。
肉部 7畫 左右 wò 肟	肟	肟	左部「月」，香港、台灣內部為「點、提」，大陸內部為兩「橫」。 📄 **小知識**　肉部的字：現代漢字中「肉月旁」與「月字旁」不同。「肉月旁」一般是與身體器官或肉有關，如：肋、肝、肘、脊、臂等；「月字旁」一般是與月亮、天氣、光線有關，如：明、朗、期、朝、朦等。
肉部 8畫 左右 gōng 肱	肱	肱	左部「月」，香港、台灣內部為「點、提」，大陸內部為兩「橫」。
肉部 8畫 左右 zhūn 肫	肫	肫	左部「月」，香港、台灣內部為「點、提」，大陸內部為兩「橫」。
肉部 9畫 左右 jiǎ 胛	胛	胛	左部「月」，香港、台灣內部為「點、提」，大陸內部為兩「橫」。
肉部 9畫 左右 shèn 胂	胂	胂	左部「月」，香港、台灣內部為「點、提」，大陸內部為兩「橫」。
肉部 9畫 左右 zuò 胙	胙	胙	左部「月」，香港、台灣內部為「點、提」，大陸內部為兩「橫」。
肉部 9畫 左右 guā 胍	胍	胍	左部「月」，香港、台灣內部為「點、提」，大陸內部為兩「橫」。
肉部 9畫 左右 zhēn 胗	胗	胗	左部「月」，香港、台灣內部為「點、提」，大陸內部為兩「橫」。

二級字表

香港	台灣	大陸	字形差異描述
肉部 9畫 左右 zhī 胝	胝	胝	①左部「月」，香港、台灣內部為「點、提」，大陸內部為兩「橫」。②右部「氏」，香港、台灣末筆是「短橫」，大陸末筆是「點」。 💡 注意　具有相同部件「氏」的字：低、抵、邸、底、柢、詆、骶。
肉部 9畫 左右 qú 胊	胊	胊	左部「月」，香港、台灣內部為「點、提」，大陸內部為兩「橫」。
肉部 10畫 左右 kuà 胯	胯	胯	左部「月」，香港、台灣內部為「點、提」，大陸內部為兩「橫」。
肉部 10畫 左右 guāng 胱	胱	胱	左部「月」，香港、台灣內部為「點、提」，大陸內部為兩「橫」。
肉部 10畫 左右 dòng 胴	胴	胴	左部「月」，香港、台灣內部為「點、提」，大陸內部為兩「橫」。
肉部 10畫 左右 yān 胭	胭	胭	左部「月」，香港、台灣內部為「點、提」，大陸內部為兩「橫」。
肉部 10畫 左右 pián 胼	胼	胼	左部「月」，香港、台灣內部為「點、提」，大陸內部為兩「橫」。
肉部 10畫 左右 àn 胺	胺	胺	①左部「月」，香港、台灣內部為「點、提」，大陸內部為兩「橫」。②部件「女」，香港、台灣第三筆「橫」與第二筆「撇」相交，大陸第三筆「橫」與第二筆「撇」相接。
肉部 11畫 左右 jìng 脛	脛	脛|胫	左部「月」，香港、台灣內部為「點、提」，大陸內部為兩「橫」。
肉部 11畫 左右 pāo 脬	脬	脬	左部「月」，香港、台灣內部為「點、提」，大陸內部為兩「橫」。

二級字表

香港	台灣	大陸	字形差異描述
肉部 11畫 左右 wǎn　脘	脘	脘	左部「月」，香港、台灣內部為「點、提」，大陸內部為兩「橫」。
肉部 12畫 左右 tiǎn　腆	腆	腆	左部「月」，香港、台灣內部為「點、提」，大陸內部為兩「橫」。
肉部 12畫 左右 féi　腓	腓	腓	①左部「月」，香港、台灣內部為「點、提」，大陸內部為兩「橫」。②右部「非」，香港、台灣首筆是「豎撇」，第四筆是「提」；大陸首筆是「豎」，第四筆是「橫」。 💡 **注意**　具有相同部件「非」的字：匪、排、啡、悲、罪、輩、靠、靡。
肉部 12畫 左右 yú　腴	腴	腴	左部「月」，香港、台灣內部為「點、提」，大陸內部為兩「橫」。
肉部 12畫 左右 fǔ　腑	腑	腑	左部「月」，香港、台灣內部為「點、提」，大陸內部為兩「橫」。
肉部 13畫 左右 còu　腠	腠	腠	左部「月」，香港、台灣內部為「點、提」，大陸內部為兩「橫」。
肉部 13畫 左右 nǎn　腩	腩	腩	左部「月」，香港、台灣內部為「點、提」，大陸內部為兩「橫」。
肉部 13畫 左右 jiàn　腱	腱	腱	左部「月」，香港、台灣內部為「點、提」，大陸內部為兩「橫」。 ✍ **書寫提示**　大陸「腱」為十二畫。
肉部 14畫 左右 gé　膈	膈	膈	左部「月」，香港、台灣內部為「點、提」，大陸內部為兩「橫」。
肉部 15畫 左右 zhuān　膞	膞	膞｜腨	左部「月」，香港、台灣內部為「點、提」，大陸內部為兩「橫」。

二級字表

香港	台灣	大陸	字形差異描述
肉部 15畫 左右 jiǎng 賸	賸	賸	① 左部「月」，香港、台灣內部為「點、提」，大陸內部為兩「橫」。② 右部「強」，香港、台灣右上部為「厶」，大陸右上部為「口」。 ✎ **書寫提示**　大陸「賸」為十六畫。
肉部 16畫 左右 shàn 膳	膳	膳	① 左部「月」，香港、台灣內部為「點、提」，大陸內部為兩「橫」。② 右部「善」，香港、台灣上部為「䒑」，「豎」向下不出頭；大陸上部為「羊」，「豎」向下出頭。 💡 **注意**　具有相同部件「善」的字：鄯、蟮、繕、鱔。 ✎ **書寫提示**　部件「善」，香港、台灣「䒑」中「豎」為第五筆，大陸「羊」中「豎」為第六筆。
肉部 16畫 左右 lìn 膦	膦	膦	① 左部「月」，香港、台灣內部為「點、提」，大陸內部為兩「橫」。② 部件「米」，香港、台灣末筆是「捺點」，台灣結構疏散；大陸末筆是「捺」。 💡 **注意**　具有相同部件「粦」的字：嶙、憐、磷、鱗。
肉部 17畫 左右 gǔ 臌	臌	臌	左部「月」，香港、台灣內部為「點、提」，大陸內部為兩「橫」。
肉部 17畫 左右 dàn 膻	膻	膻	左部「月」，香港、台灣內部為「點、提」，大陸內部為兩「橫」。
肉部 17畫 左右 yì 臆	臆	臆	左部「月」，香港、台灣內部為「點、提」，大陸內部為兩「橫」。
肉部 17畫 左右 yōng 臃	臃	臃	左部「月」，香港、台灣內部為「點、提」，大陸內部為兩「橫」。
肉部 18畫 左右 bìn 臏	臏	臏|膑	左部「月」，香港、台灣內部為「點、提」，大陸內部為兩「橫」。
肉部 20畫 左右 lú 臚	臚	臚|胪	① 左部「月」，香港、台灣內部為「點、提」，大陸內部為兩「橫」。② 部件「匕」，香港、台灣末筆是「豎彎」，大陸末筆是「豎彎鉤」。 💡 **注意**　含部件「虍」的字，其中的「匕」寫法相同，如：虎、虔、墟、劇、慮、瘧、攄、獻。

二級字表

香港	台灣	大陸	字形差異描述
肉部 23畫 左右 zǎ 臢	臢	臢｜臢	左部「月」，香港、台灣內部為「點、提」，大陸內部為兩「橫」。
舟部 9畫 左右 shān 舢	舢	舢	左部「舟」，香港、台灣「提」與「橫折鈎」相交，大陸「橫」與「橫折鈎」相接。 ✎ **書寫提示**　舟部的字：部首「舟」在構成左右結構的字時，通常位於左部，香港末筆作「提」。
舟部 10畫 左右 fǎng 舫	舫	舫	左部「舟」，香港、台灣「提」與「橫折鈎」相交，大陸「橫」與「橫折鈎」相接。
舟部 11畫 左右 gě 舸	舸	舸	左部「舟」，香港、台灣「提」與「橫折鈎」相交，大陸「橫」與「橫折鈎」相接。
舟部 11畫 左右 zé 舴	舴	舴	左部「舟」，香港、台灣「提」與「橫折鈎」相交，大陸「橫」與「橫折鈎」相接。
舟部 11畫 左右 xián 舷	舷	舷	左部「舟」，香港、台灣「提」與「橫折鈎」相交，大陸「橫」與「橫折鈎」相接。
舟部 14畫 左右 měng 艋	艋	艋	左部「舟」，香港、台灣「提」與「橫折鈎」相交，大陸「橫」與「橫折鈎」相接。
舟部 18畫 左右 chōng 艟	艟	艟	左部「舟」，香港、台灣「提」與「橫折鈎」相交，大陸「橫」與「橫折鈎」相接。
舟部 20畫 左右 méng 艨	艨	艨	① 左部「舟」，香港、台灣「提」與「橫折鈎」相交，大陸「橫」與「橫折鈎」相接。② 右上部，香港、台灣為「艹」，「橫」與「豎」相交，共四畫；大陸為「艹」，「橫」連為一筆，共三畫。
舟部 22畫 左右 lú 艫	艫	艫｜舻	① 左部「舟」，香港、台灣「提」與「橫折鈎」相交，大陸「橫」與「橫折鈎」相接。② 部件「七」，香港、台灣末筆是「豎彎」，大陸末筆是「豎彎鈎」。 💡 **注意**　含部件「虍」的字，其中的「七」寫法相同，如：虎、虔、壚、劇、慮、瘧、攄、獻。

香港	台灣	大陸	字形差異描述
艸部 6畫 上下 jiāo 芁	芁	芁	上部，香港、台灣為「⺿」，「橫」與「豎」相交，共四畫；大陸為「⺾」，「橫」連為一筆，共三畫。
艸部 6畫 上下 nǎi 芀	芀	芀	上部，香港、台灣為「⺿」，「橫」與「豎」相交，共四畫；大陸為「⺾」，「橫」連為一筆，共三畫。
艸部 7畫 上下 qiān 芉	芉	芉	上部，香港、台灣為「⺿」，「橫」與「豎」相交，共四畫；大陸為「⺾」，「橫」連為一筆，共三畫。
艸部 7畫 上下 wán 芄	芄	芄	①上部，香港、台灣為「⺿」，「橫」與「豎」相交，共四畫；大陸為「⺾」，「橫」連為一筆，共三畫。②下部「丸」，香港、台灣「點」與「撇」相接，大陸「點」與「撇」相交。
艸部 7畫 上下 sháo 芍	芍	芍	上部，香港、台灣為「⺿」，「橫」與「豎」相交，共四畫；大陸為「⺾」，「橫」連為一筆，共三畫。
艸部 7畫 上下 qǐ 芑	芑	芑	上部，香港、台灣為「⺿」，「橫」與「豎」相交，共四畫；大陸為「⺾」，「橫」連為一筆，共三畫。
艸部 7畫 上下 xiōng 芎	芎	芎	上部，香港、台灣為「⺿」，「橫」與「豎」相交，共四畫；大陸為「⺾」，「橫」連為一筆，共三畫。
艸部 8畫 上下 yán yuán 芫	芫	芫	上部，香港、台灣為「⺿」，「橫」與「豎」相交，共四畫；大陸為「⺾」，「橫」連為一筆，共三畫。
艸部 8畫 上下 yún 芸	芸	芸	上部，香港、台灣為「⺿」，「橫」與「豎」相交，共四畫；大陸為「⺾」，「橫」連為一筆，共三畫。
艸部 8畫 上下 fèi fú 芾	芾	芾	上部，香港、台灣為「⺿」，「橫」與「豎」相交，共四畫；大陸為「⺾」，「橫」連為一筆，共三畫。 🔍 辨析　「芾」下部為「巿」，中間一「豎」貫通上下，注意不要誤寫成「市」。含有部件「巿」的字還有沛、肺等，含有部件「市」的字還有柿、鈰等。

香港	台灣	大陸	字形差異描述
艸部 8畫 上下 zhǐ 芷	芷	芷	上部，香港、台灣為「⺿」，「橫」與「豎」相交，共四畫；大陸為「⺿」，「橫」連為一筆，共三畫。
艸部 8畫 上下 ruì 芮	芮	芮	①上部，香港、台灣為「⺿」，「橫」與「豎」相交，共四畫；大陸為「⺿」，「橫」連為一筆，共三畫。②下部「內」，香港、台灣第三、四筆是「撇、捺」，為「入」；大陸第三、四筆是「撇、捺點」，為「㐅」。
艸部 8畫 上下 mào 芼	芼	芼	上部，香港、台灣為「⺿」，「橫」與「豎」相交，共四畫；大陸為「⺿」，「橫」連為一筆，共三畫。
艸部 8畫 上下 qín 芩	芩	芩	①上部，香港、台灣為「⺿」，「橫」與「豎」相交，共四畫；大陸為「⺿」，「橫」連為一筆，共三畫。②下部「今」，香港、台灣第三筆是「短橫」，大陸第三筆是「點」。 💡 注意　具有相同部件「今」的字：吟、含、念、捻、唸、貪、琴、黔。
艸部 8畫 上下 qí 芪	芪	芪	上部，香港、台灣為「⺿」，「橫」與「豎」相交，共四畫；大陸為「⺿」，「橫」連為一筆，共三畫。
艸部 8畫 上下 qiàn 茜	茜	茜	上部，香港、台灣為「⺿」，「橫」與「豎」相交，共四畫；大陸為「⺿」，「橫」連為一筆，共三畫。
艸部 8畫 上下 shān 芟	芟	芟	上部，香港、台灣為「⺿」，「橫」與「豎」相交，共四畫；大陸為「⺿」，「橫」連為一筆，共三畫。
艸部 8畫 上下 biàn 苄	苄	苄	上部，香港、台灣為「⺿」，「橫」與「豎」相交，共四畫；大陸為「⺿」，「橫」連為一筆，共三畫。
艸部 9畫 上下 gān 苷	苷	苷	上部，香港、台灣為「⺿」，「橫」與「豎」相交，共四畫；大陸為「⺿」，「橫」連為一筆，共三畫。
艸部 9畫 上下 běn 苯	苯	苯	上部，香港、台灣為「⺿」，「橫」與「豎」相交，共四畫；大陸為「⺿」，「橫」連為一筆，共三畫。

二級字表

香港	台灣	大陸	字形差異描述
艸部 9畫 上下 jù qǔ 苣	苣	苣	①上部，香港、台灣為「⺿」，「橫」與「豎」相交，共四畫；大陸為「⺾」，「橫」連為一筆，共三畫。②下部「巨」，香港、台灣部件「匸」，共三畫；大陸對應的部件為「匚」，共兩畫。
艸部 9畫 上下 piě 苤	苤	苤	上部，香港、台灣為「⺿」，「橫」與「豎」相交，共四畫；大陸為「⺾」，「橫」連為一筆，共三畫。
艸部 9畫 上下 shān shàn 苫	苫	苫	上部，香港、台灣為「⺿」，「橫」與「豎」相交，共四畫；大陸為「⺾」，「橫」連為一筆，共三畫。
艸部 9畫 上下 yǐ 苡	苡	苡	①上部，香港、台灣為「⺿」，「橫」與「豎」相交，共四畫；大陸為「⺾」，「橫」連為一筆，共三畫。②下部「以」，香港、台灣共五畫，首筆是「豎」，第二筆是「提」；大陸共四畫，首筆是「豎提」。
艸部 9畫 上下 mù 苜	苜	苜	上部，香港、台灣為「⺿」，「橫」與「豎」相交，共四畫；大陸為「⺾」，「橫」連為一筆，共三畫。
艸部 9畫 上下 jū 苴	苴	苴	上部，香港、台灣為「⺿」，「橫」與「豎」相交，共四畫；大陸為「⺾」，「橫」連為一筆，共三畫。
艸部 9畫 上下 rǎn 苒	苒	苒	上部，香港、台灣為「⺿」，「橫」與「豎」相交，共四畫；大陸為「⺾」，「橫」連為一筆，共三畫。
艸部 9畫 上下 qǐng 苘	苘	苘	上部，香港、台灣為「⺿」，「橫」與「豎」相交，共四畫；大陸為「⺾」，「橫」連為一筆，共三畫。
艸部 9畫 上下 chí 茌	茌	茌	上部，香港、台灣為「⺿」，「橫」與「豎」相交，共四畫；大陸為「⺾」，「橫」連為一筆，共三畫。
艸部 9畫 上下 fú 苻	苻	苻	上部，香港、台灣為「⺿」，「橫」與「豎」相交，共四畫；大陸為「⺾」，「橫」連為一筆，共三畫。

二級字表

香港	台灣	大陸	字形差異描述
艸部 9畫 上下 líng	苓	苓	苓	①上部，香港、台灣為「艹」，「橫」與「豎」相交，共四畫；大陸為「⺿」，「橫」連為一筆，共三畫。②下部「令」，香港、台灣第三筆是「短橫」，大陸第三筆是「點」。
艸部 9畫 上下 máo	茆	茆	茆	上部，香港、台灣為「艹」，「橫」與「豎」相交，共四畫；大陸為「⺿」，「橫」連為一筆，共三畫。
艸部 9畫 上下 zhù	苧	苧	苧|苎	上部，香港、台灣為「艹」，「橫」與「豎」相交，共四畫；大陸為「⺿」，「橫」連為一筆，共三畫。
艸部 9畫 上下 fú	茀	茀	茀	上部，香港、台灣為「艹」，「橫」與「豎」相交，共四畫；大陸為「⺿」，「橫」連為一筆，共三畫。
艸部 9畫 上下 sháo	苕	苕	苕	上部，香港、台灣為「艹」，「橫」與「豎」相交，共四畫；大陸為「⺿」，「橫」連為一筆，共三畫。
艸部 10畫 上下 qiàn xī	茜	茜	茜	上部，香港、台灣為「艹」，「橫」與「豎」相交，共四畫；大陸為「⺿」，「橫」連為一筆，共三畫。
艸部 10畫 上下 tí yí	薁	薁	薁	上部，香港、台灣為「艹」，「橫」與「豎」相交，共四畫；大陸為「⺿」，「橫」連為一筆，共三畫。
艸部 10畫 上下 tóng	莔	莔	莔	上部，香港、台灣為「艹」，「橫」與「豎」相交，共四畫；大陸為「⺿」，「橫」連為一筆，共三畫。
艸部 10畫 上下 huí	茴	茴	茴	上部，香港、台灣為「艹」，「橫」與「豎」相交，共四畫；大陸為「⺿」，「橫」連為一筆，共三畫。
艸部 10畫 上下 zhū	茱	茱	茱	上部，香港、台灣為「艹」，「橫」與「豎」相交，共四畫；大陸為「⺿」，「橫」連為一筆，共三畫。

二級字表

香港	台灣	大陸	字形差異描述
艸部 10畫 上下 茚 yìn	茚	茚	①上部，香港、台灣為「⺿」，「橫」與「豎」相交，共四畫；大陸為「⺾」，「橫」連為一筆，共三畫。②部件「臼」，香港、台灣「豎」、「提」為兩筆，大陸「豎提」為一筆。
艸部 10畫 上下 茯 fú	茯	茯	上部，香港、台灣為「⺿」，「橫」與「豎」相交，共四畫；大陸為「⺾」，「橫」連為一筆，共三畫。
艸部 10畫 上下 荏 rěn	荏	荏	①上部，香港、台灣為「⺿」，「橫」與「豎」相交，共四畫；大陸為「⺾」，「橫」連為一筆，共三畫。②部件「壬」，香港、台灣首筆是「橫」，大陸首筆是「撇」。
艸部 10畫 上下 荇 xìng	荇	荇	上部，香港、台灣為「⺿」，「橫」與「豎」相交，共四畫；大陸為「⺾」，「橫」連為一筆，共三畫。
艸部 10畫 上下 荃 quán	荃	荃	①上部，香港、台灣為「⺿」，「橫」與「豎」相交，共四畫；大陸為「⺾」，「橫」連為一筆，共三畫。②下部「全」，香港、台灣首兩筆為「八」，大陸首兩筆為「人」。
艸部 10畫 上下 荀 xún	荀	荀	上部，香港、台灣為「⺿」，「橫」與「豎」相交，共四畫；大陸為「⺾」，「橫」連為一筆，共三畫。
艸部 10畫 上下 茗 míng	茗	茗	上部，香港、台灣為「⺿」，「橫」與「豎」相交，共四畫；大陸為「⺾」，「橫」連為一筆，共三畫。
艸部 10畫 上下 茭 jiāo	茭	茭	上部，香港、台灣為「⺿」，「橫」與「豎」相交，共四畫；大陸為「⺾」，「橫」連為一筆，共三畫。
艸部 11畫 上下 荸 bí	荸	荸	上部，香港、台灣為「⺿」，「橫」與「豎」相交，共四畫；大陸為「⺾」，「橫」連為一筆，共三畫。
艸部 11畫 上下 莆 pú	莆	莆	上部，香港、台灣為「⺿」，「橫」與「豎」相交，共四畫；大陸為「⺾」，「橫」連為一筆，共三畫。

二級字表

香港	台灣	大陸	字形差異描述
艸部 11畫 上下 jiá 莢	莢	莢|荚	上部，香港、台灣為「⺾」，「橫」與「豎」相交，共四畫；大陸為「⁺⁺」，「橫」連為一筆，共三畫。
艸部 11畫 上下 xiàn 莧	莧	莧|苋	上部，香港、台灣為「⺾」，「橫」與「豎」相交，共四畫；大陸為「⁺⁺」，「橫」連為一筆，共三畫。
艸部 11畫 上下 jǔ 莒	莒	莒	①上部，香港、台灣為「⺾」，「橫」與「豎」相交，共四畫；大陸為「⁺⁺」，「橫」連為一筆，共三畫。②下部「呂」，香港、台灣上、下兩個部件「口」之間有「撇」相接，大陸上、下兩個部件「口」相離。 ✎ **書寫提示**　大陸「莒」為九畫。
艸部 11畫 上下 é 莪	莪	莪	上部，香港、台灣為「⺾」，「橫」與「豎」相交，共四畫；大陸為「⁺⁺」，「橫」連為一筆，共三畫。
艸部 11畫 上下 tíng 莛	莛	莛	①上部，香港、台灣為「⺾」，「橫」與「豎」相交，共四畫；大陸為「⁺⁺」，「橫」連為一筆，共三畫。②部件「壬」，香港、台灣底「橫」稍長，大陸底「橫」稍短。 ✎ **書寫提示**　大陸「莛」為九畫。
艸部 11畫 上下 yǒu 莠	莠	莠	①上部，香港、台灣為「⺾」，「橫」與「豎」相交，共四畫；大陸為「⁺⁺」，「橫」連為一筆，共三畫。②部件「禾」，香港、台灣末筆是「捺點」，大陸末筆是「捺」。
艸部 11畫 上下 méi 莓	莓	莓	上部，香港、台灣為「⺾」，「橫」與「豎」相交，共四畫；大陸為「⁺⁺」，「橫」連為一筆，共三畫。
艸部 11畫 上下 yóu 莜	莜	莜	上部，香港、台灣為「⺾」，「橫」與「豎」相交，共四畫；大陸為「⁺⁺」，「橫」連為一筆，共三畫。 ✎ **書寫提示**　下部「攸」，中間「短豎」不能丟。
艸部 11畫 上下 tú 荼	荼	荼	上部，香港、台灣為「⺾」，「橫」與「豎」相交，共四畫；大陸為「⁺⁺」，「橫」連為一筆，共三畫。

香港	台灣	大陸	字形差異描述
艸部 11畫 上下 fú 荂	荂	荂	上部，香港、台灣為「艹」，「橫」與「豎」相交，共四畫；大陸為「⺾」，「橫」連為一筆，共三畫。
艸部 11畫 上下 suī 荽	荽	荽	①上部，香港、台灣為「艹」，「橫」與「豎」相交，共四畫；大陸為「⺾」，「橫」連為一筆，共三畫。②下部「女」，香港、台灣第三筆「橫」與第二筆「撇」相交，大陸第三筆「橫」與第二筆「撇」相接。
艸部 11畫 上下 dí 荻	荻	荻	上部，香港、台灣為「艹」，「橫」與「豎」相交，共四畫；大陸為「⺾」，「橫」連為一筆，共三畫。
艸部 11畫 上下 shēn xīn 莘	莘	莘	上部，香港、台灣為「艹」，「橫」與「豎」相交，共四畫；大陸為「⺾」，「橫」連為一筆，共三畫。
艸部 11畫 上下 guǎn wǎn 莞	莞	莞	上部，香港、台灣為「艹」，「橫」與「豎」相交，共四畫；大陸為「⺾」，「橫」連為一筆，共三畫。
艸部 11畫 上下 làng liáng 莨	莨	莨	上部，香港、台灣為「艹」，「橫」與「豎」相交，共四畫；大陸為「⺾」，「橫」連為一筆，共三畫。
艸部 12畫 上下 cháng 萇	萇	萇|萇	上部，香港、台灣為「艹」，「橫」與「豎」相交，共四畫；大陸為「⺾」，「橫」連為一筆，共三畫。
艸部 12畫 上下 qí 萁	萁	萁	上部，香港、台灣為「艹」，「橫」與「豎」相交，共四畫；大陸為「⺾」，「橫」連為一筆，共三畫。
艸部 12畫 上下 sōng 菘	菘	菘	上部，香港、台灣為「艹」，「橫」與「豎」相交，共四畫；大陸為「⺾」，「橫」連為一筆，共三畫。

二級字表

香港	台灣	大陸	字形差異描述
艸部 12畫 上下 qī 萋	萋	萋	①上部，香港、台灣為「⺿」，「橫」與「豎」相交，共四畫；大陸為「⺾」，「橫」連為一筆，共三畫。②部件「⺬」，香港、台灣「豎」向下出頭，大陸「豎」向下不出頭。③部件「女」，香港、台灣第三筆「橫」與第二筆「撇」相交，大陸第三筆「橫」與第二筆「撇」相接。
艸部 12畫 上下 shū 菽	菽	菽	上部，香港、台灣為「⺿」，「橫」與「豎」相交，共四畫；大陸為「⺾」，「橫」連為一筆，共三畫。
艸部 12畫 上下 tiē 萜	萜	萜	上部，香港、台灣為「⺿」，「橫」與「豎」相交，共四畫；大陸為「⺾」，「橫」連為一筆，共三畫。
艸部 12畫 上下 yú 萸	萸	萸	上部，香港、台灣為「⺿」，「橫」與「豎」相交，共四畫；大陸為「⺾」，「橫」連為一筆，共三畫。
艸部 12畫 上下 huán 萑	萑	萑	上部，香港、台灣為「⺿」，「橫」與「豎」相交，共四畫；大陸為「⺾」，「橫」連為一筆，共三畫。
艸部 12畫 上下 fú 菔	菔	菔	上部，香港、台灣為「⺿」，「橫」與「豎」相交，共四畫；大陸為「⺾」，「橫」連為一筆，共三畫。
艸部 12畫 上下 tù 菟	菟	菟	上部，香港、台灣為「⺿」，「橫」與「豎」相交，共四畫；大陸為「⺾」，「橫」連為一筆，共三畫。
艸部 12畫 上下 dàn 萏	萏	萏	上部，香港、台灣為「⺿」，「橫」與「豎」相交，共四畫；大陸為「⺾」，「橫」連為一筆，共三畫。
艸部 12畫 上下 cuì 萃	萃	萃	上部，香港、台灣為「⺿」，「橫」與「豎」相交，共四畫；大陸為「⺾」，「橫」連為一筆，共三畫。
艸部 12畫 上下 hé 菏	菏	菏	上部，香港、台灣為「⺿」，「橫」與「豎」相交，共四畫；大陸為「⺾」，「橫」連為一筆，共三畫。

香港	台灣	大陸	字形差異描述
艸部 12畫 上下 zū 菹	菹	菹	上部，香港、台灣為「艹」，「橫」與「豎」相交，共四畫；大陸為「艹」，「橫」連為一筆，共三畫。
艸部 12畫 上下 dàng 菪	菪	菪	上部，香港、台灣為「艹」，「橫」與「豎」相交，共四畫；大陸為「艹」，「橫」連為一筆，共三畫。
艸部 12畫 上下 jiān 菅	菅	菅	上部，香港、台灣為「艹」，「橫」與「豎」相交，共四畫；大陸為「艹」，「橫」連為一筆，共三畫。 🔍 **辨析**　「菅」的形旁是草字頭，不是竹字頭。多用於姓氏，還常用於成語「草菅人命」。
艸部 12畫 上下 wǎn 菀	菀	菀	上部，香港、台灣為「艹」，「橫」與「豎」相交，共四畫；大陸為「艹」，「橫」連為一筆，共三畫。
艸部 12畫 上下 gū 菰	菰	菰	上部，香港、台灣為「艹」，「橫」與「豎」相交，共四畫；大陸為「艹」，「橫」連為一筆，共三畫。
艸部 12畫 上下 hàn 菡	菡	菡	上部，香港、台灣為「艹」，「橫」與「豎」相交，共四畫；大陸為「艹」，「橫」連為一筆，共三畫。
艸部 13畫 上下 fēng 葑	葑	葑	上部，香港、台灣為「艹」，「橫」與「豎」相交，共四畫；大陸為「艹」，「橫」連為一筆，共三畫。
艸部 13畫 上下 rèn shèn 葚	葚	葚	① 上部，香港、台灣為「艹」，「橫」與「豎」相交，共四畫；大陸為「艹」，「橫」連為一筆，共三畫。② 部件「儿」，香港、台灣為「撇、豎彎」，且與上部相接；大陸為「撇、點」，且與上部相離。③ 香港、台灣末筆是「豎彎」，大陸末筆是「豎折」。
艸部 13畫 上下 wēi 葳	葳	葳	① 上部，香港、台灣為「艹」，「橫」與「豎」相交，共四畫；大陸為「艹」，「橫」連為一筆，共三畫。② 部件「女」，香港、台灣第三筆「橫」與第二筆「撇」相交，大陸第三筆「橫」與第二筆「撇」相接。 ✎ **書寫提示**　「女」上「短橫」不能丟。

香港	台灣	大陸	字形差異描述
艸部 13畫 上下 jiā　葭	葭	葭	上部，香港、台灣為「⺌⺌」，「橫」與「豎」相交，共四畫；大陸為「⺌⺌」，「橫」連為一筆，共三畫。
艸部 13畫 上下 qì　茸	茸	茸	上部，香港、台灣為「⺌⺌」，「橫」與「豎」相交，共四畫；大陸為「⺌⺌」，「橫」連為一筆，共三畫。
艸部 13畫 上下 xǐ　葸	葸	葸	上部，香港、台灣為「⺌⺌」，「橫」與「豎」相交，共四畫；大陸為「⺌⺌」，「橫」連為一筆，共三畫。
艸部 13畫 上下 wō　萵	萵	萵|莴	①上部，香港、台灣為「⺌⺌」，「橫」與「豎」相交，共四畫；大陸為「⺌⺌」，「橫」連為一筆，共三畫。②部件「㕾」，香港、台灣內部是「橫、豎」兩筆，拐角扣右下方；大陸內部是「橫折」一筆，拐角扣左下方。
艸部 13畫 上下 è　萼	萼	萼	上部，香港、台灣為「⺌⺌」，「橫」與「豎」相交，共四畫；大陸為「⺌⺌」，「橫」連為一筆，共三畫。
艸部 13畫 上下 pā　葩	葩	葩	上部，香港、台灣為「⺌⺌」，「橫」與「豎」相交，共四畫；大陸為「⺌⺌」，「橫」連為一筆，共三畫。
艸部 13畫 上下 tíng　葶	葶	葶	上部，香港、台灣為「⺌⺌」，「橫」與「豎」相交，共四畫；大陸為「⺌⺌」，「橫」連為一筆，共三畫。
艸部 13畫 上下 xuān　萱	萱	萱	上部，香港、台灣為「⺌⺌」，「橫」與「豎」相交，共四畫；大陸為「⺌⺌」，「橫」連為一筆，共三畫。
艸部 13畫 上下 zhòu　葤	葤	葤|荮	上部，香港、台灣為「⺌⺌」，「橫」與「豎」相交，共四畫；大陸為「⺌⺌」，「橫」連為一筆，共三畫。
艸部 14畫 上下 zhēn　蓁	蓁	蓁	上部，香港、台灣為「⺌⺌」，「橫」與「豎」相交，共四畫；大陸為「⺌⺌」，「橫」連為一筆，共三畫。

二級字表

香港	台灣	大陸	字形差異描述
艸部 14畫 上下 rù 蓐	蓐	蓐	① 上部，香港、台灣為「⺿」，「橫」與「豎」相交，共四畫；大陸為「⺾」，「橫」連為一筆，共三畫。② 部件「辰」，香港、台灣第三筆「橫」與第二筆「撇」相接，末筆是「捺點」；大陸第二筆「撇」到整字底，第三筆「橫」與第二筆「撇」相離，末筆是「捺」。
艸部 14畫 上下 ēn 蒽	蒽	蒽	上部，香港、台灣為「⺿」，「橫」與「豎」相交，共四畫；大陸為「⺾」，「橫」連為一筆，共三畫。
艸部 14畫 上下 bèi 蓓	蓓	蓓	上部，香港、台灣為「⺿」，「橫」與「豎」相交，共四畫；大陸為「⺾」，「橫」連為一筆，共三畫。
艸部 14畫 上下 bì 蓖	蓖	蓖	① 上部，香港、台灣為「⺿」，「橫」與「豎」相交，共四畫；大陸為「⺾」，「橫」連為一筆，共三畫。② 部件「比」，香港、台灣第三筆是「短橫」，大陸第三筆是「短撇」。 💡 **注意**　具有相同部件「比」的字：批、庇、屁、鹿、混、諧。
艸部 14畫 上下 wěng 蓊	蓊	蓊	上部，香港、台灣為「⺿」，「橫」與「豎」相交，共四畫；大陸為「⺾」，「橫」連為一筆，共三畫。
艸部 14畫 左右 kuǎi 蒯	蒯	蒯	左上部，香港、台灣為「⺿」，「橫」與「豎」相交，共四畫；大陸為「⺾」，「橫」連為一筆，共三畫。
艸部 14畫 上下 suō 蓑	蓑	蓑	上部，香港、台灣為「⺿」，「橫」與「豎」相交，共四畫；大陸為「⺾」，「橫」連為一筆，共三畫。
艸部 14畫 上下 hāo 蒿	蒿	蒿	上部，香港、台灣為「⺿」，「橫」與「豎」相交，共四畫；大陸為「⺾」，「橫」連為一筆，共三畫。
艸部 14畫 上下 jí 蒺	蒺	蒺	① 上部，香港、台灣為「⺿」，「橫」與「豎」相交，共四畫；大陸為「⺾」，「橫」連為一筆，共三畫。② 部件「矢」，香港、台灣末筆是「捺點」，大陸末筆是「捺」。 💡 **注意**　具有相同部件「矢」的字：矣、埃、唉、候、疾、喉、嫉、簇。

二級字表

香港	台灣	大陸	字形差異描述
艸部 14畫 上下 jǔ 蒟	蒟	蒟	上部，香港、台灣為「⺿」，「橫」與「豎」相交，共四畫；大陸為「⺾」，「橫」連為一筆，共三畫。
艸部 14畫 上下 bàng 蒡	蒡	蒡	上部，香港、台灣為「⺿」，「橫」與「豎」相交，共四畫；大陸為「⺾」，「橫」連為一筆，共三畫。
艸部 14畫 上下 jiān 蒹	蒹	蒹	上部，香港、台灣為「⺿」，「橫」與「豎」相交，共四畫；大陸為「⺾」，「橫」連為一筆，共三畫。
艸部 14畫 上下 shuò 蒴	蒴	蒴	上部，香港、台灣為「⺿」，「橫」與「豎」相交，共四畫；大陸為「⺾」，「橫」連為一筆，共三畫。
艸部 14畫 上下 lì 蒞	蒞	莅	①上部，香港、台灣為「⺿」，「橫」與「豎」相交，共四畫；大陸為「⺾」，「橫」連為一筆，共三畫。②下部，香港、台灣有部件「氵」，大陸則沒有。 💡 注意 「莅」為台灣異體字，「蒞」為大陸異體字。
艸部 14畫 上下 làng 滇	滇	滇	上部，香港、台灣為「⺿」，「橫」與「豎」相交，共四畫；大陸為「⺾」，「橫」連為一筆，共三畫。
艸部 14畫 上下 sūn 蓀	蓀	蓀|荪	①上部，香港、台灣為「⺿」，「橫」與「豎」相交，共四畫；大陸為「⺾」，「橫」連為一筆，共三畫。②部件「糹」，香港、台灣第二筆「撇折」與首筆「撇」相離，大陸第二筆「撇折」與首筆「撇」相接。
艸部 15畫 上下 niān 蔫	蔫	蔫	上部，香港、台灣為「⺿」，「橫」與「豎」相交，共四畫；大陸為「⺾」，「橫」連為一筆，共三畫。
艸部 15畫 上下 chún 蓴	蓴	蒓|莼	①上部，香港、台灣為「⺿」，「橫」與「豎」相交，共四畫；大陸為「⺾」，「橫」連為一筆，共三畫。②下部，香港、台灣為「專」，大陸為「純」。 💡 注意 「蓴」為大陸異體字。 📄 小知識 蓴，蓴菜，即水葵。「蒓」是「蓴」的後起字。

香港	台灣	大陸	字形差異描述
艸部 15畫 上下 niǎo 蔦	蔦	蔦|茑	上部，香港、台灣為「⧺」，「橫」與「豎」相交，共四畫；大陸為「⧻」，「橫」連為一筆，共三畫。
艸部 15畫 上下 cōng 蓯	蓯	蓯|苁	上部，香港、台灣為「⧺」，「橫」與「豎」相交，共四畫；大陸為「⧻」，「橫」連為一筆，共三畫。
艸部 15畫 上下 cù 蔟	蔟	蔟	① 上部，香港、台灣為「⧺」，「橫」與「豎」相交，共四畫；大陸為「⧻」，「橫」連為一筆，共三畫。② 部件「矢」，香港、台灣末筆是「捺點」，大陸末筆是「捺」。 💡 注意　具有相同部件「矢」的字：矣、埃、唉、候、疾、喉、嫉、簇。
艸部 15畫 上下 kòu 蔻	蔻	蔻	上部，香港、台灣為「⧺」，「橫」與「豎」相交，共四畫；大陸為「⧻」，「橫」連為一筆，共三畫。
艸部 15畫 上下 xu 蓿	蓿	蓿	上部，香港、台灣為「⧺」，「橫」與「豎」相交，共四畫；大陸為「⧻」，「橫」連為一筆，共三畫。
艸部 15畫 上下 liǎo 蓼	蓼	蓼	① 上部，香港、台灣為「⧺」，「橫」與「豎」相交，共四畫；大陸為「⧻」，「橫」連為一筆，共三畫。② 部件「羽」，香港、台灣第一、四筆均是「橫折鈎」，大陸第一、四筆均是「橫折」。
艸部 16畫 上下 huì 蕙	蕙	蕙	上部，香港、台灣為「⧺」，「橫」與「豎」相交，共四畫；大陸為「⧻」，「橫」連為一筆，共三畫。
艸部 16畫 上下 xùn 蕈	蕈	蕈	上部，香港、台灣為「⧺」，「橫」與「豎」相交，共四畫；大陸為「⧻」，「橫」連為一筆，共三畫。
艸部 16畫 上下 jué 蕨	蕨	蕨	上部，香港、台灣為「⧺」，「橫」與「豎」相交，共四畫；大陸為「⧻」，「橫」連為一筆，共三畫。
艸部 16畫 上下 ruí 蕤	蕤	蕤	上部，香港、台灣為「⧺」，「橫」與「豎」相交，共四畫；大陸為「⧻」，「橫」連為一筆，共三畫。

二級字表

香港	台灣	大陸	字形差異描述
艸部 16畫 上下 yún 蕓	蕓	蕓|芸	① 上部，香港、台灣為「艸」，「橫」與「豎」相交，共四畫；大陸為「艹」，「橫」連為一筆，共三畫。② 部件「霛」，香港、台灣最後四筆姿態各異，大陸對應的四筆均是「短橫」。
艸部 16畫 上下 zuì 蕞	蕞	蕞	① 上部，香港、台灣為「艸」，「橫」與「豎」相交，共四畫；大陸為「艹」，「橫」連為一筆，共三畫。② 部件「曰」，香港、台灣最後兩筆「橫」與兩邊相離，大陸最後兩筆「橫」與兩邊相接。③ 部件「耳」，香港、台灣末筆「提」與第三筆「豎」相接，大陸末筆「提」與第三筆「豎」相交。
艸部 16畫 上下 mǎi 蕒	蕒	蕒|荬	上部，香港、台灣為「艸」，「橫」與「豎」相交，共四畫；大陸為「艹」，「橫」連為一筆，共三畫。
艸部 16畫 上下 qiáo 蕎	蕎	蕎|荞	上部，香港、台灣為「艸」，「橫」與「豎」相交，共四畫；大陸為「艹」，「橫」連為一筆，共三畫。
艸部 16畫 上下 bō 蕃	蕃	蕃	① 上部，香港、台灣為「艸」，「橫」與「豎」相交，共四畫；大陸為「艹」，「橫」連為一筆，共三畫。② 部件「釆」，香港、台灣末筆是「捺點」，大陸末筆是「捺」。 💡 注意　具有相同部件「番」的字：播、幡、潘、審、蟠。
艸部 16畫 上下 yóu 蕕	蕕	蕕|莸	① 上部，香港、台灣為「艸」，「橫」與「豎」相交，共四畫；大陸為「艹」，「橫」連為一筆，共三畫。② 部件「酋」，香港、台灣內部的「橫」與兩邊相離，大陸內部的「橫」與兩邊相接。 💡 注意　具有相同部件「酋」的字：猶、尊、奠、樽、遵、擲。
艸部 16畫 上下 qián xún 蕁	蕁	蕁|荨	① 上部，香港、台灣為「艸」，「橫」與「豎」相交，共四畫；大陸為「艹」，「橫」連為一筆，共三畫。② 部件「彐」，香港、台灣第二筆「橫」與首筆「橫折」相交，大陸第二筆「橫」與首筆「橫折」相接。 💡 注意　具有相同部件「彐」的字：急、浸、彗、掃、尋、歸。

香港	台灣	大陸	字形差異描述
艸部 16畫 上下 xiāng 薌	薌	薌｜芗	上部，香港、台灣為「⺾」，「橫」與「豎」相交，共四畫；大陸為「⺀」，「橫」連為一筆，共三畫。
艸部 17畫 上下 hóng 蕻	蕻	蕻	上部，香港、台灣為「⺾」，「橫」與「豎」相交，共四畫；大陸為「⺀」，「橫」連為一筆，共三畫。
艸部 17畫 上下 qiáng 薔	薔	薔｜蔷	上部，香港、台灣為「⺾」，「橫」與「豎」相交，共四畫；大陸為「⺀」，「橫」連為一筆，共三畫。
艸部 17畫 上下 xiè 薢	薢	薢	上部，香港、台灣為「⺾」，「橫」與「豎」相交，共四畫；大陸為「⺀」，「橫」連為一筆，共三畫。
艸部 17畫 上下 jí 戩	戩	戩	①上部，香港、台灣為「⺾」，「橫」與「豎」相交，共四畫；大陸為「⺀」，「橫」連為一筆，共三畫。②下部「戩」，香港、台灣左下部為「耳」，首筆「橫」不與右邊部件相接，末筆「提」與第三筆「豎」相接；大陸左下部為「耳」，首筆「橫」貫穿左右兩邊，末筆「提」與第三筆「豎」相交。
艸部 17畫 上下 jì 薊	薊	薊｜蓟	上部，香港、台灣為「⺾」，「橫」與「豎」相交，共四畫；大陸為「⺀」，「橫」連為一筆，共三畫。
艸部 17畫 上下 yì 薏	薏	薏	上部，香港、台灣為「⺾」，「橫」與「豎」相交，共四畫；大陸為「⺀」，「橫」連為一筆，共三畫。
艸部 17畫 上下 bì 薜	薜	薜	上部，香港、台灣為「⺾」，「橫」與「豎」相交，共四畫；大陸為「⺀」，「橫」連為一筆，共三畫。
艸部 18畫 上下 tái 薹	薹	薹	上部，香港、台灣為「⺾」，「橫」與「豎」相交，共四畫；大陸為「⺀」，「橫」連為一筆，共三畫。
艸部 18畫 上下 rú 薷	薷	薷	①上部，香港、台灣為「⺾」，「橫」與「豎」相交，共四畫；大陸為「⺀」，「橫」連為一筆，共三畫。②部件「𠕋」，香港、台灣最後四筆姿態各異，大陸對應的四筆均是「短橫」。

二級字表

香港	台灣	大陸	字形差異描述
艸部 18畫 上下 xūn 薰	薰	薰	上部，香港、台灣為「⺿」，「橫」與「豎」相交，共四畫；大陸為「⺌」，「橫」連為一筆，共三畫。
艸部 18畫 上下 jìn 藎	藎	藎|荩	上部，香港、台灣為「⺿」，「橫」與「豎」相交，共四畫；大陸為「⺌」，「橫」連為一筆，共三畫。
艸部 19畫 上下 lí 藜	藜	藜	上部，香港、台灣為「⺿」，「橫」與「豎」相交，共四畫；大陸為「⺌」，「橫」連為一筆，共三畫。
艸部 19畫 上下 jiào 藠	藠	藠	上部，香港、台灣為「⺿」，「橫」與「豎」相交，共四畫；大陸為「⺌」，「橫」連為一筆，共三畫。
艸部 19畫 上下 fān 藩	藩	藩	①上部，香港、台灣為「⺿」，「橫」與「豎」相交，共四畫；大陸為「⺌」，「橫」連為一筆，共三畫。②部件「釆」，香港、台灣末筆是「捺點」，大陸末筆是「捺」。
艸部 20畫 上下 lì 藶	藶	藶|苈	①上部，香港、台灣為「⺿」，「橫」與「豎」相交，共四畫；大陸為「⺌」，「橫」連為一筆，共三畫。②部件「釆」，香港、台灣末筆是「捺點」，大陸末筆是「捺」。
艸部 20畫 上下 huò 藿	藿	藿	①上部，香港、台灣為「⺿」，「橫」與「豎」相交，共四畫；大陸為「⺌」，「橫」連為一筆，共三畫。②部件「隹」，香港、台灣最後四筆姿態各異，大陸對應的四筆均是「短橫」。
艸部 20畫 上下 lìn 藺	藺	藺|蔺	上部，香港、台灣為「⺿」，「橫」與「豎」相交，共四畫；大陸為「⺌」，「橫」連為一筆，共三畫。
艸部 20畫 上下 qí 蘄	蘄	蘄|蕲	上部，香港、台灣為「⺿」，「橫」與「豎」相交，共四畫；大陸為「⺌」，「橫」連為一筆，共三畫。
艸部 20畫 上下 héng 蘅	蘅	蘅	上部，香港、台灣為「⺿」，「橫」與「豎」相交，共四畫；大陸為「⺌」，「橫」連為一筆，共三畫。

二級字表

香港	台灣	大陸	字形差異描述
艸部 21畫 上下 qú 蘧	蘧	蘧	① 上部，香港、台灣為「⺿」，「橫」與「豎」相交，共四畫；大陸為「⺀」，「橫」連為一筆，共三畫。② 部件「匕」，香港、台灣末筆是「豎彎」，大陸末筆是「豎彎鈎」。③ 香港、台灣部件「辶」，共四畫；大陸對應的部件為「辶」，共三畫。 💡 注意　含部件「虍」的字，其中的「匕」寫法相同，如：虎、虔、墟、劇、慮、瘧、攄、獻。
艸部 21畫 上下 fán 蘩	蘩	蘩	① 上部，香港、台灣為「⺿」，「橫」與「豎」相交，共四畫；大陸為「⺀」，「橫」連為一筆，共三畫。② 部件「母」，香港、台灣第二筆是「橫折鈎」；大陸第二筆是「橫折」，且向下不出頭。
艸部 21畫 上下 xiǎn 蘚	蘚	蘚｜蘚	上部，香港、台灣為「⺿」，「橫」與「豎」相交，共四畫；大陸為「⺀」，「橫」連為一筆，共三畫。
艸部 23畫 上下 lí 蘺	蘺	蘺｜蓠	① 上部，香港、台灣為「⺿」，「橫」與「豎」相交，共四畫；大陸為「⺀」，「橫」連為一筆，共三畫。② 部件「禸」，香港、台灣「橫折鈎」與「豎」相交，大陸「橫折鈎」與「豎」相接。 ✎ 書寫提示　大陸「蓠」為二十一畫。
虍部 10畫 半包圍 qián 虔	虔	虔	部件「匕」，香港、台灣末筆是「豎彎」，大陸末筆是「豎彎鈎」。 💡 注意　含部件「虍」的字，其中的「匕」寫法相同，如：虎、墟、劇、慮、瘧、攄、獻。
虍部 13畫 半包圍 yú 虞	虞	虞	① 部件「匕」，香港、台灣末筆是「豎彎」，大陸末筆是「豎彎鈎」。② 部件「吳」，香港、台灣下部為「吳」，首筆是「豎折折」，末筆是「捺點」；大陸下部為「天」，首筆是「橫」，末筆是「捺」。 💡 注意　具有相同部件「吳」的字：俁、娛、蜈、誤。
虍部 15畫 左右 guó 虢	虢	虢	右部「虎」：① 部件「匕」，香港、台灣末筆是「豎彎」，大陸末筆是「豎彎鈎」。② 香港、台灣最後兩筆為「儿」，大陸最後兩筆為「几」。 💡 注意　含部件「虍」的字，其中的「匕」寫法相同，如：虎、虔、墟、劇、慮、瘧、攄、獻。

二級字表

香港	台灣	大陸	字形差異描述
虫部 8畫 左右 qiú 蚪	蚪	虬	香港、台灣右部為「丩」，大陸右部為「乚」。 💡 **注意**　「虬」為台灣異體字，「蚪」為大陸異體字。
虫部 9畫 左右 méng 虻	虻	虻	右部「亡」，香港、台灣第三筆是「豎彎」，大陸第三筆是「豎折」。
虫部 10畫 左右 pí 蚍	蚍	蚍	右部「比」，香港、台灣第三筆是「短橫」，大陸第三筆是「短撇」。
虫部 10畫 左右 ruì 蜹	蜹	蜹	右部「内」，香港、台灣第三、四筆是「撇、捺」，為「入」；大陸第三、四筆是「撇、捺點」，為「人」。
虫部 11畫 左右 líng 蛉	蛉	蛉	右部「令」，香港、台灣第三筆是「短橫」，大陸第三筆是「點」。
虫部 13畫 上下 shèn 蜃	蜃	蜃	① 香港、台灣為上下結構，大陸為半包圍結構。② 部件「辰」，香港、台灣第三筆「橫」與第二筆「撇」相接；大陸第二筆「撇」直達整字底部，第三筆「橫」與第二筆「撇」相離。
虫部 14畫 左右 qiāng 蜣	蜣	蜣	右部「羌」，香港、台灣第七筆「撇」與第六筆「橫」相接，「豎」、「撇」為兩筆；大陸第六筆「豎撇」與第三筆「橫」相接，「豎撇」為一筆。
虫部 14畫 上下 fēi fěi 蜚	蜚	蜚	上部「非」，香港、台灣首筆是「豎撇」，第四筆是「提」；大陸首筆是「豎」，第四筆是「橫」。 💡 **注意**　具有相同部件「非」的字：匪、排、啡、悲、罪、靠、靡。
虫部 15畫 上下 shī 蟲	蟲	虱	香港、台灣為「蝨」，大陸為「虱」。 💡 **注意**　「蟲」為大陸異體字。
虫部 17畫 上下 áo 螯	螯	螯	部件「寿」，香港、台灣上為「龶」，下為「万」，共七畫；大陸為三「橫」一「豎」，最後兩筆為「橫折鈎、撇」，共六畫。

香港	台灣	大陸	字形差異描述
虫部 17畫 左右 mǎng 蟒	蟒	蟒	右上部，香港、台灣為「艹」，「橫」與「豎」相交，共四畫；大陸為「艹」，「橫」連為一筆，共三畫。
虫部 17畫 左右 mǎn 蟎	蟎	蟎｜蟎	香港、台灣右下內部兩個部件為「人」，第二筆是「捺」；大陸右下內部兩個部件為「人」，第二筆是「捺點」。
虫部 17畫 左右 chī 螭	螭	螭	部件「内」，香港、台灣「橫折鈎」與「豎」相交，大陸「橫折鈎」與「豎」相接。 ✎ 書寫提示　大陸「螭」為十六畫。
虫部 18畫 左右 pán 蟠	蟠	蟠	部件「釆」，香港、台灣末筆是「捺點」，大陸末筆是「捺」。 💡 注意　具有相同部件「番」的字：播、幡、潘、審、蕃。
虫部 18畫 左右 shàn 蟮	蟮	蟮	右部「善」，香港、台灣上部為「䒑」，「豎」向下不出頭；大陸上部為「羊」，「豎」向下出頭。 💡 注意　具有相同部件「善」的字：鄯、膳、繕、鱔。 ✎ 書寫提示　部件「善」，香港、台灣「䒑」中「豎」為第五筆，大陸「羊」中「豎」為第六筆。
虫部 18畫 左右 jǐ 蟣	蟣	蟣｜虮	部件「戍」，香港、台灣第二筆「撇」與首筆「橫」相接，大陸第二筆「撇」與首筆「橫」相交。
虫部 19畫 上下 chài 蠆	蠆	蠆｜虿	①上部，香港、台灣為「艹」，「橫」與「豎」相交，共四畫；大陸為「艹」，「橫」連為一筆，共三畫。②部件「凵」，香港、台灣第二筆「橫折鈎」與首筆「豎」相交，大陸第二筆「橫折鈎」與首筆「豎」相接。 💡 注意　具有相同部件「凵」的字：禹、寓、愚、遇、厲、踽、勵、齲。
虫部 19畫 左右 chēng 蟶	蟶	蟶｜蛏	①部件「㣺」，香港、台灣末筆「提」與第三筆「豎」相接，大陸末筆「提」與第三筆「豎」相交。②部件「壬」，香港、台灣首筆是「撇」，大陸首筆是「橫」。
虫部 19畫 左右 chán 蟾	蟾	蟾	部件「产」，香港、台灣最後兩筆為「撇、豎彎」，大陸最後兩筆為「撇、點」。

二級字表

香港	台灣	大陸	字形差異描述
虫部 20畫 左右 měng 蠓	蠓	蠓	右上部，香港、台灣為「艹」，「橫」與「豎」相交，共四畫；大陸為「艹」，「橫」連為一筆，共三畫。
虫部 20畫 左右 huò 蠖	蠖	蠖	右上部，香港、台灣為「艹」，「橫」與「豎」相接，共四畫；大陸為「艹」，「橫」連為一筆，共三畫。
虫部 20畫 左右 háo 蠔	蠔	蚝	香港、台灣右部為「豪」，大陸右部為「毛」。 💡 注意　「蠔」為大陸異體字。 📄 小知識　「蠔」與「蚝」。「蠔」從「虫」，「豪」聲；「蚝」從「虫」，「毛」聲。兩者都是形聲字，聲旁有別。
虫部 21畫 左右 lì 蠣	蠣	蠣丨蛎	部件「萬」：①上部，香港、台灣為「艹」，「橫」與「豎」相交，共四畫；大陸為「艹」，「橫」連為一筆，共三畫。②部件「凵」，香港、台灣第二筆「橫折鈎」與首筆「豎」相交，大陸第二筆「橫折鈎」與首筆「豎」相接。 💡 注意　具有相同部件「凵」的字：禹、寓、愚、遇、厲、踽、勵、齲。
虫部 21畫 上下 lí lǐ 蠡	蠡	蠡	上部「彖」，香港、台灣末筆是「捺點」，大陸末筆是「捺」。
血部 10畫 左右 nǜ 衄	衄	衄	右部「丑」，香港、台灣第三筆「橫」與首筆「橫折」相交，大陸第三筆「橫」與首筆「橫折」相接。
衣部 9畫 左右 rèn 衽	衽	衽	右部「壬」，香港、台灣首筆是「橫」，大陸首筆是「撇」。 📄 小知識　衣部的字：從「衤（衣）」的漢字，多與衣物、布料等有關，如：衫、被、裙、褥、褲等；從「礻（示）」的漢字，多與鬼神、祭祀等有關，如：祉、祈、祝、祿、福等。形旁是「礻」，還是「衤」，要區分清楚。
衣部 9畫 左右 nà 衲	衲	衲	右部「內」，香港、台灣第三、四筆是「撇、捺」，為「入」；大陸第三、四筆是「撇、捺點」，為「人」。

香港	台灣	大陸	字形差異描述
衣部 9畫 左右 jīn 衿	衿	衿	右部「今」，香港、台灣第三筆是「短橫」，大陸第三筆是「點」。 💡 **注意**　具有相同部件「今」的字：吟、含、念、捻、唸、貪、琴、黔。
衣部 9畫 左右 mèi 袂	袂	袂	右部「夬」，香港、台灣末筆是「捺點」，大陸末筆是「捺」。
衣部 10畫 上下 qīn 衾	衾	衾	①上部「今」，香港、台灣第三筆是「短橫」，大陸第三筆是「點」。②下部「衣」，香港、台灣末筆是「捺點」，大陸末筆是「捺」。 💡 **注意**　具有相同部件「今」的字：吟、含、念、捻、唸、貪、琴、黔。
衣部 12畫 左右 chéng chěng 裎	裎	裎	部件「壬」，香港、台灣首筆是「撇」，大陸首筆是「橫」。
衣部 13畫 上下 qiú 裘	裘	裘	上部「求」，香港、台灣第二筆是「豎鈎」，大陸第二筆是「豎」。
衣部 13畫 上下 niǎo 裊	裊	裊|裊	香港、台灣「衣」有部分被包在「橫折鈎」內，大陸「衣」居下部，均為上下結構。
衣部 13畫 上中下 póu 裒	裒	裒	部件「臼」，香港、台灣下部為兩筆「短橫」，大陸下部為一筆「橫」。 📄 **小知識**　「衷」、「裒」、「裏」等都是上中下結構，「衣」被拆為上下兩部分，中間為聲旁。
衣部 13畫 上下 yì 裔	裔	裔	部件「儿」，香港、台灣為「撇、豎彎」，且與上部相接；大陸為「撇、點」，且與上部相離。
衣部 14畫 上下 péi 裴	裴	裴	上部「非」，香港、台灣首筆是「豎撇」，第四筆是「提」；大陸首筆是「豎」，第四筆是「橫」。 💡 **注意**　具有相同部件「非」的字：匪、排、啡、悲、罪、輩、靠、靡。

香港	台灣	大陸	字形差異描述
衣部 15畫 左右 dā 褡	褡	褡	右上部，香港、台灣為「⺾」，「橫」與「豎」相交，共四畫；大陸為「⺾」，「橫」連為一筆，共三畫。
衣部 15畫 左右 chǐ 褫	褫	褫	右部「虒」：① 部件「乚」，香港、台灣末筆是「豎彎」，大陸末筆是「豎彎鈎」。② 香港、台灣最後兩筆為「ㄦ」，大陸最後兩筆為「ㄦ」。 💡 注意　含部件「虍」的字，其中的「乚」寫法相同，如：虎、虔、墟、劇、慮、瘧、攄、獻。
衣部 16畫 上下 qiān 褰	褰	褰	下部「衣」，香港、台灣末筆是「捺點」，大陸末筆是「捺」。
衣部 16畫 左右 lián 褳	褳	褳|褳	香港、台灣部件「辶」，共四畫；大陸對應的部件為「辶」，共三畫。
衣部 16畫 左右 qiǎng 襁	襁	襁	右部「強」，香港、台灣右上部為「厶」，大陸右上部為「口」。 ✎ 書寫提示　大陸「襁」為十七畫。
衣部 16畫 左右 zhě 褶	褶	褶	部件「羽」，香港、台灣第一、四筆均是「橫折鈎」，大陸第一、四筆均是「橫折」。
衣部 19畫 左右 lán 襤	襤	襤|襤	右部「監」，香港、台灣上右部末筆是「短橫」，大陸上右部末筆是「點」。
衣部 19畫 左右 rú 襦	襦	襦	部件「雨」，香港、台灣最後四筆姿態各異，大陸對應的四筆均是「短橫」。
見部 19畫 左右 qù 覷	覷	覷|覰	① 部件「乚」，香港、台灣末筆是「豎彎」，大陸末筆是「豎彎鈎」。② 香港、台灣部件「业」左部為「豎折」，右部為「豎、橫」兩筆；大陸部件「业」左部為「點」，右部為一筆「撇」。 💡 注意　含部件「虍」的字，其中的「乚」寫法相同，如：虎、虔、墟、劇、慮、瘧、攄、獻。
角部 12畫 左右 gū 觚	觚	觚	左部「角」，香港、台灣「豎」向下不出頭，大陸「豎」向下出頭。 ✎ 書寫提示　角部的字：香港、台灣「角」中「豎」為第六筆，大陸「角」中「豎」為第七筆。

香港	台灣	大陸	字形差異描述
角部 13畫 左右 gōng 觓	觓	觓	左部「角」，香港、台灣「豎」向下不出頭，大陸「豎」向下出頭。
角部 14畫 左右 sù 觫	觫	觫	左部「角」，香港、台灣「豎」向下不出頭，大陸「豎」向下出頭。
角部 17畫 左右 hú 觳	觳	觳	部件「角」，香港、台灣「豎」向下不出頭，大陸「豎」向下出頭。
角部 18畫 左右 shāng 觴	觴	觴｜觞	左部「角」，香港、台灣「豎」向下不出頭，大陸「豎」向下出頭。
角部 19畫 左右 zhì 觶	觶	觶｜觯	左部「角」，香港、台灣「豎」向下不出頭，大陸「豎」向下出頭。
言部 11畫 左右 nè 訥	訥	訥｜讷	右部「內」，香港、台灣第三、四筆是「撇、捺」，為「入」；大陸第三、四筆是「撇、捺點」，為「人」。
言部 12畫 左右 jù 詎	詎	詎｜讵	香港、台灣部件「匚」，共三畫；大陸對應的部件為「匚」，共兩畫。
言部 12畫 左右 dǐ 詆	詆	詆｜诋	右部「氐」，香港、台灣末筆是「短橫」，大陸末筆是「點」。 💡 注意　具有相同部件「氐」的字：低、抵、邸、底、柢、骶。
言部 13畫 半包圍 zhān 詹	詹	詹	部件「厃」，香港、台灣最後兩筆為「撇、豎彎」，大陸最後兩筆為「撇、點」。
言部 13畫 左右 yì 詣	詣	詣｜诣	部件「匕」，香港、台灣為「橫、豎彎」，大陸為「撇、豎彎鈎」。
言部 13畫 左右 lěi 誄	誄	誄｜诔	右部「耒」，香港、台灣首筆是「撇」，大陸首筆是「橫」。

二級字表

香港	台灣	大陸	字形差異描述
言部 13畫 左右 quán　詮	詮	詮|诠	右部「全」，香港、台灣首兩筆為「人」，大陸首兩筆為「人」。
言部 15畫 左右 zōu　諏	諏	諏|诹	部件「耳」，香港、台灣末筆「提」與第三筆「豎」相接，大陸末筆「提」與第三筆「豎」相交。
言部 15畫 左右 zhuó　諑	諑	諑|诼	右部「豕」，香港、台灣「點」與第四、五筆兩「撇」相交；大陸「點」與第四筆「撇」相交，與第五筆「撇」相離。 ✎ 書寫提示　右部是「豕」，不是「豕」。
言部 15畫 左右 wěi　諉	諉	諉|诿	① 部件「禾」，香港、台灣末筆是「捺點」，大陸末筆是「捺」。② 部件「女」，香港、台灣第三筆「橫」與第二筆「撇」相交，大陸第三筆「橫」與第二筆「撇」相接。
言部 15畫 左右 shěn　諗	諗	諗|谂	部件「今」，香港、台灣第三筆是「短橫」，大陸第三筆是「點」。 💡 注意　具有相同部件「今」的字：吟、含、念、捻、唸、貪、琴、黔。
言部 15畫 左右 zhèng　諍	諍	诤|诤	香港、台灣右上部為「⺈」，大陸右上部為「𠂊」。 ✎ 書寫提示　大陸「诤」為十三畫。
言部 16畫 左右 chén　諶	諶	諶|谌	右部「甚」：① 部件「儿」，香港、台灣為「撇、豎彎」，且與上部相接；大陸為「撇、點」，且與上部相離。② 香港、台灣末筆是「豎彎」，大陸末筆是「豎折」。
言部 16畫 左右 xuè　謔	謔	謔|谑	部件「⺂」，香港、台灣末筆是「豎彎」，大陸末筆是「豎彎鈎」。 💡 注意　含部件「虍」的字，其中的「⺂」寫法相同，如：虎、虔、墟、劇、慮、瘧、擄、獻。
言部 18畫 左右 mó　謨	謨	謨|谟	① 右上部，香港、台灣為「⺿」，「橫」與「豎」相交，共四畫；大陸為「艹」，「橫」連為一筆，共三畫。② 部件「大」，香港、台灣末筆是「捺點」，大陸末筆是「捺」。

香港	台灣	大陸	字形差異描述
言部 18畫 左右 ōu 謳	謳	謳｜讴	右部「區」，香港、台灣末筆是「豎彎」，大陸末筆是「豎折」。
言部 18畫 左右 màn 謾	謾	謾｜谩	部件「日」，香港、台灣最後兩筆「橫」與兩邊相離，大陸最後兩筆「橫」與兩邊相接。
言部 19畫 左右 jué 譎	譎	譎｜谲	部件「几」，香港、台灣為「撇、豎彎」，且與上部相接；大陸為「撇、點」，且與上部相離。
言部 20畫 左右 zhān 譫	譫	譫｜谵	部件「厃」，香港、台灣最後兩筆為「撇、豎彎」，大陸最後兩筆為「撇、點」。
言部 24畫 左右 chán 讒	讒	讒｜谗	部件「比」，香港、台灣第三筆是「短橫」，大陸第三筆是「短撇」。 💡 注意　具有相同部件「比」的字：批、庇、屁、鹿、混、諧、麗、饞。
言部 27畫 左右 yàn 讞	讞	讞｜谳	部件「乚」，香港、台灣末筆是「豎彎」，大陸末筆是「豎彎鈎」。 💡 注意　含部件「虍」的字，其中的「乚」寫法相同，如：虎、虔、墟、劇、慮、瘧、擄、獻。
豸部 17畫 左右 pí 貔	貔	貔	部件「比」，香港、台灣第三筆是「短橫」，大陸第三筆是「短撇」。 💡 注意　具有相同部件「比」的字：批、庇、屁、鹿、混、諧。
豸部 18畫 左右 mò 貘	貘	貘	① 右上部，香港、台灣為「艹」，「橫」與「豎」相交，共四畫；大陸為「艹」，「橫」連為一筆，共三畫。② 部件「大」，香港、台灣末筆是「捺點」，大陸末筆是「捺」。
貝部 14畫 左右 zhèn 賑	賑	賑｜赈	右部「辰」，香港、台灣第三筆「橫」與第二筆「撇」相接，大陸第三筆「橫」與第二筆「撇」相離。 📖 小知識　貝部的字：古代曾以貝殼為貨幣，從貝的字一般和錢財有關，如：財、貴、買、賄、賜等。

二級字表

香港	台灣	大陸	字形差異描述
貝部 17畫 左右 fù　賻	賻	賻|赙	部件「甫」，香港、台灣第三筆是「橫折鈎」，大陸第三筆是「橫折」。 💡 **注意** 具有相同部件「甫」的字：博、傅、搏、脯、敷、縛。
足部 12畫 左右 shān　跚	跚	跚	右部「冊」，香港、台灣筆畫為「豎、橫折鈎、豎、豎」，末筆「橫」從中間貫穿；大陸為兩個「撇、橫折鈎」並列，末筆「橫」從中間貫穿。 ✏️ **書寫提示** 足部的字：部首「足」在構成左右結構的字時，通常位於左部，最後兩筆作「豎、提」。
足部 15畫 左右 wō　踒	踒	踒	① 部件「禾」，香港、台灣末筆是「捺點」，大陸末筆是「捺」。② 部件「女」，香港、台灣第三筆「橫」與第二筆「撇」相交，大陸第三筆「橫」與第二筆「撇」相接。
足部 16畫 左右 jǔ　踽	踽	踽	部件「禹」，香港、台灣第二筆「橫折鈎」與首筆「豎」相交，大陸第二筆「橫折鈎」與首筆「豎」相接。 💡 **注意** 具有相同部件「禹」的字：禹、寓、愚、遇、屬、勵、齲。
足部 17畫 左右 qī xī　蹊	蹊	蹊	部件「大」，香港、台灣末筆是「捺點」，大陸末筆是「捺」。
足部 17畫 左右 qiàng　蹌	蹌	蹌|跄	右部「倉」，香港、台灣第三筆是「短橫」，大陸第三筆是「點」。
足部 17畫 左右 cuō　蹉	蹉	蹉	部件「羊」，香港、台灣第七筆「撇」與第六筆「橫」相接，「豎」、「撇」為兩筆；大陸第六筆「豎撇」與第三筆「橫」相接，「豎撇」為一筆。 💡 **注意** 具有相同部件「差」的字：嗟、嵯、槎、磋。
足部 18畫 左右 pán　蹣	蹣	蹣|蹒	香港、台灣右下內部兩個部件為「入」，第二筆是「捺」；大陸右下內部兩個部件為「入」，第二筆是「捺點」。
足部 18畫 左右 zhí　蹠	蹠	跖	香港、台灣右部為「庶」，大陸右部為「石」。 💡 **注意** 「蹠」為大陸異體字。

香港	台灣	大陸	字形差異描述
足部 19畫 左右 chú 躇	躇	躇	右上部，香港、台灣為「⺾」，「橫」與「豎」相交，共四畫；大陸為「⺿」，「橫」連為一筆，共三畫。
足部 19畫 左右 pǔ 蹼	蹼	蹼	部件「美」，香港、台灣末筆是「捺點」，大陸末筆是「捺」。
足部 20畫 上下 dǔn 躉	躉	躉|踅	① 上部，香港、台灣為「⺾」，「橫」與「豎」相交，共四畫；大陸為「⺿」，「橫」連為一筆，共三畫。② 部件「屮」，香港、台灣第二筆「橫折鈎」與首筆「豎」相交，大陸第二筆「橫折鈎」與首筆「豎」相接。 💡 注意　具有相同部件「屮」的字：禹、寓、愚、遇、屬、踽、勵、齲。
足部 20畫 左右 da 躂	躂	躂|跶	香港、台灣部件「⻌」，共四畫；大陸對應的部件為「⻍」，共三畫。
足部 22畫 左右 xiān 躚	躚	躚|跹	① 部件「覂」，香港、台灣下部為「㔾」，大陸下部為「已」。② 香港、台灣部件「⻌」，共四畫；大陸對應的部件為「⻍」，共三畫。
足部 22畫 左右 chú 躕	躕	躕	右部：① 香港、台灣部件「广」，共三畫；大陸對應的部件為「厂」，共兩畫。② 被包圍部分，香港、台灣左上部為「⼟」，大陸左上部為「一」。 💡 注意　「躕」為台灣異體字，「躕」為大陸異體字。 ✏️ 書寫提示　大陸「躕」為十九畫。
足部 22畫 左右 zhí 躑	躑	躑|踯	部件「酋」，香港、台灣內部的「橫」與兩邊相離，大陸內部的「橫」與兩邊相接。 💡 注意　具有相同部件「酋」的字：猶、尊、奠、樽、遵、擲。
足部 25畫 左右 niè 躡	躡	躡|蹑	右部「聶」，香港、台灣下左部件末筆「提」與第三筆「豎」相接，大陸下左部件末筆「提」與第三筆「豎」相交。
足部 25畫 左右 cuān 躥	躥	躥|蹿	① 部件「⺥」，香港、台灣最後兩筆為「撇、豎彎」，且與第三筆「橫鈎」相接；大陸最後兩筆為「撇、點」，且與第三筆「橫鈎」相離。② 部件「㠭」，香港、台灣中間四筆是「短橫」，大陸對應的四筆是「點」。

二級字表

香港	台灣	大陸	字形差異描述
車部 10畫 左右 rèn 軔	軔	軔|轫	右部「刃」，香港、台灣「點」與「撇」相接，大陸「點」與「撇」相離。
車部 14畫 左右 zhé 輒	輒	輒|辄	部件「耳」，香港、台灣末筆「提」與第三筆「豎」相接，大陸末筆「提」與第三筆「豎」相交。
車部 15畫 上下 niǎn 輦	輦	輦|辇	上部「夫夫」，香港、台灣末筆是「捺點」，大陸末筆是「捺」。
車部 15畫 左右 gǔn 輥	輥	輥|辊	部件「比」，香港、台灣第三筆是「短橫」，大陸第三筆是「短撇」。 💡 **注意**　具有相同部件「比」的字：批、庇、屁、鹿、混、諧。
車部 15畫 左右 wǎng 輞	輞	輞|辋	部件「乚」，香港、台灣末筆是「豎彎」，大陸末筆是「豎折」。
車部 18畫 左右 lù 轆	轆	轆|辘	部件「比」，香港、台灣第三筆是「短橫」，大陸第三筆是「短撇」。 💡 **注意**　具有相同部件「比」的字：批、庇、屁、鹿、混、諧、麗。
車部 19畫 左右 lín 轔	轔	轔|辚	部件「米」，香港、台灣末筆是「捺點」，台灣結構疏散；大陸末筆是「捺」。 💡 **注意**　具有相同部件「舛」的字：嶙、憐、磷、鱗。
車部 23畫 左右 lú 轤	轤	轤|轳	部件「乚」，香港、台灣末筆是「豎彎」，大陸末筆是「豎彎鈎」。 💡 **注意**　含部件「虍」的字，其中的「乚」寫法相同，如：虎、虔、墟、劇、慮、瘧、擄、獻。
辵部 8畫 半包圍 yà 迓	迓	迓	香港、台灣部件「辶」，共四畫；大陸對應的部件為「辶」，共三畫。 ✏ **書寫提示**　辵部的字：現代漢字中「走之旁」與「走字旁」不同。「走之旁」應先寫其他部分，後寫「辶」，如：返、追、逃、進、達等；「走字旁」應先寫「走」，後寫其他部分，如：赴、趁、超、越、趕等。
辵部 8畫 半包圍 wǔ 迕	迕	迕	香港、台灣部件「辶」，共四畫；大陸對應的部件為「辶」，共三畫。

香港	台灣	大陸	字形差異描述
辵部 9畫 半包圍 jiǒng　迥	迥	迥	香港、台灣部件「辶」，共四畫；大陸對應的部件為「辶」，共三畫。
辵部 9畫 半包圍 zé　迮	迮	迮	香港、台灣部件「辶」，共四畫；大陸對應的部件為「辶」，共三畫。
辵部 9畫 半包圍 yí yǐ　迆	迆	迆	① 部件「也」，香港、台灣首筆是「橫折」，大陸首筆是「橫折鈎」。② 香港、台灣部件「辶」，共四畫；大陸對應的部件為「辶」，共三畫。 💡 **注意**　具有相同部件「也」的字：他、地、池、弛、她、拖、施。
辵部 9畫 半包圍 jiā　迦	迦	迦	香港、台灣部件「辶」，共四畫；大陸對應的部件為「辶」，共三畫。
辵部 9畫 半包圍 dài　迨	迨	迨	香港、台灣部件「辶」，共四畫；大陸對應的部件為「辶」，共三畫。
辵部 10畫 半包圍 hòu　逅	逅	逅	香港、台灣部件「辶」，共四畫；大陸對應的部件為「辶」，共三畫。
辵部 10畫 半包圍 páng　逄	逄	逄	① 部件「夊」，香港、台灣第三筆是「捺點」，大陸第三筆是「捺」。② 香港、台灣部件「辶」，共四畫；大陸對應的部件為「辶」，共三畫。
辵部 10畫 半包圍 bèng　迸	迸	迸	香港、台灣部件「辶」，共四畫；大陸對應的部件為「辶」，共三畫。
辵部 11畫 半包圍 qiú　逑	逑	逑	香港、台灣部件「辶」，共四畫；大陸對應的部件為「辶」，共三畫。
辵部 11畫 半包圍 bū　逋	逋	逋	香港、台灣部件「辶」，共四畫；大陸對應的部件為「辶」，共三畫。
辵部 11畫 半包圍 tì　逖	逖	逖	香港、台灣部件「辶」，共四畫；大陸對應的部件為「辶」，共三畫。

二級字表

香港	台灣	大陸	字形差異描述
辵部 12畫 半包圍 kuí 達	達	達	①部件「儿」，香港、台灣為「撇、豎彎」，且與上部相接；大陸為「撇、點」，且與上部相離。②香港、台灣部件「辶」，共四畫；大陸對應的部件為「辶」，共三畫。
辵部 12畫 半包圍 wēi 逶	逶	逶	①部件「女」，香港、台灣第三筆「橫」與第二筆「撇」相交，大陸第三筆「橫」與第二筆「撇」相接。②香港、台灣部件「辶」，共四畫；大陸對應的部件為「辶」，共三畫。
辵部 12畫 半包圍 lù 逯	逯	逯	①部件「彔」，香港、台灣上部為「彑」，大陸上部為「彐」。②香港、台灣部件「辶」，共四畫；大陸對應的部件為「辶」，共三畫。
辵部 13畫 半包圍 xiá 遐	遐	遐	香港、台灣部件「辶」，共四畫；大陸對應的部件為「辶」，共三畫。
辵部 13畫 半包圍 chuán 耑	耑	耑	香港、台灣部件「辶」，共四畫；大陸對應的部件為「辶」，共三畫。
辵部 13畫 半包圍 huáng 遑	遑	遑	香港、台灣部件「辶」，共四畫；大陸對應的部件為「辶」，共三畫。
辵部 13畫 半包圍 dùn 遁	遁	遁	香港、台灣部件「辶」，共四畫；大陸對應的部件為「辶」，共三畫。
辵部 13畫 半包圍 qiú 遒	遒	遒	①部件「酉」，香港、台灣內部的「橫」與兩邊相離，大陸內部的「橫」與兩邊相接。②香港、台灣部件「辶」，共四畫；大陸對應的部件為「辶」，共三畫。 💡 **注意**　具有相同部件「酉」的字：猶、尊、奠、樽。
辵部 14畫 半包圍 liù 遛	遛	遛	香港、台灣部件「辶」，共四畫；大陸對應的部件為「辶」，共三畫。
辵部 15畫 半包圍 áo 遨	遨	遨	①部件「耂」，香港、台灣上為「土」，下為「方」，共七畫；大陸為三「橫」一「豎」，最後兩筆為「橫折鈎、撇」，共六畫。②香港、台灣部件「辶」，共四畫；大陸對應的部件為「辶」，共三畫。

二級字表

香港	台灣	大陸	字形差異描述
辵部 16畫 半包圍 lín 遴	遴	遴	香港、台灣部件「辶」，共四畫；大陸對應的部件為「辶」，共三畫。
辵部 17畫 半包圍 jù 遽	遽	遽	① 部件「匕」，香港、台灣末筆是「豎彎」，大陸末筆是「豎彎鈎」。② 香港、台灣部件「辶」，共四畫；大陸對應的部件為「辶」，共三畫。 💡 注意　含部件「虍」的字，其中的「匕」寫法相同，如：虎、虔、墟、劇、慮、瘧、攄、獻。
辵部 17畫 半包圍 xiè 邂	邂	邂	① 部件「角」，香港、台灣「豎」向下不出頭，大陸「豎」向下出頭。② 香港、台灣部件「辶」，共四畫；大陸對應的部件為「辶」，共三畫。 ✎ 書寫提示　香港、台灣「角」中「豎」為第六筆，大陸「角」中「豎」為第七筆。
辵部 18畫 半包圍 ěr 邇	邇	邇|迩	香港、台灣部件「辶」，共四畫；大陸對應的部件為「辶」，共三畫。
辵部 18畫 半包圍 miǎo 邈	邈	邈	香港、台灣部件「辶」，共四畫；大陸對應的部件為「辶」，共三畫。
辵部 18畫 半包圍 suì 邃	邃	邃	① 部件「穴」，香港、台灣最後兩筆為「撇、豎彎」，且與第三筆「橫鈎」相接；大陸最後兩筆為「撇、點」，且與第三筆「橫鈎」相離。② 香港、台灣部件「辶」，共四畫；大陸對應的部件為「辶」，共三畫。
邑部 6畫 左右 máng 邙	邙	邙	左部「亡」，香港、台灣末筆是「豎彎」，大陸末筆是「豎折」。 📖 小知識　邑部的字：右邊的「阝」是由「邑」變形而來，通常表示和地名、邦郡有關，如：邙、都、郭、鄂、鄭等；左邊的「阝」是由「阜」變形而來，通常表示和地勢、升降等有關，如：降、陡、階、隅、險等。 ✎ 書寫提示　邑部的字：部件「阝」，香港、台灣為三畫，大陸為兩畫。
邑部 8畫 左右 dǐ 邸	邸	邸	左部「氐」，香港、台灣末筆是「短橫」，大陸末筆是「點」。 💡 注意　具有相同部件「氐」的字：低、抵、底、柢、詆、骶。

二級字表

香港	台灣	大陸	字形差異描述
邑部 10畫 左右 yǐng 郢	郢	郢	部件「壬」，香港、台灣首筆是「撇」，大陸首筆是「橫」。
邑部 12畫 左右 yǎn 郾	郾	郾	左部「匽」：① 部件「女」，香港、台灣第三筆「橫」與第二筆「撇」相交，大陸第三筆「橫」與第二筆「撇」相接。② 香港、台灣末筆是「豎彎」，大陸末筆是「豎折」。
邑部 12畫 左右 juàn 鄄	鄄	鄄	部件「西」，香港、台灣第四筆是「撇」，第五筆是「豎彎」；大陸第四、五筆均是「豎」。
邑部 15畫 左右 shàn 鄯	鄯	鄯	左部「善」，香港、台灣上部為「羊」，「豎」向下不出頭；大陸上部為「羊」，「豎」向下出頭。 💡 **注意**　具有相同部件「善」的字：膳、蟮、繕、鱔。 ✎ **書寫提示**　部件「善」，香港、台灣「羊」中「豎」為第五筆，大陸「羊」中「豎」為第六筆。
邑部 20畫 左右 líng 酃	酃	酃	部件「雨」，香港、台灣最後四筆姿態各異，大陸對應的四筆均是「短橫」。
酉部 9畫 左右 dīng dǐng 酊	酊	酊	左部「酉」，香港、台灣內部的「橫」與兩邊相離，大陸內部的「橫」與兩邊相接。
酉部 9畫 獨體 qiú 酋	酋	酋	香港、台灣內部的「橫」與兩邊相離，大陸內部的「橫」與兩邊相接。 💡 **注意**　具有相同部件「酋」的字：猶、尊、奠、樽、遵、擲。
酉部 10畫 左右 gān 酐	酐	酐	左部「酉」，香港、台灣內部的「橫」與兩邊相離，大陸內部的「橫」與兩邊相接。
酉部 11畫 左右 tài 酞	酞	酞	左部「酉」，香港、台灣內部的「橫」與兩邊相離，大陸內部的「橫」與兩邊相接。
酉部 11畫 左右 fēn 酚	酚	酚	左部「酉」，香港、台灣內部的「橫」與兩邊相離，大陸內部的「橫」與兩邊相接。

香港	台灣	大陸	字形差異描述
酉部 12畫 左右 gū　酤	酤	酤	左部「酉」，香港、台灣內部的「橫」與兩邊相離，大陸內部的「橫」與兩邊相接。
酉部 12畫 左右 zuò　酢	酢	酢	左部「酉」，香港、台灣內部的「橫」與兩邊相離，大陸內部的「橫」與兩邊相接。
酉部 12畫 左右 tuó　酡	酡	酡	左部「酉」，香港、台灣內部的「橫」與兩邊相離，大陸內部的「橫」與兩邊相接。
酉部 13畫 左右 tóng　酮	酮	酮	左部「酉」，香港、台灣內部的「橫」與兩邊相離，大陸內部的「橫」與兩邊相接。
酉部 13畫 左右 xiān　酰	酰	酰	左部「酉」，香港、台灣內部的「橫」與兩邊相離，大陸內部的「橫」與兩邊相接。
酉部 13畫 左右 zhǐ　酯	酯	酯	① 左部「酉」，香港、台灣內部的「橫」與兩邊相離，大陸內部的「橫」與兩邊相接。② 部件「匕」，香港、台灣為「橫、豎彎」，大陸為「撇、豎彎鈎」。
酉部 13畫 左右 mǐng　酩	酩	酩	左部「酉」，香港、台灣內部的「橫」與兩邊相離，大陸內部的「橫」與兩邊相接。
酉部 14畫 左右 méi　酶	酶	酶	左部「酉」，香港、台灣內部的「橫」與兩邊相離，大陸內部的「橫」與兩邊相接。
酉部 14畫 左右 lèi　酹	酹	酹	左部「酉」，香港、台灣內部的「橫」與兩邊相離，大陸內部的「橫」與兩邊相接。
酉部 15畫 左右 kūn　醌	醌	醌	① 左部「酉」，香港、台灣內部的「橫」與兩邊相離，大陸內部的「橫」與兩邊相接。② 部件「比」，香港、台灣第三筆是「短橫」，大陸第三筆是「短撇」。 💡 **注意**　具有相同部件「比」的字：批、庇、屁、鹿、混、諧。

香港	台灣	大陸	字形差異描述
酉部 15畫 左右 pēi　醅	醅	醅	左部「酉」，香港、台灣內部的「橫」與兩邊相離，大陸內部的「橫」與兩邊相接。
酉部 16畫 左右 tí　醍	醍	醍	左部「酉」，香港、台灣內部的「橫」與兩邊相離，大陸內部的「橫」與兩邊相接。
酉部 17畫 左右 quán　醛	醛	醛	①左部「酉」，香港、台灣內部的「橫」與兩邊相離，大陸內部的「橫」與兩邊相接。②右上部，香港、台灣為「艹」，「橫」與「豎」相交，共四畫；大陸為「艹」，「橫」連為一筆，共三畫。③部件「全」，香港、台灣首兩筆為「ㅅ」，大陸首兩筆為「人」。
酉部 17畫 左右 hǎi　醢	醢	醢	左部「酉」，香港、台灣內部的「橫」與兩邊相離，大陸內部的「橫」與兩邊相接。
酉部 17畫 左右 mí　醚	醚	醚	①左部「酉」，香港、台灣內部的「橫」與兩邊相離，大陸內部的「橫」與兩邊相接。②香港、台灣部件「辶」，共四畫；大陸對應的部件為「辶」，共三畫。
酉部 18畫 左右 láo　醪	醪	醪	①左部「酉」，香港、台灣內部的「橫」與兩邊相離，大陸內部的「橫」與兩邊相接。②部件「羽」，香港、台灣第一、四筆均是「橫折鈎」，大陸第一、四筆均是「橫折」。
酉部 19畫 左右 jiào　醮	醮	醮	左部「酉」，香港、台灣內部的「橫」與兩邊相離，大陸內部的「橫」與兩邊相接。
酉部 20畫 左右 lǐ　醴	醴	醴	左部「酉」，香港、台灣內部的「橫」與兩邊相離，大陸內部的「橫」與兩邊相接。
酉部 21畫 左右 xūn　醺	醺	醺	左部「酉」，香港、台灣內部的「橫」與兩邊相離，大陸內部的「橫」與兩邊相接。

二級字表

香港	台灣	大陸	字形差異描述
酉部 27畫 左右 yàn 釅	釅	釅｜酽	①左部「酉」，香港、台灣內部的「橫」與兩邊相離，大陸內部的「橫」與兩邊相接。②部件「䏍」，香港、台灣上部為「橫、豎」兩筆，末筆「提」與第五筆「豎」相接，共八畫；大陸上部為「橫折」一筆，末筆「提」與第四筆「豎」相交，共七畫。
釆部 13畫 左右 yòu 釉	釉	釉	香港、台灣左部為「釆」，共八畫；大陸左部為「釆」，共七畫。
金部 11畫 左右 nǚ 鈫	鈫	鈫｜钕	右部「女」，香港、台灣第三筆「橫」與第二筆「撇」相交，大陸第三筆「橫」與第二筆「撇」相接。 ✎ **書寫提示**　金部的字：部首「金」在構成左右結構的字時，通常位於左部，末筆作「提」。
金部 12畫 左右 qián 鈐	鈐	鈐｜钤	右部「今」，香港、台灣第三筆是「短橫」，大陸第三筆是「點」。 💡 **注意**　具有相同部件「今」的字：吟、含、念、捻、唸、貪、琴、黔。
金部 13畫 左右 bó 鈸	鈸	鈸｜钹	右部「犮」，香港、台灣第三、四筆為「乂」，大陸第三、四筆為「又」。
金部 14畫 左右 quán 銓	銓	銓｜铨	右部「全」，香港、台灣首兩筆為「人」，大陸首兩筆為「人」。
金部 14畫 左右 ǎn 銨	銨	銨｜铵	部件「女」，香港、台灣第三筆「橫」與第二筆「撇」相交，大陸第三筆「橫」與第二筆「撇」相接。
金部 15畫 上下 yún 鋆	鋆	鋆	部件「勻」，香港、台灣最後兩筆均是「橫」，大陸最後兩筆是「點、提」。 💡 **注意**　具有相同部件「勻」的字：均、昀、鈞、筠。
金部 15畫 左右 zèng 鋥	鋥	鋥｜锃	部件「壬」，香港、台灣首筆是「撇」，大陸首筆是「橫」。
金部 15畫 左右 tǐng 鋌	鋌	鋌｜铤	部件「壬」，香港、台灣底「橫」稍長，大陸底「橫」稍短。 ✎ **書寫提示**　大陸「鋌」為十四畫。

二級字表

香港	台灣	大陸	字形差異描述
金部 16畫 左右 kūn 錕	錕	錕｜锟	部件「比」，香港、台灣第三筆是「短橫」，大陸第三筆是「短撇」。 💡 **注意** 具有相同部件「比」的字：批、庇、屁、鹿、混、諧。
金部 16畫 左右 zhēng 錚	錚	錚｜铮	香港、台灣右上部為「⺈」，大陸右上部為「⺈」。 ✏️ **書寫提示** 大陸「铮」為十四畫。
金部 17畫 左右 kǎi 鍇	鍇	鍇｜锴	部件「比」，香港、台灣第三筆是「短橫」，大陸第三筆是「短撇」。 💡 **注意** 具有相同部件「比」的字：批、庇、屁、鹿、混、諧。
金部 17畫 左右 chā 鍤	鍤	鍤｜锸	右部「臿」，香港、台灣首筆是「橫」，大陸首筆是「撇」。
金部 17畫 左右 měi 鎂	鎂	鎂｜镁	部件「大」，香港、台灣末筆是「捺點」，大陸末筆是「捺」。
金部 19畫 上下 ào 鏊	鏊	鏊	部件「圥」，香港、台灣上為「土」，下為「方」，共七畫；大陸為三「橫」一「豎」，最後兩筆為「橫折鈎、撇」，共六畫。
金部 19畫 左右 màn 鏝	鏝	鏝｜镘	部件「曰」，香港、台灣最後兩筆「橫」與兩邊相離，大陸最後兩筆「橫」與兩邊相接。
金部 19畫 左右 shā 鎩	鎩	鎩｜铩	右部「殺」，香港、台灣左下部為「朩」，第二筆是「豎」，第四筆是「豎彎」，共五畫；大陸左下部為「朩」，第二筆是「豎鈎」，第四筆是「點」，共四畫。
金部 19畫 左右 zú 鏃	鏃	鏃｜镞	部件「矢」，香港、台灣末筆是「捺點」，大陸末筆是「捺」。 💡 **注意** 具有相同部件「矢」的字：矣、埃、唉、候、疾、喉、嫉、簇。
金部 19畫 左右 qiāng 鏹	鏹	鏹｜镪	右部「強」，香港、台灣右上部為「厶」，大陸右上部為「口」。 ✏️ **書寫提示** 大陸「镪」為二十畫。

	香港	台灣	大陸	字形差異描述
金部 19 畫 左右 liú	鏐	鏐	鏐|镠	部件「羽」，香港、台灣第一、四筆均是「橫折鈎」，大陸第一、四筆均是「橫折」。
金部 19 畫 上下 áo	鏖	鏖	鏖	① 香港、台灣為上下結構；大陸為半包圍結構，第三筆「撇」直達整字底部。② 部件「比」，香港、台灣第三筆是「短橫」，大陸第三筆是「短撇」。 💡 **注意**　具有相同部件「比」的字：批、庇、屁、鹿、混、諧、麗。
金部 20 畫 左右 huá	鏵	鏵	鏵|铧	右部「華」：① 香港、台灣上部為「艹」，「橫」與「豎」相交，共四畫；大陸上部為「艹」，「橫」連為一筆，共三畫。② 香港、台灣中部兩個部件「十」與上、下兩「橫」及中「豎」相離，大陸第五筆「橫」為一筆，第六、七筆「豎」與之相交。③ 香港、台灣下部末「橫」短，大陸下部末「橫」長。
金部 20 畫 左右 zhuō	鐯	鐯	鐯|𬭚	右上部，香港、台灣為「艹」，「橫」與「豎」相交，共四畫；大陸為「艹」，「橫」連為一筆，共三畫。
金部 20 畫 左右 juān	鐫	鐫	鐫|镌	香港、台灣右下部為「冋」，大陸右下部為「乃」。
金部 21 畫 左右 léi	鐳	鐳	鐳|镭	部件「⻗」，香港、台灣最後四筆姿態各異，大陸對應的四筆均是「短橫」。
金部 22 畫 左右 huò	鑊	鑊	鑊|镬	右上部，香港、台灣為「艹」，「橫」與「豎」相接，共四畫；大陸為「艹」，「橫」連為一筆，共三畫。
金部 23 畫 左右 biāo	鑣	鑣	鑣|镳	部件「比」，香港、台灣第三筆是「短橫」，大陸第三筆是「短撇」。 💡 **注意**　具有相同部件「比」的字：批、庇、屁、鹿、混、諧、麗。
金部 25 畫 左右 chán	鑱	鑱	鑱|镵	部件「比」，香港、台灣第三筆是「短橫」，大陸第三筆是「短撇」。 💡 **注意**　具有相同部件「比」的字：批、庇、屁、鹿、混、諧、饞。

香港	台灣	大陸	字形差異描述
金部 26畫 左右 niè 鑷	鑷	鑷｜镊	右部「聶」，香港、台灣下左部件末筆「提」與第三筆「豎」相接，大陸下左部件末筆「提」與第三筆「豎」相交。
金部 26畫 左右 cuān 鑹	鑹	鑹｜镩	① 部件「𥫗」，香港、台灣最後兩筆為「撇、豎彎」，且與第三筆「橫鈎」相接；大陸最後兩筆為「撇、點」，且與第三筆「橫鈎」相離。② 部件「臼」，香港、台灣中間四筆是「短橫」，大陸對應的四筆是「點」。
門部 15畫 半包圍 lú 閭	閭	閭｜闾	部件「呂」，香港、台灣上、下兩個部件「口」之間有「撇」相接，大陸上、下兩個部件「口」相離。 ✎ 書寫提示　大陸「闾」為十四畫。
門部 17畫 半包圍 què 闋	闋	闋｜阕	部件「𣥐」，香港、台灣末筆是「捺點」，大陸末筆是「捺」。
門部 20畫 半包圍 kàn 闞	闞	闞｜阚	部件「耳」，香港、台灣上部為「橫、豎」兩筆，末筆「提」與第五筆「豎」相接，共八畫；大陸上部為「橫折」一筆，末筆「提」與第四筆「豎」相交，共七畫。
門部 21畫 半包圍 tà 闒	闒	闒｜闼	香港、台灣部件「辶」，共四畫；大陸對應的部件為「辶」，共三畫。
阜部 10畫 左右 bì 陛	陛	陛	部件「比」，香港、台灣第三筆是「短橫」，大陸第三筆是「短撇」。 💡 注意　具有相同部件「比」的字：批、庇、屁、鹿、混、諧。 📄 小知識　阜部的字：左邊的「阝」是由「阜」變形而來，通常表示和地勢、升降等有關，如：降、陡、階、隅、險等；右邊的「阝」是由「邑」變形而來，通常表示和地名、邦郡有關，如：邙、都、郭、鄂、鄭等。 ✎ 書寫提示　阜部的字：部件「阝」，香港、台灣為三畫，大陸為兩畫。
阜部 11畫 左右 zōu 陬	陬	陬	部件「耳」，香港、台灣末筆「提」與第三筆「豎」相接，大陸末筆「提」與第三筆「豎」相交。

香港	台灣	大陸	字形差異描述
阜部 12 畫 左右 chuí 陲	陲	陲	右部「垂」，香港、台灣兩個部件「十」與上、下兩「橫」及中「豎」相離，底部末「橫」長；大陸第四筆「橫」為一筆，第五、六筆「豎」與之相交，底部末「橫」短。
阜部 13 畫 左右 wěi 隗	隗	隗	右部「鬼」，香港、台灣上部中「豎」與下部「撇」分為兩筆；大陸第六筆「豎撇」與第三筆「橫折」相接，「豎撇」為一筆。 ✎ **書寫提示**　「鬼」及由其參與構造的字，香港、台灣都是先寫「撇」，然後寫「田」、「儿」和「厶」。
佳部 12 畫 上下 juàn 雋	雋	隽	香港、台灣下部為「冏」，大陸下部為「乃」。 💡 **注意**　「隽」為台灣異體字，「雋」為大陸異體字。
雨部 11 畫 上下 yú 雩	雩	雩	上部「⻗」，香港、台灣最後四筆姿態各異，大陸對應的四筆均是「短橫」。
雨部 12 畫 上下 wén 雯	雯	雯	上部「⻗」，香港、台灣最後四筆姿態各異，大陸對應的四筆均是「短橫」。
雨部 12 畫 上下 pāng 雱	雱	雱	上部「⻗」，香港、台灣最後四筆姿態各異，大陸對應的四筆均是「短橫」。
雨部 15 畫 上下 tíng 霆	霆	霆	①上部「⻗」，香港、台灣最後四筆姿態各異，大陸對應的四筆均是「短橫」。②部件「壬」，香港、台灣底「橫」稍長，大陸底「橫」稍短。 ✎ **書寫提示**　大陸「霆」為十四畫。
雨部 15 畫 上下 pèi 霈	霈	霈	上部「⻗」，香港、台灣最後四筆姿態各異，大陸對應的四筆均是「短橫」。
雨部 16 畫 上下 lín 霖	霖	霖	上部「⻗」，香港、台灣最後四筆姿態各異，大陸對應的四筆均是「短橫」。

二級字表

香港	台灣	大陸	字形差異描述
雨部 16畫 上下 fēi 霏	霏	霏	①上部「雨」，香港、台灣最後四筆姿態各異，大陸對應的四筆均是「短橫」。②下部「非」，香港、台灣首筆是「豎撇」，第四筆是「提」；大陸首筆是「豎」，第四筆是「橫」。 💡 **注意**　具有相同部件「非」的字：匪、排、啡、悲、罪、輩、靠、靡。
雨部 16畫 上下 ní 霓	霓	霓	上部「雨」，香港、台灣最後四筆姿態各異，大陸對應的四筆均是「短橫」。
雨部 19畫 上下 yín 霪	霪	霪	①上部「雨」，香港、台灣最後四筆姿態各異，大陸對應的四筆均是「短橫」。②部件「壬」，香港、台灣底「橫」稍長，大陸底「橫」稍短。
雨部 22畫 上下 mái 霾	霾	霾	上部「雨」，香港、台灣最後四筆姿態各異，大陸對應的四筆均是「短橫」。
革部 14畫 左右 yāng yàng 鞅	鞅	鞅	右部「央」，香港、台灣末筆是「捺點」，大陸末筆是「捺」。
革部 18畫 左右 qiū 鞦	鞦	鞦	右部「酋」，香港、台灣內部的「橫」與兩邊相離，大陸內部的「橫」與兩邊相接。 💡 **注意**　具有相同部件「酋」的字：猶、尊、奠、樽、遵、擲。
革部 22畫 左右 dá 韃	韃	韃｜鞑	香港、台灣部件「辶」，共四畫；大陸對應的部件為「辶」，共三畫。
革部 26畫 左右 jiān 韀	韀	韀｜鞯	右上部，香港、台灣為「䒑」，「橫」與「豎」相交，共四畫；大陸為「䒑」，「橫」連為一筆，共三畫。
頁部 16畫 左右 hàn 頷	頷	頷｜颔	部件「今」，香港、台灣第三筆是「短橫」，大陸第三筆是「點」。 📄 **小知識**　「頁」本義是頭，「頷」指的是下巴。從頁的字，一般和頭有關，如：領、頤、頰、頸、顧等。

二
級
字
表

香港	台灣	大陸	字形差異描述
頁部 18畫 左右 yóng 顯	顯	顯｜颙	部件「冎」，香港、台灣第二筆「橫折鈎」與首筆「豎」相交，大陸第二筆「橫折鈎」與首筆「豎」相接。 💡 **注意**　具有相同部件「冎」的字：禹、寓、愚、遇、厲、踽、勵、齲。
頁部 20畫 左右 mān 顢	顢	顢｜颟	香港、台灣左下內部兩個部件為「入」，第二筆是「捺」；大陸右下內部兩個部件為「入」，第二筆是「捺點」。
頁部 27畫 左右 quán 顴	顴	顴｜颧	左上部，香港、台灣為「⺾」，「橫」與「豎」相接，共四畫；大陸為「⺌」，「橫」連為一筆，共三畫。 📄 **小知識**　「頁」本義是頭，「顴」是指眼睛下面、兩腮上面突出的部分。從頁的字，一般和頭有關，如：領、頤、頰、頸、顧等。
風部 14畫 半包圍 biāo 颮	颮	颮｜飑	部件「風」，香港、台灣第三筆是「橫」，大陸第三筆是「撇」。
風部 14畫 左右 sà 颯	颯	颯｜飒	右部「風」，香港、台灣第三筆是「橫」，大陸第三筆是「撇」。
風部 17畫 半包圍 jù 颶	颶	颶｜飓	部件「風」，香港、台灣第三筆是「橫」，大陸第三筆是「撇」。
風部 21畫 左右 biāo 飆	飆	飆｜飙	右部「風」，香港、台灣第三筆是「橫」，大陸第三筆是「撇」。
食部 12畫 左右 sūn 飧	飧	飧	右部「食」，香港、台灣第三筆是「短橫」，大陸第三筆是「點」。
食部 12畫 左右 rèn 飪	飪	飪｜饪	①左部「飠」，香港、台灣第三筆是「短橫」，大陸第三筆是「點」。②右部「壬」，香港、台灣首筆是「橫」，大陸首筆是「撇」。
食部 12畫 左右 tún 飩	飩	飩｜饨	左部「飠」，香港、台灣第三筆是「短橫」，大陸第三筆是「點」。

二級字表

香港	台灣	大陸	字形差異描述
食部 12畫 左右 yù 飫	飫	飫|饫	左部「食」，香港、台灣第三筆是「短橫」，大陸第三筆是「點」。
食部 12畫 左右 chì 飭	飭	飭|饬	左部「食」，香港、台灣第三筆是「短橫」，大陸第三筆是「點」。
食部 13畫 左右 yí 飴	飴	飴|饴	左部「食」，香港、台灣第三筆是「短橫」，大陸第三筆是「點」。
食部 14畫 左右 xiǎng 餉	餉	餉|饷	左部「食」，香港、台灣第三筆是「短橫」，大陸第三筆是「點」。
食部 14畫 左右 hé 餄	餄	餄|饸	左部「食」，香港、台灣第三筆是「短橫」，大陸第三筆是「點」。
食部 14畫 左右 gē le 餎	餎	餎|饹	左部「食」，香港、台灣第三筆是「短橫」，大陸第三筆是「點」。
食部 15畫 左右 bō 餺	餺	餺|馎	左部「食」，香港、台灣第三筆是「短橫」，大陸第三筆是「點」。
食部 16畫 左右 jiàn 餞	餞	餞|饯	左部「食」，香港、台灣第三筆是「短橫」，大陸第三筆是「點」。
食部 16畫 左右 guǒ 餜	餜	餜|馃	左部「食」，香港、台灣第三筆是「短橫」，大陸第三筆是「點」。
食部 16畫 左右 hún 餛	餛	餛|馄	①左部「食」，香港、台灣第三筆是「短橫」，大陸第三筆是「點」。②部件「比」，香港、台灣第三筆是「短橫」，大陸第三筆是「短撇」。
食部 17畫 左右 chā zhɑ 餷	餷	餷|馇	①左部「食」，香港、台灣第三筆是「短橫」，大陸第三筆是「點」。②部件「木」，香港、台灣末筆是「捺點」，大陸末筆是「捺」。

二級字表

香港	台灣	大陸	字形差異描述
食部 17畫 左右 xíng 錫	錫	錫｜饧	左部「飠」，香港、台灣第三筆是「短橫」，大陸第三筆是「點」。
食部 18畫 上下 tiè 饕	饕	饕	下部「食」，香港、台灣第三筆是「短橫」，大陸第三筆是「點」。
食部 18畫 左右 xì 餼	餼	餼｜饩	左部「飠」，香港、台灣第三筆是「短橫」，大陸第三筆是「點」。
食部 19畫 左右 jǐn 饉	饉	饉｜馑	左部「飠」，香港、台灣第三筆是「短橫」，大陸第三筆是「點」。
食部 19畫 左右 xiū 饈	饈	饈｜馐	① 左部「飠」，香港、台灣第三筆是「短橫」，大陸第三筆是「點」。② 部件「𦍌」，香港、台灣第七筆「撇」與第六筆「橫」相接，「豎」、「撇」為兩筆；大陸第六筆「豎撇」與第三筆「橫」相接，「豎撇」為一筆。③ 部件「丑」，香港、台灣第三筆「橫」與首筆「橫折」相交，大陸第三筆「橫」與首筆「橫折」相接。
食部 21畫 上下 xiǎng 饗	饗	饗｜飨	下部「食」，香港、台灣第三筆是「短橫」，大陸第三筆是「點」。
食部 22畫 上下 tāo 饕	饕	饕	① 部件「七」，香港、台灣末筆是「豎彎」，大陸末筆是「豎彎鈎」。② 上右部，香港、台灣最後兩筆為「儿」，大陸最後兩筆為「儿」。③ 下部「食」，香港、台灣第三筆是「短橫」，大陸第三筆是「點」。 💡 **注意** 含部件「虍」的字，其中的「七」寫法相同，如：虎、虔、墟、劇、慮、瘧、據、獻。
食部 22畫 上下 yōng 饔	饔	饔	下部「食」，香港、台灣第三筆是「短橫」，大陸第三筆是「點」。
食部 30畫 左右 náng nǎng 饢	饢	饢｜馕	左部「飠」，香港、台灣第三筆是「短橫」，大陸第三筆是「點」。

二級字表

香港	台灣	大陸	字形差異描述
馬部 17畫 左右 qīn 駸	駸	駸｜骎	部件「彐」，香港、台灣第二筆「橫」與首筆「橫折」相交，大陸第二筆「橫」與首筆「橫折」相接。 💡 **注意**　具有相同部件「彐」的字：急、浸、彗、掃、尋、歸。
馬部 21畫 上下 mò 驀	驀	驀｜蓦	上部，香港、台灣為「艹」，「橫」與「豎」相交，共四畫；大陸為「艹」，「橫」連為一筆，共三畫。
馬部 21畫 上下 ào 驁	驁	驁｜骜	部件「方」，香港、台灣上為「亠」，下為「方」，共七畫；大陸為三「橫」一「豎」，最後兩筆為「橫折鈎、撇」，共六畫。
馬部 22畫 左右 huá 驊	驊	驊｜骅	右部「華」：① 香港、台灣上部為「艹」，「橫」與「豎」相交，共四畫；大陸上部為「艹」，「橫」連為一筆，共三畫。② 香港、台灣中部兩個部件「十」與上、下兩「橫」及中「豎」相離，大陸第五筆「橫」為一筆，第六、七筆「豎」與之相交。③ 香港、台灣下部末「橫」短，大陸下部末「橫」長。
鬼部 15畫 半包圍 bá 魃	魃	魃	① 部件「鬼」，香港、台灣上部中「豎」與下部「撇」分為兩筆；大陸第六筆「豎撇」與第三筆「橫折」相接，「豎撇」為一筆。② 部件「犮」，香港、台灣第三、四筆為「乂」，大陸第三、四筆為「又」。 ✎ **書寫提示**　鬼部的字：「鬼」及由其參與構造的字，香港、台灣都是先寫「撇」，然後寫「田」、「儿」和「厶」。
鬼部 15畫 半包圍 xū 魆	魆	魆	部件「鬼」，香港、台灣上部中「豎」與下部「撇」分為兩筆；大陸第六筆「豎撇」與第三筆「橫折」相接，「豎撇」為一筆。
鬼部 18畫 半包圍 liǎng 魎	魎	魎｜魉	① 部件「鬼」，香港、台灣上部中「豎」與下部「撇」分為兩筆；大陸第六筆「豎撇」與第三筆「橫折」相接，「豎撇」為一筆。② 部件「兩」，香港、台灣內部兩個部件為「入」，第二筆是「捺」；大陸內部兩個部件為「丷」，第二筆是「捺點」。

二級字表

香港	台灣	大陸	字形差異描述
鬼部 18畫 半包圍 wǎng 魍	魍	魍	① 部件「鬼」，香港、台灣上部中「豎」與下部「撇」分為兩筆；大陸第六筆「豎撇」與第三筆「橫折」相接，「豎撇」為一筆。② 部件「乚」，香港、台灣第三筆是「豎彎」，大陸第三筆是「豎折」。
鬼部 21畫 半包圍 chī 魑	魑	魑	① 部件「鬼」，香港、台灣上部中「豎」與下部「撇」分為兩筆；大陸第六筆「豎撇」與第三筆「橫折」相接，「豎撇」為一筆。② 部件「內」，香港、台灣「橫折鈎」與「豎」相交，大陸「橫折鈎」與「豎」相接。 ✎ 書寫提示　大陸「魑」為十九畫。
魚部 16畫 左右 bà 鮁	鮁	鮁|鮁	右部「犮」，香港、台灣第三、四筆為「乂」，大陸第三、四筆為「乄」。
魚部 18畫 左右 gǔn 鯀	鯀	鯀|鯀	右部「糸」，香港、台灣第二筆「撇折」與首筆「撇」相離，大陸第二筆「撇折」與首筆「撇」相接。
魚部 19畫 左右 kūn 鯤	鯤	鯤|鯤	部件「比」，香港、台灣第三筆是「短橫」，大陸第三筆是「短撇」。 💡 注意　具有相同部件「比」的字：批、庇、屁、鹿、混、諧、麗、饞。
魚部 19畫 左右 fēi 鯡	鯡	鯡|鯡	右部「非」，香港、台灣首筆是「豎撇」，第四筆是「提」；大陸首筆是「豎」，第四筆是「橫」。 💡 注意　具有相同部件「非」的字：匪、排、啡、悲、罪、輩、靠、靡。
魚部 19畫 上下 xiǎng 鯗	鯗	鯗|鯗	香港、台灣上部為「䍮」，第七筆「撇」與第六筆「橫」相接，「豎」、「撇」為兩筆；大陸上部為「䍮」，第六筆「豎撇」與第三筆「橫」相接，「豎撇」為一筆。
魚部 21畫 左右 guān 鰥	鰥	鰥|鰥	香港、台灣右下部為「氺」，大陸右下部為「朩」。
魚部 22畫 左右 lián 鰱	鰱	鰱|鰱	香港、台灣部件「辶」，共四畫；大陸對應的部件為「辶」，共三畫。

二級字表

香港	台灣	大陸	字形差異描述
魚部 22畫 左右 xuě 鱈	鱈	鱈｜鳕	①部件「氶」，香港、台灣最後四筆姿態各異，大陸對應的四筆均是「短橫」。②部件「彐」，香港、台灣第二筆「橫」與首筆「橫折」相交，大陸第二筆「橫」與首筆「橫折」相接。 💡 注意　具有相同部件「彐」的字：急、浸、彗、掃、尋、煞、歸、穩。
魚部 22畫 左右 mán 鰻	鰻	鰻｜鳗	部件「曰」，香港、台灣最後兩筆「橫」與兩邊相離，大陸最後兩筆「橫」與兩邊相接。
魚部 23畫 左右 shàn 鱔	鱔	鱔｜鳝	右部「善」，香港、台灣上部為「䒑」，「豎」向下不出頭；大陸上部為「羊」，「豎」向下出頭。 💡 注意　具有相同部件「善」的字：鄯、膳、蟮、繕。 ✐ 書寫提示　部件「善」，香港、台灣「䒑」中「豎」為第五筆，大陸「䍃」中「豎」為第六筆。
魚部 23畫 左右 zūn 鱒	鱒	鱒｜鳟	部件「酋」，香港、台灣內部的「橫」與兩邊相離，大陸內部的「橫」與兩邊相接。 💡 注意　具有相同部件「酋」的字：猶、尊、奠、樽、遵。
魚部 23畫 左右 xún 鱘	鱘	鱘｜鲟	部件「彐」，香港、台灣第二筆「橫」與首筆「橫折」相交，大陸第二筆「橫」與首筆「橫折」相接。 💡 注意　具有相同部件「彐」的字：急、浸、彗、掃、尋、歸。
魚部 27畫 左右 lú 鱸	鱸	鱸｜鲈	部件「乚」，香港、台灣末筆是「豎彎」，大陸末筆是「豎彎鈎」。 💡 注意　含部件「虍」的字，其中的「乚」寫法相同，如：虎、虔、墟、劇、慮、瘧、擄、獻。
鳥部 13畫 上下 fú 鳧	鳧	鳧｜凫	香港、台灣上部為「鳥」，下部為「几」；大陸「几」有部分被包在「鸟」內，均為上下結構。 ✐ 書寫提示　大陸「凫」為九畫。
鳥部 16畫 左右 chī 鴟	鴟	鴟｜鸱	左部「氐」，香港、台灣末筆是「短橫」，大陸末筆是「點」。 💡 注意　具有相同部件「氐」的字：低、抵、邸、底、柢、詆、骶。

香港	台灣	大陸	字形差異描述
鳥部 20畫 左右 miáo 鶓	鶓	鶓｜鹋	左上部，香港、台灣為「艹」，「橫」與「豎」相交，共四畫；大陸為「艹」，「橫」連為一筆，共三畫。
鳥部 23畫 左右 yù 鷸	鷸	鷸｜鹬	部件「儿」，香港、台灣為「撇、豎彎」，且與上部相接；大陸為「撇、點」，且與上部相離。
鳥部 27畫 左右 lú 鸕	鸕	鸕｜鸬	部件「匕」，香港、台灣末筆是「豎彎」，大陸末筆是「豎彎鈎」。 💡 注意　含部件「虍」的字，其中的「匕」寫法相同，如：虎、虔、墟、劇、慮、瘧、擄、獻。
鳥部 29畫 左右 guàn 鸛	鸛	鸛｜鹳	左上部，香港、台灣為「艹」，「橫」與「豎」相接，共四畫；大陸為「艹」，「橫」連為一筆，共三畫。
鹿部 16畫 半包圍 jūn qún 麇	麇	麇	部件「比」，香港、台灣第三筆是「短橫」，大陸第三筆是「短撇」。 💡 注意　具有相同部件「比」的字：批、庇、屁、鹿、混、諧、麗、饞。
鹿部 16畫 半包圍 zhǔ 麈	麈	麈	部件「比」，香港、台灣第三筆是「短橫」，大陸第三筆是「短撇」。 💡 注意　具有相同部件「比」的字：批、庇、屁、鹿、混、諧、麗。 🔍 辨析　「麈」與「塵」。二字字形相近，「麈」下為「主」，「塵」下為「土」。「麈」，麈尾，如麈柄、麈談、揮麈；「塵」，塵土，如塵世、塵埃、風塵。
鹿部 19畫 上下 lù 麓	麓	麓	① 部件「林」，香港、台灣末筆是「捺點」，大陸末筆是「捺」。② 部件「比」，香港、台灣第三筆是「短橫」，大陸第三筆是「短撇」。 💡 注意　具有相同部件「比」的字：批、庇、屁、鹿、混、諧、麗。
鹿部 21畫 半包圍 shè 麝	麝	麝	① 部件「比」，香港、台灣第三筆是「短橫」，大陸第三筆是「短撇」。② 部件「身」，香港、台灣最後兩筆「提、撇」相接，「撇」出頭；大陸最後兩筆「橫、撇」相接，「撇」不出頭。 💡 注意　具有相同部件「比」的字：批、庇、屁、鹿、混、諧、麗。

二級字表

	香港	台灣	大陸	字形差異描述
鹿部 23畫 左右 lín	麟	麟	麟	部件「米」，香港、台灣末筆是「捺點」，台灣結構疏散；大陸末筆是「捺」。 💡 **注意**　具有相同部件「粦」的字：嶙、憐、磷、鱗。
黑部 17畫 左右 chù	黜	黜	黜	左部「黑」，香港、台灣第八筆是「橫」，大陸第八筆是「提」。
黑部 17畫 左右 yǒu	黝	黝	黝	左部「黑」，香港、台灣第八筆是「橫」，大陸第八筆是「提」。
黑部 18畫 左右 xiá	點	點	點	左部「黑」，香港、台灣第八筆是「橫」，大陸第八筆是「提」。
黑部 18畫 左右 yī	黟	黟	黟	左部「黑」，香港、台灣第八筆是「橫」，大陸第八筆是「提」。
黑部 20畫 左右 qíng	黥	黥	黥	左部「黑」，香港、台灣第八筆是「橫」，大陸第八筆是「提」。
黑部 23畫 左右 cǎn	黲	黲	黲｜黪	左部「黑」，香港、台灣第八筆是「橫」，大陸第八筆是「提」。
黽部 13畫 獨體 mǐn	黽	黽	黽｜黾	香港、台灣中「豎」與「豎彎鈎」相離，大陸中「豎」與「豎彎鈎」相接。
黽部 17畫 上下 yuán	黿	黿	黿｜鼋	下部「黽」，香港、台灣中「豎」與「豎彎鈎」相離，大陸中「豎」與「豎彎鈎」相接。
黽部 24畫 上下 áo	鼇	鼇	鼇｜鳌	① 部件「寿」，香港、台灣上為「龶」，下為「𠂤」，共七畫；大陸為三「橫」一「豎」，最後兩筆為「橫折鈎、撇」，共六畫。② 下部，香港、台灣為「黽」，大陸為「魚」。 💡 **注意**　「鼇」為大陸異體字。 📖 **小知識**　「鼇」與「鳌」都是形聲字，「敖」為聲旁，提示讀音信息；「黽」、「魚」都是形旁，提示義類信息，造字時選用了不同的形旁。

香港	台灣	大陸	字形差異描述
黽部 25畫 上中下 tuó 鼂	鼂	鼂｜鼂	下部「黽」，香港、台灣中「豎」與「豎彎鈎」相離，大陸中「豎」與「豎彎鈎」相接。
鼠部 17畫 半包圍 fén 鼢	鼢	鼢	① 香港、台灣為半包圍結構，大陸為左右結構。② 香港、台灣部件「鼠」，中間四筆是「短橫」，末筆是「臥鈎」；大陸部件「鼠」，中間四筆是「點」，末筆是「斜鈎」。
鼠部 18畫 半包圍 yòu 鼬	鼬	鼬	① 香港、台灣為半包圍結構，大陸為左右結構。② 香港、台灣部件「鼠」，中間四筆是「短橫」，末筆是「臥鈎」；大陸部件「鼠」，中間四筆是「點」，末筆是「斜鈎」。
鼠部 20畫 半包圍 wú 鼯	鼯	鼯	① 香港、台灣為半包圍結構，大陸為左右結構。② 香港、台灣部件「鼠」，中間四筆是「短橫」，末筆是「臥鈎」；大陸部件「鼠」，中間四筆是「點」，末筆是「斜鈎」。
鼠部 22畫 半包圍 yǎn 鼹	鼹	鼹	① 香港、台灣為半包圍結構，大陸為左右結構。② 香港、台灣部件「鼠」，中間四筆是「短橫」，末筆是「臥鈎」，被包圍部分是「匽」；大陸部件「鼠」，中間四筆是「點」，末筆是「斜鈎」，右部是「晏」。 💡 **注意**「鼹」為台灣異體字，「鼹」為大陸異體字。
齒部 20畫 左右 jǔ 齟	齟	齟｜齟	左下部「凵」：① 香港、台灣內部的「橫」與兩邊相離，大陸內部的「橫」與兩邊相接。② 部件「凵」，香港、台灣首筆是「豎折」，大陸首筆是「豎提」。
齒部 20畫 左右 bāo 齙	齙	齙｜齙	左下部「凵」：① 香港、台灣內部的「橫」與兩邊相離，大陸內部的「橫」與兩邊相接。② 部件「凵」，香港、台灣首筆是「豎折」，大陸首筆是「豎提」。
齒部 21畫 左右 yín 齦	齦	齦｜齦	左下部「凵」：① 香港、台灣內部的「橫」與兩邊相離，大陸內部的「橫」與兩邊相接。② 部件「凵」，香港、台灣首筆是「豎折」，大陸首筆是「豎提」。
齒部 22畫 左右 yǔ 齬	齬	齬｜齬	左下部「凵」：① 香港、台灣內部的「橫」與兩邊相離，大陸內部的「橫」與兩邊相接。② 部件「凵」，香港、台灣首筆是「豎折」，大陸首筆是「豎提」。

二級字表

香港	台灣	大陸	字形差異描述
齒部 22畫 左右 chuò	齻	齻	齻｜齻	左下部「齒」：①香港、台灣內部的「橫」與兩邊相離，大陸內部的「橫」與兩邊相接。②部件「凵」，香港、台灣首筆是「豎折」，大陸首筆是「豎提」。
齒部 24畫 左右 è	齶	齶	腭	香港、台灣左部為「齒」，大陸左部為「月」。 💡 注意　「腭」為台灣異體字，「齶」為大陸異體字。
齒部 24畫 左右 qǔ	齲	齲	齲｜齲	①左下部「齒」，香港、台灣內部的「橫」與兩邊相離，大陸內部的「橫」與兩邊相接。②部件「凵」，香港、台灣首筆是「豎折」，大陸首筆是「豎提」。③部件「禸」，香港、台灣第二筆「橫折鉤」與首筆「豎」相交，大陸第二筆「橫折鉤」與首筆「豎」相接。 💡 注意　具有相同部件「禸」的字：禹、寓、愚、遇、屬、踽、勵。
齒部 24畫 左右 wò	齷	齷	齷｜齷	左下部「齒」：①香港、台灣內部的「橫」與兩邊相離，大陸內部的「橫」與兩邊相接。②部件「凵」，香港、台灣首筆是「豎折」，大陸首筆是「豎提」。

四 區

香港、大陸（規範字／繁體字）字形相同，與台灣不同。

香港	台灣	大陸	字形差異描述
人部 7畫 上下 shé	佘	佘	佘	部件「示」，香港、大陸第三筆是「豎鉤」，台灣第三筆是「豎」。
人部 8畫 左右 lǎo	佬	佬	佬	部件「匕」，香港、大陸首筆是「撇」，台灣首筆是「橫」。 💡 注意　具有相同部件「匕」的字：尼、老、死、此、呢、泥。
人部 8畫 左右 yòu	侑	侑	侑	部件「月」，香港、大陸首筆是「豎」，台灣首筆是「撇」。

香港	台灣	大陸	字形差異描述
人部 8畫 左右 kǎn 侃	侃	侃	香港、大陸末筆是「豎彎鈎」，台灣末筆是「豎彎」。
人部 8畫 左右 yì 俏	俏	俏	部件「月」，香港、大陸首筆是「豎」，內部為兩「橫」；台灣首筆是「撇」，內部為「點、提」。 💡 注意 具有相同部件「月」的字：育、肩、削、娟、啃、厭、撒。
人部 9畫 上下 yú 俞	俞	俞	部件「月」，香港、大陸首筆是「豎」，台灣首筆是「撇」。 🔍 辨析 香港部件「月」，一般在構成左右結構的字時，首筆是「撇」，如：服、朗、期等；在構成上下結構的字時，首筆是「豎」，如：青、俞、前等。
人部 10畫 左右 qiàn 倩	倩	倩	部件「月」，香港、大陸首筆是「豎」，台灣首筆是「撇」。
人部 12畫 左右 lì 㑟	㑟	㑟	部件「木」，香港、大陸結構緊湊，末筆是「捺」；台灣結構疏散，末筆是「捺點」。 💡 注意 具有相同部件「木」的字：朵、呆、某、染、桑、揉、榮、蝶、樂。
人部 14畫 左右 sù 㒓	㒓	㒓	部件「米」，香港、大陸結構緊湊，末筆是「捺」；台灣結構疏散，末筆是「捺點」。 💡 注意 具有相同部件「米」的字：咪、屎、眯、粟、粲。
刀部 13畫 左右 piāo 剽	剽	剽	部件「示」，香港、大陸第三筆是「豎鈎」，台灣第三筆是「豎」。
力部 11畫 左右 xù 勖	勗	勖	香港、大陸為左右結構，左部為「冒」，右部為「力」；台灣為上下結構，上部為「曰」，下部為「助」。 💡 注意 「勗」為大陸異體字。
口部 9畫 左右 cī 呲	呲	呲	部件「匕」香港、大陸首筆是「撇」，台灣首筆是「橫」。 💡 注意 具有相同部件「匕」的字：尼、老、死、此、些、呢、泥、柴、紫。

二級字表

香港	台灣	大陸	字形差異描述
口部 9畫 左右 duǒ	哚	哚	哚	部件「木」，香港、大陸結構緊湊，末筆是「捺」；台灣結構疏散，末筆是「捺點」。 💡 **注意** 具有相同部件「木」的字：朵、呆、某、染、桑、揉、榮、蝶、樂。
口部 10畫 左右 zào	嗃	啅	嗃	香港、大陸右下部為「七」，台灣右下部為「十」。 💡 **注意** 「嗃」為台灣異體字，「啅」為大陸異體字。
口部 11畫 左右 ǎn	唵	唵	唵	部件「电」，香港、大陸末筆是「豎彎鈎」，台灣末筆是「豎彎」。 💡 **注意** 具有相同部件「奄」的字：俺、掩、庵、淹、罨。
口部 11畫 左右 yō	唷	唷	唷	① 香港、大陸部件「厶」，共四畫；台灣對應的部件為「厶」，共三畫。② 部件「月」，香港、大陸首筆是「豎」，內部為兩「橫」；台灣首筆是「撇」，內部為「點、提」。 💡 **注意** ①具有相同部件「厶」的字：充、育、棄、統、徹。②具有相同部件「月」的字：肩、削、娟、唷、厭、撒。
口部 11畫 左右 lì	唳	唳	唳	右部「戾」，香港、大陸首筆是「點」，台灣首筆是「撇」。 💡 **注意** 具有相同部件「戶」的字：妒、肩、房、啟、搧、滬。
口部 12畫 左右 dié zhá	喋	喋	喋	部件「木」，香港、大陸結構緊湊，末筆是「捺」；台灣結構疏散，末筆是「捺點」。 💡 **注意** 具有相同部件「木」的字：朵、呆、某、染、桑、揉、榮、蝶、樂。
口部 12畫 左右 kuì	喟	喟	喟	部件「月」，香港、大陸首筆是「豎」，內部為兩「橫」；台灣首筆是「撇」，內部為「點、提」。 💡 **注意** 具有相同部件「月」的字：育、肩、削、娟、唷、厭、撒。
口部 13畫 左右 shà	嗄	嗄	嗄	部件「夂」，香港、大陸第三筆「捺」與首筆「撇」相接，台灣第三筆「捺」與首筆「撇」相交。
口部 13畫 左右 chī	嗤	嗤	嗤	右部「蚩」，香港、大陸第三筆是「豎」，台灣第三筆是「撇」。

香港	台灣	大陸	字形差異描述
口部 14畫 左右 piào 嘌	嘌	嘌	部件「示」，香港、大陸第三筆是「豎鈎」，台灣第三筆是「豎」。
口部 16畫 左右 ǎi ài 噯	噯	噯｜噯	部件「夂」，香港、大陸第三筆「捺」與首筆「撇」相接，台灣第三筆「捺」與首筆「撇」相交。
口部 17畫 左右 cā chā 嚓	嚓	嚓	部件「祭」：① 部件「夕」，香港、大陸內部為兩「點」，台灣內部為「點、提」。② 部件「示」，香港、大陸第三筆是「豎鈎」，台灣第三筆是「豎」。
口部 9畫 全包圍 yòu 囿	囿	囿	部件「有」，香港、大陸第三筆是「豎」，台灣第三筆是「撇」。
口部 11畫 全包圍 qīng 圊	圊	圊	部件「月」，香港、大陸首筆是「豎」，台灣首筆是「撇」。
土部 7畫 左右 bǎn 坂	坂	坂	右部「反」，香港、大陸首筆是「撇」，台灣首筆是「橫」。 💡 **注意**　具有相同部件「反」的字：扳、阪、板、版、販、飯。 ✏️ **書寫提示**　土部的字：部首「土」在構成左右結構的字時，通常位於左部，末筆作「提」。
土部 8畫 左右 ní 坭	坭	坭	部件「匕」，香港、大陸首筆是「撇」，台灣首筆是「橫」。 💡 **注意**　具有相同部件「匕」的字：尼、老、死、此、呢、泥。
土部 11畫 左右 ǎn 揜	揜	揜	部件「电」，香港、大陸末筆是「豎彎鈎」，台灣末筆是「豎彎」。 💡 **注意**　具有相同部件「奄」的字：俺、掩、庵、淹、罨。
土部 11畫 左右 yù 堉	堉	堉	① 香港、大陸部件「亠」，共四畫；台灣對應的部件為「亠」，共三畫。② 部件「月」，香港、大陸首筆是「豎」，內部為兩「橫」；台灣首筆是「撇」，內部為「點、提」。 💡 **注意**　①具有相同部件「亠」的字：充、育、棄、統、徹。②具有相同部件「月」的字：肩、削、娟、啃、厭、撒。

香港	台灣	大陸	字形差異描述
土部 12畫 左右 dié **堞**	**堞**	**堞**	部件「木」，香港、大陸結構緊湊，末筆是「捺」；台灣結構疏散，末筆是「捺點」。 💡 **注意**　具有相同部件「木」的字：朵、呆、某、染、桑、揉、榮、蝶、樂、謀。
土部 13畫 左右 shí **塒**	**塒**	**塒｜坧**	右部「時」，香港、大陸右上部為「土」，台灣右上部為「士」。
土部 14畫 左右 yōng **墉**	**墉**	**墉**	部件「肀」，香港、大陸下部首筆是「豎」，台灣下部首筆是「撇」。 💡 **注意**　具有相同部件「庸」的字：傭、慵、鏞、鱅。
夊部 21畫 上中下 kuí **夔**	**夔**	**夔**	部件「夂」，香港、大陸「捺」與「撇」相接，台灣「捺」與「撇」相交。
大部 8畫 上下 yǎn **奄**	**奄**	**奄**	香港、大陸末筆是「豎彎鈎」，台灣末筆是「豎彎」。 💡 **注意**　具有相同部件「奄」的字：俺、掩、淹、庵、淹、罨。
宀部 9畫 上下 yòu **宥**	**宥**	**宥**	部件「月」，香港、大陸首筆是「豎」，台灣首筆是「撇」。
山部 7畫 上下 jí **岌**	**岌**	**岌**	香港、大陸下部為「及」；台灣下部為「及」，「捺」與「橫撇」相接。 💡 **注意**　具有相同部件「及」的字：圾、吸、汲、笈、級。 ✏️ **書寫提示**　部件「及」，香港、台灣為四畫，大陸為三畫。
山部 12畫 上下 yú **崳**	**崳**	**崳**	部件「月」，香港、大陸首筆是「豎」，台灣首筆是「撇」。
工部 14畫 左右 qiú **觓**	**觓**	**觓｜觓**	①香港、大陸部件「厶」，共四畫；台灣對應的部件為「厶」，共三畫。②部件「儿」，香港、大陸末筆是「豎彎鈎」，台灣末筆是「豎彎」。 💡 **注意**　具有相同部件「㐬」的字：流、琉、梳、硫、疏、毓。

香港	台灣	大陸	字形差異描述
ヨ部 12畫 上下 zhì 毳	毳	毳	部件「匕」，香港、大陸首筆是「撇」，台灣首筆是「橫」。 💡 **注意**　具有相同部件「匕」的字：尼、老、死、此、呢、泥。
心部 8畫 左右 ní 忯	忯	忯	部件「匕」，香港、大陸首筆是「撇」，台灣首筆是「橫」。 💡 **注意**　具有相同部件「匕」的字：尼、老、死、此、呢、泥。
心部 12畫 左右 yùn 愠	愠	愠	香港、大陸右上部為「曰」，台灣右上部為「囚」。 💡 **注意**　①「愠」為香港異體字，「愠」為台灣異體字。②具有相同部件「昷」的字：温、媪、氲、瘟、醖、韫。 ✎ **書寫提示**　台灣「愠」為十三畫。
心部 14畫 左右 yōng 慵	慵	慵	部件「聿」，香港、大陸下部首筆是「豎」，台灣下部首筆是「撇」。 💡 **注意**　具有相同部件「庸」的字：傭、墉、鏞、鱅。
心部 16畫 上下 qì 憩	憩	憩	部件「舌」，香港、大陸首筆是「撇」，台灣首筆是「橫」。
戈部 13畫 左右 děng 戥	戥	戥	部件「圭」，香港、大陸末筆是「提」，台灣末筆是「橫」。
戶部 8畫 半包圍 lì 戻	戻	戻	部件「戶」，香港、大陸首筆是「點」，台灣首筆是「撇」。 💡 **注意**　具有相同部件「戶」的字：妒、肩、房、啟、搹、滬。
戶部 8畫 半包圍 hù 戽	戽	戽	部件「戶」，香港、大陸首筆是「點」，台灣首筆是「撇」。 💡 **注意**　具有相同部件「戶」的字：妒、肩、房、啟、搹、滬。
戶部 9畫 半包圍 jiōng 扃	扃	扃	部件「戶」，香港、大陸首筆是「點」，台灣首筆是「撇」。 💡 **注意**　具有相同部件「戶」的字：妒、肩、房、啟、搹、滬。

二級字表

香港	台灣	大陸	字形差異描述
户部 11畫 半包圍 hù 扈	扈	扈	部件「户」，香港、大陸首筆是「點」，台灣首筆是「撇」。 💡 **注意**　具有相同部件「户」的字：妒、肩、房、啟、搧、滬。
手部 10畫 上下 qiè 挈	挈	挈	部件「丰」，香港、大陸第三筆是「橫」，台灣第三筆是「提」。
手部 11畫 左右 liè 挕	挕	挕	部件「户」，香港、大陸首筆是「點」，台灣首筆是「撇」。 💡 **注意**　具有相同部件「户」的字：妒、肩、房、啟、搧、滬。
手部 11畫 左右 qián 捐	捐	捐	① 部件「户」，香港、大陸首筆是「點」，台灣首筆是「撇」。② 部件「月」，香港、大陸首筆是「豎」，內部為兩「橫」；台灣首筆是「撇」，內部為「點、提」。 💡 **注意**　①具有相同部件「户」的字：妒、肩、房、啟、搧、滬。②具有相同部件「月」的字：育、削、娟、唷、厭、撒。
手部 12畫 左右 yú 揄	揄	揄	部件「月」，香港、大陸首筆是「豎」，台灣首筆是「撇」。
手部 13畫 左右 sǎng 搡	搡	搡	部件「木」，香港、大陸結構緊湊，末筆是「捺」；台灣結構疏散，末筆是「捺點」。 💡 **注意**　具有相同部件「木」的字：朵、呆、某、染、桑、揉、榮、蝶、樂、謀。
手部 14畫 左右 biào 摽	摽	摽	部件「示」，香港、大陸第三筆是「豎鈎」，台灣第三筆是「豎」。
方部 11畫 左右 nǐ 旎	旎	旎	部件「匕」，香港、大陸首筆是「撇」，台灣首筆是「橫」。 💡 **注意**　具有相同部件「匕」的字：尼、老、死、此、呢、泥。
方部 13畫 左右 liú 旒	旒	旒	① 香港、大陸部件「厶」，共四畫；台灣對應的部件為「厶」，共三畫。② 部件「川」，香港、大陸末筆是「豎彎鈎」，台灣末筆是「豎彎」。 💡 **注意**　具有相同部件「㐬」的字：流、琉、梳、硫、疏、毓。

二級字表

香港	台灣	大陸	字形差異描述
日部 9畫 上下 zǎn 昝	昝	昝	上部「処」，香港、大陸被包圍部分為「卜」，首筆是「豎」，第二筆是「點」；台灣被包圍部分為「ㄙ」，首筆是「撇」，第二筆是「捺點」。
日部 17畫 左右 ài 曖	曖	曖｜曖	部件「夂」，香港、大陸「捺」與「撇」相接，台灣「捺」與「撇」相交。
木部 8畫 上下 gǎo 杲	杲	杲	下部「木」，香港、大陸結構緊湊，末筆是「捺」；台灣結構疏散，末筆是「捺點」。 💡 注意　具有相同部件「木」的字：朵、呆、某、染、桑、揉、榮、蝶、樂。
木部 10畫 左右 lǎo 栳	栳	栳	部件「匕」，香港、大陸首筆是「撇」，台灣首筆是「橫」。 💡 注意　具有相同部件「匕」的字：尼、老、死、此、呢、泥。 ✎ 書寫提示　木部的字：部首「木」在構成左右結構的字時，通常位於左部，末筆作「點」。
木部 10畫 上下 jié 桀	桀	桀	下部「木」，香港、大陸結構緊湊，末筆是「捺」；台灣結構疏散，末筆是「捺點」。 💡 注意　具有相同部件「木」的字：朵、呆、某、染、桑、揉、榮、蝶、樂。
木部 11畫 左右 zhuō 梲	梲	梲	右部「兌」，香港、大陸首兩筆為「點、撇」，台灣首兩筆為「撇、點」。
木部 11畫 上下 xiāo 梟	梟	梟｜枭	部件「木」，香港、大陸結構緊湊，末筆是「捺」；台灣結構疏散，末筆是「捺點」。 💡 注意　具有相同部件「木」的字：朵、呆、某、染、桑、揉、榮、蝶、樂。
木部 14畫 上下 shuò 槊	槊	槊	下部「木」，香港、大陸結構緊湊，末筆是「捺」；台灣結構疏散，末筆是「捺點」。 💡 注意　具有相同部件「木」的字：朵、呆、某、染、桑、揉、榮、蝶、樂。
木部 15畫 上下 qiàn 槧	槧	槧｜椠	下部「木」，香港、大陸結構緊湊，末筆是「捺」；台灣結構疏散，末筆是「捺點」。 💡 注意　具有相同部件「木」的字：朵、呆、某、染、桑、揉、榮、蝶、樂。

二級字表

香港	台灣	大陸	字形差異描述
木部 16畫 上下 tuó 櫜	櫜	櫜	下部「木」，香港、大陸結構緊湊，末筆是「捺」；台灣結構疏散，末筆是「捺點」。 💡 注意　具有相同部件「木」的字：朵、呆、某、染、桑、揉、榮、蝶、樂。
木部 17畫 上下 bò 檗	檗	檗	下部「木」，香港、大陸結構緊湊，末筆是「捺」；台灣結構疏散，末筆是「捺點」。 💡 注意　具有相同部件「木」的字：朵、呆、某、染、桑、揉、榮、蝶、樂。
木部 19畫 左右 lì yuè 櫟	櫟	櫟|栎	部件「木」，香港、大陸結構緊湊，末筆是「捺」；台灣結構疏散，末筆是「捺點」。 💡 注意　具有相同部件「木」的字：朵、呆、某、染、桑、揉、榮、蝶、樂、謀。
木部 20畫 左右 lóng 櫳	櫳	櫳|栊	部件「月」，香港、大陸首筆是「豎」，內部為兩「橫」；台灣首筆是「撇」，內部為「點、提」。 💡 注意　具有相同部件「月」的字：育、肩、削、娟、啃、厭、撒、罷、墮、龍。
木部 23畫 上下 luán 欒	欒	欒|栾	下部「木」，香港、大陸結構緊湊，末筆是「捺」；台灣結構疏散，末筆是「捺點」。 💡 注意　具有相同部件「木」的字：朵、呆、某、染、桑、揉、榮、蝶、樂。
毋部 14畫 左右 yù 毓	毓	毓	① 香港、大陸部件「㐬」，共四畫；台灣對應的部件為「㐬」，共三畫。② 部件「ㄊ」，香港、大陸末筆是「豎彎鈎」，台灣末筆是「豎彎」。 💡 注意　具有相同部件「㐬」的字：流、琉、梳、硫、疏。
毛部 13畫 左右 shū 毹	毹	毹	部件「月」，香港、大陸首筆是「豎」，台灣首筆是「撇」。
气部 12畫 半包圍 qíng 氰	氰	氰	部件「月」，香港、大陸首筆是「豎」，台灣首筆是「撇」。
气部 13畫 半包圍 yūn 氳	氳	氳	被包圍部分，香港、大陸上部為「日」，台灣上部為「囚」。 💡 注意　①「氲」為香港異體字。② 具有相同部件「昷」的字：溫、媼、瘟、醖、韞。 ✎ 書寫提示　台灣「氳」為十四畫。

香港	台灣	大陸	字形差異描述
水部 7畫 左右 gǔ 汩	汩	汩	右部「日」，香港、大陸第三筆「橫」與第二筆「橫折」相離，台灣第三筆「橫」與第二筆「橫折」相接。 🔍 **辨析**　「汩」與「汨」。二字字形相近。「汩」音 gǔ，如汩汩流水聲；「汨」音 mì，如汨羅江。
水部 7畫 左右 jí 汲	汲	汲	香港、大陸右部為「及」；台灣右部為「及」，「捺」與「橫撇」相接。 💡 **注意**　具有相同部件「及」的字：圾、吸、汲、笈、級。 ✏️ **書寫提示**　部件「及」，香港、台灣為四畫，大陸為三畫。
水部 9畫 左右 wěi 洧	洧	洧	部件「月」，香港、大陸首筆是「豎」，台灣首筆是「撇」。
水部 10畫 左右 juān 涓	涓	涓	部件「月」，香港、大陸首筆是「豎」，內部為兩「橫」；台灣首筆是「撇」，內部為「點、提」。 💡 **注意**　具有相同部件「月」的字：育、肩、削、娟、啃、厭、撒。
水部 11畫 左右 cóng 淙	淙	淙	部件「示」，香港、大陸第三筆是「豎鈎」，台灣第三筆是「豎」。
水部 12畫 左右 xiè 渫	渫	渫	部件「木」，香港、大陸結構緊湊，末筆是「捺」；台灣結構疏散，末筆是「捺點」。 💡 **注意**　具有相同部件「木」的字：朵、呆、某、染、桑、揉、榮、蝶、樂、謀。
水部 12畫 左右 wèi 渭	渭	渭	部件「月」，香港、大陸首筆是「豎」，內部為兩「橫」；台灣首筆是「撇」，內部為「點、提」。 💡 **注意**　具有相同部件「月」的字：育、肩、削、娟、啃、厭、撒。
水部 12畫 左右 tián 湉	湉	湉	部件「舌」，香港、大陸首筆是「撇」，台灣首筆是「橫」。
水部 12畫 左右 jiān 湔	湔	湔	部件「月」，香港、大陸首筆是「豎」，台灣首筆是「撇」。

二級字表

香港	台灣	大陸	字形差異描述
水部 13畫 左右 lì　溧	溧	溧	部件「木」，香港、大陸結構緊湊，末筆是「捺」；台灣結構疏散，末筆是「捺點」。 💡 **注意**　具有相同部件「木」的字：朵、呆、某、染、桑、揉、榮、蝶、樂、謀。
水部 15畫 左右 shào　潲	潲	潲	部件「月」，香港、大陸首筆是「豎」，內部為兩「橫」；台灣首筆是「撇」，內部為「點、提」。 💡 **注意**　具有相同部件「月」的字：育、肩、削、娟、啃、厭、撒。
水部 18畫 左右 luò　濼	濼	濼|泺	部件「木」，香港、大陸結構緊湊，末筆是「捺」；台灣結構疏散，末筆是「捺點」。 💡 **注意**　具有相同部件「木」的字：朵、呆、某、染、桑、揉、榮、蝶、樂、謀。
水部 19畫 左右 lóng shuāng　瀧	瀧	瀧|泷	部件「月」，香港、大陸首筆是「豎」，內部為兩「橫」；台灣首筆是「撇」，內部為「點、提」。 💡 **注意**　具有相同部件「月」的字：育、肩、削、娟、啃、厭、撒、龍。
水部 26畫 左右 luán　灤	灤	灤|滦	部件「木」，香港、大陸結構緊湊，末筆是「捺」；台灣結構疏散，末筆是「捺點」。 💡 **注意**　具有相同部件「木」的字：朵、呆、某、染、桑、揉、榮、蝶、樂、謀。
火部 8畫 上下 zhì　炙	炙	炙	上部「夕」，香港、大陸內部為兩「點」，台灣內部為「點、提」。 📄 **小知識**　上部為「夕」，實際是「肉」的變形。用上「肉」下「火」會意，表示「烤」。
火部 13畫 上中下 qióng　煢	煢	煢|茕	部件「冂」，香港、大陸首筆是「橫斜鉤」，台灣首筆是「橫折彎鉤」。
火部 13畫 左右 biān　煸	煸	煸	部件「戶」，香港、大陸首筆是「點」，台灣首筆是「撇」。 💡 **注意**　具有相同部件「扁」的字：偏、匾、遍、蝙、篇、翩、編、騙。 ✏️ **書寫提示**　火部的字：部首「火」在構成左右結構的字時，通常位於左部，末筆作「點」。

香港	台灣	大陸	字形差異描述
火部 15畫 左右 cōng 熜	熜	熜	部件「囪」，香港、大陸內部為「夕」，台灣內部為「乂」。
火部 15畫 上下 yù yùn 熨	熨	熨	部件「示」，香港、大陸第三筆是「豎鈎」，台灣第三筆是「豎」。
牛部 6畫 左右 pìn 牝	牝	牝	右部「匕」，香港、大陸首筆是「撇」，台灣首筆是「橫」。 💡 **注意** 具有相同部件「匕」的字：尼、老、死、此、呢、泥。 ✏ **書寫提示** 牛部的字：部首「牛」在構成左右結構的字時，通常位於左部，末筆作「提」。
牛部 13畫 左右 piān 牖	牖	牖	部件「戶」，香港、大陸首筆是「點」，台灣首筆是「撇」。 💡 **注意** 具有相同部件「扁」的字：偏、區、遍、蝙、篇、翩、編、騙。
犬部 10畫 左右 juàn 狷	狷	狷	部件「月」，香港、大陸首筆是「豎」，內部為兩「橫」；台灣首筆是「撇」，內部為「點、提」。 💡 **注意** 具有相同部件「月」的字：育、肩、削、娟、啃、厭、撒。
犬部 12畫 左右 náo 猱	猱	猱	部件「木」，香港、大陸結構緊湊，末筆是「捺」；台灣結構疏散，末筆是「捺點」。 💡 **注意** 具有相同部件「木」的字：朵、呆、某、染、桑、揉、榮、蝶、樂、謀。
玉部 12畫 左右 cóng 琮	琮	琮	部件「示」，香港、大陸第三筆是「豎鈎」，台灣第三筆是「豎」。 ✏ **書寫提示** 玉部的字：「𤣩」是斜玉旁，不是王字旁，末筆為「提」。
玉部 13畫 左右 yú 瑜	瑜	瑜	部件「月」，香港、大陸首筆是「豎」，台灣首筆是「撇」。
玉部 15畫 左右 cōng 璁	璁	璁	部件「囪」，香港、大陸內部為「夕」，台灣內部為「乂」。

二級字表

香港	台灣	大陸	字形差異描述
玉部 17畫 左右 càn 璨	璨	璨	部件「米」，香港、大陸結構緊湊，末筆是「捺」；台灣結構疏散，末筆是「捺點」。 💡 **注意**　具有相同部件「米」的字：咪、屎、眯、粟、粲、燦。
玉部 17畫 左右 zǎo 璪	璪	璪	部件「木」，香港、大陸結構緊湊，末筆是「捺」；台灣結構疏散，末筆是「捺點」。 💡 **注意**　具有相同部件「喿」的字：操、噪、澡、燥、躁。
玉部 19畫 上下 xǐ 璽	璽	璽｜玺	上部「爾」，香港、大陸第三筆是「橫折鈎」，台灣第三筆是「橫折」。
玉部 20畫 左右 lóng 瓏	瓏	瓏｜珑	部件「月」，香港、大陸首筆是「豎」，內部為兩「橫」；台灣首筆是「撇」，內部為「點、提」。 💡 **注意**　具有相同部件「月」的字：育、肩、削、娟、哨、厭、撒、龍。
田部 9畫 左右 fàn 畈	畈	畈	右部「反」，香港、大陸首筆是「撇」，台灣首筆是「橫」。 💡 **注意**　具有相同部件「反」的字：扳、阪、板、版、販、飯。
田部 12畫 上下 shē 畬	畬	畬	上部「余」，香港、大陸第五筆為「豎鈎」，台灣第五筆為「豎」。 🔍 **辨析**　「畬」與「畲」。二字字形相近，「畬」上為「余」，「畲」上為「佘」。「畲」，畲族（中國少數民族）；「畬」，表示開墾過兩三年的田地。
疒部 11畫 半包圍 zhì 痔	痔	痔	被包圍部分，香港、大陸上部為「土」，台灣上部為「士」。
疒部 11畫 半包圍 cī 疵	疵	疵	部件「匕」，香港、大陸首筆是「撇」，台灣首筆是「橫」。 💡 **注意**　具有相同部件「匕」的字：尼、老、死、此、呢、泥。
疒部 15畫 半包圍 chì 瘛	瘛	瘛	部件「キ」，香港、大陸第三筆是「橫」，台灣第三筆是「提」。

香港	台灣	大陸	字形差異描述
疒部 15畫 半包圍 jí 瘠	瘠	瘠	部件「月」，香港、大陸首筆是「豎」，內部為兩「橫」；台灣首筆是「撇」，內部為「點、提」。 💡 **注意**　具有相同部件「月」的字：育、肩、削、娟、啃、厭、撒。
疒部 16畫 半包圍 zhài 瘵	瘵	瘵	①部件「夕」，香港、大陸內部為兩「點」，台灣內部為「點、提」。②部件「示」，香港、大陸第三筆是「豎鈎」，台灣第三筆是「豎」。 💡 **注意**　具有相同部件「祭」的字：傺、察、際、蔡。
白部 9畫 左右 guī 皈	皈	皈	右部「反」，香港、大陸首筆是「撇」，台灣首筆是「橫」。 💡 **注意**　具有相同部件「反」的字：扳、阪、板、版、販、飯。
目部 12畫 左右 shào 睄	睄	睄	部件「月」，香港、大陸首筆是「豎」，內部為兩「橫」；台灣首筆是「撇」，內部為「點、提」。 💡 **注意**　具有相同部件「月」的字：育、肩、削、娟、啃、厭、撒。
目部 16畫 左右 piǎo 瞟	瞟	瞟	部件「示」，香港、大陸第三筆是「豎鈎」，台灣第三筆是「豎」。
目部 21畫 左右 lóng 矓	矓	矓｜眬	部件「月」，香港、大陸首筆是「豎」，內部為兩「橫」；台灣首筆是「撇」，內部為「點、提」。 💡 **注意**　具有相同部件「月」的字：育、肩、削、娟、啃、厭、撒、龍。
石部 14畫 左右 zhóu 碡	碡	碡	香港、大陸右下部為「毋」，台灣右下部為「毋」。 ✎ **書寫提示**　台灣「碡」為十三畫。
石部 15畫 左右 zhé 磔	磔	磔	部件「木」，香港、大陸結構緊湊，末筆是「捺」；台灣結構疏散，末筆是「捺點」。 💡 **注意**　具有相同部件「木」的字：朵、呆、某、染、桑、揉、榮、蝶、樂、謀。

二級字表

香港	台灣	大陸	字形差異描述
石部 21畫 上下 lóng 礱	礱	礱|砻	部件「月」，香港、大陸首筆是「豎」，內部為兩「橫」；台灣首筆是「撇」，內部為「點、提」。 💡 **注意**　具有相同部件「月」的字：育、肩、削、娟、啃、厭、撒、龍。
竹部 10畫 上下 jí 笈	笈	笈	香港、大陸下部為「及」；台灣下部為「及」，「捺」與「橫撇」相接。 💡 **注意**　具有相同部件「及」的字：圾、吸、汲、笈、級。 ✏️ **書寫提示**　部件「及」，香港、台灣為四畫，大陸為三畫。
竹部 13畫 上下 shāo 筲	筲	筲	部件「月」，香港、大陸首筆是「豎」，內部為兩「橫」；台灣首筆是「撇」，內部為「點、提」。 💡 **注意**　具有相同部件「月」的字：育、肩、削、娟、啃、厭、撒。
竹部 14畫 上下 qìng 箐	箐	箐	部件「月」，香港、大陸首筆是「豎」，台灣首筆是「撇」。
竹部 16畫 上下 lì 篥	篥	篥	部件「木」，香港、大陸結構緊湊，末筆是「捺」；台灣結構疏散，末筆是「捺點」。 💡 **注意**　具有相同部件「木」的字：朵、呆、某、染、桑、揉、榮、蝶、樂。
米部 13畫 上下 càn 粲	粲	粲	下部「米」，香港、大陸結構緊湊，末筆是「捺」；台灣結構疏散，末筆是「捺點」。 💡 **注意**　具有相同部件「米」的字：咪、屎、眯、粟、燦。
米部 14畫 左右 zòng 粽	粽	粽	部件「礻」，香港、大陸第三筆是「豎鈎」，台灣第三筆是「豎」。
米部 15畫 左右 zān 糌	糌	糌	部件「处」，香港、大陸被包圍部分為「卜」，首筆是「豎」，第二筆是「點」；台灣被包圍部分為「人」，首筆是「撇」，第二筆是「捺點」。
米部 15畫 左右 róu 糅	糅	糅	部件「木」，香港、大陸結構緊湊，末筆是「捺」；台灣結構疏散，末筆是「捺點」。 💡 **注意**　具有相同部件「木」的字：朵、呆、某、染、桑、揉、榮、蝶、樂、謀。

香港	台灣	大陸	字形差異描述
米部 17畫 半包圍 縻 méi mí	縻	縻	① 部件「林」，香港、大陸結構緊湊，第四筆是「點」，第八筆是「捺點」；台灣結構疏散，第四、八筆均是「豎彎」。② 部件「米」，香港、大陸結構緊湊，末筆是「捺」；台灣結構疏散，末筆是「捺點」。 💡 **注意** 具有相同部件「米」的字：咪、屎、眯、粟、粲、燦。
糸部 13畫 左右 綃 xiāo	綃	綃｜绡	部件「月」，香港、大陸首筆是「豎」，內部為兩「橫」；台灣首筆是「撇」，內部為「點、提」。 💡 **注意** 具有相同部件「月」的字：育、肩、削、娟、啃、厭、撒。 ✏️ **書寫提示** 糸部的字：部首「糸」獨立位於左部時，通常作「糹」，如：糾、紅、紗、緞等；位於下部時，通常作「糸」，如：素、索、緊、繁等。
糸部 14畫 上下 綮 qìng	綮	綮	部件「戶」，香港、大陸首筆是「點」，台灣首筆是「撇」。 💡 **注意** 具有相同部件「戶」的字：妒、肩、房、啟、搧、滬、肇。
糸部 17畫 左右 縹 piāo	縹	縹｜缥	部件「示」，香港、大陸第三筆是「豎鈎」，台灣第三筆是「豎」。
糸部 19畫 左右 繰 qiāo	繰	繰｜缲	部件「木」，香港、大陸結構緊湊，末筆是「捺」；台灣結構疏散，末筆是「捺點」。 💡 **注意** 具有相同部件「喿」的字：操、噪、澡、燥、躁。
网部 13畫 上下 罨 yǎn	罨	罨	部件「电」，香港、大陸末筆是「豎彎鈎」，台灣末筆是「豎彎」。 💡 **注意** 具有相同部件「奄」的字：俺、埯、掩、庵、淹。
羊部 21畫 半包圍 羼 chàn	羼	羼	部件「轟」，香港、大陸下左部件末筆是「豎撇」，台灣下左部件末筆是「豎」。
老部 10畫 上下 耆 qí	耆	耆	部件「匕」，香港、大陸為「撇、豎彎鈎」，台灣為「橫、豎彎」。

二級字表

二級字表

香港	台灣	大陸	字形差異描述
老部 10畫 上下 mào 耄	耄	耄	部件「匕」，香港、大陸為「撇、豎彎鈎」，台灣為「橫、豎彎」。
老部 12畫 上下 dié 耋	耋	耋	部件「匕」，香港、大陸為「撇、豎彎鈎」，台灣為「橫、豎彎」。
肉部 9畫 左中右 yìn 胤	胤	胤	部件「月」，香港、大陸首筆是「豎」，內部為兩「橫」；台灣首筆是「撇」，內部為「點、提」。 💡 注意　具有相同部件「月」的字：育、肩、削、娟、啃、厭、撒。
肉部 9畫 上下 xū 胥	胥	胥	下部「月」，香港、大陸首筆是「豎」，內部為兩「橫」；台灣首筆是「撇」，內部為「點、提」。 💡 注意　具有相同部件「月」的字：育、肩、削、娟、啃、厭、撒。 🔍 辨析　香港部件「月」，一般在左右結構的字的左部時，首筆是「撇」，內部為「點、提」，如：胞、胸、胳等；在上下結構的字的下部時，首筆是「豎」，內部為兩「橫」，如：肯、胃、腎等。
肉部 14畫 上下 lǚ 膂	膂	膂	下部「月」，香港、大陸首筆是「豎」，內部為兩「橫」；台灣首筆是「撇」，內部為「點、提」。 💡 注意　具有相同部件「月」的字：育、肩、削、娟、啃、厭、撒。 🔍 辨析　香港部件「月」，一般在左右結構的字的左部時，首筆是「撇」，內部為「點、提」，如：胞、胸、胳等；在上下結構的字的下部時，首筆是「豎」，內部為兩「橫」，如：肯、胃、腎等。 📄 小知識　肉部的字：現代漢字中「肉月旁」與「月字旁」不同。「肉月旁」一般是與身體器官或肉有關，如：肋、肝、肘、脊、臂等；「月字旁」一般是與月亮、天氣、光線有關，如：明、朗、期、朝、朦等。
肉部 17畫 半包圍 yīng 膺	膺	膺	部件「月」，香港、大陸首筆是「豎」，內部為兩「橫」；台灣首筆是「撇」，內部為「點、提」。 💡 注意　具有相同部件「月」的字：育、肩、削、娟、啃、厭、撒。
自部 10畫 上下 niè 臬	臬	臬	下部「木」，香港、大陸結構緊湊，末筆是「捺」；台灣結構疏散，末筆是「捺點」。 💡 注意　具有相同部件「木」的字：朵、呆、某、染、桑、揉、榮、蝶、樂。

香港	台灣	大陸	字形差異描述
舌部 10 畫 左右 shì 舐	舐	舐	左部「舌」，香港、大陸首筆是「撇」，台灣首筆是「橫」。
艸部 8 畫 上下 xué 芎	芎	芎	上部，香港、大陸為「⺿」，「橫」連為一筆，共三畫；台灣為「⺾」，「橫」與「豎」相交，共四畫。
虫部 10 畫 上下 chī 蚩	蚩	蚩	香港、大陸第三筆是「豎」，台灣第三筆是「撇」。
虫部 13 畫 左右 shāo xiāo 蛸	蛸	蛸	部件「月」，香港、大陸首筆是「豎」，內部為兩「橫」；台灣首筆是「撇」，內部為「點、提」。 💡 **注意** 具有相同部件「月」的字：育、肩、削、娟、啃、厭、撒。
虫部 15 畫 左右 yú 蝓	蝓	蝓	部件「月」，香港、大陸首筆是「豎」，台灣首筆是「撇」。
虫部 17 畫 左右 piāo 螵	螵	螵	部件「示」，香港、大陸第三筆是「豎鈎」，台灣第三筆是「豎」。
虫部 17 畫 上下 zhōng 螽	螽	螽	上部「冬」，香港、大陸第三筆是「捺」，台灣第三筆是「捺點」。
虫部 20 畫 左右 róng 蠑	蠑	蠑|蝾	部件「木」，香港、大陸結構緊湊，末筆是「捺」；台灣結構疏散，末筆是「捺點」。 💡 **注意** 具有相同部件「木」的字：朵、呆、某、染、桑、揉、榮、蝶、樂。
衣部 14 畫 左右 bǎo 褓	褓	褓	部件「木」，香港、大陸結構緊湊，末筆是「捺」；台灣結構疏散，末筆是「捺點」。 💡 **注意** 具有相同部件「木」的字：朵、呆、某、染、桑、揉、榮、蝶、樂。 📖 **小知識** 衣部的字：從「衤（衣）」的漢字，多與衣物、布料等有關，如：衫、被、裙、褥、褲等；從「礻（示）」的漢字，多與鬼神、祭祀等有關，如：祉、祈、祝、祿、福等。形旁是「礻」，還是「衤」，要區分清楚。

香港	台灣	大陸	字形差異描述
衣部 14畫 左右 biǎn　褊	褊	褊	部件「户」，香港、大陸首筆是「點」，台灣首筆是「撇」。 💡 **注意**　具有相同部件「扁」的字：偏、匾、遍、蝙、篇、翩、編、騙。
衣部 17畫 上中下 xiè　褻	褻	褻｜褻	部件「夫」，香港、大陸末筆是「點」，台灣末筆是「豎彎」。
見部 16畫 左右 yú　覦	覦	覦｜觎	部件「月」，香港、大陸首筆是「豎」，台灣首筆是「撇」。
言部 13畫 上下 zǐ　呰	呰	呰	部件「匕」，香港、大陸首筆是「撇」，台灣首筆是「橫」。 💡 **注意**　具有相同部件「匕」的字：尼、老、死、此、些、呢、泥、柴、紫。
言部 14畫 左右 qiào　誚	誚	誚｜诮	部件「月」，香港、大陸首筆是「豎」，內部為兩「橫」；台灣首筆是「撇」，內部為「點、提」。 💡 **注意**　具有相同部件「月」的字：育、肩、削、娟、啃、厭、撒。
言部 16畫 左右 yù　諭	諭	諭｜谕	部件「月」，香港、大陸首筆是「豎」，台灣首筆是「撇」。
言部 16畫 左右 piǎn　諞	諞	諞｜谝	部件「户」，香港、大陸首筆是「點」，台灣首筆是「撇」。 💡 **注意**　具有相同部件「扁」的字：偏、匾、遍、蝙、篇、翩、編、騙。
言部 17畫 左右 shì　諡	謚	諡｜谥	右上部，香港、大陸為「处」，共五畫；台灣為「兮」，共四畫。 💡 **注意**　「謚」為台灣異體字，「諡」為大陸異體字。
貝部 14畫 左右 shē　賒	賒	賒｜赊	部件「示」，香港、大陸第三筆是「豎鈎」，台灣第三筆是「豎」。 📄 **小知識**　貝部的字：古代曾以貝殼為貨幣，從貝的字一般和錢財有關，如：財、貴、買、賄、賜等。
貝部 19畫 半包圍 yàn　贗	贋	贗｜赝	被包圍部分，香港、大陸上右部為「隹」，台灣上右部為「鳥」。 💡 **注意**　「贗」為台灣異體字，「贋」為大陸異體字。

二級字表

香港	台灣	大陸	字形差異描述
走部 13畫 半包圍 趄 zī	趄	趄	部件「次」，香港、大陸左部為「點、提」，台灣左部為兩「橫」。 ✎ **書寫提示**　走部的字：現代漢字中「走字旁」與「走之旁」不同。「走字旁」應先寫「走」，後寫其他部分，如：赴、趁、超、越、趕等；「走之旁」應先寫其他部分，後寫「辶」，如：返、追、逃、進、達等。
足部 11畫 左右 跋 tā	跋	跋	香港、大陸右部為「及」；台灣右部為「及」，「捺」與「橫撇」相接。 💡 **注意**　具有相同部件「及」的字：圾、吸、岌、汲、笈、級。 ✎ **書寫提示**　①足部的字：部首「足」在構成左右結構的字時，通常位於左部，最後兩筆作「豎、提」。②部件「及」，香港、台灣為四畫，大陸為三畫。
足部 13畫 左右 趾 cī	趾	趾	部件「匕」，香港、大陸首筆是「撇」，台灣首筆是「橫」。 💡 **注意**　具有相同部件「匕」的字：尼、老、死、此、些、呢、泥、柴、紫。
足部 16畫 左右 蹀 dié	蹀	蹀	部件「木」，香港、大陸結構緊湊，末筆是「捺」；台灣結構疏散，末筆是「捺點」。 💡 **注意**　具有相同部件「木」的字：朵、呆、某、染、桑、揉、榮、蝶、樂、謀。
足部 16畫 左右 蹁 pián	蹁	蹁	部件「戶」，香港、大陸首筆是「點」，台灣首筆是「撇」。 💡 **注意**　具有相同部件「扁」的字：偏、匾、遍、蝙、篇、翩、編、騙。
足部 18畫 上下 蹙 cù	蹙	蹙	部件「小」，香港、大陸首筆是「豎鈎」，台灣首筆是「豎」。
足部 22畫 左右 躒 lì	躒	躒 | 跞	部件「木」，香港、大陸結構緊湊，末筆是「捺」；台灣結構疏散，末筆是「捺點」。 💡 **注意**　具有相同部件「木」的字：朵、呆、某、染、桑、揉、榮、蝶、樂、謀。

二級字表

香港	台灣	大陸	字形差異描述
金部 12畫 左右 bǎn 鈑	鈑	鈑|钣	右部「反」，香港、大陸首筆是「撇」，台灣首筆是「橫」。 💡 **注意**　具有相同部件「反」的字：扳、阪、板、版、販、飯。 ✎ **書寫提示**　金部的字：部首「金」在構成左右結構的字時，通常位於左部，末筆作「提」。
金部 13畫 左右 ní 鈮	鈮	鈮|铌	部件「匕」，香港、大陸首筆是「撇」，台灣首筆是「橫」。 💡 **注意**　具有相同部件「匕」的字：尼、老、死、此、呢、泥。
金部 14畫 左右 lǎo 鋯	鋯	鋯|铑	部件「匕」，香港、大陸首筆是「撇」，台灣首筆是「橫」。 💡 **注意**　具有相同部件「匕」的字：尼、老、死、此、呢、泥。
金部 14畫 左右 chòng 銃	銃	銃|铳	香港、大陸部件「厶」，共四畫；台灣對應的部件為「厶」，共三畫。 💡 **注意**　具有相同部件「厶」的字：充、育、棄、統、徹。
金部 18畫 左右 niè 鎳	鎳	鎳|镍	部件「木」，香港、大陸結構緊湊，末筆是「捺」；台灣結構疏散，末筆是「捺點」。 💡 **注意**　具有相同部件「木」的字：朵、呆、某、染、桑、揉、榮、蝶、樂、謀。
金部 18畫 上下 liú 鎏	鎏	鎏	① 香港、大陸部件「厶」，共四畫；台灣對應的部件為「厶」，共三畫。② 部件「川」，香港、大陸末筆是「豎彎鈎」，台灣末筆是「豎彎」。 💡 **注意**　具有相同部件「㐬」的字：流、琉、梳、硫、疏、毓。
金部 19畫 左右 biāo 鏢	鏢	鏢|镖	部件「示」，香港、大陸第三筆是「豎鈎」，台灣第三筆是「豎」。
金部 19畫 左右 yōng 鏞	鏞	鏞|镛	部件「甫」，香港、大陸下部首筆是「豎」，台灣下部首筆是「撇」。 💡 **注意**　具有相同部件「庸」的字：傭、墉、慵、鱅。
金部 19畫 左右 qiāng 鏘	鏘	鏘|锵	部件「夕」，香港、大陸內部為兩「點」，台灣內部為「點、提」。

香港	台灣	大陸	字形差異描述
金部 22畫 左右 chǎ 鑔	鑔	鑔|鑔	①部件「夕」，香港、大陸內部為兩「點」，台灣內部為「點、提」。②部件「示」，香港、大陸第三筆是「豎鈎」，台灣第三筆是「豎」。
金部 23畫 左右 shuò 鑠	鑠	鑠|铄	部件「木」，香港、大陸結構緊湊，末筆是「捺」；台灣結構疏散，末筆是「捺點」。 💡 **注意**　具有相同部件「木」的字：朵、呆、某、染、桑、揉、榮、蝶、樂、謀。
阜部 7畫 左右 bǎn 阪	阪	阪	右部「反」，香港、大陸首筆是「撇」，台灣首筆是「橫」。 💡 **注意**　具有相同部件「反」的字：扳、阪、板、版、販、飯。 📖 **小知識**　阜部的字：左邊的「阝」是由「阜」變形而來，通常表示和地勢、升降等有關，如：降、陡、階、隅、險等；右邊的「阝」是由「邑」變形而來，通常表示和地名、邦郡有關，如：邙、都、郭、鄂、鄭等。 ✏️ **書寫提示**　阜部的字：部件「阝」，香港、台灣為三畫，大陸為兩畫。
阜部 19畫 左右 lǒng 隴	隴	隴|陇	部件「月」，香港、大陸首筆是「豎」，內部為兩「橫」；台灣首筆是「撇」，內部為「點、提」。 💡 **注意**　具有相同部件「月」的字：育、肩、削、娟、啃、厭、撒、龍。
青部 15畫 左右 jìng liàng 靚	靚	靚|靓	部件「月」，香港、大陸首筆是「豎」，台灣首筆是「撇」。
青部 16畫 左右 diàn 靛	靛	靛	部件「月」，香港、大陸首筆是「豎」，台灣首筆是「撇」。
革部 13畫 左右 sǎ 靫	靫	靫	香港、大陸右部為「及」；台灣右部為「及」，「捺」與「橫撇」相接。 💡 **注意**　具有相同部件「及」的字：圾、吸、汲、笈、級。 ✏️ **書寫提示**　部件「及」，香港、台灣為四畫，大陸為三畫。
革部 16畫 左右 qiào shāo 鞘	鞘	鞘	部件「月」，香港、大陸首筆是「豎」，內部為兩「橫」；台灣首筆是「撇」，內部為「點、提」。 💡 **注意**　具有相同部件「月」的字：育、肩、削、娟、啃、厭、撒。

二級字表

香港	台灣	大陸	字形差異描述
革部 18畫 左右 róu 鞣	鞣	鞣	部件「木」，香港、大陸結構緊湊，末筆是「捺」；台灣結構疏散，末筆是「捺點」。 💡 **注意** 具有相同部件「木」的字：朵、呆、某、染、桑、揉、榮、蝶、樂、謀。
革部 19畫 左右 bèi 鞴	鞴	鞴	部件「用」，香港、大陸首筆是「豎」，台灣首筆是「撇」。
韋部 18畫 左右 yùn 韞	韞	韞｜韫	香港、大陸右上部為「日」，台灣右上部為「囚」。 💡 **注意** 具有相同部件「昷」的字：温、媼、氲、瘟、醖。 ✏️ **書寫提示** 台灣「韞」為十九畫。
馬部 20畫 左右 shàn 騸	騸	騸｜骟	部件「戶」，香港、大陸首筆是「點」，台灣首筆是「撇」。 💡 **注意** 具有相同部件「戶」的字：炉、肩、房、啟、搧、滬。
馬部 21畫 左右 biāo piào 驃	驃	驃｜骠	部件「示」，香港、大陸第三筆是「豎鈎」，台灣第三筆是「豎」。
馬部 21畫 左右 cōng 驄	驄	驄｜骢	部件「囱」，香港、大陸內部為「夕」，台灣內部為「夂」。
髟部 16畫 上下 zī 髭	髭	髭	部件「匕」，香港、大陸首筆是「撇」，台灣首筆是「橫」。 💡 **注意** 具有相同部件「匕」的字：尼、老、死、此、些、呢、泥、柴、紫。
髟部 18畫 上下 zōng 鬃	鬃	鬃	部件「示」，香港、大陸第三筆是「豎鈎」，台灣第三筆是「豎」。
魚部 17畫 左右 wěi 鮪	鮪	鮪｜鲔	部件「月」，香港、大陸首筆是「豎」，台灣首筆是「撇」。
魚部 20畫 左右 dié 鰈	鰈	鰈｜鰈	部件「木」，香港、大陸結構緊湊，末筆是「捺」；台灣結構疏散，末筆是「捺點」。 💡 **注意** 具有相同部件「木」的字：朵、呆、某、染、桑、揉、榮、蝶、樂、謀。

香港	台灣	大陸	字形差異描述
魚部 20畫 左右 biān 鯿	鯿	鯿 | 鯿	部件「户」，香港、大陸首筆是「點」，台灣首筆是「撇」。 💡 注意 具有相同部件「扁」的字：偏、匾、遍、蝙、篇、翩、編、騙。
魚部 21畫 左右 shí 鰣	鰣	鰣 | 鰣	右部「時」，香港、大陸右上部為「𡉉」，台灣右上部為「土」。
魚部 22畫 左右 biào 鰾	鰾	鰾 | 鰾	部件「示」，香港、大陸第三筆是「豎鈎」，台灣第三筆是「豎」。
魚部 22畫 左右 yōng 鱅	鱅	鱅 | 鱅	部件「甫」，香港、大陸下部首筆是「豎」，台灣下部首筆是「撇」。 💡 注意 具有相同部件「庸」的字：傭、墉、慵、鏞。
魚部 23畫 左右 fèn 鱝	鱝	鱝 | 鱝	部件「卉」，香港、大陸下部為「廾」，「橫」連為一筆，共三畫；台灣下部為「廾」，「橫」與「豎」相交，共四畫。
鳥部 15畫 左右 bǎo 鴇	鴇	鴇 | 鴇	部件「匕」，香港、大陸為「撇、豎彎鈎」，台灣為「橫、豎彎」。
鳥部 23畫 上下 jiù 鷲	鷲	鷲 | 鷲	部件「小」，香港、大陸首筆是「豎鈎」，台灣首筆是「豎」。
鳥部 23畫 上下 sī 鷥	鷥	鷥 | 鸶	上部「絲」：①左部，香港、大陸第四、五、六筆均是「點」；台灣第四筆是「豎」，第五筆是「撇」，第六筆是「點」。②右部，香港、大陸第四筆是「豎鈎」，台灣第四筆是「豎」。
黹部 19畫 左右 fǔ 黼	黼	黼	部件「𢆶」，香港、大陸首兩筆為「點、撇」，台灣首兩筆為「撇、點」。
鼓部 21畫 上下 pí 鼙	鼙	鼙	部件「支」，香港、大陸末筆是「捺」，台灣末筆是「捺點」。

二級字表

香港	台灣	大陸	字形差異描述
龍部 22畫 上下 kān	龕	龕	龕|龛	部件「月」，香港、大陸首筆是「豎」，內部為兩「橫」；台灣首筆是「撇」，內部為「點、提」。 💡 **注意**　具有相同部件「月」的字：育、肩、削、娟、啃、厭、撒、龍。
龍部 22畫 上下 gōng	龔	龔	龔|龚	部件「月」，香港、大陸首筆是「豎」，內部為兩「橫」；台灣首筆是「撇」，內部為「點、提」。 💡 **注意**　具有相同部件「月」的字：育、肩、削、娟、啃、厭、撒、龍。

五 區

香港與台灣、大陸（規範字／繁體字）字形不同。台灣與大陸（規範字／繁體字）字形相同。

香港	台灣	大陸	字形差異描述
人部 10畫 左右 tì	偠	偠	偠	部件「丰」，香港「豎」穿過兩「橫」，台灣、大陸「豎」不穿第二「橫」。 💡 **注意**　具有相同部件「周」的字：惆、週、稠、綢、調、雕、鵰。
人部 14畫 左右 jiàn	僭	僭	僭	① 部件「㲋」，香港第四、八筆均是「豎彎」；台灣、大陸第四筆是「豎提」，第八筆是「豎彎鈎」。② 部件「曰」，香港第三筆「橫」與第二筆「橫折」相離，台灣、大陸第三筆「橫」與第二筆「橫折」相接。 💡 **注意**　具有相同部件「曰」的字：書、得、替、復、葛、歇、厭、踏、潛、繪。
人部 15畫 左右 kuài	儈	儈	儈|侩	部件「曰」，香港第三筆「橫」與第二筆「橫折」相離，台灣、大陸第三筆「橫」與第二筆「橫折」相接。 💡 **注意**　具有相同部件「曰」的字：書、得、替、復、葛、歇、厭、踏、潛、繪。
人部 16畫 左右 chái	儕	儕	儕|侪	部件「丫」，香港第三筆是「豎鈎」，台灣、大陸第三筆是「豎」。
冫部 10畫 左右 diāo	凋	凋	凋	部件「丰」，香港「豎」穿過兩「橫」，台灣、大陸「豎」不穿第二「橫」。 💡 **注意**　具有相同部件「周」的字：惆、週、稠、綢、調、雕、鵰。

香港	台灣	大陸	字形差異描述
刀部 10畫 左右 wān 剜	剜	剜	部件「𠃋」，香港末筆是「豎彎」，台灣、大陸末筆是「豎提」。
刀部 15畫 左右 guì 劊	劊	劊|刽	部件「曰」，香港第三筆「橫」與第二筆「橫折」相離，台灣、大陸第三筆「橫」與第二筆「橫折」相接。 💡 **注意** 具有相同部件「曾」的字：書、得、替、復、葛、歇、厭、踏、潛、繪。
口部 10畫 左右 chī 哧	哧	哧	右部「赤」，香港第四筆是「豎」，台灣、大陸第四筆是「撇」。
口部 11畫 左右 zhāo zhōu 啁	啁	啁	部件「𠀚」，香港「豎」穿過兩「橫」，台灣、大陸「豎」不穿第二「橫」。 💡 **注意** 具有相同部件「周」的字：惆、週、稠、綢、調、雕、鵰。
口部 13畫 左右 zī 嗞	嗞	嗞	香港右上部為「艹」，共四畫；台灣、大陸右上部為「䒑」，共三畫。
口部 14畫 左右 cáo 嘈	嘈	嘈	部件「曰」，香港第三筆「橫」與第二筆「橫折」相離，台灣、大陸第三筆「橫」與第二筆「橫折」相接。 💡 **注意** 具有相同部件「曹」的字：漕、槽、遭、螬、糟。
口部 15畫 左右 cēng 噌	噌	噌	部件「曰」，香港第三筆「橫」與第二筆「橫折」相離，台灣、大陸第三筆「橫」與第二筆「橫折」相接。 💡 **注意** 具有相同部件「曾」的字：僧、增、憎、層、罾、甑、贈、蹭。
口部 16畫 左右 kuài 噲	噲	噲|哙	部件「曰」，香港第三筆「橫」與第二筆「橫折」相離，台灣、大陸第三筆「橫」與第二筆「橫折」相接。 💡 **注意** 具有相同部件「曾」的字：書、得、替、復、葛、歇、厭、踏、潛、繪。
口部 18畫 左右 lū 嚕	嚕	嚕|噜	部件「曰」，香港第三筆「橫」與第二筆「橫折」相離，台灣、大陸第三筆「橫」與第二筆「橫折」相接。 💡 **注意** 具有相同部件「曾」的字：書、得、替、復、葛、歇、厭、踏、潛、繪。

香港	台灣	大陸	字形差異描述
口部 20畫 上下 kù 嚳	嚳	嚳|嚳	部件「告」，香港上部為「牛」，「豎」與下部「口」相接；台灣、大陸上部為「牛」，「豎」與末筆「橫」相接。 ✎ **書寫提示**　香港「牛」中「豎」為第四筆，台灣、大陸「牛」中「豎」為第三筆。
小部 9畫 上中下 gǎ 尜	尜	尜	上部「小」，香港首筆是「豎鈎」，台灣、大陸首筆是「豎」。
彳部 13畫 左右 páng 徬	彷	彷	香港右部為「旁」，台灣、大陸右部為「方」。
心部 8畫 上下 tiǎn 忝	忝	忝	部件「小」，香港首筆是「豎」，台灣、大陸首筆是「豎鈎」。
心部 11畫 左右 chóu 惆	惆	惆	部件「⺸」，香港「豎」穿過兩「橫」，台灣、大陸「豎」不穿第二「橫」。 💡 **注意**　具有相同部件「周」的字：週、稠、綢、調、雕、鶥。
心部 12畫 左右 qiè 愜	愜	愜|愜	部件「夾」，香港末筆是「捺」，台灣、大陸末筆是「捺點」。
手部 11畫 上下 sā suō 挲	挲	挲	部件「少」，香港首筆是「豎鈎」，台灣、大陸首筆是「豎」。 💡 **注意**　具有相同部件「少」的字：劣、吵、妙、省、秒、鈔、渺、鯊。
手部 18畫 左右 lū 擼	擼	擼|擼	部件「曰」，香港第三筆「橫」與第二筆「橫折」相離，台灣、大陸第三筆「橫」與第二筆「橫折」相接。 💡 **注意**　具有相同部件「曰」的字：書、得、替、復、葛、歇、厭、踏、潛、繪。
木部 8畫 左右 miǎo 杪	杪	杪	右部「少」，香港首筆是「豎鈎」，台灣、大陸首筆是「豎」。 💡 **注意**　具有相同部件「少」的字：劣、吵、妙、省、秒、鈔、渺、鯊。 ✎ **書寫提示**　木部的字：部首「木」在構成左右結構的字時，通常位於左部，末筆作「點」。

香港	台灣	大陸	字形差異描述
木部 11畫 左右 gù 梏	梏	梏	右部「告」，香港上部為「牛」，「豎」與下部「口」相接；台灣、大陸上部為「牜」，「豎」與末筆「橫」相接。 ✎ **書寫提示** 香港「牛」中「豎」為第四筆，台灣、大陸「牜」中「豎」為第三筆。
木部 11畫 左右 suō 杪	杪	杪	部件「少」，香港首筆是「豎鈎」，台灣、大陸首筆是「豎」。 💡 **注意** 具有相同部件「少」的字：劣、吵、妙、省、秒、鈔、渺、鯊。
木部 17畫 左右 guì huì 檜	檜	檜|桧	部件「曰」，香港第三筆「橫」與第二筆「橫折」相離，台灣、大陸第三筆「橫」與第二筆「橫折」相接。 💡 **注意** 具有相同部件「曰」的字：書、得、替、復、葛、歇、厭、踏、潛、繪。
木部 19畫 左右 dú 櫝	櫝	櫝|椟	部件「罒」，香港內部為「撇、豎彎」，台灣、大陸內部為兩「豎」。
木部 19畫 左右 lǔ 櫓	櫓	櫓|橹	部件「曰」，香港第三筆「橫」與第二筆「橫折」相離，台灣、大陸第三筆「橫」與第二筆「橫折」相接。 💡 **注意** 具有相同部件「曰」的字：書、得、替、復、葛、歇、厭、踏、潛、繪。
毛部 19畫 半包圍 lu 氌	氌	氌|氇	部件「曰」，香港第三筆「橫」與第二筆「橫折」相離，台灣、大陸第三筆「橫」與第二筆「橫折」相接。 💡 **注意** 具有相同部件「曰」的字：書、得、替、復、葛、歇、厭、踏、潛、繪。
水部 8畫 上下 dá tà 沓	沓	沓	下部「曰」，香港第三筆「橫」與第二筆「橫折」相離，台灣、大陸第三筆「橫」與第二筆「橫折」相接。 💡 **注意** 具有相同部件「曰」的字：書、得、替、復、葛、歇、厭、踏、潛、繪。
水部 14畫 左右 cáo 漕	漕	漕	部件「曰」，香港第三筆「橫」與第二筆「橫折」相離，台灣、大陸第三筆「橫」與第二筆「橫折」相接。 💡 **注意** 具有相同部件「曹」的字：嘈、槽、遭、艚、糟。

香港	台灣	大陸	字形差異描述
水部 16畫 左右 huì 澮	澮	澮｜浍	部件「曰」，香港第三筆「橫」與第二筆「橫折」相離，台灣、大陸第三筆「橫」與第二筆「橫折」相接。 💡 **注意**　具有相同部件「曰」的字：書、得、替、復、葛、歇、厭、踏、潛、繪。
水部 18畫 左右 dú 瀆	瀆	瀆｜渎	部件「罒」，香港內部為「撇、豎彎」，台灣、大陸內部為兩「豎」。
火部 17畫 左右 huì 燴	燴	燴｜烩	部件「曰」，香港第三筆「橫」與第二筆「橫折」相離，台灣、大陸第三筆「橫」與第二筆「橫折」相接。 💡 **注意**　具有相同部件「曰」的字：書、得、替、復、葛、歇、厭、踏、潛、繪。 ✏️ **書寫提示**　火部的字：部首「火」在構成左右結構的字時，通常位於左部，末筆作「點」。
火部 19畫 左右 kào 燺	燺	燺	① 部件「告」，香港上部為「牛」，「豎」與下部「口」相接；台灣、大陸上部為「⺧」，「豎」與末筆「橫」相接。② 部件「非」，香港首筆是「豎撇」，第四筆是「提」；台灣、大陸首筆是「豎」，第四筆是「橫」。 ✏️ **書寫提示**　香港「牛」中「豎」為第四筆，台灣、大陸「⺧」中「豎」為第三筆。
牛部 19畫 左右 dú 犢	犢	犢｜犊	部件「罒」，香港內部為「撇、豎彎」，台灣、大陸內部為兩「豎」。 ✏️ **書寫提示**　牛部的字：部首「牛」在構成左右結構的字時，通常位於左部，末筆作「提」。
犬部 16畫 左右 kuài 獪	獪	獪｜狯	部件「曰」，香港第三筆「橫」與第二筆「橫折」相離，台灣、大陸第三筆「橫」與第二筆「橫折」相接。 💡 **注意**　具有相同部件「曰」的字：書、得、替、復、葛、歇、厭、踏、潛、繪。
用部 9畫 上下 béng 甬	甬	甬	下部「用」，香港首筆是「豎」，台灣、大陸首筆是「撇」。

香港		台灣	大陸	字形差異描述
疒部 12 畫 半包圍 shā	痧	痧	痧	部件「少」，香港首筆是「豎鈎」，台灣、大陸首筆是「豎」。 💡 **注意** 具有相同部件「少」的字：劣、吵、妙、省、秒、鈔、渺、鯊。
疒部 17 畫 半包圍 xián	癇	癇	癇|痫	部件「月」，香港首筆是「豎」，台灣、大陸首筆是「撇」。
皿部 16 畫 上下 guàn	盥	盥	盥	部件「水」，香港末筆是「捺」，台灣、大陸末筆是「捺點」。
目部 9 畫 左右 miǎo	眇	眇	眇	右部「少」，香港首筆是「豎鈎」，台灣、大陸首筆是「豎」。 💡 **注意** 具有相同部件「少」的字：劣、吵、妙、省、秒、鈔、渺、鯊。
石部 13 畫 左右 diāo	碉	碉	碉	部件「土」，香港「豎」穿過兩「橫」，台灣、大陸「豎」不穿第二「橫」。 💡 **注意** 具有相同部件「周」的字：惆、週、稠、綢、調、雕、鵰。
竹部 15 畫 上下 qiè	篋	篋	篋|箧	部件「夾」，香港末筆是「捺」，台灣、大陸末筆是「捺點」。
竹部 17 畫 上下 dōu	篼	篼	篼	部件「𦥑」，香港左部為「撇、豎折」，台灣、大陸左部為「撇、豎提」。
竹部 18 畫 上下 zān	簪	簪	簪	① 部件「兓」，香港第四、八筆均是「豎彎」；台灣、大陸第四、八筆分別是「豎提」、「豎彎鈎」。② 部件「曰」，香港第三筆「橫」與第二筆「橫折」相離，台灣、大陸第三筆「橫」與第二筆「橫折」相接。 💡 **注意** 具有相同部件「曰」的字：書、得、替、復、葛、歇、厭、踏、潛、繪。
米部 15 畫 左右 chá	䊬	䊬	䊬	部件「木」，香港末筆是「捺點」，台灣、大陸末筆是「捺」。

二級字表

香港	台灣	大陸	字形差異描述
米部 16畫 左右 cí 糍	糍	糍	香港右上部為「艹」，共四畫；台灣、大陸右上部為「丷」，共三畫。 ✎ **書寫提示**　台灣、大陸「糍」為十五畫。
糸部 15畫 左中右 miǎo 緲	緲	緲|缈	右部「少」，香港首筆是「豎鈎」，台灣、大陸首筆是「豎」。 💡 **注意**　具有相同部件「少」的字：劣、吵、妙、省、秒、鈔、渺、鯊。 ✎ **書寫提示**　糸部的字：部首「糸」獨立位於左部時，通常作「糹」，如：糾、紅、紗、緞等；位於下部時，通常作「糸」，如：素、索、緊、繁等。
糸部 18畫 左右 zēng 繒	繒	繒|缯	部件「曰」，香港第三筆「橫」與第二筆「橫折」相離，台灣、大陸第三筆「橫」與第二筆「橫折」相接。 💡 **注意**　具有相同部件「曾」的字：僧、增、憎、層、罾、甑、贈、蹭。
网部 17畫 上下 zēng 罾	罾	罾	部件「曰」，香港第三筆「橫」與第二筆「橫折」相離，台灣、大陸第三筆「橫」與第二筆「橫折」相接。 💡 **注意**　具有相同部件「曾」的字：僧、增、憎、層、甑、贈、蹭。
肉部 11畫 左右 niào 脲	脲	脲	左部「月」，香港內部為「點、提」，台灣、大陸內部為兩「橫」。 📄 **小知識**　肉部的字：現代漢字中「肉月旁」與「月字旁」不同。「肉月旁」一般是與身體器官或肉有關，如：肋、肝、肘、脊、臂等；「月字旁」一般是與月亮、天氣、光線有關，如：明、朗、期、朝、朦等。
肉部 12畫 左右 dòng 腖	腖	腖|胨	左部「月」，香港內部為「點、提」，台灣、大陸內部為兩「橫」。
肉部 12畫 左右 dìng 腚	腚	腚	左部「月」，香港內部為「點、提」，台灣、大陸內部為兩「橫」。
肉部 13畫 左右 miǎn 腼	腼	腼	左部「月」，香港內部為「點、提」，台灣、大陸內部為兩「橫」。

香港	台灣	大陸	字形差異描述
虫部 14 畫 左右 tiáo 蜩	蜩	蜩	部件「㞢」，香港「豎」穿過兩「橫」，台灣、大陸「豎」不穿第二「橫」。 💡 **注意**　具有相同部件「周」的字：惆、週、稠、綢、調、雕、鵰。
虫部 17 畫 左右 cáo 螬	螬	螬	部件「曰」，香港第三筆「橫」與第二筆「橫折」相離，台灣、大陸第三筆「橫」與第二筆「橫折」相接。 💡 **注意**　具有相同部件「曹」的字：嘈、漕、槽、遭、醩、糟。
虫部 20 畫 左右 qí 蠐	蠐	蠐｜蛴	部件「丫」，香港第三筆是「豎鈎」，台灣、大陸第三筆是「豎」。
衣部 13 畫 上下 shā 裟	裟	裟	部件「少」，香港首筆是「豎鈎」，台灣、大陸首筆是「豎」。 💡 **注意**　具有相同部件「少」的字：劣、吵、妙、省、秒、鈔、渺、鯊。
言部 14 畫 左右 gào 誥	誥	誥｜诰	右部「告」，香港上部為「牛」，「豎」與下部的「口」相接；台灣、大陸上部為「㞢」，「豎」與末筆「橫」相接。 ✎ **書寫提示**　香港「牛」中「豎」為第四筆，台灣、大陸「㞢」中「豎」為第三筆。
言部 19 畫 左右 zèn 譖	譖	譖｜谮	① 部件「兓」，香港第四、八筆均是「豎彎」；台灣、大陸第四、八筆分別是「豎提」、「豎彎鈎」。② 部件「曰」，香港第三筆「橫」與第二筆「橫折」相離，台灣、大陸第三筆「橫」與第二筆「橫折」相接。 💡 **注意**　具有相同部件「曰」的字：書、得、替、復、葛、歇、厭、踏、潛、繪。
赤部 11 畫 左右 nǎn 赧	赧	赧	左部「赤」，香港第四筆是「豎」，台灣、大陸第四筆是「撇」。
赤部 15 畫 左右 zhě 赭	赭	赭	左部「赤」，香港第四筆是「豎」，台灣、大陸第四筆是「撇」。

香港	台灣	大陸	字形差異描述
足部 21畫 左右 jī 躋	躋	躋｜跻	部件「ㄚ」，香港第三筆是「豎鈎」，台灣、大陸第三筆是「豎」。 ✏ **書寫提示**　足部的字：部首「足」在構成左右結構的字時，通常位於左部，最後兩筆作「豎、提」。
邑部 10畫 左右 hǎo 郝	郝	郝	左部「赤」，香港第四筆是「豎」，台灣、大陸第四筆是「撇」。 📄 **小知識**　邑部的字：右邊的「阝」是由「邑」變形而來，通常表示和地名、邦郡有關，如：邙、都、郭、鄂、鄭等；左邊的「阝」是由「阜」變形而來，通常表示和地勢、升降等有關，如：降、陡、階、隅、險等。 ✏ **書寫提示**　邑部的字：部件「阝」，香港、台灣為三畫，大陸為兩畫。
邑部 10畫 左右 gào 郜	郜	郜	左部「告」，香港上部為「牛」，「豎」與下部的「口」相接；台灣、大陸上部為「㐄」，「豎」與末筆「橫」相接。 ✏ **書寫提示**　香港「牛」中「豎」為第四筆，台灣、大陸「㐄」中「豎」為第三筆。
金部 15畫 左右 gào 鋯	鋯	鋯｜锆	右部「告」，香港上部為「牛」，「豎」與下部的「口」相接；台灣、大陸上部為「㐄」，「豎」與末筆「橫」相接。 ✏ **書寫提示**　① 金部的字：部首「金」在構成左右結構的字時，通常位於左部，末筆作「提」。② 香港「牛」中「豎」為第四筆，台灣、大陸「㐄」中「豎」為第三筆。
金部 16畫 左右 dé 鍀	鍀	鍀｜锝	部件「曰」，香港第三筆「橫」與第二筆「橫折」相離，台灣、大陸第三筆「橫」與第二筆「橫折」相接。 💡 **注意**　具有相同部件「曰」的字：書、得、替、復、葛、歇、厭、踏、潛、繪。
金部 24畫 上下 xīn 鑫	鑫	鑫	下右部件「金」，香港第二筆是「捺點」，台灣、大陸第二筆是「捺」。 ✏ **書寫提示**　「品」字形結構的字，三部分大小有別，上最大，左下最小，右下略大。通常左下末筆變形，給右下讓出空間，如：淼、犇、焱等。
門部 16畫 半包圍 chāng 闇	闇	闇｜阊	被包圍部分，下部「曰」，香港第三筆「橫」與第二筆「橫折」相離，台灣、大陸第三筆「橫」與第二筆「橫折」相接。 💡 **注意**　具有相同部件「昌」的字：倡、唱、猖、娼、菖。

二級字表

香港	台灣	大陸	字形差異描述
魚部 19畫 左右 chāng 鯧	鯧	鯧|鲳	部件「曰」，香港第三筆「橫」與第二筆「橫折」相離，台灣、大陸第三筆「橫」與第二筆「橫折」相接。 💡 **注意**　具有相同部件「昌」的字：倡、唱、猖、菖、閶。
魚部 19畫 左右 diāo 鯛	鯛	鯛|鲷	部件「龶」，香港「豎」穿過兩「橫」，台灣、大陸「豎」不穿第二「橫」。 💡 **注意**　具有相同部件「周」的字：惆、週、稠、綢、調、雕、鵰。
魚部 25畫 左右 jì 鱭	鱭	鱭|鲚	部件「丫」，香港第三筆是「豎鈎」，台灣、大陸第三筆是「豎」。
鳥部 18畫 左右 gǔ hú 鵠	鵠	鵠|鹄	左部「告」，香港上部為「牛」，「豎」與下部的「口」相接；台灣、大陸上部為「生」，「豎」與末筆「橫」相接。 ✎ **書寫提示**　香港「牛」中「豎」為第四筆，台灣、大陸「生」中「豎」為第三筆。
鳥部 23畫 左右 xián 鷳	鷳	鷳|鹇	部件「月」，香港首筆是「豎」，台灣、大陸首筆是「撇」。

二級字表

六　區

香港、台灣、大陸（規範字／繁體字）三者字形各不相同。

香港	台灣	大陸	字形差異描述
人部 11畫 左右 jì 偈	偈	偈	① 部件「曰」，香港第三筆「橫」與第二筆「橫折」相離；台灣、大陸第三筆「橫」與第二筆「橫折」相接。② 部件「勹」，香港、台灣末筆是「豎彎」，大陸末筆是「豎折」。
人部 13畫 左右 lóu lǚ 僂	僂	僂|偻	① 部件「串」，香港末筆「豎」上下貫穿，台灣、大陸末筆「豎」向下不出頭。② 部件「女」，香港、台灣第三筆「橫」與第二筆「撇」相交，大陸第三筆「橫」與第二筆「撇」相接。
人部 13畫 左右 zǒng 傯	傯	傯	香港右上部為「囪」，台灣右上部為「囱」，大陸右上部為「匆」。 💡 **注意**　「傯」為台灣異體字，「傯」為大陸異體字。

香港	台灣	大陸	字形差異描述
人部 21畫 左右 lì 儷	儷	儷丨儷	① 部件「丽」，香港第四、八筆均是「橫」，台灣、大陸第四、八筆均是「點」。② 部件「比」，香港、台灣第三筆是「短橫」，大陸第三筆是「短撇」。 💡 **注意**　具有相同部件「比」的字：批、庇、屁、鹿、混、諧、麗。
冂部 9畫 上下 zhòu 胄	冑	胄	下部「冃」，香港第二筆是「橫折鈎」，內部兩「橫」與兩邊相離；台灣第二筆是「橫折」，內部兩「橫」與兩邊相離；大陸第二筆是「橫折鈎」，內部兩「橫」與兩邊相接。 📄 **小知識**　「胄」字有兩個意義：① 甲胄（頭盔，古代作戰時戴的帽子）；② 帝胄（帝王或貴族的後代）。古有兩個字形來區分這兩個意義，「冑」從「冂」，頭盔義；「胄」從「肉」，貴族後代義。現在香港、大陸合併成一個字形，台灣則仍保留兩個字形。
又部 9畫 上下 sǒu 叟	叟	叟	香港部件「㬰」中「豎」與底「橫」相接；台灣部件「申」中「豎」穿離底「橫」，並下接部件「又」；大陸部件「申」中「豎」與底「橫」相交，並下接部件「又」。 ✎ **書寫提示**　台灣「叟」為十畫。
口部 8畫 左右 náo 呶	呶	呶	部件「女」，香港「提」與「撇」相接，「撇」出頭；台灣「提」與「撇」相交；大陸「橫」與「撇」相接，「撇」出頭。
口部 12畫 左右 sōu 嗖	嗖	嗖	右部「叟」，香港部件「㬰」中「豎」與底「橫」相接；台灣部件「申」中「豎」穿離底「橫」，並下接部件「又」；大陸部件「申」中「豎」與底「橫」相交，並下接部件「又」。 ✎ **書寫提示**　台灣「嗖」為十三畫。
口部 13畫 左右 hài 嗐	嗐	嗐	部件「丰」，香港首筆是「撇」，「豎」向下出頭；台灣首筆是「撇」，「豎」向下不出頭；大陸首筆是「橫」，「豎」向下出頭。 ✎ **書寫提示**　香港「丰」、大陸「丰」中「豎」為第四筆，台灣「㳇」中「豎」為第三筆。
口部 14畫 左右 mài 嘜	嘜	嘜丨唛	① 部件「夾」，香港、台灣第二筆「豎」向下不出頭，大陸第二筆「豎」向下出頭。② 部件「夂」，香港末筆「捺點」與首筆「撇」相接，台灣末筆「捺點」與首筆「撇」相交，大陸末筆「捺點」與首筆「撇」相離。

香港	台灣	大陸	字形差異描述
口部 14畫 左右 bì 嗶	嗶	嗶|哔	右部「畢」：①香港、大陸中「豎」由上至下為一筆；台灣中「豎」分為兩筆，「田」與下部相離。②香港中部兩個部件「十」與中「豎」相離，台灣、大陸中部「橫」為一筆，兩筆「短豎」與之相交。③香港、台灣下部末「橫」短，大陸下部末「橫」長。
口部 14畫 左右 lóu lou 嘍	嘍	嘍|喽	①部件「串」，香港末筆「豎」上下貫穿，台灣、大陸末筆「豎」向下不出頭。②部件「女」，香港、台灣第三筆「橫」與第二筆「撇」相交，大陸第三筆「橫」與第二筆「撇」相接。
口部 16畫 左右 gá 噶	噶	噶	右部「葛」：①香港、台灣上部為「艹」，「橫」與「豎」相交，共四畫；大陸上部為「艹」，「橫」連為一筆，共三畫。②部件「曰」，香港第三筆「橫」與第二筆「橫折」相離，台灣、大陸第三筆「橫」與第二筆「橫折」相接。③香港、台灣末筆是「豎彎」，大陸末筆是「豎折」。 💡 **注意**　具有相同部件「曰」的字：書、得、替、復、葛、歇、厭、踏、潛、繪。
口部 16畫 左右 jìn 噤	噤	噤	①部件「林」，香港、台灣末筆是「捺點」，大陸末筆是「捺」。②部件「示」，香港、大陸第三筆是「豎鈎」，台灣第三筆是「豎」。
口部 16畫 左右 ō 噢	噢	噢	右部「奧」：①上部「冂」，香港、大陸第三筆是「橫折」，台灣第三筆是「橫折鈎」。②上內部，香港、台灣為「釆」，「米」上有一筆「撇」；大陸只有「米」。③下部「大」，香港、台灣末筆是「捺點」，大陸末筆是「捺」。
口部 22畫 左右 yì 藝	藝	藝|呓	①右上部，香港、台灣為「艹」，「橫」與「豎」相交，共四畫；大陸為「艹」，「橫」連為一筆，共三畫。②部件「木」，香港、大陸最後兩筆為「撇、點」，台灣最後兩筆為「撇、豎彎」。
土部 18畫 左右 kuàng 壙	壙	壙|圹	部件「黃」：①上部，香港、台灣為「卝」，共五畫；大陸為「艹」，共四畫。②中部，香港、大陸為「田」，台灣為「田」。 ✎ **書寫提示**　土部的字：部首「土」在構成左右結構的字時，通常位於左部，末筆作「提」。

香港	台灣	大陸	字形差異描述
大部 9畫 上下 yì　奕	奕	奕	①上部「亦」，香港第三筆是「豎」，第四筆是「豎鈎」；台灣第三筆是「撇」，第四筆是「豎」；大陸第三筆是「撇」，第四筆是「豎鈎」。②下部「大」，香港、台灣末筆是「捺點」，大陸末筆是「捺」。
女部 6畫 左右 chà　妊	妊	姹	①左部「女」，香港「提」與「撇」相接，「撇」出頭；台灣「提」與「撇」相交；大陸「橫」與「撇」相接，「撇」出頭。②香港、台灣右部為「毛」，大陸右部為「宅」。 💡 **注意**　「姹」為台灣異體字。
女部 6畫 左右 shuò　妁	妁	妁	左部「女」，香港「提」與「撇」相接，「撇」出頭；台灣「提」與「撇」相交；大陸「橫」與「撇」相接，「撇」出頭。
女部 7畫 左右 rèn　妊	妊	妊	①左部「女」，香港「提」與「撇」相接，「撇」出頭；台灣「提」與「撇」相交；大陸「橫」與「撇」相接，「撇」出頭。②右部「壬」，香港、台灣首筆是「橫」，大陸首筆是「撇」。
女部 7畫 左右 yán　妍	妍	妍	左部「女」，香港「提」與「撇」相接，「撇」出頭；台灣「提」與「撇」相交；大陸「橫」與「撇」相接，「撇」出頭。
女部 7畫 左右 bǐ　妣	妣	妣	①左部「女」，香港「提」與「撇」相接，「撇」出頭；台灣「提」與「撇」相交；大陸「橫」與「撇」相接，「撇」出頭。②右部「比」，香港、台灣第三筆是「短橫」，大陸第三筆是「短撇」。 💡 **注意**　具有相同部件「比」的字：批、庇、屁、鹿、混。
女部 7畫 左右 jìn　姈	姈	姈	①左部「女」，香港「提」與「撇」相接，「撇」出頭；台灣「提」與「撇」相交；大陸「橫」與「撇」相接，「撇」出頭。②右部「今」，香港、台灣第三筆是「短橫」，大陸第三筆是「點」。 💡 **注意**　具有相同部件「今」的字：吟、含、念、捻、唸、貪、琴、黔。
女部 7畫 左右 niū　妞	妞	妞	①左部「女」，香港「提」與「撇」相接，「撇」出頭；台灣「提」與「撇」相交；大陸「橫」與「撇」相接，「撇」出頭。②右部「丑」，香港、台灣第三筆「橫」與首筆「橫折」相交，大陸第三筆「橫」與首筆「橫折」相接。

二級字表

香港	台灣	大陸	字形差異描述
女部 7畫 左右 yú 妤	妤	妤	左部「女」，香港「提」與「撇」相接，「撇」出頭；台灣「提」與「撇」相交；大陸「橫」與「撇」相接，「撇」出頭。
女部 8畫 左右 sì 姒	姒	姒	①左部「女」，香港「提」與「撇」相接，「撇」出頭；台灣「提」與「撇」相交；大陸「橫」與「撇」相接，「撇」出頭。②右部「以」，香港、台灣共五畫，首筆是「豎」，第二筆是「提」；大陸共四畫，首筆是「豎提」。
女部 8畫 左右 dá 妲	妲	妲	左部「女」，香港「提」與「撇」相接，「撇」出頭；台灣「提」與「撇」相交；大陸「橫」與「撇」相接，「撇」出頭。
女部 8畫 左右 zhóu 妯	妯	妯	左部「女」，香港「提」與「撇」相接，「撇」出頭；台灣「提」與「撇」相交；大陸「橫」與「撇」相接，「撇」出頭。
女部 8畫 左右 shān 姍	姍	姍	①左部「女」，香港「提」與「撇」相接，「撇」出頭；台灣「提」與「撇」相交；大陸「橫」與「撇」相接，「撇」出頭。②右部「冊」，香港、台灣筆畫為「豎、橫折鈎、豎、豎」，末筆「橫」從中間貫穿；大陸為兩個「撇、橫折鈎」並列，末筆「橫」從中間貫穿。 💡 注意　「姍」為台灣異體字，「姍」為大陸異體字。
女部 9畫 左右 héng 姮	姮	姮	左部「女」，香港「提」與「撇」相接，「撇」出頭；台灣「提」與「撇」相交；大陸「橫」與「撇」相接，「撇」出頭。
女部 9畫 左右 shū 姝	姝	姝	左部「女」，香港「提」與「撇」相接，「撇」出頭；台灣「提」與「撇」相交；大陸「橫」與「撇」相接，「撇」出頭。
女部 9畫 左右 jiāo 姣	姣	姣	左部「女」，香港「提」與「撇」相接，「撇」出頭；台灣「提」與「撇」相交；大陸「橫」與「撇」相接，「撇」出頭。
女部 9畫 左右 pīn 姘	姘	姘	左部「女」，香港「提」與「撇」相接，「撇」出頭；台灣「提」與「撇」相交；大陸「橫」與「撇」相接，「撇」出頭。

二級字表

香港	台灣	大陸	字形差異描述
女部 10畫 上下 suō 娑	娑	娑	①部件「少」，香港首筆是「豎鉤」，台灣、大陸首筆是「豎」。②下部「女」，香港、台灣第三筆「橫」與第二筆「撇」相交；大陸第三筆「橫」與第二筆「撇」相接。 💡 **注意**　具有相同部件「少」的字：劣、吵、妙、省、秒、鈔、渺、鯊。
女部 10畫 左右 jī 姬	姬	姬	左部「女」，香港「提」與「撇」相接，「撇」出頭；台灣「提」與「撇」相交；大陸「橫」與「撇」相接，「撇」出頭。
女部 10畫 左右 shēn 娠	娠	娠	①左部「女」，香港「提」與「撇」相接，「撇」出頭；台灣「提」與「撇」相交；大陸「橫」與「撇」相接，「撇」出頭。②右部「辰」，香港、台灣第三筆「橫」與第二筆「撇」相接，大陸第三筆「橫」與第二筆「撇」相離。
女部 10畫 左右 lǐ 娌	娌	娌	左部「女」，香港「提」與「撇」相接，「撇」出頭；台灣「提」與「撇」相交；大陸「橫」與「撇」相接，「撇」出頭。
女部 10畫 左右 pīng 娉	娉	娉	左部「女」，香港「提」與「撇」相接，「撇」出頭；台灣「提」與「撇」相交；大陸「橫」與「撇」相接，「撇」出頭。
女部 10畫 左右 miǎn 娩	娩	娩	左部「女」，香港「提」與「撇」相接，「撇」出頭；台灣「提」與「撇」相交；大陸「橫」與「撇」相接，「撇」出頭。
女部 10畫 左右 dì 娣	娣	娣	左部「女」，香港「提」與「撇」相接，「撇」出頭；台灣「提」與「撇」相交；大陸「橫」與「撇」相接，「撇」出頭。
女部 10畫 左右 wěi 娓	娓	娓	左部「女」，香港「提」與「撇」相接，「撇」出頭；台灣「提」與「撇」相交；大陸「橫」與「撇」相接，「撇」出頭。
女部 11畫 左右 jìng 婧	婧	婧	①左部「女」，香港「提」與「撇」相接，「撇」出頭；台灣「提」與「撇」相交；大陸「橫」與「撇」相接，「撇」出頭。②部件「月」，香港、大陸首筆是「豎」，台灣首筆是「撇」。
女部 11畫 左右 biǎo 婊	婊	婊	左部「女」，香港「提」與「撇」相接，「撇」出頭；台灣「提」與「撇」相交；大陸「橫」與「撇」相接，「撇」出頭。

二級字表

香港	台灣	大陸	字形差異描述
女部 11畫 左右 yà 婭	婭	婭|娅	左部「女」，香港「提」與「撇」相接，「撇」出頭；台灣「提」與「撇」相交；大陸「橫」與「撇」相接，「撇」出頭。
女部 11畫 左右 jié 婕	婕	婕	左部「女」，香港「提」與「撇」相接，「撇」出頭；台灣「提」與「撇」相交；大陸「橫」與「撇」相接，「撇」出頭。
女部 11畫 左右 chāng 娼	娼	娼	①左部「女」，香港「提」與「撇」相接，「撇」出頭；台灣「提」與「撇」相交；大陸「橫」與「撇」相接，「撇」出頭。②右下部件「曰」，香港第三筆「橫」與第二筆「橫折」相離，台灣、大陸第三筆「橫」與第二筆「橫折」相接。 💡 注意　具有相同部件「昌」的字：倡、唱、猖、菖、閶。
女部 11畫 左右 bì 婢	婢	婢	左部「女」，香港「提」與「撇」相接，「撇」出頭；台灣「提」與「撇」相交；大陸「橫」與「撇」相接，「撇」出頭。
女部 11畫 左右 ē 婀	婀	婀	左部「女」，香港「提」與「撇」相接，「撇」出頭；台灣「提」與「撇」相交；大陸「橫」與「撇」相接，「撇」出頭。
女部 12畫 左右 ǎo 媼	媼	媼	①左部「女」，香港「提」與「撇」相接，「撇」出頭；台灣「提」與「撇」相交；大陸「橫」與「撇」相接，「撇」出頭。② 香港、大陸右上部為「曰」，台灣右上部為「囚」。 💡 注意　①「媪」為香港異體字。②具有相同部件「昷」的字：温、盒、瘟、醖、韞。 ✎ 書寫提示　台灣「媼」為十三畫。
女部 12畫 左右 wā 媧	媧	媧|娲	①左部「女」，香港「提」與「撇」相接，「撇」出頭；台灣「提」與「撇」相交；大陸「橫」與「撇」相接，「撇」出頭。②部件「咼」，香港、台灣內部是「橫、豎」兩筆，拐角扣右下方；大陸內部是「橫折」一筆，拐角扣左下方。
女部 12畫 左右 yuán yuàn 媛	媛	媛	左部「女」，香港「提」與「撇」相接，「撇」出頭；台灣「提」與「撇」相交；大陸「橫」與「撇」相接，「撇」出頭。
女部 12畫 左右 tíng 婷	婷	婷	左部「女」，香港「提」與「撇」相接，「撇」出頭；台灣「提」與「撇」相交；大陸「橫」與「撇」相接，「撇」出頭。

二級字表

香港	台灣	大陸	字形差異描述
女部 12畫 左右 guī　媯	媯	媯|妫	①左部「女」，香港「提」與「撇」相接，「撇」出頭；台灣「提」與「撇」相交；大陸「橫」與「撇」相接，「撇」出頭。②香港、台灣右部為「為」，首筆是「點」，第三筆「橫折」與第二筆「撇」相交；大陸右部為「為」，上部為「⺈」，第六筆「橫折」與第五筆「撇」相接。 💡 **注意**　「媯」為台灣異體字。 ✎ **書寫提示**　大陸「妫」為十五畫。
女部 13畫 左右 gòu　媾	媾	媾	左部「女」，香港「提」與「撇」相接，「撇」出頭；台灣「提」與「撇」相交；大陸「橫」與「撇」相接，「撇」出頭。
女部 13畫 左右 pì　媲	媲	媲	①左部「女」，香港「提」與「撇」相接，「撇」出頭；台灣「提」與「撇」相交；大陸「橫」與「撇」相接，「撇」出頭。②部件「比」，香港、台灣第三筆是「短橫」，大陸第三筆是「短撇」。 💡 **注意**　具有相同部件「比」的字：批、庇、屁、鹿、混、諧、麗。
女部 13畫 左右 chī　媸	媸	媸	①左部「女」，香港「提」與「撇」相接，「撇」出頭；台灣「提」與「撇」相交；大陸「橫」與「撇」相接，「撇」出頭。②右部「蚩」，香港、大陸第三筆是「豎」，台灣第三筆是「撇」。
女部 14畫 左右 yān　嫣	嫣	嫣	左部「女」，香港「提」與「撇」相接，「撇」出頭；台灣「提」與「撇」相交；大陸「橫」與「撇」相接，「撇」出頭。
女部 14畫 左右 mó　嫫	嫫	嫫	①左部「女」，香港「提」與「撇」相接，「撇」出頭；台灣「提」與「撇」相交；大陸「橫」與「撇」相接，「撇」出頭。②右上部，香港、台灣為「艹」，「橫」與「豎」相交，共四畫；大陸為「艹」，「橫」連為一筆，共三畫。③部件「大」，香港、台灣末筆是「捺點」，大陸末筆是「捺」。
女部 14畫 左右 yì　嫗	嫗	嫗|妪	①左部「女」，香港「提」與「撇」相接，「撇」出頭；台灣「提」與「撇」相交；大陸「橫」與「撇」相接，「撇」出頭。②右部「區」，香港、台灣末筆是「豎彎」，大陸末筆是「豎折」。

二級字表

香港	台灣	大陸	字形差異描述
女部 14畫 左右 piáo　嫖	嫖	嫖	① 左部「女」，香港「提」與「撇」相接，「撇」出頭；台灣「提」與「撇」相交；大陸「橫」與「撇」相接，「撇」出頭。② 部件「示」，香港、大陸第三筆是「豎鈎」，台灣第三筆是「豎」。
女部 14畫 左右 cháng　嫦	嫦	嫦	左部「女」，香港「提」與「撇」相接，「撇」出頭；台灣「提」與「撇」相交；大陸「橫」與「撇」相接，「撇」出頭。
女部 14畫 左右 mān màn　嫚	嫚	嫚	① 左部「女」，香港「提」與「撇」相接，「撇」出頭；台灣「提」與「撇」相交；大陸「橫」與「撇」相接，「撇」出頭。② 部件「日」，香港、台灣最後兩筆「橫」與兩邊相離，大陸最後兩筆「橫」與兩邊相接。
女部 14畫 左右 léi　嫘	嫘	嫘	左部「女」，香港「提」與「撇」相接，「撇」出頭；台灣「提」與「撇」相交；大陸「橫」與「撇」相接，「撇」出頭。
女部 14畫 左右 dí　嫡	嫡	嫡	左部「女」，香港「提」與「撇」相接，「撇」出頭；台灣「提」與「撇」相交；大陸「橫」與「撇」相接，「撇」出頭。
女部 15畫 左右 ráo　嬈	嬈	嬈|娆	左部「女」，香港「提」與「撇」相接，「撇」出頭；台灣「提」與「撇」相交；大陸「橫」與「撇」相接，「撇」出頭。
女部 15畫 左右 xī　嬉	嬉	嬉	左部「女」，香港「提」與「撇」相接，「撇」出頭；台灣「提」與「撇」相交；大陸「橫」與「撇」相接，「撇」出頭。
女部 15畫 左右 xián　嫻	嫻	嫻|娴	左部「女」，香港「提」與「撇」相接，「撇」出頭；台灣「提」與「撇」相交；大陸「橫」與「撇」相接，「撇」出頭。
女部 15畫 左右 chán　嬋	嬋	嬋|婵	左部「女」，香港「提」與「撇」相接，「撇」出頭；台灣「提」與「撇」相交；大陸「橫」與「撇」相接，「撇」出頭。
女部 15畫 左右 wǔ　嫵	嫵	嫵|妩	① 左部「女」，香港「提」與「撇」相接，「撇」出頭；台灣「提」與「撇」相交；大陸「橫」與「撇」相接，「撇」出頭。② 右部「無」，香港、台灣四筆「豎」與第二筆「橫」相離，大陸四筆「豎」與第二筆「橫」相接。

香港	台灣	大陸	字形差異描述
女部 16畫 上中下 yíng 嬴	嬴	嬴	① 部件「亠」，香港、台灣末筆是「豎彎」，大陸末筆是「豎折」。② 部件「月」，香港、台灣內部為「點、提」，大陸內部為兩「橫」。③ 部件「女」，香港「橫」與「撇」相交，台灣「提」與「撇」相交，大陸「橫」與「撇」相接。④ 部件「凡」，香港首筆是「豎」，「點」與「豎」相交；台灣首筆是「撇」，「點」與「撇」相交；大陸首筆是「撇」，「點」與「撇」相接。 🔍 辨析　「嬴」、「羸」、「贏」。三字字形相近，下中部分別為「貝」、「羊」、「女」。贏：獲利，賺錢，如輸贏。羸：瘦，如羸弱。嬴：姓氏，如嬴政。
女部 16畫 左右 qiáng 嬙	嬙	嬙丨嬙	左部「女」，香港「提」與「撇」相接，「撇」出頭；台灣「提」與「撇」相交；大陸「橫」與「撇」相接，「撇」出頭。
女部 16畫 左右 ài 嬡	嬡	嬡丨嬡	① 左部「女」，香港「提」與「撇」相接，「撇」出頭；台灣「提」與「撇」相交；大陸「橫」與「撇」相接，「撇」出頭。② 部件「夂」，香港、大陸「捺」與「撇」相接，台灣「捺」與「撇」相交。
女部 16畫 左右 shàn 嬗	嬗	嬗	左部「女」，香港「提」與「撇」相接，「撇」出頭；台灣「提」與「撇」相交；大陸「橫」與「撇」相接，「撇」出頭。
女部 17畫 左右 mó 嬤	嬤	嬤	① 左部「女」，香港「提」與「撇」相接，「撇」出頭；台灣「提」與「撇」相交；大陸「橫」與「撇」相接，「撇」出頭。② 部件「林」，香港第四筆是「點」，第八筆是「捺點」；台灣第四、八筆均是「豎彎」，結構疏散；大陸第四筆是「點」，第八筆是「捺」。③ 香港、台灣部件「幺」，大陸對應的部件為「幺」。
女部 17畫 左右 pín 嬪	嬪	嬪丨嫔	左部「女」，香港「提」與「撇」相接，「撇」出頭；台灣「提」與「撇」相交；大陸「橫」與「撇」相接，「撇」出頭。
女部 20畫 左右 shuāng 孀	孀	孀	① 左部「女」，香港「提」與「撇」相接，「撇」出頭；台灣「提」與「撇」相交；大陸「橫」與「撇」相接，「撇」出頭。② 部件「雨」，香港、台灣最後四筆姿態各異，大陸對應的四筆均是「短橫」。

香港	台灣	大陸	字形差異描述
子部 8畫 上下 nú 孥	孥	孥	部件「夊」，香港「提」與「撇」相接，「撇」出頭；台灣「提」與「撇」相交；大陸「橫」與「撇」相接，「撇」出頭。
子部 10畫 上下 nǎo 孬	孬	孬	部件「夊」，香港「提」與「撇」相接，「撇」出頭；台灣「提」與「撇」相交；大陸「橫」與「撇」相接，「撇」出頭。
尸部 17畫 半包圍 jù 屨	屨	屨｜屨	① 部件「毌」，香港末筆「豎」上下貫穿，台灣、大陸末筆「豎」向下不出頭。② 部件「夊」，香港、台灣第三筆「橫」與第二筆「撇」相交，大陸第三筆「橫」與第二筆「撇」相接。
山部 9畫 左右 shì zhì 峙	峙	峙	① 左部「山」，香港、台灣第二筆是「豎折」，大陸第二筆是「豎提」。② 右上部，香港、大陸為「土」，台灣為「土」。
山部 11畫 左右 léng 崚	崚	崚	① 左部「山」，香港、台灣第二筆是「豎折」，大陸第二筆是「豎提」。② 部件「儿」，香港、台灣為「撇、豎彎」，且與上部相接；大陸為「撇、點」，且與上部相離。③ 部件「夊」，香港、大陸「捺」與「撇」相接，台灣「捺」與「撇」相交。 💡 **注意**　具有相同部件「夌」的字：凌、陵、菱、棱、稜、綾。
山部 11畫 左右 yān 崦	崦	崦	① 左部「山」，香港、台灣第二筆是「豎折」，大陸第二筆是「豎提」。② 部件「电」，香港、大陸末筆是「豎彎鈎」，台灣末筆是「豎彎」。 💡 **注意**　具有相同部件「奄」的字：俺、掩、掩、庵、淹、罨。
山部 11畫 左右 xiáo 崤	崤	崤	① 左部「山」，香港、台灣第二筆是「豎折」，大陸第二筆是「豎提」。② 部件「月」，香港、大陸首筆是「豎」，內部為兩「橫」；台灣首筆是「撇」，內部為「點、提」。 💡 **注意**　具有相同部件「月」的字：育、肩、削、娟、唷、厭、撒。

香港	台灣	大陸	字形差異描述
山部 13畫 左右 jǐ 嵴	嵴	嵴	①左部「山」，香港、台灣第二筆是「豎折」，大陸第二筆是「豎提」。②部件「月」，香港、大陸首筆是「豎」，內部為兩「橫」；台灣首筆是「撇」，內部為「點、提」。 💡 **注意** 具有相同部件「月」的字：育、肩、削、娟、啃、厭、撒。
山部 14畫 左右 lǒu 嶁	嶁	嶁｜嵝	①左部「山」，香港、台灣第二筆是「豎折」，大陸第二筆是「豎提」。②部件「毌」，香港末筆「豎」上下貫穿，台灣、大陸末筆「豎」向下不出頭。③部件「女」，香港、台灣第三筆「橫」與第二筆「撇」相交，大陸第三筆「橫」與第二筆「撇」相接。
山部 17畫 左右 róng 嶸	嶸	嶸｜嵘	①左部「山」，香港、台灣第二筆是「豎折」，大陸第二筆是「豎提」。②部件「木」，香港、大陸結構緊湊，末筆是「捺」；台灣結構疏散，末筆是「捺點」。
己部 12畫 上下 xùn 巽	巽	巽	上部「㔾」，香港第三、六筆均是「豎彎」；台灣第三筆是「豎提」，第六筆是「豎彎」；大陸第三、六筆均是「豎彎鈎」。
巾部 8畫 上下 tǎng 帑	帑	帑	部件「女」，香港「提」與「撇」相接，「撇」出頭；台灣「提」與「撇」相交；大陸「橫」與「撇」相接，「撇」出頭。
广部 16畫 半包圍 lǐn 廩	廩	廪	被包圍部分，香港下部為「禾」，結構緊湊，末筆是「捺」；台灣下部為「禾」，結構疏散，末筆是「捺點」；大陸下部為「示」。
廾部 9畫 上下 yì 弈	弈	弈	上部「亦」，香港第三筆是「豎」，第四筆是「豎鈎」；台灣第三筆是「撇」，第四筆是「豎」；大陸第三筆是「撇」，第四筆是「豎鈎」。
弓部 8畫 上下 nǔ 弩	弩	弩	部件「女」，香港「提」與「撇」相接，「撇」出頭；台灣「提」與「撇」相交；大陸「橫」與「撇」相接，「撇」出頭。
彐部 18畫 上中下 yí 彝	彝	彝	①香港、大陸上部為「彑」，台灣上部為「彐」。②部件「糸」，香港第四筆是「豎鈎」，台灣、大陸第四筆是「豎」。

二級字表

香港	台灣	大陸	字形差異描述
彳部 13畫 左右 yáo 傜	傜	傜	香港右上部為「夕」，台灣右上部為「夕」，大陸右上部為「𠂉」。 💡 **注意**　具有相同部件「䍃」的字：瑤、遙、謠。
心部 10畫 上下 zì 恣	恣	恣	①上左部「冫」，香港、大陸為「點、提」，台灣為兩「橫」。②上右部「夂」，香港、台灣末筆是「捺點」，大陸末筆是「捺」。
心部 10畫 左右 quān 悛	悛	悛	①部件「儿」，香港、台灣為「撇、豎彎」，且與上部相接；大陸為「撇、點」，且與上部相離。②部件「夂」，香港、大陸「捺」與「撇」相接，台灣「捺」與「撇」相交。 💡 **注意**　具有相同部件「夋」的字：俊、唆、峻、梭、竣、駿。
心部 12畫 左右 bì 愎	愎	愎	①部件「曰」，香港第三筆「橫」與第二筆「橫折」相離，台灣、大陸第三筆「橫」與第二筆「橫折」相接。②部件「夂」，香港、大陸「捺」與「撇」相接，台灣「捺」與「撇」相交。 💡 **注意**　具有相同部件「曰」的字：書、得、替、復、葛、歇、厭、踏、潛、繪。
心部 17畫 左右 yān 懨	懨	懨|恹	①部件「曰」，香港第三筆「橫」與第二筆「橫折」相離，台灣、大陸第三筆「橫」與第二筆「橫折」相接。②部件「月」，香港、大陸首筆是「豎」，內部為兩「橫」；台灣首筆是「撇」，內部為「點、提」。 💡 **注意**　①具有相同部件「曰」的字：書、得、替、復、葛、歇、厭、踏、潛、繪。②具有相同部件「月」的字：育、肩、削、娟、哨、撒。
心部 22畫 左右 yì 懿	懿	懿	部件「次」，香港首兩筆是「點、提」，末筆是「捺點」；台灣首兩筆均是「橫」，末筆是「捺點」；大陸首兩筆是「點、提」，末筆是「捺」。
戶部 12畫 半包圍 fēi 扉	扉	扉	①部件「戶」，香港、大陸首筆是「點」，台灣首筆是「撇」。②部件「非」，香港、台灣首筆是「豎撇」，第四筆是「提」；大陸首筆是「豎」，第四筆是「橫」。 💡 **注意**　①具有相同部件「戶」的字：爐、肩、房、啟、搧、滬。②具有相同部件「非」的字：匪、排、啡、悲、罪、輩、靠、靡。

二級字表

香港	台灣	大陸	字形差異描述
手部 12畫 左右 xiē 揳	揳	揳	① 部件「扌」，香港、大陸第三筆是「橫」，台灣第三筆是「提」。② 部件「六」，香港、台灣末筆是「捺點」，大陸末筆是「捺」。
手部 16畫 左右 lǔ 擄	擄	擄｜擄	① 部件「匕」，香港、台灣第二筆是「豎彎」，大陸第二筆是「豎彎鈎」。② 香港、大陸部件「毌」；台灣對應的部件為「毌」，第三筆「橫」左右貫穿。 💡 注意　含部件「虍」的字，其中的「匕」寫法相同，如：虎、虔、墟、劇、慮、瘧、獻。
手部 18畫 左右 sǒu sòu 擻	擻	擻｜擻	① 部件「串」，香港末筆「豎」上下貫穿，台灣、大陸末筆「豎」向下不出頭。② 部件「女」，第三筆「橫」與第二筆「撇」相交，台灣第三筆「提」與第二筆「撇」相交，大陸第三筆「橫」與第二筆「撇」相接。
日部 9畫 上下 hé 曷	曷	曷	① 上部「曰」，香港第三筆「橫」與第二筆「橫折」相離，台灣、大陸第三筆「橫」與第二筆「橫折」相接。② 下部「匃」，香港、台灣末筆是「豎彎」，大陸末筆是「豎折」。 💡 注意　具有相同部件「曰」的字：書、得、替、復、葛、歇、厭、踏、潛、繪。
木部 9畫 上下 nài 柰	柰	柰	① 上部「木」，香港、台灣末筆是「捺點」，大陸末筆是「捺」。② 下部「示」，香港、大陸第三筆是「豎鈎」，台灣第三筆是「豎」。
木部 13畫 左右 xiē 楔	楔	楔	① 部件「扌」，香港、大陸第三筆是「橫」，台灣第三筆是「提」。② 部件「六」，香港、台灣末筆是「捺點」，大陸末筆是「捺」。 ✍ 書寫提示　木部的字：部首「木」在構成左右結構的字時，通常位於左部，末筆作「點」。
木部 14畫 左右 tà 榻	榻	榻	部件「曰」，香港第三筆「橫」與第二筆「豎折」相離，台灣最後兩筆「橫」與兩邊相離，大陸最後兩筆「橫」與兩邊相接。

二級字表

香港	台灣	大陸	字形差異描述
木部 17畫 上下 qíng 檠	檠	檠	①部件「苟」，香港、台灣上部為「⺾」，「橫」與「豎」相接，共四畫；大陸上部為「⺾」，「橫」連為一筆，共三畫。②下部「木」，香港、大陸結構緊湊，末筆是「捺」；台灣結構疏散，末筆是「捺點」。 💡 **注意**　具有相同部件「木」的字：朵、呆、某、染、桑、揉、榮、蝶、樂。
木部 17畫 左右 lǐn 檁	檁	檁	香港右下部為「禾」，結構緊湊，末筆是「捺」；台灣右下部為「禾」，結構疏散，末筆是「捺點」；大陸右下部為「示」。
木部 20畫 左右 jǔ 櫸	櫸	櫸|榉	部件「𠯑」，香港為「豎折折鈎、橫、豎」，且與下部相離；台灣為「橫、豎折折鈎、撇」，且與下部相離；大陸為「橫、豎折折、豎」，且與下部相接。
欠部 17畫 左右 yú 歟	歟	歟|欤	部件「𠯑」，香港為「豎折折鈎、橫、豎」，且與下部相離；台灣為「橫、豎折折鈎、撇」，且與下部相離；大陸為「橫、豎折折、豎」，且與下部相接。
水部 9畫 左右 rù 洳	洳	洳	部件「女」，香港「提」與「撇」相接，「撇」出頭；台灣「提」與「撇」相交；大陸「橫」與「撇」相接，「撇」出頭。
水部 10畫 左右 jùn xùn 浚	浚	浚	①部件「儿」，香港、台灣為「撇、豎彎」，且與上部相接；大陸為「撇、點」，且與上部相離。②部件「夂」，香港、大陸「捺」與「撇」相接，台灣「捺」與「撇」相交。 💡 **注意**　具有相同部件「夋」的字：俊、唆、峻、梭、竣、駿。
水部 12畫 左右 sōu 溲	溲	溲	右部「叟」，香港部件「曰」中「豎」與底「橫」相接；台灣部件「申」中「豎」穿離底「橫」，並下接部件「又」；大陸部件「申」中「豎」與底「橫」相交，並下接部件「又」。 ✏️ **書寫提示**　台灣「溲」為十三畫。
水部 13畫 左右 tā 溻	溻	溻	部件「曰」，香港第三筆「橫」與第二筆「橫折」相離，台灣最後兩筆「橫」與兩邊相離，大陸最後兩筆「橫」與兩邊相接。

香港	台灣	大陸	字形差異描述
水部 14畫 左右 xiǔ　潃	潃	潃	① 香港、台灣右上部為「夂」，共四畫；大陸右上部為「夂」，共三畫。② 部件「月」，香港、大陸首筆是「豎」，內部為兩「橫」；台灣首筆是「撇」，內部為「點、提」。 💡 注意　具有相同部件「月」的字：育、肩、削、娟、啃、厭、撒。
水部 14畫 左右 xù　潊	潊	潊	香港右部為「攴」，共四畫；台灣右部為「夂」，共四畫；大陸右部為「又」，共兩畫。
水部 15畫 左右 huáng　潢	潢	潢	右部「黃」：① 上部，香港、台灣為「⺱」，共五畫；大陸為「⺿」，共四畫。② 中部，香港、大陸為「⊞」，台灣為「⊟」。
水部 15畫 左右 shān　潸	潸	潸	① 部件「林」，香港第四筆是「點」，第八筆是「捺點」；台灣第四、八筆均是「豎彎」，結構疏散；大陸第四筆是「點」，第八筆是「捺」。② 部件「月」，香港、大陸首筆是「豎」，內部為兩「橫」；台灣首筆是「撇」，內部為「點、提」。 💡 注意　具有相同部件「月」的字：育、肩、削、娟、啃、厭、撒。
水部 19畫 左右 yíng　瀯	瀯	瀯	① 部件「亠」，香港、台灣末筆是「豎彎」，大陸末筆是「豎折」。② 部件「月」，香港、台灣內部為「點、提」，大陸內部為兩「橫」。③ 部件「夊」，香港「橫」與「撇」相交，台灣「提」與「撇」相交，大陸「橫」與「撇」相接。④ 部件「几」，香港首筆是「豎」，「點」與「豎」相交；台灣首筆是「撇」，「點」與「撇」相交；大陸首筆是「撇」，「點」與「撇」相接。
火部 13畫 左右 hú　煳	煳	煳	部件「月」，香港首筆是「豎」，內部為兩「橫」；台灣首筆是「撇」，內部為「點、提」；大陸首筆是「撇」，內部為兩「橫」。 💡 注意　具有相同部件「胡」的字：湖、葫、蝴、糊、醐、鬍。 ✎ 書寫提示　火部的字：部首「火」在構成左右結構的字時，通常位於左部，末筆作「點」。

二級字表

香港	台灣	大陸	字形差異描述
火部 17畫 左右 yù 燠	燠	燠	右部「奧」：①上部「冂」，香港、大陸第三筆是「橫折」，台灣第三筆是「橫折鈎」。②上內部，香港、台灣為「釆」，「米」上有一筆「撇」；大陸只有「米」。③下部「大」，香港、台灣末筆是「捺點」，大陸末筆是「捺」。
片部 13畫 左右 dié 牒	牒	牒	①左部「片」，香港、台灣第三筆「橫」與第二筆「豎」相接；大陸第三筆「橫」與第二筆「豎」相接，「橫」向右出頭。②部件「木」，香港、大陸結構緊湊，末筆是「捺」；台灣結構疏散，末筆是「捺點」。
片部 15畫 左右 yǒu 牖	牖	牖	①左部「片」，香港、台灣第三筆「橫」與第二筆「豎」相接；大陸第三筆「橫」與第二筆「豎」相接，「橫」向右出頭。②部件「户」，香港、大陸首筆是「點」，台灣首筆是「撇」。 💡 **注意**　具有相同部件「户」的字：妒、肩、房、啟、搧、滬。
片部 19畫 左右 dú 牘	牘	牘|牍	①左部「片」，香港、台灣第三筆「橫」與第二筆「豎」相接；大陸第三筆「橫」與第二筆「豎」相接，「橫」向右出頭。②部件「罒」，香港內部為「撇、豎彎」，台灣、大陸內部為兩「豎」。
犬部 12畫 左右 hú 猢	猢	猢	部件「月」，香港首筆是「豎」，內部為兩「橫」；台灣首筆是「撇」，內部為「點、提」；大陸首筆是「撇」，內部為兩「橫」。 💡 **注意**　具有相同部件「胡」的字：湖、葫、蝴、糊、醐、鬍。
犬部 18畫 左右 guǎng 獷	獷	獷|犷	部件「黃」：①上部，香港、台灣為「卄」，共五畫；大陸為「艹」，共四畫。②中部，香港、大陸為「由」，台灣為「田」。
玉部 13畫 左右 hú 瑚	瑚	瑚	部件「月」，香港首筆是「豎」，內部為兩「橫」；台灣首筆是「撇」，內部為「點、提」；大陸首筆是「撇」，內部為兩「橫」。 💡 **注意**　具有相同部件「胡」的字：湖、葫、蝴、糊、醐、鬍。 ✐ **書寫提示**　玉部的字：「𤣩」是斜玉旁，不是王字旁，末筆為「提」。

二級字表

香港	台灣	大陸	字形差異描述
玉部 14畫 左右 yáo　瑤	瑤	瑶	香港右上部為「夕」，台灣右上部為「夕」，大陸右上部為「⺈」。 💡 **注意**　具有相同部件「䍃」的字：傜、遙、謠。
玉部 16畫 左右 huáng　璜	璜	璜	右部「黃」：①上部，香港、台灣為「龷」，共五畫；大陸為「卄」，共四畫。②中部，香港、大陸為「由」，台灣為「田」。
玉部 17畫 左右 yú　璵	璵	璵|玙	部件「与」，香港為「豎折折鈎、橫、豎」，且與下部相離；台灣為「橫、豎折折鈎、撇」，且與下部相離；大陸為「橫、豎折折、豎」，且與下部相接。
瓦部 17畫 左右 zèng　甑	甑	甑	①部件「曰」，香港第三筆「橫」與第二筆「橫折」相離，台灣、大陸第三筆「橫」與第二筆「橫折」相接。②右部「瓦」，香港、台灣共五畫，「提」與第二筆「豎」相接；大陸共四畫，第二筆是「豎提」。 💡 **注意**　具有相同部件「曾」的字：僧、增、憎、層、罾、贈、蹭。 ✏️ **書寫提示**　瓦部的字：部件「瓦」，香港、台灣筆順不同。香港「提」為第五筆，台灣「提」為第三筆。
疒部 16畫 半包圍 lòu　瘻	瘻	瘻|瘘	①部件「串」，香港末筆「豎」上下貫穿，台灣、大陸末筆「豎」向下不出頭。②部件「女」，香港、台灣第三筆「橫」與第二筆「撇」相交，大陸第三筆「橫」與第二筆「撇」相接。
皮部 12畫 左右 cūn　皴	皴	皴	①部件「儿」，香港、台灣為「撇、豎彎」，且與上部相接；大陸為「撇、點」，且與上部相離。②部件「夂」，香港第三筆「捺點」與首筆「撇」相接，台灣第三筆「捺點」與首筆「撇」相交，大陸第三筆「捺點」與首筆「撇」相離。
目部 11畫 上下 zì　眥	眥	眦	①香港、台灣為上下結構，大陸為左右結構。②香港部件「匕」、大陸部件「匕」首筆均是「撇」；台灣對應的部件為「ヒ」，首筆是「橫」。 💡 **注意**　「眦」為台灣異體字，「眥」為大陸異體字。

香港	台灣	大陸	字形差異描述
目部 12畫 左右 suō 睃	睃	睃	① 部件「儿」，香港、台灣為「撇、豎彎」，且與上部相接；大陸為「撇、點」，且與上部相離。② 部件「夂」，香港、大陸「捺」與「撇」相接，台灣「捺」與「撇」相交。 💡 注意　具有相同部件「夋」的字：俊、唆、峻、梭、竣、駿。
目部 16畫 左右 lōu 瞜	瞜	瞜|瞜	① 部件「串」，香港末筆「豎」上下貫穿，台灣、大陸末筆「豎」向下不出頭。② 部件「女」，香港、台灣第三筆「橫」與第二筆「撇」相交，大陸第三筆「橫」與第二筆「撇」相接。
石部 14畫 左右 jié 碣	碣	碣	① 部件「曰」，香港第三筆「橫」與第二筆「橫折」相離，台灣、大陸第三筆「橫」與第二筆「橫折」相接。② 部件「勹」，香港、台灣末筆是「豎彎」，大陸末筆是「豎折」。 💡 注意　具有相同部件「曰」的字：書、得、替、復、葛、歇、厭、踏、潛、繪。
石部 16畫 左右 gǔn 磙	磙	磙	① 部件「六」，香港、大陸最後兩筆是「撇、點」，且與第二筆「橫」相離；台灣最後兩筆是「撇、豎彎」，且與第二筆「橫」相接。② 香港、台灣部件「口」，共三畫；大陸對應的部件為「厶」，共兩畫。
石部 17畫 左右 qú 碟	碟	碟	① 部件「互」，香港、台灣部件「ㄈ」，共三畫；大陸對應的部件為「匚」，共兩畫。② 部件「木」，香港、大陸結構緊湊，末筆是「捺」；台灣結構疏散，末筆是「捺點」。
示部 12畫 左右 líng 祾	祾	祾	① 部件「儿」，香港、台灣為「撇、豎彎」，且與上部相接；大陸為「撇、點」，且與上部相離。② 部件「夂」，香港、大陸「捺」與「撇」相接，台灣「捺」與「撇」相交。 💡 注意　具有相同部件「夌」的字：凌、陵、菱、棱、稜、綾。 📖 小知識　示部的字：從「礻（示）」的漢字，多與鬼神、祭祀等有關，如：祉、祈、祝、祿、福等；從「衤（衣）」的漢字，多與衣物、布料等有關，如：衫、被、裙、褥、褲等。形旁是「衤」，還是「礻」，要區分清楚。

二級字表

香港	台灣	大陸	字形差異描述
示部 13畫 左右 xì 禊	禊	禊	① 部件「㓞」，香港、大陸第三筆是「橫」，台灣第三筆是「提」。② 部件「大」，香港、台灣末筆是「捺點」，大陸末筆是「捺」。
禾部 15畫 左右 jì 稷	稷	稷	① 部件「儿」，香港、台灣為「撇、豎彎」，且與上部相接；大陸為「撇、點」，且與上部相離。② 部件「夂」，香港、大陸「捺」與「撇」相接，台灣「捺」與「撇」相交。 ✎ **書寫提示**　禾部的字：部首「禾」在構成左右結構的字時，通常位於左部，末筆作「點」。
穴部 20畫 上下 dòu 竇	竇	竇｜窦	① 上部「宀」，香港、台灣最後兩筆為「撇、豎彎」，且與第三筆「橫鈎」相接；大陸最後兩筆為「撇、點」，且與第三筆「橫鈎」相離。② 部件「罒」，香港內部為「撇、豎彎」，台灣、大陸內部為兩「豎」。
竹部 17畫 上下 bì 篳	篳	篳｜筚	下部「畢」：① 香港、大陸中「豎」由上至下為一筆；台灣中「豎」分為兩筆，「田」與下部相離。② 香港中部兩個部件「十」與中「豎」相離，台灣、大陸中部「橫」為一筆，兩筆「短豎」與之相交。③ 香港、台灣下部末「橫」短，大陸下部末「橫」長。
竹部 25畫 上下 biān 籩	籩	籩｜笾	① 部件「大」，香港、大陸末筆是「點」，台灣末筆是「豎彎」。② 香港、台灣部件「辶」，共四畫；大陸對應的部件為「辶」，共三畫。
米部 22畫 左右 dí 糴	糴	糴｜籴	① 部件「入」，香港、大陸末筆是「捺點」，台灣末筆是「捺」。② 部件「羽」，香港、台灣第一、四筆均是「橫折鈎」，大陸第一、四筆均是「橫折」。 🔍 **辨析**　「糴」與「糶」。「糴」左上為「入」，意為買糧食；「糶」左上為「出」，意為賣糧食。
糸部 14畫 左右 líng 綾	綾	綾｜绫	① 部件「儿」，香港、台灣為「撇、豎彎」，且與上部相接；大陸為「撇、點」，且與上部相離。② 部件「夂」，香港、大陸「捺」與「撇」相接，台灣「捺」與「撇」相交。 💡 **注意**　具有相同部件「夌」的字：凌、陵、菱、棱、稜。 ✎ **書寫提示**　糸部的字：部首「糸」獨立位於左部時，通常作「糹」，如：糾、紅、紗、緞等；位於下部時，通常作「糸」，如：素、索、緊、繁等。

香港	台灣	大陸	字形差異描述
糸部 17畫 左右 yáo 絲	絲	絲	①香港左上部為「夕」，台灣左上部為「夕」，大陸左上部為「⺈」。②部件「缶」，香港、台灣第五筆是「豎折」，大陸第五筆是「豎提」。③右部「糸」，香港、台灣第二筆「撇折」與首筆「撇」相離，大陸第二筆「撇折」與首筆「撇」相接。
糸部 17畫 半包圍 mí 縻	縻	縻	部件「林」，香港結構緊湊，第四筆是「點」，第八筆是「捺點」；台灣結構疏散，第四、八筆均是「豎彎」；大陸結構緊湊，第四筆是「點」，第八筆是「捺」。
糸部 25畫 上下 dào 纛	纛	纛	①上部「毒」，香港下部為「毋」，台灣下部為「毋」，大陸下部為「毋」。②下部「縣」，香港左上部為「且」，台灣、大陸左上部為「且」。③部件「小」，香港、大陸首筆是「豎鈎」，台灣首筆是「豎」。④部件「糸」，香港第二筆「撇折」與首筆「撇」相離，台灣、大陸第二筆「撇折」與首筆「撇」相接。
网部 19畫 上下 pí 羆	羆	羆|罴	①部件「月」，香港、大陸首筆是「豎」，內部為兩「橫」；台灣首筆是「撇」，內部為「點、提」。②部件「ヒ」，香港第一、三筆均是「橫」，第二、四筆均是「豎彎」；台灣第一、三筆均是「橫」，第二筆是「豎彎」，第四筆是「豎彎鈎」；大陸第一、三筆均是「撇」，第二、四筆均是「豎彎鈎」。 💡 注意　具有相同部件「月」的字：育、肩、削、娟、啃、厭、撒、羅。
羊部 13畫 左右 suō 羧	羧	羧	①部件「ㄦ」，香港、台灣為「撇、豎彎」，且與上部相接；大陸為「撇、點」，且與上部相離。②部件「夂」，香港、大陸「捺」與「撇」相接，台灣「捺」與「撇」相交。 💡 注意　具有相同部件「夋」的字：俊、唆、峻、梭、竣、駿。
羊部 15畫 左右 jié 羯	羯	羯	①部件「曰」，香港第三筆「橫」與第二筆「橫折」相離，台灣、大陸第三筆「橫」與第二筆「橫折」相接。②部件「勹」，香港、台灣末筆是「豎彎」，大陸末筆是「豎折」。 💡 注意　具有相同部件「曰」的字：書、得、替、復、葛、歇、厭、踏、潛、繪。

二級字表

香港	台灣	大陸	字形差異描述
羊部 19畫 上中下 léi 羸	羸	羸	① 部件「亡」，香港、台灣末筆是「豎彎」，大陸末筆是「豎折」。② 部件「月」，香港、台灣內部為「點、提」，大陸內部為兩「橫」。③ 部件「凡」，香港首筆是「豎」，「點」與「豎」相交；台灣首筆是「撇」，「點」與「撇」相交；大陸首筆是「撇」，「點」與「撇」相接。 🔍 **辨析**　「羸」、「羸」、「赢」。三字字形相近，下中部分別為「貝」、「羊」、「女」。赢：獲利，賺錢，如輸贏。羸：瘦，如羸弱。嬴：姓氏，如嬴政。
耒部 10畫 左右 chào 秒	秒	秒	① 左部「耒」，香港、台灣首筆是「撇」，大陸首筆是「橫」。② 右部「少」，香港首筆是「豎鈎」，台灣、大陸首筆是「豎」。 💡 **注意**　具有相同部件「少」的字：劣、吵、妙、省、秒、鈔、渺、鯊。
耒部 17畫 左右 lóu 耬	耬	耬|耧	① 左部「耒」，香港、台灣首筆是「撇」，大陸首筆是「橫」。② 部件「串」，香港末筆「豎」上下貫穿，台灣、大陸末筆「豎」向下不出頭。③ 部件「女」，香港、台灣第三筆「橫」與第二筆「撇」相交，大陸第三筆「橫」與第二筆「撇」相接。
耒部 22畫 左右 mò 耱	耱	耱	① 左部「耒」，香港、台灣首筆是「撇」，大陸首筆是「橫」。② 部件「林」，香港第四筆是「點」，第八筆是「捺點」；台灣第四、八筆均是「豎彎」，結構疏散；大陸第四筆是「點」，第八筆是「捺」。
肉部 7畫 上下 huāng 肓	肓	肓	① 上部「亡」，香港、台灣末筆是「豎彎」，大陸末筆是「豎折」。② 下部「月」，香港、大陸首筆是「豎」，內部為兩「橫」；台灣首筆是「撇」，內部為「點、提」。 💡 **注意**　具有相同部件「月」的字：育、肩、削、娟、啃、厭、撒。 🔍 **辨析**　香港部件「月」，一般在左右結構的字的左部時，首筆是「撇」，內部為「點、提」，如：胞、胸、胳等；在上下結構的字的下部時，首筆是「豎」，內部為兩「橫」，如：肯、胃、腎等。 📖 **小知識**　肉部的字：現代漢字中「肉月旁」與「月字旁」不同。「肉月旁」一般是與身體器官或肉有關，如：肋、肝、肘、脊、臂等；「月字旁」一般是與月亮、天氣、光線有關，如：明、朗、期、朝、朦等。

香港	台灣	大陸	字形差異描述
肉部 11畫 上下 nǔ 胬	胬	胬	部件「女」，香港「提」與「撇」相接，「撇」出頭；台灣「提」與「撇」相交；大陸「橫」與「撇」相接，「撇」出頭。
肉部 10畫 左右 mǐ 眯	眯	眯	①左部「月」，香港內部為「點、提」，台灣、大陸內部為兩「橫」。②右部「米」，香港、大陸結構緊湊，末筆是「捺」；台灣結構疏散，末筆是「捺點」。
肉部 12畫 左右 jīng 腈	腈	腈	①左部「月」，香港、台灣內部為「點、提」，大陸內部為兩「橫」。②部件「月」，香港、大陸首筆是「豎」，台灣首筆是「撇」。
肉部 12畫 左右 ā 腌	腌	腌	①左部「月」，香港、台灣內部為「點、提」，大陸內部為兩「橫」。②部件「电」，香港、大陸末筆是「豎彎鈎」，台灣末筆是「豎彎」。 💡 注意　具有相同部件「奄」的字：俺、掩、掩、庵、淹、罨。
肉部 13畫 左右 shù 腧	腧	腧	①左部「月」，香港、台灣內部為「點、提」，大陸內部為兩「橫」。②部件「月」，香港、大陸首筆是「豎」，台灣首筆是「撇」。
肉部 15畫 左右 biāo 膘	膘	膘	①左部「月」，香港、台灣內部為「點、提」，大陸內部為兩「橫」。②部件「示」，香港、大陸第三筆是「豎鈎」，台灣第三筆是「豎」。
肉部 17畫 左右 kuài 膾	膾	膾|脍	①左部「月」，香港、台灣內部為「點、提」，大陸內部為兩「橫」。②部件「曰」，香港第三筆「橫」與第二筆「橫折」相離，台灣、大陸第三筆「橫」與第二筆「橫折」相接。 💡 注意　具有相同部件「曰」的字：書、得、替、復、葛、歇、厭、踏、潛、繪。
舟部 13畫 左右 shāo 艄	艄	艄	①左部「舟」，香港、台灣「提」與「橫折鈎」相交，大陸「橫」與「橫折鈎」相接。②部件「月」，香港、大陸首筆是「豎」，內部為兩「橫」；台灣首筆是「撇」，內部為「點、提」。 💡 注意　具有相同部件「月」的字：育、肩、削、娟、啃、厭、撒。 ✎ 書寫提示　舟部的字：部首「舟」在構成左右結構的字時，通常位於左部，香港末筆作「提」。

香港	台灣	大陸	字形差異描述
艸部 8畫 上下 jī 芨	芨	芨	①上部，香港、台灣為「⺿」，「橫」與「豎」相交，共四畫；大陸為「⺾」，「橫」連為一筆，共三畫。②香港、大陸下部為「及」；台灣下部為「及」，「捺」與「橫撇」相接。 💡 **注意**　具有相同部件「及」的字：圾、吸、汲、笈、級。 ✏️ **書寫提示**　部件「及」，香港、台灣為四畫，大陸為三畫。
艸部 10畫 上下 cí 茨	茨	茨	①上部，香港、台灣為「⺿」，「橫」與「豎」相交，共四畫；大陸為「⺾」，「橫」連為一筆，共三畫。②下部「次」，香港、大陸左部為「點、提」，台灣左部為兩「橫」。
艸部 10畫 上下 rú 茹	茹	茹	①上部，香港、台灣為「⺿」，「橫」與「豎」相交，共四畫；大陸為「⺾」，「橫」連為一筆，共三畫。②部件「女」，香港「提」與「撇」相接，「撇」出頭；台灣「提」與「撇」相交；大陸「橫」與「撇」相接，「撇」出頭。
艸部 11畫 上下 shā suō 莎	莎	莎	①上部，香港、台灣為「⺿」，「橫」與「豎」相交，共四畫；大陸為「⺾」，「橫」連為一筆，共三畫。②部件「少」，香港首筆是「豎鈎」，台灣、大陸首筆是「豎」。 💡 **注意**　具有相同部件「少」的字：劣、吵、妙、省、秒、鈔、渺、鯊。
艸部 12畫 上下 jīng 菁	菁	菁	①上部，香港、台灣為「⺿」，「橫」與「豎」相交，共四畫；大陸為「⺾」，「橫」連為一筆，共三畫。②部件「月」，香港、大陸首筆是「豎」，台灣首筆是「撇」。
艸部 12畫 上下 nài 蕶	蕶	蕶	①上部，香港、台灣為「⺿」，「橫」與「豎」相交，共四畫；大陸為「⺾」，「橫」連為一筆，共三畫。②部件「示」，香港、大陸第三筆是「豎鈎」，台灣第三筆是「豎」。
艸部 12畫 上下 chāng 菖	菖	菖	①上部，香港、台灣為「⺿」，「橫」與「豎」相交，共四畫；大陸為「⺾」，「橫」連為一筆，共三畫。②部件「曰」，香港第三筆「橫」與第二筆「橫折」相離，台灣、大陸第三筆「橫」與第二筆「橫折」相接。 💡 **注意**　具有相同部件「昌」的字：倡、唱、猖、娼、閶。

二級字表

香港	台灣	大陸	字形差異描述
艸部 13畫 上下 bǎo 葆	葆	葆	①上部，香港、台灣為「艹」，「橫」與「豎」相交，共四畫；大陸為「艹」，「橫」連為一筆，共三畫。②部件「木」，香港、大陸結構緊湊，末筆是「捺」；台灣結構疏散，末筆是「捺點」。
艸部 14畫 上下 shī 薯	薯	薯	①上部，香港、台灣為「艹」，「橫」與「豎」相交，共四畫；大陸為「艹」，「橫」連為一筆，共三畫。②部件「匕」，香港、大陸為「撇、豎彎鈎」，台灣為「橫、豎彎」。
艸部 14畫 上下 shí shì 蒔	蒔	蒔|莳	①上部，香港、台灣為「艹」，「橫」與「豎」相交，共四畫；大陸為「艹」，「橫」連為一筆，共三畫。②下部「時」，香港、大陸右上部為「土」，台灣右上部為「士」。
艸部 15畫 上下 bì 蓽	蓽	蓽|荜	①上部，香港、台灣為「艹」，「橫」與「豎」相交，共四畫；大陸為「艹」，「橫」連為一筆，共三畫。②下部「畢」，香港、大陸中「豎」由上至下為一筆；台灣中「豎」分為兩筆，「田」與下部相離。③下部「畢」，香港中部兩個部件「十」與中「豎」相離，台灣、大陸中部「橫」為一筆，兩筆「短豎」與之相交。④下部「畢」，香港、台灣下部末「橫」短，大陸下部末「橫」長。
艸部 15畫 上下 lóu 蔞	蔞	蔞|蒌	①上部，香港、台灣為「艹」，「橫」與「豎」相交，共四畫；大陸為「艹」，「橫」連為一筆，共三畫。②部件「聿」，香港末筆「豎」上下貫穿，台灣、大陸末筆「豎」向下不出頭。③下部「女」，香港、台灣第三筆「橫」與第二筆「撇」相交，大陸第三筆「橫」與第二筆「撇」相接。
艸部 15畫 上下 dōu 蔸	蔸	蔸	①上部，香港、台灣為「艹」，「橫」與「豎」相交，共四畫；大陸為「艹」，「橫」連為一筆，共三畫。②部件「屮」，香港左部為「撇、豎折」，台灣、大陸左部為「撇、豎提」。
艸部 16畫 上下 qú 藻	藻	蕖	①上部，香港、台灣為「艹」，「橫」與「豎」相交，共四畫；大陸為「艹」，「橫」連為一筆，共三畫。②部件「巨」，香港、台灣部件「匚」，共三畫；大陸對應的部件為「匚」，共兩畫。③下部「木」，香港、大陸結構緊湊，末筆是「捺」；台灣結構疏散，末筆是「捺點」。

二級字表

香港	台灣	大陸	字形差異描述
艸部 17畫 上中下 薨 hōng	薨	薨	①上部，香港、台灣為「⺾」，「橫」與「豎」相接，共四畫；大陸為「艹」，「橫」連為一筆，共三畫。②部件「匕」，香港、大陸首筆是「撇」，台灣首筆是「橫」。
艸部 17畫 上下 薈 huì	薈	薈|荟	①上部，香港、台灣為「⺾」，「橫」與「豎」相交，共四畫；大陸為「艹」，「橫」連為一筆，共三畫。②下部「曰」，香港第三筆「橫」與第二筆「橫折」相離，台灣、大陸第三筆「橫」與第二筆「橫折」相接。 💡 **注意**　具有相同部件「曰」的字：書、得、替、復、葛、歇、厭、踏、潛、繪。
艸部 17畫 上下 薅 hāo	薅	薅	①上部，香港、台灣為「⺾」，「橫」與「豎」相交，共四畫；大陸為「艹」，「橫」連為一筆，共三畫。②部件「女」，香港「提」與「撇」相接，「撇」出頭；台灣「提」與「撇」相交；大陸「橫」與「撇」相接，「撇」出頭。③部件「辰」，香港、台灣第三筆「橫」與第二筆「撇」相接，末筆是「捺點」；大陸第三筆「橫」與第二筆「撇」相離，第二筆「撇」到整字底，末筆是「捺」。
艸部 18畫 上下 藁 gǎo	藁	藁	①上部，香港、台灣為「⺾」，「橫」與「豎」相交，共四畫；大陸為「艹」，「橫」連為一筆，共三畫。②香港、大陸部件「宀」，台灣對應的部件為「冖」。③部件「木」，香港、大陸結構緊湊，末筆是「捺」；台灣結構疏散，末筆是「捺點」。
艸部 18畫 上下 薺 jì qí	薺	薺|荠	①上部，香港、台灣為「⺾」，「橫」與「豎」相交，共四畫；大陸為「艹」，「橫」連為一筆，共三畫。②部件「丫」，香港第三筆是「豎鈎」，台灣、大陸第三筆是「豎」。
艸部 19畫 上下 藪 sǒu	藪	藪|薮	①上部，香港、台灣為「⺾」，「橫」與「豎」相交，共四畫；大陸為「艹」，「橫」連為一筆，共三畫。②部件「串」，香港末筆「豎」上下貫穿，台灣、大陸末筆「豎」向下不出頭。③部件「女」，香港第三筆「橫」與第二筆「撇」相交，台灣第三筆「提」與第二筆「撇」相交，大陸第三筆「橫」與第二筆「撇」相接。

香港	台灣	大陸	字形差異描述
艸部 20畫 上下 lóng 龍	龓	龍|茏	①上部，香港、台灣為「⧾」，「橫」與「豎」相交，共四畫；大陸為「⧾」，「橫」連為一筆，共三畫。②部件「月」，香港、大陸首筆是「豎」，內部為兩「橫」；台灣首筆是「撇」，內部為「點、提」。 💡 **注意**　具有相同部件「月」的字：育、肩、削、娟、啃、厭、撒、龍。
艸部 21畫 上下 niè 蘖	蘖	蘖	①上部，香港、台灣為「⧾」，「橫」與「豎」相交，共四畫；大陸為「⧾」，「橫」連為一筆，共三畫。②下部「木」，香港、大陸結構緊湊，末筆是「捺」；台灣結構疏散，末筆是「捺點」。
艸部 23畫 上下 zhàn 蘸	蘸	蘸	①上部，香港、台灣為「⧾」，「橫」與「豎」相交，共四畫；大陸為「⧾」，「橫」連為一筆，共三畫。②部件「酉」，香港、台灣內部的「橫」與兩邊相離，大陸內部的「橫」與兩邊相接。③香港、大陸部件「灬」在「隹」下，台灣部件「灬」在整字下。
虫部 12畫 上下 qióng 蛩	蛩	蛩	部件「凡」，香港首筆是「豎」，第二筆是「橫斜鈎」，第三筆「點」與首筆「豎」相交；台灣首筆是「撇」，第二筆是「橫折彎鈎」，第三筆「點」與首筆「撇」相交；大陸首筆是「撇」，第二筆是「橫折彎鈎」，第三筆「點」與首筆「撇」相接。
虫部 15畫 左右 sōu 蝮	蝮	蝮	右部「叟」，香港部件「甶」中「豎」與底「橫」相接；台灣部件「申」中「豎」穿離底「橫」，並下接部件「又」；大陸部件「甶」中「豎」與底「橫」相交，並下接部件「又」。 ✎ **書寫提示**　台灣「蝮」為十六畫。
虫部 15畫 左右 fù 蝮	蝮	蝮	①部件「日」，香港第三筆「橫」與第二筆「橫折」相離，台灣、大陸第三筆「橫」與第二筆「橫折」相接。②部件「夂」，香港、大陸「捺」與「撇」相接，台灣「捺」與「撇」相交。 💡 **注意**　具有相同部件「日」的字：書、得、替、復、葛、歇、厭、踏、潛、繪。
虫部 17畫 上下 shì 螫	螫	螫	部件「赤」，香港第四筆是「豎」，第五筆是「豎鈎」；台灣第四筆是「撇」，第五筆是「豎」；大陸第四筆是「撇」，第五筆是「豎鈎」。

二級字表

香港	台灣	大陸	字形差異描述
虫部 17畫 左右 lóu 蔞	蔞	蔞|蝼	① 部件「串」，香港末筆「豎」上下貫穿，台灣、大陸末筆「豎」向下不出頭。② 部件「女」，香港、台灣第三筆「橫」與第二筆「撇」相交，大陸第三筆「橫」與第二筆「撇」相接。
虫部 18畫 左右 huáng 蟥	蟥	蟥	右部「黃」：① 上部，香港、台灣為「𠀤」，共五畫；大陸為「𠀆」，共四畫。② 中部，香港、大陸為「由」，台灣為「田」。
衣部 11畫 上中下 gǔn 袞	袞	袞	① 部件「六」，香港、大陸最後兩筆是「撇、點」，且與第二筆「橫」相離；台灣最後兩筆是「撇、豎彎」，且與第二筆「橫」相接。② 香港、台灣部件「口」，共三畫；大陸對應的部件為「厶」，共兩畫。 📖 小知識　「口」、「厶」關係密切。同為一個字，造字時有的用「口」，有的用「厶」，如：「兗、兖」，「鉤、鈎」。
衣部 14畫 左右 bèi 褙	褙	褙	① 部件「⺕」，香港、台灣「提」與「豎」相接，「提」出頭；大陸「提」與「豎」相接，「豎」出頭。② 部件「匕」，香港、大陸首筆是「撇」，台灣首筆是「橫」。③ 部件「月」，香港、大陸首筆是「豎」，內部為兩「橫」；台灣首筆是「撇」，內部為「點、提」。 💡 注意　具有相同部件「月」的字：育、肩、削、娟、啃、厭、撒。 📖 小知識　衣部的字：從「衤（衣）」的漢字，多與衣物、布料等有關，如：衫、被、裙、褥、褲等；從「礻（示）」的漢字，多與鬼神、祭祀等有關，如：祉、祈、祝、祿、福等。形旁是「礻」，還是「衤」，要區分清楚。
衣部 15畫 左右 tā 褟	褟	褟	部件「曰」，香港第三筆「橫」與第二筆「橫折」相離，台灣最後兩筆「橫」與兩邊相離，大陸最後兩筆「橫」與兩邊相接。
衣部 16畫 左右 lǚ 褸	褸	褸|褛	① 部件「串」，香港末筆「豎」上下貫穿，台灣、大陸末筆「豎」向下不出頭。② 部件「女」，香港、台灣第三筆「橫」與第二筆「撇」相交，大陸第三筆「橫」與第二筆「撇」相接。

香港	台灣	大陸	字形差異描述
言部 16畫 左右 yè 謁	謁	謁|谒	①部件「曰」，香港第三筆「橫」與第二筆「橫折」相離，台灣、大陸第三筆「橫」與第二筆「橫折」相接。②部件「勹」，香港、台灣末筆是「豎彎」，大陸末筆是「豎折」。 💡 **注意**　具有相同部件「曰」的字：書、得、替、復、葛、歇、厭、踏、潛、繪。
言部 17畫 左右 sù 謞	謞	謞|谞	①部件「儿」，香港、台灣為「撇、豎彎」，且與上部相接；大陸為「撇、點」，且與上部相離。②部件「夂」，香港、大陸「捺」與「撇」相接，台灣「捺」與「撇」相交。
足部 18畫 左右 bì 躄	躄	躄|跸	右部「畢」：①香港、大陸中「豎」由上至下為一筆；台灣中「豎」分為兩筆，「田」與下部相離。②香港中部兩個部件「十」與中「豎」相離，台灣、大陸中部「橫」為一筆，兩筆「短豎」與之相交。③香港、台灣下部末「橫」短，大陸下部末「橫」長。 ✒ **書寫提示**　足部的字：部首「足」在構成左右結構的字時，通常位於左部，最後兩筆作「豎、提」。
足部 18畫 上下 bié 鼈	鼈	鼈	①部件「龸」，香港、台灣第四筆是「橫折鈎」，大陸第四筆是「橫折」。②部件「夂」，香港、大陸第四筆是「捺」，台灣第四筆是「捺點」。
足部 22畫 左右 liè 躐	躐	躐	①部件「囟」，香港、大陸內部「撇、點」相交，台灣內部「撇、點」相接。②部件「巤」，香港、台灣中間四筆是「短橫」，大陸對應的四筆是「點」。
辵部 11畫 半包圍 xiāo 逍	逍	逍	①部件「月」，香港、大陸首筆是「豎」，內部為兩「橫」；台灣首筆是「撇」，內部為「點、提」。②香港、台灣部件「辶」，共四畫；大陸對應的部件為「辶」，共三畫。 💡 **注意**　具有相同部件「月」的字：育、肩、削、娟、啃、厭、撒。 ✒ **書寫提示**　辵部的字：現代漢字中「走之旁」與「走字旁」不同。「走之旁」應先寫其他部分，後寫「辶」，如：返、追、逃、進、達等；「走字旁」應先寫「走」，後寫其他部分，如：赴、趁、超、越、趕等。

香港	台灣	大陸	字形差異描述
辵部 11畫 半包圍 qūn 逡	逡	逡	①部件「儿」，香港、台灣為「撇、豎彎」，且與上部相接；大陸為「撇、點」，且與上部相離。②部件「夂」，香港「捺點」與「撇」相接，台灣「捺」與「撇」相交，大陸「捺點」與「撇」相離。③香港、台灣部件「辶」，共四畫；大陸對應的部件為「辶」，共三畫。
辵部 14畫 半包圍 tà 遢	遢	遢	①部件「曰」，香港第三筆「橫」與第二筆「橫折」相離，台灣最後兩筆「橫」與兩邊相離，大陸為最後兩筆「橫」與兩邊相接。②香港、台灣部件「辶」，共四畫；大陸對應的部件為「辶」，共三畫。
辵部 19畫 半包圍 lá 邋	邋	邋	①部件「囟」，香港、大陸內部「撇、點」相交，台灣內部「撇、點」相接。②部件「鼠」，香港、台灣中間四筆是「短橫」，大陸對應的四筆是「點」。③香港、台灣部件「辶」，共四畫；大陸對應的部件為「辶」，共三畫。
辵部 23畫 半包圍 lǐ 邐	邐	邐｜逦	①部件「丽」，香港第四、八筆均是「短橫」，台灣、大陸第四、八筆均是「點」。②部件「比」，香港、台灣第三筆是「短橫」，大陸第三筆是「短撇」。③香港、台灣部件「辶」，共四畫；大陸對應的部件為「辶」，共三畫。 💡 **注意**　具有相同部件「比」的字：批、庇、屁、鹿、混、諧、麗。
邑部 8畫 左右 bèi 邶	邶	邶	左部「北」：①部件「亅」，香港、台灣「提」與「豎」相接，「提」出頭；大陸「提」與「豎」相接，「豎」出頭。②部件「匕」，香港為「撇、豎彎鉤」，台灣、大陸為「橫、豎提」。 📄 **小知識**　邑部的字：右邊的「阝」是由「邑」變形而來，通常表示和地名、邦郡有關，如：邙、都、郭、鄂、鄭等；左邊的「阝」是由「阜」變形而來，通常表示和地勢、升降等有關，如：降、陡、階、隅、險等。 ✏️ **書寫提示**　邑部的字：部件「阝」，香港、台灣為三畫，大陸為兩畫。
邑部 18畫 左右 kuàng 鄺	鄺	鄺｜邝	部件「黃」：①上部，香港、台灣為「龷」，共五畫；大陸為「龷」，共四畫。②中部，香港、大陸為「由」，台灣為「田」。

香港	台灣	大陸	字形差異描述
邑部 22畫 左右 lì 酈	酈	酈｜郦	① 部件「丽」，香港第四、八筆均是「短橫」，台灣、大陸第四、八筆均是「點」。② 部件「比」，香港、台灣第三筆是「橫」，第四筆是「豎提」；大陸第三筆是「撇」，第四筆是「豎彎鈎」。
酉部 16畫 左右 hú 醐	醐	醐	① 左部「酉」，香港、台灣內部的「橫」與兩邊相離，大陸內部的「橫」與兩邊相接。② 部件「月」，香港首筆是「豎」，內部為兩「橫」；台灣首筆是「撇」，內部為「點、提」；大陸首筆是「撇」，內部為兩「橫」。 💡 注意　具有相同部件「胡」的字：湖、葫、蝴、糊、鬍。
酉部 19畫 左右 xī 醯	醯	醯	① 左部「酉」，香港、台灣內部的「橫」與兩邊相離，大陸內部的「橫」與兩邊相接。② 香港、大陸部件「厶」，共四畫；台灣對應的部件為「厶」，共三畫。③ 部件「兆」，香港、大陸末筆是「豎彎鈎」，台灣末筆是「豎彎」。 💡 注意　具有相同部件「㐬」的字：流、琉、梳、硫、疏、毓。
金部 14畫 左右 rú 鈪	鈪	鈪｜铷	部件「女」，香港「提」與「撇」相接，「撇」出頭；台灣「提」與「撇」相交；大陸「橫」與「撇」相接，「撇」出頭。 ✎ 書寫提示　金部的字：部首「金」在構成左右結構的字時，通常位於左部，末筆作「提」。
金部 17畫 左右 qiè 鍥	鍥	鍥｜锲	① 部件「丰」，香港、大陸第三筆是「橫」，台灣第三筆是「提」。② 部件「大」，香港、台灣末筆是「捺點」，大陸末筆是「捺」。
金部 19畫 左右 lòu 鏤	鏤	鏤｜镂	① 部件「串」，香港末筆「豎」上下貫穿，台灣、大陸末筆「豎」向下不出頭。② 部件「女」，香港、台灣第三筆「橫」與第二筆「撇」相交，大陸第三筆「橫」與第二筆「撇」相接。
金部 23畫 左右 là 鑞	鑞	鑞｜镴	① 部件「囟」，香港、大陸內部「撇、點」相交，台灣內部「撇、點」相接。② 部件「比」，香港、台灣中間四筆是「短橫」，大陸對應的四筆是「點」。

香港	台灣	大陸	字形差異描述
門部 16畫 半包圍 yān 闇	闇	闇｜闇	① 部件「六」，香港、台灣末筆是「捺點」，大陸末筆是「捺」。② 部件「电」，香港、大陸末筆是「豎彎鈎」，台灣末筆是「豎彎」。
門部 16畫 半包圍 yān 闗	闗	闗｜阏	部件「夂」，香港第二筆是「橫」，台灣第二筆是「捺點」，大陸第二筆是「捺」。
阜部 18畫 上下 huī 隳	隳	隳	① 部件「月」，香港、大陸首筆是「豎」，內部為兩「橫」；台灣首筆是「撇」，內部為「點、提」。② 部件「小」，香港首筆是「豎」，台灣、大陸首筆是「豎鈎」。 💡 注意　具有相同部件「月」的字：育、肩、削、娟、啃、厭、撒、墮。 ✎ 書寫提示　阜部的字：部件「阝」，香港、台灣為三畫，大陸為兩畫。
雨部 19畫 上下 wèi 霨	霨	霨	① 上部「雨」，香港、台灣最後四筆姿態各異，大陸對應的四筆均是「短橫」。② 部件「示」，香港、大陸第三筆是「豎鈎」，台灣第三筆是「豎」。
雨部 20畫 上下 xiàn 霰	霰	霰	① 上部「雨」，香港、台灣最後四筆姿態各異，大陸對應的四筆均是「短橫」。② 部件「月」，香港、大陸首筆是「豎」，內部為兩「橫」；台灣首筆是「撇」，內部為「點、提」。 💡 注意　具有相同部件「月」的字：育、肩、削、娟、啃、厭、撒。
雨部 22畫 上下 jì 霽	霽	霽｜霁	① 上部「雨」，香港、台灣最後四筆姿態各異，大陸對應的四筆均是「短橫」。② 部件「丫」，香港第三筆是「豎鈎」，台灣、大陸第三筆是「豎」。
雨部 24畫 上下 ǎi 靄	靄	靄｜霭	① 上部「雨」，香港、台灣最後四筆姿態各異，大陸對應的四筆均是「短橫」。② 部件「曰」，香港第三筆「橫」與第二筆「橫折」相離，台灣、大陸第三筆「橫」與第二筆「橫折」相接。③ 部件「勹」，香港、台灣末筆是「豎彎」，大陸末筆是「豎折」。 💡 注意　具有相同部件「曰」的字：書、得、替、復、葛、歇、厭、踏、潛、繪。

香港	台灣	大陸	字形差異描述
雨部 25畫 左右 ài 靉	靉	靉|靉	① 部件「𝍂」，香港、台灣最後四筆姿態各異，大陸對應的四筆均是「短橫」。② 部件「夂」，香港、大陸「捺」與「撇」相接，台灣「捺」與「撇」相交。
面部 23畫 上下 yè 靨	靨	靨|靨	① 香港為上下結構；台灣、大陸為半包圍結構，第二筆「撇」直達整字底部。② 部件「曰」，香港第三筆「橫」與第二筆「橫折」相離，台灣、大陸第三筆「橫」與第二筆「橫折」相接。③ 部件「月」，香港、大陸首筆是「豎」，內部為兩「橫」；台灣首筆是「撇」，內部為「點、提」。④ 部件「犬」，香港第三筆是「捺點」，台灣、大陸第三筆是「捺」。 💡 **注意**　① 具有相同部件「曰」的字：書、得、替、復、葛、歇、厭、踏、潛、繪。② 具有相同部件「月」的字：育、肩、削、娟、啃、撒。
革部 18畫 左右 hé 鞨	鞨	鞨	① 部件「曰」，香港第三筆「橫」與第二筆「橫折」相離，台灣、大陸第三筆「橫」與第二筆「橫折」相接。② 部件「勹」，香港、台灣末筆是「豎彎」，大陸末筆是「豎折」。 💡 **注意**　具有相同部件「曰」的字：書、得、替、復、葛、歇、厭、踏、潛、繪。
頁部 27畫 左右 niè 顳	顳	顳|颞	左部「聶」：① 上部，香港末筆「提」與第三筆「豎」相接，台灣、大陸末筆「橫」與第三筆「豎」相交。② 下左部，香港、台灣末筆「提」與第三筆「豎」相接，大陸末筆「提」與第三筆「豎」相交。③ 下右部，香港末筆「提」與第三筆「豎」相接；台灣末筆「橫」與第三筆「豎」相交；大陸末筆「提」與第三筆「豎」相交。 📄 **小知識**　「頁」本義是頭，「顳顬」一詞是指頭部的兩側靠近耳朵上方的部位。從頁的字，一般和頭有關，如：領、頤、頰、頸、顧等。
風部 18畫 半包圍 sōu 颼	颼	颼|飕	① 部件「風」，香港、台灣第三筆是「橫」，大陸第三筆是「撇」。② 部件「𦥑」，香港部件「由」中「豎」與底「橫」相接；台灣部件「申」中「豎」穿離底「橫」，並下接部件「又」；大陸部件「申」中「豎」與底「橫」相交，並下接部件「又」。 ✎ **書寫提示**　台灣「颼」為十九畫。

香港	台灣	大陸	字形差異描述
食部 17畫 左右 sōu 餿	餿	餿|馊	①左部「食」，香港、台灣第三筆是「橫」，大陸第三筆是「點」。②右部「叟」，香港部件「申」中「豎」與底「橫」相接；台灣部件「申」中「豎」穿離底「橫」，並下接部件「又」；大陸部件「申」中「豎」與底「橫」相交，並下接部件「又」。 ✎**書寫提示**　台灣「餿」為十八畫。
食部 20畫 左右 sǎn 饊	饊	饊|馓	①左部「食」，香港、台灣第三筆是「橫」，大陸第三筆是「點」。②部件「月」，香港、大陸首筆是「豎」，內部為兩「橫」；台灣首筆是「撇」，內部為「點、提」。 💡**注意**　具有相同部件「月」的字：育、肩、削、娟、啃、厭、撒。
食部 20畫 左右 zhuàn 饌	饌	饌|馔	①左部「食」，香港、台灣第三筆是「橫」，大陸第三筆是「點」。②部件「吅」，香港第三、六筆均是「豎彎」；台灣第三筆是「豎提」，第六筆是「豎彎」；大陸第三、六筆均是「豎彎鈎」。
食部 23畫 半包圍 yàn 饜	饜	饜|餍	①部件「日」，香港第三筆「橫」與第二筆「橫折」相離，台灣、大陸第三筆「橫」與第二筆「橫折」相接。②部件「月」，香港、大陸首筆是「豎」，內部為兩「橫」；台灣首筆是「撇」，內部為「點、提」。③部件「食」，香港、台灣第三筆是「短橫」，大陸第三筆是「點」。 💡**注意**　①具有相同部件「日」的字：書、得、替、復、葛、歇、厭、踏、潛、繪。②具有相同部件「月」的字：育、肩、削、娟、啃、撒。
香部 18畫 左右 fù 馥	馥	馥	①兩個部件「日」，香港第三筆「橫」均與第二筆「橫折」相離，台灣、大陸第三筆「橫」均與第二筆「橫折」相接。②部件「夂」，香港、大陸「捺」與「撇」相接，台灣「捺」與「撇」相交。 💡**注意**　具有相同部件「日」的字：書、得、替、復、葛、歇、厭、踏、潛、繪。
馬部 15畫 上下 nú 駑	駑	駑|驽	部件「女」，香港「提」與「撇」相接，「撇」出頭；台灣「提」與「撇」相交；大陸「橫」與「撇」相接，「撇」出頭。

二級字表

香港	台灣	大陸	字形差異描述
馬部 26畫 左右 jì 驥	驥	驥|骥	① 部件「⼹」，香港、台灣「提」與「豎」相接，「提」出頭；大陸「提」與「豎」相接，「豎」出頭。② 部件「匕」，香港、大陸首筆是「撇」，台灣首筆是「橫」。
馬部 29畫 左右 lí 驪	驪	驪|骊	① 部件「丽」，香港第四、八筆均是「橫」，台灣、大陸第四、八筆均是「點」。② 部件「比」，香港、台灣第三筆是「短橫」，大陸第三筆是「短撇」。 💡 **注意** 具有相同部件「比」的字：批、庇、屁、鹿、混、諧、麗。
骨部 14畫 左右 tóu 骰	骰	骰	① 部件「冎」，香港、台灣內部為「橫、豎」兩筆，拐角扣右下方；大陸內部為「橫折」一筆，拐角扣左下方。② 部件「月」，香港、大陸首筆是「豎」，內部為兩「橫」；台灣首筆是「撇」，內部為「點、提」。 💡 **注意** 具有相同部件「月」的字：育、肩、削、娟、啃、厭、撒。
骨部 15畫 左右 kū 骷	骷	骷	① 部件「冎」，香港、台灣內部為「橫、豎」兩筆，拐角扣右下方；大陸內部為「橫折」一筆，拐角扣左下方。② 部件「月」，香港、大陸首筆是「豎」，內部為兩「橫」；台灣首筆是「撇」，內部為「點、提」。 💡 **注意** 具有相同部件「月」的字：育、肩、削、娟、啃、厭、撒。
骨部 15畫 左右 dǐ 骶	骶	骶	① 部件「冎」，香港、台灣內部為「橫、豎」兩筆，拐角扣右下方；大陸內部為「橫折」一筆，拐角扣左下方。② 部件「月」，香港、大陸首筆是「豎」，內部為兩「橫」；台灣首筆是「撇」，內部為「點、提」。③ 右部「氐」，香港、台灣末筆是「短橫」，大陸末筆是「點」。 💡 **注意** ①具有相同部件「月」的字：育、肩、削、娟、啃、厭、撒。②具有相同部件「氐」的字：低、抵、邸、底、柢、詆。

二級字表

香港	台灣	大陸	字形差異描述
骨部 16畫 左右 hóu 骺	骺	骺	① 部件「凸」，香港、台灣內部為「橫、豎」兩筆，拐角扣右下方；大陸內部為「橫折」一筆，拐角扣左下方。② 部件「月」，香港、大陸首筆是「豎」，內部為兩「橫」；台灣首筆是「撇」，內部為「點、提」。 💡 **注意**　具有相同部件「月」的字：育、肩、削、娟、啃、厭、撒。
骨部 16畫 左右 gé 骼	骼	骼	① 部件「凸」，香港、台灣內部為「橫、豎」兩筆，拐角扣右下方；大陸內部為「橫折」一筆，拐角扣左下方。② 部件「月」，香港、大陸首筆是「豎」，內部為兩「橫」；台灣首筆是「撇」，內部為「點、提」。 💡 **注意**　具有相同部件「月」的字：育、肩、削、娟、啃、厭、撒。
骨部 16畫 左右 hái 骸	骸	骸	① 部件「凸」，香港、台灣內部為「橫、豎」兩筆，拐角扣右下方；大陸內部為「橫折」一筆，拐角扣左下方。② 部件「月」，香港、大陸首筆是「豎」，內部為兩「橫」；台灣首筆是「撇」，內部為「點、提」。 💡 **注意**　具有相同部件「月」的字：育、肩、削、娟、啃、厭、撒。
骨部 18畫 左右 kē 髁	髁	髁	① 部件「凸」，香港、台灣內部為「橫、豎」兩筆，拐角扣右下方；大陸內部為「橫折」一筆，拐角扣左下方。② 部件「月」，香港、大陸首筆是「豎」，內部為兩「橫」；台灣首筆是「撇」，內部為「點、提」。 💡 **注意**　具有相同部件「月」的字：育、肩、削、娟、啃、厭、撒。
骨部 18畫 左右 bì 髀	髀	髀	① 部件「凸」，香港、台灣內部為「橫、豎」兩筆，拐角扣右下方；大陸內部為「橫折」一筆，拐角扣左下方。② 部件「月」，香港、大陸首筆是「豎」，內部為兩「橫」；台灣首筆是「撇」，內部為「點、提」。 💡 **注意**　具有相同部件「月」的字：育、肩、削、娟、啃、厭、撒。

二級字表

香港	台灣	大陸	字形差異描述
骨部 19畫 左右 qià 骼	骼	骼	① 部件「凸」，香港、台灣內部為「橫、豎」兩筆，拐角扣右下方；大陸內部為「橫折」一筆，拐角扣左下方。② 部件「月」，香港、大陸首筆是「豎」，內部為兩「橫」；台灣首筆是「撇」，內部為「點、提」。 💡 **注意** 具有相同部件「月」的字：育、肩、削、娟、啃、厭、撒。
骨部 21畫 左右 lóu 髏	髏	髏｜髏	① 部件「凸」，香港、台灣內部為「橫、豎」兩筆，拐角扣右下方；大陸內部為「橫折」一筆，拐角扣左下方。② 部件「月」，香港、大陸首筆是「豎」，內部為兩「橫」；台灣首筆是「撇」，內部為「點、提」。③ 部件「串」，香港末筆「豎」上下貫穿，台灣、大陸末筆「豎」向下不出頭。④ 部件「女」，香港、台灣第三筆「橫」與第二筆「撇」相交，大陸第三筆「橫」與第二筆「撇」相接。 💡 **注意** 具有相同部件「月」的字：育、肩、削、娟、啃、厭、撒。
骨部 23畫 左右 dú 髑	髑	髑	① 部件「凸」，香港、台灣內部為「橫、豎」兩筆，拐角扣右下方；大陸內部為「橫折」一筆，拐角扣左下方。② 部件「月」，香港、大陸首筆是「豎」，內部為兩「橫」；台灣首筆是「撇」，內部為「點、提」。 💡 **注意** 具有相同部件「月」的字：育、肩、削、娟、啃、厭、撒。
骨部 24畫 左右 bìn 髕	髕	髕｜髕	① 部件「凸」，香港、台灣內部為「橫、豎」兩筆，拐角扣右下方；大陸內部為「橫折」一筆，拐角扣左下方。② 部件「月」，香港、大陸首筆是「豎」，內部為兩「橫」；台灣首筆是「撇」，內部為「點、提」。 💡 **注意** 具有相同部件「月」的字：育、肩、削、娟、啃、厭、撒。

香港	台灣	大陸	字形差異描述
骨部 25畫 左右 kuān 髖	髖	髖｜髖	①部件「卩」，香港、台灣內部是為「橫、豎」兩筆，拐角扣右下方；大陸內部為「橫折」一筆，拐角扣左下方。②部件「月」，香港、大陸首筆是「豎」，內部為兩「橫」；台灣首筆是「撇」，內部為「點、提」。③部件「覓」，香港、台灣上部為「⺤」，「橫」與「豎」相接，共四畫；大陸上部為「⺿」，「橫」連為一筆，共三畫。 💡 注意　具有相同部件「月」的字：育、肩、削、娟、啃、厭、撒。
髟部 25畫 上下 liè 鬣	鬣	鬛	①部件「𠚥」，香港、大陸內部「撇、點」相交，台灣內部「撇、點」相接。②部件「㘳」，香港、台灣中間四筆是「短橫」，大陸對應的四筆是「點」。
鬥部 28畫 半包圍 jiū 鬮	鬮	鬮｜阄	部件「龜」：①頂部，香港、台灣為「撇、橫折」，大陸為「短撇」。②香港、台灣中部「豎彎鈎」、「豎」上部與「橫折」相接，「豎」下部與「豎彎鈎」底部相離；大陸中部「豎彎鈎」、「豎」上部與「橫折」相離，「豎」下部與「豎彎鈎」底部相接。③部件「ヨ」，香港第二、五筆均是「橫」，與「豎彎鈎」相接；台灣第二筆是「橫折」，第五筆是「橫」，兩筆均貫穿中部「豎彎鈎」、「豎」，與右邊部件相連；大陸第二、五筆均是「橫」，與「豎彎鈎」相離。 ✎ 書寫提示　台灣「鬮」為二十六畫，大陸「鬮」為二十七畫。
鬼部 17畫 半包圍 xiāo 魈	魈	魈	①部件「鬼」，香港、台灣上部中「豎」與下部「撇」分為兩筆；大陸第六筆「豎撇」與第三筆「橫折」相接，「豎撇」為一筆。②部件「月」，香港、大陸首筆是「豎」，內部為兩「橫」；台灣首筆是「撇」，內部為「點、提」。 💡 注意　具有相同部件「月」的字：育、肩、削、娟、啃、厭、撒。 ✎ 書寫提示　鬼部的字：「鬼」及由其參與構造的字，香港、台灣都是先寫「撇」，然後寫「田」、「儿」和「厶」。

二級字表

香港	台灣	大陸	字形差異描述
鬼部 24畫 半包圍 yǎn 魘	魘	魘|魇	① 部件「曰」，香港第三筆「橫」與第二筆「橫折」相離，台灣、大陸第三筆「橫」與第二筆「橫折」相接。② 部件「月」，香港、大陸首筆是「豎」，內部為兩「橫」；台灣首筆是「撇」，內部為「點、提」。③ 部件「鬼」，香港、台灣上部中「豎」與下部「撇」分為兩筆；大陸第六筆「豎撇」與第三筆「橫折」相接，「豎撇」為一筆。 💡 **注意** ① 具有相同部件「曰」的字：書、得、替、復、葛、歇、厭、踏、潛、繪。② 具有相同部件「月」的字：育、肩、削、娟、啃、撒。
魚部 19畫 左右 líng 鯪	鯪	鯪|鲮	① 部件「儿」，香港、台灣為「撇、豎彎」，且與上部相接；大陸為「撇、點」，且與上部相離。② 部件「夂」，香港、大陸「捺」與「撇」相接，台灣「捺」與「撇」相交。 💡 **注意** 具有相同部件「夌」的字：凌、陵、菱、棱、稜、綾。
魚部 21畫 左右 tǎ 鰨	鰨	鰨|鳎	部件「曰」，香港第三筆「橫」與第二筆「橫折」相離，台灣最後兩筆「橫」與兩邊相離，大陸為最後兩筆「橫」與兩邊相接。
魚部 21畫 左右 yáo 鰩	鰩	鰩|鳐	香港右上部為「夕」，台灣右上部為「夕」，大陸右上部為「⺈」。 💡 **注意** 具有相同部件「䍃」的字：徭、瑤、遙、謠。
魚部 30畫 左右 lí 鱺	鱺	鱺|鲡	① 部件「丽」，香港第四、八筆均是「橫」，台灣、大陸第四、八筆均是「點」。② 部件「比」，香港、台灣第三筆是「短橫」，大陸第三筆是「短撇」。 💡 **注意** 具有相同部件「比」的字：批、庇、屁、鹿、混、諧、麗。
鳥部 20畫 左右 hú 鶘	鶘	鶘|鹕	部件「月」，香港首筆是「豎」，內部為兩「橫」；台灣首筆是「撇」，內部為「點、提」；大陸首筆是「撇」，內部為兩「橫」。 💡 **注意** 具有相同部件「胡」的字：湖、葫、蝴、糊、醐、鬍。

香港	台灣	大陸	字形差異描述
鳥部 21畫 左右 cí 鷀	鷀	鶿|鹚	① 香港、台灣為上下結構，大陸為左右結構。② 部件「茲」，香港上部為「⺍」，共四畫；台灣、大陸上部為「丷」，共三畫。 💡 **注意**　「鶿」為大陸異體字。
鳥部 21畫 左右 gǔ hú 鶻	鶻	鶻|鹘	① 部件「冎」，香港、台灣內部是「橫、豎」兩筆，拐角扣右下方；大陸內部是「橫折」一筆，拐角扣左下方。② 部件「月」，香港、大陸首筆是「豎」，內部為兩「橫」；台灣首筆是「撇」，內部為「點、提」。 💡 **注意**　具有相同部件「月」的字：育、肩、削、娟、啃、厭、撒。
鳥部 21畫 左右 yào 鷂	鷂	鷂|鹞	① 香港左上部為「夕」，台灣左上部為「夕」，大陸左上部為「⺈」。② 部件「缶」，香港、台灣第五筆是「豎折」，大陸第五筆是「豎提」。
鳥部 30畫 左右 lí 鸝	鸝	鸝|鹂	① 部件「䧹」，香港第四、八筆均是「短橫」，台灣、大陸第四、八筆均是「點」。② 部件「比」，香港、台灣第三筆是「短橫」，第四筆是「豎提」；大陸第三筆是「短撇」，第四筆是「豎彎鉤」。
鹿部 13畫 上下 jǐ 麂	麂	麂	① 香港為上下結構；台灣、大陸為半包圍結構，第三筆「撇」直達整字底部。② 部件「比」，香港、台灣第三筆是「短橫」，大陸第三筆是「短撇」。 💡 **注意**　具有相同部件「比」的字：批、庇、屁、鹿、混、諧、麗。
鹿部 17畫 上下 mí 麋	麋	麋	① 部件「比」，香港、台灣第三筆是「短橫」，大陸第三筆是「短撇」。② 部件「米」，香港、大陸結構緊湊，末筆是「捺」；台灣結構疏散，末筆是「捺點」。 💡 **注意**　具有相同部件「比」的字：批、庇、屁、鹿、混、諧、麗。

香港	台灣	大陸	字形差異描述
麥部 15畫 半包圍 fū 麩	麩	麩|麸	① 香港、台灣為半包圍結構，大陸為左右結構。② 香港部件「夌」第二筆「豎」向下不出頭，末筆「捺」與第九筆「撇」相接；台灣部件「夌」第二筆「豎」向下不出頭，末筆「捺」與第九筆「撇」相交；大陸左部「夌」第二筆「豎」向下出頭，末筆是「點」。③ 部件「夫」，香港、台灣末筆是「捺點」，大陸末筆是「捺」。
麻部 14畫 半包圍 ma 麼	麼	麽	① 部件「林」，香港第四、八筆分別是「點」、「捺點」；台灣第四、八筆均是「豎彎」，結構疏散；大陸第四、八筆分別是「點」、「捺」。② 香港、台灣部件「幺」，大陸對應的部件為「么」。
麻部 15畫 半包圍 huī 麾	麾	麾	部件「林」，香港第四、八筆分別是「點」、「捺點」；台灣第四、八筆均是「豎彎」，結構疏散；大陸第四、八筆分別是「點」、「捺」。
黑部 19畫 左右 qū 皴	皴	皴	① 左部「黑」，香港、台灣第八筆是「橫」，大陸第八筆是「提」。② 部件「儿」，香港、台灣為「撇、豎彎」，且與上部相接；大陸為「撇、點」，且與上部相離。③ 部件「夂」，香港、大陸「捺」與「撇」相接，台灣「捺」與「撇」相交。 💡 注意　具有相同部件「夋」的字：俊、唆、峻、梭、竣、駿。
黑部 27畫 左右 dú 黷	黷	黷|黩	① 左部「黑」，香港、台灣第八筆是「橫」，大陸第八筆是「提」。② 部件「罒」，香港內部為「撇、豎彎」，台灣、大陸內部為兩「豎」。
黹部 17畫 左右 fú 黻	黻	黻	① 部件「丷」，香港、大陸首兩筆為「點、撇」，台灣首兩筆為「撇、點」。② 右部「犮」，香港、台灣第三、四筆為「ㄨ」，大陸第三、四筆為「又」。
齊部 21畫 上下 jī 齎	齎	賷|赍	① 香港、台灣為「齊」，大陸為「賫」。② 部件「丫」，香港第三筆是「豎鈎」，台灣第三筆是「豎」。 💡 注意　「賷」為台灣異體字，「齎」為大陸異體字。

二級字表

香港	台灣	大陸	字形差異描述
齊部 23畫 上下 jī 齏	齏	齏|齑	①部件「丫」，香港第三筆是「豎鈎」，台灣、大陸第三筆是「豎」。②下部，香港、台灣第三、四筆「橫」與兩邊相離，大陸第三、四筆「橫」與兩邊相接。
齒部 17畫 左右 chèn 齔	齔	齔|龀	①左下部「𠚣」，香港、台灣內部的「橫」與兩邊相離，大陸內部的「橫」與兩邊相接。②部件「凵」，香港、台灣首筆是「豎折」，大陸首筆是「豎提」。③右部「匕」，香港、大陸「豎彎鈎」與「撇」相交，台灣「豎彎鈎」與「橫」相接。
齒部 21畫 上下 niè 齧	齧	嚙|啮	①香港、台灣為上下結構，大陸為左右結構。②部件「扌」，香港第三筆是「橫」，台灣第三筆是「提」。③部件「𠚣」，香港、台灣內部的「橫」與兩邊相離，大陸內部的「橫」與兩邊相接。 💡 注意　「嚙」為台灣異體字，「齧」為大陸異體字。
齒部 21畫 左右 zī 齜	齜	齜|龇	①左下部「𠚣」，香港、台灣內部的「橫」與兩邊相離，大陸內部的「橫」與兩邊相接。②部件「凵」，香港、台灣首筆是「豎折」，大陸首筆是「豎提」。③部件「匕」，香港、大陸首筆是「撇」，台灣首筆是「橫」。

七　區

香港、台灣、大陸用字有別。

香港	台灣	大陸	字形差異描述
羊部 19畫 左右 shān 羶	羶	膻	香港、台灣左部為「羊」，大陸左部為「月」。 💡 注意　①香港、台灣「羶、膻」，大陸均作「膻」。香港、台灣的用法如：羶味；膻（dàn）中。②「羶」為大陸異體字。
酉部 15畫 左右 yān 醃	醃	腌	①香港、台灣左部為「酉」，大陸左部為「月」。②部件「电」，香港、大陸末筆是「豎彎鈎」，台灣末筆是「豎彎」。 💡 注意　①香港、台灣「醃、腌」，大陸均作「腌」。香港、台灣的用法如：醃肉、醃魚；腌（ā）臢。②「醃」為大陸異體字。

二級字表

二級字表

香港、台灣、大陸字形相同。（大陸字形為傳承字，沒有繁簡區別。）

香港	台灣	大陸	香港	台灣	大陸
二部 3畫 上下 chù　丁	丁	丁	人部 8畫 左右 tuō　佗	佗	佗
人部 5畫 上下 tóng　仝	仝	仝	人部 8畫 左右 chà　佗	佗	佗
人部 6畫 左右 xǐn　仳	仳	仳	人部 9畫 左右 pǐng　俜	俜	俜
人部 7畫 左右 pī　伾	伾	伾	人部 9畫 左右 xī　俙	俙	俙
人部 7畫 左右 xián　伭	伭	伭	人部 9畫 左右 liáng　俍	俍	俍
人部 7畫 左右 bì　佖	佖	佖	人部 10畫 左右 bèn　倴	倴	倴
人部 7畫 左右 yǐ　佁	佁	佁	人部 10畫 左右 luǒ　倮	倮	倮
人部 8畫 左右 nài　佴	佴	佴	人部 10畫 左右 jìng　倞	倞	倞
人部 8畫 左右 shēn　侁	侁	侁	人部 10畫 左右 tán　倓	倓	倓
人部 8畫 左右 huó　佸	佸	佸	人部 11畫 左右 miǎn　価	価	価

香港	台灣	大陸
人部 11畫 左右 cāi 偲	偲	偲
人部 11畫 左右 chēng 俜	俜	俜
人部 11畫 左右 wò 偓	偓	偓
人部 12畫 左右 sù 傃	傃	傃
人部 12畫 左右 jué 催	催	催
人部 14畫 左右 jiāo 僬	僬	僬
人部 14畫 左右 jiù 僦	僦	僦
人部 15畫 左右 xuān 儇	儇	儇
人部 19畫 左右 ráng 儴	儴	儴
冂部 10畫 上下 xǔ 尋	尋	尋
冫部 5畫 左右 gāng 江	江	江

香港	台灣	大陸
冫部 6畫 左右 hù 冱	冱	冱
冫部 14畫 左右 sī 澌	澌	澌
凵部 4畫 半包圍 ǒu 凵	凵	凵
刀部 9畫 左右 lóu 剅	剅	剅
刀部 10畫 左右 duō 剟	剟	剟
刀部 14畫 左右 jué 劂	劂	劂
力部 10畫 左右 qíng 勍	勍	勍
力部 11畫 左右 miǎn 勔	勔	勔
卩部 4畫 左右 áng 卬	卬	卬
又部 8畫 上下 zhuó 叕	叕	叕
又部 9畫 左右 xiá 叚	叚	叚

三級字表

香港	台灣	大陸	香港	台灣	大陸
口部 6畫 左右 zhā 吒	吒	吒	口部 10畫 左右 zhā 嘶	嘶	嘶
口部 6畫 左右 ā 吖	吖	吖	口部 10畫 左右 bō 哱	哱	哱
口部 7畫 左右 fǔ 哎	哎	哎	口部 10畫 上下 gě 哿	哿	哿
口部 7畫 上下 mèn 杏	杏	杏	口部 11畫 左右 fěng 唪	唪	唪
口部 8畫 左右 bì 咇	咇	咇	口部 11畫 左右 zhě 啫	啫	啫
口部 8畫 左右 hāi 咍	咍	咍	口部 12畫 左右 zhé 喆	喆	喆
口部 9畫 左右 èr 咡	咡	咡	口部 12畫 左右 huáng 喤	喤	喤
口部 9畫 左右 xuān 咺	咺	咺	口部 14畫 左右 gǔ 嘏	嘏	嘏
口部 9畫 左右 xì 咥	咥	咥	口部 15畫 左右 chuáng 噇	噇	噇
口部 9畫 左右 tóng 哃	哃	哃	口部 18畫 上中下 yín 嚚	嚚	嚚
口部 10畫 左右 lòng 哢	哢	哢	口部 19畫 左右 pǐ 嚭	嚭	嚭

三級字表

香港	台灣	大陸
口部 8畫 全包圍 qūn 困	困	困
口部 12畫 全包圍 chuí 圌	圌	圌
口部 12畫 全包圍 kū 圙	圙	圙
口部 14畫 全包圍 lüè 圖	圖	圖
土部 5畫 左右 tǐng 圢	圢	圢
土部 6畫 左右 qiān 圲	圲	圲
土部 6畫 左右 tuō 圫	圫	圫
土部 7畫 左右 tún 坉	坉	坉
土部 7畫 左右 fèn 坋	坋	坋
土部 8畫 左右 qū 坥	坥	坥
土部 8畫 左右 jiōng 坰	坰	坰

香港	台灣	大陸
土部 8畫 左右 guà wā 坬	坬	坬
土部 8畫 上下 dài 坮	坮	坮
土部 9畫 上下 yáo 垚	垚	垚
土部 9畫 左右 guāng 垙	垙	垙
土部 9畫 左右 jì 垍	垍	垍
土部 9畫 左右 hè 垎	垎	垎
土部 9畫 左右 nǎo 垴	垴	垴
土部 9畫 左右 yáng 垟	垟	垟
土部 9畫 左右 chá 垞	垞	垞
土部 9畫 左右 lù 坴	坴	坴
土部 9畫 上下 hòu 垕	垕	垕

三級字表

香港	台灣	大陸	香港	台灣	大陸
土部 10畫 左右 bù 埗	埗	埗	土部 11畫 左右 duō 埵	埵	埵
土部 10畫 左右 hàn 埠	埠	埠	土部 11畫 上下 kūn 堃	堃	堃
土部 10畫 左右 fú 垺	垺	垺	土部 12畫 左右 chūn 椿	椿	椿
土部 10畫 左右 xù 垿	垿	垿	土部 12畫 上下 hèng 堃	堃	堃
土部 10畫 左右 làng 埌	埌	埌	土部 12畫 左右 duàn 塅	塅	塅
土部 10畫 左右 yǒng 埇	埇	埇	土部 13畫 左右 gé 塥	塥	塥
土部 10畫 上下 jí 堲	堲	堲	土部 13畫 左右 gāng 堽	堽	堽
土部 11畫 左右 yá 埡	埡	埡	土部 13畫 左右 bàng 塝	塝	塝
土部 11畫 左右 qí 埼	埼	埼	土部 13畫 上下 lǎng 塱	塱	塱
土部 11畫 左右 tǎng 堼	堼	堼	土部 14畫 左右 yān 瑪	瑪	瑪
土部 11畫 左右 gù 堌	堌	堌	土部 14畫 左右 jìn 墐	墐	墐

香港	台灣	大陸		香港	台灣	大陸
土部 14畫 左右 qián 墘	墘	墘		尢部 7畫 半包圍 wāng 尫	尫	尫
土部 14畫 上下 xié 鳌	鳌	鳌		山部 7畫 上下 bā 岜	岜	岜
夕部 14畫 左右 huǒ 夥	夥	夥		山部 7畫 上下 jié 岊	岊	岊
大部 9畫 上下 zhā 麥	麥	麥		山部 9畫 上下 liè 峛	峛	峛
大部 12畫 上下 ào 奡	奡	奡		山部 10畫 上下 kàn 崁	崁	崁
子部 6畫 左右 zī 孖	孖	孖		山部 10畫 上下 làng 崀	崀	崀
宀部 5畫 上下 guǐ 宄	宄	宄		山部 11畫 上下 sōng 崧	崧	崧
宀部 9畫 上下 chéng 宬	宬	宬		山部 11畫 上下 yín 崟	崟	崟
宀部 10畫 上下 yí 宧	宧	宧		山部 11畫 上下 zú 崒	崒	崒
宀部 11畫 上下 zǎn 寁	寁	寁		山部 12畫 上下 fēng 崶	崶	崶
尢部 3畫 獨體 wāng 尢	尢	尢		山部 12畫 上下 hán dǎng 嵅	嵅	嵅

三級字表

香港	台灣	大陸		香港	台灣	大陸
山部 15畫 上下 jiù 嶘	嶘	嶘		彑部 9畫 上下 tuàn 彖	彖	彖
巾部 9畫 左右 píng 帡	帡	帡		彳部 3畫 獨體 chì 彳	彳	彳
广部 11畫 半包圍 bì 庳	庳	庳		彳部 11畫 左右 jì 徛	徛	徛
广部 14畫 半包圍 jǐn 廑	廑	廑		心部 5畫 左右 dāo 忉	忉	忉
广部 14畫 半包圍 yì 廙	廙	廙		心部 7畫 左右 zhì 忮	忮	忮
廾部 8畫 上下 jǔ 弆	弆	弆		心部 7畫 左右 tún 忳	忳	忳
廾部 9畫 上下 yǎn 弇	弇	弇		心部 7畫 左右 xiān 忺	忺	忺
弓部 8畫 左右 tāo 弢	弢	弢		心部 8畫 左右 chāo 怊	怊	怊
弓部 8畫 左右 chāo 弨	弨	弨		心部 9畫 左右 jiǎo 恔	恔	恔
弓部 11畫 左右 péng 弸	弸	弸		心部 10畫 上下 nù 恧	恧	恧
弓部 11畫 左右 jiàng 弶	弶	弶		心部 10畫 左右 jiè 恝	恝	恝

三級字表

香港	台灣	大陸		香港	台灣	大陸
心部 10畫 左右 kǔn	悃	悃	悃	心部 15畫 左右 chéng	憕	憕	憕
心部 10畫 左右 liàng	悢	悢	悢	心部 16畫 上下 xǐ	憙	憙	憙
心部 11畫 左右 hūn	惛	惛	惛	心部 16畫 左右 chù	憷	憷	憷
心部 11畫 左右 tán	惔	惔	惔	戈部 13畫 左右 kuí	戣	戣	戣
心部 11畫 左右 chuò	惙	惙	惙	戈部 15畫 左右 yǎn	戭	戭	戭
心部 12畫 上下 jì	惎	惎	惎	手部 6畫 左右 hàn	扜	扜	扜
心部 12畫 左右 miǎn	愐	愐	愐	手部 7畫 左右 dèn	扽	扽	扽
心部 12畫 左右 xuān	愃	愃	愃	手部 7畫 左右 zhǐ	抵	抵	抵
心部 13畫 左右 tāo	慆	慆	慆	手部 9畫 左右 zhā	扡	扡	扡
心部 14畫 左右 qín	懃	懃	懃	手部 9畫 左右 zā zǎn	捚	捚	捚
心部 15畫 左右 liǎo	憭	憭	憭	手部 11畫 左右 jǐ	掎	掎	掎

三級字表

	香港	台灣	大陸		香港	台灣	大陸
手部 11畫 左右 yàn	㧱	㧱	㧱	方部 12畫 左右 zhào	旐	旐	旐
手部 13畫 左右 bàng péng	搒	搒	搒	日部 7畫 左右 xū	旴	旴	旴
手部 13畫 左右 zhǎn	㨄	㨄	㨄	日部 7畫 上下 chǎn	昗	昗	昗
手部 14畫 左右 chōng	摏	摏	摏	日部 8畫 左右 wǔ	晤	晤	晤
手部 16畫 左右 huàn	擐	擐	擐	日部 8畫 上下 shēng	昇	昇	昇
攴部 8畫 左右 bān	攽	攽	攽	日部 8畫 左右 hū	旿	旿	旿
攴部 10畫 左右 mǐ	敉	敉	敉	日部 9畫 上下 bǐng	昺	昺	昺
攴部 11畫 左右 yǔ	敔	敔	敔	日部 9畫 左右 dié	昳	昳	昳
斗部 12畫 上下 jiǎ	斚	斚	斚	日部 9畫 左右 zhěn	昣	昣	昣
斗部 14畫 左右 jiào	斠	斠	斠	日部 9畫 左右 xù	昫	昫	昫
斤部 17畫 左右 chù	斶	斶	斶	日部 9畫 左右 xuàn	昡	昡	昡

香港		台灣	大陸
日部 9 畫 上下 biàn	昇	昇	昇
日部 10 畫 左右 xuǎn	晅	晅	晅
日部 10 畫 左右 zhì	旺	旺	旺
日部 10 畫 左右 gāi	晐	晐	晐
日部 11 畫 上下 zhé	晣	晣	晣
日部 11 畫 左右 làng	晪	晪	晪
日部 12 畫 左右 zhuó	晫	晫	晫
日部 12 畫 左右 tiǎn	晱	晱	晱
日部 12 畫 左右 shǎn	晲	晲	晲
日部 13 畫 左右 jiǎn	晳	晳	晳
日部 13 畫 上下 huǎn	暆	暆	暆

香港		台灣	大陸
日部 13 畫 左右 gèng	暅	暅	暅
日部 14 畫 上下 xiǎn	曟	曟	曟
日部 15 畫 左右 zhāng	暲	暲	暲
日部 15 畫 左右 xuán	曈	曈	曈
日部 16 畫 左右 xī	曉	曉	曉
日部 16 畫 左右 tóng	曈	曈	曈
月部 9 畫 左右 fěi	脁	脁	脁
月部 10 畫 左右 tiǎo	朓	朓	朓
木部 6 畫 左右 bā	朳	朳	朳
木部 6 畫 左右 lì	朷	朷	朷
木部 7 畫 左右 dì	杕	杕	杕

三級字表

香港	台灣	大陸
木部 7畫 左右 yì　杙	杙	杙
木部 7畫 左右 qiān　杆	杆	杆
木部 8畫 左右 jī　枅	枅	枅
木部 8畫 左右 yì　枔	枔	枔
木部 9畫 左右 qū　枯	枯	枯
木部 9畫 左右 zhù　柷	柷	柷
木部 9畫 左右 zhōng　柊	柊	柊
木部 9畫 左右 bāo　枹	枹	枹
木部 9畫 左右 yǒng　柡	柡	柡
木部 9畫 左右 sháo　柖	柖	柖
木部 10畫 左右 shì　柭	柭	柭

香港	台灣	大陸
木部 10畫 左右 guǎng guàng　柹	柹	柹
木部 10畫 左右 zhān　栴	栴	栴
木部 10畫 左右 xún　栒	栒	栒
木部 10畫 上下 juàn　桊	桊	桊
木部 11畫 左右 zhì　梽	梽	梽
木部 11畫 左右 bó po　椌	椌	椌
木部 11畫 左右 tú　桼	桼	桼
木部 11畫 左右 láng　桹	桹	桹
木部 12畫 左右 cuò　楛	楛	楛
木部 12畫 左右 yù　棫	棫	棫
木部 12畫 左右 bēi　椑	椑	椑

香港	台灣	大陸	香港	台灣	大陸
木部 12畫 左右 bèi 棓	棓	棓	木部 16畫 左右 liáo 橑	橑	橑
木部 12畫 左右 quān 棬	棬	棬	木部 16畫 左右 tóng 橦	橦	橦
木部 12畫 左右 yǎn 棪	棪	棪	木部 19畫 左右 lí 櫜	櫜	櫜
木部 12畫 左右 wǎn 椀	椀	椀	欠部 12畫 左右 qī 欹	欹	欹
木部 13畫 左右 sī 楒	楒	楒	欠部 12畫 左右 xū 欰	欰	欰
木部 13畫 左右 léng 楞	楞	楞	歹部 15畫 左右 jìn 殣	殣	殣
木部 13畫 左右 pián 梗	梗	梗	殳部 4畫 上下 shū 殳	殳	殳
木部 13畫 左右 jiàn 楗	楗	楗	毌部 4畫 獨體 guàn 毌	毌	毌
木部 13畫 左中右 mào 楙	楙	楙	气部 5畫 半包圍 piē 氕	氕	氕
木部 14畫 上下 lǎng 椳	椳	椳	水部 5畫 左右 jiǔ 氿	氿	氿
木部 16畫 左右 huì 槤	槤	槤	水部 5畫 左右 diāo 汈	汈	汈

三級字表

	香港	台灣	大陸		香港	台灣	大陸
水部 5畫 左右 fán	氾	氾	氾	水部 9畫 左右 kǎo	烤	烤	烤
水部 6畫 左右 zhuó	汋	汋	汋	水部 9畫 左右 qì	涷	涷	涷
水部 7畫 左右 qiān	汧	汧	汧	水部 9畫 左右 wū	洿	洿	洿
水部 7畫 左右 jǐng	洴	洴	洴	水部 9畫 左右 xù	滅	滅	滅
水部 7畫 左右 yǎn	沇	沇	沇	水部 9畫 左右 guāng	洸	洸	洸
水部 8畫 左右 píng	泙	泙	泙	水部 9畫 左右 fú	洑	洑	洑
水部 8畫 左右 tián	沺	沺	沺	水部 9畫 左右 yī	洢	洢	洢
水部 8畫 左右 jiǒng	泂	泂	泂	水部 9畫 左右 wéi	洈	洈	洈
水部 8畫 左右 jū	泃	泃	泃	水部 9畫 左右 jiàng	渒	渒	渒
水部 8畫 左右 jiā	泇	泇	泇	水部 9畫 左右 míng	洺	洺	洺
水部 9畫 左右 kuāng	洭	洭	洭	水部 9畫 左右 xiáo	洨	洨	洨

香港	台灣	大陸		香港	台灣	大陸
水部 9畫 左右 píng 洴	洴	洴		水部 11畫 左右 tiǎn 湴	湴	湴
水部 10畫 左右 bó 浡	浡	浡		水部 11畫 左右 péng 滂	滂	滂
水部 10畫 左右 gēng 浭	浭	浭		水部 11畫 左右 hū 惚	惚	惚
水部 10畫 左右 lǐ 浬	浬	浬		水部 11畫 左右 bàn 湴	湴	湴
水部 10畫 左右 pīng 浼	浼	浼		水部 11畫 左右 yuǎn 涴	涴	涴
水部 10畫 左右 lì liàn 浰	浰	浰		水部 12畫 左右 yǎn 湗	湗	湗
水部 10畫 左右 é 峨	峨	峨		水部 12畫 左右 pén 湓	湓	湓
水部 10畫 左右 yóu 浟	浟	浟		水部 12畫 左右 tíng 渟	渟	渟
水部 10畫 左右 měi 浼	浼	浼		水部 12畫 左右 mǐn 湣	湣	湣
水部 10畫 左右 féng 浲	浲	浲		水部 13畫 左右 suǒ 溹	溹	溹
水部 11畫 左右 hào 淏	淏	淏		水部 13畫 左右 gé 滆	滆	滆

三級字表

香港	台灣	大陸		香港	台灣	大陸
水部 13畫 左右 huàng 滉	滉	滉		水部 16畫 左右 chǔ 潽	潽	潽
水部 13畫 左右 yīn 澱	澱	澱		水部 16畫 左右 huán 澴	澴	澴
水部 13畫 左右 xiào 洨	洨	洨		水部 16畫 左右 yōng 灉	灉	灉
水部 14畫 左右 yān 滶	滶	滶		水部 16畫 左右 pì 澼	澼	澼
水部 14畫 左右 yì 潩	潩	潩		水部 18畫 左右 gǔ 瀔	瀔	瀔
水部 14畫 左右 cuǐ 漼	漼	漼		水部 20畫 左右 jì 瀥	瀥	瀥
水部 14畫 左右 huǒ 潐	潐	潐		水部 20畫 左右 yuè 瀹	瀹	瀹
水部 15畫 上下 chí 漦	漦	漦		水部 20畫 左右 ráng ràng 瀼	瀼	瀼
水部 15畫 左右 jué 瀎	瀎	瀎		水部 21畫 左右 qú 瀾	瀾	瀾
水部 15畫 左右 pū 潽	潽	潽		火部 8畫 左右 kài 炌	炌	炌
水部 15畫 左右 lóng 漋	漋	漋		火部 8畫 左右 wén 炆	炆	炆

三級字表

香港	台灣	大陸
火部 9畫 左右 kě 炣	炣	炣
火部 9畫 左右 dá 炟	炟	炟
火部 9畫 左右 yòng 炪	炪	炪
火部 10畫 左右 tóng 烔	烔	烔
火部 10畫 上下 zhēng 烝	烝	烝
火部 11畫 左右 lǎng 烺	烺	烺
火部 12畫 左右 tūn 焞	焞	焞
火部 13畫 左右 kuǐ 煃	煃	煃
火部 13畫 左右 xīng 煋	煋	煋
火部 13畫 左右 tuān 煯	煯	煯
火部 14畫 左右 hè 熇	熇	熇

香港	台灣	大陸
火部 16畫 左右 jiāo 燋	燋	燋
火部 16畫 左右 xī 熺	熺	熺
火部 16畫 左右 yì 燚	燚	燚
火部 20畫 左右 xī 爔	爔	爔
火部 21畫 左右 yuè 爚	爚	爚
牙部 12畫 上中下 chèng 掌	掌	掌
牛部 8畫 左右 fāng 牥	牥	牥
牛部 12畫 上下 bēn 犇	犇	犇
牛部 20畫 上下 chōu 犫	犫	犫
犬部 6畫 左右 àn hān 犴	犴	犴
犬部 8畫 左右 pī 狉	狉	狉

三級字表

香港	台灣	大陸	香港	台灣	大陸
犬部 11畫 左右 ní 猊	猊	猊	玉部 9畫 左右 píng 玶	玶	玶
犬部 11畫 左右 jīng 猄	猄	猄	玉部 9畫 左右 zǔ 珇	珇	珇
犬部 12畫 左右 tuān 猯	猯	猯	玉部 9畫 左右 shēn 珅	珅	珅
犬部 14畫 左右 jìng 獍	獍	獍	玉部 9畫 左右 liǔ 珋	珋	珋
犬部 17畫 左右 xūn 獯	獯	獯	玉部 9畫 左右 xuán 玹	玹	玹
犬部 23畫 左右 jué 玃	玃	玃	玉部 9畫 左右 bì 珌	珌	珌
玉部 7畫 左右 hóng 玒	玒	玒	玉部 9畫 左右 sháo 珆	珆	珆
玉部 7畫 左右 dì 玓	玓	玓	玉部 10畫 左右 guī 珪	珪	珪
玉部 7畫 左右 qǐ 玘	玘	玘	玉部 10畫 左右 chéng 珹	珹	珹
玉部 8畫 左右 fū 玞	玞	玞	玉部 10畫 左右 guāng 珖	珖	珖
玉部 8畫 左右 wén 玟	玟	玟	玉部 10畫 左右 xiàng 珦	珦	珦

香港		台灣	大陸
玉部 10畫 左右 jīn	珒	珒	珒
玉部 10畫 左右 yín	珢	珢	珢
玉部 10畫 左右 lì	䂧	䂧	䂧
玉部 10畫 左右 xǔ	珝	珝	珝
玉部 11畫 左右 wú	珸	珸	珸
玉部 11畫 左右 yá	琊	琊	琊
玉部 11畫 左右 fú	玸	玸	玸
玉部 11畫 左右 jùn	珺	珺	珺
玉部 12畫 左右 wǔ	琟	琟	琟
玉部 12畫 左右 chù	琟	琟	琟
玉部 12畫 左右 wéi	琟	琟	琟

香港		台灣	大陸
玉部 12畫 左右 diàn	琔	琔	琔
玉部 13畫 左右 chūn	瑃	瑃	瑃
玉部 13畫 左右 liàn	瑮	瑮	瑮
玉部 13畫 左右 tí	瑅	瑅	瑅
玉部 13畫 左右 xīng	瑆	瑆	瑆
玉部 13畫 左右 duàn	瑖	瑖	瑖
玉部 13畫 左右 huáng	瑝	瑝	瑝
玉部 13畫 左右 quán	瑔	瑔	瑔
玉部 13畫 左右 méi	瑂	瑂	瑂
玉部 13畫 左右 zhuàn	瑑	瑑	瑑
玉部 14畫 左右 zhēn	瑧	瑧	瑧

三級字表

香港	台灣	大陸	香港	台灣	大陸
玉部 14畫 左右 tiàn 瑱	瑱	瑱	疋部 10畫 上下 dàn 蛋	蛋	蛋
玉部 14畫 左右 róng 瑢	瑢	瑢	疋部 14畫 上下 zhì 蠤	蠤	蠤
玉部 16畫 左右 dēng 璒	璒	璒	疒部 9畫 半包圍 chèn 疢	疢	疢
玉部 17畫 左中右 jiǎo 璬	璬	璬	疒部 10畫 半包圍 zhà 痄	痄	痄
玉部 17畫 左右 tǎn 瓊	瓊	瓊	疒部 10畫 半包圍 zhù 痑	痑	痑
玉部 21畫 左右 xiāng 瓖	瓖	瓖	疒部 10畫 半包圍 xuán 痃	痃	痃
瓜部 10畫 半包圍 dié 瓞	瓞	瓞	疒部 11畫 半包圍 chì 痓	痓	痓
甘部 14畫 上下 gàn 濌	濌	濌	疒部 14畫 半包圍 jiǎ 瘕	瘕	瘕
生部 10畫 左右 shēn 甠	甠	甠	白部 6畫 左右 bié 皅	皅	皅
生部 12畫 半包圍 sū 甦	甦	甦	白部 11畫 左右 huàng 皝	皝	皝
田部 10畫 左右 wā 畂	畂	畂	白部 12畫 左右 bì 皕	皕	皕

香港	台灣	大陸
白部 15畫 左右 hào 皞	皞	皞
白部 15畫 上下 xiǎo 皛	皛	皛
白部 18畫 左中右 jiǎo 皦	皦	皦
白部 22畫 左右 jiào 皭	皭	皭
目部 10畫 上下 shěng 眚	眚	眚
目部 10畫 上下 yuān 䀝	䀝	䀝
目部 12畫 左右 xī 睎	睎	睎
目部 17畫 左右 shěn 瞫	瞫	瞫
矢部 9畫 左右 shěn 矧	矧	矧
石部 8畫 左右 gāng 矼	矼	矼
石部 8畫 左右 kū 矻	矻	矻

香港	台灣	大陸
石部 9畫 左右 fū 砆	砆	砆
石部 9畫 左右 yà 砑	砑	砑
石部 10畫 左右 bō 砵	砵	砵
石部 10畫 左右 jū 砠	砠	砠
石部 10畫 左右 zhù 砫	砫	砫
石部 10畫 左右 lá 硓	硓	硓
石部 11畫 左右 gǒng 硄	硄	硄
石部 11畫 左右 huì 硇	硇	硇
石部 11畫 左右 yín 硍	硍	硍
石部 12畫 左右 wò 硪	硪	硪
石部 13畫 左右 què 碏	碏	碏

香港	台灣	大陸	香港	台灣	大陸
石部 13畫 左右 hūn 碈	碈	碈	示部 10畫 左右 tiāo 祧	祧	祧
石部 14畫 左右 zhà 磋	磋	磋	示部 12畫 左右 guàn 祼	祼	祼
石部 14畫 左右 wèi 碨	碨	碨	示部 13畫 左右 zhī 禔	禔	禔
石部 14畫 左右 xuàn 碹	碹	碹	示部 13畫 左右 dì 禘	禘	禘
石部 15畫 左右 qiān 磏	磏	磏	示部 13畫 左右 xiǎn 禒	禒	禒
石部 17畫 左右 tán 礑	礑	礑	示部 14畫 左右 zhēn 禛	禛	禛
示部 8畫 左右 duì 祣	祣	祣	示部 14畫 左右 zhuó 禚	禚	禚
示部 8畫 左右 bēng 祊	祊	祊	示部 15畫 左右 xuān 禤	禤	禤
示部 9畫 左右 shí 祐	祐	祐	禾部 12畫 左右 tú 稌	稌	稌
示部 9畫 左右 yòu 祐	祐	祐	禾部 13畫 左右 zhī 稙	稙	稙
示部 9畫 左右 mì 祕	祕	祕	禾部 15畫 左右 zhěn 稹	稹	稹

香港	台灣	大陸	香港	台灣	大陸
禾部 17畫 左右 tóng　稂	稂	稂	竹部 17畫 上下 lè　籂	籂	籂
立部 10畫 左右 qǔ　竘	竘	竘	竹部 17畫 上下 yí　簃	簃	簃
竹部 11畫 上下 zǐ　笫	笫	笫	竹部 18畫 上下 liáo　簝	簝	簝
竹部 11畫 上下 gǒu　筍	筍	筍	竹部 23畫 上下 yuè　籥	籥	籥
竹部 12畫 上下 guì　筀	筀	筀	糸部 16畫 左右 téng　縢	縢	縢
竹部 12畫 上下 kòu　筘	筘	筘	缶部 21畫 上下 léi　罍	罍	罍
竹部 12畫 上下 xiǎn　筅	筅	筅	网部 15畫 上下 liǔ　罶	罶	罶
竹部 13畫 上下 gàng　筻	筻	筻	羊部 10畫 左右 gǔ　羖	羖	羖
竹部 13畫 上下 guǎn　筦	筦	筦	羊部 10畫 左右 bā　羓	羓	羓
竹部 13畫 上下 láng　筤	筤	筤	羊部 11畫 上下 yàng　羕	羕	羕
竹部 14畫 上下 lín　箖	箖	箖	羊部 16畫 左右 yuán　羱	羱	羱

	香港	台灣	大陸		香港	台灣	大陸
羽部 10畫 左右 hóng	翃	翃	翃	而部 9畫 上下 duān	耑	耑	耑
羽部 10畫 左右 chōng	翀	翀	翀	臼部 9畫 上下 yú	臾	臾	臾
羽部 10畫 左右 fēn	羒	羒	羒	色部 11畫 左右 bó	艴	艴	艴
羽部 11畫 左右 xiá	翈	翈	翈	虫部 9畫 左右 gān hán	虷	虷	虷
羽部 11畫 左右 rǎn	翋	翋	翋	虫部 9畫 左右 zǐ	虸	虸	虸
羽部 18畫 左右 tóng	翤	翤	翤	虫部 10畫 左右 fāng	蚄	蚄	蚄
羽部 18畫 左右 lín	翎	翎	翎	虫部 10畫 左右 bā	蚆	蚆	蚆
羽部 18畫 左右 zēng	翢	翢	翢	虫部 11畫 左右 bǐng	蛃	蛃	蛃
羽部 19畫 左右 xuān	翾	翾	翾	虫部 11畫 左右 píng	蛢	蛢	蛢
老部 9畫 半包圍 gǒu	耇	耇	耇	虫部 11畫 左右 rán	蚺	蚺	蚺
而部 9畫 左右 ér nài	耏	耏	耏	虫部 12畫 左右 móu	蛑	蛑	蛑

香港	台灣	大陸	香港	台灣	大陸
虫部 13畫 左右 jié 蚗	蚗	蚗	行部 11畫 左中右 xuàn 衒	衒	衒
虫部 14畫 左右 guǒ 蜾	蜾	蜾	行部 16畫 左中右 zhūn 衠	衠	衠
虫部 15畫 左右 là 蝲	蝲	蝲	衣部 10畫 左右 qū 袪	袪	袪
虫部 16畫 左右 táng 螗	螗	螗	衣部 10畫 左右 zhěn 袗	袗	袗
虫部 16畫 左右 téng 螣	螣	螣	衣部 11畫 左右 gē 袼	袼	袼
虫部 17畫 半包圍 zhè 蟅	蟅	蟅	衣部 13畫 上中下 yì 裛	裛	裛
虫部 18畫 左右 yín 蟫	蟫	蟫	衣部 13畫 左右 tì xī 裼	裼	裼
虫部 19畫 左右 zhú 蠋	蠋	蠋	衣部 15畫 左右 jiè 褯	褯	褯
虫部 26畫 左右 qú 蠷	蠷	蠷	衣部 20畫 左右 shì 褹	褹	褹
血部 10畫 左右 pēi 衃	衃	衃	言部 9畫 半包圍 qiú 谜	谜	谜
行部 9畫 左中右 kàn 衎	衎	衎	谷部 13畫 左右 hóng 豨	豨	豨

香港	台灣	大陸
谷部 17畫 左右 xī	谿	谿	谿
豸部 13畫 左右 huán	貆	貆	貆
足部 11畫 左右 jiǎn	趼	趼	趼
足部 11畫 左右 qí	跂	跂	跂
足部 12畫 左右 mǔ	踇	踇	踇
足部 14畫 左右 jì	跽	跽	跽
足部 15畫 左右 yǐ	踦	踦	踦
足部 15畫 左右 bó	踣	踣	踣
足部 16畫 左右 dì	蹏	蹏	蹏
足部 18畫 左右 dí	蹢	蹢	蹢
足部 18畫 左右 sù	蹜	蹜	蹜

香港	台灣	大陸
邑部 6畫 左右 yú	邘	邘	邘
邑部 7畫 左右 cūn	邨	邨	邨
邑部 7畫 左右 bīn	邠	邠	邠
邑部 7畫 左右 fāng	邡	邡	邡
邑部 8畫 左右 bì	邲	邲	邲
邑部 9畫 左右 guī	邽	邽	邽
邑部 9畫 左右 gōng	邽	邽	邽
邑部 9畫 左右 hòu	郈	郈	郈
邑部 9畫 左右 hé	郃	郃	郃
邑部 10畫 左右 wú	郚	郚	郚
邑部 13畫 左右 hào	鄗	鄗	鄗

三級字表

香港	台灣	大陸
邑部 13 畫 左右 táng 鄌	鄌	鄌
邑部 14 畫 左右 táng 鄌	鄌	鄌
邑部 14 畫 左右 fū 鄜	鄜	鄜
邑部 14 畫 左右 zhāng 鄣	鄣	鄣
阜部 8 畫 左右 diàn 阽	阽	阽
阜部 8 畫 左右 zuò 阼	阼	阼
阜部 9 畫 左右 ér 陑	陑	陑
阜部 9 畫 左右 shū 陎	陎	陎
阜部 10 畫 左右 shēng 陞	陞	陞
阜部 11 畫 左右 pí 陴	陴	陴
隹部 8 畫 獨體 zhuī 隹	隹	隹

香港	台灣	大陸
隹部 10 畫 獨體 hè 隺	隺	隺
隹部 13 畫 左右 gòu 雊	雊	雊
革部 12 畫 左右 qián 靬	靬	靬
革部 14 畫 左右 bàn 靽	靽	靽
革部 14 畫 左右 bèi 鞁	鞁	鞁
革部 16 畫 左右 mán 鞔	鞔	鞔
革部 18 畫 左右 dī 鞮	鞮	鞮
首部 17 畫 左右 guó 馘	馘	馘
髟部 17 畫 上下 zhuā 鬔	鬔	鬔
髟部 20 畫 上下 zhěn 鬒	鬒	鬒
鼎部 16 畫 上下 zī 鼒	鼒	鼒

香港	台灣	大陸		香港	台灣	大陸
鼓部 19畫 上下 táo	鼟	鼟	龠部 22畫 左右 hé	龢	龢	龢
鼻部 16畫 左右 qiú	齘	齘				

二區

香港、台灣、大陸繁體字字形相同。（大陸字形有繁簡區別，香港、台灣字形不與大陸簡化字字形比較。）

香港	台灣	大陸		香港	台灣	大陸
人部 9畫 左右 qiàn	倩	倩	倩｜伣	口部 15畫 左右 ě	噁	噁	噁｜噁
人部 10畫 左右 lái	倈	倈	倈｜俫	口部 15畫 左右 chǎn	嘽	嘽	嘽｜啴
人部 14畫 左右 dàn	僤	僤	僤｜伹	口部 20畫 左右 duǒ	嚲	嚲	嚲｜亸
刀部 10畫 左右 chàn	剗	剗	剗｜刬	口部 22畫 左右 chǎn	囅	囅	囅｜冁
力部 13畫 左右 jì	勣	勣	勣｜勣	土部 11畫 左右 lǔn	埨	埨	埨｜埨
力部 14畫 左右 yì	勩	勩	勩｜勩	土部 13畫 左右 kǎi	塏	塏	塏｜垲
口部 13畫 左右 hǒng	嗊	嗊	嗊｜唝	土部 15畫 左右 shàn	墠	墠	墠｜墠

香港	台灣	大陸	香港	台灣	大陸
士部 13畫 上中下 kǔn 壺	壺	壺|壸	日部 13畫 左右 wěi 暐	暐	暐|𬀩
尸部 10畫 半包圍 xì 屓	屓	屓|屃	日部 13畫 左右 huī 暉	暉	暉|晖
山部 11畫 上下 dōng 崬	崬	崬|岽	木部 11畫 左右 jiā 梜	梜	梜|梜
山部 15畫 上下 qīn 嶔	嶔	嶔|嵚	木部 12畫 左右 yā 椏	椏	椏|桠
山部 16畫 上下 xué 嶨	嶨	嶨|峃	木部 12畫 左右 lái 棶	棶	棶|棶
巾部 17畫 左右 chóu dào 幬	幬	幬|帱	木部 12畫 左右 gāng 棡	棡	棡|㭎
广部 14畫 半包圍 qǐng 廎	廎	廎|庼	木部 14畫 左右 mà 榪	榪	榪|杩
广部 15畫 半包圍 xīn 廞	廞	廞|廞	木部 17畫 左右 jiǎ 槚	槚	槚|槚
戈部 8畫 上下 jiān 戔	戔	戔|戋	木部 18畫 左右 táo 檮	檮	檮|梼
攴部 20畫 左右 xiào 敩	敩	敩|敩	木部 19畫 左右 zhì 櫍	櫍	櫍|栉
日部 11畫 左右 xiàn 晛	晛	晛|晛	木部 24畫 左右 dǎng 欓	欓	欓|榶

香港	台灣	大陸		香港	台灣	大陸
毛部 15畫 左右 sān 毵	毵	毵|毵		犬部 17畫 左右 xiǎn 獮	獮	獮|狝
水部 10畫 左右 bèi 洡	洡	洡|浿		玉部 13畫 左右 yáng 瑒	瑒	瑒|玚
水部 12畫 左右 zhēn 湞	湞	湞|浈		玉部 17畫 上下 dàng 盪	盪	盪|盈
水部 12畫 左右 wéi 湋	湋	湋|沣		疒部 15畫 半包圍 yì 瘞	瘞	瘞|瘗
水部 13畫 左右 yún 溳	溳	溳|涢		疒部 17畫 半包圍 dān dàn 癉	癉	癉|瘅
水部 13畫 左右 shī 溮	溮	溮|浉		目部 12畫 左右 xiàn 睍	睍	睍|睍
水部 14畫 左右 guó 漍	漍	漍|涸		石部 12畫 左右 kēng 硜	硜	硜|硁
水部 15畫 左右 fén 濆	濆	濆|渍		石部 15畫 左右 wèi 磑	磑	磑|硙
水部 18畫 左右 lǔ 澢	澢	澢|澢		石部 17畫 左右 dī 碮	碮	碮|碲
水部 19畫 左右 yíng 瀅	瀅	瀅|滢		石部 17畫 左右 qiáo 礄	礄	礄|硚
火部 16畫 左右 chǎn 燀	燀	燀|燀		石部 18畫 上下 què 礐	礐	礐|岩

三級字表

香港	台灣	大陸		香港	台灣	大陸
示部 14畫 左右 mà	禡	禡	禡|祃	糸部 11畫 左右 jiǒng	絅	絅	絅|䌹
禾部 16畫 左右 cǎn	穆	穆	穆|穆	糸部 11畫 左右 zhù	紵	紵	紵|纻
竹部 16畫 上下 lǒng	簀	簀	簀|篑	糸部 11畫 左右 fú	紼	紼	紼|绋
竹部 16畫 上下 yún	篔	篔	篔|筼	糸部 11畫 左右 dài	紿	紿	紿|绐
竹部 19畫 上下 dāng	簹	簹	簹|筜	糸部 12畫 左右 dié	絰	絰	絰|绖
竹部 22畫 上下 tuò	籜	籜	籜|箨	糸部 12畫 左右 yīn	絪	絪	絪|绚
竹部 22畫 上下 jiān	籛	籛	籛|籛	糸部 13畫 左右 tīng	綎	綎	綎|绖
糸部 9畫 左右 xún	紃	紃	紃|纠	糸部 13畫 左右 chī	絺	絺	絺|缔
糸部 10畫 左右 hóng	紘	紘	紘|纮	糸部 13畫 左右 xì	綌	綌	綌|绤
糸部 10畫 左右 dǎn	統	統	統|统	糸部 13畫 左右 huán	綄	綄	綄|绽
糸部 10畫 左右 zhèn	紖	紖	紖|纼	糸部 14畫 左右 chēn	綝	綝	綝|綝

香港	台灣	大陸		香港	台灣	大陸
糸部 14畫 左右 táo 絢	絢	絢|绹		缶部 16畫 上中下 yīng 罃	罃	罃|䓨
糸部 14畫 左右 liáng 綡	綡	綡|𬘓		羽部 19畫 左右 huì 翽	翽	翽|翙
糸部 14畫 左右 zhǔn 綧	綧	綧|綧		虫部 14畫 左右 dōng 蝀	蝀	蝀|蝀
糸部 15畫 左右 xiàn 線	線	線|线		衣部 14畫 左右 huī 褘	褘	褘|袆
糸部 16畫 左右 cuī 縗	縗	縗|縗		衣部 14畫 左右 kūn 褌	褌	褌|裈
糸部 17畫 上下 zhí 縶	縶	縶|絷		衣部 16畫 左右 jī 襀	襀	襀|襀
糸部 17畫 左右 yǎn 繵	繵	繵|繵		衣部 17畫 左右 bó 襏	襏	襏|襏
糸部 19畫 左右 yì 繶	繶	繶|繶		衣部 18畫 左右 liǎn 襝	襝	襝|裣
糸部 20畫 左右 xūn 繻	繻	繻|繻		衣部 22畫 左右 lán 襴	襴	襴|襕
糸部 21畫 左右 mò 繯	繯	繯|繯		見部 10畫 半包圍 yàn 覞	覞	覞|覞
糸部 23畫 左右 xiāng 纕	纕	纕|纕		言部 10畫 左右 xū 訏	訏	訏|讦

香港	台灣	大陸		香港	台灣	大陸
言部 11畫 左右 xīn 訢	訢	訢|䜣		言部 19畫 左右 huì 譓	譓	譓|譓
言部 11畫 左右 xiōng 詾	詾	詾|讻		言部 20畫 左右 xuān 讂	讂	讂|谖
言部 12畫 左右 xiòng 詗	詗	詗|诇		豕部 19畫 左右 fén 豶	豶	豶|豶
言部 12畫 左右 zhǔ 詝	詝	詝|讠宁		貝部 16畫 左右 fèng 賵	賵	賵|赗
言部 12畫 左右 qū 詘	詘	詘|诎		貝部 21畫 上下 bì 贔	贔	贔|赑
言部 12畫 左右 bì 詖	詖	詖|诐		貝部 21畫 左右 jìn 贐	贐	贐|赆
言部 13畫 左右 tóng 詷	詷	詷|词		車部 10畫 左右 dài 軑	軑	軑|轪
言部 13畫 左右 hěn 詪	詪	詪|诨		車部 10畫 左右 yuè 軏	軏	軏|轨
言部 15畫 左右 jiàn 諓	諓	諓|诶		車部 11畫 左右 qí 軝	軝	軝|軝
言部 16畫 左右 xián 諴	諴	諴|诚		車部 12畫 左右 zhǐ 軹	軹	軹|轵
言部 16畫 左右 shì 諟	諟	諟|諟		車部 12畫 左右 hū 軤	軤	軤|轷

三級字表

香港	台灣	大陸
車部 12畫 左右 yáo 輰	輰	輰|轺
車部 13畫 左右 guāng 軦	軦	軦|軦
車部 13畫 左右 zhōu 輈	輈	輈|辀
車部 13畫 上中下 shē 崒	崒	崒|峷
車部 15畫 左右 ní 輗	輗	輗|輗
車部 15畫 左右 liáng 輬	輬	輬|辌
金部 9畫 左右 gá 釓	釓	釓|钆
金部 11畫 左右 yì 釔	釔	釔|钇
金部 11畫 左右 shān shàn 鈐	鈐	鈐|钐
金部 12畫 左右 xíng 鈃	鈃	鈃|钘
金部 12畫 左右 fū 鈇	鈇	鈇|鈇

香港	台灣	大陸
金部 12畫 左右 jīn 釿	釿	釿|䢺
金部 12畫 左右 kàng 鈧	鈧	鈧|钪
金部 12畫 左右 huǒ 鈥	鈥	鈥|钬
金部 12畫 左右 dǒu 斜	斜	斜|钭
金部 13畫 左右 shén 鉮	鉮	鉮|鉮
金部 13畫 左右 zhāo 鉊	鉊	鉊|铞
金部 13畫 左右 mǔ 鉧	鉧	鉧|鉧
金部 14畫 左右 xíng 鉶	鉶	鉶|铏
金部 14畫 左右 jī 銈	銈	銈|铔
金部 14畫 左右 hóng 鉷	鉷	鉷|铧
金部 14畫 左右 chéng 鋮	鋮	鋮|铖

三級字表

香港	台灣	大陸		香港	台灣	大陸
金部 14畫 左右 zhì 鋕	鋕	鋕｜铚		金部 16畫 左右 huō 鎹	鎹	鎹｜锪
金部 14畫 左右 diào 錭	錭	錭｜锎		金部 16畫 左右 chún 錞	錞	錞｜錞
金部 15畫 左右 qiú 銶	銶	銶｜铼		金部 16畫 左右 péi 錇	錇	錇｜锫
金部 15畫 左右 tè 鋱	鋱	鋱｜铽		金部 16畫 左右 tán 錟	錟	錟｜锬
金部 15畫 左右 yé 鎁	鎁	鎁｜铘		金部 17畫 左右 yáng 錫	錫	錫｜锡
金部 15畫 左右 lüè 鋢	鋢	鋢｜铬		金部 17畫 左右 zhōng 鍾	鍾	鍾｜锺
金部 15畫 左右 hóng 鈜	鈜	鈜｜铉		金部 17畫 左右 huáng 鍠	鍠	鍠｜锽
金部 16畫 左右 chǎng 鋹	鋹	鋹｜铩		金部 17畫 左右 huán 鍰	鍰	鍰｜锾
金部 16畫 左右 jī 錤	錤	錤｜锱		金部 17畫 左右 āi 鎄	鎄	鎄｜锿
金部 16畫 左右 mén 鍆	鍆	鍆｜钔		金部 17畫 左右 méi 鎇	鎇	鎇｜镅
金部 16畫 左右 lún 錀	錀	錀｜铊		金部 18畫 左右 ná 鎿	鎿	鎿｜镎

三級字表

香港		台灣	大陸
金部 18 畫 左右 wēng	鎓	鎓	鎓 | 𬭩
金部 18 畫 左右 róng	鎔	鎔	鎔 | 镕
金部 20 畫 左右 kāi	鐦	鐦	鐦 | 锎
金部 20 畫 左右 pǔ	鐠	鐠	鐠 | 镨
金部 20 畫 左右 láo	鐒	鐒	鐒 | 铹
金部 20 畫 左右 tāng	鐋	鐋	鐋 | 铴
金部 20 畫 左右 fèi	鐨	鐨	鐨 | 镄
金部 21 畫 左右 huán	鐶	鐶	鐶 | 镮
金部 21 畫 左右 yì	鐿	鐿	鐿 | 镱
金部 23 畫 左右 zhì	鑕	鑕	鑕 | 锧
金部 28 畫 左右 tǎng	鑜	鑜	鑜 | 锐

香港		台灣	大陸
門部 11 畫 半包圍 yán	閆	閆	閆 | 闫
門部 12 畫 半包圍 kàng	閌	閌	閌 | 闶
門部 16 畫 半包圍 wén	閿	閿	閿 | 阌
門部 18 畫 半包圍 niè	闑	闑	闑 | 阒
阜部 13 畫 左右 gài	隑	隑	隑 | 𬮿
阜部 15 畫 左右 tuí	隤	隤	隤 | 陨
頁部 13 畫 左右 kuǐ	頍	頍	頍 | 頍
頁部 14 畫 左右 dí	頔	頔	頔 | 𬱖
頁部 15 畫 左右 fǔ	頫	頫	頫 | 𫖯
頁部 16 畫 左右 tǐng	頲	頲	頲 | 颋
頁部 16 畫 左右 yūn	頵	頵	頵 | 𬱟

三級字表

香港	台灣	大陸	香港	台灣	大陸
頁部 19畫 左右 yǐ 顗	顗	顗｜颙	馬部 19畫 左右 tí 騠	騠	騠｜騠
馬部 14畫 左右 rì 駬	駬	駬｜驲	馬部 19畫 左右 kuí 騤	騤	騤｜骙
馬部 14畫 左右 wén 馼	馼	馼｜驳	馬部 20畫 左右 yuán 騵	騵	騵｜骒
馬部 15畫 左右 pī 駓	駓	駓｜驱	馬部 20畫 左右 zōu 騶	騶	騶｜驺
馬部 15畫 左右 zǎng 駔	駔	駔｜驵	馬部 30畫 上下 biāo 驫	驫	驫｜骉
馬部 15畫 左右 jiōng 駉	駉	駉｜驷	髙部 21畫 上下 guī 黌	黌	黌｜黉
馬部 16畫 左右 yīn 駰	駰	駰｜骃	魚部 13畫 左右 dāo 魛	魛	魛｜鱽
馬部 16畫 左右 shēn 駪	駪	駪｜駪	魚部 14畫 左右 jǐ 魢	魢	魢｜魢
馬部 17畫 左右 tú 騟	騟	騟｜骎	魚部 16畫 左右 yóu 魷	魷	魷｜鱿
馬部 17畫 左右 xīng 騂	騂	騂｜骍	魚部 16畫 左右 zhǎ 魺	魺	魺｜鲊
馬部 18畫 左右 táo 騱	騱	騱｜骎	魚部 16畫 左右 bó 魄	魄	魄｜鲌

三級字表

	香港	台灣	大陸		香港	台灣	大陸
魚部 16畫 左右 jū	鮈	鮈	鮈|鮈	魚部 18畫 左右 yǒng	鯒	鯒	鯒|鯒
魚部 16畫 左右 tuó	鴕	鴕	鴕|鴕	魚部 19畫 左右 qí	鯕	鯕	鯕|鯕
魚部 16畫 左右 pí	鮍	鮍	鮍|鮍	魚部 20畫 左右 chūn	鰆	鰆	鰆|鰆
魚部 17畫 左右 jié	鮚	鮚	鮚|鮚	魚部 20畫 左右 là	鯻	鯻	鯻|鯻
魚部 17畫 左右 ér	鮞	鮞	鮞|鮞	魚部 20畫 左右 bī	鰏	鰏	鰏|鰏
魚部 17畫 左右 tóng	鮦	鮦	鮦|鮦	魚部 20畫 左右 liàn	鰊	鰊	鰊|鰊
魚部 17畫 左右 hòu	鮜	鮜	鮜|鮜	魚部 20畫 左右 zéi	鰂	鰂	鰂|鰂
魚部 17畫 左右 zhào	鮡	鮡	鮡|鮡	魚部 20畫 左右 wēi	鰃	鰃	鰃|鰃
魚部 17畫 左右 wéi	鮠	鮠	鮠|鮠	魚部 20畫 左右 quán	鰁	鰁	鰁|鰁
魚部 18畫 左右 miǎn	鮸	鮸	鮸|鮸	魚部 20畫 上下 jì	鱀	鱀	鱀|鱀
魚部 18畫 左右 jūn	鯥	鯥	鯥|鯥	魚部 21畫 左右 téng	騰	騰	騰|騰

香港	台灣	大陸	香港	台灣	大陸
魚部 21畫 左右 shī 鰤	鰤	鰤|鲕	鳥部 18畫 左右 wú 鳾	鳾	鳾|鸹
魚部 21畫 左右 páng 鰟	鰟	鰟|鳑	鳥部 18畫 左右 bǔ 鵏	鵏	鵏|鹁
魚部 21畫 左右 jiān 鰜	鰜	鰜|鳒	鳥部 18畫 上下 kuáng 鵟	鵟	鵟|鵟
魚部 22畫 左右 shēn 鰺	鰺	鰺|鲹	鳥部 19畫 左右 kūn 鵾	鵾	鵾|鹍
魚部 23畫 左右 xǐ 鱚	鱚	鱚|鱚	鳥部 19畫 左右 bēi 鵯	鵯	鵯|鹎
魚部 24畫 左右 zhān 鱣	鱣	鱣|鳣	鳥部 19畫 左右 gēng 鶊	鶊	鶊|鹒
鳥部 14畫 左右 shī 鳾	鳾	鳾|鸤	鳥部 20畫 左右 jú 鶪	鶪	鶪|鶪
鳥部 15畫 左右 shī 鳾	鳾	鳾|鸤	鳥部 20畫 上下 qiū 鶖	鶖	鶖|鹙
鳥部 17畫 上下 liè 鴷	鴷	鴷|䴕	鳥部 21畫 左右 yì 鷁	鷁	鷁|鹢
鳥部 17畫 左右 xiū 鵂	鵂	鵂|鸺	鳥部 21畫 左右 wēng 鶲	鶲	鶲|鹟
鳥部 17畫 左右 jiāo 鵁	鵁	鵁|鵁	鳥部 21畫 左右 liú 鷗	鷗	鷗|鹠

香港	台灣	大陸		香港	台灣	大陸
鳥部 21畫 左右 yì 鷁	鷁	鷁|鹢		鳥部 24畫 左右 zhān 鸇	鸇	鸇|鹯
鳥部 21畫 左右 jiān 鶼	鶼	鶼|鹣		鳥部 24畫 左右 pì 鷿	鷿	鷿|䴙
鳥部 21畫 上下 xiān 鶱	鶱	鶱|鶱		鳥部 25畫 上下 yuè 鸑	鸑	鸑|鸑
鳥部 23畫 左右 fán 鷭	鷭	鷭|鷭				

三區

香港、台灣字形相同，與大陸（規範字 / 繁體字）不同。

香港	台灣	大陸	字形差異描述
亠部 21畫 上下 wěi 亹	亹	亹	部件「豐」，香港、台灣上中部為「円」，大陸上中部為「冏」。 ✎ **書寫提示** 大陸「亹」為二十二畫。
人部 6畫 左右 pǐ 仳	仳	仳	右部「比」，香港、台灣第三筆是「短橫」，大陸第三筆是「短撇」。 💡 **注意** 具有相同部件「比」的字：批、庇、屁、鹿、混、諧。
人部 8畫 左右 quán 佺	佺	佺	右部「全」，香港、台灣首兩筆是「ㅅ」，大陸首兩筆是「ㅅ」。
人部 9畫 左右 tǐng 侹	侹	侹	部件「𡈼」，香港、台灣底「橫」稍長，大陸底「橫」稍短。 ✎ **書寫提示** 大陸「侹」為八畫。
人部 9畫 上下 chǒu 兪	兪	兪	部件「丑」，香港、台灣第三筆「橫」與首筆「橫折」相交，末筆是「橫」；大陸第三筆「橫」與首筆「橫折」相接，末筆是「提」。

香港	台灣	大陸	字形差異描述
人部 11畫 左右 zhàn 偲	偲	偲	右部「甚」：①部件「儿」，香港、台灣為「撇、豎彎」，且與上部相接；大陸為「撇、點」，且與上部相離。②香港、台灣末筆是「豎彎」，大陸末筆是「豎折」。
人部 11畫 左右 yē 倻	倻	倻	部件「耳」，香港、台灣末筆「提」與第三筆「豎」相接，大陸末筆「提」與第三筆「豎」相交。
人部 11畫 左右 chuí 倕	倕	倕	右部「垂」，香港、台灣兩個部件「十」與上、下兩「橫」及中「豎」相離，底部末「橫」長；大陸第四筆「橫」為一筆，第五、六筆「豎」與之相交，底部末「橫」短。
人部 12畫 左右 xī 傒	傒	傒	部件「大」，香港、台灣末筆是「捺點」，大陸末筆是「捺」。
人部 13畫 左右 lù 傮	傮	傮	部件「羽」，香港、台灣第一、四筆均是「橫折鈎」，大陸第一、四筆均是「橫折」。
人部 14畫 左右 zǔn 傿	傿	傿	部件「酋」，香港、台灣內部的「橫」與兩邊相離，大陸內部的「橫」與兩邊相接。 💡 注意　具有相同部件「酋」的字：猶、尊、奠、樽、遵。
人部 17畫 左右 biāo 儦	儦	儦	部件「比」，香港、台灣第三筆是「短橫」，大陸第三筆是「短撇」。 💡 注意　具有相同部件「比」的字：批、庇、屁、鹿、混、諧、麗。
人部 19畫 左右 chán 儳	儳	儳	部件「比」，香港、台灣第三筆是「短橫」，大陸第三筆是「短撇」。 💡 注意　具有相同部件「比」的字：批、庇、屁、鹿、混、諧、饞。
冂部 7畫 半包圍 jiǒng 冏	冏	冏	部件「儿」，香港、台灣為「撇、豎彎」，且與上部相接；大陸為「撇、點」，且與上部相離。

三級字表

香港	台灣	大陸	字形差異描述
刀部 10畫 左右 fèi 荆	荆	荆	左部「非」，香港、台灣首筆是「豎撇」，第四筆是「提」；大陸首筆是「豎」，第四筆是「橫」。 💡 **注意** 具有相同部件「非」的字：匪、排、啡、悲、罪、輩、靠、靡。
刀部 16畫 左右 huō 劐	劐	劐	左上部，香港、台灣為「⺊」，「橫」、「豎」相接，共四畫；大陸為「⺊」，「橫」連為一筆，共三畫。
力部 13畫 左右 lù 勠	勠	勠	部件「羽」，香港、台灣第一、四筆均是「橫折鈎」，大陸第一、四筆均是「橫折」。 🔍 **辨析** 「勠」與「戮」。二字字形相近，字義有別，如「勠力同心」、「殺戮」。
匚部 8畫 半包圍 kē 匼	匼	匼	香港、台灣末筆是「豎彎」，大陸末筆是「豎折」。
厂部 9畫 半包圍 máng 厖	厖	厐	香港、台灣「彡」與「尤」的「豎彎鈎」相離；大陸「彡」首兩筆與「尤」的「豎彎鈎」相接，第三筆與「尤」的「豎彎鈎」相交。 💡 **注意** 部件「尤」，不是「九」上加一「點」。
口部 8畫 左右 yāng 映	映	映	右部「央」，香港、台灣末筆是「捺點」，大陸末筆是「捺」。
口部 9畫 獨體 guō 咼	咼	咼|呙	部件「冎」，香港、台灣內部是「橫、豎」兩筆，拐角扣右下方；大陸內部是「橫折」一筆，拐角扣左下方。
口部 15畫 左右 zǔn 噂	噂	噂	部件「酋」，香港、台灣內部的「橫」與兩邊相離，大陸內部的「橫」與兩邊相接。 💡 **注意** 具有相同部件「酋」的字：猶、尊、奠、樽、遵。
口部 16畫 左右 dā 噠	噠	噠|哒	香港、台灣部件「辶」，共四畫；大陸對應的部件為「辶」，共三畫。
土部 7畫 上下 bì 坒	坒	坒	上部「比」，香港、台灣第三筆是「短橫」，大陸第三筆是「短撇」。 💡 **注意** 具有相同部件「比」的字：批、庇、屁、鹿、混、諧、麗。

香港	台灣	大陸	字形差異描述
土部 8畫 左右 líng	玲	玲	玲	右部「令」，香港、台灣第三筆是「短橫」，大陸第三筆是「點」。 ✏ **書寫提示**　土部的字：部首「土」在構成左右結構的字時，通常位於左部，末筆作「提」。
土部 9畫 左右 ān	垵	垵	垵	部件「女」，香港、台灣第三筆「橫」與第二筆「撇」相交，大陸第三筆「橫」與第二筆「撇」相接。
土部 10畫 左右 què	埆	埆	埆	右部「角」，香港、台灣「豎」向下不出頭，大陸「豎」向下出頭。 ✏ **書寫提示**　香港、台灣「角」中「豎」為第六筆，大陸「角」中「豎」為第七筆。
土部 11畫 左右 shān	埏	埏	埏	部件「㢟」，香港、台灣最後兩筆是「豎、橫」，大陸對應的是一筆「豎折」。 ✏ **書寫提示**　「延」及由其構成的字，香港、台灣筆畫都比大陸多兩筆；大陸第四筆是「豎折」，不能斷為一「豎」一「橫」。
土部 11畫 左右 kōng	矼	矼	矼	部件「宀」，香港、台灣最後兩筆為「撇、豎彎」，且與第三筆「橫鈎」相接；大陸最後兩筆為「撇、點」，且與第三筆「橫鈎」相離。
土部 12畫 左右 yāo	堖	堖	堖	部件「女」，香港、台灣第三筆「橫」與第二筆「撇」相交，大陸第三筆「橫」與第二筆「撇」相接。
土部 12畫 左右 ruán	塎	塎	塎	部件「大」，香港、台灣末筆是「捺點」，大陸末筆是「捺」。
土部 12畫 左右 hòu	堠	堠	堠	部件「矢」，香港、台灣末筆是「捺點」，大陸末筆是「捺」。 💡 **注意**　具有相同部件「矢」的字：矣、埃、候、疾、喉。
土部 14畫 左右 kàn	壏	壏	壏	部件「甚」：① 部件「儿」，香港、台灣為「撇、豎彎」，且與上部相接；大陸為「撇、點」，且與上部相離。② 香港、台灣末筆是「豎彎」，大陸末筆是「豎折」。
土部 14畫 左右 ōu qū	塸	塸	塸|坸	右部「區」，香港、台灣末筆是「豎彎」，大陸末筆是「豎折」。

香港	台灣	大陸	字形差異描述
土部 14畫 左右 kāng 塄	塄	塄	部件「隶」，香港、台灣末筆是「捺點」，大陸末筆是「捺」。
土部 15畫 左右 pú 墣	墣	墣	部件「美」，香港、台灣末筆是「捺點」，大陸末筆是「捺」。
土部 15畫 左右 fán 墦	墦	墦	部件「釆」，香港、台灣末筆是「捺點」，大陸末筆是「捺」。 💡 **注意**　具有相同部件「番」的字：播、幡、潘、審、蕃、蟠。
土部 15畫 左右 shàn 墡	墡	墡	右部「善」，香港、台灣上部為「羊」，「豎」向下不出頭；大陸上部為「羊」，「豎」向下出頭。 💡 **注意**　具有相同部件「善」的字：鄯、膳、蟮、繕、鱔。 ✎ **書寫提示**　部件「善」，香港、台灣「羊」中「豎」為第五筆，大陸「羊」中「豎」為第六筆。
土部 19畫 左右 lì 壢	壢	壢|坜	部件「秝」，香港、台灣末筆是「捺點」，大陸末筆是「捺」。
尢部 7畫 半包圍 máng 尨	尨	龙	香港、台灣「彡」與「尢」的「豎彎鈎」相離；大陸「彡」首兩筆與「尢」的「豎彎鈎」相接，第三筆與「尢」的「豎彎鈎」相交。 ✎ **書寫提示**　部件「尢」，不是「九」上加一「點」。
山部 6畫 左右 wù 屼	屼	屼	左部「山」，香港、台灣第二筆是「豎折」，大陸第二筆是「豎提」。
山部 6畫 左右 shēn 屾	屾	屾	左部「山」，香港、台灣第二筆是「豎折」，大陸第二筆是「豎提」。
山部 7畫 左右 qiān 岍	岍	岍	左部「山」，香港、台灣第二筆是「豎折」，大陸第二筆是「豎提」。
山部 8畫 左右 hù 岵	岵	岵	左部「山」，香港、台灣第二筆是「豎折」，大陸第二筆是「豎提」。

香港	台灣	大陸	字形差異描述
山部 8畫 左右 jù	岠	岠	岠	①左部「山」，香港、台灣第二筆是「豎折」，大陸第二筆是「豎提」。②右部「巨」，香港、台灣部件為「匚」，共三畫；大陸對應的部件為「匚」，共兩畫。
山部 8畫 左右 jǔ qū	岨	岨	岨	左部「山」，香港、台灣第二筆是「豎折」，大陸第二筆是「豎提」。
山部 8畫 左右 zuò	岼	岼	岼	左部「山」，香港、台灣第二筆是「豎折」，大陸第二筆是「豎提」。
山部 8畫 左右 tóng	峂	峂	峂	左部「山」，香港、台灣第二筆是「豎折」，大陸第二筆是「豎提」。
山部 8畫 左右 sī	峒	峒	峒	左部「山」，香港、台灣第二筆是「豎折」，大陸第二筆是「豎提」。
山部 9畫 左右 huán	峘	峘	峘	左部「山」，香港、台灣第二筆是「豎折」，大陸第二筆是「豎提」。
山部 9畫 左右 wéi	峗	峗	峗	左部「山」，香港、台灣第二筆是「豎折」，大陸第二筆是「豎提」。
山部 9畫 左右 jiāo	峧	峧	峧	左部「山」，香港、台灣第二筆是「豎折」，大陸第二筆是「豎提」。
山部 10畫 左右 wú	峿	峿	峿	左部「山」，香港、台灣第二筆是「豎折」，大陸第二筆是「豎提」。
山部 10畫 左右 náo	猺	猺	猺	部件「丑」，香港、台灣第三筆「橫」與首筆「橫折」相交，大陸第三筆「橫」與首筆「橫折」相接。
山部 11畫 左右 guō	崞	崞	崞	左部「山」，香港、台灣第二筆是「豎折」，大陸第二筆是「豎提」。

香港	台灣	大陸	字形差異描述
山部 11畫 左右 jū　崌	崌	崌	左部「山」，香港、台灣第二筆是「豎折」，大陸第二筆是「豎提」。
山部 11畫 左右 hán　峆	峆	峆	左部「山」，香港、台灣第二筆是「豎折」，大陸第二筆是「豎提」。
山部 12畫 左右 kān　嵁	嵁	嵁	①左部「山」，香港、台灣第二筆是「豎折」，大陸第二筆是「豎提」。②部件「儿」，香港、台灣為「撇、豎彎」，且與上部相接；大陸為「撇、點」，且與上部相離。③香港、台灣末筆是「豎彎」，大陸末筆是「豎折」。
山部 12畫 左右 yào　嵲	嵲	嵲	①左部「山」，香港、台灣第二筆是「豎折」，大陸第二筆是「豎提」。②部件「女」，香港、台灣第三筆「橫」與第二筆「撇」相交，大陸第三筆「橫」與第二筆「撇」相接。
山部 12畫 左右 è　崿	崿	崿	左部「山」，香港、台灣第二筆是「豎折」，大陸第二筆是「豎提」。
山部 14畫 上下 áo　嶅	嶅	嶅	部件「𦍩」，香港、台灣上為「龷」，下為「方」，共七畫；大陸為三「橫」一「豎」，最後兩筆為「橫折鈎、撇」，共六畫。
山部 14畫 左右 dié　嶀	嶀	嶀|嶀	①左部「山」，香港、台灣第二筆是「豎折」，大陸第二筆是「豎提」。②部件「𠀎」，香港、台灣末筆是「豎彎」，大陸末筆是「豎彎鈎」。
山部 14畫 左右 xí　嶍	嶍	嶍	①左部「山」，香港、台灣第二筆是「豎折」，大陸第二筆是「豎提」。②部件「羽」，香港、台灣第一、四筆均是「橫折鈎」，大陸第一、四筆均是「橫折」。
山部 15畫 左右 bō　嶓	嶓	嶓	①左部「山」，香港、台灣第二筆是「豎折」，大陸第二筆是「豎提」。②部件「釆」，香港、台灣末筆是「捺點」，大陸末筆是「捺」。 💡 **注意**　具有相同部件「番」的字：播、幡、潘、審、蕃、蟠。

香港	台灣	大陸	字形差異描述
山部 15畫 左右 zūn	嶟	嶟	嶟	① 左部「山」，香港、台灣第二筆是「豎折」，大陸第二筆是「豎提」。② 部件「酋」，香港、台灣內部的「橫」與兩邊相離，大陸內部的「橫」與兩邊相接。 💡 注意　具有相同部件「酋」的字：猶、尊、奠、樽、遵。
山部 16畫 左右 xiǎn	嶮	嶮	嶮 | 崄	左部「山」，香港、台灣第二筆是「豎折」，大陸第二筆是「豎提」。
山部 16畫 左右 shàn	嶦	嶦	嶦	① 左部「山」，香港、台灣第二筆是「豎折」，大陸第二筆是「豎提」。② 部件「产」，香港、台灣最後兩筆為「撇、豎彎」，大陸最後兩筆為「撇、點」。
山部 17畫 左右 méng	矇	矇	矇	① 左部「山」，香港、台灣第二筆是「豎折」，大陸第二筆是「豎提」。② 右上部，香港、台灣為「艹」，「橫」與「豎」相交，共四畫；大陸為「艹」，「橫」連為一筆，共三畫。
山部 20畫 左右 xī	巇	巇	巇	① 左部「山」，香港、台灣第二筆是「豎折」，大陸第二筆是「豎提」。② 部件「虍」，香港、台灣第二筆是「豎彎」，大陸第二筆是「豎彎鈎」。 💡 注意　含部件「虍」的字，其中的「七」寫法相同，如：虎、虔、墟、劇、慮、瘧、攄、獻。
山部 23畫 左右 yǎn	巘	巘	巘 | 𪩘	① 左部「山」，香港、台灣第二筆是「豎折」，大陸第二筆是「豎提」。② 部件「虍」，香港、台灣第二筆是「豎彎」，大陸第二筆是「豎彎鈎」。 💡 注意　含部件「虍」的字，其中的「七」寫法相同，如：虎、虔、墟、劇、慮、瘧、攄、獻。
己部 9畫 上下 jǐn	卺	卺	卺	香港、台灣下部為「㔾」，大陸下部為「巳」。
巾部 17畫 左右 méng	幪	幪	幪	右上部，香港、台灣為「艹」，「橫」與「豎」相交，共四畫；大陸為「艹」，「橫」連為一筆，共三畫。

三級字表

香港	台灣	大陸	字形差異描述
广部 13畫 半包圍 wěi 鬽	鬽	鬽	部件「鬼」，香港、台灣上部中「豎」與下部「撇」分為兩筆；大陸第六筆「豎撇」與第三筆「橫折」相接，「豎撇」為一筆。 ✎ 書寫提示　「鬼」及由其參與構造的字，香港、台灣都是先寫「撇」，然後寫「田」、「儿」和「厶」。
广部 14畫 半包圍 áo 廒	廒	廒	部件「敖」，香港、台灣上為「圡」，下為「方」，共七畫；大陸為三「橫」一「豎」，最後兩筆為「橫折鈎、撇」，共六畫。
弓部 14畫 左右 kōu 彄	彄	彄|弲	右部「區」，香港、台灣末筆是「豎彎」，大陸末筆是「豎折」。
彐部 26畫 左右 yuē 彠	彠	彠|彟	① 部件「彐」，香港、台灣第二筆「橫」與首筆「橫折」相交，大陸第二筆「橫」與首筆「橫折」相接。② 右上部，香港、台灣為「卝」，「橫」與「豎」相接，共四畫；大陸為「卝」，「橫」連為一筆，共三畫。 💡 注意　具有相同部件「彐」的字：急、浸、彗、掃、尋、歸。
心部 13畫 上下 mǐn 愍	愍	愍	部件「夂」，香港、台灣末筆是「捺點」，大陸末筆是「捺」。
心部 16畫 上下 yìn 慭	慭	慭|慭	部件「犬」，香港、台灣第三筆是「捺點」，大陸第三筆是「捺」。
心部 16畫 左右 dàn 憺	憺	憺	部件「产」，香港、台灣最後兩筆為「撇、豎彎」，大陸最後兩筆為「撇、點」。
手部 12畫 左右 zhèn 揕	揕	揕	右部「甚」：① 部件「儿」，香港、台灣為「撇、豎彎」，且與上部相接；大陸為「撇、點」，且與上部相離。② 香港、台灣末筆是「豎彎」，大陸末筆是「豎折」。
手部 12畫 左右 huī 撝	撝	撝|㧑	右部，香港、台灣為「為」，首筆是「點」，第三筆「橫折」與第二筆「撇」相交；大陸為「爲」，上部為「爫」，第六筆「橫折」與第五筆「撇」相接。 💡 注意　「撝」為台灣異體字。 ✎ 書寫提示　大陸「撝」為十五畫。

香港	台灣	大陸	字形差異描述
手部 14畫 左右 chū 扙	扙	扙	部件「釆」，香港、台灣最後四筆姿態各異，大陸對應的四筆均是「短橫」。
手部 14畫 左右 chī 摛	摛	摛	部件「内」，香港、台灣「橫折鈎」與「豎」相交，大陸「橫折鈎」與「豎」相接。✎ 書寫提示　大陸「摛」為十三畫。
手部 15畫 左右 hàn 撖	撖	撖	部件「冃」，香港、台灣上部為「橫、豎」兩筆，末筆「提」與第五筆「豎」相接，共八畫；大陸上部為「橫折」一筆，末筆「提」與第四筆「豎」相交，共七畫。
手部 18畫 左右 tī 擿	擿	擿	香港、台灣部件「辶」，共四畫；大陸對應的部件為「辶」，共三畫。
方部 19畫 左右 suì 籏	籏	籏	香港、台灣部件「辶」，共四畫；大陸對應的部件為「辶」，共三畫。
日部 9畫 左右 líng 昤	昤	昤	右部「令」，香港、台灣第三筆是「短橫」，大陸第三筆是「點」。
日部 15畫 左右 hàn 暵	暵	暵	右部「莫」，香港、台灣末筆是「捺點」，大陸末筆是「捺」。
日部 16畫 左右 yè 曄	曄	曄|晔	右部「華」：① 香港、台灣上部為「艹」，「橫」與「豎」相交，共四畫；大陸上部為「艹」，「橫」連為一筆，共三畫。② 香港、台灣中部兩個部件「十」與上、下兩「橫」及中「豎」相離，大陸第五筆「橫」為一筆，第六、七筆「豎」與之相交。③ 香港、台灣下部末「橫」短，大陸下部末「橫」長。
日部 16畫 上下 zhào 曌	曌	曌	部件「⺈」，香港、台灣最後兩筆為「撇、豎彎」，且與第三筆「橫鈎」相接；大陸最後兩筆為「撇、點」，且與第三筆「橫鈎」相離。
木部 7畫 左右 máng 杗	杗	杗	右部「亡」，香港、台灣末筆是「豎彎」，大陸末筆是「豎折」。✎ 書寫提示　木部的字：部首「木」在構成左右結構的字時，通常位於左部，末筆作「點」。

香港	台灣	大陸	字形差異描述
木部 8畫 左右 ruì　枘	枘	枘	右部「内」，香港、台灣第三、四筆是「撇、捺」，為「入」；大陸第三、四筆是「撇、捺點」，為「ㄡ」。
木部 9畫 左右 líng　柃	柃	柃	右部「令」，香港、台灣第三筆是「短橫」，大陸第三筆是「點」。
木部 11畫 左右 tīng　桯	桯	桯	部件「壬」，香港、台灣首筆是「撇」，大陸首筆是「橫」。
木部 11畫 左右 lǚ　梠	梠	梠	右部「呂」，香港、台灣上、下兩個部件「口」之間有「撇」相接，大陸上、下兩個部件「口」相離。 ✎ 書寫提示　大陸「梠」為十畫。
木部 11畫 左右 chén qín　梣	梣	梣	部件「今」，香港、台灣第三筆是「短橫」，大陸第三筆是「點」。 💡 注意　具有相同部件「今」的字：吟、含、念、捻、唸、貪、琴、黔。
木部 12畫 上下 chēn shēn　棽	棽	棽	下部「今」，香港、台灣第三筆是「短橫」，大陸第三筆是「點」。 💡 注意　具有相同部件「今」的字：吟、含、念、捻、唸、貪、琴、黔。
木部 12畫 左右 zhuó　椓	椓	椓	右部「豖」，香港、台灣「點」與第四、五筆兩「撇」相交；大陸「點」與第四筆「撇」相交，與第五筆「撇」相離。 ✎ 書寫提示　右部是「豖」，不是「豕」。
木部 12畫 左右 chān　梴	梴	梴	部件「止」，香港、台灣最後兩筆是「豎、橫」，大陸對應的是一筆「豎折」。 ✎ 書寫提示　「延」及由其構成的字，香港、台灣筆畫都比大陸多兩筆；大陸第四筆是「豎折」，不能斷為一「豎」一「橫」。
木部 13畫 左右 shèn　椹	椹	椹	右部「甚」：① 部件「儿」，香港、台灣為「撇、豎彎」，且與上部相接；大陸為「撇、點」，且與上部相離。② 香港、台灣末筆是「豎彎」，大陸末筆是「豎折」。

香港	台灣	大陸	字形差異描述
木部 13畫 左右 yí 椸	椸	椸	部件「也」，香港、台灣首筆是「橫折」，大陸首筆是「橫折鈎」。 💡 **注意**　具有相同部件「也」的字：他、地、池、弛、她、拖。
木部 14畫 左右 fú 榑	榑	榑	部件「甫」，香港、台灣第三筆是「橫折鈎」，大陸第三筆是「橫折」。 💡 **注意**　具有相同部件「甫」的字：博、傅、搏、膊、敷、縛、薄、簿。
木部 15畫 左右 yǒu 槱	槱	槱	部件「酉」，香港、台灣內部的「橫」與兩邊相離，大陸內部的「橫」與兩邊相接。
木部 16畫 左右 zuì 檇	檇	檇	香港、台灣右下部為「冂」，大陸右下部為「𠄎」。
木部 17畫 左右 léi 櫑	櫑	櫑	部件「畾」，香港、台灣最後四筆姿態各異，大陸對應的四筆均是「短橫」。
木部 17畫 左右 jiě 櫒	櫒	櫒	部件「角」，香港、台灣「豎」向下不出頭，大陸「豎」向下出頭。 ✏ **書寫提示**　香港、台灣「角」中「豎」為第六筆，大陸「角」中「豎」為第七筆。
木部 18畫 左右 kuí 櫆	櫆	櫆	部件「鬼」，香港、台灣上部中「豎」與下部「撇」分為兩筆；大陸第六筆「豎撇」與第三筆「橫折」相接，「豎撇」為一筆。 ✏ **書寫提示**　「鬼」及由其參與構造的字，香港、台灣都是先寫「撇」，然後寫「田」、「儿」和「厶」。
木部 20畫 左右 chèn 櫬	櫬	櫬｜槻	部件「木」，香港、台灣第二筆是「豎」，大陸第二筆是「豎鈎」，台灣、大陸結構疏散。 💡 **注意**　具有相同部件「木」的字：新、親、薪、雜、襯。
木部 21畫 左右 bó 礴	礴	礴	①右上部，香港、台灣為「艹」，「橫」與「豎」相交，共四畫；大陸為「艹」，「橫」連為一筆，共三畫。②部件「甫」，香港、台灣第三筆是「橫折鈎」，大陸第三筆是「橫折」。 💡 **注意**　具有相同部件「甫」的字：博、傅、搏、膊、敷、縛、薄、簿。

三級字表

香港	台灣	大陸	字形差異描述
欠部 13畫 左右 yīn 歆	歆	歆	部件「西」，香港、台灣第四筆是「撇」，第五筆是「豎彎」；大陸第四、五筆均是「豎」。
水部 7畫 左右 bǐ 玭	玭	玭	右部「比」，香港、台灣第三筆是「短橫」，大陸第三筆是「短撇」。 💡 注意　具有相同部件「比」的字：批、庇、屁、鹿、混、諧、麗。
水部 7畫 左右 ruì 汭	汭	汭	右部「內」，香港、台灣第三、四筆是「撇、捺」，為「入」；大陸第三、四筆是「撇、捺點」，為「人」。
水部 7畫 左右 fù 没	没	汊	香港、台灣右上部為「几」，大陸右上部為「八」。
水部 8畫 左右 zhī 汦	汦	汦	右部「氐」，香港、台灣末筆是「短橫」，大陸是「點」。 💡 注意　具有相同部件「氐」的字：低、抵、邸、底、柢、詆、骶。
水部 10畫 左右 xiào 涍	涍	涍	右部「孝」，香港、台灣部件「子」的首筆「橫折」與「撇」相接，大陸部件「子」的首筆「橫折」與「撇」相交。
水部 10畫 左右 hán 浛	浛	浛	部件「今」，香港、台灣第三筆是「短橫」，大陸第三筆是「點」。 💡 注意　具有相同部件「今」的字：吟、含、念、捻、唸、貪、琴、黔。
水部 10畫 左右 sì 涘	涘	涘	部件「矢」，香港、台灣末筆是「捺點」，大陸末筆是「捺」。 💡 注意　具有相同部件「矢」的字：矣、埃、唉、候、疾、喉、嫉、簇。
水部 12畫 左右 jiē 湝	湝	湝	部件「比」，香港、台灣第三筆是「短橫」，大陸第三筆是「短撇」。 💡 注意　具有相同部件「比」的字：批、庇、屁、鹿、混、諧、麗。

三級字表

香港	台灣	大陸	字形差異描述
水部 12畫 左右 jí 浕	浕	浕	部件「彐」，香港、台灣第二筆「橫」與首筆「橫折」相交，大陸第二筆「橫」與首筆「橫折」相接。 💡 **注意**　具有相同部件「彐」的字：急、浸、彗、掃、尋、煞、歸。
水部 12畫 左右 měi 渼	渼	渼	右部「美」，香港、台灣末筆是「捺點」，大陸末筆是「捺」。
水部 13畫 左右 dá 溚	溚	溚	香港、台灣右上部為「卝」，「橫」與「豎」相交，共四畫；大陸右上部為「艹」，「橫」連為一筆，共三畫。
水部 13畫 左右 jìn 溍	溍	溍	香港、台灣右上部為「𠕁」，大陸右上部為「亞」。
水部 13畫 左中右 wēi 潵	潵	潵	部件「ル」，香港、台灣「撇」與「豎提」相離，大陸「撇」與「橫折提」相接。
水部 13畫 左右 zhà 溠	溠	溠	部件「𦍌」，香港、台灣第七筆「撇」與第六筆「橫」相接，「豎」、「撇」為兩筆；大陸第六筆「豎撇」與第三筆「橫」相接，「豎撇」為一筆。 💡 **注意**　具有相同部件「差」的字：嗟、嵯、槎、磋、蹉。
水部 13畫 左右 jiào 滘	滘	滘	部件「宄」，香港、台灣末筆是「豎彎」，大陸末筆是「點」。
水部 13畫 左右 sāo 潚	潚	潚	香港、台灣右上部為「叒」，共四畫；大陸右上部為「又」，共三畫。
水部 14畫 左右 jiào 潐	潐	潐	部件「孝」，香港、台灣部件「子」的首筆「橫折」與「撇」相接，大陸部件「子」的首筆「橫折」與「撇」相交。
水部 14畫 左右 lǎn 溇	溇	溇	① 部件「林」，香港、台灣末筆是「捺點」，大陸末筆是「捺」。② 部件「女」，香港、台灣「橫」與「撇」相交，大陸「橫」與「撇」相接。

三級字表

香港	台灣	大陸	字形差異描述
水部 14畫 左右 chǎn 滻	滻	滻|浐	右部「產」，香港、台灣上部第四筆「點」與第三筆「撇」相交，大陸上部第四筆「撇」與第三筆「點」相離。 ✎ **書寫提示**　部件「產」，香港、台灣第三、四筆與大陸筆順不同。香港、台灣為先「撇」後「點」，大陸為先「點」後「撇」。
水部 14畫 左右 liáo 漻	漻	漻	部件「羽」，香港、台灣第一、四筆均是「橫折鈎」，大陸第一、四筆均是「橫折」。
水部 15畫 左右 pá 湺	湺	湺	部件「珏」，香港、台灣第四筆是「提」，大陸第四筆是「橫」。
水部 15畫 左右 yún 澐	澐	澐|沄	部件「雲」，香港、台灣最後四筆姿態各異，大陸對應的四筆均是「短橫」。
水部 15畫 左中右 chéng 澂	澂	澂	部件「壬」，香港、台灣首筆是「撇」，末筆是「提」；大陸首筆、末筆均是「橫」。
水部 15畫 左右 wǔ 潕	潕	潕|沅	右部「無」，香港、台灣四筆「豎」與第二筆「橫」相離，大陸四筆「豎」與第二筆「橫」相接。
水部 15畫 左右 lín 潾	潾	潾	部件「米」，香港、台灣末筆是「捺點」，台灣結構疏散；大陸末筆是「捺」。 💡 **注意**　具有相同部件「粦」的字：嶙、憐、磷、鱗。
水部 15畫 左右 yù 潏	潏	潏	部件「儿」，香港、台灣為「撇、豎彎」，且與上部相接；大陸為「撇、點」，且與上部相離。
水部 16畫 左右 wàn 潫	潫	潫|沥	右部「萬」：①香港、台灣上部為「⺿」，「橫」與「豎」相交，共四畫；大陸上部為「⺾」，「橫」連為一筆，共三畫。②部件「凵」，香港、台灣第二筆「橫折鈎」與首筆「豎」相交，大陸第二筆「橫折鈎」與首筆「豎」相接。 💡 **注意**　具有相同部件「凵」的字：禹、寓、愚、遇、屬、踽、勵、齲。

香港	台灣	大陸	字形差異描述
水部 16畫 左右 líng 澪	澪	澪	① 部件「㝵」，香港、台灣最後四筆姿態各異，大陸對應的四筆均是「短橫」。② 部件「令」，香港、台灣第三筆是「短橫」，大陸第三筆是「點」。
水部 16畫 左右 jù 濾	濾	濾	部件「乚」，香港、台灣第二筆是「豎彎」，大陸第二筆是「豎彎鉤」。 💡 注意　含部件「虍」的字，其中的「乚」寫法相同，如：虎、虔、墟、劇、慮、瘧、擄、獻。
水部 17畫 左右 huò 濩	濩	濩	香港、台灣右上部為「⺿」，「橫」與「豎」相接，共四畫；大陸右上部為「艹」，「橫」連為一筆，共三畫。
水部 18畫 左右 chán 瀳	瀳	瀳	部件「儿」，香港、台灣為「撇、豎彎」，且與上部相接；大陸為「撇、點」，且與上部相離。
水部 18畫 左右 biāo 瀌	瀌	瀌	部件「比」，香港、台灣第三筆是「短橫」，大陸第三筆是「短撇」。 💡 注意　具有相同部件「比」的字：批、庇、屁、鹿、混、諧、麗。
水部 20畫 左右 fèn 瀵	瀵	瀵	部件「米」，香港、台灣末筆是「捺點」，台灣結構疏散；大陸末筆是「捺」。
水部 21畫 左右 shè 灄	灄	灄|灄	右部「聶」，香港、台灣下左部件末筆「提」與第三筆「豎」相接，大陸下左部件末筆「提」與第三筆「豎」相交。
火部 11畫 左右 tǐng 烶	烶	烶	部件「壬」，香港、台灣底「橫」稍長，大陸底「橫」稍短。 ✏️ 書寫提示　① 火部的字：部首「火」在構成左右結構的字時，通常位於左部，末筆作「點」。② 大陸「烶」為十畫。
火部 12畫 左右 shān 莚	莚	莚	部件「正」，香港、台灣最後兩筆是「豎、橫」，大陸對應的是一筆「豎折」。 ✏️ 書寫提示　「延」及由其構成的字，香港、台灣筆畫都比大陸多兩筆；大陸第四筆是「豎折」，不能斷為一「豎」一「橫」。

香港	台灣	大陸	字形差異描述
火部 13畫 左右 chén 煁	煁	煁	右部「甚」：① 部件「儿」，香港、台灣為「撇、豎彎」，且與上部相接；大陸為「撇、點」，且與上部相離。② 香港、台灣末筆是「豎彎」，大陸末筆是「豎折」。
火部 16畫 左右 xún 燖	燖	燖|燖	部件「ⴹ」，香港、台灣第二筆「橫」與首筆「橫折」相交，大陸第二筆「橫」與首筆「橫折」相接。 💡 注意　具有相同部件「ⴹ」的字：急、浸、彗、掃、尋、歸。
火部 16畫 左右 yù 燏	燏	燏	部件「儿」，香港、台灣為「撇、豎彎」，且與上部相接；大陸為「撇、點」，且與上部相離。
火部 20畫 左右 huò 爠	爠	爠	部件「雨」，香港、台灣最後四筆姿態各異，大陸對應的四筆均是「短橫」。
火部 22畫 左右 guàn 爟	爟	爟	香港、台灣右上部為「ⵜ」，「橫」與「豎」相接，共四畫；大陸右上部為「ⵜ」，「橫」連為一筆，共三畫。
牛部 11畫 左右 máng 牻	牻	牻	香港、台灣「彡」與「尤」的「豎彎鈎」相離；大陸「彡」首兩筆與「尤」的「豎彎鈎」相接，第三筆與「尤」的「豎彎鈎」相交。 ✏ 書寫提示　① 牛部的字：部首「牛」在構成左右結構的字時，通常位於左部，末筆作「提」。② 部件「尤」，不是「九」上加一「點」。
犬部 7畫 左右 niǔ 狃	狃	狃	右部「丑」，香港、台灣第三筆「橫」與首筆「橫折」相交，大陸第三筆「橫」與首筆「橫折」相接。
犬部 10畫 左右 bì 狴	狴	狴	部件「比」，香港、台灣第三筆是「短橫」，大陸第三筆是「短撇」。 💡 注意　具有相同部件「比」的字：批、庇、屁、鹿、混、諧、麗。
犬部 11畫 左右 xiāo 猇	猇	猇	右部「虎」：① 部件「七」，香港、台灣第二筆是「豎彎」，大陸第二筆是「豎彎鈎」。② 香港、台灣最後兩筆為「儿」，大陸最後兩筆為「几」。 💡 注意　含部件「虍」的字，其中的「七」寫法相同，如：虎、虔、墟、劇、慮、瘧、擄、獻。

香港	台灣	大陸	字形差異描述
玉部 8畫 左右 bàng 玤	玤	玤	右部「丰」，香港、台灣首筆是「撇」，大陸首筆是「橫」。 ✎ **書寫提示**　玉部的字：「𤣩」是斜玉旁，不是王字旁，末筆為「提」。
玉部 11畫 左右 chéng 珵	珵	珵	部件「壬」，香港、台灣首筆是「撇」，大陸首筆是「橫」。
玉部 11畫 左右 tǐng 珽	珽	珽	部件「壬」，香港、台灣底「橫」稍長，大陸底「橫」稍短。 ✎ **書寫提示**　大陸「珽」為十畫。
玉部 11畫 左右 hán 珨	珨	珨	部件「今」，香港、台灣第三筆是「短橫」，大陸第三筆是「點」。 💡 **注意**　具有相同部件「今」的字：吟、含、念、捻、唸、貪、琴、黔。
玉部 12畫 左右 bèi 琲	琲	琲	右部「非」，香港、台灣首筆是「豎撇」，第四筆是「提」；大陸首筆是「豎」，第四筆是「橫」。 💡 **注意**　具有相同部件「非」的字：匪、排、啡、悲、罪、輩、靠、靡。
玉部 12畫 左右 lù 琭	琭	琭	右部「彔」：① 香港、台灣上部為「彑」，大陸上部為「ヨ」。② 下部「氺」，香港、台灣末筆是「捺點」，大陸末筆是「捺」。
玉部 13畫 左右 yǔ 瑀	瑀	瑀	部件「冎」，香港、台灣第二筆「橫折鈎」與首筆「豎」相交，大陸第二筆「橫折鈎」與首筆「豎」相接。 💡 **注意**　具有相同部件「冎」的字：禹、寓、愚、遇、厲、踽、勵、齲。
玉部 14畫 左右 jìn 瑨	瑨	瑨	香港、台灣右上部為「㔬」，大陸右上部為「亜」。
玉部 14畫 左右 qiāng 瑲	瑲	瑲｜玱	右部「倉」，香港、台灣第三筆是「短橫」，大陸第三筆是「點」。

三級字表

香港	台灣	大陸	字形差異描述
玉部 14畫 左右 cuō 瑳	瑳	瑳	部件「羊」，香港、台灣第七筆「撇」與第六筆「橫」相接，「豎」、「撇」為兩筆；大陸第六筆「豎撇」與第三筆「橫」相接，「豎撇」為一筆。 💡 注意　具有相同部件「差」的字：嗟、嵯、槎、磋、蹉。
玉部 15畫 左右 mén 璊	璊	璊|璊	香港、台灣右下內部兩個部件為「入」，第二筆是「捺」；大陸右下內部兩個部件為「入」，第二筆是「捺點」。
玉部 15畫 左右 tū 璗	璗	璗	部件「雨」，香港、台灣最後四筆姿態各異，大陸對應的四筆均是「短橫」。
玉部 15畫 左右 qiú 璆	璆	璆	部件「羽」，香港、台灣第一、四筆均是「橫折鈎」，大陸第一、四筆均是「橫折」。
玉部 16畫 左右 jìn 璡	璡	璡|琎	香港、台灣部件「辶」，共四畫；大陸對應的部件為「辶」，共三畫。
玉部 16畫 左右 xún 璕	璕	璕|㻖	部件「彐」，香港、台灣第二筆「橫」與首筆「橫折」相交，大陸第二筆「橫」與首筆「橫折」相接。 💡 注意　具有相同部件「彐」的字：急、浸、彗、掃、尋、歸。
玉部 17畫 左右 sè 瓁	瓁	瓁	部件「珏」，香港、台灣第四筆是「提」，大陸第四筆是「橫」。
玉部 17畫 左右 jǐng 璥	璥	璥	部件「苟」，香港、台灣上部為「艹」，「橫」與「豎」相接，共四畫；大陸上部為「艹」，「橫」連為一筆，共三畫。
玉部 17畫 左右 suì 璲	璲	璲	香港、台灣部件「辶」，共四畫；大陸對應的部件為「辶」，共三畫。
玉部 18畫 左右 ruǎn 瓀	瓀	瓀	部件「雨」，香港、台灣最後四筆姿態各異，大陸對應的四筆均是「短橫」。

香港	台灣	大陸	字形差異描述
玉部 24畫 左右 huán 瓛	瓛	瓛｜瓛	部件「乚」，香港、台灣第二筆是「豎彎」，大陸第二筆是「豎彎鈎」。 💡 **注意** 含部件「虍」的字，其中的「乚」寫法相同，如：虎、虔、墟、劇、慮、瘧、攄、獻。
瓦部 12畫 左右 chī 瓻	瓻	瓻	右部「瓦」，香港、台灣共五畫，「提」與第二筆「豎」相接；大陸共四畫，第二筆是「豎提」。 ✍ **書寫提示** 瓦部的字：部件「瓦」，香港、台灣筆順不同。香港「提」為第五筆，台灣「提」為第三筆。
瓦部 18畫 上下 pì 甓	甓	甓	下部「瓦」，香港、台灣共五畫，「提」與第二筆「豎」相接；大陸共四畫，第二筆是「豎提」。
瓦部 21畫 左右 yǎn 甗	甗	甗	① 部件「乚」，香港、台灣第二筆是「豎彎」，大陸第二筆是「豎彎鈎」。② 右部「瓦」，香港、台灣共五畫，「提」與第二筆「豎」相接；大陸共四畫，第二筆是「豎提」。 💡 **注意** 含部件「虍」的字，其中的「乚」寫法相同，如：虎、虔、墟、劇、慮、瘧、攄、獻。
田部 16畫 左右 liú 𤲟	𤲟	𤲟	部件「𦏛」，香港、台灣第一、四筆均是「橫折鈎」，大陸第一、四筆均是「橫折」。
疒部 15畫 半包圍 chài 瘥	瘥	瘥	部件「𦍌」，香港、台灣第七筆「撇」與第六筆「橫」相接，「豎」、「撇」為兩筆；大陸第六筆「豎撇」與第三筆「橫」相接，「豎撇」為一筆。 💡 **注意** 具有相同部件「差」的字：嗟、嵯、槎、磋、蹉。
疒部 18畫 半包圍 lěi 瘣	瘣	瘣	部件「畾」，香港、台灣最後四筆姿態各異，大陸對應的四筆均是「短橫」。
皿部 16畫 上中下 ān 盦	盦	盦	① 部件「今」，香港、台灣第三筆是「短橫」，大陸第三筆是「點」。② 部件「酉」，香港、台灣內部的「橫」與兩邊相離，大陸內部的「橫」與兩邊相接。 💡 **注意** 具有相同部件「今」的字：吟、含、念、捻、唸、貪、琴、黔。

三級字表

香港	台灣	大陸	字形差異描述
目部 9畫 左右 tián 昀	昀	昀	右部「勻」，香港、台灣最後兩筆均是「橫」，大陸最後兩筆是「點、提」。 💡 注意　具有相同部件「勻」的字：均、昀、鈞、筠。
目部 17畫 左右 lín 瞵	瞵	瞵	部件「米」，香港、台灣末筆是「捺點」，台灣結構疏散；大陸末筆是「捺」。 💡 注意　具有相同部件「粦」的字：嶙、憐、磷、鱗。
矛部 12畫 上下 yù 裔	裔	裔	部件「几」，香港、台灣為「撇、豎彎」，且與上部相接；大陸為「撇、點」，且與上部相離。
石部 9畫 左右 jué 砄	砄	砄	右部「夬」，香港、台灣末筆是「捺點」，大陸末筆是「捺」。
石部 9畫 上下 huā 耇	耇	耇	上部「丰」，香港、台灣首筆是「撇」，大陸首筆是「橫」。
石部 13畫 左右 kòng 硿	硿	硿	部件「穴」，香港、台灣最後兩筆為「撇、豎彎」，且與第三筆「橫鈎」相接；大陸最後兩筆為「撇、點」，且與第三筆「橫鈎」相離。
石部 16畫 左右 kàn 磡	磡	磡	部件「甚」：①部件「几」，香港、台灣為「撇、豎彎」，且與上部相接；大陸為「撇、點」，且與上部相離。②香港、台灣末筆是「豎彎」，大陸末筆是「豎折」。
石部 17畫 左右 pán 磻	磻	磻	部件「釆」，香港、台灣末筆是「捺點」，大陸末筆是「捺」。 💡 注意　具有相同部件「番」的字：播、幡、潘、審、蕃、蟠。
石部 18畫 左右 léi 礌	礌	礌	部件「畾」，香港、台灣最後四筆姿態各異，大陸對應的四筆均是「短橫」。
石部 19畫 左右 méng 礞	礞	礞	香港、台灣右上部為「卝」，「橫」與「豎」相交，共四畫；大陸右上部為「卝」，「橫」連為一筆，共三畫。

香港	台灣	大陸	字形差異描述
石部 22畫 左右 shuāng 礵	礵	礵	部件「雨」，香港、台灣最後四筆姿態各異，大陸對應的四筆均是「短橫」。
示部 11畫 左右 jìn 褃	褃	褃	部件「⇒」，香港、台灣第二筆「橫」與首筆「橫折」相交，大陸第二筆「橫」與首筆「橫折」相接。 💡 **注意**　具有相同部件「⇒」的字：急、浸、彗、掃、尋、歸。 📄 **小知識**　示部的字：從「礻（示）」的漢字，多與鬼神、祭祀等有關，如：祉、祈、祝、祿、福等；從「衤（衣）」的漢字，多與衣物、布料等有關，如：衫、被、裙、褥、褲等。形旁是「礻」，還是「衤」，要區分清楚。
示部 13畫 左右 yīn 禋	禋	禋	部件「西」，香港、台灣第四筆是「撇」，第五筆是「豎彎」；大陸第四、五筆均是「豎」。
禾部 10畫 左右 jù 秬	秬	秬	右部「巨」，香港、台灣部件「匸」，共三畫；大陸對應的部件為「匚」，共兩畫。 ✎ **書寫提示**　禾部的字：部首「禾」在構成左右結構的字時，通常位於左部，末筆作「點」。
禾部 13畫 左右 lù 稑	稑	稑	部件「儿」，香港、台灣為「撇、豎彎」，且與上部相接；大陸為「撇、點」，且與上部相離。
禾部 17畫 左右 pú 襆	襆	襆	部件「美」，香港、台灣末筆是「捺點」，大陸末筆是「捺」。
禾部 18畫 左右 suì 檖	檖	檖	香港、台灣部件「辶」，共四畫；大陸對應的部件為「辶」，共三畫。
穴部 8畫 上下 xī 窸	窸	窸	上部「穴」，香港、台灣最後兩筆為「撇、豎彎」，且與第三筆「橫鈎」相接；大陸最後兩筆為「撇、點」，且與第三筆「橫鈎」相離。
穴部 9畫 上下 zhūn 窀	窀	窀	上部「穴」，香港、台灣最後兩筆為「撇、豎彎」，且與第三筆「橫鈎」相接；大陸最後兩筆為「撇、點」，且與第三筆「橫鈎」相離。

三級字表

香港	台灣	大陸	字形差異描述
穴部 10畫 上下 yǎo 窅	窅	窅	上部「穴」，香港、台灣最後兩筆為「撇、豎彎」，且與第三筆「橫鈎」相接；大陸最後兩筆為「撇、點」，且與第三筆「橫鈎」相離。
穴部 10畫 上下 wā 窊	窊	窊	上部「穴」，香港、台灣最後兩筆為「撇、豎彎」，且與第三筆「橫鈎」相接；大陸最後兩筆為「撇、點」，且與第三筆「橫鈎」相離。
穴部 16畫 上下 diào 窵	窵	窵|窎	上部「穴」，香港、台灣最後兩筆為「撇、豎彎」，且與第三筆「橫鈎」相接；大陸最後兩筆為「撇、點」，且與第三筆「橫鈎」相離。
立部 13畫 左右 jìng 竫	竫	竫	香港、台灣右上部為「⺍」，大陸右上部為「夕」。 ✎ **書寫提示**　大陸「竫」為十一畫。
竹部 13畫 上下 jǔ 筥	筥	筥	下部「呂」，香港、台灣上、下兩個部件「口」之間有「撇」相接，大陸上、下兩個部件「口」相離。 ✎ **書寫提示**　大陸「筥」為十二畫。
竹部 16畫 上下 fěi 篚	篚	篚	部件「非」，香港、台灣首筆是「豎撇」，第四筆是「提」；大陸首筆是「豎」，第四筆是「橫」。 💡 **注意**　具有相同部件「非」的字：匪、排、啡、悲、罪、輩、靠、靡。
竹部 17畫 上下 lù 簏	簏	簏	部件「比」，香港、台灣第三筆是「短橫」，大陸第三筆是「短撇」。 💡 **注意**　具有相同部件「比」的字：批、庇、屁、鹿、混、諧、麗。
竹部 18畫 上中下 fǔ 簠	簠	簠	部件「甫」，香港、台灣第三筆是「橫折鈎」，大陸第三筆是「橫折」。 💡 **注意**　具有相同部件「甫」的字：博、傅、搏、膊、敷、縛。
竹部 18畫 上下 pái 簰	簰	簰	部件「爿」，香港、台灣第三筆「橫」與第二筆「豎」相接；大陸第三筆「橫」與第二筆「豎」相接，「橫」向右出頭。

香港	台灣	大陸	字形差異描述
糸部 14畫 左右 yán 綖	綖	綖|綖	部件「㢻」，香港、台灣最後兩筆是「豎、橫」，大陸對應的是一筆「豎折」。 ✎ 書寫提示　① 糸部的字：部首「糸」獨立位於左部時，通常作「糹」，如：糾、紅、紗、緞等；位於下部時，通常作「糸」，如：素、索、緊、繁等。②「延」及由其構成的字，香港、台灣筆畫都比大陸多一筆；大陸第四筆是「豎折」，不能斷為一「豎」一「橫」。
糸部 17畫 上下 yī 繄	繄	繄	部件「医」，香港、台灣末筆是「豎彎」，大陸末筆是「豎折」。
糸部 20畫 左右 xū 繻	繻	繻|繻	部件「而」，香港、台灣最後四筆姿態各異，大陸對應的四筆均是「短橫」。
羊部 8畫 上下 mǐ 芈	芈	芈	香港、台灣上部為「丷」，下部為「干」，兩個部件相離；大陸為「芈」，中「豎」貫穿上下。
羊部 11畫 左右 dī 羝	羝	羝	右部「氐」，香港、台灣末筆是「短橫」，大陸是「點」。 💡 注意　具有相同部件「氐」的字：低、抵、邸、底、柢、詆、骶。
羽部 13畫 左中右 xiāo 翛	翛	翛	香港、台灣右上部為「夂」，共四畫；大陸右上部為「夂」，共三畫。 ✎ 書寫提示　中間「短豎」不能丟。
羽部 16畫 上下 hè 翯	翯	翯	部件「羽」，香港、台灣第一、四筆均是「橫折鈎」，大陸第一、四筆均是「橫折」。 🔍 辨析　大陸部件「羽」，在上下結構的字中處於上部時，作「羽」，第一、四筆無鈎，如：翌、翼等；在半包圍結構、左右結構的字中，或在上下結構的字中處於下部時，作「羽」，第一、四筆有鈎，如：翅、扇、翎、翩、翁、翦等。
耒部 9畫 左右 zǐ 籽	籽	籽	左部「耒」，香港、台灣首筆是「撇」，大陸首筆是「橫」。
耒部 14畫 左右 jí 秸	秸	秸	左部「耒」，香港、台灣首筆是「撇」，大陸首筆是「橫」。

三級字表

香港	台灣	大陸	字形差異描述
耳部 8畫 左右 dīng 耵	耵	耵	左部「耳」，香港、台灣末筆「提」與第三筆「豎」相接，大陸末筆「提」與第三筆「豎」相交。 ✎ **書寫提示**　耳部的字：部首「耳」在構成左右結構的字時，通常位於左部，末筆作「提」。
耳部 20畫 左右 níng 聹	聹	聹|聍	左部「耳」，香港、台灣末筆「提」與第三筆「豎」相接，大陸末筆「提」與第三筆「豎」相交。
肉部 8畫 左右 nà 肭	肭	肭	①左部「月」，香港、台灣內部為「點、提」，大陸內部為兩「橫」。②右部「內」，香港、台灣第三、四筆是「撇、捺」，為「入」；大陸第三、四筆是「撇、捺點」，為「人」。 📄 **小知識**　肉部的字：現代漢字中「肉月旁」與「月字旁」不同。「肉月旁」一般是與身體器官或肉有關，如：肋、肝、肘、脊、臂等；「月字旁」一般是與月亮、天氣、光線有關，如：明、朗、期、朝、朦等。
肉部 8畫 左右 xǐ 胏	胏	胏	左部「月」，香港、台灣內部為「點、提」，大陸內部為兩「橫」。
肉部 8畫 左右 qiǎn 欦	欦	欦	左部「月」，香港、台灣內部為「點、提」，大陸內部為兩「橫」。
肉部 9畫 左右 qū 胠	胠	胠	左部「月」，香港、台灣內部為「點、提」，大陸內部為兩「橫」。
肉部 9畫 左右 bá 胈	胈	胈	①左部「月」，香港、台灣內部為「點、提」，大陸內部為兩「橫」。②右部「犮」，香港、台灣第三、四筆為「乂」，大陸第三、四筆為「乄」。
肉部 9畫 左右 kǎ 胩	胩	胩	左部「月」，香港、台灣內部為「點、提」，大陸內部為兩「橫」。
肉部 9畫 左右 chǐ 胒	胒	胒	①左部「月」，香港、台灣內部為「點、提」，大陸內部為兩「橫」。②部件「也」，香港、台灣首筆是「橫折」，大陸首筆是「橫折鈎」。 💡 **注意**　具有相同部件「也」的字：他、地、池、弛、她、拖。

香港	台灣	大陸	字形差異描述
肉部 10畫 左右 hǎi 胲	胲	胲	左部「月」，香港、台灣內部為「點、提」，大陸內部為兩「橫」。
肉部 11畫 左右 cuǒ 脞	脞	脞	左部「月」，香港、台灣內部為「點、提」，大陸內部為兩「橫」。
肉部 11畫 左右 liè 脟	脟	脟	左部「月」，香港、台灣內部為「點、提」，大陸內部為兩「橫」。
肉部 11畫 左右 tī 睇	睇	睇	左部「月」，香港、台灣內部為「點、提」，大陸內部為兩「橫」。
肉部 12畫 左右 biǎo 膔	膔	膔	左部「月」，香港、台灣內部為「點、提」，大陸內部為兩「橫」。
肉部 12畫 左右 jùn 胭	胭	胭	左部「月」，香港、台灣內部為「點、提」，大陸內部為兩「橫」。
肉部 12畫 左右 jū 腒	腒	腒	左部「月」，香港、台灣內部為「點、提」，大陸內部為兩「橫」。
肉部 13畫 左右 luó 膈	膈	膈|腂	① 左部「月」，香港、台灣內部為「點、提」，大陸內部為兩「橫」。② 部件「呂」，香港、台灣內部為「橫、豎」兩筆，拐角扣右下方；大陸內部為「橫折」一筆，拐角扣左下方。
肉部 13畫 左右 shuàn 腨	腨	腨	左部「月」，香港、台灣內部為「點、提」，大陸內部為兩「橫」。
肉部 13畫 左右 tú 腯	腯	腯	左部「月」，香港、台灣內部為「點、提」，大陸內部為兩「橫」。
肉部 15畫 左右 guó 膕	膕	膕|腘	左部「月」，香港、台灣內部為「點、提」，大陸內部為兩「橫」。

三級字表

香港	台灣	大陸	字形差異描述
肉部 18畫 左右 nào 臑	臑	臑	①左部「月」，香港、台灣內部為「點、提」，大陸內部為兩「橫」。②部件「雨」，香港、台灣最後四筆姿態各異，大陸對應的四筆均是「短橫」。
舟部 8畫 左右 dāo 舠	舠	舠	左部「舟」，香港、台灣「提」與「橫折鈎」相交，大陸「橫」與「橫折鈎」相接。 ✎ **書寫提示**　舟部的字：部首「舟」在構成左右結構的字時，通常位於左部，香港末筆作「提」。
舟部 10畫 左右 bǐ 舭	舭	舭	①左部「舟」，香港、台灣「提」與「橫折鈎」相交，大陸「橫」與「橫折鈎」相接。②右部「比」，香港、台灣第三筆是「短橫」，大陸第三筆是「短撇」。 💡 **注意**　具有相同部件「比」的字：批、庇、屁、鹿、混、諧、麗。
舟部 10畫 左右 zhōng 舯	舯	舯	左部「舟」，香港、台灣「提」與「橫折鈎」相交，大陸「橫」與「橫折鈎」相接。
舟部 10畫 左右 pā 舥	舥	舥	左部「舟」，香港、台灣「提」與「橫折鈎」相交，大陸「橫」與「橫折鈎」相接。
舟部 11畫 左右 zhú 舳	舳	舳	左部「舟」，香港、台灣「提」與「橫折鈎」相交，大陸「橫」與「橫折鈎」相接。
舟部 11畫 左右 líng 舲	舲	舲	①左部「舟」，香港、台灣「提」與「橫折鈎」相交，大陸「橫」與「橫折鈎」相接。②右部「令」，香港、台灣第三筆是「短橫」，大陸第三筆是「點」。
舟部 12畫 左右 xī 舾	舾	舾	左部「舟」，香港、台灣「提」與「橫折鈎」相交，大陸「橫」與「橫折鈎」相接。
舟部 13畫 左右 yú 艅	艅	艅	左部「舟」，香港、台灣「提」與「橫折鈎」相交，大陸「橫」與「橫折鈎」相接。
舟部 13畫 左右 wěi 艉	艉	艉	左部「舟」，香港、台灣「提」與「橫折鈎」相交，大陸「橫」與「橫折鈎」相接。

三級字表

香港	台灣	大陸	字形差異描述
舟部 15畫 左右 huáng 艎	艎	艎	左部「舟」，香港、台灣「提」與「橫折鈎」相交，大陸「橫」與「橫折鈎」相接。
舟部 15畫 左右 shǒu 艏	艏	艏	左部「舟」，香港、台灣「提」與「橫折鈎」相交，大陸「橫」與「橫折鈎」相接。
舟部 19畫 左右 yǐ 艤	艤	艤∣舣	左部「舟」，香港、台灣「提」與「橫折鈎」相交，大陸「橫」與「橫折鈎」相接。
艸部 7畫 上下 dù 芏	芏	芏	香港、台灣上部為「⺾」，「橫」與「豎」相交，共四畫；大陸上部為「⺿」，「橫」連為一筆，共三畫。
艸部 7畫 上下 péng 芃	芃	芃	香港、台灣上部為「⺾」，「橫」與「豎」相交，共四畫；大陸上部為「⺿」，「橫」連為一筆，共三畫。
艸部 8畫 上下 jì 芰	芰	芰	香港、台灣上部為「⺾」，「橫」與「豎」相交，共四畫；大陸上部為「⺿」，「橫」連為一筆，共三畫。
艸部 8畫 上下 fú 芣	芣	芣	香港、台灣上部為「⺾」，「橫」與「豎」相交，共四畫；大陸上部為「⺿」，「橫」連為一筆，共三畫。
艸部 8畫 上下 è 苊	苊	苊	香港、台灣上部為「⺾」，「橫」與「豎」相交，共四畫；大陸上部為「⺿」，「橫」連為一筆，共三畫。
艸部 8畫 上下 pǐ 芘	芘	芘	①香港、台灣上部為「⺾」，「橫」與「豎」相交，共四畫；大陸上部為「⺿」，「橫」連為一筆，共三畫。②部件「儿」，香港、台灣末筆是「豎彎」，大陸末筆是「豎彎鈎」。③香港、台灣末筆是「豎彎」，大陸末筆是「豎折」。
艸部 8畫 上下 bǐ 芘	芘	芘	①香港、台灣上部為「⺾」，「橫」與「豎」相交，共四畫；大陸上部為「⺿」，「橫」連為一筆，共三畫。②下部「比」，香港、台灣第三筆是「短橫」，大陸第三筆是「短撇」。 💡 **注意** 具有相同部件「比」的字：批、庇、屁、鹿、混、諧、麗。

香港	台灣	大陸	字形差異描述
艸部 8畫 上下 wù	芴	芴	芴	香港、台灣上部為「艹」,「橫」與「豎」相交,共四畫;大陸上部為「艹」,「橫」連為一筆,共三畫。
艸部 8畫 上下 wén	芠	芠	芠	香港、台灣上部為「艹」,「橫」與「豎」相交,共四畫;大陸上部為「艹」,「橫」連為一筆,共三畫。
艸部 8畫 上下 kōu	苀	苀	苀	香港、台灣上部為「艹」,「橫」與「豎」相交,共四畫;大陸上部為「艹」,「橫」連為一筆,共三畫。
艸部 9畫 上下 dǐ	芪	芪	芪	①香港、台灣上部為「艹」,「橫」與「豎」相交,共四畫;大陸上部為「艹」,「橫」連為一筆,共三畫。②下部「氏」,香港、台灣末筆是「短橫」,大陸是「點」。 💡 **注意** 具有相同部件「氏」的字:低、抵、邸、底、柢、詆、骶。
艸部 9畫 上下 bì	苾	苾	苾	香港、台灣上部為「艹」,「橫」與「豎」相交,共四畫;大陸上部為「艹」,「橫」連為一筆,共三畫。
艸部 9畫 上下 mín	芪	芪	芪	香港、台灣上部為「艹」,「橫」與「豎」相交,共四畫;大陸上部為「艹」,「橫」連為一筆,共三畫。
艸部 10畫 上下 huán	萈	萈	萈	香港、台灣上部為「艹」,「橫」與「豎」相交,共四畫;大陸上部為「艹」,「橫」連為一筆,共三畫。
艸部 10畫 上下 zhòng	茽	茽	茽	香港、台灣上部為「艹」,「橫」與「豎」相交,共四畫;大陸上部為「艹」,「橫」連為一筆,共三畫。
艸部 10畫 上下 gāi	荄	荄	荄	香港、台灣上部為「艹」,「橫」與「豎」相交,共四畫;大陸上部為「艹」,「橫」連為一筆,共三畫。
艸部 10畫 上下 píng	荓	荓	荓	香港、台灣上部為「艹」,「橫」與「豎」相交,共四畫;大陸上部為「艹」,「橫」連為一筆,共三畫。
艸部 10畫 上下 jiāng	茳	茳	茳	香港、台灣上部為「艹」,「橫」與「豎」相交,共四畫;大陸上部為「艹」,「橫」連為一筆,共三畫。

三級字表

香港	台灣	大陸	字形差異描述
艸部 10 畫 上下 gèn 茛	茛	茛	香港、台灣上部為「艹」,「橫」與「豎」相交,共四畫;大陸上部為「艹」,「橫」連為一筆,共三畫。
艸部 11 畫 上下 kǎn 莰	莰	莰	香港、台灣上部為「艹」,「橫」與「豎」相交,共四畫;大陸上部為「艹」,「橫」連為一筆,共三畫。
艸部 11 畫 上下 chǎi 苠	苠	苠	香港、台灣上部為「艹」,「橫」與「豎」相交,共四畫;大陸上部為「艹」,「橫」連為一筆,共三畫。
艸部 11 畫 上下 cuò 莝	莝	莝	香港、台灣上部為「艹」,「橫」與「豎」相交,共四畫;大陸上部為「艹」,「橫」連為一筆,共三畫。
艸部 11 畫 上下 jūn 菌	菌	菌	香港、台灣上部為「艹」,「橫」與「豎」相交,共四畫;大陸上部為「艹」,「橫」連為一筆,共三畫。
艸部 11 畫 上下 nà nuó 菈	菈	菈	香港、台灣上部為「艹」,「橫」與「豎」相交,共四畫;大陸上部為「艹」,「橫」連為一筆,共三畫。
艸部 12 畫 上下 bá 菝	菝	菝	①香港、台灣上部為「艹」,「橫」與「豎」相交,共四畫;大陸上部為「艹」,「橫」連為一筆,共三畫。②部件「犮」,香港、台灣第三、四筆為「ㄨ」,大陸第三、四筆為「乂」。
艸部 12 畫 上下 xī 菥	菥	菥	香港、台灣上部為「艹」,「橫」與「豎」相交,共四畫;大陸上部為「艹」,「橫」連為一筆,共三畫。
艸部 12 畫 上下 cì 莿	莿	莿	香港、台灣上部為「艹」,「橫」與「豎」相交,共四畫;大陸上部為「艹」,「橫」連為一筆,共三畫。
艸部 12 畫 上下 qí 萮	萮	萮	香港、台灣上部為「艹」,「橫」與「豎」相交,共四畫;大陸上部為「艹」,「橫」連為一筆,共三畫。
艸部 12 畫 上下 zhuó 萫	萫	萫	香港、台灣上部為「艹」,「橫」與「豎」相交,共四畫;大陸上部為「艹」,「橫」連為一筆,共三畫。

三級字表

香港	台灣	大陸	字形差異描述
艸部 12畫 上下 bì 萆	萆	萆	香港、台灣上部為「⺿」,「橫」與「豎」相交,共四畫;大陸上部為「⺣」,「橫」連為一筆,共三畫。
艸部 12畫 上下 dì 䓠	䓠	䓠	香港、台灣上部為「⺿」,「橫」與「豎」相交,共四畫;大陸上部為「⺣」,「橫」連為一筆,共三畫。
艸部 12畫 上下 niè 葱	葱	葱	①香港、台灣上部為「⺿」,「橫」與「豎」相交,共四畫;大陸上部為「⺣」,「橫」連為一筆,共三畫。②部件「今」,香港、台灣第三筆是「短橫」,大陸第三筆是「點」。 💡 **注意** 具有相同部件「今」的字:吟、含、念、捻、唸、貪、琴、黔。
艸部 12畫 上下 tǎn 葵	葵	葵	香港、台灣上部為「⺿」,「橫」與「豎」相交,共四畫;大陸上部為「⺣」,「橫」連為一筆,共三畫。
艸部 12畫 上下 dìng 莛	莛	莛	香港、台灣上部為「⺿」,「橫」與「豎」相交,共四畫;大陸上部為「⺣」,「橫」連為一筆,共三畫。
艸部 12畫 上下 qū 菹	菹	菹	香港、台灣上部為「⺿」,「橫」與「豎」相交,共四畫;大陸上部為「⺣」,「橫」連為一筆,共三畫。
艸部 12畫 上下 lù 菉	菉	菉	①香港、台灣上部為「⺿」,「橫」與「豎」相交,共四畫;大陸上部為「⺣」,「橫」連為一筆,共三畫。②下部「彔」,香港、台灣上部為「彑」,末筆是「捺點」;大陸上部為「ヨ」,末筆是「捺」。
艸部 13畫 上下 nán 萳	萳	萳	香港、台灣上部為「⺿」,「橫」與「豎」相交,共四畫;大陸上部為「⺣」,「橫」連為一筆,共三畫。
艸部 13畫 上下 xiāng 稂	稂	稂	香港、台灣上部為「⺿」,「橫」與「豎」相交,共四畫;大陸上部為「⺣」,「橫」連為一筆,共三畫。
艸部 13畫 上下 zhēn 蒇	蒇	蒇	香港、台灣上部為「⺿」,「橫」與「豎」相交,共四畫;大陸上部為「⺣」,「橫」連為一筆,共三畫。

三級字表

香港	台灣	大陸	字形差異描述
艸部 13畫 上下 kǎi 皆	皆	皆	①香港、台灣上部為「⺿」,「橫」與「豎」相交,共四畫;大陸上部為「⺾」,「橫」連為一筆,共三畫。②部件「比」,香港、台灣第三筆是「短橫」,大陸第三筆是「短撇」。 💡 注意　具有相同部件「比」的字:批、庇、屁、鹿、混、諧、麗。
艸部 13畫 上下 qiū 萩	萩	萩	香港、台灣上部為「⺿」,「橫」與「豎」相交,共四畫;大陸上部為「⺾」,「橫」連為一筆,共三畫。
艸部 13畫 上下 lù 葎	葎	葎	香港、台灣上部為「⺿」,「橫」與「豎」相交,共四畫;大陸上部為「⺾」,「橫」連為一筆,共三畫。
艸部 13畫 上下 wěi 蔿	蔿	蔿|芛	①香港、台灣上部為「⺿」,「橫」與「豎」相交,共四畫;大陸上部為「⺾」,「橫」連為一筆,共三畫。②下部,香港、台灣為「為」,首筆是「點」,第三筆「橫折」與第二筆「撇」相交;大陸為「爲」,上部為「⺈」,第六筆「橫折」與第五筆「撇」相接。 💡 注意　「蔿」為台灣異體字。 ✎ 書寫提示　大陸「蔿」為十五畫。
艸部 13畫 上下 pài 蒎	蒎	蒎	香港、台灣上部為「⺿」,「橫」與「豎」相交,共四畫;大陸上部為「⺾」,「橫」連為一筆,共三畫。
艸部 13畫 上下 tū 葵	葵	葵	①香港、台灣上部為「⺿」,「橫」與「豎」相交,共四畫;大陸上部為「⺾」,「橫」連為一筆,共三畫。②部件「⺇」,香港、台灣最後兩筆為「撇、豎彎」,且與第三筆「橫鈎」相接;大陸最後兩筆為「撇、點」,且與第三筆「橫鈎」相離。③部件「六」,香港、台灣第三筆是「捺點」,大陸第三筆是「捺」。
艸部 13畫 上下 guān 蔻	蔻	蔻	香港、台灣上部為「⺿」,「橫」與「豎」相交,共四畫;大陸上部為「⺾」,「橫」連為一筆,共三畫。
艸部 13畫 上下 hóng 葒	葒	葒|荭	香港、台灣上部為「⺿」,「橫」與「豎」相交,共四畫;大陸上部為「⺾」,「橫」連為一筆,共三畫。

三級字表

香港	台灣	大陸	字形差異描述
艸部 14畫 上下 pú 蒲	蒲	蒲	香港、台灣上部為「⺿」，「橫」與「豎」相交，共四畫；大陸上部為「⻀」，「橫」連為一筆，共三畫。
艸部 14畫 上下 sōu 蒐	蒐	蒐	①香港、台灣上部為「⺿」，「橫」與「豎」相交，共四畫；大陸上部為「⻀」，「橫」連為一筆，共三畫。②下部「鬼」，香港、台灣上部中「豎」與下部「撇」分為兩筆；大陸第六筆「豎撇」與第三筆「橫折」相接，「豎撇」為一筆。 ✎ **書寫提示**　「鬼」及由其參與構造的字，香港、台灣都是先寫「撇」，然後寫「田」、「儿」和「厶」。
艸部 14畫 上下 luǒ 蓏	蓏	蓏	香港、台灣上部為「⺿」，「橫」與「豎」相交，共四畫；大陸上部為「⻀」，「橫」連為一筆，共三畫。
艸部 14畫 上下 lǎng 萠	萠	萠	香港、台灣上部為「⺿」，「橫」與「豎」相交，共四畫；大陸上部為「⻀」，「橫」連為一筆，共三畫。
艸部 14畫 上下 mì 蓂	蓂	蓂	香港、台灣上部為「⺿」，「橫」與「豎」相交，共四畫；大陸上部為「⻀」，「橫」連為一筆，共三畫。
艸部 14畫 上下 ruò 蒻	蒻	蒻	香港、台灣上部為「⺿」，「橫」與「豎」相交，共四畫；大陸上部為「⻀」，「橫」連為一筆，共三畫。
艸部 15畫 上下 sù 藗	藗	藗	香港、台灣上部為「⺿」，「橫」與「豎」相交，共四畫；大陸上部為「⻀」，「橫」連為一筆，共三畫。
艸部 15畫 上下 màn 蔄	蔄	蔄|苘	香港、台灣上部為「⺿」，「橫」與「豎」相交，共四畫；大陸上部為「⻀」，「橫」連為一筆，共三畫。
艸部 15畫 上下 xǐ 蓰	蓰	蓰	香港、台灣上部為「⺿」，「橫」與「豎」相交，共四畫；大陸上部為「⻀」，「橫」連為一筆，共三畫。
艸部 15畫 上下 bù 蔀	蔀	蔀	香港、台灣上部為「⺿」，「橫」與「豎」相交，共四畫；大陸上部為「⻀」，「橫」連為一筆，共三畫。

三級字表

香港	台灣	大陸	字形差異描述
艸部 15畫 上下 hǎn hàn 蔊	蔊	蔊	香港、台灣上部為「艹」,「橫」與「豎」相交,共四畫;大陸上部為「⺾」,「橫」連為一筆,共三畫。
艸部 15畫 上下 qiáng 蔃	蔃	蔃	① 香港、台灣上部為「艹」,「橫」與「豎」相交,共四畫;大陸上部為「⺾」,「橫」連為一筆,共三畫。② 下部「強」,香港、台灣右上部為「厶」,共兩畫;大陸右上部為「口」,共三畫。
艸部 16畫 上下 ráo 蕘	蕘	蕘｜荛	香港、台灣上部為「艹」,「橫」與「豎」相交,共四畫;大陸上部為「⺾」,「橫」連為一筆,共三畫。
艸部 16畫 上下 chǎn 蔵	蔵	蔵｜蒇	香港、台灣上部為「艹」,「橫」與「豎」相交,共四畫;大陸上部為「⺾」,「橫」連為一筆,共三畫。
艸部 16畫 上下 kuì 蕢	蕢	蕢｜蒉	香港、台灣上部為「艹」,「橫」與「豎」相交,共四畫;大陸上部為「⺾」,「橫」連為一筆,共三畫。
艸部 17畫 上下 dá 蓬	蓬	蓬｜莲	① 香港、台灣上部為「艹」,「橫」與「豎」相交,共四畫;大陸上部為「⺾」,「橫」連為一筆,共三畫。② 香港、台灣部件「辶」,共四畫;大陸對應的部件為「辶」,共三畫。
艸部 17畫 上下 lù 蕗	蕗	蕗	香港、台灣上部為「艹」,「橫」與「豎」相交,共四畫;大陸上部為「⺾」,「橫」連為一筆,共三畫。
艸部 17畫 上下 xiān 薟	薟	薟｜莶	香港、台灣上部為「艹」,「橫」與「豎」相交,共四畫;大陸上部為「⺾」,「橫」連為一筆,共三畫。
艸部 17畫 上下 xiè 薢	薢	薢	① 香港、台灣上部為「艹」,「橫」與「豎」相交,共四畫;大陸上部為「⺾」,「橫」連為一筆,共三畫。② 部件「角」,香港、台灣「豎」向下不出頭,大陸「豎」向下出頭。 ✎ **書寫提示** 香港、台灣「角」中「豎」為第六筆,大陸「角」中「豎」為第七筆。
艸部 17畫 上下 wèng 薶	薶	薶	香港、台灣上部為「艹」,「橫」與「豎」相交,共四畫;大陸上部為「⺾」,「橫」連為一筆,共三畫。

三級字表

香港	台灣	大陸	字形差異描述
艸部 17畫 上下 yù 蕷	蕷	蕷|薷	香港、台灣上部為「艹」,「橫」與「豎」相交,共四畫;大陸上部為「⺿」,「橫」連為一筆,共三畫。
艸部 18畫 上下 wěi 薳	薳	薳	①香港、台灣上部為「艹」,「橫」與「豎」相交,共四畫;大陸上部為「⺿」,「橫」連為一筆,共三畫。②部件「袁」,香港、台灣第八筆是「豎提」,大陸第八筆是「豎」。③香港、台灣部件「辶」,共四畫;大陸對應的部件為「辶」,共三畫。
艸部 18畫 上下 nǐ 薿	薿	薿	①香港、台灣上部為「艹」,「橫」與「豎」相交,共四畫;大陸上部為「⺿」,「橫」連為一筆,共三畫。②部件「匕」,香港、台灣為「橫、豎彎」,大陸為「撇、豎彎鈎」。 💡 注意　具有相同部件「疑」的字:凝、擬、嶷、礙。
艸部 18畫 上下 níng 薴	薴	薴|苧	香港、台灣上部為「艹」,「橫」與「豎」相交,共四畫;大陸上部為「⺿」,「橫」連為一筆,共三畫。
艸部 19畫 上下 lěi 蘲	蘲	蘲	香港、台灣上部為「艹」,「橫」與「豎」相交,共四畫;大陸上部為「⺿」,「橫」連為一筆,共三畫。
艸部 19畫 上下 biāo 蘷	蘷	蘷	①香港、台灣上部為「艹」,「橫」與「豎」相交,共四畫;大陸上部為「⺿」,「橫」連為一筆,共三畫。②部件「比」,香港、台灣第三筆是「短橫」,大陸第三筆是「短撇」。 💡 注意　具有相同部件「比」的字:批、庇、屁、鹿、混、諧、麗。
艸部 19畫 上下 qióng 藭	藭	藭|芎	①香港、台灣上部為「艹」,「橫」與「豎」相交,共四畫;大陸上部為「⺿」,「橫」連為一筆,共三畫。②部件「⺈」,香港、台灣最後兩筆為「撇、豎彎」,且與第三筆「橫鈎」相接;大陸最後兩筆為「撇、點」,且與第三筆「橫鈎」相離。③部件「身」,香港、台灣最後兩筆「提、撇」相接,「撇」出頭;大陸最後兩筆「橫、撇」相接,「撇」不出頭。
艸部 20畫 上下 tuò 蘀	蘀	蘀|萚	香港、台灣上部為「艹」,「橫」與「豎」相交,共四畫;大陸上部為「⺿」,「橫」連為一筆,共三畫。

香港	台灣	大陸	字形差異描述
艸部 20畫 上下 pín 蘋	蘋	蘋|蘋	香港、台灣上部為「⺿」,「橫」與「豎」相交,共四畫;大陸上部為「⺾」,「橫」連為一筆,共三畫。
艸部 21畫 上下 liǎn 薇	薇	薇|薮	香港、台灣上部為「⺿」,「橫」與「豎」相交,共四畫;大陸上部為「⺾」,「橫」連為一筆,共三畫。
艸部 21畫 上下 ráng 蘘	蘘	蘘	香港、台灣上部為「⺿」,「橫」與「豎」相交,共四畫;大陸上部為「⺾」,「橫」連為一筆,共三畫。
艸部 25畫 上下 yì 虉	虉	虉|虉	香港、台灣上部為「⺿」,「橫」與「豎」相交,共四畫;大陸上部為「⺾」,「橫」連為一筆,共三畫。
虍部 10畫 半包圍 sī 虒	虒	虒	① 部件「乚」,香港、台灣第二筆是「豎彎」,大陸第二筆是「豎彎鈎」。② 香港、台灣最後兩筆為「儿」,大陸最後兩筆為「几」。 💡 注意　含部件「虍」的字,其中的「乚」寫法相同,如:虎、虔、墟、劇、慮、瘧、攄、獻。
虍部 10畫 左右 xiāo 虓	虓	虓	右部「虎」:① 部件「乚」,香港、台灣第二筆是「豎彎」,大陸第二筆是「豎彎鈎」。② 香港、台灣最後兩筆為「儿」,大陸最後兩筆為「几」。 💡 注意　含部件「虍」的字,其中的「乚」寫法相同,如:虎、虔、墟、劇、慮、瘧、攄、獻。
虍部 16畫 左右 yán 虤	虤	虤	① 兩個部件「乚」,香港、台灣第二筆均是「豎彎」,大陸第二筆均是「豎彎鈎」。② 香港、台灣左部最後兩筆為「儿」,右部最後兩筆為「儿」;大陸左部最後兩筆為「几」,右部最後兩筆為「几」。 💡 注意　含部件「虍」的字,其中的「乚」寫法相同,如:虎、虔、墟、劇、慮、瘧、攄、獻。
虫部 15畫 左右 yǎn 蝘	蝘	蝘	右部「匽」:① 部件「女」,香港、台灣第三筆「橫」與第二筆「撇」相交,大陸第三筆「橫」與第二筆「撇」相接。② 香港、台灣末筆是「豎彎」,大陸末筆是「豎折」。
虫部 15畫 左右 qiú yóu 蜦	蜦	蜦	右部「酋」,香港、台灣內部的「橫」與兩邊相離,大陸內部的「橫」與兩邊相接。 💡 注意　具有相同部件「酋」的字:猶、尊、奠、樽、遵。

香港	台灣	大陸	字形差異描述
虫部 17畫 左右 dì 蠳	蠳	蠳｜蠳	右部「帶」，香港、台灣上部末筆是「豎彎」，大陸上部末筆是「豎彎鈎」。
虫部 19畫 左右 tíng 蟶	蟶	蟶	部件「壬」，香港、台灣底「橫」稍長，大陸底「橫」稍短。 ✎ **書寫提示**　大陸「蟶」為十八畫。
衣部 18畫 左右 chān 襜	襜	襜	部件「产」，香港、台灣最後兩筆為「撇、豎彎」，大陸最後兩筆為「撇、點」。 📄 **小知識**　衣部的字：從「衤（衣）」的漢字，多與衣物、布料等有關，如：衫、被、裙、褥、褲等；從「礻（示）」的漢字，多與鬼神、祭祀等有關，如：祉、祈、祝、祿、福等。形旁是「礻」，還是「衤」，要區分清楚。
衣部 18畫 左右 suì 襚	襚	襚	香港、台灣部件「辶」，共四畫；大陸對應的部件為「辶」，共三畫。
角部 11畫 左右 jué 觖	觖	觖	①左部「角」，香港、台灣「豎」向下不出頭，大陸「豎」向下出頭。②右部「夬」，香港、台灣末筆是「捺點」，大陸末筆是「捺」。 ✎ **書寫提示**　角部的字：香港、台灣「角」中「豎」為第六筆，大陸「角」中「豎」為第七筆。
角部 13畫 左右 huà 觟	觟	觟	左部「角」，香港、台灣「豎」向下不出頭，大陸「豎」向下出頭。
角部 15畫 左右 jī 觭	觭	觭	左部「角」，香港、台灣「豎」向下不出頭，大陸「豎」向下出頭。
角部 16畫 上下 bì 觱	觱	觱	下部「角」，香港、台灣「豎」向下不出頭，大陸「豎」向下出頭。
角部 25畫 左右 xī 觿	觿	觿	①左部「角」，香港、台灣「豎」向下不出頭，大陸「豎」向下出頭。②部件「儿」，香港、台灣為「撇、豎彎」，且與上部相接；大陸為「撇、點」，且與上部相離。

三級字表

香港	台灣	大陸	字形差異描述
言部 10畫 左右 rèn 訒	訒	訒｜讱	右部「刃」，香港、台灣「點」與「撇」相接，大陸「點」與「撇」相離。
言部 16畫 左右 yīn 諲	諲	諲｜諲	部件「西」，香港、台灣第四筆是「撇」，第五筆是「豎彎」；大陸第四、五筆均是「豎」。
豸部 18畫 左右 chū 貙	貙	貙｜䝙	右部「區」，香港、台灣末筆是「豎彎」，大陸末筆是「豎折」。
走部 21畫 半包圍 tì 趧	趧	趧	部件「羽」，香港、台灣第一、四筆均是「橫折鈎」，大陸第一、四筆均是「橫折」。 ✎ **書寫提示**　走部的字：現代漢字中「走字旁」與「走之旁」不同。「走字旁」應先寫「走」，後寫其他部分，如：赴、趁、超、越、趕等；「走之旁」應先寫其他部分，後寫「辶」，如：返、追、逃、進、達等。
足部 16畫 左右 chǎ 踷	踷	踷	部件「木」，香港、台灣末筆是「捺點」，大陸末筆是「捺」。 ✎ **書寫提示**　足部的字：部首「足」在構成左右結構的字時，通常位於左部，最後兩筆作「豎、提」。
足部 19畫 左右 fán 蹯	蹯	蹯	部件「釆」，香港、台灣末筆是「捺點」，大陸末筆是「捺」。 💡 **注意**　具有相同部件「番」的字：播、幡、潘、審、蕃、蟠。
足部 22畫 左右 chán 躔	躔	躔	部件「儿」，香港、台灣為「撇、豎彎」，且與上部相接；大陸為「撇、點」，且與上部相離。
車部 13畫 左右 quán 輇	輇	輇｜辁	右部「全」，香港、台灣首兩筆為「入」，大陸首兩筆為「人」。
車部 16畫 左右 yóu 輶	輶	輶｜辀	右部「酋」，香港、台灣內部的「橫」與兩邊相離，大陸內部的「橫」與兩邊相接。 💡 **注意**　具有相同部件「酋」的字：猶、尊、奠、樽、遵。

三級字表

香港	台灣	大陸	字形差異描述
辵部 7畫 半包圍 chān 汕	汕	汕	香港、台灣部件「辶」，共四畫；大陸對應的部件為「辶」，共三畫。 ✍ **書寫提示**　辵部的字：現代漢字中「走之旁」與「走字旁」不同。「走之旁」應先寫其他部分，後寫「辶」，如：返、追、逃、進、達等；「走字旁」應先寫「走」，後寫其他部分，如：赴、趁、超、越、趕等。
辵部 10畫 半包圍 nǎi 洒	洒	洒	香港、台灣部件「辶」，共四畫；大陸對應的部件為「辶」，共三畫。
辵部 11畫 半包圍 jìng 迳	迳	迳|迳	香港、台灣部件「辶」，共四畫；大陸對應的部件為「辶」，共三畫。
辵部 12畫 半包圍 chuō 逴	逴	逴	香港、台灣部件「辶」，共四畫；大陸對應的部件為「辶」，共三畫。
辵部 12畫 半包圍 huàn 逭	逭	逭	香港、台灣部件「辶」，共四畫；大陸對應的部件為「辶」，共三畫。
辵部 13畫 半包圍 tí 递	递	递	香港、台灣部件「辶」，共四畫；大陸對應的部件為「辶」，共三畫。
辵部 14畫 半包圍 gòu 遘	遘	遘	香港、台灣部件「辶」，共四畫；大陸對應的部件為「辶」，共三畫。
辵部 16畫 半包圍 yù 逳	逳	逳	①部件「ㄦ」，香港、台灣為「撇、豎彎」，且與上部相接；大陸為「撇、點」，且與上部相離。②香港、台灣部件「辶」，共四畫；大陸對應的部件為「辶」，共三畫。
邑部 8畫 左右 chū 邨	邨	邨	左部「屮」，香港、台灣第四筆是「豎折」，大陸第四筆是「豎提」。 📄 **小知識**　邑部的字：右邊的「阝」是由「邑」變形而來，通常表示和地名、邦郡有關，如：邙、都、郭、鄂、鄭等；左邊的「阝」是由「阜」變形而來，通常表示和地勢、升降等有關，如：降、陡、階、隅、險等。 ✍ **書寫提示**　邑部的字：部件「阝」，香港、台灣為三畫，大陸為兩畫。

三級字表

香港	台灣	大陸	字形差異描述
邑部 11畫 左右 qī 郪	郪	郪	左部「妻」：① 上部「丰」，香港、台灣「豎」向下出頭，大陸「豎」向下不出頭。② 下部「女」，香港、台灣「橫」與「撇」相交，大陸「橫」與「撇」相接。
邑部 12畫 左右 ruò 郡	郡	郡	香港、台灣左上部為「卝」，「橫」與「豎」相交，共四畫；大陸左上部為「艹」，「橫」連為一筆，共三畫。
邑部 12畫 左右 yǔ 郞	郞	郞	部件「禸」，香港、台灣第二筆「橫折鈎」與首筆「豎」相交，大陸第二筆「橫折鈎」與首筆「豎」相接。 💡 注意　具有相同部件「禸」的字：禹、寓、愚、遇、厲、踽、勵、齲。
邑部 13畫 左右 zī 郰	郰	郰	香港、台灣左上部為「𡿨」，大陸左上部為「亚」。
邑部 14畫 左右 mào 鄑	鄑	鄑	香港、台灣左上部為「艹」，「橫」與「豎」相交，共四畫；大陸左上部為「艹」，「橫」連為一筆，共三畫。
邑部 14畫 左右 hù 鄝	鄝	鄝	部件「䨮」，香港、台灣最後四筆姿態各異，大陸對應的四筆均是「短橫」。
邑部 15畫 左右 xún 鄠	鄠	鄠|鄠	部件「彐」，香港、台灣第二筆「橫」與首筆「橫折」相交，大陸第二筆「橫」與首筆「橫折」相接。 💡 注意　具有相同部件「彐」的字：急、浸、彗、掃、尋、歸。
邑部 16畫 左右 méng 鄳	鄳	鄳|鄳	左部「黽」，香港、台灣中「豎」下部與「豎彎鈎」底部相離，大陸中「豎」下部與「豎彎鈎」底部相接。
邑部 21畫 左右 xī 酅	酅	酅	部件「儿」，香港、台灣為「撇、豎彎」，且與上部相接；大陸為「撇、點」，且與上部相離。
邑部 22畫 左右 zàn 酇	酇	酇|酇	部件「兟」，香港、台灣末筆是「豎彎鈎」，大陸末筆是「豎提」。

三級字表

香港	台灣	大陸	字形差異描述
酉部 10畫 左右 zhòu 酎	酎	酎	左部「酉」，香港、台灣內部的「橫」與兩邊相離，大陸內部的「橫」與兩邊相接。
酉部 10畫 左右 yǐ 酏	酏	酏	①左部「酉」，香港、台灣內部的「橫」與兩邊相離，大陸內部的「橫」與兩邊相接。②右部「也」，香港、台灣首筆是「橫折」，大陸首筆是「橫折鈎」。 💡 注意　具有相同部件「也」的字：他、地、池、弛、她、拖。
酉部 14畫 左右 pú 醩	醩	醩	左部「酉」，香港、台灣內部的「橫」與兩邊相離，大陸內部的「橫」與兩邊相接。
酉部 14畫 左右 chéng 醒	醒	醒	①左部「酉」，香港、台灣內部的「橫」與兩邊相離，大陸內部的「橫」與兩邊相接。②部件「壬」，香港、台灣首筆是「撇」，大陸首筆是「橫」。
酉部 14畫 左右 tú 酴	酴	酴	左部「酉」，香港、台灣內部的「橫」與兩邊相離，大陸內部的「橫」與兩邊相接。
酉部 18畫 左右 lí 醨	醨	醨	①左部「酉」，香港、台灣內部的「橫」與兩邊相離，大陸內部的「橫」與兩邊相接。②部件「内」，香港、台灣「橫折鈎」與「豎」相交，大陸「橫折鈎」與「豎」相接。 ✐ 書寫提示　大陸「醨」為十七畫。
酉部 19畫 左右 bú 醭	醭	醭	①左部「酉」，香港、台灣內部的「橫」與兩邊相離，大陸內部的「橫」與兩邊相接。②部件「美」，香港、台灣末筆是「捺點」，大陸末筆是「捺」。
酉部 19畫 左右 pō 醱	醱	醱|酦	左部「酉」，香港、台灣內部的「橫」與兩邊相離，大陸內部的「橫」與兩邊相接。
酉部 20畫 左右 jù 釀	釀	釀	①左部「酉」，香港、台灣內部的「橫」與兩邊相離，大陸內部的「橫」與兩邊相接。②部件「虍」，香港、台灣第二筆是「豎彎」，大陸第二筆是「豎彎鈎」。 💡 注意　含部件「虍」的字，其中的「虍」寫法相同，如：虎、虔、墟、劇、慮、瘧、擄、獻。

香港	台灣	大陸	字形差異描述
酉部 20畫 左右 nóng 醲	醲	醲｜酿	① 左部「酉」，香港、台灣內部的「橫」與兩邊相離，大陸內部的「橫」與兩邊相接。② 部件「辰」，香港、台灣第三筆「橫」與第二筆「撇」相接，大陸第三筆「橫」與第二筆「撇」相離。
里部 18畫 上下 xī 釐	釐	釐	部件「夂」，香港、台灣第四筆是「捺點」，大陸第四筆是「捺」。
金部 13畫 左右 shù 鉥	鉥	鉥｜𬬺	右部「朮」，香港、台灣結構疏散，第四筆是「豎彎」；大陸結構緊湊，第四筆是「捺」。 ✎ **書寫提示**　金部的字：部首「金」在構成左右結構的字時，通常位於左部，末筆作「提」。
金部 13畫 左右 jù 鉅	鉅	鉅｜钜	右部「巨」，香港、台灣部件「匚」，共三畫；大陸對應的部件為「匚」，共兩畫。
金部 14畫 左右 diū 銩	銩	銩｜铥	右部「丢」，香港、台灣首筆是「橫」，大陸首筆是「撇」。
金部 15畫 左右 qǐn 鋟	鋟	鋟｜锓	部件「彐」，香港、台灣第二筆「橫」與首筆「橫折」相交，大陸第二筆「橫」與首筆「橫折」相接。 💡 **注意**　具有相同部件「彐」的字：急、浸、彗、掃、尋、歸。
金部 17畫 左右 nuò 鍩	鍩	鍩｜锘	香港、台灣右上部為「艹」，「橫」與「豎」相交，共四畫；大陸右上部為「艹」，「橫」連為一筆，共三畫。
金部 17畫 左右 yīng 鍈	鍈	鍈｜锳	右部「英」：① 上部，香港、台灣為「艹」，「橫」與「豎」相交，共四畫；大陸為「艹」，「橫」連為一筆，共三畫。② 下部，香港、台灣末筆是「捺點」，大陸末筆是「捺」。
金部 17畫 左右 hóu 鍭	鍭	鍭｜铼	部件「矢」，香港、台灣末筆是「捺點」，大陸末筆是「捺」。 💡 **注意**　具有相同部件「矢」的字：矣、埃、唉、候、疾、喉、嫉、簇。
金部 18畫 左右 dā 鎝	鎝	鎝｜𫓨	香港、台灣右上部為「艹」，「橫」與「豎」相交，共四畫；大陸右上部為「艹」，「橫」連為一筆，共三畫。

	香港	台灣	大陸	字形差異描述
金部 18 畫 左右 bó	鎛	鎛	鎛|镈	部件「甫」，香港、台灣第三筆是「橫折鈎」，大陸第三筆是「橫折」。 💡 **注意** 具有相同部件「甫」的字：博、傅、搏、膊、敷、縛、薄、簿。
金部 19 畫 左右 huì	鏏	鏏	鏏|鏏	部件「彐」，香港、台灣第二筆「橫」與首筆「橫折」相交，大陸第二筆「橫」與首筆「橫折」相接。 💡 **注意** 具有相同部件「彐」的字：急、浸、彗、掃、尋、歸。
金部 19 畫 左右 mò	鏌	鏌	鏌|镆	① 香港、台灣右上部為「艹」，「橫」與「豎」相交，共四畫；大陸右上部為「艹」，「橫」連為一筆，共三畫。② 部件「大」，香港、台灣末筆是「捺點」，大陸末筆是「捺」。
金部 20 畫 左右 pú	鏷	鏷	鏷|镤	部件「关」，香港、台灣末筆是「捺點」，大陸末筆是「捺」。
金部 20 畫 左右 fán	鐇	鐇	鐇|鐇	部件「釆」，香港、台灣末筆是「捺點」，大陸末筆是「捺」。 💡 **注意** 具有相同部件「番」的字：播、幡、潘、審、蕃、蟠。
金部 20 畫 左右 lín	鏻	鏻	鏻|鏻	部件「米」，香港、台灣末筆是「捺點」，台灣結構疏散；大陸末筆是「捺」。 💡 **注意** 具有相同部件「粦」的字：嶙、憐、磷、鱗。
金部 20 畫 左右 zūn	鐏	鐏	鐏|鐏	部件「酋」，香港、台灣內部的「橫」與兩邊相離，大陸內部的「橫」與兩邊相接。 💡 **注意** 具有相同部件「酋」的字：猶、尊、奠、樽、遵。
金部 20 畫 左右 jué	鐍	鐍	鐍|鐍	部件「儿」，香港、台灣為「撇、豎彎」，且與上部相接；大陸為「撇、點」，且與上部相離。
金部 21 畫 左右 dá	鐽	鐽	鐽|鞑	香港、台灣部件「辶」，共四畫；大陸對應的部件為「辶」，共三畫。

香港	台灣	大陸	字形差異描述
金部 21畫 左右 suì 鐩	鐩	鐩|鐩	香港、台灣部件「辶」，共四畫；大陸對應的部件為「辶」，共三畫。
金部 24畫 左右 lú 鑪	鑪	鑪|铲	部件「虍」，香港、台灣第二筆是「豎彎」，大陸第二筆是「豎彎鈎」。 💡 **注意**　含部件「虍」的字，其中的「虍」寫法相同，如：虎、虔、墟、劇、慮、瘧、擄、獻。
門部 17畫 半包圍 yǐn 闉	闉	闉|闉	部件「西」，香港、台灣第四筆是「撇」，第五筆是「豎彎」；大陸第四、五筆均是「豎」。
阜部 12畫 左右 niè 陧	陧	陧	香港、台灣右上部為「臼」，大陸右上部為「日」。 📄 **小知識**　阜部的字：左邊的「阝」是由「阜」變形而來，通常表示和地勢、升降等有關，如：降、陡、階、隅、險等；右邊的「阝」是由「邑」變形而來，通常表示和地名、邦郡有關，如邙、都、郭、鄂、鄭等。 ✏️ **書寫提示**　阜部的字：部件「阝」，香港、台灣為三畫，大陸為兩畫。
雨部 15畫 上下 zhà 霅	霅	霅	上部「雨」，香港、台灣最後四筆姿態各異，大陸對應的四筆均是「短橫」。
雨部 24畫 左右 dài 靆	靆	靆|靆	①部件「雨」，香港、台灣最後四筆姿態各異，大陸對應的四筆均是「短橫」。②香港、台灣部件「辶」，共四畫；大陸對應的部件為「辶」，共三畫。
革部 19畫 左右 tà 鞳	鞳	鞳	香港、台灣右上部為「艹」，「橫」與「豎」相交，共四畫；大陸右上部為「艹」，「橫」連為一筆，共三畫。
革部 22畫 左右 chàn 韂	韂	韂	部件「产」，香港、台灣最後兩筆為「撇、豎彎」，大陸最後兩筆為「撇、點」。
韋部 14畫 左右 fú 韍	韍	韍|韨	右部「犮」，香港、台灣第三、四筆為「乂」，大陸第三、四筆為「又」。

三級字表

香港	台灣	大陸	字形差異描述
頁部 23畫 左右 rú 顬	顬	顬丨颥	部件「而」，香港、台灣最後四筆姿態各異，大陸對應的四筆均是「短橫」。 📄 **小知識**　「頁」本義是頭，「顬顬」一詞是指頭部的兩側靠近耳朵上方的部位。從頁的字，一般和頭有關，如：領、頤、頰、頸、顧等。
風部 14畫 半包圍 zhǎn 颭	颭	颭丨飐	部件「風」，香港、台灣第三筆是「橫」，大陸第三筆是「撇」。
風部 18畫 半包圍 yáng 颺	颺	颺丨飏	部件「風」，香港、台灣第三筆是「橫」，大陸第三筆是「撇」。
風部 18畫 半包圍 sī 颸	颸	颸丨飔	部件「風」，香港、台灣第三筆是「橫」，大陸第三筆是「撇」。
風部 19畫 半包圍 liú 飀	飀	飀丨飗	部件「風」，香港、台灣第三筆是「橫」，大陸第三筆是「撇」。
食部 13畫 左右 duò 飿	飿	飿丨饳	左部「食」，香港、台灣第三筆是「短橫」，大陸第三筆是「點」。
食部 14畫 左右 xǐ 餏	餏	餏丨饻	左部「食」，香港、台灣第三筆是「短橫」，大陸第三筆是「點」。
食部 15畫 左右 sù 餗	餗	餗丨餗	左部「食」，香港、台灣第三筆是「短橫」，大陸第三筆是「點」。
食部 15畫 左右 hóu 餱	餱	糇	①香港、台灣左部為「食」，大陸左部為「米」。 ②部件「矢」，香港、台灣末筆是「捺點」，大陸末筆是「捺」。 💡 **注意**　①「糇」為台灣異體字，「餱」為大陸異體字。②具有相同部件「矢」的字：矣、埃、唉、候、疾、喉、嫉、簇。
食部 18畫 左右 yè 饁	饁	饁丨馌	左部「食」，香港、台灣第三筆是「短橫」，大陸第三筆是「點」。

香港	台灣	大陸	字形差異描述
食部 21畫 左右 zhān 饘	饘	饘｜饘	左部「飠」，香港、台灣第三筆是「短橫」，大陸第三筆是「點」。
馽部 14畫 左右 jué 馽	馽	馽｜馽	右部「夬」，香港、台灣末筆是「捺點」，大陸末筆是「捺」。
馬部 18畫 左右 fēi 騑	騑	騑｜騑	右部「非」，香港、台灣首筆是「豎撇」，第四筆是「提」；大陸首筆是「豎」，第四筆是「橫」。 💡 注意　具有相同部件「非」的字：匪、排、啡、悲、罪、輩、靠、靡。
馬部 18畫 左右 lù 騄	騄	騄｜騄	右部「彔」：① 香港、台灣上部為「ㄩ」，大陸上部為「ㅋ」。② 下部「氺」，香港、台灣末筆是「捺點」，大陸末筆是「捺」。
馬部 19畫 左右 huō 驝	驝	驝｜驝	部件「丰」，香港、台灣首筆是「撇」，大陸首筆是「橫」。
馬部 20畫 左右 xí 騱	騱	騱｜騱	部件「大」，香港、台灣末筆是「捺點」，大陸末筆是「捺」。
馬部 22畫 左右 lín 驎	驎	驎｜驎	部件「米」，香港、台灣末筆是「捺點」，台灣結構疏散；大陸末筆是「捺」。 💡 注意　具有相同部件「粦」的字：嶙、憐、磷、鱗。
馬部 27畫 左右 shuāng 驦	驦	驦｜驦	部件「乑」，香港、台灣最後四筆姿態各異，大陸對應的四筆均是「短橫」。
髟部 13畫 上下 dí 髢	髢	髢	下部「也」，香港、台灣首筆是「橫折」，大陸首筆是「橫折鈎」。 💡 注意　具有相同部件「也」的字：他、地、池、弛、她、拖。
髟部 21畫 上下 mán 鬘	鬘	鬘	部件「罒」，香港、台灣最後兩筆「橫」與兩邊相離，大陸最後兩筆「橫」與兩邊相接。

三級字表

香港	台灣	大陸	字形差異描述
鬼部 18畫 半包圍 tuí 魋	魋	魋	部件「鬼」，香港、台灣上部中「豎」與下部「撇」分為兩筆；大陸第六筆「豎撇」與第三筆「橫折」相接，「豎撇」為一筆。 ✎ 書寫提示　鬼部的字：「鬼」及由其參與構造的字，香港、台灣都是先寫「撇」，然後寫「田」、「儿」和「厶」。
魚部 17畫 左右 yìn 鮣	鮣	鮣 | 鮣	右部「印」，香港、台灣左部「豎」、「提」為兩筆，大陸左部「豎提」為一筆。
魚部 17畫 左右 ān 鮟	鮟	鮟 | 鮟	部件「女」，香港、台灣「橫」與「撇」相交，大陸「橫」與「撇」相接。
魚部 18畫 半包圍 zhǎ 鯗	鯗	鯗 | 鯗	部件「羊」，香港、台灣第七筆「撇」與第六筆「橫」相接，「豎」、「撇」為兩筆；大陸第六筆「豎撇」與第三筆「橫」相接，「豎撇」為一筆。
魚部 19畫 左右 zōu 鯫	鯫	鯫 | 鯫	部件「耳」，香港、台灣末筆「提」與第三筆「豎」相接，大陸末筆「提」與第三筆「豎」相交。
魚部 19畫 左右 shī 鯴	鯴	鯴 | 鯴	右部「虱」，香港、台灣第二筆是「橫」，大陸第二筆是「撇」。
魚部 22畫 上下 mǐn 鰵	鰵	鰵 | 鰵	部件「母」，香港、台灣第二筆是「橫折鈎」；大陸第二筆是「橫折」，且向下不出頭。
魚部 22畫 左右 tiáo 鰷	鰷	鰷 | 鰷	右部「條」：①右上部，香港、台灣為「夂」，共四畫；大陸為「夂」，共三畫。②部件「朩」，香港、台灣第二筆是「豎」，大陸第二筆是「豎鈎」，台灣、大陸結構疏散。 💡 注意　具有相同部件「朩」的字：茶、條、搽、滌、寨。 ✎ 書寫提示　右部「條」，中間「短豎」不能丟。
魚部 22畫 左右 kāng 鰽	鰽	鰽 | 鰽	部件「隶」，香港、台灣末筆是「捺點」，大陸末筆是「捺」。
魚部 22畫 左右 xí 鰼	鰼	鰼 | 鰼	部件「羽」，香港、台灣第一、四筆均是「橫折鈎」，大陸第一、四筆均是「橫折」。

香港	台灣	大陸	字形差異描述
魚部 24畫 左右 gǎn 鱤	鱤	鱤｜鳡	右部「感」，香港、台灣第二筆「撇」、第七筆「斜鈎」直達整字底部，大陸「咸」在上部。
魚部 25畫 左右 hù 鱯	鱯	鱯｜鳠	香港、台灣右上部為「卝」，「橫」與「豎」相接，共四畫；大陸右上部為「艹」，「橫」連為一筆，共三畫。
魚部 25畫 左右 cháng 鱨	鱨	鱨｜鲿	部件「匕」，香港、台灣為「橫、豎彎」，大陸為「撇、豎彎鈎」。
鳥部 16畫 左右 líng 鴒	鴒	鴒｜鸰	左部「令」，香港、台灣第三筆是「短橫」，大陸第三筆是「點」。
鳥部 17畫 左右 zhōu 鵃	鵃	鵃｜鸼	左部「舟」，香港、台灣「提」與「橫折鈎」相交，大陸「橫」與「橫折鈎」相接。
鳥部 20畫 左右 yǎn 鷗	鷗	鷗｜鶠	左部「匽」：①部件「女」，香港、台灣第三筆「橫」與第二筆「撇」相交，大陸第三筆「橫」與第二筆「撇」相接。②香港、台灣末筆是「豎彎」，大陸末筆是「豎折」。
鳥部 21畫 左右 tī 鷉	鷉	鷉｜䴘	左部「虒」：①部件「匕」，香港、台灣第二筆是「豎彎」，大陸第二筆是「豎彎鈎」。②香港、台灣最後兩筆為「儿」，「撇」與「豎提」相離；大陸最後兩筆為「儿」，「撇」與「橫折提」相接。 💡 **注意**　含部件「虍」的字，其中的「匕」寫法相同，如：虎、虔、墟、劇、慮、瘧、攄、獻。
鳥部 21畫 左右 cāng 鶬	鶬	鶬｜鸧	左部「倉」，香港、台灣第三筆是「短橫」，大陸第三筆是「點」。
鳥部 22畫 左右 liù 鷚	鷚	鷚｜鹨	部件「羽」，香港、台灣第一、四筆均是「橫折鈎」，大陸第一、四筆均是「橫折」。
鳥部 25畫 左右 méng 鸏	鸏	鸏｜鹲	香港、台灣左上部為「卝」，「橫」與「豎」相交，共四畫；大陸左上部為「艹」，「橫」連為一筆，共三畫。

三級字表

香港	台灣	大陸	字形差異描述
鳥部 25畫 左右 hù 䴉	䴉	䴉｜䴉	香港、台灣右上部為「艹」,「橫」與「豎」相接,共四畫;大陸右上部為「艹」,「橫」連為一筆,共三畫。
鳥部 28畫 左右 shuāng 鸘	鸘	鸘｜鸘	部件「雨」,香港、台灣最後四筆姿態各異,大陸對應的四筆均是「短橫」。
鹵部 21畫 左右 cuó 鹺	鹺	鹺｜鹺	部件「差」,香港、台灣第七筆「撇」與第六筆「橫」相接,「豎」、「撇」為兩筆;大陸第六筆「豎撇」與第三筆「橫」相接,「豎撇」為一筆。 💡 **注意** 具有相同部件「差」的字:嗟、嵯、槎、磋、蹉。
鹿部 19畫 半包圍 ní 麑	麑	麑	部件「比」,香港、台灣第三筆是「短橫」,大陸第三筆是「短撇」。 💡 **注意** 具有相同部件「比」的字:批、庇、屁、鹿、混、諧、麗。
鹿部 19畫 半包圍 jīng 麖	麖	麖	部件「比」,香港、台灣第三筆是「短橫」,大陸第三筆是「短撇」。 💡 **注意** 具有相同部件「比」的字:批、庇、屁、鹿、混、諧、麗。
鼠部 18畫 半包圍 shí 鼫	鼫	鼫	① 香港、台灣為半包圍結構,大陸為左右結構。② 香港、台灣部件「鼠」,中間四筆均是「短橫」,末筆是「臥鈎」;大陸部件「鼠」,中間四筆均是「點」,末筆是「斜鈎」。
鼠部 18畫 半包圍 qú 鼩	鼩	鼩	① 香港、台灣為半包圍結構,大陸為左右結構。② 香港、台灣部件「鼠」,中間四筆均是「短橫」,末筆是「臥鈎」;大陸部件「鼠」,中間四筆均是「點」,末筆是「斜鈎」。
鼠部 23畫 半包圍 xī 鼷	鼷	鼷	① 香港、台灣為半包圍結構,大陸為左右結構。② 香港、台灣部件「鼠」,中間四筆均是「短橫」,末筆是「臥鈎」;大陸部件「鼠」,中間四筆均是「點」,末筆是「斜鈎」。③ 部件「大」,香港、台灣末筆是「捺點」,大陸末筆是「捺」。

三級字表

香港	台灣	大陸	字形差異描述
鼻部 25畫 左右 zhā　鼁	鼁	鼁	部件「ㄜ」，香港、台灣第二筆是「豎彎」，大陸第二筆是「豎彎鈎」。 💡 注意　含部件「虍」的字，其中的「ㄜ」寫法相同，如：虎、虔、墟、劇、慮、瘧、攄、獻。
齒部 18畫 左右 hé　齕	齕	齕｜齕	左下部「齒」：① 香港、台灣內部的「橫」與兩邊相離，大陸內部的「橫」與兩邊相接。② 部件「凵」，香港、台灣首筆是「豎折」，大陸首筆是「豎提」。
齒部 19畫 左右 yín　齗	齗	齗｜齗	左下部「齒」：① 香港、台灣內部的「橫」與兩邊相離，大陸內部的「橫」與兩邊相接。② 部件「凵」，香港、台灣首筆是「豎折」，大陸首筆是「豎提」。
齒部 19畫 左右 xiè　齘	齘	齘｜齘	左下部「齒」：① 香港、台灣內部的「橫」與兩邊相離，大陸內部的「橫」與兩邊相接。② 部件「凵」，香港、台灣首筆是「豎折」，大陸首筆是「豎提」。
齒部 20畫 左右 tiáo　齠	齠	齠｜齠	左下部「齒」：① 香港、台灣內部的「橫」與兩邊相離，大陸內部的「橫」與兩邊相接。② 部件「凵」，香港、台灣首筆是「豎折」，大陸首筆是「豎提」。
齒部 23畫 左右 yǐ　齮	齮	齮｜齮	左下部「齒」：① 香港、台灣內部的「橫」與兩邊相離，大陸內部的「橫」與兩邊相接。② 部件「凵」，香港、台灣首筆是「豎折」，大陸首筆是「豎提」。
齒部 23畫 左右 ní　齯	齯	齯｜齯	左下部「齒」：① 香港、台灣內部的「橫」與兩邊相離，大陸內部的「橫」與兩邊相接。② 部件「凵」，香港、台灣首筆是「豎折」，大陸首筆是「豎提」。
齒部 28畫 左右 chǔ　齼	齼	齼｜齼	左下部「齒」：① 香港、台灣內部的「橫」與兩邊相離，大陸內部的「橫」與兩邊相接。② 部件「凵」，香港、台灣首筆是「豎折」，大陸首筆是「豎提」。

三級字表

四 區

香港、大陸（規範字／繁體字）字形相同，與台灣不同。

香港	台灣	大陸	字形差異描述
人部 6畫 左右 jí　伋	伋	伋	香港、大陸右部為「及」；台灣右部為「及」，「捺」與「橫撇」相接。 💡 **注意**　具有相同部件「及」的字：圾、吸、岌、汲、笈、級。 ✏ **書寫提示**　部件「及」，香港、台灣為四畫，大陸為三畫。
人部 7畫 左右 ní　伲	伲	伲	部件「匕」，香港、大陸首筆是「撇」，台灣首筆是「橫」。 💡 **注意**　具有相同部件「匕」的字：尼、老、死、此、呢、泥。
人部 8畫 左右 cì　饮	饮	饮	右部「次」，香港、大陸左部為「點、提」，台灣左部為兩「橫」。
人部 10畫 左右 zōng　傯	傯	傯	部件「示」，香港、大陸第三筆是「豎鈎」，台灣第三筆是「豎」。
人部 13畫 左右 chì　傺	傺	傺	①部件「夕」，香港、大陸內部為兩「點」，台灣內部為「點、提」。②部件「示」，香港、大陸第三筆是「豎鈎」，台灣第三筆是「豎」。 💡 **注意**　具有相同部件「祭」的字：察、際、蔡、穄。
氵部 12畫 左右 lì　溧	溧	溧	部件「木」，香港、大陸結構緊湊，末筆是「捺」；台灣結構疏散，末筆是「捺點」。 💡 **注意**　具有相同部件「木」的字：朵、呆、某、染、桑、揉、榮、蝶、樂、謀。
夊部 14畫 上中下 xiòng　夐	夐	夐	部件「夂」，香港、大陸「捺」與「撇」相接，台灣「捺」與「撇」相交。
山部 15畫 上下 xī　嶲	嶲	嶲	香港、大陸部件「罒」，共四畫；台灣對應的部件是「罓」，共七畫。

香港	台灣	大陸	字形差異描述
巾部 10畫 左右 shuì 帨	帨	帨	右部「兌」，香港、大陸首兩筆為「點、撇」，台灣首兩筆為「撇、點」。
巾部 14畫 左右 biāo 幖	幖	幖	部件「示」，香港、大陸第三筆是「豎鈎」，台灣第三筆是「豎」。
广部 9畫 半包圍 zhì 庤	庤	庤	被包圍部分，香港、大陸上部為「土」，台灣上部為「士」。
心部 8畫 上下 mín 忞	忞	忞	上部「文」，香港、大陸末筆是「捺」，台灣末筆是「捺點」。
心部 10畫 上下 jiá 恝	恝	恝	部件「丰」，香港、大陸第三筆是「橫」，台灣第三筆是「提」。
心部 11畫 上下 yù 忬	忬	忬	上部「余」，香港、大陸第五筆是「豎鈎」，台灣第五筆是「豎」。
心部 11畫 左右 cóng 悰	悰	悰	部件「示」，香港、大陸第三筆是「豎鈎」，台灣第三筆是「豎」。
戈部 13畫 左右 gài 戤	戤	戤	部件「皿」，香港、大陸末筆是「提」，台灣末筆是「橫」。
戶部 9畫 半包圍 diàn 启	启	启	部件「戶」，香港、大陸首筆是「點」，台灣首筆是「撇」。 💡 **注意** 具有相同部件「戶」的字：炉、肩、房、啟、搧、滬。
戶部 10畫 半包圍 yí 廙	廙	廙	部件「戶」，香港、大陸首筆是「點」，台灣首筆是「撇」。 💡 **注意** 具有相同部件「戶」的字：炉、肩、房、啟、搧、滬。

三級字表

香港	台灣	大陸	字形差異描述
户部 10畫 半包圍 yǐ　厵	厵	厵	部件「户」，香港、大陸首筆是「點」，台灣首筆是「撇」。 💡 注意　具有相同部件「户」的字：炉、肩、房、啟、搧、滬。
户部 12畫 半包圍 yǎn　厴	厴	厴	部件「户」，香港、大陸首筆是「點」，台灣首筆是「撇」。 💡 注意　具有相同部件「户」的字：炉、肩、房、啟、搧、滬。
日部 8畫 左右 bǎn　皈	皈	皈	右部「反」，香港、大陸首筆是「撇」，台灣首筆是「橫」。 💡 注意　具有相同部件「反」的字：扳、阪、板、版、叛、販、飯。
日部 8畫 左右 hù　旿	旿	旿	右部「户」，香港、大陸首筆是「點」，台灣首筆是「撇」。 💡 注意　具有相同部件「户」的字：炉、肩、房、啟、搧、滬。
日部 16畫 左中右 chè　皵	皵	皵	① 香港、大陸部件「㐬」，共四畫；台灣對應的部件為「㐬」，共三畫。② 部件「月」，香港、大陸首筆是「豎」，內部為兩「橫」；台灣首筆是「撇」，內部為「點、提」。 💡 注意　①具有相同部件「㐬」的字：充、育、棄、統、徹。②具有相同部件「月」的字：肩、削、娟、啃、厭、撒。
日部 20畫 左右 lóng　曨	曨	曨|昽	部件「月」，香港、大陸首筆是「豎」，內部為兩「橫」；台灣首筆是「撇」，內部為「點、提」。 💡 注意　具有相同部件「月」的字：育、肩、削、娟、啃、厭、撒、龍。
木部 9畫 上下 xǐ　枲	枲	枲	下部「木」，香港、大陸結構緊湊，末筆是「捺」；台灣結構疏散，末筆是「捺點」。 💡 注意　具有相同部件「木」的字：朵、呆、某、染、桑、揉、榮、蝶、樂。

香港	台灣	大陸	字形差異描述
木部 12畫 上下 qǐ 棨	棨	棨	① 部件「戶」，香港、大陸首筆是「點」，台灣首筆是「撇」。② 下部「木」，香港、大陸結構緊湊，末筆是「捺」；台灣結構疏散，末筆是「捺點」。 💡 注意　① 具有相同部件「戶」的字：妒、肩、房、啟、搧、滬。② 具有相同部件「木」的字：朵、呆、某、染、桑、揉、榮、蝶、樂。
木部 13畫 左右 dié 楪	楪	楪	右下部「木」，香港、大陸結構緊湊，末筆是「捺」；台灣結構疏散，末筆是「捺點」。 💡 注意　具有相同部件「木」的字：朵、呆、某、染、桑、揉、榮、蝶、樂、謀。 ✎ 書寫提示　木部的字：部首「木」在構成左右結構的字時，通常位於左部，末筆作「點」。
木部 13畫 左右 wēn 榅	榅	榅	香港、大陸右上部為「曰」，台灣右上部為「囚」。 💡 注意　具有相同部件「昷」的字：溫、媼、氳、瘟、醞、輼。 ✎ 書寫提示　台灣「榅」為十四畫。
木部 14畫 左右 zhī 榰	榰	榰	部件「匕」，香港、大陸為「撇、豎彎鈎」，台灣為「橫、豎彎」。
木部 14畫 左右 xiè 榍	榍	榍	部件「月」，香港、大陸首筆是「豎」，內部為兩「橫」；台灣首筆是「撇」，內部為「點、提」。 💡 注意　具有相同部件「月」的字：育、肩、削、娟、啃、厭、撒。
木部 18畫 左右 chá 檫	檫	檫	部件「祭」：① 部件「夕」，香港、大陸內部為兩「點」，台灣內部為「點、提」。② 部件「示」，香港、大陸第三筆是「豎鈎」，台灣第三筆是「豎」。
水部 9畫 左右 cǐ 沘	沘	沘	部件「匕」，香港、大陸首筆是「撇」，台灣首筆是「橫」。 💡 注意　具有相同部件「匕」的字：尼、老、死、此、些、呢、泥、柴、紫。
水部 9畫 左右 chōng 浺	浺	浺	香港、大陸部件「㐬」，共四畫；台灣對應的部件為「㐬」，共三畫。 💡 注意　具有相同部件「㐬」的字：充、育、棄、統、徹。

三級字表

香港	台灣	大陸	字形差異描述
水部 9畫 左右 mǐ　渼	渼	渼	右部「米」，香港、大陸結構緊湊，末筆是「捺」；台灣結構疏散，末筆是「捺點」。 💡 **注意**　具有相同部件「米」的字：咪、屎、眯、粟、粲、燦。
水部 11畫 左右 yù　淯	淯	淯	① 香港、大陸部件「厶」，共四畫；台灣對應的部件為「厶」，共三畫。② 部件「月」，香港、大陸首筆是「豎」，內部為兩「橫」；台灣首筆是「撇」，內部為「點、提」。 💡 **注意**　①具有相同部件「厶」的字：充、育、棄、統、徹。②具有相同部件「月」的字：肩、削、娟、啃、厭、撒。
水部 12畫 上下 miǎo　淼	淼	淼	上部「水」，香港、大陸末筆是「捺」，台灣末筆是「捺點」。 ✏ **書寫提示**　「品」字形結構的字，三部分大小有別，上最大，左下最小，右下略大。通常左下末筆變形，給右下讓出空間，如：淼、犇、焱等。
水部 12畫 左右 xù　滫	滫	滫	部件「月」，香港、大陸首筆是「豎」，內部為兩「橫」；台灣首筆是「撇」，內部為「點、提」。 💡 **注意**　具有相同部件「月」的字：育、肩、削、娟、啃、厭、撒。
水部 13畫 左右 zhì　滍	滍	滍	右部「蚩」，香港、大陸第三筆是「豎」，台灣第三筆是「撇」。
水部 14畫 左右 chóng shuāng　潹	潹	潹	部件「示」，香港、大陸第三筆是「豎鈎」，台灣第三筆是「豎」。
水部 14畫 左右 jì　潫	潫	潫	右部「祭」：① 部件「夕」，香港、大陸內部為兩「點」，台灣內部為「點、提」。② 部件「示」，香港、大陸第三筆是「豎鈎」，台灣第三筆是「豎」。 💡 **注意**　具有相同部件「祭」的字：傺、察、際、蔡、穄。
水部 15畫 左右 sǎ　潵	潵	潵	部件「月」，香港、大陸首筆是「豎」，內部為兩「橫」；台灣首筆是「撇」，內部為「點、提」。 💡 **注意**　具有相同部件「月」的字：育、肩、削、娟、啃、厭、撒。

香港	台灣	大陸	字形差異描述
水部 17畫 左右 yíng 濴	濴	濴|濴	部件「木」，香港、大陸結構緊湊，末筆是「捺」；台灣結構疏散，末筆是「捺點」。 💡 注意 具有相同部件「木」的字：朵、呆、某、染、桑、揉、榮、蝶、樂、謀。
火部 10畫 左右 huí 烌	烌	烌	部件「月」，香港、大陸首筆是「豎」，台灣首筆是「撇」。 ✎ 書寫提示 火部的字：部首「火」在構成左右結構的字時，通常位於左部，末筆作「點」。
火部 11畫 左右 juān 焆	焆	焆	部件「月」，香港、大陸首筆是「豎」，內部為兩「橫」；台灣首筆是「撇」，內部為「點、提」。 💡 注意 具有相同部件「月」的字：育、肩、削、娟、啃、厭、撒。
火部 13畫 左右 yūn 熅	熅	熅	香港、大陸右上部為「曰」，台灣右上部為「囚」。 💡 注意 具有相同部件「昷」的字：温、媪、氳、瘟、醖、韞。 ✎ 書寫提示 台灣「熅」為十四畫。
火部 13畫 左右 wèi 煟	煟	煟	部件「月」，香港、大陸首筆是「豎」，內部為兩「橫」；台灣首筆是「撇」，內部為「點、提」。 💡 注意 具有相同部件「月」的字：育、肩、削、娟、啃、厭、撒。
火部 15畫 左右 biāo 熛	熛	熛	部件「示」，香港、大陸第三筆是「豎鈎」，台灣第三筆是「豎」。
火部 16畫 上下 shēn 燊	燊	燊	下部「木」，香港、大陸結構緊湊，末筆是「捺」；台灣結構疏散，末筆是「捺點」。 💡 注意 具有相同部件「木」的字：朵、呆、某、染、桑、揉、榮、蝶、樂。
犬部 12畫 左右 yǔ 猭	猭	猭	部件「月」，香港、大陸首筆是「豎」，台灣首筆是「撇」。
玉部 10畫 左右 xiù 琇	琇	琇	部件「月」，香港、大陸首筆是「豎」，台灣首筆是「撇」。 ✎ 書寫提示 玉部的字：「𤣩」是斜玉旁，不是王字旁，末筆為「提」。

三級字表

香港	台灣	大陸	字形差異描述
玉部 10畫 左右 cǐ 玼	玼	玼	部件「匕」，香港、大陸首筆是「撇」，台灣首筆是「橫」。 💡 注意　具有相同部件「匕」的字：尼、老、死、此、些、呢、泥、柴、紫。
玉部 10畫 左右 chōng 琉	琉	琉	香港、大陸部件「厶」，共四畫；台灣對應的部件為「厶」，共三畫。 💡 注意　具有相同部件「厶」的字：充、育、棄、統、徹。
玉部 11畫 左右 xuàn 琄	琄	琄	部件「月」，香港、大陸首筆是「豎」，內部為兩「橫」；台灣首筆是「撇」，內部為「點、提」。 💡 注意　具有相同部件「月」的字：育、肩、削、娟、啃、厭、撒。
玉部 15畫 上下 liú 瑬	瑬	瑬	部件「㐬」：① 香港、大陸部件「厶」，共四畫；台灣對應的部件為「厶」，共三畫。② 下部「㐬」，香港、大陸末筆是「豎彎鈎」，台灣末筆是「豎彎」。 💡 注意　具有相同部件「㐬」的字：流、琉、梳、硫、疏、毓。
玉部 17畫 左右 ài 瑷	瑷	瑷|瑷	部件「夂」，香港、大陸「捺」與「撇」相接，台灣「捺」與「撇」相交。
玉部 19畫 左右 lì 瓅	瓅	瓅|瓅	部件「木」，香港、大陸結構緊湊，末筆是「捺」；台灣結構疏散，末筆是「捺點」。 💡 注意　具有相同部件「木」的字：朵、呆、某、染、桑、揉、榮、蝶、樂、謀。
用部 6畫 獨體 lù 甪	甪	甪	香港、大陸首筆「撇」的末端與第二筆「撇」的起點相接，台灣第二筆「撇」從首筆「撇」的中間位置起筆。
用部 12畫 上下 nìng 甯	甯	甯	部件「用」，香港、大陸首筆是「豎」，台灣首筆是「撇」。
田部 11畫 左右 zhì 畤	畤	畤	香港、大陸右上部為「土」，台灣右上部為「士」。

香港	台灣	大陸	字形差異描述
田部 12畫 上下 yú 畬	畬	畬	上部「余」，香港、大陸第五筆是「豎鉤」，台灣第五筆是「豎」。 🔍 **辨析** 「畬」與「畲」。二字字形相近，「畲」上為「余」，「畲」上為「佘」。「畬」，表示開墾過兩三年的田地；「畲」，畲族（中國少數民族）。
疒部 16畫 半包圍 biāo 瘭	瘭	瘭	部件「示」，香港、大陸第三筆是「豎鉤」，台灣第三筆是「豎」。
石部 13畫 左右 qìng 碃	碃	碃	部件「月」，香港、大陸首筆是「豎」，台灣首筆是「撇」。
石部 14畫 左右 biǎn 碥	碥	碥	部件「户」，香港、大陸首筆是「點」，台灣首筆是「撇」。 💡 **注意** 具有相同部件「扁」的字：偏、區、遍、蝙、篇、翩、編、騙。
石部 15畫 左右 sǎng 磉	磉	磉	部件「木」，香港、大陸結構緊湊，末筆是「捺」；台灣結構疏散，末筆是「捺點」。 💡 **注意** 具有相同部件「木」的字：朵、呆、某、染、桑、揉、榮、蝶、樂、謀。
石部 16畫 左右 qì 磜	磜	磜	右部「祭」：① 部件「夕」，香港、大陸內部為兩「點」，台灣內部為「點、提」。② 部件「示」，香港、大陸第三筆是「豎鉤」，台灣第三筆是「豎」。 💡 **注意** 具有相同部件「祭」的字：傺、察、際、蔡、穄。
禾部 16畫 左右 jì 稧	稧	稧	右部「祭」：① 部件「夕」，香港、大陸內部為兩「點」，台灣內部為「點、提」。② 部件「示」，香港、大陸第三筆是「豎鉤」，台灣第三筆是「豎」。 💡 **注意** 具有相同部件「祭」的字：傺、察、際、蔡。 ✎ **書寫提示** 禾部的字：部首「禾」在構成左右結構的字時，通常位於左部，末筆作「點」。
竹部 14畫 左右 zhá 劄	劄	劄	香港、大陸為左右結構，台灣為上下結構。

香港	台灣	大陸	字形差異描述
米部 12畫 上下 zī 粢	粢	粢	①上部「次」，香港、大陸左部為「點、提」，台灣左部為兩「橫」。②下部「米」，香港、大陸結構緊湊，末筆是「捺」；台灣結構疏散，末筆是「捺點」。 💡 **注意**　具有相同部件「米」的字：咪、屎、眯、粟、粲、燦。
米部 15畫 左右 xǔ 糈	糈	糈	部件「月」，香港、大陸首筆是「豎」，內部為兩「橫」；台灣首筆是「撇」，內部為「點、提」。 💡 **注意**　具有相同部件「月」的字：育、肩、削、娟、啃、厭、撒。
米部 16畫 左右 bèi 糒	糒	糒	部件「用」，香港、大陸首筆是「豎」，台灣首筆是「撇」。
糸部 12畫 左右 jié xié 絜	絜	絜	部件「丯」，香港、大陸第三筆是「橫」，台灣第三筆是「提」。 ✏️ **書寫提示**　糸部的字：部首「糸」獨立位於左部時，通常作「糹」，如：糾、紅、紗、緞等；位於下部時，通常作「糸」，如：素、索、緊、繁等。
糸部 14畫 左右 qiàn 綪	綪	綪|绮	部件「月」，香港、大陸首筆是「豎」，台灣首筆是「撇」。
糸部 15畫 左右 yùn 縕	縕	縕|缊	香港、大陸右上部為「日」，台灣右上部為「囚」。 💡 **注意**　具有相同部件「昷」的字：溫、媼、氳、瘟、醖、輼。 ✏️ **書寫提示**　台灣「縕」為十六畫。
羽部 15畫 上下 jiǎn 鶼	鶼	鶼	部件「月」，香港、大陸首筆是「豎」，台灣首筆是「撇」。
虫部 13畫 左右 yuān 蜎	蜎	蜎	部件「月」，香港、大陸首筆是「豎」，內部為兩「橫」；台灣首筆是「撇」，內部為「點、提」。 💡 **注意**　具有相同部件「月」的字：育、肩、削、娟、啃、厭、撒。
虫部 17畫 上下 wèi 蝟	蝟	蝟	部件「示」，香港、大陸第三筆是「豎鈎」，台灣第三筆是「豎」。

三級字表

香港	台灣	大陸	字形差異描述
衣部 14畫 左右 yú 褕	褕	褕	部件「月」，香港、大陸首筆是「豎」，台灣首筆是「撇」。 📖 **小知識** 衣部的字：從「衤（衣）」的漢字，多與衣物、布料等有關，如：衫、被、裙、褥、褲等；從「礻（示）」的漢字，多與鬼神、祭祀等有關，如：社、祈、祝、祿、福等。形旁是「礻」，還是「衤」，要區分清楚。
言部 16畫 左右 xū 諞	諞	諞|谝	部件「月」，香港、大陸首筆是「豎」，內部為兩「橫」；台灣首筆是「撇」，內部為「點、提」。 💡 **注意** 具有相同部件「月」的字：育、肩、削、娟、唷、厭、撒。
言部 23畫 上下 zhé 讋	讋	讋|詟	部件「月」，香港、大陸首筆是「豎」，內部為兩「橫」；台灣首筆是「撇」，內部為「點、提」。 💡 **注意** 具有相同部件「月」的字：育、肩、削、娟、唷、厭、撒。
貝部 13畫 上下 zī 貲	貲	貲|赀	部件「匕」，香港、大陸首筆是「撇」，台灣首筆是「橫」。 💡 **注意** 具有相同部件「匕」的字：尼、老、死、此、些、呢、泥、柴、紫。 📖 **小知識** 貝部的字：古代曾以貝殼為貨幣，從貝的字一般和錢財有關，如：財、貴、買、賄、賜等。
足部 13畫 左右 zhì 跱	跱	跱	香港、大陸右上部為「土」，台灣右上部為「士」。 ✏️ **書寫提示** 足部的字：部首「足」在構成左右結構的字時，通常位於左部，最後兩筆作「豎、提」。
足部 17畫 左右 jí 蹐	蹐	蹐	部件「月」，香港、大陸首筆是「豎」，內部為兩「橫」；台灣首筆是「撇」，內部為「點、提」。 💡 **注意** 具有相同部件「月」的字：育、肩、削、娟、唷、厭、撒。
車部 16畫 左右 wēn 輼	輼	輼|辒	香港、大陸右上部為「日」，台灣右上部為「囚」。 💡 **注意** 具有相同部件「𥁞」的字：溫、媼、薀、瘟、醞、韞。 ✏️ **書寫提示** 台灣「輼」為十七畫。

香港	台灣	大陸	字形差異描述
車部 16畫 左右 róu 輮	輮	輮｜輮	部件「木」，香港、大陸結構緊湊，末筆是「捺」；台灣結構疏散，末筆是「捺點」。 💡 **注意** 具有相同部件「木」的字：朵、呆、某、染、桑、揉、榮、蝶、樂、謀。
車部 22畫 左右 lì 轢	轢	轢｜轹	部件「木」，香港、大陸結構緊湊，末筆是「捺」；台灣結構疏散，末筆是「捺點」。 💡 **注意** 具有相同部件「木」的字：朵、呆、某、染、桑、揉、榮、蝶、樂、謀。
邑部 9畫 左右 shī 邿	邿	邿	香港、大陸左上部為「土」，台灣左上部為「士」。 📄 **小知識** 邑部的字：右邊的「阝」是由「邑」變形而來，通常表示和地名、邦郡有關，如：邙、都、郭、鄂、鄭等；左邊的「阝」是由「阜」變形而來，通常表示和地勢、升降等有關，如：降、陡、階、隅、險等。 ✏️ **書寫提示** 邑部的字：部件「阝」，香港、台灣為三畫，大陸為兩畫。
邑部 12畫 左右 shū 郰	郰	郰	部件「月」，香港、大陸首筆是「豎」，台灣首筆是「撇」。
邑部 14畫 左右 yōng 鄘	鄘	鄘	部件「庸」，香港、大陸下部首筆是「豎」，台灣下部首筆是「撇」。 💡 **注意** 具有相同部件「庸」的字：傭、墉、慵、鏞、鱅。
金部 13畫 左右 pǒ 鉅	鉅	鉅｜钜	右部「巨」，香港、大陸末筆是「豎折」，台灣末筆是「豎彎」。 ✏️ **書寫提示** 金部的字：部首「金」在構成左右結構的字時，通常位於左部，末筆作「提」。
金部 14畫 左右 yǒu 銪	銪	銪｜铕	部件「月」，香港、大陸首筆是「豎」，台灣首筆是「撇」。
金部 15畫 左右 xuān 鋗	鋗	鋗｜铞	部件「月」，香港、大陸首筆是「豎」，內部為兩「橫」；台灣首筆是「撇」，內部為「點、提」。 💡 **注意** 具有相同部件「月」的字：育、肩、削、娟、啃、厭、撒。

香港	台灣	大陸	字形差異描述
金部 15畫 左右 liǔ 銃	銃	銃|铳	右部「㐬」：① 香港、大陸部件「厶」，共四畫；台灣對應的部件為「𠫓」，共三畫。② 下部「川」，香港、大陸末筆是「豎彎鈎」，台灣末筆是「豎彎」。 💡 **注意** 具有相同部件「㐬」的字：流、琉、梳、硫、疏、毓。
金部 16畫 左右 qiāng 錆	錆	錆|锖	部件「月」，香港、大陸首筆是「豎」，台灣首筆是「撇」。
阜部 12畫 左右 shù 隃	隃	隃	部件「月」，香港、大陸首筆是「豎」，台灣首筆是「撇」。 📄 **小知識** 阜部的字：左邊的「阝」是由「阜」變形而來，通常表示和地勢、升降等有關，如：降、陡、階、隅、險等；右邊的「阝」是由「邑」變形而來，通常表示和地名、邦郡有關，如邙、都、郭、鄂、鄭等。 ✏️ **書寫提示** 阜部的字：部件「阝」，香港、台灣為三畫，大陸為兩畫。
魚部 17畫 上下 cǐ 觜	觜	觜|觜	部件「匕」，香港、大陸首筆是「撇」，台灣首筆是「橫」。 💡 **注意** 具有相同部件「匕」的字：尼、老、死、此、些、呢、泥、柴、紫。
魚部 19畫 左右 qīng 鯖	鯖	鯖|鲭	部件「月」，香港、大陸首筆是「豎」，台灣首筆是「撇」。
魚部 20畫 左右 wēn 鰮	鰮	鰮|鳁	香港、大陸右上部為「日」，台灣右上部為「囚」。 💡 **注意** 具有相同部件「昷」的字：温、媼、氲、瘟、醖、韞。 ✏️ **書寫提示** 台灣「鰮」為二十一畫。
魚部 22畫 左右 jì 鱭	鱭	鱭|鲚	右部「祭」：① 部件「夕」，香港、大陸內部為兩「點」，台灣內部為「點、提」。② 部件「示」，香港、大陸第三筆是「豎鈎」，台灣第三筆是「豎」。 💡 **注意** 具有相同部件「祭」的字：傺、察、際、蔡、穄。
魚部 22畫 左右 jiāng 鱂	鱂	鱂|鳉	部件「夕」，香港、大陸內部為兩「點」，台灣內部為「點、提」。

三級字表

香港	台灣	大陸	字形差異描述
鳥部 19畫 左右 jīng 鶄	鶄	鶄︱鶄	部件「月」,香港、大陸首筆是「豎」,台灣首筆是「撇」。
鳥部 21畫 左右 jí 鶺	鶺	鶺︱鶺	部件「月」,香港、大陸首筆是「豎」,內部為兩「橫」;台灣首筆是「撇」,內部為「點、提」。 💡 **注意** 具有相同部件「月」的字:育、肩、削、娟、哨、厭、撒。
鳥部 22畫 上下 zhuó 鷟	鷟	鷟︱鷟	部件「癶」,香港、大陸末筆是「捺」,台灣末筆是「捺點」。
黹部 12畫 上下 zhǐ 黹	黹	黹	下部,香港、大陸首兩筆為「點、撇」,台灣首兩筆為「撇、點」。
龍部 20畫 上下 yǎn 黤	黤	黤︱龒	部件「月」,香港、大陸首筆是「豎」,內部為兩「橫」;台灣首筆是「撇」,內部為「點、提」。 💡 **注意** 具有相同部件「月」的字:育、肩、削、娟、哨、厭、撒、龍。

五 區

香港與台灣、大陸(規範字／繁體字)字形不同。台灣與大陸(規範字／繁體字)字形相同。

香港	台灣	大陸	字形差異描述
人部 8畫 左右 yì 佾	佾	佾	右部「亦」,香港第三筆是「豎」,台灣、大陸第三筆是「撇」。
土部 16畫 左右 da 墶	墶	墶︱垯	香港部件「辶」,共四畫;台灣、大陸對應的部件為「辶」,共三畫。 ✏ **書寫提示** 土部的字:部首「土」在構成左右結構的字時,通常位於左部,末筆作「提」。
手部 11畫 左右 tiàn 捵	捵	捵	部件「小」,香港首筆是「豎」,台灣、大陸首筆是「豎鈎」。
方部 8畫 左右 yū yú 於	於	於	香港右上部為「𠂉」,第二筆是「橫」;台灣、大陸右上部為「人」,第二筆是「捺」。

香港	台灣	大陸	字形差異描述
木部 12畫 左右 chóu 椆	椆	椆	部件「キ」，香港「豎」穿過兩「橫」，台灣、大陸「豎」不穿第二「橫」。 💡 **注意**　具有相同部件「周」的字：惆、週、稠、綢、調、雕、鵰。 ✏️ **書寫提示**　木部的字：部首「木」在構成左右結構的字時，通常位於左部，末筆作「點」。
毋部 8畫 上下 ǎi 毐	毐	毐	香港下部為「毋」，台灣、大陸下部為「毋」。 ✏️ **書寫提示**　台灣、大陸「毐」為七畫。
毋部 8畫 半包圍 nǎ 嫋	嫋	嫋	部件「也」，香港首筆是「橫折」，台灣、大陸首筆是「橫折鈎」。
牛部 11畫 左右 gù 牿	牿	牿	右部「告」，香港上部為「牛」，「豎」與下部「口」相接；台灣、大陸上部為「生」，「豎」與末筆「橫」相接。 ✏️ **書寫提示**　① 牛部的字：部首「牛」在構成左右結構的字時，通常位於左部，末筆作「提」。② 香港「牛」中「豎」為第四筆，台灣、大陸「生」中「豎」為第三筆。
田部 13畫 上下 tán 替	替	替	上部「林」，香港末筆是「捺點」，台灣、大陸末筆是「捺」。
疒部 13畫 半包圍 yū 瘀	瘀	瘀	部件「於」，香港右上部為「⺀」，第二筆是「橫」；台灣、大陸右上部為「人」，第二筆是「捺」。
矢部 17畫 左右 zēng 矰	矰	矰	部件「曰」，香港第三筆「橫」與第二筆「橫折」相離，台灣、大陸第三筆「橫」與第二筆「橫折」相接。 💡 **注意**　具有相同部件「曾」的字：僧、增、憎、層、罾、甑、贈、蹭。
石部 16畫 左右 cáo 磭	磭	磭	部件「曰」，香港第三筆「橫」與第二筆「橫折」相離，台灣、大陸第三筆「橫」與第二筆「橫折」相接。 💡 **注意**　具有相同部件「曹」的字：嘈、漕、槽、遭、艚、糟。

三級字表

香港	台灣	大陸	字形差異描述
竹部 13畫 上下 gào 筶	筶	筶	下部「告」，香港上部為「⺧」，「豎」與下部「口」相接；台灣、大陸上部為「𡗗」，「豎」與末筆「橫」相接。 ✎ **書寫提示**　香港「⺧」中「豎」為第四筆，台灣、大陸「𡗗」中「豎」為第三筆。
見部 22畫 左右 dí 覿	覿	覿|觌	部件「罒」，香港內部為「撇、豎彎」，台灣、大陸內部為兩「豎」。
貝部 15畫 左右 zhōu 賙	賙	賙|赒	部件「𡗚」，香港「豎」穿過兩「橫」，台灣、大陸「豎」不穿第二「橫」。 💡 **注意**　具有相同部件「周」的字：惆、週、稠、綢、調、雕、鵰。 📄 **小知識**　貝部的字：古代曾以貝殼為貨幣，從貝的字一般和錢財有關，如：財、貴、買、賄、賜等。
赤部 16畫 左右 chēng 赬	赬	赬|赪	左部「𤴓」，香港第四筆是「豎」，台灣、大陸第四筆是「撇」。
邑部 15畫 左右 zēng 鄫	鄫	鄫	部件「曰」，香港第三筆「橫」與第二筆「橫折」相離，台灣、大陸第三筆「橫」與第二筆「橫折」相接。 💡 **注意**　具有相同部件「曾」的字：僧、增、憎、層、罾、甑、贈、蹭。 📄 **小知識**　邑部的字：右邊的「阝」是由「邑」變形而來，通常表示和地名、邦郡有關，如：邔、都、郭、鄂、鄭等；左邊的「阝」是由「阜」變形而來，通常表示和地勢、升降等有關，如：降、陡、階、隅、險等。 ✎ **書寫提示**　邑部的字：部件「阝」，香港、台灣為三畫，大陸為兩畫。
邑部 16畫 左右 kuài 鄶	鄶	鄶|郐	部件「曰」，香港第三筆「橫」與第二筆「橫折」相離，台灣、大陸第三筆「橫」與第二筆「橫折」相接。 💡 **注意**　具有相同部件「曰」的字：書、得、替、復、葛、歇、厭、踏、潛、繪。
金部 18畫 左右 zī 鎡	鎡	鎡|镃	香港右上部為「艹」，共四畫；台灣、大陸右上部為「丷」，共三畫。 ✎ **書寫提示**　金部的字：部首「金」在構成左右結構的字時，通常位於左部，末筆作「提」。

香港	台灣	大陸	字形差異描述
金部 23畫 左右 lǔ	鐪	鐪	鐪|镥	部件「曰」，香港第三筆「橫」與第二筆「橫折」相離，台灣、大陸第三筆「橫」與第二筆「橫折」相接。 💡 **注意**　具有相同部件「曰」的字：書、得、替、復、葛、歇、厭、踏、潛、繪。
阜部 17畫 左右 jī	隮	隮	隮|际	部件「丫」，香港第三筆是「豎鈎」，台灣、大陸第三筆是「豎」。 📄 **小知識**　阜部的字：左邊的「阝」是由「阜」變形而來，通常表示和地勢、升降等有關，如：降、陡、階、隅、險等；右邊的「阝」是由「邑」變形而來，通常表示和地名、邦郡有關，如邦、郡、都、郭、鄭等。 ✎ **書寫提示**　阜部的字：部件「阝」，香港、台灣為三畫，大陸為兩畫。
頁部 15畫 左右 wěi	頠	頠	頠|颓	左部「危」，香港末筆是「豎彎鈎」，台灣、大陸末筆是「豎提」。 📄 **小知識**　「頁」本義是頭，「頠」基本義是指頭俯仰自如。從頁的字，一般和頭有關，如：領、頤、頰、頸、顧等。
香部 14畫 左右 bì	秘	秘	秘	部件「曰」，香港第三筆「橫」與第二筆「橫折」相離，台灣、大陸第三筆「橫」與第二筆「橫折」相接。 💡 **注意**　具有相同部件「曰」的字：書、得、替、復、葛、歇、厭、踏、潛、繪。
香部 16畫 左右 bó	馛	馛	馛	部件「曰」，香港第三筆「橫」與第二筆「橫折」相離，台灣、大陸第三筆「橫」與第二筆「橫折」相接。 💡 **注意**　具有相同部件「曰」的字：書、得、替、復、葛、歇、厭、踏、潛、繪。
馬部 24畫 左右 sù	驌	驌	驌|骕	右部「肅」，香港上、下部件之間有一筆「橫」，下部首筆是「豎」，內部中的「橫」與兩邊相離；台灣、大陸上、下部件之間沒有「橫」，下部首筆是「撇」，內部中的「橫」與兩邊相接。 ✎ **書寫提示**　台灣「驌」為二十二畫，大陸「骕」為二十三畫。

三級字表

香港	台灣	大陸	字形差異描述
魚部 24畫 左右 kuài 鱠	鱠	鱠｜鲙	部件「曰」，香港第三筆「橫」與第二筆「橫折」相離，台灣、大陸第三筆「橫」與第二筆「橫折」相接。 💡 **注意**　具有相同部件「曰」的字：書、得、替、復、葛、歇、厭、踏、潛、繪。
鳥部 25畫 左右 sù 鷫	鷫	鷫｜鹔	左部「肅」，香港上、下部件之間有一筆「橫」，下部首筆是「豎」，內部中的「橫」與兩邊相離；台灣、大陸上、下部件之間沒有「橫」，下部首筆是「撇」，內部中的「橫」與兩邊相接。 ✏️ **書寫提示**　台灣「鷫」為二十三畫，大陸「鷫」為二十四畫。

六 區

香港、台灣、大陸（規範字 / 繁體字）三者字形各不相同。

香港	台灣	大陸	字形差異描述
人部 11畫 左右 xiè 偰	偰	偰	① 部件「㓝」，香港、大陸第三筆是「橫」，台灣第三筆是「提」。② 部件「大」，香港、台灣末筆是「捺點」，大陸末筆是「捺」。
人部 12畫 左右 nù 傉	傉	傉	部件「辱」：① 香港、大陸第二筆「撇」到整字底，台灣第二筆「撇」在上部。② 香港、台灣第三筆「橫」與第二筆「撇」相接，末筆是「捺點」；大陸第三筆「橫」與第二筆「撇」相離，末筆是「捺」。
人部 14畫 左右 zhuàn 僎	僎	僎	部件「㔾」，香港第三、六筆均是「豎彎」；台灣第三筆是「豎提」，第六筆是「豎彎」；大陸第三、六筆均是「豎彎鈎」。
厂部 19畫 半包圍 yǎn 厴	厴	厴｜厣	① 部件「曰」，香港第三筆「橫」與第二筆「橫折」相離，台灣、大陸第三筆「橫」與第二筆「橫折」相接。② 部件「月」，香港、大陸首筆是「豎」，內部為兩「橫」；台灣首筆是「撇」，內部為「點、提」。③ 部件「犬」，香港、台灣第三筆是「捺點」，大陸第三筆是「捺」。 💡 **注意**　①具有相同部件「曰」的字：書、得、替、復、葛、歇、厭、踏、潛、繪。②具有相同部件「月」的字：育、肩、削、娟、啃、撒。

三級字表

香港	台灣	大陸	字形差異描述
口部 15畫 左右 xùn 噀	噀	噀	部件「巴」，香港第三、六筆均是「豎彎」；台灣第三筆是「豎提」，第六筆是「豎彎」；大陸第三、六筆均是「豎彎鈎」。
土部 11畫 左右 lèng 堎	堎	堎	① 部件「儿」，香港、台灣為「撇、豎彎」，且與上部相接；大陸為「撇、點」，且與上部相離。② 部件「夂」，香港、大陸「捺」與「撇」相接，台灣「捺」與「撇」相交。 💡 **注意**　具有相同部件「夌」的字：凌、陵、菱、棱、稜、綾。 ✎ **書寫提示**　土部的字：部首「土」在構成左右結構的字時，通常位於左部，末筆作「提」。
土部 12畫 左右 è 碣	碣	碣	① 部件「曰」，香港第三筆「橫」與第二筆「橫折」相離，台灣、大陸第三筆「橫」與第二筆「橫折」相接。② 部件「勹」，香港、台灣末筆是「豎彎」，大陸末筆是「豎折」。 💡 **注意**　具有相同部件「曰」的字：書、得、替、復、葛、歇、厭、踏、潛、繪。
土部 14畫 左右 lóu 塿	塿	塿|㙒	① 部件「串」，香港末筆「豎」上下貫穿，台灣、大陸末筆「豎」向下不出頭。② 部件「女」，香港、台灣第三筆「橫」與第二筆「撇」相交，大陸第三筆「橫」與第二筆「撇」相接。
土部 14畫 左右 liáng 椋	椋	椋	① 部件「乃」，香港、台灣第三筆「點」與「撇」相接，大陸第三筆「點」與「撇」相離。② 部件「朩」，香港、大陸結構緊湊，末筆是「捺」；台灣結構疏散，末筆是「捺點」。 💡 **注意**　具有相同部件「朩」的字：朵、呆、某、染、桑、揉、榮、蝶、樂、謀。
女部 7畫 左右 yuán 妧	妧	妧	左部「女」，香港「提」與「撇」相接，「撇」出頭；台灣「提」與「撇」相交；大陸「橫」與「撇」相接，「撇」出頭。
女部 7畫 左右 yún 妘	妘	妘	左部「女」，香港「提」與「撇」相接，「撇」出頭；台灣「提」與「撇」相交；大陸「橫」與「撇」相接，「撇」出頭。

三級字表

香港	台灣	大陸	字形差異描述
女部 8畫 左右 bá	妭	妭	妭	①左部「女」，香港「提」與「撇」相接，「撇」出頭；台灣「提」與「撇」相交；大陸「橫」與「撇」相接，「撇」出頭。②右部「犮」，香港、台灣第三、四筆為「ㄨ」，大陸第三、四筆為「乂」。
女部 8畫 左右 líng	妗	妗	妗	①左部「女」，香港「提」與「撇」相接，「撇」出頭；台灣「提」與「撇」相交；大陸「橫」與「撇」相接，「撇」出頭。②右部「令」，香港、台灣第三筆是「短橫」，大陸第三筆是「點」。
女部 9畫 上下 jié	挈	挈	挈	①部件「龶」，香港首筆是「撇」，第三筆是「橫」；台灣首筆是「橫」，第三筆是「提」；大陸第一、三筆均是「橫」。②下部「女」，香港、台灣第三筆「橫」與第二筆「撇」相交，大陸第三筆「橫」與第二筆「撇」相接。
女部 9畫 左右 sōng	娀	娀	娀	左部「女」，香港「提」與「撇」相接，「撇」出頭；台灣「提」與「撇」相交；大陸「橫」與「撇」相接，「撇」出頭。
女部 9畫 左右 jí	姞	姞	姞	左部「女」，香港「提」與「撇」相接，「撇」出頭；台灣「提」與「撇」相交；大陸「橫」與「撇」相接，「撇」出頭。
女部 9畫 左右 kuā	姱	姱	姱	左部「女」，香港「提」與「撇」相接，「撇」出頭；台灣「提」與「撇」相交；大陸「橫」與「撇」相接，「撇」出頭。
女部 9畫 左右 gòu	姤	姤	姤	左部「女」，香港「提」與「撇」相接，「撇」出頭；台灣「提」與「撇」相交；大陸「橫」與「撇」相接，「撇」出頭。
女部 9畫 左右 è	姶	姶	姶	左部「女」，香港「提」與「撇」相接，「撇」出頭；台灣「提」與「撇」相交；大陸「橫」與「撇」相接，「撇」出頭。
女部 9畫 左右 guǐ	姽	姽	姽	左部「女」，香港「提」與「撇」相接，「撇」出頭；台灣「提」與「撇」相交；大陸「橫」與「撇」相接，「撇」出頭。
女部 10畫 左右 xíng	娙	娙	娙 | 㛗	左部「女」，香港「提」與「撇」相接，「撇」出頭；台灣「提」與「撇」相交；大陸「橫」與「撇」相接，「撇」出頭。

三級字表

香港	台灣	大陸	字形差異描述
女部 10畫 左右 tǒng 俑	俑	俑	左部「女」，香港「提」與「撇」相接，「撇」出頭；台灣「提」與「撇」相交；大陸「橫」與「撇」相接，「撇」出頭。
女部 11畫 左右 xìng 婞	婞	婞	左部「女」，香港「提」與「撇」相接，「撇」出頭；台灣「提」與「撇」相交；大陸「橫」與「撇」相接，「撇」出頭。
女部 11畫 左右 jǔ 婋	婋	婋	①左部「女」，香港「提」與「撇」相接，「撇」出頭；台灣「提」與「撇」相交；大陸「橫」與「撇」相接，「撇」出頭。②部件「耳」，香港、台灣末筆「提」與第三筆「豎」相接，大陸末筆「提」與第三筆「豎」相交。
女部 11畫 左右 qǐ 婍	婍	婍	左部「女」，香港「提」與「撇」相接，「撇」出頭；台灣「提」與「撇」相交；大陸「橫」與「撇」相接，「撇」出頭。
女部 11畫 左右 shú 婌	婌	婌	左部「女」，香港「提」與「撇」相接，「撇」出頭；台灣「提」與「撇」相交；大陸「橫」與「撇」相接，「撇」出頭。
女部 11畫 左右 kūn 婗	婗	婗	①左部「女」，香港「提」與「撇」相接，「撇」出頭；台灣「提」與「撇」相交；大陸「橫」與「撇」相接，「撇」出頭。②部件「比」，香港、台灣第三筆是「短橫」，大陸第三筆是「短撇」。 💡 **注意** 具有相同部件「比」的字：批、庇、屁、鹿、混、諧、麗。
女部 11畫 左右 zhōu 婤	婤	婤	①左部「女」，香港「提」與「撇」相接，「撇」出頭；台灣「提」與「撇」相交；大陸「橫」與「撇」相接，「撇」出頭。②部件「龶」，香港「豎」穿過兩「橫」，台灣、大陸「豎」不穿第二「橫」。 💡 **注意** 具有相同部件「周」的字：惆、週、稠、綢、調、雕、鵰。
女部 11畫 左右 quán 婘	婘	婘	左部「女」，香港「提」與「撇」相接，「撇」出頭；台灣「提」與「撇」相交；大陸「橫」與「撇」相接，「撇」出頭。

三級字表

香港	台灣	大陸	字形差異描述
女部 11畫 左右 wǎn 婠	婠	婠	左部「女」，香港「提」與「撇」相接，「撇」出頭；台灣「提」與「撇」相交；大陸「橫」與「撇」相接，「撇」出頭。
女部 12畫 左右 ruò 婼	婼	婼	①左部「女」，香港「提」與「撇」相接，「撇」出頭；台灣「提」與「撇」相交；大陸「橫」與「撇」相接，「撇」出頭。②右上部，香港、台灣為「⺿」，「橫」與「豎」相交，共四畫；大陸為「⺾」，「橫」連為一筆，共三畫。
女部 12畫 左右 yīng 媖	媖	媖	①左部「女」，香港「提」與「撇」相接，「撇」出頭；台灣「提」與「撇」相交；大陸「橫」與「撇」相接，「撇」出頭。②右上部，香港、台灣為「⺿」，「橫」與「豎」相交，共四畫；大陸為「⺾」，「橫」連為一筆，共三畫。③部件「央」，香港、台灣末筆是「捺點」，大陸末筆是「捺」。
女部 12畫 左右 nàn 媈	媈	媈	左部「女」，香港「提」與「撇」相接，「撇」出頭；台灣「提」與「撇」相交；大陸「橫」與「撇」相接，「撇」出頭。
女部 12畫 左右 ruǎn 媆	媆	媆	①左部「女」，香港「提」與「撇」相接，「撇」出頭；台灣「提」與「撇」相交；大陸「橫」與「撇」相接，「撇」出頭。②部件「大」，香港、台灣末筆是「捺點」，大陸末筆是「捺」。
女部 12畫 左右 shì 媞	媞	媞	左部「女」，香港「提」與「撇」相接，「撇」出頭；台灣「提」與「撇」相交；大陸「橫」與「撇」相接，「撇」出頭。
女部 12畫 左右 pián 媥	媥	媥	左部「女」，香港「提」與「撇」相接，「撇」出頭；台灣「提」與「撇」相交；大陸「橫」與「撇」相接，「撇」出頭。
女部 12畫 左右 huáng 媓	媓	媓	左部「女」，香港「提」與「撇」相接，「撇」出頭；台灣「提」與「撇」相交；大陸「橫」與「撇」相接，「撇」出頭。
女部 12畫 左右 dì 媂	媂	媂	左部「女」，香港「提」與「撇」相接，「撇」出頭；台灣「提」與「撇」相交；大陸「橫」與「撇」相接，「撇」出頭。

香港	台灣	大陸	字形差異描述
女部 12畫 左右 měi 媄	媄	媄	①左部「女」，香港「提」與「撇」相接，「撇」出頭；台灣「提」與「撇」相交；大陸「橫」與「撇」相接，「撇」出頭。②部件「大」，香港、台灣末筆是「捺點」，大陸末筆是「捺」。
女部 13畫 左右 yuán 嫄	嫄	嫄	左部「女」，香港「提」與「撇」相接，「撇」出頭；台灣「提」與「撇」相交；大陸「橫」與「撇」相接，「撇」出頭。
女部 13畫 左右 yáo 媱	媱	媱	①左部「女」，香港「提」與「撇」相接，「撇」出頭；台灣「提」與「撇」相交；大陸「橫」與「撇」相接，「撇」出頭。②右上部，香港為「夕」，台灣為「夕」，大陸為「⺈」。 💡 **注意**　具有相同部件「䍃」的字：傜、瑤、遙、謠。
女部 14畫 左右 yì 嬑	嬑	嬑	①左部「女」，香港「提」與「撇」相接，「撇」出頭；台灣「提」與「撇」相交；大陸「橫」與「撇」相接，「撇」出頭。②部件「匚」，香港、台灣末筆是「豎彎」，大陸末筆是「豎折」。
女部 14畫 左右 hù 嫭	嫭	嫭	①左部「女」，香港「提」與「撇」相接，「撇」出頭；台灣「提」與「撇」相交；大陸「橫」與「撇」相接，「撇」出頭。②部件「七」，香港、台灣第二筆是「豎彎」，大陸第二筆是「豎彎鈎」。 💡 **注意**　含部件「虍」的字，其中的「七」寫法相同，如：虎、虔、墟、劇、慮、瘧、擄、獻。
女部 14畫 左右 zhāng 嫜	嫜	嫜	左部「女」，香港「提」與「撇」相接，「撇」出頭；台灣「提」與「撇」相交；大陸「橫」與「撇」相接，「撇」出頭。
女部 14畫 左右 lào 嫪	嫪	嫪	①左部「女」，香港「提」與「撇」相接，「撇」出頭；台灣「提」與「撇」相交；大陸「橫」與「撇」相接，「撇」出頭。②部件「羽」，香港、台灣第一、四筆均是「橫折鈎」，大陸第一、四筆均是「橫折」。
女部 15畫 左右 liáo 嫽	嫽	嫽	左部「女」，香港「提」與「撇」相接，「撇」出頭；台灣「提」與「撇」相交；大陸「橫」與「撇」相接，「撇」出頭。

三級字表

香港	台灣	大陸	字形差異描述
女部 15畫 左右 huà 嬅	嬅	嬅｜婳	左部「女」，香港「提」與「撇」相接，「撇」出頭；台灣「提」與「撇」相交；大陸「橫」與「撇」相接，「撇」出頭。
女部 16畫 左右 xuān 嬛	嬛	嬛	左部「女」，香港「提」與「撇」相接，「撇」出頭；台灣「提」與「撇」相交；大陸「橫」與「撇」相接，「撇」出頭。
女部 17畫 左右 rú 嬬	嬬	嬬	①左部「女」，香港「提」與「撇」相接，「撇」出頭；台灣「提」與「撇」相交；大陸「橫」與「撇」相接，「撇」出頭。②部件「而」，香港、台灣最後四筆姿態各異，大陸對應的四筆均是「短橫」。
女部 17畫 左右 tiǎo 嬥	嬥	嬥	①左部「女」，香港「提」與「撇」相接，「撇」出頭；台灣「提」與「撇」相交；大陸「橫」與「撇」相接，「撇」出頭。②部件「羽」，香港、台灣第一、四筆均是「橫折鈎」，大陸第一、四筆均是「橫折」。
女部 19畫 左右 yàn 嬮	嬮	嬮	①左部「女」，香港「提」與「撇」相接，「撇」出頭；台灣「提」與「撇」相交；大陸「橫」與「撇」相接，「撇」出頭。②部件「扌」，香港、台灣第三筆「提」與首筆「豎」相接，「提」出頭；大陸第三筆「提」與首筆「豎」相接，「豎」出頭。③部件「七」，香港、台灣為「橫、豎彎」，大陸為「撇、豎彎鈎」。
女部 20畫 左右 xiān 孅	孅	孅	左部「女」，香港「提」與「撇」相接，「撇」出頭；台灣「提」與「撇」相交；大陸「橫」與「撇」相接，「撇」出頭。
山部 13畫 左右 niè 嵲	嵲	嵲	①左部「山」，香港、台灣第二筆是「豎折」，大陸第二筆是「豎提」。②部件「木」，香港、大陸結構緊湊，末筆是「捺」；台灣結構疏散，末筆是「捺點」。
山部 15畫 左右 céng 嶒	嶒	嶒	①左部「山」，香港、台灣第二筆是「豎折」，大陸第二筆是「豎提」。②部件「日」，香港第三筆「橫」與第二筆「橫折」相離，台灣、大陸第三筆「橫」與第二筆「橫折」相接。 💡 注意　具有相同部件「曾」的字：僧、增、憎、層、罾、甑、贈、蹭。

香港	台灣	大陸	字形差異描述
山部 16畫 上下 ào 嶴	嶴	峹	香港上部為「奧」，第三筆是「橫折」；台灣上部為「奧」，第三筆是「橫折鈎」；大陸上部為「天」。
广部 11畫 半包圍 chěng 廯	廯	廯	① 部件「儿」，香港、台灣為「撇、豎彎」，且與上部相接；大陸為「撇、點」，且與上部相離。② 部件「夊」，香港、大陸「捺」與「撇」相接，台灣「捺」與「撇」相交。 💡 注意　具有相同部件「夌」的字：凌、陵、菱、棱、稜、綾。
广部 12畫 半包圍 sōu 廀	廀	廋	部件「叟」，香港部件「甴」中「豎」與底「橫」相接；台灣部件「甶」中「豎」穿離底「橫」，並下接部件「又」；大陸部件「申」中「豎」與底「橫」相交，並下接部件「又」。 ✏️ 書寫提示　台灣「廀」為十三畫。
心部 11畫 左右 líng 悛	悛	悛	① 部件「儿」，香港、台灣為「撇、豎彎」，且與上部相接；大陸為「撇、點」，且與上部相離。② 部件「夊」，香港、大陸「捺」與「撇」相接，台灣「捺」與「撇」相交。 💡 注意　具有相同部件「夌」的字：凌、陵、菱、棱、稜、綾。
心部 13畫 左右 qí 愭	愭	愭	部件「匕」，香港為「撇、豎彎」，台灣為「橫、豎彎」，大陸為「撇、豎彎鈎」。
心部 14畫 左右 zào 慥	慥	慥	① 部件「告」，香港上部為「牛」，「豎」與下部「口」相接；台灣、大陸上部為「㐄」，「豎」與末筆「橫」相接。② 香港、台灣部件「辶」，共四畫；大陸對應的部件為「辶」，共三畫。 ✏️ 書寫提示　香港「牛」中「豎」為第四筆，台灣、大陸「㐄」中「豎」為第三筆。
心部 16畫 左右 lǐn 懍	懍	懍	香港右下部為「禾」，結構緊湊，末筆是「捺」；台灣右下部為「禾」，結構疏散，末筆是「捺點」；大陸右下部為「示」。

三級字表

香港	台灣	大陸	字形差異描述
日部 11畫 左右 jùn 晙	晙	晙	① 部件「儿」，香港、台灣為「撇、豎彎」，且與上部相接；大陸為「撇、點」，且與上部相離。② 部件「夂」，香港、大陸「捺」與「撇」相接，台灣「捺」與「撇」相交。 💡 注意　具有相同部件「夋」的字：俊、唆、峻、梭、竣、駿。
木部 12畫 上下 fěi 棐	棐	棐	① 上部「非」，香港、台灣首筆是「豎撇」，第四筆是「提」；大陸首筆是「豎」，第四筆是「橫」。② 下部「木」，香港、大陸結構緊湊，末筆是「捺」；台灣結構疏散，末筆是「捺點」。 💡 注意　具有相同部件「非」的字：匪、排、啡、悲、罪、輩、靠、靡。
木部 14畫 上下 pán 槃	槃	槃	① 部件「舟」，香港、台灣「提」與「橫折鈎」相交，大陸「橫」與「橫折鈎」相接。② 下部「木」，香港、大陸結構緊湊，末筆是「捺」；台灣結構疏散，末筆是「捺點」。
木部 19畫 上下 zhū 貕	貕	貕	① 香港、台灣上左部為「豕」，大陸上左部為「豸」。② 下部「木」，香港、大陸結構緊湊，末筆是「捺」；台灣結構疏散，末筆是「捺點」。
水部 14畫 左右 lóu 漊	漊	漊∣溇	① 部件「串」，香港末筆「豎」上下貫穿，台灣、大陸末筆「豎」向下不出頭。② 部件「女」，香港、台灣「橫」與「撇」相交，大陸「橫」與「撇」相接。
火部 11畫 左右 jùn qū 焌	焌	焌	① 部件「儿」，香港、台灣為「撇、豎彎」，且與上部相接；大陸為「撇、點」，且與上部相離。② 部件「夂」，香港、大陸「捺」與「撇」相接，台灣「捺」與「撇」相交。 💡 注意　具有相同部件「夋」的字：俊、唆、峻、梭、竣、駿。 ✏️ 書寫提示　火部的字：部首「火」在構成左右結構的字時，通常位於左部，末筆作「點」。
火部 19畫 上下 ruò 爇	爇	爇	① 上部，香港、台灣為「艹」，「橫」與「豎」相交，共四畫；大陸為「艹」，「橫」連為一筆，共三畫。② 部件「八」，香港、大陸末筆是「點」，台灣末筆是「豎彎」。 📖 小知識　由「灬」構成的字，有的表示和「火」有關，如：烹、煮、煎、蒸、熬等；也有的是描摹動物的尾巴或四足，如：馬、魚、燕等。

香港	台灣	大陸	字形差異描述
犬部 10畫 左右 suān 狻	狻	狻	① 部件「儿」，香港、台灣為「撇、豎彎」，且與上部相接；大陸為「撇、點」，且與上部相離。② 部件「夂」，香港、大陸「捺」與「撇」相接，台灣「捺」與「撇」相交。 💡 注意　具有相同部件「夋」的字：俊、唆、峻、梭、竣、駿。
犬部 12畫 左右 yà 猰	猰	猰	① 部件「丰」，香港、大陸第三筆是「橫」，台灣第三筆是「提」。② 部件「㡨」，香港、台灣末筆是「捺點」，大陸末筆是「捺」。
犬部 13畫 左右 yáo 猺	猺	猺	香港右上部為「夕」，台灣右上部為「夕」，大陸右上部為「⺈」。 💡 注意　具有相同部件「䍃」的字：徭、瑤、遙、謠。
田部 12畫 左右 jùn 畯	畯	畯	① 部件「儿」，香港、台灣為「撇、豎彎」，且與上部相接；大陸為「撇、點」，且與上部相離。② 部件「夂」，香港、大陸「捺」與「撇」相接，台灣「捺」與「撇」相交。 💡 注意　具有相同部件「夋」的字：俊、唆、峻、梭、竣、駿。
疒部 17畫 半包圍 huáng 癀	癀	癀	部件「黃」：① 上部，香港、台灣為「卝」，共五畫；大陸為「⺀」，共四畫。② 中部，香港、大陸為「田」，台灣為「田」。
目部 14畫 左右 sǒu 瞍	瞍	瞍	右部「叟」，香港部件「甶」中「豎」與底「橫」相接；台灣部件「申」中「豎」穿離底「橫」，並下接部件「又」；大陸部件「甶」中「豎」與底「橫」相交，並下接部件「又」。 ✏️ 書寫提示　台灣「瞍」為十五畫。
石部 10畫 上下 nǔ 砮	砮	砮	部件「女」，香港「提」與「撇」相接，「撇」出頭；台灣「提」與「撇」相交；大陸「橫」與「撇」相接，「撇」出頭。
石部 11畫 上下 lüè 硌	硌	硌	部件「丰」，香港首筆是「撇」，第三筆是「橫」；台灣首筆是「橫」，第三筆是「提」；大陸第一、三筆均是「橫」。
石部 14畫 左右 qì 碛	碛	碛	① 部件「丰」，香港、大陸第三筆是「橫」，台灣第三筆是「提」。② 部件「㡨」，香港、台灣末筆是「捺點」，大陸末筆是「捺」。

香港	台灣	大陸	字形差異描述
禾部 20畫 左右 lǔ	穭	穭	稆	香港右部為「魯」，下部第三筆「橫」與第二筆「橫折」相離；台灣右部為「魯」，下部第三筆「橫」與第二筆「橫折」相接；大陸右部為「吕」。 ✏ **書寫提示**　禾部的字：部首「禾」在構成左右結構的字時，通常位於左部，末筆作「點」。
穴部 14畫 上下 yú	窳	窳	窳	①上部「宀」，香港、台灣最後兩筆為「撇、豎彎」，且與第三筆「橫鈎」相接；大陸最後兩筆為「撇、點」，且與第三筆「橫鈎」相離。②部件「月」，香港、大陸首筆是「豎」，台灣首筆是「撇」。
穴部 16畫 上下 jù	窶	窶	窶｜窭	①上部「宀」，香港、台灣最後兩筆為「撇、豎彎」，且與第三筆「橫鈎」相接；大陸最後兩筆為「撇、點」，且與第三筆「橫鈎」相離。②部件「虫」，香港末筆「豎」上下貫穿，台灣、大陸末筆「豎」向下不出頭。③部件「女」，香港、台灣「橫」與「撇」相交，大陸「橫」與「撇」相接。
竹部 11畫 上下 nú	笯	笯	笯	部件「女」，香港「提」與「撇」相接，「撇」出頭；台灣「提」與「撇」相交；大陸「橫」與「撇」相接，「撇」出頭。
竹部 17畫 上下 zào	簉	簉	簉	①部件「告」，香港上部為「牛」，「豎」與下部「口」相接；台灣、大陸上部為「㐧」，「豎」與末筆「橫」相接。②香港、台灣部件「辶」，共四畫；大陸對應的部件為「辶」，共三畫。 ✏ **書寫提示**　香港「牛」中「豎」為第四筆，台灣、大陸「㐧」中「豎」為第三筆。
米部 23畫 上下 niè	虉	虉	虉	①香港、台灣上部為「艹」，「橫」與「豎」相交，共四畫；大陸上部為「艹」，「橫」連為一筆，共三畫。②部件「米」，香港、大陸結構緊湊，末筆是「捺」；台灣結構疏散，末筆是「捺點」。
糸部 21畫 左右 kuàng	纊	纊	纊｜纩	部件「黃」：①上部，香港、台灣為「卄」，共五畫；大陸為「卄」，共四畫。②中部，香港、大陸為「由」，台灣為「田」。 ✏ **書寫提示**　糸部的字：部首「糸」獨立位於左部時，通常作「糹」，如：糾、紅、紗、緞等；位於下部時，通常作「糸」，如：素、索、緊、繁等。

香港	台灣	大陸	字形差異描述
耒部 21畫 左右 yōu **穮**	**穮**	**穮**	① 左部「耒」，香港、台灣首筆是「撇」，大陸首筆是「橫」。② 部件「夂」，香港、大陸「捺」與「撇」相接，台灣「捺」與「撇」相交。
肉部 9畫 左右 shì **脈**	**脈**	**脈**	① 左部「月」，香港、台灣內部為「點、提」，大陸內部為兩「橫」。② 右部「示」，香港、大陸第三筆是「豎鈎」，台灣第三筆是「豎」。 📖 **小知識** 肉部的字：現代漢字中「肉月旁」與「月字旁」不同。「肉月旁」一般是與身體器官或肉有關，如：肋、肝、肘、脊、臂等；「月字旁」一般是與月亮、天氣、光線有關，如：明、朗、期、朝、朦等。
肉部 11畫 左中右 xiū **脩**	**脩**	**脩**	① 右上部，香港、台灣為「夂」，共四畫；大陸為「夂」，共三畫。② 部件「月」，香港、大陸首筆是「豎」，內部為兩「橫」；台灣首筆是「撇」，內部為「點、提」。 💡 **注意** 具有相同部件「月」的字：育、肩、削、娟、哨、厭、撒。 🔍 **辨析** 「脩」與「修」。表示乾肉時，只能用「脩」；表示修理、修為等多用「修」。 ✎ **書寫提示** 中間「短豎」不能丟。
肉部 11畫 左右 sà **脎**	**脎**	**脎**	① 左部「月」，香港內部為「點、提」，台灣、大陸內部為兩「橫」。② 香港右下部為「朮」，第二筆是「豎」，第四筆是「豎彎」，共五畫；台灣右下部為「朮」，第二筆是「豎」，第四筆是「捺點」，共四畫；大陸右下部為「朮」，第二筆是「豎鈎」，第四筆是「捺點」，共四畫。
肉部 12畫 左右 zōng **脎**	**脎**	**脎**	① 左部「月」，香港內部為「點、提」，台灣、大陸內部為兩「橫」。② 部件「示」，香港、大陸第三筆是「豎鈎」，台灣第三筆是「豎」。
肉部 13畫 左右 wà **腽**	**腽**	**腽**	① 左部「月」，香港、台灣內部為「點、提」，大陸內部為兩「橫」。② 香港、大陸右上部為「日」，台灣右上部為「囚」。 💡 **注意** 具有相同部件「𥁕」的字：温、媼、氲、瘟、醖、輼。 ✎ **書寫提示** 台灣「腽」為十四畫。

三級字表

香港	台灣	大陸	字形差異描述
肉部 15畫 左右 lóu lú 腰	腰	腰|䐈	①左部「月」，香港、台灣內部為「點、提」，大陸內部為兩「橫」。②部件「申」，香港末筆「豎」上下貫穿，台灣、大陸末筆「豎」向下不出頭。③部件「女」，香港、台灣「橫」與「撇」相交，大陸「橫」與「撇」相接。
舟部 17畫 左右 cáo 艚	艚	艚	①左部「舟」，香港、台灣「提」與「橫折鈎」相交，大陸「橫」與「橫折鈎」相接。②部件「曰」，香港第三筆「橫」與第二筆「橫折」相離，台灣、大陸第三筆「橫」與第二筆「橫折」相接。 💡 **注意**　具有相同部件「曹」的字：嘈、漕、槽、遭、糟。 ✏️ **書寫提示**　舟部的字：部首「舟」在構成左右結構的字時，通常位於左部，香港末筆作「提」。
艸部 10畫 上下 lǎo 茗	茗	茗	①香港、台灣上部為「⺾」，「橫」與「豎」相交，共四畫；大陸上部為「艹」，「橫」連為一筆，共三畫。②部件「匕」，香港、大陸首筆是「撇」，台灣首筆是「橫」。 💡 **注意**　具有相同部件「匕」的字：尼、老、死、此、呢、泥。
艸部 10畫 上下 cí zǐ 茈	茈	茈	①香港、台灣上部為「⺾」，「橫」與「豎」相交，共四畫；大陸上部為「艹」，「橫」連為一筆，共三畫。②部件「匕」，香港、大陸首筆是「撇」，台灣首筆是「橫」。 💡 **注意**　具有相同部件「匕」的字：尼、老、死、此、些、呢、泥、柴、紫。
艸部 10畫 上下 chōng 茺	茺	茺	①香港、台灣上部為「⺾」，「橫」與「豎」相交，共四畫；大陸上部為「艹」，「橫」連為一筆，共三畫。②香港、大陸部件「亠」，共四畫；台灣對應的部件為「亠」，共三畫。 💡 **注意**　具有相同部件「亠」的字：充、育、棄、統、徹。
艸部 13畫 上下 qiā 藔	藔	藔	①香港、台灣上部為「⺾」，「橫」與「豎」相交，共四畫；大陸上部為「艹」，「橫」連為一筆，共三畫。②部件「𢆶」，香港、大陸第三筆是「橫」，台灣第三筆是「提」。③部件「六」，香港、台灣末筆是「捺點」，大陸末筆是「捺」。

香港	台灣	大陸	字形差異描述
艸部 13畫 上下 **葰** jùn suǒ	**葰**	**葰**	① 香港、台灣上部為「⺿」,「橫」與「豎」相交,共四畫;大陸上部為「⺾」,「橫」連為一筆,共三畫。② 部件「儿」,香港、台灣為「撇、豎彎」,且與上部相接;大陸為「撇、點」,且與上部相離。③ 部件「夂」,香港、大陸「捺」與「撇」相接,台灣「捺」與「撇」相交。
艸部 13畫 上下 **萹** biān	**萹**	**萹**	① 香港、台灣上部為「⺿」,「橫」與「豎」相交,共四畫;大陸上部為「⺾」,「橫」連為一筆,共三畫。② 部件「戶」,香港、大陸首筆是「點」,台灣首筆是「撇」。 💡 **注意** 具有相同部件「扁」的字:偏、匾、遍、蝙、篇、翩、編、騙。
艸部 14畫 上下 **葀** gū	**葀**	**葀**	① 香港、台灣上部為「⺿」,「橫」與「豎」相交,共四畫;大陸上部為「⺾」,「橫」連為一筆,共三畫。② 部件「冎」,香港、台灣內部為「橫、豎」兩筆,拐角扣右下方;大陸內部為「橫折」一筆,拐角扣左下方。③ 部件「月」,香港、大陸首筆是「豎」,內部為兩「橫」;台灣首筆是「撇」,內部為「點、提」。 💡 **注意** 具有相同部件「月」的字:育、肩、削、娟、啃、厭、撒。
艸部 14畫 上下 **蒨** qiàn	**蒨**	**蒨**	① 香港、台灣上部為「⺿」,「橫」與「豎」相交,共四畫;大陸上部為「⺾」,「橫」連為一筆,共三畫。② 部件「月」,香港、大陸首筆是「豎」,台灣首筆是「撇」。
艸部 15畫 上下 **薫** piào	**薫**	**薫**	① 香港、台灣上部為「⺿」,「橫」與「豎」相交,共四畫;大陸上部為「⺾」,「橫」連為一筆,共三畫。② 部件「示」,香港、大陸第三筆是「豎鈎」,台灣第三筆是「豎」。
艸部 16畫 上下 **蒕** wēn	**蒕**	**蒕**	① 香港、台灣上部為「⺿」,「橫」與「豎」相交,共四畫;大陸上部為「⺾」,「橫」連為一筆,共三畫。② 下部「温」,香港、大陸右上部為「日」,台灣右上部為「囚」。 💡 **注意** 具有相同部件「𥁕」的字:温、媪、氳、瘟、醖、韞。 ✏️ **書寫提示** 台灣「蒕」為十七畫。

香港	台灣	大陸	字形差異描述
艸部 17畫 上下 ào 奧	奧	奧	①香港、台灣上部為「⺾」,「橫」與「豎」相交,共四畫;大陸上部為「⼗」,「橫」連為一筆,共三畫。②部件「冂」,香港、大陸第三筆是「橫折」,台灣第三筆是「橫折鈎」。③香港、台灣被包圍部分為「釆」,「米」上有一筆「撇」;大陸被包圍部分只有「米」。④部件「大」,香港、台灣末筆是「捺點」,大陸末筆是「捺」。
艸部 18畫 上下 piáo 藻	藻	藻	①香港、台灣上部為「⺾」,「橫」與「豎」相交,共四畫;大陸上部為「⼗」,「橫」連為一筆,共三畫。②部件「示」,香港、大陸第三筆是「豎鈎」,台灣第三筆是「豎」。
艸部 19畫 上下 mó 藦	藦	藦	①香港、台灣上部為「⺾」,「橫」與「豎」相交,共四畫;大陸上部為「⼗」,「橫」連為一筆,共三畫。②部件「林」,香港第四筆是「點」,第八筆是「捺點」;台灣第四、八筆均是「豎彎」,結構疏散;大陸第四筆是「點」,第八筆是「捺」。
艸部 23畫 上下 mí 藦	蘼	蘼	①香港、台灣上部為「⺾」,「橫」與「豎」相交,共四畫;大陸上部為「⼗」,「橫」連為一筆,共三畫。②部件「林」,香港第四筆是「點」,第八筆是「捺點」;台灣第四、八筆均是「豎彎」,結構疏散;大陸第四筆是「點」,第八筆是「捺」。③部件「非」,香港、台灣首筆是「豎撇」,第四筆是「提」;大陸首筆是「豎」,第四筆是「橫」。 💡 **注意** 具有相同部件「非」的字:匪、排、啡、悲、罪、輩、靠、靡。
虫部 17畫 左右 xiū 蟵	蟵	蟵	①香港、台灣右上部為「夂」,共四畫;大陸右上部為「夂」,共三畫。②部件「月」,香港、大陸首筆是「豎」,内部為兩「橫」;台灣首筆是「撇」,内部為「點、提」。 💡 **注意** 具有相同部件「月」的字:育、肩、削、娟、啃、厭、撒。 ✏️ **書寫提示** 右部「脩」,中間「短豎」不能丟。

香港	台灣	大陸	字形差異描述
虫部 19畫 上中下 luǒ 贏	贏	贏	① 部件「亡」，香港、台灣第三筆是「豎彎」，大陸第三筆是「豎折」。② 部件「月」，香港、台灣內部為「點、提」；大陸內部為兩「橫」。③ 部件「几」，香港首筆是「豎」，「點」與「豎」相交；台灣首筆是「撇」，「點」與「撇」相交；大陸首筆是「撇」，「點」與「撇」相接。
虫部 24畫 左右 xiāo 蠨	蠨	蠨|蟏	① 香港、台灣右上部為「艹」，「橫」與「豎」相交，共四畫；大陸右上部為「艹」，「橫」連為一筆，共三畫。② 部件「肅」，香港上、下部件之間有一筆「橫」，下部首筆是「豎」，內部中的「橫」與兩邊相離；台灣、大陸上、下部件之間沒有「橫」，下部首筆是「撇」，內部中的「橫」與兩邊相接。 ✎ **書寫提示** 台灣「蠨」與大陸「蟏」均為二十二畫。
角部 13畫 上下 zī 觜	觜	觜	① 部件「匕」，香港、大陸首筆是「撇」，台灣首筆是「橫」。② 下部「角」，香港、台灣「豎」向下不出頭，大陸「豎」向下出頭。 ✎ **書寫提示** 角部的字：香港、台灣「角」中「豎」為第六筆，大陸「角」中「豎」為第七筆。
言部 16畫 左右 xiǎo 謏	謏	謏|谀	右部「叟」，香港部件「甶」中「豎」與底「橫」相接；台灣部件「甶」中「豎」穿離底「橫」，並下接部件「又」；大陸部件「甶」中「豎」與底「橫」相交，並下接部件「又」。 ✎ **書寫提示** 台灣「謏」為十七畫。
言部 22畫 左右 jiǎn 謭	謭	謭|谫	① 部件「月」，香港、大陸首筆是「豎」，台灣首筆是「撇」。② 香港、台灣右下部為「刄刄」，大陸右下部為「刀」形。
邑部 17畫 左右 zōu 鄒	鄒	鄒	左部「聚」：① 部件「耳」，香港、台灣末筆「提」與第三筆「豎」相接，大陸末筆「提」與第三筆「豎」相交。② 香港下部為「芁」，末筆是「捺點」；台灣下部為「芁」，末筆是「捺」；大陸下部為「芉」。 📖 **小知識** 邑部的字：右邊的「阝」是由「邑」變形而來，通常表示和地名、邦郡有關，如：邱、都、郭、鄂、鄭等；左邊的「阝」是由「阜」變形而來，通常表示和地勢、升降等有關，如：降、陡、階、隅、險等。 ✎ **書寫提示** 邑部的字：部件「阝」，香港、台灣為三畫，大陸為兩畫。

香港	台灣	大陸	字形差異描述
酉部 16畫 左右 xǔ 醑	醑	醑	① 左部「酉」，香港、台灣內部的「橫」與兩邊相離，大陸內部的「橫」與兩邊相接。② 部件「月」，香港、大陸首筆是「豎」，內部為兩「橫」；台灣首筆是「撇」，內部為「點、提」。 💡 **注意**　具有相同部件「月」的字：育、肩、削、娟、啃、厭、撒。
酉部 24畫 左右 mí 醿	醿	醿	① 左部「酉」，香港、台灣內部的「橫」與兩邊相離，大陸內部的「橫」與兩邊相接。② 部件「林」，香港、大陸第四筆是「點」，第八筆是「捺點」；台灣第四、八筆均是「豎彎」，結構疏散。③ 部件「米」，香港、大陸結構緊湊，末筆是「捺」；台灣結構疏散，末筆是「捺點」。
酉部 26畫 左右 shī 釃	釃	釃|釃	① 左部「酉」，香港、台灣內部的「橫」與兩邊相離，大陸內部的「橫」與兩邊相接。② 部件「丽」，香港第四、八筆均是「橫」，台灣、大陸第四、八筆均是「點」。③ 部件「比」，香港、台灣第三筆是「短橫」，大陸第三筆是「短撇」。 💡 **注意**　具有相同部件「比」的字：批、庇、屁、鹿、混、諧、麗。
金部 14畫 上下 qióng 鋬	鋬	鋬	部件「丮」，香港首筆是「豎」，第二筆是「橫斜鈎」，第三筆「點」與首筆「豎」相交；台灣首筆是「撇」，第二筆是「橫折彎鈎」，第三筆「點」與首筆「撇」相交；大陸首筆是「撇」，第二筆是「橫折彎鈎」，第三筆「點」與首筆「撇」相接。
金部 17畫 左右 sōu 鎪	鎪	鎪|锼	右部「叟」，香港部件「申」中「豎」與底「橫」相接；台灣部件「申」中「豎」穿離底「橫」，並下接部件「又」；大陸部件「申」中「豎」與底「橫」相交，並下接部件「又」。 ✎ **書寫提示**　① 金部的字：部首「金」在構成左右結構的字時，通常位於左部，末筆作「提」。② 台灣「鎪」為十八畫。
金部 20畫 左右 huáng 鐄	鐄	鐄|锽	右部「黃」：① 上部，香港、台灣為「龷」，共五畫；大陸為「艹」，共四畫。② 中部，香港、大陸為「由」，台灣為「田」。

三級字表

香港	台灣	大陸	字形差異描述
門部 18畫 半包圍 tà 闒	闒	闒｜阘	部件「曰」，香港第三筆「橫」與第二筆「橫折」相離，台灣最後兩筆「橫」與兩邊相離，大陸最後兩筆「橫」與兩邊相接。
阜部 16畫 左右 ào yù 隩	隩	隩	右部「奧」：①上部「宀」，香港、大陸第三筆是「橫折」，台灣第三筆是「橫折鈎」。②上內部，香港、台灣為「釆」，「米」上有一筆「撇」；大陸只有「米」。③下部「大」，香港、台灣末筆是「捺點」，大陸末筆是「捺」。 📖 **小知識** 阜部的字：左邊的「阝」是由「阜」變形而來，通常表示和地勢、升降等有關，如：降、陡、階、隅、險等；右邊的「阝」是由「邑」變形而來，通常表示和地名、邦郡有關，如邦、郡、都、郭、鄭等。 ✎ **書寫提示** 阜部的字：部件「阝」，香港、台灣為三畫，大陸為兩畫。
食部 18畫 左右 gǔ 餶	餶	餶｜馉	①左部「飠」，香港、台灣第三筆是「短橫」，大陸第三筆是「點」。②部件「冎」，香港、台灣內部為「橫、豎」兩筆，拐角扣右下方；大陸內部為「橫折」一筆，拐角扣左下方。③部件「月」，香港、大陸首筆是「豎」，內部為兩「橫」；台灣首筆是「撇」，內部為「點、提」。 💡 **注意** 具有相同部件「月」的字：育、肩、削、娟、啃、厭、撒。
酉部 18畫 左右 yūn 醞	醞	醞	①左下部「日」，香港第三筆「橫」與第二筆「橫折」相離，台灣、大陸第三筆「橫」與第二筆「橫折」相接。②香港、大陸右上部為「日」，台灣右上部為「囚」。 💡 **注意** 具有相同部件「昷」的字：温、媼、氳、瘟、醞、韞。 ✎ **書寫提示** 台灣「醞」為十九畫。
骨部 14畫 左右 jiè 骱	骱	骱	①部件「冎」，香港、台灣內部為「橫、豎」兩筆，拐角扣右下方；大陸內部為「橫折」一筆，拐角扣左下方。②部件「月」，香港、大陸首筆是「豎」，內部為兩「橫」；台灣首筆是「撇」，內部為「點、提」。 💡 **注意** 具有相同部件「月」的字：育、肩、削、娟、啃、厭、撒。

三級字表

香港	台灣	大陸	字形差異描述
骨部 19畫 左右 yú　髃	髃	髃	① 部件「冎」，香港、台灣內部為「橫、豎」兩筆，拐角扣右下方；大陸內部為「橫折」一筆，拐角扣左下方。② 部件「月」，香港、大陸首筆是「豎」，內部為兩「橫」；台灣首筆是「撇」，內部為「點、提」。③ 部件「凵」，香港、台灣第二筆「橫折鈎」與首筆「豎」相交，大陸第二筆「橫折鈎」與首筆「豎」相接。 💡 注意　①具有相同部件「月」的字：育、肖、削、娟、啃、厭、撒。②具有相同部件「凵」的字：禹、寓、愚、遇、屬、踽、齲。
骨部 21畫 左右 liáo　髎	髎	髎	① 部件「冎」，香港、台灣內部為「橫、豎」兩筆，拐角扣右下方；大陸內部為「橫折」一筆，拐角扣左下方。② 部件「月」，香港、大陸首筆是「豎」，內部為兩「橫」；台灣首筆是「撇」，內部為「點、提」。③ 部件「羽」，香港、台灣第一、四筆均是「橫折鈎」，大陸第一、四筆均是「橫折」。 💡 注意　具有相同部件「月」的字：育、肖、削、娟、啃、厭、撒。
彡部 10畫 上下 chàng　彣	彣	彣	下部「匕」，香港為「撇、豎彎」，台灣為「橫、豎彎鈎」，大陸為「撇、豎彎鈎」。
髟部 19畫 左右 zōng　髮	髮	髮	① 部件「儿」，香港、台灣為「撇、豎彎」，且與上部相接；大陸為「撇、點」，且與上部相離。② 部件「夂」，香港、大陸「捺」與「撇」相接，台灣「捺」與「撇」相交。
魚部 26畫 左右 liè　鱲	鱲	鱲 ｜ 鱲	① 部件「囟」，香港、大陸內部「點」與「撇」相交，台灣內部「點」與「撇」相接。② 部件「毗」，香港、台灣中間四筆是「短橫」，大陸對應的四筆是「點」。
鳥部 20畫 左右 hé　鶡	鶡	鶡 ｜ 鶡	① 部件「曰」，香港第三筆「橫」與第二筆「橫折」相離，台灣、大陸第三筆「橫」與第二筆「橫折」相接。② 部件「勹」，香港、台灣末筆是「豎彎」，大陸末筆是「豎折」。 💡 注意　具有相同部件「曰」的字：書、得、替、復、葛、歇、厭、踏、潛、繪。

香港	台灣	大陸	字形差異描述
鹿部 13畫 半包圍 yōu 麀	麀	麀	① 部件「比」，香港、台灣第三筆是「短橫」，大陸第三筆是「短撇」。② 部件「匕」，香港、大陸首筆是「撇」，台灣首筆是「橫」。 💡 **注意**　具有相同部件「比」的字：批、庇、屁、鹿、混、諧、麗。
麥部 19畫 半包圍 qū 麯	麯	麯|麴	① 香港、台灣為半包圍結構，大陸為左右結構。② 香港部件「麥」第二筆「豎」向下不出頭，末筆「捺」與第九筆「撇」相接；台灣部件「麥」第二筆「豎」向下不出頭，末筆「捺」與第九筆「撇」相交；大陸左部「麥」第二筆「豎」向下出頭，末筆是「點」。
黃部 17畫 左右 tiān 點	點	點	左部「黃」：① 上部，香港、台灣為「龷」，共五畫；大陸為「圡」，共四畫。② 中部，香港、大陸為「由」，台灣為「田」。
黃部 25畫 上下 hóng 黌	黌	黌|黉	部件「黃」：① 上部，香港、台灣為「龷」，共五畫；大陸為「圡」，共四畫。② 中部，香港、大陸為「由」，台灣為「田」。
黑部 26畫 半包圍 yǎn 黶	黶	黶|黡	① 部件「曰」，香港第三筆「橫」與第二筆「橫折」相離，台灣、大陸第三筆「橫」與第二筆「橫折」相接。② 部件「月」，香港、大陸首筆是「豎」，內部為兩「橫」；台灣首筆是「撇」，內部為「點、提」。③ 部件「犬」，香港、台灣第三筆是「捺點」，大陸第三筆是「捺」。 💡 **注意**　①具有相同部件「曰」的字：書、得、替、復、葛、歇、厭、踏、潛、繪。②具有相同部件「月」的字：育、肩、削、娟、啃、撒。
鼠部 21畫 半包圍 jīng 鼱	鼱	鼱	① 香港、台灣為半包圍結構，大陸為左右結構。② 香港、台灣部件「鼠」，中間四筆均是「短橫」，末筆是「臥鈎」；大陸部件「鼠」，中間四筆均是「點」，末筆是「斜鈎」。③ 部件「月」，香港、大陸首筆是「豎」，台灣首筆是「撇」。

附錄

漢語拼音方案

字母表

字母：	Aa	Bb	Cc	Dd	Ee	Ff	Gg
名稱：	Y	ㄅㄝ	ㄘㄝ	ㄉㄝ	ㄜ	ㄝㄈ	ㄍㄝ
	Hh	Ii	Jj	Kk	Ll	Mm	Nn
	ㄏㄚ	ㄧ	ㄐㄧㄝ	ㄎㄝ	ㄝㄌ	ㄝㄇ	ㄋㄝ
	Oo	Pp	Qq	Rr	Ss	Tt	
	ㄛ	ㄆㄝ	ㄑㄧㄡ	ㄚㄦ	ㄝㄙ	ㄊㄝ	
	Uu	Vv	Ww	Xx	Yy	Zz	
	ㄨ	ㄪㄝ	ㄨㄚ	ㄒㄧ	ㄧㄚ	ㄗㄝ	

V 只用來拼寫外來語、少數民族語言和方言。字母的手寫體依照拉丁字母的一般書寫習慣。

聲母表

b	p	m	f	d	t	n	l
ㄅ玻	ㄆ坡	ㄇ摸	ㄈ佛	ㄉ得	ㄊ特	ㄋ訥	ㄌ勒
g	k	h		j	q	x	
ㄍ哥	ㄎ科	ㄏ喝		ㄐ基	ㄑ欺	ㄒ希	
zh	ch	sh	r	z	c	s	
ㄓ知	ㄔ蚩	ㄕ詩	ㄖ日	ㄗ資	ㄘ雌	ㄙ思	

在給漢字注音的時候，為了使拼式簡短，zh ch sh 可以省作 ẑ ĉ ŝ。

韻母表

	i ㄧ 衣	u ㄨ 烏	ü ㄩ 迂
a ㄚ 啊	ia ㄧㄚ 呀	ua ㄨㄚ 蛙	
o ㄛ 喔		uo ㄨㄛ 窩	
e ㄜ 鵝	ie ㄧㄝ 耶		üe ㄩㄝ 約
ai ㄞ 哀		uai ㄨㄞ 歪	
ei ㄟ 欸		uei ㄨㄟ 威	
ao ㄠ 熬	iao ㄧㄠ 腰		
ou ㄡ 歐	iou ㄧㄡ 憂		
an ㄢ 安	ian ㄧㄢ 煙	uan ㄨㄢ 彎	üan ㄩㄢ 冤
en ㄣ 恩	in ㄧㄣ 因	uen ㄨㄣ 溫	ün ㄩㄣ 暈
ang ㄤ 昂	iang ㄧㄤ 央	uang ㄨㄤ 汪	
eng ㄥ 亨的韻母	ing ㄧㄥ 英	ueng ㄨㄥ 翁	
ong （ㄨㄥ）轟的韻母	iong ㄩㄥ 雍		

【説明】

① 「知、蚩、詩、日、資、雌、思」等七個音節的韻母用 i，即：知、蚩、詩、日、資、雌、思等字拼作 zhi，chi，shi，ri，zi，ci，si。

② 韻母ㄦ寫成 er，用作韻尾的時候寫成 r。例如：「兒童」拼作 ertong，「花兒」拼作 huar。

③　韻母ㄝ單用的時候寫成 ê。

④　i 行的韻母，前面沒有聲母的時候，寫成 yi（衣），ya（呀），ye（耶），yao（腰），you（憂），yan（煙），yin（因），yang（央），ying（英），yong（雍）。

u 行的韻母，前面沒有聲母的時候，寫成 wu（烏），wa（蛙），wo（窩），wai（歪），wei（威），wan（彎），wen（温），wang（汪），weng（翁）。

ü 行的韻母，前面沒有聲母的時候，寫成 yu（迂），yue（約），yuan（冤），yun（暈）；ü 上兩點省略。

ü 行的韻母跟聲母 j，q，x 拼的時候，寫成 ju（居），qu（區），xu（虛），ü 上兩點也省略；但是跟聲母 n，l 拼的時候，仍然寫成 nü（女），lü（呂）。

⑤　iou，uei，uen 前面加聲母的時候，寫成 iu，ui，un，例如 niu（牛），gui（歸），lun（論）。

⑥　在給漢字注音的時候，為了使拼式簡短，ng 可以省作 ŋ。

聲調符號

陰平	陽平	上聲	去聲
ˉ	ˊ	ˇ	ˋ

聲調符號標在音節的主要母音上，輕聲不標。例如：

媽 mā	麻 má	馬 mǎ	罵 mà	嗎 ma
（陰平）	（陽平）	（上聲）	（去聲）	（輕聲）

隔音符號

a，o，e 開頭的音節連接在其他音節後面的時候，如果音節的界限發生混淆，用隔音符號（'）隔開，例如：pi'ao（皮襖）。

漢字結構表

漢字結構		例字
獨體字		大、也
左右結構		玩、卻
左中右結構		班、街
上下結構		茄、黑
上中下結構		哀、囂
半包圍結構	左上包圍結構	尼、廣
	左下包圍結構	建、送
	右上包圍結構	勻、式
	三面包圍結構	匠、問
全包圍結構		回、園
鑲嵌結構		巫、乘

漢字筆畫名稱表

筆畫	名稱	例字	筆畫	名稱	例字
一	橫	王	㇛	撇折	綠
㇀	提	江	㇞	撇點	巡
丨	豎	十	㇌	彎鈎	家
亅	豎鈎	小	㇂	斜鈎	戈
丿	撇	人	㇡	橫折折	凹
丶	點	主	㇡	橫折彎	朵
㇏	捺	大	㇆	橫折鈎	司
㇕	橫折	田	㇈	橫斜鈎	風
㇇	橫撇	登	㇗	豎折折	鼎
㇇	橫鈎	冥	㇄	豎彎鈎	己
㇄	豎折	出	㇉	橫折彎鈎	九
㇄	豎彎	四	㇄	豎折折鈎	弓
㇄	豎提	改	㇋	橫折折折鈎	乃

漢字筆順規則表

規則		例字	筆順
先橫後豎		十	一 十
		下	一 丁 下
先撇後捺		人	丿 人
		大	一 ナ 大
從上到下		三	一 二 三
		呂	丨 冂 冂 呂 呂 呂 呂
從左到右		江	丶 冫 氵 氵 汀 江
		倒	丿 亻 亻 佢 佢 佢 佢 佢 倒 倒
從外到內		月	丿 冂 月 月
		周	丿 冂 月 月 用 用 周 周
先裏頭後封口		因	丨 冂 冂 円 因 因
		回	丨 冂 冂 冋 回 回
先中間後兩邊		水	丿 才 水 水
		承	乛 了 了 孑 孚 承 承 承
帶點的字	點在上部或左上，先寫點	主	丶 亠 二 キ 主
		為	丶 丿 ナ ゲ 為 為 為 為 為
	點在右上或字裏，後寫點	犬	一 ナ 大 犬
		又	乛 又 叉
兩面包圍結構的字	右上或左上包圍結構，先外後裏	司	乛 刁 刁 司 司
		原	一 厂 厂 厈 厈 匽 匽 原 原 原
	左下包圍結構，先裏後外	廷	丿 二 千 壬 廷 廷 廷
		近	乛 厂 斤 斤 近 近 近 近
三面包圍結構的字	缺口朝上，先裏後外	凶	丿 メ 凶 凶
		函	乛 了 孑 孑 函 函 函 函
	缺口朝下，先外後裏	同	丨 冂 冂 冋 同 同
		岡	丨 冂 冂 冏 冏 冏 岡 岡
	缺口朝右，先上後裏再左下	匠	一 二 ア 戸 斤 匠
		區	一 二 匚 匚 严 严 严 品 品 品 區

附錄

筆畫檢字表

筆畫檢字表

快	117	究	147	防	65	芰	599	坬	537
忸	373	良	60	災	138	苯	599	拎	121
判	9	初	9	巡	114	苊	599	坽	575
兑	201	社	56			芭	599	抵	122
灶	138	祀	56	**八畫**		芽	163	坻	366
灼	47	祁	325	[一]		苤	599	拘	32
弟	27	罕	153	奉	21	芷	410	抱	32
汪	43	[乛]		玤	589	芮	410	挂	32
汧	546	君	15	玨	389	芼	410	垃	19
洴	546	那	64	玦	550	花	264	拉	32
沅	312	即	12	玩	50	芹	163	幸	26
沐	43	屁	113	玡	319	芥	163	拌	32
沛	43	尿	23	玭	389	芩	410	坨	299
洒	313	尾	23	武	42	芬	163	坭	461
汰	43	局	23	青	228	芪	410	抿	305
沌	313	改	35	玫	50	芴	600	拂	32
沘	584	忌	28	玠	319	芡	410	拙	32
沏	313	壯	71	玢	320	芟	410	招	32
沚	313	孜	300	玥	320	苂	514	坡	19
沙	233	妝	110	表	62	苠	410	披	32
汩	313	兕	292	玟	550	芝	163	弆	540
汨	467	岊	539	玦	389	苊	600	抬	32
沖	134	妊	494	孟	323	芳	163	亞	67
汭	584	妍	494	忝	484	芺	475	毒	635
汽	43	妠	639	抹	32	芯	163	拇	32
沃	43	妌	639	長	92	坦	19	拗	32
沂	313	妓	242	卦	12	坥	537	坳	299
没	584	妯	494	坩	299	坤	19	町	596
汾	313	妙	243	拒	121	押	32	其	8
汲	467	妖	243	坷	19	抻	305	取	104
汴	313	妗	494	坏	19	抽	32	邯	334
汶	313	妨	243	拓	32	拐	121	昔	37
沆	313	妒	243	拔	121	劫	293	直	53
沈	43	妞	494	抛	121	芑	163	枉	39
沉	214	好	495	坪	19	苊	600	枅	544
沁	44	努	240	抨	305	坰	537	林	39
决	134	劭	293	抙	305	柞	305	枝	39
没	134	忍	117	芙	162	拖	121	杯	39
沇	546	甬	321	芜	409	柎	305	枇	378
完	22	矣	145	芸	409	拍	32	杪	484
宋	22	阱	336	坫	299	者	59	杏	378
宏	22	阮	336	拈	305	拆	121	柄	582
牢	49	阪	479	苻	409	坼	366	杵	308

筆畫檢字表

筆畫檢字表

字	頁
枚	39
析	39
板	211
枒	544
松	39
杭	39
枋	308
枕	39
杻	378
杷	308
杼	308
軋	89
東	75
或	30
臥	224
事	3
刺	10
兩	101
雨	192
郔	334
協	69
邾	334
矸	324
矼	553
矻	553
奈	205
剓	292
奔	21
奇	21
匼	574
奄	462
來	67
殁	382
妻	110
迋	436
戔	561
到	10

[丨]

字	頁
叔	12
邯	520
歧	42
肯	221
些	200
卓	11
虎	173
芈	595
尚	23
盰	323
旺	37
具	8
昊	307
味	15
果	39
杲	465
戾	307
昆	128
咕	15
門	92
昌	232
呵	15
咂	294
昕	542
昇	542
呸	294
昕	307
販	624
明	37
易	37
吻	542
昀	377
昂	37
旻	307
昉	307
炅	317
旷	624
咔	294
畀	321
虯	426
典	8
固	19
忠	28
咀	294
呻	15
呷	294
映	574
咒	15
呫	15
咋	15
咐	15
呱	294
呼	15
呤	363
咚	294
咆	294
咇	536
呢	203
呶	492
咖	15
咶	536
嗐	295
呦	295
岵	576
岠	577
岢	301
岸	24
帖	25
岨	577
岬	369
岫	369
帙	301
岞	577
帕	25
峋	369
崂	301
峂	577
峒	577
岷	369
邨	610
岥	301
困	537
杳	485
圂	365
岡	71
罔	401

[丿]

字	頁
非	194
卸	104
迮	436
制	10
知	55
氛	133
牧	49
物	49
牬	549
乖	98
刮	10
和	15
季	111
委	110
竺	326
秉	56
佳	6
侍	200
佶	291
岳	24
佬	458
邱	335
延	116
俚	534
供	6
使	6
佰	291
侑	458
佸	291
例	6
臾	329
兒	68
版	256
垈	537
岱	301
侗	291
侃	459
侏	291
侁	534
恬	534
佺	572
佻	291
俏	459
佩	6
侈	6
隹	559
你	634
侂	534
佼	291
依	6
佽	622
佯	291
併	280
佗	534
帛	301
卑	11
的	53
阜	336
侔	291
欣	42
近	182
征	27
徂	302
往	27
爬	49
佛	283
彼	27
所	30
舠	598
返	271
舍	60
金	65
侖	67
命	15
念	117
斧	36
爸	49
采	65
受	12
爭	139
乳	3
放	542
忿	28
胼	329
肽	329
肭	596
胂	596
朋	38
肷	596
服	38

筆畫檢字表

昤	581	哆	16	重	65	邲	558	胛	404
昫	542	咬	16	竿	57	衍	557	胂	404
曷	504	咳	16	竽	326	待	206	胙	404
昂	307	咩	295	迤	437	徊	27	胍	404
咧	16	咪	203	段	42	徇	302	胯	404
昱	307	哏	295	俅	291	徉	302	胝	405
眩	542	哞	295	便	6	衍	61	胸	405
咦	295	峙	501	俠	67	律	27	胞	157
昭	37	峘	577	异	556	很	27	胖	157
咥	536	峏	556	垡	299	後	207	胎	157
昪	543	炭	138	牮	318	舡	408	昝	465
狊	321	峲	539	俏	200	釓	350	怨	28
畏	51	罘	328	倪	560	釔	566	急	118
毗	382	峒	369	俚	291	剎	102	胤	474
趴	63	峧	577	保	201	俞	459	盈	53
呲	459	峋	369	俜	534	弇	540	**[丶]**	
胃	222	峻	577	促	6	部	558	計	85
胄	492	枡	540	侶	99	郗	335	訂	85
畋	321	迴	437	侯	360	食	195	訃	347
畈	470	幽	26	俄	6	釦	572	哀	16
界	51	**[ノ]**		俓	572	俎	291	亭	4
虷	556	垂	108	俐	6	卻	104	亮	98
虹	60	耊	592	侮	6	爰	318	庤	623
虼	329	籽	595	俙	534	盆	53	度	26
虵	426	邾	335	俗	6	脈	649	奕	494
妍	556	缸	152	俘	6	胲	596	弈	502
思	28	拜	32	係	99	胘	596	麻	302
迪	182	看	54	信	6	胏	596	疣	322
盅	323	迭	182	俍	534	胒	596	彥	373
峝	574	矧	553	皇	53	胐	543	疥	322
咣	295	氫	382	泉	44	匍	293	疫	52
韋	355	氟	312	飯	471	負	87	疢	552
品	16	牯	318	侵	99	郇	335	疤	52
哃	536	怎	28	迫	182	勉	10	兗	362
咽	16	迣	437	禹	146	奐	367	庠	302
咻	295	牲	49	侯	99	狨	319	郊	64
咱	16	牴	285	侷	281	風	195	咨	203
囿	461	秕	396	帥	72	狡	50	姿	244
咿	295	秒	234	俑	291	狩	319	竑	326
哌	295	香	276	俟	360	狠	50	音	66
哈	16	种	56	俊	239	曶	332	帝	25
哚	460	秋	56	盾	54	尳	557	施	127
咯	295	科	56	㾕	537	胚	157	恬	207

筆畫檢字表

荏	165	恐	249	栓	129	砭	325	哽	295
起	180	茲	166	桃	40	砥	394	唔	295
荑	412	挺	122	桅	309	硅	553	晌	37
芘	650	郝	490	栒	544	碰	553	晃	307
草	165	哲	16	格	40	砣	325	剔	10
荳	412	耆	473	校	40	破	55	晐	543
茵	165	耄	474	核	40	恧	540	晏	377
茴	412	挫	33	栟	310	原	12	豹	333
茱	412	埒	299	桉	379	套	21	瓹	552
茚	413	捋	305	根	40	剞	293	畛	321
茯	413	埗	538	栩	310	郟	350	蚌	174
苘	600	挽	33	索	58	烈	48	蚨	329
荏	413	埚	575	軒	89	殊	42	蚜	329
荇	413	埡	538	軑	565	殉	42	蚍	426
荃	413	垸	299	軏	565	翃	556	蚋	426
茶	165	埌	538	軔	436	剗	560	畔	52
荀	413	捃	305	彧	302	晉	128	蚧	329
茗	413	挪	33	哥	16	[|]		蚣	60
茭	413	捅	33	郜	558	鬥	96	蚊	60
茨	514	埇	538	鬲	337	柴	212	蚄	556
荒	264	盍	323	豇	332	桌	212	蚪	60
荄	600	埃	108	栗	211	虒	425	蚓	60
莌	650	挨	122	酐	440	党	8	蚆	556
荓	600	耿	155	酎	612	時	210	哨	203
捎	209	耽	155	酌	187	啈	536	骨	276
汪	600	恥	118	配	187	郢	440	員	69
茫	165	恭	231	酏	612	晅	543	唄	339
捍	33	真	54	迺	610	財	87	哩	16
埒	538	框	40	翅	59	眨	54	圃	19
捏	33	栻	544	匪	103	尩	564	哭	16
埕	366	桂	40	辱	181	晟	307	圇	298
壩	70	桔	40	厝	294	眩	323	哦	16
貢	87	栲	309	妼	501	眠	54	唣	460
埋	19	栳	465	夏	205	旺	543	唏	295
莨	601	桓	309	砝	324	眙	323	恩	29
捉	33	桎	309	砵	553	哧	483	盎	393
捆	33	桄	544	砸	55	唽	536	唑	295
捐	209	桐	40	砰	55	哮	105	唁	16
袁	62	株	40	砧	324	晃	37	哼	16
挹	305	栝	309	砟	324	哱	536	哪	17
捌	122	梅	544	砷	324	旱	535	唧	17
茹	514	柏	309	砟	324	哺	16	唉	105
荔	165	桁	309	砼	325	閃	92	唆	241

痂	322	粑	328	浮	45	冤	8	剝	102
疲	52	益	53	洽	584	[一]		陸	65
效	35	兼	8	浼	547	書	232	陣	93
紊	59	朔	308	浲	547	郡	335	陝	190
唐	17	逆	183	流	214	退	183	陘	446
凋	482	烤	48	涕	45	聖	538	陘	355
恣	503	烘	48	浣	314	展	24	陟	336
站	57	烜	317	浪	45	屑	206	陸	559
剖	10	焴	627	浸	134	屓	561	除	65
郇	555	烔	549	涌	45	屟	301	院	65
旁	36	烙	48	涘	584	弱	27	紅	399
施	307	烊	317	浚	505	勐	293	紜	344
旆	307	剗	293	害	247	奘	367	紘	563
旅	36	浙	45	宧	539	疍	552	純	81
旃	307	涁	584	宸	368	胖	318	紕	399
畜	52	淳	547	家	22	孫	111	紗	235
恓	540	浦	45	宵	205	虺	475	納	151
悖	29	浭	547	宴	112	烝	549	紛	81
悚	303	涷	314	宮	112	姬	496	紙	81
悟	29	浯	314	窅	594	娠	496	級	220
悄	207	酒	187	窄	148	娙	640	紋	81
悍	29	浹	342	窊	594	娌	496	紡	81
悝	303	涇	342	容	22	娉	496	統	563
悃	541	涉	45	窈	396	娟	245	紖	563
悒	304	娑	496	剡	483	恕	249	紐	151
悔	29	消	214	宰	22	娛	245	紓	345
悦	207	涅	314	案	253	娥	245	邕	334
悌	304	湨	562	朗	38	娩	496		
恨	541	浬	547	廖	623	娣	496	**十一畫**	
悛	503	浧	547	展	624	娘	245	[一]	
羖	555	涊	314	冢	362	娜	245	彗	373
粑	555	涓	467	扇	208	娓	496	碧	647
差	114	浥	314	祛	557	娕	647	春	329
羔	59	涔	382	袒	332	婣	641	球	50
恙	303	浩	233	袖	62	智	536	珸	551
迸	437	浰	547	衫	557	脅	223	琊	551
桊	544	涐	547	袍	62	畚	321	匭	103
拳	33	海	45	祥	332	妯	556	珵	589
送	183	浜	314	被	62	妢	556	責	87
敉	542	洇	547	桃	554	能	262	現	78
粉	58	涂	45	祥	56	蚤	174	理	51
料	36	浠	314	冥	8	桑	212	珜	628
迷	183	浴	45	隺	559	剟	535	斑	589

琇	389	蒡	414	塊	299	梵	379	區	103
琈	551	莓	414	掏	34	婪	111	敔	542
玲	589	荷	166	掐	34	梛	335	堅	70
琉	217	莜	414	掬	305	梓	544	豉	332
琅	51	茶	414	掠	34	梗	40	逗	183
珺	551	莝	601	掂	34	梧	40	票	219
甜	217	莩	415	掖	305	梜	561	酖	440
甌	338	莠	415	捽	305	梢	212	酗	187
規	84	荻	415	培	20	桿	284	酚	440
捧	34	莘	415	掊	305	桯	582	脣	262
捺	634	堉	538	接	123	棍	341	戚	30
掛	122	莎	514	敘	377	梠	582	帶	115
堵	19	莞	415	堷	461	梣	582	戛	304
埭	639	莨	415	執	70	梧	485	硎	325
埡	339	捫	340	捲	73	梃	379	硅	55
措	34	菪	601	捸	542	梅	40	砝	394
埴	299	場	299	控	123	梔	379	硑	553
域	20	荊	601	硿	575	梌	544	硒	325
捱	283	堝	538	捭	464	麥	278	硐	325
堰	538	莊	166	捐	464	桴	310	硃	79
捺	209	埏	575	探	123	梋	379	硇	325
埼	538	敕	237	埭	366	梓	310	硭	553
掎	541	赧	489	掃	123	梳	212	硌	325
掩	209	堆	20	埽	366	梲	465	硍	553
庵	461	推	34	据	34	梯	40	勔	535
捷	34	頂	94	掘	34	杪	485	瓠	321
捯	305	埤	299	掇	305	根	544	匏	293
排	122	捭	305	塢	538	桶	41	奢	21
焉	48	都	64	埕	339	梭	253	盔	144
茦	601	埠	20	聃	403	綮	286	爽	49
莔	601	晢	543	基	20	救	35	逐	183
莕	413	掀	34	聆	155	逑	437	孱	311
掉	34	逝	183	勘	102	軛	349	盛	53
莆	413	捨	73	聊	155	斬	74	區	240
莢	414	掄	73	娶	111	軝	565	雩	447
莽	166	埨	560	堇	299	軟	89	雪	192
莖	166	捻	123	勒	11	連	183	郪	611
莫	166	埝	366	乾	3	專	71	頃	94
莧	414	採	283		67	逋	437	逕	610
莒	414	授	34	梆	129	曹	232		
莪	414	掙	123	械	40	敕	306	[丨]	
莛	414	堋	299	梽	544	速	183	皆	508
莉	166	教	127	彬	27	副	10	鹵	97
								彪	117

裉	332	參	69	琨	389	菱	264	菠	168
視	85	陸	190	琟	551	萁	415	菦	602
祳	593	陵	274	頂	355	菥	601	菪	417
[一]		陬	446	琤	389	菘	415	菅	417
晝	75	貫	87	斑	36	莿	601	菀	417
尉	205	陳	93	琰	320	郡	611	堤	20
屠	24	睥	559	琺	389	萘	514	提	34
厞	113	陰	191	琮	469	萏	601	場	70
屙	301	陶	65	琁	551	越	63	揚	73
張	72	陷	66	琯	320	趄	333	喆	536
毵	556	陪	66	琬	320	萊	167	揖	305
弸	540	紺	345	琛	390	趁	237	博	103
弶	540	絀	345	琚	320	超	63	揭	251
強	116	絨	399	琭	589	蔞	416	堨	639
將	206	組	81	替	252	敢	127	堝	366
蛋	60	紳	81	揳	504	菽	416	蒫	602
婧	496	細	81	揍	34	葦	601	喜	17
婌	496	絅	563	堆	538	賁	349	彭	27
婞	641	終	81	插	123	菖	514	揣	34
婭	497	絆	81	款	213	萌	167	菰	417
嫩	641	絃	563	堯	70	萜	416	塄	299
婍	641	絣	563	堲	538	菌	167	菡	417
婕	497	絀	345	描	123	菲	167	菇	264
嫙	641	紹	81	堪	108	萎	167	菜	602
娾	641	絟	563	揕	580	萸	416	揰	123
娼	497	巢	24	揶	375	搜	251	埵	366
婢	497			堞	462	萑	416	揪	34
嫻	641	**十二畫**		揸	375	萆	602	塅	538
婚	245	[一]		堰	108	葯	602	煮	48
婘	641	貳	87	握	376	菜	167	堠	575
婠	642	絜	630	埡	366	葱	602	釐	474
婉	245	瑃	320	塃	575	菜	379	達	438
婦	246	琵	389	揀	73	葴	416	揄	464
脷	513	斌	551	馭	356	菟	416	援	34
婀	497	琴	141	項	94	萄	167	換	124
袈	332	琶	389	埞	575	菪	416	裁	62
習	154	琪	320	揩	123	菊	167	報	70
翌	401	琳	51	蛩	517	萃	416	撝	580
恵	304	琦	320	華	166	菩	167	揮	73
通	184	琢	141	菁	514	葵	602	壹	20
欸	311	琲	589	萇	415	菏	416	殼	76
逶	520	琡	551	菝	601	萍	168	壺	71
務	102	琥	389	著	166	菹	417	握	34

挧	305	梴	582	硨	344	睇	323	蛛	60
揆	306	椎	41	硬	55	睃	509	蛞	330
揉	209	棉	41	硤	344	喏	363	蛤	60
惡	73	椑	544	硭	562	喵	363	蛟	330
掾	306	棚	41	硝	218	晫	543	蛘	330
聒	403	椆	635	硯	79	喋	460	蜂	556
斯	36	椋	310	碔	553	喃	296	睃	647
期	38	棓	545	硫	218	喳	106	嗖	492
欺	42	棬	545	雁	66	閏	92	勛	69
惎	541	椏	310	欹	545	開	93	鄂	65
黃	279	棶	545	厥	294	閔	354	喎	363
軒	559	椶	212	殖	42	晶	37	喝	241
軔	336	棺	41	殘	76	間	93	靭	194
散	210	椀	545	裂	62	閒	274	喂	17
葺	349	棣	379	雄	66	閎	354	喟	460
戟	304	椐	310	雲	192	閱	568	單	69
朝	38	軲	349	雯	447	悶	73	斝	542
喪	69	軻	349	雺	447	晪	543	喘	17
辜	64	軸	89	雅	66	喇	17	唾	106
棒	41	軹	565	[丨]		喊	17	啾	296
棍	341	軼	349	紫	220	喱	296	喤	536
楮	310	軒	565	逴	610	喹	296	喉	106
棱	253	軫	349	覘	347	晷	378	喻	203
椏	561	軺	566	虛	173	晾	37	喚	106
棋	41	惠	29	粥	634	景	37	喑	296
椿	544	甦	285	敞	35	睒	543	啼	17
植	41		552	棠	212	喈	363	喧	17
森	130	郾	440	掌	549	距	180	喀	296
琴	582	惑	29	掌	34	跋	180	啷	296
棼	310	腎	223	晴	210	跌	63	喔	296
焚	48	鄄	440	暑	37	跗	333	喙	296
棟	75	覃	332	最	128	跚	434	喲	69
棫	544	粟	220	晰	37	跑	63	崶	539
椅	41	棘	41	睄	471	跎	333	嵁	578
棶	561	棗	130	睍	562	跏	333	嵌	24
椓	582	酣	188	量	65	跛	63	嵖	370
棲	130	酤	441	睏	79	跆	333	幅	25
棧	75	酢	441	睎	553	踠	558	剴	338
椒	41	酥	188	貼	87	貴	88	凱	68
棹	310	酡	441	覘	349	蛙	60	嵝	578
椑	41	鼻	539	貶	87	蛭	330	崳	539
棍	130	醅	552	貯	87	蚰	330	崴	370
椆	561	硨	394	貽	87	蛔	330	買	88

筆畫檢字表

筆畫檢字表

字	頁	字	頁	字	頁	字	頁	字	頁	字	頁
愜	484	渤	46	湣	626	媪	497	統	220		
惰	207	渠	254	湧	284	媧	497	絕	151		
腼	541	涅	383	割	240	絮	260	絲	82		
惻	340	減	135	寒	23	媲	642	幾	115		
愠	463	湎	315	富	23	媓	642			十三畫	
惺	304	湝	584	寓	112	媛	497				
愕	30	湞	562	遁	610	婷	497			[一]	
惴	304	溲	505	窖	258	嫡	642			瑹	551
愣	30	湜	315	窗	258	媄	643			瑟	141
愀	304	渺	233	窞	148	媯	498			瑛	390
愎	503	測	76	甯	628	媚	246			瑚	507
惶	30	湯	76	寐	301	婿	246			瑓	551
愉	208	溫	215	鄆	350	賀	88			瑱	355
愔	304	渴	254	扉	503	登	53			瑅	551
愃	541	渭	467	榮	625	發	79			勣	560
惲	340	渦	136	庹	624	皴	508			瑒	562
慨	30	漳	562	補	84	喬	592			瑕	320
惱	73	湍	315	裎	429	婺	367			瑁	320
善	106	湃	46	裕	62	逯	438			瑆	551
翔	59	淵	233	裙	62	毚	463			瑋	343
着	257	湫	315	裬	509	隋	227			瑞	51
普	38	湟	315	祺	326	階	191			瑕	551
粞	328	渝	215	裸	554	陽	93			瑝	551
尊	113	湻	547	祿	146	隅	191			瓊	551
奠	110	湲	315	[一]		隈	336			瑀	589
孳	300	溢	547	尋	113	陲	447			瑜	469
曾	232	渙	136	畫	79	隍	336			瑗	321
焯	317	渢	383	逮	184	陉	615			瑄	321
焜	386	盜	144	犀	49	隃	633			琿	343
蜒	587	淦	585	孱	300	隆	66			瑂	551
焰	48	淳	547	弼	302	隊	93			瑑	551
焞	549	渡	46	費	88	鄉	90			瑙	51
焙	317	游	46	粥	58	絨	81			歆	381
欻	545	湉	467	巽	502	結	81			頑	94
焱	386	渼	585	疏	217	綺	345			髡	337
勞	69	渭	467	鄙	335	経	563			髢	617
湊	135	為	383	婼	642	絪	563			肆	59
湛	383	渲	46	媄	642	絎	345			搽	376
港	46	渾	76	媒	246	給	82			塔	109
漤	467	溉	46	婻	642	絢	82			搭	124
湖	254	渥	315	婊	642	絳	345			填	20
湘	46	潛	547	媛	246	絡	82			載	89
渣	135	湄	315	媞	642	絞	82			搏	124

筆畫檢字表

戢	375	蛸	475	嵊	370	舅	60	鉅	351
嗔	296	蜈	174	嶁	644	鼠	199	鉬	351
嗦	17	蜆	346	嵐	370	牒	507	鉚	90
暘	341	蜎	630	嵩	301	傾	68	鉮	566
暇	38	蛾	61	嶂	502	傝	595	鈿	351
閘	93	蜓	174	嵯	371	條	399	鈾	351
暐	561	蜊	330	圓	70	煲	317	鉑	351
嗝	297	蜍	330			僂	491	鈴	189
愚	119	蜉	330	[﹨]		催	7	鉛	189
遇	185	蜂	61	矮	145	傷	68	鉚	351
戥	463	蛻	224	雉	336	傻	239	鉓	351
嘎	460	蜿	321	氬	466	傯	491	鉉	351
暖	38	蛹	330	犍	312	傺	622	鉈	351
曼	543	農	181	犏	469	傭	201	鉍	351
盟	53	過	185	犍	318	遑	438	鈮	478
煦	317	嗩	339	稑	593	躲	270	鉊	566
歇	254	郿	350	稜	286	裊	429	鈹	351
遏	271	違	185	稙	554	毹	454	鉧	566
暗	38	嗣	297	稞	326	敫	307	弒	373
嗯	543	嗯	297	稚	57	鄒	350	觎	466
暄	308	嗅	106	稗	326	粵	259	愈	208
暈	75	嗥	297	稔	396	奧	242	逾	271
暉	561	嗚	69	稠	235	傮	573	僉	338
黽	456	嗲	297	愁	119	頎	355	會	232
號	173	嗆	106	筠	397	遁	438	飾	195
照	48	嗡	18	筢	327	衙	61	飽	195
暌	308	嗟	363	筮	327	微	117	飼	195
畸	52	嗌	297	筲	555	徭	503	飿	616
跬	333	嗍	297	筧	472	徬	484	飴	450
跱	631	嗨	297	筧	344	愆	304	爺	140
跨	63	嗜	492	筦	594	艄	513	餅	557
跐	477	嗤	460	筶	636	艇	162	禽	146
跣	333	嗓	204	筱	327	艅	598	釉	443
跳	63	嵫	370	筷	149	舺	598	愛	208
跺	226	遄	438	筦	555	鈺	351	狟	558
跪	63	崟	566	筵	555	鉦	351	貆	333
路	64	署	59	節	80	鉗	90	猍	333
跡	270	置	59	債	67	鈷	351	貉	333
跤	64	罨	473	賃	179	鉥	613	亂	67
跟	64	罪	153	傲	100	鉅	613	頒	94
園	107	罩	59	僅	67	鉅	632	頌	94
蜘	557	蜀	61	傳	68	鈸	443	膃	649
蛺	346	幌	25	傴	361	鋮	351	膈	597
						毀	76				

辟	64	碧	55	蕳	651	摭	306	榭	380
憨	580	瑰	141	蓓	419	摘	581	楝	311
裝	84	瑲	589	蒐	604	嗛	576	槐	131
媾	498	瑤	508	蓞	419	墉	462	槌	380
媽	246	瑭	321	蔬	604	境	20	覡	347
嫄	643	瑳	590	蒼	169	摘	35	槍	131
媳	246	瑢	552	蓊	419	墒	367	榴	41
媲	498	斠	542	蒯	419	螯	578	榱	311
嫭	643	邁	610	蓑	419	捽	35	槁	311
嫉	247	舔	263	蒿	419	墊	70	榜	41
嫌	247	嫠	368	蓆	286	撇	35	槎	380
嫁	247	魂	198	蒺	419	墚	639	榨	131
媱	498	椿	542	蒟	420	穀	310	榕	41
勣	574	髦	337	蒡	420	愍	374	榱	311
戣	541	瑪	538	蓄	169	壽	71	楒	625
預	94	摸	124	蒹	420	摺	124	寨	552
彙	72	墈	575	蒴	420	摻	74	輒	436
隔	66	堇	538	蒲	169	摜	340	輔	89
隙	274	墪	539	茬	420	綦	328	輕	89
隕	93	搏	340	溘	420	聚	155	塹	339
隖	568	摳	124	蓉	169	鄞	335	輓	287
隗	447	堀	575	蒙	169	靾	336	匱	338
隘	66	摽	464	萌	604	靻	336	歌	42
綁	151	馼	569	莫	604	靼	336	監	144
綆	345	駁	95	摟	251	靺	448	緊	82
經	82	馭	569	嘍	639	靽	559	甄	391
綃	473	駃	617	墁	366	靴	559	槩	361
絹	220	摴	581	撂	306	勒	336	酵	188
綖	563	蓁	418	摞	306	夢	109	醐	612
綌	563	蒜	265	摑	340	勩	560	醒	612
絺	563	鄢	335	遠	185	斡	307	酷	273
綏	399	蒲	604	嘉	18	熙	234	酶	441
綈	345	蓍	515	翡	604	兢	8	酴	612
綄	563	蓋	169	蓀	420	齦	536	酵	441
剿	10	蔂	419	摧	35	榛	310	酸	273

十四畫

[一]

		趙	226	蒸	169	構	75	碳	647
		趕	89	慈	30	嫣	561	磚	471
瑧	551	蒔	515	赫	237	槓	130	碟	218
瑪	78	墓	109	截	30	楷	625	磕	394
瑨	589	幕	115	壽	329	榑	583	厭	240
瑱	552	鄭	611	塹	333	榧	380	碩	79
瑣	78	菁	651	誓	62	楣	504	磋	554
		蔥	419	鎣	654	橙	341	碣	344

筆畫檢字表

膊	160	瘊	392	榮	213	漓	137	禚	554
膈	406	瘓	143	熒	342	滬	384	[一]	
膀	160	瘋	143	犖	343	漳	316	肅	236
腿	160	廓	632	熒	78	滻	586	劃	68
雒	336	塵	109	熔	49	滴	47	盡	79
孵	22	郎	559	煽	216	漩	316	暨	308
遙	272	廖	372	熄	386	漾	47	屢	247
夤	300	辣	64	漬	342	演	47	鴉	571
遛	438	彰	27	憑	548	漚	215	屣	301
[丶]		郭	559	潲	384	漏	137	彄	580
誡	86	竭	258	漠	136	漲	76	遜	272
誌	287	韶	337	潄	585	滲	586	嫣	498
誣	86	端	57	漢	136	滲	76	嫫	498
語	86	颯	449	滿	136	寨	112	嫩	247
誚	476	齊	238	漤	585	搴	306	嫗	498
誤	177	旗	36	漆	47	寞	112	嫖	499
誥	489	旖	307	漸	76	賓	88	嫘	643
誘	177	臀	474	漣	384	寡	23	嫜	643
誨	86	懂	541	漕	485	窩	148	嫦	499
誑	348	慚	73	漱	47	窬	648	嫚	499
説	225	慪	374	漚	384	窨	396	嫘	499
認	177	慳	340	漂	215	窪	148	嫜	643
誦	86	慢	119	滯	136	察	205	嫡	499
漸	535	慥	645	滷	76	蜜	61	嫪	643
裹	62	慟	340	潯	384	寧	71	頗	94
敲	36	慷	119	漊	646	寤	301	翟	402
豪	63	慵	463	漫	136	寢	112	翠	154
膏	223	慘	73	漢	548	寥	112	熊	255
塾	300	慣	73	潔	316	實	71	態	250
廒	580	精	220	澌	562	槊	545	甍	9
廑	540	粿	328	滬	316	靺	343	瞀	324
麼	279	粼	328	漼	548	肇	221	際	228
	531	粹	58	漈	626	綮	473	障	66
賓	561	粽	472	滌	136	褙	518	綢	630
廣	540	歉	42	潃	506	褐	268	緒	82
腐	59	槊	465	漵	506	褘	564	綾	510
瘌	322	弊	116	潧	552	複	268	綝	563
瘡	143	幣	115	漁	76	褓	475	綺	345
瘦	257	弊	116	漪	316	褕	631	緋	399
瘍	343	熄	48	漈	626	禪	564	綽	82
瘕	552	熗	386	滸	342	褊	476	綺	345
瘟	217	熘	318	潮	548	禡	563	綆	399
廓	26	熇	549	滾	255	禛	554	綱	82

網	151	撓	74	蔗	170	歎	254	醃	532
綖	595	撤	581	蔀	604	鞋	66	醌	441
維	82	墳	71	蔟	421	鞍	194	醇	188
綿	82	撕	35	蔽	170	椿	75	醉	188
綸	345	撒	209	蔊	605	模	131	醅	442
綵	286	駄	569	撐	125	槿	311	厲	104
綬	345	駔	569	蔻	421	槤	380	碼	79
綢	235	駛	95	蓿	421	槽	233	磁	55
絢	564	駉	569	撮	125	樞	131	磕	55
綹	399	馹	356	頡	355	標	213	磊	55
綜	564	駙	356	撣	340	樗	583	憂	208
綧	564	駒	95	墠	560	槭	311	磑	562
綣	345	駐	95	蔚	265	樛	380	磔	471
綜	220	駝	95	強	605	樘	311	磅	55
綻	82	駘	356	蔣	265	樓	253	磋	394
綰	345	撅	306	賣	88	樅	341	磚	554
綴	82	撩	35	蓼	421	麩	531	確	79
綠	151	蔫	420	蔭	170	麪	278	碾	56
緇	345	蓮	169	撫	125	槲	380	磙	629
		蕈	420	撬	125	槤	380	賚	349
十五畫		蕪	604	楮	489	樟	41	豬	179
		蕡	651	撤	340	樣	75	殣	545
[一]		趣	180	熱	216	樑	284	殤	341
慧	119	趣	63	播	125	輙	181	震	192
璈	390	墟	109	墦	576	輥	436	霄	274
瑾	321	撲	125	鞏	275	輗	436	霆	447
璊	590	墣	576	鋬	443	輓	566	霉	288
璉	390	蕐	515	墩	20	椠	465	霅	615
璁	590	慕	250	葵	388	暫	75	霈	447
慂	374	暮	128	撞	35	輪	89	鴇	481
靚	479	摹	125	熬	139	輬	566	鴉	96
璀	321	蔄	604	遨	438	輟	350	潁	384
璁	469	蔞	515	撒	209	輜	350	潁	386
璃	141	勘	362	墥	576	敷	127	[丨]	
璋	321	蔓	169	摯	74	遭	272	鬧	96
璇	321	蔑	169	搏	376	歐	132	劇	338
璆	590	蔫	421	增	231	毆	133	齒	200
璆	548	蕕	515	撈	74	豎	178	劇	102
犛	388	蓰	604	穀	80	賢	88	膚	262
奭	300	蓰	421	撘	376	豌	63	慮	119
輦	436	蔔	170	墀	300	遷	186	輝	89
髮	198	蓬	170	撰	251	鴉	571	賞	88
髯	337	蔡	265	撥	74	醋	188	暿	378

瞌	324	踆	434	嘰	107	價	68	銷	632
瞋	324	踩	64	嶢	371	牖	507	鋁	189
暵	581	踮	334	罵	153	儂	361	鋯	490
暴	38	踏	558	畱	555	儇	535	鋨	352
賦	88	踞	334	罷	261	儉	68	鋌	443
賬	88	蝽	331	嶕	372	儈	482	鋤	352
賭	88	蝶	224	嶠	371	儋	361	銲	567
賤	88	蝴	267	嵩	622	億	68	鋒	91
賜	88	蝻	331	嶔	561	儀	68	鋅	91
覩	636	蝘	607	幡	372	躺	181	銃	633
賠	88	蝲	557	嶓	578	凱	343	銳	227
賧	349	蝠	61	嶗	540	皞	553	銻	352
瞇	286	蛏	331	幢	25	皛	553	鋐	567
瞎	257	蝼	517	幟	72	魄	198	銀	352
瞑	324	蝟	267	嶙	371	樂	213	鋟	613
曉	339	蝸	174	嶂	579	魅	198	鍋	352
嘩	107	蝌	61	嶒	644	魃	452	頜	355
噴	70	蝮	517	嶗	371	魆	452	劍	68
嘻	18	蝗	61	嶝	371	僻	7	劊	483
嘭	297	蝓	475	墨	20	質	88	餂	450
噎	297	蝣	331	**[丿]**		衝	84	餗	616
噁	70	蜵	607	輩	181	德	28	餓	196
	560	蟑	331	耦	403	徵	117	餘	196
嘶	18	蝙	224	靠	275		373	餒	196
嘲	18	蝦	84	積	554	慫	340	頦	568
闍	354	噓	364	稽	147	徹	207	鄱	335
閤	446	噗	364	稷	510	嬃	368	樊	381
闇	348	骷	525	稻	57	艘	263	慾	283
閱	227	骶	525	黎	66	艎	599	虢	425
闋	354	嘬	364	稿	57	磐	395	腰	650
數	252	蟲	426	稼	57	盤	144	膕	597
噘	297	鄲	350	篋	487	艏	599	滕	316
嘹	18	嘽	560	箬	397	錄	567	頤	637
影	27	嘿	18	箱	58	鋪	91	蕭	338
暲	543	嘸	364	範	80	鋙	352	鮎	357
嶙	543	噍	297	箴	327	鋏	352	鮐	357
踦	558	噇	536	篁	327	鋕	567	魯	238
踐	89	噂	574	篌	397	鋼	567	魴	357
踔	333	噌	483	箭	219	銷	227	獗	319
踝	334	嘮	70	篇	219	鋥	443	獠	319
踢	64	嘆	639	篆	327	鋇	352	颶	195
踏	237	噔	298	儆	361	鋤	91	觭	608
踟	334	嘯	339	僵	7	鋰	352	膜	160

筆畫檢字表

瞭	54	鰌	652	笧	487	鍰	567	膽	161
	79	蟋	175	篷	150	鏢	567	膻	407
顆	94	螗	427	簏	594	鍍	91	臆	407
瞧	54	蟑	331	簇	150	鎂	444	臃	407
購	88	蟀	61	篔	398	鍵	91	螽	475
賻	434	嚃	281	繁	152	鍇	567	[丶]	
嬰	111	雖	93	鵂	571	龠	338	講	86
賺	88	嚎	18	優	201	斂	74	謊	269
瞬	54	嚓	461	魩	457	鴿	96	謢	519
瞳	54	嚀	339	黛	337	餷	450	謝	178
瞵	592	嘯	230	償	68	餿	524	謠	269
瞪	54	嶸	579	儡	292	餳	451	謅	348
嚆	365	檬	579	儲	68	餵	288	謗	86
嚇	230	幬	561	儦	573	爵	49	謎	178
嚀	365	覬	347	魣	338	繇	511	謚	476
嚏	298	還	186	皤	393	貔	433	謙	86
闈	615	嬛	328	邀	186	懇	120	燮	318
闌	355	嶜	488	魈	528	谿	558	謐	348
闑	355	嶺	114	斶	542	膽	225	褻	476
闅	355	嶷	371	鴿	358	鮭	357	襄	332
闊	93	嶽	282	徽	28	鮚	570	甑	76
闊	93	嶸	502	聳	84	鮪	480	盧	557
關	446	點	199	體	650	鮞	570	糜	473
曙	38	黜	456	鵃	619	鮦	570	縻	511
曖	465	黝	456	鍥	521	卿	618	膺	474
嚅	365	[丿]		鍇	613	鮜	570	應	73
蹋	270	蔞	512	錨	190	鮡	570	癍	322
蹈	64	罅	401	鍈	613	鮑	570	曠	647
蹊	434	矯	79	鍩	444	鮫	357	療	79
蹌	434	牆	635	鎪	654	鮟	618	癘	487
蹐	631	鴣	358	鍘	353	獴	388	癉	562
蹉	434	穗	57	錫	567	獲	140	癌	53
蟒	427	檏	593	鍶	353	獮	562	癆	343
蟆	174	黏	337	鍋	190	獫	449	癃	322
螨	427	穜	555	鍔	353	颶	550	鴳	571
螬	489	簣	344	錘	190	獯	78	麋	530
蟉	475	簕	555	鍢	444	邂	439	齋	279
蟠	608	簌	327	鍬	91	臉	407	懞	120
瞳	321	筆	510	錘	91	臁	161	懨	503
螳	331	簍	259		567	臊	263	懦	120
螻	518	篋	327	鍛	91	臉	161	糟	235
螺	61	篿	648	鍠	567	臌	161	糞	150
蟈	346	篛	555	鍬	613	臁	513	糙	260

筆畫檢字表

蘆	173	韶	621	鵻	549	鯤	357	[一]	
蘭	424	鹹	97	朦	408	鰂	570	緊	570
薑	435	獻	140	艦	162	鰛	633	譽	269
鶓	455	耀	154	鐃	354	鯢	570	譬	63
蘄	424	黨	97	鐈	445	鰓	357	鵬	358
蘗	111	懸	250	鐥	445	鰍	357	孀	500
蘅	424	鶏	571	鑽	654	鰉	357	孅	644
蘇	173	矍	324	鐔	354	鰔	570	鶩	358
警	178	罌	346	鑯	354	鯿	481	鷙	356
藹	266	贍	180	鐐	354	觸	176	繻	595
蘑	267	闞	446	鎂	614	獼	343	繾	400
蘢	517	闡	93	鐦	568	臚	407	纁	564
藻	267	鷉	656	鐧	354	[丶]		繽	83
攖	377	矓	624	鐫	445	譯	87	繡	260
攔	74	曦	308	鐇	614	讘	565	繼	83
攙	126	躂	435	鐵	354	譫	433	**二十一畫**	
壤	20	躁	226	鐘	92	議	87	[一]	
攘	306	躅	334	錯	568	嚪	560	齧	532
馨	276	蠔	428	鏻	614	癥	143	蠹	61
聹	596	蠘	428	鐏	614	癢	143	瓔	391
勸	103	蠕	175	鐒	568	辯	83	璦	552
顢	449	蠔	428	錫	568	夔	634	鬏	569
鶘	529	蠐	489	鑽	568	競	80	鬟	617
櫪	381	蟓	475	鐙	354	贏	270	攝	126
櫨	381	嚶	365	鐩	354	懺	340	驅	197
櫬	583	鶚	358	鐪	614	糯	151	驃	480
櫳	466	嚴	107	饒	197	糰	81	驏	96
欅	505	嚼	18	饙	524	爔	588	驄	480
鷗	619	嚷	18	饋	197	爐	139	驂	356
飄	275	巇	579	饌	524	爣	549	趲	609
釀	612	巉	372	饑	197	瀾	77	薽	425
醴	442	黥	456	釋	90	瀏	548	薱	452
醯	613	[丿]		礬	80	瀹	548	蘭	173
礪	395	犧	78	覺	85	潡	342	蘩	425
礫	218	穑	648	礮	484	瀚	548	藥	517
礦	257	鷥	337	斆	561	漢	587	蕷	607
霰	522	鷟	571	朧	210	瀰	77	蘚	425
鄲	440	籍	150	騰	95	寶	71	襄	607
[丨]		籌	80	鰭	570	騫	356	蠭	481
齟	457	籃	150	鰈	480	寶	510	攜	126
齡	200	纂	328	鰤	570	襫	557	驚	530
齣	200	簫	235	鰮	570	襪	175	驁	452
齙	457	齬	457	鰊	570	襬	269		

筆畫檢字表